SF 프리즘

－ 테크놀로지의 지정학과 자본 －

성균 한국어문학 총서 3

SF 프리즘
― 테크놀로지의 지정학과 자본 ―

초 판 인 쇄	2023년 2월 21일
초 판 발 행	2023년 2월 28일
편 자	황호덕·임태훈
저 자	금보현·김민선·김성래·셰릴 빈트·시로시 빅토리아·유상근·이영재 이예찬·이지용·임태훈·장효예·최연진·최장락·헨리 젠킨스·황호덕
발 행 인	윤석현
발 행 처	박문사
책 임 편 집	최인노
등 록 번 호	제2009-11호
우 편 주 소	서울시 도봉구 우이천로 353
대 표 전 화	02) 992 / 3253
전 송	02) 991 / 1285
전 자 우 편	bakmunsa@hanmail.net

ⓒ 황호덕·임태훈 외, 2023 Printed in KOREA.

ISBN 979-11-92365-27-5 93800   정가 27,000원

성균 한국어문학 총서 3

SF 프리즘

– 테크놀로지의 지정학과 자본 –

황호덕, 임태훈 編

박문사

SF 프리즘, 한국/문학의 별세계에서

황호덕

1.

1961년 4월 12일, 가가린은 보스토크 1호를 타고 인류 역사상 최초로 우주에 나간 인간이 되었다. 이 경이적인 사건에 대해 모리스 블랑쇼는 "중력으로 상징되는 공동의 인간 조건을 벗어나 누군가가 거기에 있었다"고, "어떤 장소를 벗어나 일시적 유토피아로 인도"될 수도 있었다고 적었다. 블랑쇼가 여기서 본 것은 과학, 냉전, 유토피아, 사회주의와 자본주의의 미래 같은 것이 아니었다. '터전'에서 부상한 자리에서 확보한 자유, '장소성'으로부터의 분리를 통해 얻어낸 인간-실체, 인간-본질의 경량화가 인간의 특이성을 와해시키고 유년의 유토피아 바깥의 어떤 가능성들로 우리를 인도하지 않을까? 블랑쇼에 따르면 "진실은 유목적인 것이다."

그런데 낭패스럽게도 가가린은 지구를 향해 너무 많은 말을 늘어놓았다. 우주와 러시아를 잇는 끊임없는 말이야말로 우주와 예전의 '장소'를 이어 주는 유일한 연결고리였기 때문이다. 러시아인들은 이 모험을 땅으로 끌어내려 정치신화로 개진함으로써 러시아땅에 더 강하게 주박되었다. 이 자리에서 벗어남, 그리고 이 자리에 붙들림. SF, 혹은 과학소설은 그 어디쯤 있는 게 아닐까. 레비나스가 「하이데거, 가가린 그리고 우리」에서 한 말을 빌어 블랑쇼는 「우주정복」이라는 짧은 에세이를 이렇게 마무리한다. "과학기술은 위험하다. 그러나 '장소'의 정령들보다는 덜 위험하다."[1)]

인간, 신, 동물의 분할에 근거한 정치학에 근본적인 타자인 기계가 등장하자 인간의 상상력과 서사는 커다란 전회를 경험하게 된다. '말하는 필멸의 동물 인간'이 불멸과 영원, 공간적 무한과 시간적 무한을 생각하게 된 것이다. 여기 있으면서 저기 있는 수단들, 죽음과 노고를 회피하는 수단들을 만약 '기계'라 불러본다면, 기계는 말하는 존재, 움직이는 존재(動-物), 불멸의 존재라고도 할 수 있다. 기계에 인간이 접속되면서, 형이상학과 정치를 이루는 전제들은 조금 의심스러워졌다. 도나 헤러웨이는 우리 시대, 새로운 신화의 시대인 20세기 후반 이후 "우리는 모두 키메라(chimera)로, 이론과 공정을 통해 합성된 기계와 유기체의 잡종, 곧 사이보그다. 사이보그는 우리의 존재론이며, 정치는 여기서 시작된다"라고 말한 바 있다. 상상과 물질적 실재가 응축된 사이보그라는 이미지는 여성의 경험과 관련된 억압과 해방을 의식하며, 생산, 재생산, 상상을 겨냥한 포스트 젠더 세계의 피조물이다. 다만 이 사이보그의 가능성은 "군사주의와 가부장제적 자본주의의

---

1) 모리스 블랑쇼, 고재정 옮김, 「우주 정복」, 『정치평론 1953~1993』, 그린비, 2009, 94-98쪽.

사생아”라는 조건에 대한 ‘배신’[2] 속에서만 열릴 수 있다. 우리는 (어떻게) 자본을 배신하는 인간-기계가 될 수 있을까?

요컨대 SF는 장소와 과학, 인간·동물·기계, 자본과 정치의 경계를 가로지르는 장르이다. 장소(topia)와 유토피아(u-topia) 사이, 과학기술과 상상력 사이, 사이보그와 자본 사이에 있는 이 장르의 논제들을 다루는 이 책의 부제를 “테크놀로지의 지정학과 자본”이라 한 이유이다.

2.

SF, 혹은 과학소설이 무엇인지에 대한 정의는 과학이나 소설, 나아가 양자의 변용과 그 파장을 함께 정의하는 복잡한 술어를 필요로 한다. 우선 그 용어부터 영어권의 사이파이(Sci-Fi), 일본의 로컬화된 명칭인 ‘공상과학소설’, 프랑스의 씨앙스-픽시옹(Science-fiction 혹은 roman de science-fiction) 등의 용어 등이 서로 다른 경로로 유입되어 토착화되어 왔기에 여기서는 일단 SF라 잠칭해 해두고 싶다. SF라는 용어에는 Science Fiction(과학소설) 외에도 첫 문자를 리버스 엔지니어링한 Science Fantasy(과학판타지), Space Fighter(우주전투극), Speculative Fiction(사변소설)[3], Structural Fabulation(구조적 우화)과 같은 다양한 조류들이 삼투하고 있는 것으로 생각되는 까닭이다.

SF는 고전적으로는 미지의 세계를 대상으로 주로 미래에 대해 과학적 창안을 통해 이야기하는 소설로 정의될 수 있다. 그 발달이 판타지와는 달리 과학 혁명과 산업 혁명, 식민화와 세계화와 겹쳐 있기 때

---

2) 도나 해러웨이, 황희선 옮김, 「사이보그 선언: 20세기 후반의 과학, 기술 그리고 사회주의 페미니즘」, 책세상, 2019, 19-23쪽.
3) 青木敬士, 『SF小説論講義』, 日本大学芸術学部 江古田文学会, 2016, pp.10-11.

문에 이 장르는 필연적으로 문명과 야만, 정복과 피정복, 서양과 삼대륙, 지구와 지구 아닌 곳의 대립과 갈등을 무대로 한다. 보드리야르는 고전적 SF는 팽창하는 세계에 대한 이야기[4]라고 정의한 바 있다. 19세기와 20세기의 탐험과 식민화와 그 공범자인 우주탐험 이야기 속에서 되풀이되는 장르일 수 있다는 것이다. 그래서일까? 롤랑 바르트는 『신화학』에서 쥘 베른이 가장 중요하게 여긴 것은 "세계를 자신의 것으로 점유하는" 방식이었다고 간파한 바 있다. 무한보다는 손 안에 쥐는 소유, 자연의 전반적 예속화를 겨냥하는 부르주아 계급의 진보주의에 속한다는 것이다.[5] 본격적으로 과학소설이라는 명칭이 사용된 것은 1940년대 미국에서 로버트 하인라인, 아이작 아시모프, 아서 C. 클락, 레이 브래드버리 등의 소설가들이 출현하면서부터[6]이지만, 쥘 베른의 모험소설과 H. G. 웰스의 미래소설이 상징하듯 이미 19세기 후반의 제국주의 및 시민사회의 형성과 함께 이 장르는 본격화되었다. 여기서는 지식, 과학, 기술, 정보와 같은 키워드들이 지배한다.

한편 SF에 대한 현대적 정의는 구구할 정도로 다양하지만, 특정한 과학적 요소의 외삽(外揷)을 통해 '세계를 탈구조화'하고 독자들에게 완전히 해명되지 않는 미지의 현상에 접해 그 공백을 채우는 인지적 과정에 참여토록 하는 장르로 정의할 수 있겠다.[7] 보드리야르는 "실

4) 장 보드리야르, 하태환 옮김, 『시뮬라시옹』, 민음사, 1992, 200쪽.
5) 롤랑 바르트, 이화여자대학교 기호학연구소 옮김, 「노틸러스와 취한 배」, 『현대의 신화』, 동문선, 1997, 111쪽.
6) 사이언스 픽션이라는 명칭을 처음 사용한 사람은 세계 최초의 SF잡지 *Amazing Story*의 편집장 휴고 건즈백(Hugo Gernsback)이었다고 한다. 1926년, 그는 Scientifiction, Scientific+Fiction이라 의미로 이 용어를 제창했다. 이지용, 『한국 SF 장르의 형성』, 커뮤니케이션북스, 2016, viii. 건즈백은 무선전신기술자로 최초의 대중적 무선전신 TELIMCO Wireless Telegraph Outfit를 상용화한 사람이기도 하다.
7) 위 정의는 다음의 책의 진술을 필자 나름대로 재정의해 본 것이다. 이수진, 『사이언스픽션, 인간과 기술의 가능성』, 커뮤니케이션북스, 2017, 16-17쪽.

재로부터 출발하는 것, 실재의 주어진 형태로부터 출발하여 비현실이나 상상적인 것을 만드는 일은 이제 가능하지 않다. 그 과정은 이제 차라리 거꾸로일 것이다"[8]라고 언명한 바 있다. 그렇다는 것은 현실이 SF를 만드는 것이 아니라 SF가 현실에 입법하는 상황, 즉 과실재 simularcres 속에서의 실재의 재발명이 오늘날의 문명임을 암시한다. 그렇다는 것은 우리가 SF를 상상이 아니라 실재로서 살고 있음을 뜻한다.

물론 SF와 인접 장르들의 경계가 그렇게 명확한 것은 아니다. 과학소설은 과학의 잠재성 안에서 펼쳐지는 상상이며, 현재와 미래의 단절은 어쨌든 상위의 질서나 법칙에 의해 증명되거나 봉합된다. 하지만 판타지는 실재와는 다른 논리에 의해 움직이며 중세나 상상의 어느 곳과 같은 마법적 공간과 유령적, 초월적 존재를 전제한다. 현실과의 일관성이 끊어진 탈위상화된 세계가 판타지의 배경이다. 한편 넌센스는 루이스 캐럴 식의 역설과 패러디가 지배하는 기괴하고 불안정한 세계를 그려낸다. 다르코 수빈의 가장 잘 알려진 정의는 그 광범함과 명쾌함 양면에서 SF를 정의하는데 결정적인 도움이 된다. "SF는 낯설게하기와 인지와 관련된 현존과 상호작용 및 작가의 경험적 환경에 대한 상상적 프레임 워크가 주된 형식적 장치로서 필요충분 조건이 되는 문학 장르이다."[9] 요컨대 SF란 '인지적 낯설게 하기'를 통해 미지의 이상적 환경, 새로운 종족이나 집단, (국가)상태, 다른 지능을 찾아내려는 희망들에 의해 그 짜임을 만들어 온 장르인 것이다. 이 인지에는 넓은 의미의 과학, 즉 지(Wissenschaft)로 인정되는 자연과학. 사회과학, 역사과학, 문화과학 등 학문 일반이 포함될 수 있다.

---

8) 장 보드리야르, 위 책, 202쪽.
9) Darko Suvin, *Metamorphoses of Science Fiction: On the Poetics and History of a Literary Genre*, Peter Lang AG, 2016(1979), p.20.

그렇다고는 하나, 실은 서사의 유희가 촉발하는 장르 간 혼합들이 이 경계들을 종종 무력화시켜 왔다. 나아가 퀑탱 메이야수는 법칙과 소설(허구)의 이율배반을 지적하며, 모종의 가능성의 총체를 현존하는 법칙으로는 재구성할 수 없는 무한성(transfinite, 超限性)이 SF 장르에 계속 관여해왔고 그런 의미에서 우리가 알고 있는 많은 '과학 소설'은 실은 '과학 밖 소설'(ESF, Extro-Science Fiction)이었다고 주장한 바 있다. 범례와 실험에 의해 진전하는 칼 포퍼 식의 정상과학과 칸트가 말한 이성 작용이 붕괴되는 카오스 사이에 무언가가 있다. '과학 밖 소설', 즉 과학이 한계로서는 고려되고 형이상학적 가치와 소설적 골조도 있지만, 짜임보다는 그 파열이 이야기를 구성하고 과학의 한계 밖인 무한으로 열린 장르가 지금까지는 '과학 소설' 안에서 다뤄져 왔다는 것이다. 과학 밖 소설(ESF)의 존재를 수긍한다면 과학 소설의 범주와 경계는 더욱 아슬아슬한 것이 된다.

이 책에서 우리는 정격적 정의나 소위 하드 SF에 의제를 국한하지 않고, SF를 둘러싼 모호한 경계의 활력을 시험해보는 것으로 했다.

3.

SF에 대한 희망과 가치절하는 사실 연원이 깊은 것이다. SF는 꿈꾸는 자의 장르로서 전체적 유토피아에 관한 미래소설로서 이해되어 왔다. 보다 나은 내일이 하나의 전체적 구조로서 상상되고 묘사되는 장르, SF는 유토피아 이야기라는 연원이 오래된 장르에 과학 혁명의 성과가 외삽되어 실재성을 배가해온 '현대'의 장르이다.

어쨌든 학문적으로 가장 광범위하게 채택되는 SF의 명칭은 유토피아적 사유의 문학이라는 것[10]이었다. 프레드릭 제임슨 역시 과학 소설에서의 원천을 과학이 아닌 "유토피아 그 자체"로 재환기한 바 있다. SF라는 유토피아 장르의 가장 심원한 사명이란 '유토피아 그 자체'의 상상에 관한 우리의 구조적 무능을 국소적인 동시에 명확하고도 풍부하게 구체적인 상세와 함께 이해시키는 데 있다고 제임슨은 말한다. 이 장르는 이를 어떤 개인의 상상의 실패 탓이 아닌 우리가 많든 적든 빠져 있는 제도적, 문화적, 이데올로기적인 폐지=완결성(closure)의 결과[11]로 인지토록 한다. 그런 의미에서 SF는 정치적 무의식에 진입하는 '마스터 내러티브'가 될 수 있다. 유토피아는 '경험적'인 형태에서는 어디에도 존재하지 않으며 따라서 모든 종류의 경험적인 '텍스트'를 기초로 하여 재구축되어야만 한다. SF는 개인의 무의식의 원환상이 꿈, 가치관, 행동, 언어의 자유연상과 같은 단편적이고 증후적인 '텍스트'에 의해 재구축되도록 한다. 물론 실재하는 SF 소설에서 서사의 결말을 짓는 일반적 방법은 흔히 우주를 파괴하는 원자 폭발, 어떤 미래의 전체주의 세계국가라는 정태적 이미지들을 오가곤 하지만, 동시에 우리 자신의 이데올로기적 한계가 가장 확실하게 각인된 장소이기도 하다.[12] 따라서 SF의 비평은 저명한 텍스트들 사이로의 복권과 같은 방식이 아니라, 미래의 고고학이자 유토피아적 욕망 분석으로서 그 자체로 중요한 '매개의 지위'를 갖는다. 낯선 존재, 낯선 세계의 수용을 다루며, 인간과 현실을 낯설게 하는 장르에 대해 조애나 러스는 "내가 SF에 특별한 애정을 갖는 것은 SF가 현실을 바꿈으로써 현실을 분석하기 때문"[13]이라

10) ibid., p.25.
11) Fredric Jameson, *Archaeologies of the Future: The Desire Called Utopia and Other Science Fictions,* Verso, 2007, p.289.
12) ibid., p.283.
13) 조애나 러스, 나현영 옮김, 『SF는 어떻게 여자들의 놀이터가 되었나』, 포도밭, 2000, 20쪽.

말한 바 있다. 어쩌면 이 이 현실과 희망, 변화와 분석 사이의 매개의 지위야말로 SF의 원천인지 모른다.

반면 현재와는 다른 미래의 상상력 쪽이 아니라 현재와 같은 미래라는 쪽에 거는 비평들도 있다. 1949년 SF 문학의 절정기에 제출된 미래소설 비판에서 에른스트 블로흐는 일련의 과학소설들을 "시민주의적 유토피아"라 규정한 바 있다. "경제적 사항을 유치하게 누더기 깁듯이 부분적으로 치유한다는 것"이 비판의 요지인데, 그런 의미에서 블로흐에게 SF란 "개량주의 내지는 시민주의적 유토피아의 취약점"을 여실히 보여주는 장르였다. 왜냐하면 이 장르에서는 가난과 억압의 문제를 "부분적 경제정책으로 끼워 맞추는" 경우가 대부분이었고 웰스의 사례처럼 사회주의를 교묘하게 대치시키기까지 했기 때문이다. 과학, 진보, 반공을 핵심으로 하는 미국문화에서 SF가 발달한 데도 다 이유가 있는 셈이다. 과연 블로흐의 말처럼 SF가 "무산계급과 유산계급 간의 모순과 관심사를 동시에 둔화시키려고 언제나 노력하는" 부르주아지의 유토피아를 보여주는 데 불과[14]한지와는 별개로, SF에 대한 장르 비판은 포스트 휴먼, 포스트 모더니티론의 원점들에서도 발견된다. 실재와 상상 사이에서 유토피아적 상상력을 추구해온 인간의 역사가 포스트 역사 시대에는 더 이상 가능하지 않고, SF는 실재와 상상을 현재 속에 압착시키는 장르일 뿐이라는 주장도 그 중 하나이다.

보드리야르는 SF가 다른 상상, 없는 것의 있을 수 있음(U-topia)이 아니라 현실의 증폭 패러다임에 가깝다고 말한다. SF란 에너지와 힘, 기계에 의한 물질화, 생산력 시스템 속에 세워진 생산주의자의 시뮬라크르인데, 이제 SF는 이론과 장르 양쪽에서 종말에 근접했다는 것이다. 하이퍼리얼리티로 가득찬 세계에서는 이제 상상이 아니라 실재

---

14) 에른스트 블로흐, 박설호 옮김, 『희망의 원리』, 솔, 1993, 294-298쪽.

가 위성화된다. "SF는 아주 흔히 생산의 실제 세계를 과도하게, 그러나 결코 질적으로 다르게가 아니게, 투영한 것일 따름이다. 기술적인 혹은 에너지적인 연장들, 속도들과 힘들은 n의 힘으로 넘어간다."[15] 우리 시대 SF 장르는 폭발(explosion)하는 장르가 아니라 내폭(內爆, implosion)하는 장르이다. 거기서 형이상학과 환상은 종말하고 SF= n×1의 증폭된 '실재'에 불과해진다. 그런 이유에서 유토피아=n×0의 등식이 성립한다. 기호의 세계에서 부유하며 로봇화한 인간 기계 – 사이보그야말로 실재와 상상이 결합한 '현재태'인 셈이다. 생산의 정치경제학 속에서는 대안적이라기 보다는 전형적인 장르, 어디에나 있지만 아무 데도 없는 장르로서의 SF. 현대 SF론은 그런 의미에서 이 위기 속에서 실재 – 상상의 관계를 지배하는 다른 방법, 실재 – 상상의 기준을 다시 세우는 비판으로서 성립해왔다고도 할 수 있겠다.

4.

SF는 한국문학의 '주류적' 장르는 아니었다. 주변적 장르이기만 했던가 하면, SF와 과학운동의 관계, 또 당대 문학의 지각 변동을 생각하면 담론 차원에서는 그렇다고만 할 수는 없겠다. 예컨대 SF 페미니즘, 즉 SF 안에서 일어나는 페미니스트 SF 비평과 팬 활동, 집합적 실천을 포괄적으로 고려[16]하면 우리의 의제는 범주의 문제라기보다는 이행의 문제에 근접해 있는지도 모른다. 무엇보다 인지를 촉발하는 과학

---

15) 장 보드리야르, 위 책, 199쪽.
16) 'SF 페미니즘'은 헨리 메릭이 수행적으로 정의한 용어이다. 1960년대 말 이래의 페미니스트 SF의 경과에 대한 간략한 이해를 위해서는 다음 책을 참조. 김효진, 『#SF #페미니즘 #그녀들의 이야기』, 요다, 2021.

과 테크놀로지의 한국적 현실이 이 장르에의 관심과 핍진성을 더하고 있을 터이다. 가부장적 재생산과 관여된 자본주의와 현실의 분할들을 넘어서고자 하는 서사의 운동과 함께 자본주의와 결합된 테크놀로지의 발달이 한국에서의 SF의 변용과 가속에 관여되어 있다. 대한민국은 인공위성과 함께 SF로 밖에는 상상할 수 없는 계급과 젠더와 구조의 모순들을 가진 언어계가 되어 있다.

어쨌든 '소설'이 성숙 혹은 형성과 관련된 것으로 이해되었다면, SF는 미성숙한 자들의 아동 독물(讀物)이거나 소설 밖의 이야기 혹은 소설 전의 서사시로서 '공상' 혹은 '환상'과 뒤얽힌 것들로 이미지화되어 왔는지도 모른다. 쥘 베른이 활약하던 시기, 일본의 메이지 연간인 1886년 Science Novel이 '과학소설'이라는 번역어로 발명[17]된 이래, 동아시아 전역에 문명적 비전을 함축하는 과학소설의 많은 번역과 번안이 있어 왔다. 하지만 '공상과학소설'이라는 또 다른 경합 개념이 보여주듯, 이 장르에는 늘 공상과 과학이 뒤엉켰다. SF에서 인지주의적 경향과 신비적 도피주의 경향의 경합(다르코 수빈)은 늘 있어 왔지만, 과학이 손 안이 아니라 저 멀리서 도래하는 듯 느껴지는 곳에서는 과학과 공상은 잡종화되거나 불가피한 혼동을 일으켰다. 휴고 건즈백이 여전히 활동하던 1932년 일본에서 '공상과학소설'이라는 명칭이 본격적으로 쓰이기 시작하며 과학문예운동과 결합한 사정이나 1959년에조차 일본의 월간지 『SF 매거진(S-F マガジン)』이 창간될 때 '空想科学小説誌'라는 부제를 달고 나온 걸 보면, 나아가 한국에서 여전히 보드리야르의 번역(1992)에서 '공상과학'이 채택된 사정을 생각할 때, 이 혼동은 여전히 번역 세계에서 잔존해 온 듯하다. 반인지적 신비역시 인지적 낯섦의 경계에서 이 장르를 이끌어 온 힘일 수 있지만, 특

---

17) 長山靖生, 『日本SF史』, 河出書房新社, 2018, p.15.

별히 반인지적 특징이 특정한 지역에서 국지적으로 활성화되어 왔다면 그 자체로 분석을 요하는 사안일 터이다. 어쩌면 탈마법화와 교양의 장르였던 한국 근대소설에서 SF는 마법적이거나 제국적인 것으로서 의식적으로 기피되어 온 것일 수도 있겠다.

『해저여행기담』(1907), 이해조의 『철세계』(1908), 김교제의 『비행선』(1912)을 시작점으로 할 때, 한국 SF를 120년 가까운 역사로 상정해 볼 수 있다.[18] 1925년, 박영희가 카렐 차페크의 희곡 『로숨의 유니버설 로봇(R.U.R)』을 번역한 「인조노동자」를 『개벽』 제56호~59호(1925.2~5)에 걸쳐 4회 연재하는 등 이 장르의 한국적 계보는 우선은 점을 따라 그려가는 번역문학사적 대상[19]으로서 확인된다. 식민지 시기 김동인, 허문일, 남산수 등에 의해 간헐적으로 발표된 창작 SF들의 점들은 조금 더 멀리 떨어져 있지만, 과학담론 및 문화운동들과 함께 하나의 소사(小史)로서는 시도될 만 하다. 도래할 책과 작성되어야 할 계보들이 있다.

이 책의 대체적 얼개를 간략하게 설명하며 서문을 맺고자 한다. (필자의 존칭은 생략한다) 이 책의 '제1부 사이버펑크와 자본'은 사변소설과 사이버펑크로 대표되는 당대 SF의 장르적 운동과 SF적 상상을 질료로 한 자본의 운동을 다룬 다섯 편의 글로 되어 있다. 사변소설이나 사이버펑크, 팬 액티비즘과 같은 SF 문화장의 이슈들을 다룬 헨리 제킨스, 셰릴 빈트, 유상근의 글을 통해 현대 SF의 저항적 운동사와 정치경제학적 정동을 이론적 차원, 표상의 차원에서 그려 볼 수 있을 것

---

18) SF문학계 내의 성과로 한국과학소설 100년사를 정리한 책이 출간되어 있다. 고장원, 『한국에서 과학소설은 어떻게 살아남았는가?』, BOOKK, 2017.
19) 식민지기 전후의 번역사에 대해서는 다음 논문을 참조. 김미연, 「1920년대 과학소설 번역·수용사 연구: '유토피아니즘(Utopianism)'을 중심으로」, 고려대학교 비교문학비교문화협동과정 박사학위논문, 2021.

이라 생각된다. 세 글을 통해 사이버 펑크의 비판적 변증법과 근 40년에 이르는 이 장르의 명암을 확인할 수 있으리라 생각된다. 이들이 안내하는 사이버 펑크'들'의 파노라마들을 따라가다 보면, 어느덧 이른바 포스트주의-포스터모더니즘, 포스트휴먼, 포스트식민주의 논쟁들을 가로지르게 되지 않을까 싶다. 이어 일론 머스크로 상징되는 21세기 자본의 SF 신화 사업을 검토한 임태훈, 최연진의 글을 실었다. 최연진이 묘파하는 실리콘밸리와 신냉전의 SF 사업을 가로지르며, 또 임태훈이 비판하는 머스키즘(Muskism) 혹은 수익률에 업힌 미래주의를 들여다보며, 보드리야르가 이야기한 SF라는 증폭현실의 당대적 형태들을 떠올려 볼 수도 있을 것이다.

'제2부 한국과 동아시아 SF의 기원들'에는 한국에서의 SF의 수용 과정을 보여주는 글들을 실었다. 이지용의 글을 통해 SF 수용사의 대개를 검토했다. 1920년대 과학 담론의 인기 소재 중 하나였던 화성에 대한 담론과 그 문학적 형태들을 최장락이 정리하였다. 아울러 금보현은 제국-식민지 전위 예술의 시험장이자 계급 담론의 발화성 높은 모티브였던 카렐 차페크의『R.U.R』의 수용사를 김우진의 연극 비평과 박영희의 번역을 통해 교차적으로 검토했다. 시로시 빅토리아와 장효예의 글은 소련과 중국이라는 '다른 세계'의 다른 유토피아의 상상을 통해 한국문학사의 SF를 낯설게 하는 작업들이다. 시로시 빅토리아는 알렉산드르 보그다노프의『붉은 별』과 예브게니 자마찐의『우리들』의 창작 배경을 이루는 러시아 코스미즘 등의 사상사적 변동을 기반으로 사회주의 유토피아와 디스토피아가 번역되어 수용되는 과정을 살폈다. 장효예의 글은 앞서의『붉은 별』과 라오서의『고양이행성의 기록』(猫城記)을 통해 사회주의 유토피아 러시아와 부식하는 디스토피아 중국의 과학 표상을 살핀 글이다. 앞서의 최장락의 글, 임

16

태훈과 최연진의 글과 함께 읽으면 화성 담론의 동아시아사의 지리와 글로벌한 당대 풍경이함께 그려질지도 모르겠다.

'제3부 정치적 분할과 SF'에는 해방 후 분단 무의식이 과학에 표상한 세계들과 당대 SF의 재난적 상상력을 검토한 글들을 배치했다. 김민선의 글은 북의 김동섭과 남의 한낙원의 우주탐험 서사를 대조하며 열전 후의 '냉전'적 상상력을 검토한다. 이어 이영재와 김성래의 글은 대괴수 서사가 현해탄을 넘는 과정과 분단된 남북의 상상력 분할을 그려간다. 이영재의 글이 히로시마와 나가사키 또 한국전쟁을 거치며 증폭된 핵 공포의 형태화된 형상인 괴수물의 양식적 기반과 정치 무의식을 다루고 있다면, 김성래의 글은 '고지라'라는 일본 장르물의 형상이 계급투쟁과 핵 공포, 쌀에의 원망(願望)이 결합된 복합적 형상으로 변형되어 사회주의 미학의 곤경을 드러내는 한편 그에 통합되는 과정을 다룬다. 이예찬의 글은 한국 현대 SF의 중요 작가인 복거일의 『파란 달 아래』를 분단 극복의 욕망으로 해석한 글이다. 현실 사회주의 붕괴, 해빙, 민족주의의 재발흥과 탈민족주의의 융기 등의 당대적 상황에 긴박된 복거일 작품을 현재의 관점에서 재평가하고 있다. 마지막 황호덕의 글은 한국의 재난 서사가 재앙 – 난사(難死)와 참사 – 일상적 재난의 발견이라는 서사 형식으로 이행하는 과정을 다루며, 사회적 과학으로서의 당대 페미니스트 SF를 검토한다. 재난 서사의 계보 속에서 SF를 재정위해보려 한 시도이다.

5.

이 책에 실린 글들은 크게 두 경로로 완성되어 갔다. 우선 2021년 12월 <SF와 지정학적 미학>이라는 주제로 열린 '제2회 성균 국제 문화연구 연례 포럼'에서의 발표들을 발전시켜 정리한 글들과 이 포럼과 관련된 필자들의 글을 별도의 청탁을 통해 갈무리했다. 헨리 제킨스, 유상근, 임태훈, 이영재, 이예찬의 글들이 그런 경우이다. 토론자로 참여했던 이지용, 김민선의 최근 작업, 셰릴 빈트의 사이버펑크와 상품화에 관한 원고를 실을 수 있어 책이 보다 나은 모습을 갖출 수 있었다. 전혜진, 김희진의 단련된 번역의 기예와 유상근의 성심으로 원고들의 한국어판이 순조롭게 진행될 수 있었다. 무엇보다 연례 포럼의 주창자인 천정환과 이 책의 공동 편자인 임태훈, 기획을 함께 한 오영진을 비롯한 관련 연구자들의 공헌과 노고에 감사드린다. 한편, 황호덕과 필자 중 일부는 2022년 1학기 대학원 강의 <테크놀로지와현대문화연구>를 통해 SF 비평의 주요 저작들과 정전적 작품들, 한국문학의 SF 텍스트들을 함께 읽었고 그 과정에서 글의 초고들을 마련했다. 최연진, 최장락, 시로시 빅토리아, 장효예, 이예찬, 황호덕 등이 함께 서로의 글을 읽고 이야기했다. 2018년 2학기 <현대소설론>, 2020년과 2022년 학부의 <테크노컬쳐론>을 통해 읽고 토론할 기본문헌과 내용을 가감해 간 것이 도움이 되었다. 강좌를 함께 만들어간 분들 모두에게 이 책이 얼마간의 보람이 될 수 있다면 기쁘겠다. 기획과 포럼과 출간의 모든 과정을 함께 한 장지영 박사에게는 따로 표해야할 고마움이 있다.

한국의 SF와 그에 얽히거나 거기서 확장 가능한 주제들을 묶은 책을 구상하고, 또 제목을 생각하면서 아놀드 헉슬리의 『멋진 신세계』에 관한 아도르노의 비평을 떠올렸다. 문화비평 에세이집인 아도르노의 『프리즘: 문화비평과 사회』는 카프카의 『성』에서 쇤베르크와 바흐의 음악에 이르기까지, 또 슈펭글러와 초시대적 유행에서 재즈에 걸친 다양한 주제들이 당대의 (대중)문화적 자장에서 포착한다. 일상에 진입한 문화를 비평하는 일－그러니까 일상생활의 표면 아래에 있는 정치적, 문화적, 경제적, 미학적 단편들을 계몽의 강렬한 빛이 아니라 산란하는 빛의 색깔들로 파악하는 일을 아도르노는 아마 "프리즘"이라 명명했던 것 같다. 부정되어야 할 두 비평이 있다. 초월적 관점의 과잉이 대상 경험과 차단된 공허한 범주를 만들어낸다면, 문화 현상을 일단 받아들이는 내재적 방법은 곧잘 사회적 갈등 속에서 특정한 이데올로기의 수행을 긍정하는 일이 될 수 있다. 그러니까 빛의 입사와 산란을 포함하는 '프리즘'이란 어떤 의미에서 추상적 빛에 의한 판별이나 대상의 맹목적 물신주의를 넘어서기 위한 아도르노 나름의 (부정) 변증법적 문화비평의 방법이 아니었을까.

'SF 프리즘.' 과학, 미래, 자본, 정치가 소설이라는 프리즘을 통과하며 펼쳐내는 빛의 산란을 살펴보는 일. 필자들의 글들을 갈무리하며 다루어진 글들의 변폭도 그러하거니와, 어쩌면 SF야말로 우리에게 그런 프리즘을 요구하는 주제라 생각했다. 우리의 책이 충분히 초점화된 것이라고는 생각하지 않는다. 다만 우리의 프리즘이 산란한 빛의 이미지들을 보여주었기를, 한국 SF의 크고 작은 파장들을 재어보는 작은 도구가 될 수 있기를 바란다. 다양한 국적과 관심사를 가진 필자들의 글이 SF라는 프리즘을 통과하여 산란하기도 하고 난반사되기도 했을 터이니, 각 글들의 빛깔들이 한결 같지 않겠지만 그런 이유와 사정으로 이해해주었으면 한다. 마지막으로 책을 내준 박문사의 윤석현 대표와 편집에 애써주신 최인노 과장을 비롯한 편집진에게 각별한 감사의 말씀을 전한다.

문학의 별천지, 한국문학의 별세계에 오신 모든 분들을 환영한다. 'SF 프리즘'의 외삽(extrapolation)이 만들지도 모를 모든 굴절, 분산, 파장들을 기다린다.

목차

제1부

사이버펑크와 SF자본

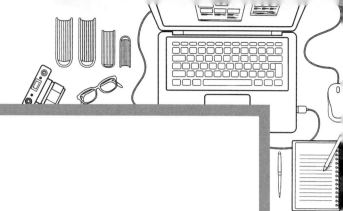

제1장

사변소설, 팬 액티비즘(fan activism), 시민적 상상력

'되돌아보기'에서 솔라펑크까지

헨리 젠킨스
번역/감수: 전혜진, 오영진

이 글은 2021년 12월 9일 학술대회 [SF와 지정학적 미학](주최: 성균관대 BK21 혁신·공유·정의 지향의 한국어문학 교육연구단)에서 헨리 젠킨스 교수가 발표한 내용을 확장한 것이다.

"2060년, 세계는 유토피아도 디스토피아도 아닐 것이다… 날아다니는 자동차와 청정 에너지가 있을지도 모르지만, 몇몇 기본적인 인간의 감정은 남아있을 것이다. 우리는, 차이에도 불구하고 우리 모두를 위한 세계의 평등과 정의를 위해 여전히 싸워야 할 것이다. 이는 어렵고도 지난한 작업을 요구한다… 홀로코스트가 있었지만, 우리는 광신자를 지도자로 뽑지 말아야 한다는 걸 배우지 못했다. 그러나 우리는 또한 정의와 평등의 위해 싸우는 저항군들과 함께 있다."

– 몬세라트 A.(멕시코)1)

팬데믹(Pandemic)으로 락다운 된 2020년 이래로, 남캘리포니아 대학의 시민적 상상력 프로젝트는 세계의 사람들에게 2060년을 기점으로 "되돌아보기"를 요청했다. 그리고 팬데믹이 어떻게 세계를 변화시켰을지에 대한 그들의 상상을 공유했다. 다양한 참가자들이 다가올 미래를 곰곰이 생각함으로써 시민적 상상력의 지도를 만드는 것이 목표였다.2) 우리는 로봇 혁명과 환경 파괴에 대한 이야기를 들었지만, 또한 희망에 대한 이야기들, 인간 본성의 모순과 변화하는 세계를 포착한 이야기도 들었다. 이야기는 때로는 유토피아적이었고 때로는 디스토피아적이었으며, 때로는 둘 다였다. 중요한 것은 국경을 초월한

---

1) Montserrat A., "Neither a utopia or dystopia. Atlas of the Civic Imagination."
[「유토피아도 디스토피아도 아닌: 시민적 상상력의 지도」], Mexico,
https://www.ciatlas.org/responses/2770-neither-a-utopia-or-dystopia.

2) 이 새로운 기획에 대한 추가적 정보는 다음을 참조. Isabel Delano, Mehitabel Glenhaber, Do Own(Donna) Kim, Paulina Lanz, Ioana Mischie, Tyler Quick, Khaliah Peterson-Reed, Christopher J. Persaud, Becky Pham, Rahul Reddy, Javier Rivera, Essence L. Wilson, Henry Jenkins & Sangita Shresthova, "Flying Cars and Bigots: Projecting Post-Covid-19 Worlds Through the Atlas of the Civic Imagination as a Refuge for Hope"[「비행하는 자동차와 광신자들: 희망의 피난처로서 시민적 상상력 지도를 통한 코로나19 이후를 기획하기」], Continuum, November 24 2021,
https://www.tandfonline.com/doi/abs/10.1080/10304312.2021.2003303

참가자들 모두가 현재 세계를 다시 상상하기 위해서 이 성찰적인 행동을 하는 방법, 즉 스스로를 미래로 투영할 방법을 알고 있었다는 것이다.

그들은 모두 과학소설(science fiction)의 언어에 능통했다. 이불 밖 세상에서 일어나고 있는 일들을 해석하고자 하는 많은 사회 비평가들도 마찬가지였다. 예컨대, 비판이론과 교육학 권위자 헨리 지루(Henry Giroux)의 2020년 글을 읽어보라. "이제 현실은 비참한 소설 작품으로만 상상될 수 있었던 디스토피아적 세계를 닮아간다… 머지않아 무슨 일이 생길 것만 같이 불길한데, 역사는 미결정 상태이고 불안정한 상태가 어떻게 전개될 것인지… 청년 및 그 밖의 사람들이 전 지구를 가로질러 봉기함으로써 - 거리를 행진하면서 영감을 얻고, 격려 받음으로써 - 급진적 민주주의의 미래는, 다시 태어나지 않는다면, 다시 상상되기를 기다리고 있다."[3]

여기서 다시, 이들 저자는 우리의 지구가 대면하고 있는 위기를 직시하는 데 있어 절대적으로 필요한 사유의 양식을 사변소설이 제공한다고 생각했다. 누군가는 사변소설이 인생에서 관찰할 수 있을 만큼 충분히 빠르고 극적인 변화를 경험할 때에만 가능하며, 그 장르가 우리의 제도와 실천에 대한 장기적인 전망을 택하는 방법을 창안했다고 주장할 것이다.

우리의 프로젝트가 지도를 그리고 세계의 공동체를 자극하려 애쓰는 것은 이러한 사고방식, 즉, 우리가 시민적 상상력이라고 부르는 것의 일환이다. 그것이 인간의 생존을 위한 본질적인 기술이라고 생각

---

3) Henry Giroux, "Dystopian Plagues, Pandemic Fears, and Fascist Politics in the Age of Trump."[「트럼프 시대의 디스토피아적 전염병, 팬데믹 공포, 그리고 파시스트 정치」] *Tikkun,* October 7 2020,
http://www.tikkun.org/dystopian-plagues-in-the-age-of-trump

하기 때문이다.[4] 우리에게 상상하는 행위는 사소한 것이나 단순한 현실도피가 아니다. 오히려 그것은 우리 삶에 있는 진정한 간극을 인식하고 세계를 건설하는 대안적 방법을 찾게 한다. 얼마쯤 더 나은 10년을 위해, 사람들을 격려하고 그들의 꿈과 희망, 두려움과 열망을 공유하면서, 이 과정에서 모두가 살고 있는 곳인 세계를 각자가 어떻게 보고 있는지 보다 깊이 이해하기 위해 세계-구축(world-building) 프로세스를 이용하여 미국 및 세계의 공동체와 작업해오고 있다. 우리는 더 나은 세계는 어떻게 보일지, 어떻게 거기에 도달할 수 있는지를 함께 고민하는 수단으로서 보다 장기적인 성찰을 포함하는 것으로, 그리고 현재 순간의 한계를 넘어선 집단적이고 활동적인 생각의 과정으로 상상력을 중요하게 생각한다.

세계-구축에 대한 우리의 접근은 프로덕션 디자이너 알렉스 맥도웰(Alex McDowell)로부터 영감을 받았다. 그는 스티븐 스필버그(Steven Spielberg)의 <마이너리티 리포트(Minority Report)>의 제작 기술을 발전시켰다. 또한 서로 다른 세계가 어떻게 출현하는지 탐색하기 위해 이미 현재 일어나고 있는 추세를 따라 사고-시스템을 적용하였고, 이로써 다양한 전문적 기술을 한자리에 모았다. 그는 범죄를 예측하는 치안에 중점을 두고 작업했다. 그렇지만 결론적으로 디지털 인터페이스의 미래, 개인화된 광고, 도시의 운명, 그리고 새로운 교통수단 양식에 대한 사유를 필립 K. 딕(Phillip K. Dick)의 원작 소설보다 잘 보여주었다.[5] 맥도웰의 관심은 스티븐 스필버그의 영화에 들어맞는

---

4) Henry Jenkins, *Gabriel Peters-Lozaro, and Sangita Shresthova(eds.) Popular Culture and the Civic Imagination: Case Studies of Creative Social Change*[『대중문화와 시민적 상상력: 창조적인 사회 변화에 대한 사례 연구』](New York: New York University Press, 2020).

5) https://futureofstorytelling.org/video/alex-mcdowell-world-building 참조.

세계를 만드는 데 있었지만, 우리의 관심은 세계 구축 과정 그 자체에, 그리고 참여자들이 성찰적 사고를 통해 서로에게서 무엇을 배울 것인가에 있다. 우리는 과학소설이나 독자들이 리믹스한 습작품을 워크숍과 브레인스토밍의 종자로 삼았고, 세계—구축 같은 것을 도구로 사용했다. 이러한 작업에서 아랍권의 교육자, 스웨덴의 게임 디자이너, 로스앤젤레스의 성 노동자와 보건진료 전문가들, 켄터키의 탄광 노동자와 담배 농장주처럼 다양한 그룹과 함께 시험하고 수정하였다. 그리고 다른 사람들은 멕시코와 파키스탄에서 우리의 모델을 활용하였다.[6]

우리의 목표는 시나리오 기획이 아니며, 그럴듯한 세계를 만드는 것이 아니다. 그보다는 오히려 주변 세계를 다시 상상하도록 해주는 사변소설의 은유를 폭넓게 확장하는 데 있다. 미래뿐 아니라 현재를 새로운 눈으로 바라보고, 공유된 열망과 불안 주위로 공통의 토대를 발견하면서 말이다. 우리는 미래에 대한 한 가지 개념을 찾는 것이 아니라, 복수의 미래로 열린 채로 있다. 참여자는 현재에 맞서는 방법을 이해하는 과정 속에서 모순과 차이를 탐험한다. 우리의 관심은 시민적 재생을 위한 자원으로서 사변소설을 이용하는 데 있다. 이는 팬 커뮤니티에서 활동하는 다수의 젊은 활동가들과의 연대로 고무되었다. 우리는 전세계적으로 젊은 활동가들이 사회적 정의와 정치적 변화를 모색하는 것을 목격한다. 그들은 대중문화, 특히 사변장르에서 쓰는 속어로 말한다. 동시대적 시위 집회를 보라. 그러면 다수의 서로 다른 텍스트가 정치적 목적을 위해 배치되어 있음을 알게 될 것이다.

예컨대, 도널드 트럼프(Donald Trump)의 미 대통령 취임식에 이어

---

[6] 우리의 워크숍에 대한 더 많은 설명은 다음을 참조. Gabriel Peters-Lozaro and Sangita Shresthova, *Practicing Futures: A Civic Imagination Action Handbook* [『미래를 연습하기: 시민적 상상력을 위한 행동 지침』](New York: Peter Lange, 2021).

전국적인 여성 시위가 있었는데, 시위 내내 레아 공주(Princess Leia)의 형상이 기호로서 광범위하게 활용되었다. 스타 워즈 영화에서 레아가 연기한 역할은 월트 디즈니가 인수하고 프랜차이즈로 판촉된 이후에야 집으로 돌아왔다. 많은 사람들은 이 점을 새롭게 인식했고, "여성의 자리는 저항에 있다"는 것을 알렸다. 다른 곳에서 우리는 마거릿 애트우드(Margaret Atwood)의 소설, 『시녀 이야기(Handmaid's Tale)』의 시녀의 모습을 코스프레하는 데서 모방할 권리를 위해 싸우는 시위자들을 보게 될 수도 있다. 다른 젊은이들(해리 포터 동맹)이 GLBTQ의 권리에 대해 이야기하기 위해 해리 포터를 이용하는 동안[7], 이민자의 권리 운동은 세계를 변화시켜왔던 "불법적인 이방인"의 형상으로 슈퍼맨을 활용하고 있다. 미국 밖에서, 팔레스타인인들은 자신들의 이야기를 하기 위해 제임스 카메론의 <아바타(Avatar)>에 나온 나비 족이 되어 "빼앗긴 국경을 가로지르며" 시위한다. "지구인들(sky people)이여, 너희는 우리 땅을 빼앗지 못해![8] 태국에서, 학생 시위자들은 부의 불평등에 저항하는 그들의 시위를 알리기 위해 <헝거 게임(Hunger Games)>을 본 따 세 손가락으로 경례하는 플래

---

7) 해리 포터 동맹(the Harry Potter Alliance)과 팬 액티비즘에 대한 다른 사례에 대해 더 알고 싶다면 다음을 참조. Henry Jenkins, Sangita Shresthova, Liana Gamber-Thompson, Neta Kligler-Vilenchik, and Arley Zimmerman, *By Any Media Necessary: The New Youth Activism*[『필요한 모든 미디어를 경유하여: 새로운 청년 액티비즘』](New York: New York University Press, 2016). 현대 미국 정치에서 나타나는 수퍼 히어로의 형상에 대한 통찰은 다음을 참조. Henry Jenkins, Sangita Shresthova, Liana Gamber-Thompson and Arley Zimmerman, "Superpowers to the People!: How Young Activists Are Taping the Civic Imagination"[「인민에게 초능력을!: 젊은 행동주의자들은 어떻게 시민적 상상력을 활용하는가」], in Eric Gordon and Paul Mihailidis(eds.) *Civic Media: Technology, Design, Practice*[『시민 미디어: 기술, 디자인, 실천』](Cambridge: MIT Press, 2016).

8) Henry Jenkins, "Avatar Activism"[「아바타 액티비즘」], *Le Monde diplomatique*, September 2010, https://mondediplo.com/2010/09/15avatar

시몹을 한다.

우리가 찾은 대부분의 사례에서는 젊은 활동가들이 진보적인 대의를 선전하면서 과학소설을 포용하였다. 하지만 전부가 그런 것은 아니다. 1976년 출판된 윌리엄 루터 피어스(William Luther Pierce)의 『터너의 일기(The Turner's Diaries)』(앤드루 맥도널드(Andrew MacDonald)라는 필명으로 나왔다)는 세계의 대안-보수가 흡수했던 수많은 과학소설들 중 하나이다. "시스템"을 겨냥한 폭동과 인종전쟁 묘사는 미국 국회의사당[9]에서 발생한 2021년 1월 6일 트럼프 지지 시위대의 폭동에 문화적 영향을 미친 것으로 언급된다.[10] 각각의 사례에서, 사변소설은 이들 활동가에게 정치적인 시민적 대리자로서의 감각을 발달시키며, 더 나은 세상에 대한 희망과 윗세대들로부터 물려받은 세계를 비판하는 데 필요한 원천을 제공한다. 그리고 활동가는 때때로 영웅적 형상의 장난스러운 배치가 운동에 활기를 불어넣는 즐거움을 제공한다고 주장한다. 세상을 바꾸는 투쟁에 불가피한 패배와 좌절 속에서도 그들을 지탱해준다는 것이다.

워크숍에서, 우리는 보수적인 참여자들이 대안적인 미래를 상상하는 데 더욱 주저하고, 인간의 진보 개념에 대해 보다 회의적이며, 세계를 변화시키는 것보다 문화적 전통에 더 골몰하고 있다는 점을 발견했다. 워크숍 장면에 최선의 과거를 미래로 함께 가지고 간다는 신호를

---

9) [역자 주] 원문에는 "the U.S. Capital"(미국 수도)로 되어 있으나 "Capitol"(국회의사당)의 오자인 것으로 보인다. 1월 6일 폭동은 트럼프 대통령의 선거 패배 후, 트럼프 지지자들이 결과를 뒤집기 위해 미국 국회의사당을 점거하고 파괴, 약탈을 감행한 사건을 말한다.

10) Aja Romano, "How a dystopian neo-Nazi novel helped fuel decades of white supremacist terrorism"[「어떻게 디스토피아 네오-나치 소설이 수십년간 백인 지상주의자 테러리즘을 부채질했는가」], *Vox*, Jan. 28 2021, https://www.vox.com/22232779/the-turner-diaries-novel-links-to-terrorism-william-luther-pierce

삽입함으로서, 우리는 성찰 프로젝트를 확장하고 그와 함께 안정감을 더 크게 만들 수 있다는 것을 발견했다.

과학소설이라는 장르의 이름이 붙여지기도 전에 어떻게 과학소설은 효과적으로 작동할 수 있었을까? 그 중심에는 시민적 상상력이 있다. 간략한 설명을 위해, 나는 특정한 주요 순간과, 장르의 진화가 확산된 경향을 설명하는 핵심적 운동을 선택해 붓질하듯 짚어나가도록 하겠다. 에드워드 벨러미(Edward Bellamy)는 『뒤돌아보며(Looking Backward)』(1888)[11]에서 미래 사회의 유토피아적 비전을 활용하여 산업혁명이라는 진보적인 시대를 비판하였다. 예컨대, 책에서는 작가 자신의 시대의 공장이 토해낸 그을음과 매연을 대체하는 것으로서 반짝이는 하얀 도시를 구체화하였다. 벨러미의 소설은 사회적 공학의 보호를 상상하는 기술적 유토피아주의(테크노유토피아)로 알려진 확장된 사회적 운동의 일환이었다. 여기서 기술적 유토피아주의는 보다 이상적인 사회를 위한 도시를 다시 만드는 수단으로 활용되었다.

하워드 시걸(Howard Segal)은 20세기의 초반 10년 동안 출판되었던 이런 종류의 소설 스물다섯 권을 비평하였다. 여기서 그는 기술적 이상이 제공하고 공학 원칙으로 형성된 사회 정치적 삶의 합리성을 심화시킴으로서 산업화 시대의 폐해를 극복해야 한다는 고집스러운 세계관을 확인하였다.[12] 그의 주장에 따르면, 이 작품들은 일반적으로 사회적으로 개선된 진보적 시대의 비전을 반영했는데, 그것은 왜 미국 과학소설사의 초창기 장이 그 시기 진보적인 정책에 의해 형상화되었는가를 설명한다. 시걸은 이들 소설이, 페이비언 사회주의부터 자유지상주의에 이르기까지, 정치철학의 영역에서 도래했으며, 기술적

---

11) 국역: 에드워드 밸러미, 김혜진 역, 『뒤돌아보며: 200년에 1887년을』, 아고라, 2014.
12) Howard P. Segal, *Technological Utopianism in American Culture*[『미국 문화에서의 기술적 유토피아주의』](Syracuse, NY: Syracuse University Press, 2005).

유토피아 모델은 2차 세계대전 동안에 차곡차곡 진행되다가 파시스트와 전체주의 지도자에 의해 포섭되었으리라고 보았다.

영국에서, 허버트 조지 웰스(H. G. Wells)는 이 새로 등장한 장르를 정치적 논평을 위해 사용하려 애쓴 또 다른 초창기 작가였다. 『도래할 것들(Things to come)』에서, 그는 과학 인류에 의해 운영되는 미래 사회―전쟁과 혼돈으로부터 태어났다―를 상상하기 위해 기술적 유토피아 패러다임을 세웠다. 거기서는 시민의 삶에서 통치 권력으로서 합리성이 정치를 대체한다. 기술적 유토피아 모델은 종종 민주주의, 현재 실시되고 있는 "정치", 특히 사회적 공학자들에 의해 이끌어지는 것에 종종 저항하는 무식한 대중들에 대한 깊은 불신을 나타낸다.

휴고 건스백(Hugo Gernsback)은 미국 과학소설의 아버지로 알려져 있다. 그는 단순히 과학자나 공학자보다는 더 많은 대중에게 빠른 기술적 변화의 영향을 주기 위해 토론을 열려고 하였다. 특정 종류의 과학 문해력을 장려하기 위해 그가 활용한 것은 펄프 잡지였다. 그는 최첨단의 발전을 결론으로 상정해놓고, 과학으로 알려진 것 ― 분석을 넘어선 것들을 제외하였다 ― 에 기초하는 이야기를 원했다. 그것은 근거 있는 추론의 양식으로, (그가 부른 대로 하면) "과학적 소설(scientifiction)"을 단순한 오락이기보다는 더 큰 목적을 가진 독특한 장르로 만들었다. 그리고 팬덤은 이야기를 토론하고, 허구적 전망과 비허구적인 전망을 한자리에 모을 수 있는 장소가 되었다. 함께 미래를 이해하고자 하는 사람들의 시민적 공동체는 이 비전 안에서 특별한 역할을 맡았고, 이야기를 공들여 만들었다.

이들 초창기 팬덤은 처음엔 펄프 잡지의 편지 칼럼으로 모여 들면서 성장했지만, 곧 주요 도시에서 모였고, 결국에는 (종종 초국가적인 열망을 품은) 전국적인 팬 대회가 생기면서 직접적인 만남으로 이어지기도 했다. 이들 공식적인 팬 공간은 지적인 야심이 있고 기술적으로 경도된 젊은 남성들이 주로 차지했다. 훗날 주요한 과학소설 작가, 예술가, 출판업자, 비평가들이 대부분 이 계층에서 등장하게 된다. 애초에 이 젊은 팬들은 이전부터 있었던 아마추어출판연합(Amateur Press Association) 인프라에 연결되어 있었다. 그것은 분산된 독자 네트워크 사이에서 그들의 글을 배포하던 곳이었다. 역사학자 마이클 샐러(Michael Saler)는 초창기 팬덤을 "상상력의 공적 영역"이라 평한다. 즉, 현실세계의 핵심적인 사회적 정치적 논쟁이 일어나는 공간은 상상적 작업의 렌즈를 통해 검토되며, 그런 세상은 이들에게 "현실로서" 간주되었다.[13] 샐러는 현재에 이르기까지 미국 문화의 기초가 되는 장르로서 이런 비평적 사유의 새로운 양식이 어떻게 과학소설 주변으로 형태를 갖추게 되는지를 이해할 수 있게 한다.

1930년대까지, 과학소설에 등장한 비전은 1939년 뉴욕 세계 박람회에서 물질적 형식을 띠기 시작했다. 여기서, 사람들은 "내일의 세계"를 방문할 수 있었다, 비록 자가용을 앞세워 조직적인 유토피아적 사회를 표현한 제너럴 모터스의 퓨처라마[14]처럼 법인의 후원을 받은 천막에 벨러미의 개혁주의적 추진력이 굴하긴 했지만 말이다. 그리고 과학소설의 비전은 일시적인 정치적 운동, 즉, 테크노크라시 운동이 되었다. 그것은 대공황을 맞은 미국 경제를 재설계하기 위해 노력했다. 기술적 유토피아처럼, 테크노크라시 운동은 공학 원칙과 발전된 기술이 가져다 준 편리성으로 정의되었다. 이로써 전문가와 합리성으

---

13) Michael Saler, *As If: Modern Enchantment and the Literary Prehistory of Virtual Reality*[『마치~인 것처럼: 현대의 매혹과 버추얼 리얼리티 이전의 문학의 역사』] (Oxford: Oxford University Press, 2011).
14) [역자 주] 퓨처라마(futurama): 1939년 뉴욕 박람회에서 제너럴 모터스의 전시관 이름, '미래의 생활방식을 예언적으로 나타내는 전시' 혹은 '광범위한 미래 계획' 등의 뜻을 가진다.

로 통치하는 정부에 찬성하는 당파 정치를 제거하려 했다. 그들은 전 세계적 혁명으로 연결되어, 방해와 폭력 없는 대중적인 사회주의적 상상력으로 연합된 중앙집권화된 계획을 원했다. 그들의 출판물은 종종 과학 소설, 특히 로봇과 다른 이성적인 기계 대리자와 연관된 소설들에서 메타포를 퍼왔다. 우리는 또한 그 때나 지금이나, 과학소설이 기계적 영역에 들어온 많은 이들의 야망을 형상화하는 데 중요한 역할을 했음을 강조해야 할 것이다. 전후 시기동안 우주비행과 원자 에너지와 가장 밀접하게 관련된 이들을 포함해서 말이다.

퓨처리안(Futurian)은 미국 과학소설 팬덤에 등장한 또 다른 사회적 운동이었다.[15] 이 운동은 과학소설 팬덤 안에서의 토론으로 시작했지만, 젊은 사람들이 전문가로 변모하면서 널리 퍼지게 된다. 많은 퓨처리안들은 마르크시스트 조직의 멤버들, 혹은 "동무 여행자들"이었으며, "과학적 사회주의"에 기반을 둔 새로운 질서를 고무하기를 바랐다. 앤드루 로스(Andrew Ross)는 퓨처리안의 영향을 추적했다. "팬덤에 사회적 의식이 침투하면서 펄프 이야기가 권위주의적 사회 질서의 미래를 발언하기 시작했을 때 단번에 영속적인 효과를 가졌다. 이 영역의 출판인과 편집인들이 세운 권위에 맞서면서, 그들은 마침내 대항문화적인 무언가를 형성했다."[16] 로스는 공동 주거 실천이 어떻게 협동과 새로운 아이디어의 확산에 영감을 주었는지(프레데릭 폴(Frederic Pohl)과 시릴 콘블루스(Cyril Kornbluth) 사이에서처럼) 그 증거를 제

15) Henry Jenkins, "Science Fiction As Media Theory: Teaching The Space Merchants" (1952)[「미디어 이론으로서의 과학소설: 『우주 무역상』 가르치기」] *Advertising & Society Quarterly,* Volume 20, Issue 3, 2019, 10.1353/asr.2019.0018

16) Andrew Ross, "Getting Out of the Gernsbeck Continuum", *Strange Weather: Culture, Science and Technology in the Age of Limits*[「건스백 컨티넘을 벗어나기」, 『이상한 날씨: 한도 시대에서의 문화, 과학 그리고 기술』](London: Verso, 1991), pp.117.

공했으며, 그들의 출판인들로부터 더 나은 원고료를 받기 위한 싸움을 어떻게 조직했는지도 설명했다. 게다가, 이 결연은(그리고 그룹 안에서의 토론은) 광고가 범람하고, 이익을 목적으로 조직되고, 소비주의로 형성된 세계의 모습을 1950년대 과학 소설의 표상으로 알려주었다. 예컨대, 폴과 콘블루스의『우주 무역상(The Space Merchants)』은 대중의 복종과 소비자 자본주의에 대한 허구적 비평을 통해 세계가 매디슨 가[17)에 의해 전적으로 통제된다고 상상했다. 여기서, 상원의원은 국가보다는 회사를 상징하며, 국민들은 소비자로서 전적으로 대부분의 세계를 본다.

전후 세계의 또 다른 앵글로-아메리카 디스토피아 소설로는 조지 오웰(Georhe Orwell)의『1984』, 올더스 헉슬리(Aldous Huxley)의『멋진 신세계(Brave New World)』, 레이 브래드버리(Ray Bradbury)의『화씨 451(Fahreheit 451)』가 있다. 각각은 사회가 종착점에 대해, 서로 다르지만 충격을 주는 비전을 표현했다. 그들의 비전은 여론을 형성하고 지적 발전을 억누르는 매스미디어 권력에 대한 비판을 중심으로 구성된다. 우리가 현대사회의 변화에 대해 이야기할 때 여전히 이들의 작품에서 끌어 온 어휘를 가지고 자주 토론하는 것을 보면, 이들 작가들이 얼마나 진보적인지 감탄하게 된다. 이 소설들은 반복되는 현상을 설명한다. 대다수의 디스토피아 소설은 삶에 그런 부정적 충격을 가져왔던 기관을 붕괴시키고 대체하기 위해 애쓰는 저항운동의 이야기를 포함한다. 한편(순수한 유토피아 소설이 점점 드물게 되고 있음에도) 모든 유토피아 소설은 변화를 제안하면서 디스토피아에 대항하면서도 은연중에 디스토피아 — 가장 빈번하게는 현재 순간 —

---

17) [역자 주] 매디슨 가(Madison Avenue). 뉴욕 맨하튼 지역을 남북으로 가르는 긴 도로. 광고회사가 밀집된 곳으로, 광고 거리의 대명사이다.

를 담아낸다.

1960년대를 가로지르면서, 과학소설 문학과 그 팬덤은 헬렌 머릭 (Helen Merrick)이 "과학소설 페미니즘"이라고 부른 돌풍을 일으키면서 중요한 토론의 현장이 되었다. 토론은 현재까지 살아있다. 예컨대, 위스콘, 매디슨 가, 위스콘신은 장르의 페미니스트적 전망을 주제로 한 과학소설 대회의 근거지가 되었다.[18] 과학소설은, 『낯선 땅 이방인(Stranger in an Strange Land)』 혹은 『듄(Dune)』처럼 1960년대 미국 대항문화의 핵심 원천이었으며, 프레드 터너(Fred Turner)에 따르면 "대항문화에서 사이버 문화로"의 전환을 가능하게 했다.[19]

1980년대와 1990년대 사이버펑크 운동은 디지털 혁명에 대응으로 등장했다. 그것은 인프라 구축에서 발생하는 빠른 변화를 처리하는 일상생활 속 사람들을 위해 우리가 살고 일하는 방식을 바꿀 방법을 제안한다. 그들의 소설은 사이버스페이스나 메타버스 같은 강력한 은유를 제공하는데, 그것은 우리가 온라인 생활의 성격을 매개로 생각하도록 하는 데 여전히 사용된다. 사이버펑크는 인간의 마음과 새로운 기술의 융합에 어느 정도의 양가감정을 표현했다. 그것은 다양한 서브컬쳐 작품들이 만든 풍경과, 대중과 다르게 자신을 정의하는 개인을 밀도 있는 묘사로 발전시켰다. 그리고 종종 야쿠자나 다른 범죄조직이 통제하는 기업적 국가에 대한 저항운동을 이끄는 카우보이 해커 서사를 구성하였다. 여기서, 그들은 국민국가 사이의 경계뿐 아니라, 이제 완전히 거

---

18) Helen Merrick, *The Secret Feminist Cabal: A Cultural History of Science Fiction Feminisms*[『페미니스트 비밀 결사: 과학소설 페미니즘의 문화적 역사』](Aqueduct Books, 2009).

19) Fred Turner, *From Counterculture to Cyberculture: Stewart Brand, The Whole Earth Network, and The Rise of Digital Utopianism*[『대항문화에서부터 사이버 문화까지: 스튜어트 브랜드, 전세계 네트워크, 그리고 디지털 유토피아주의의 출현』](Chicago: University of Chicago Press, 2008).

대한 사업과 조직된 범죄 사이의 구분선이 모호해진 국가를 통제하는 기업에 대한 비판으로 퓨처리안 비평을 확장하였다.

사이버펑크 운동은 그 사고방식이 하이테크 회사와 디지털 사생활 문제를 생각하는 많은 젊은 활동가들에게 강력한 영향을 미쳤다. 이후, 그것은 비주얼 아트, 패션, 음악 등의 테마에서 알 수 있듯이 문학운동뿐 아니라 예술운동, 그리고 정치운동으로서 이해되기도 한다. 사이버펑크 운동의 미학은 정치와 쉽게 분리될 수 없다. 상상했던 미래의 외관과 느낌은, 현재 바람직하거나 곤란한 것들을 발견하면서, 그 특징을 구현하고 증폭시키기 때문이다. 이어진 과학소설 운동에 대해서도 동일하게 말할 수 있다. 스팀펑크 운동은, 19세기 시계태엽과 증기 기반의 메커니즘이 제공한 기술적 미래의 비전을 가진 초기-과학 소설로 되돌아가는데, 그것은 팬들의 창의적인 노력에 힘입어 아래로부터 출현하였다. 팬들 다수는 폭넓은 메이커 운동[20]의 일부에 속해 있었다. 그것은 기술이 아름다운 주문제작 물건을 의미했던 초창기에 대한 특정한 향수에 의해 형성되었다. 제임스 H. 캐럿(James H. Carrot), 브라이언 데이비드 존슨(Brian David Johnson), 그리고 레베카 오니언(Lebecca Onion)은 스팀펑크의 미학을 인간의 삶으로부터 유리된 현대 기계 디자인에 대한 잠재적이고 지속적인 비판으로 여긴다.[21]

---

20) [역자 주] 메이커 운동(Maker Movement). 해킹, DIY, 차고문화 등의 소규모 하위문화였던 자가 제작 문화를 시민운동의 차원으로 확대해 대량생산체제에 대항하는 새로운 제작양식으로 만들고자 했던 흐름이다.

21) James H. Carrot and Brian David Johnson, *Vintage Tomorrows: A Historian and a Futurist Journey Through Steampunk into the Future of Technology*[『최상의 미래: 기술의 미래로 뛰어든 역사학자와 미래주의자의 스팀펑크 여행』](Make Community, 2013); Rebecca Onion, "Reclaiming the Machine: An Introductory Look at Steampunk in Everyday Practice", *Neo-Victorian Studies* 1(1), Autumn 2008, pp.138-163.

바로 지금, 아프로퓨처리즘(Afrofuturism)은 급진적인 흑인 상상력의 강력한 선언으로 구성된다, 흑인 작가와 팬으로 구성된 이 새로운 세대들은 아프리카적 뿌리를 표현하고, 공유된 외상적 역사를 표현하며, 정치적 사회적 변화의 새로운 형식을 창안하는 길을 제안하려고 하는 사람들, 흑인의 목숨이 문제가 되는(black lives matters) 세계에 살고 있는 모든 사람들을 포함한다. 흑인 과학소설 작가들, 새뮤얼 딜레이니(Samuel Delaney)와 옥타비아 버틀러(Octavia Butler)는 그 시기 작업한 재즈와 소울 연주자들처럼 아프로퓨처리즘의 기초를 세웠다. 문학적이고 음악적인 구체화 양쪽에서, 아프로퓨처리즘은 그들을 억압하려 하는 권력과 그들의 삶에 배치된 한계에 저항하는 과정을 확인하면서, 캐릭터의 삶에서 복잡하게 교차하는 특징을 문학적 형식으로 탐험했다, 여기서, 과학소설은 미국과 광범위한 아프로, 그리고 아프로－캐러비안 디아스포라 사이의 문화적 교환의 토대를 제공하였다.[22] 아프로펑크 이미지, 사운드, 내러티브는 거리에서 발생한 일에 대해 시위자들이 이해하는 방식을 형상화했다. 시위자들은 종종 보다 미래적인 사회의 이미지를 통해서 그들이 주장하는 변화의 신호를 보냈다. 미국 문화에서 뒤처진 다른 그룹은 또한 그들의 이야기를 말하기 위해 과학소설의 도상으로 방향을 돌렸다.[23] 예컨대, 토속적인 예술가들은 과학소설의 도상학적 용도를, 특히 <스타 트렉>과 <스타 워즈>의 이미지들을 변경하였다. 그들을 오직 과거에만 존재하고 미래가 없는 것처럼 생각하는 자신들의 이야기를 종종 확장된 문화로 가시

---

22) Ytasha L. Womack, *Afrofuturism: The World of Black Sci-Fi and Fantasy Culture*[『아프로퓨처리즘: 흑인 과학소설과 판타지 문화의 세계』](Lawrence Hill, 2013).

23) Suzanne Newman Fricke, "Indigenous Futurisms in the Hyperpresent Now", [「과(過)현실에서의 토착적 퓨처리즘의 현재」] *World Art* 9(2), 2019, pp.107-121.

화하였다.

솔라펑크 운동은 인간, 기술, 그리고 자연 세계 사이의 관계에 대한 일련의 대안적 과학소설 비전 중 가장 최근의 것이다. 그것은 사람들에게 지속가능한 미래가 어떨지, 그리고 어떻게 전 지구적 환경 재앙을 피할지를 보여주기 위해 과학소설을 활용하는 의식적인 노력을 상징한다. J. D. 모이어(J. D. Moyer)의 "솔라펑크 선언"은, 문학적 작업이 환경 액티비즘의 감각에 강력하게 연결되어 있음을 확인하면서, 이 운동을 알리는 몇 가지 핵심 아이디어를 포착한다.

> 우리는 솔라펑크다. 우리는 낙천주의를 빼앗겨 왔으며, 그것을 돌려받기 위해 노력하고 있기 때문이다. 우리는 솔라펑크다. 유일한 다른 선택지는 부인하거나 절망하는 것뿐이기 때문이다. 그 핵심에서, 솔라펑크는 휴머니티가 성취할 수 있는 최선의 것을 구현하는 미래의 비전이다. 즉, 식량난 이후, 계급제도 이후, 자본주의적 세계 이후, 휴머니티가 자신을 자연의 일부로 여기고, 청정에너지가 화석 연료를 대체하게 되는… 솔라펑크는 과학 소설을 단지 오락거리가 아니라 액티비즘의 한 형식으로서 인식한다. 솔라펑크의 "펑크"는 반란, 대항문화, 포스트 자본주의, 반식민주의 그리고 열정에 대한 것이다. 그것은 점점 더 무서운 방향으로 가는 메인스트림과는 다른 방향으로 나아간다.[24]

여기서 논의된 많은 초창기 운동들과는 달리, 솔라펑크는 전세계적 환경 정의 운동에 응답하면서 시작된 것으로 이해된다. 그리고 초기 결정적인 작품들은 다양한 국가적 맥락(브라질과 일본이 특히 활동적으로 기여했다)을 가진 작가들을 포함하였는데, 그들은 지구를 위한

---

[24] J. D. Moyer, "A Solarpunk Manifesto"[「솔라펑크 선언」], https://www.jdmoyer.com/2021/07/19/a-solarpunk-manifesto/

"가능한 미래"를 창조하고 토론하는 네트워크를 형성해왔다. 스팀평크와 다르지 않게, 이 운동은 예술을 통해 이 사변적 미래를 시각화하고, 패션과 제작 실천을 통해 이들을 물질화하려는 욕망에 의해 형성되었다.

그리고 이것은 우리가 다음에 벌어질 일을 상상하려 할 때, 우리를 현재 순간에서 과거로 데려간다. 우리는 성찰의 양식들이 미국 과학소설의 역사를 가로지르며 출현하는 것을 보아왔다. 메이커 문화에서부터 패션, 놀이공원, 그리고 설치 예술에서부터 거리의 시위자에 이르기까지, 이 사유의 양식들은 팬과 창작자들 사이에서 과학소설이 촉진한 특정한 사고방식, 즉 단어로 출현했지만 곧 물질적 형식 안에서 구체화된다. 과학소설은 미래에 대해서 우리가 생각하는 지배적인 틀이기에 중대한 역할을 맡았다. 20세기와 21세기 미국에서 이러한 과학 소설과 진보적 운동 사이의 연결을 강조할 때, 우리는 장르가 통일된 목소리로 말하지 않는다는 것을 기억할 필요가 있다. 과학소설이 상상해 온 몇몇 대안들은 사회 정의를 위해 싸울 힘이 되어준 반면, 다른 대안들은 권위주의적 정부나 다국적 기업 복합 기업체의 비전을 선전했다. 이 작업들은 군국주의와 민족주의에서부터 평화로운 변화에 이르기까지 다른 변화과정을 제안한다. 이 서로 다른 가능한 세계에 대한 토론 과정, 즉, 샐러가 "상상력의 공론장"이라고 부른 것은 비판적 사고와 문학적 기교를 발전시킨다.

시민적 상상력 지도 프로젝트를 위해 받은 이야기와 자료를 검토한 바, 가능한 미래에 대한 전 지구적 의사소통이 만든 이 이야기들이 문학뿐 아니라 과학소설 영화를 경유하여 전 지구적으로 순환하고 있음을 분명히 알 수 있었다. 응답자들은 종종 공통의 테마를 공유했다. 전 지구적 의사소통을 위한 잠재적인 도구로서 네트워크로 연결된 기술과 관련된 것들, 초강대국에 대한 불신과 국가 간의 보다 강력한 협력에 대한 바람, 지속가능성에 대한 강한 관심, 여성, 이민자, 피부색, LGBTQ+를 포함하여, 인권의 핵심에 다가서는 깊은 헌신, 그리고 세계 주변을 변화시킬 가능성이 여전히 존재한다는 핵심적인 낙천주의 등이 그것이다. 대면 워크숍에서는, 우리 다수가 살고 싶어 하는 세계를 향한 필수적인 변화를 준비하기 전에 먼저 대대적인 붕괴가 필요할 것이라고 믿는 사람들이 있는 것을 자주 보았다. 그리고 이 이야기들은 종종 팬데믹이 바로 변화의 시작이라는 것, 즉 그것은 오랫동안 예견된 벌을 받는 순간이며, 사회의 생존 모델이 실패했고 그렇기에 새로운 대안의 수용이 필요한 순간이라는 사실이 증명되었다고 말한다. 이 통찰들은 사변 능력을 한 데 모을 때 등장한다. 전후좌우를 살펴보거나 이방의 세계를 살펴보면서, 더 나은 세상은 어떨까를 생각하고, 그것을 획득할 최선의 방법에 대한 모델의 탐색하면서 말이다. 이 이야기들 중 다수는 대참사에도 불구하고 인간은 예상불가능한 복원력을 보여준다고 말한다. 인간은 이전 세대로부터 물려받은 세상에서 살아가는 방법을 알고 있기 때문이라는 것이다. 이 도전에 직면하여 그 어느 때보다도 지금, 우리에게는 과학소설이 촉발하고 있는 시민적 상상력이 필요하다.

제2장

주류는 사물들에
저 나름의 용도를 찾는다
사이버펑크와 상품화

셰릴 빈트
번역: 김희진

제목의 첫 부분은 『탈출 속도(Escape Velocity)』에 수록된 마크 데리의 사이버펑크에 대한 장의 결론에서 따왔다(p.107).

『포스트모더니즘, 혹은 후기자본주의 문화 논리』에서 프레드릭 제임슨은 사이버펑크를 "포스트모더니즘의, 그렇지 않다면 적어도 후기 자본주의 그 자체의 최고의 문학적 표현"(419)이라 서술했다. 이 논평은 대개, 우리에게는 다국적 자본으로 이루어진 혼란스러운 세상에 대한 인지적 지도가 필요하다는 그의 결론에 비추어 받아들여진다. 사이버펑크의 특징이 "자본 그 자체의 제3기의 중심점 없는 완전히 새로운 글로벌 네트워크를...파악하기 위한 표상적 속기법"(38)이라는 그의 묘사가 그 바탕이 된다. 사이버펑크의 주요 네트워크 이미지와 후기 자본주의의 정보 경제로의 변화를 중점적으로 살펴보기보다는, 사이버펑크에 대한 제임슨의 논평을 포스트모더니즘에서 예술의 사회적 기능에 대한 그의 논거들과 결부하여 고찰하려 한다. 「포스트모더니즘과 소비 사회」에서, 제임슨은 어떤 형식적 기준에 의거하여 모던과 포스트모던 텍스트를 분류하려는 시도는 헛된 작업이지만, 그럼에도 모더니스트 예술과 포스트모더니즘 예술 사이의 뚜렷한 단절을 기록할 수 있다고 했다. 모더니스트 예술이 종종 주류 사회와 대립했던 반면 포스트모더니즘 예술은 "가장 공격적인 형태"(124) 일지라도 상업적으로 성공적이라는 결론을 내린다. 그는 "옛 모더니즘은 그것이 속한 사회에 대항하여 기능하며 그 방식들은 비판적인, 부정적인, 논쟁적인, 전복적인, 대립적인 등으로 다양하게 묘사되는" 반면 "포스트모더니즘은 소비 자본주의의 논리를 복제하거나 재생산-강화-한다"(125)고 주장하며, "포스트모더니즘이 그 논리에 저항하는 방식도 있기는 한지"(125)라는 의문으로 글을 마무리한다. 이 의문에 답하려는 노력이, 사이버펑크의 가장 핵심적인 유산이다.

　『포스트모더니즘, 혹은 후기자본주의 문화 논리』에서, 제임슨은 "문화권의 준(準)자율성은...후기 자본주의의 논리에 의해 파괴되었다"(48)고 시사하며, 이 논리의 특징은 "다국적 자본의 막대한 새로운 확장"이 전에는 상업화되지 않았던, 이전에 "비판적 유효성의 발판"(49)을 제공해 주었던 영역까지 파고들었다는 점이다. 문화 산업과 그로 인한 예술과 상품 형태의 융합에 대한 아도르노와 호르크하이머의 비평은 "그 당시보다 오늘날 한층 더할 나위 없이 진실이다"(351). 미샤의 『붉은 거미, 흰 거미줄(Red Spider, White Web)』은 다국적 자본, 네트워크 문화, 기업 지배 구조, 경제 위기라는 친숙한 사이버펑크의 풍경 속에서 살아남으려는 예술과 예술가의 분투를 중심 테마로 다룬다. 등장인물들은 도처에 상품이 가득하고 노동이 소외된 세상 속에서 진정한 예술을 이룩하려 고투하며, 『계몽의 변증법』에서 너무도 탁월하게 진단되었던 예술이 광고로, 문화가 산업으로 붕괴된 현상과 더불어 상품 형태가 예술과 인간 의식에 입힌 손상을 드러낸다. 후기 자본주의 하의 시장 조건과 그것이 예술가와 관객 양쪽 모두에게 가져온 결과를 통찰한 선견지명이었다. 1999년 워드크래프트 판 뒷표지에 실린 엘리스 헬포드의 평처럼 미샤의 작품이 "사이버펑크가 마땅히 그랬어야 하지만 되지 않았던 모습 전부"인 이유 중 하나다.

『붉은 거미, 흰 거미줄』은 사회에서 물질적이고 경제적으로 배제된 인물들을 중심으로 한다는 점에서 더 친숙한, 많은 경우 남성적인 버전의 사이버펑크와 구별된다. 사이버펑크 주인공들이 종종 사회 주변부 출신으로 묘사되기는 하지만, 사이버스페이스에서 그런 인물들이 너무나 빼어나게 활약한다는 사실과 부합하지 않음을 많은 평론가(발사모, 닉슨, 로스, 포스터)가 지적한 바 있다. 권력으로부터의 이런 가짜 소외와 대조적으로, 미샤의 인물들은 궁핍하고 황량한 세상, 더 중요하게는 이전에는 상품화되지 않았던 경험의 영역들이 사라져 가는 세상에 살고 있다. 사이버스페이스가 제기하는 가장 큰 위협이 인공지능의 진화가 아닌 끝없는 스팸 폭격인 세상을 예상한 미샤는, 자신의 인물들이 겉보기에 정화된 듯한 가상 세계로 탈출하도록 놔두지 않으며 대신 우리에게 마누엘 카스텔이 "정보 시대의 진정 근본적인 사회 균열"(『밀레니엄의 종언(End of Millennium)』, 377)이라 칭했던 특징들에 더 가까운 세상을 선사한다. 노동의 탈숙련화, 노동자나 소비자로서 글로벌 자본주의에 소용되지 않는 개인들의 사회적 배제, 인간 생활의 물질 경험에서 시장 논리의 분리. 자본 논리를 벗어난 인간 생활은 무시된다. 노동자들에게 자본에 소용되는 이상의 가치가 없는 것과 마찬가지로, 예술도 상품으로서의 지위 이상의 가치는 없다. 포스트모더니즘 시장 조건 하에서 예술의 운명은 기묘하게도 미샤가 탐구하는 주제인 동시에 사이버펑크 운동을 죽였던 이유 그 자체인 듯하다. 루이스 샤이너가 「전(前) 사이버펑크의 고백」(1991)에서 사이버펑크라는 용어가 마케팅 범주가 되면서 그 의미를 잃었다고 한탄한 것처럼 말이다.[1]

『붉은 거미, 흰 거미줄』은 첫 장에서부터 테크노 판타지와 명확하게 다르다. 주인공 쿠모는 "갈색 스모그에 뒤덮인 도시"에서 "추위에 몸을 움츠린...긴 코트를 입은 회색 형상들"이 둘러싸고 있는 "작은 쓰레기 모닥불들"(19)을 지나치며 쓰레기장에서 먹을 것을 찾는다. 이 "가망 없는 욕망들의 적막한 풍경"에는 화물열차의 "느릿느릿 움직이는 유개 화차들"만이 있고, "이따금 지나가는 날렵한 지하철과 초고속 열차들"(19)이 지나쳐 가는데, 이들은 노동계급이 거주하는 지하도시

---

1) 사이버펑크의 이러한 궤도는 깁슨의 후기작에서 예술과 예술가가 더 중심적인 초점이 되는 이유일 수 있으며, 이 주제에 대해서는 이 장 마지막에서 다시 다루도록 하겠다. 롭 래섬의 「희귀한 발효 상태: 뉴웨이브에서 사이버펑크까지 SF 논란들」을 참조할 것. 깁슨의 초기 시장 성공이 사이버펑크 운동의 존재 자체를 가능케 한 얼마나 중요한 요소였는지 입증하는 내용이다.

도그톤의 부유한 지역과 엘리트들이 사는 돔으로 덮인 놀이공원 도시 미키상으로 향한다. 도시 외부의 버려진 공업단지 데드 텍에서는 "망할 놈의 자외선, 형편없는 음식, 추위, 15분 바이러스―그 모든 것"(61)으로 인해 사람들이 서서히 죽어가며, 도그톤은 "이미 죽은 문명의 잿더미"(111)에 의지해 산다. 오직 도시인 미키상만이 어느 정도의 안락함과 안전을 제공하며―상당한 비용이 들기는 하지만―도시 입성은 적절한 기업 연줄을 지닌 이들에게만 엄격하게 제한된다. 초점은 여전히 물질 세계의 본능적인 행동에 맞춰진다. 습격을 당하자, 쿠모는 변소로 쓰는 양철 양동이의 "목구멍이 웩웩거리는 내용물"을 공격자에게 던지고, 싸움이 끝난 후 그녀는 공격자에게서 "피투성이 혀 살점"(22)을 물어뜯었음을 알아채고 "가래와 피"(23)를 토한다.

위험하고 불편함에도 쿠모는 데드 텍에 남아 있으려 한다. 그곳의 시장이 "그녀에게 유일하게 남은, 예술을 할 수 있는 합법적인 장소"(39)이기 때문이다. 예술가들은 소비 사회의 시장 원리보다는 후원 제도와 더 유사한 방식으로 작품에 대한 보상을 받는다. 쿠모가 보기에 사람들은 "이미지들에 매혹을 느끼면서도 주저"한다. 이는 그녀의 홀로그램 예술에 "뚜렷한 실용적 가치는 없기" 때문이며 "고객은 많지만, 구매자는 드물다"(51). 예술가들은 "창조하거나 죽어야"(52)한다. 예술을 팔아서 살아갈 수 없다면, 그들은 벨 팩토리에서 노동하거나 '프로페셔널' 예술가로 미키상에 들어가는 수밖에 없고, 창조력이나 비판적 성찰의 여지는 전혀 없다. 데드 텍의 예술가들은 연쇄 살인마에게 은밀히 쫓기는데, 이는 그들의 위태로운 존재를 보여주는 강력한 상징이며, 살인마는 희생자들의 육체를 예술적인 광경으로 남긴다. 미샤는 시점 전환을 이용해 살인자의 관점에서 묘사하며, 관객을 '당신'으로 칭하며 이야기하기 시작해 살인자의 1인칭 시점으로 옮겨간다. 힘겨운 공연과 더불어 "당신은 그녀를 위해 손뼉을 치고 당신의 적나라한 미소가 그녀의 얼굴을 덮는다. 당신은 그녀의 육식성 관객이다. 그녀는 더 열심히, 더 빠르게 노력하고, 당신만을 위해 그녀는 피루에트를 하며, 그녀는 당신을 알지 못하지만, 그녀에겐 당신이 필요하다"(17)라는 묘사로 시작된다. 관객의 인정에 의존하는 예술가는 자신의 예술 때문에 고통 받고, 살인자는 자신이 그녀를 해방시킨다고 믿으며, "그녀를 도와 눕히고, 땀투성이의 깡마른 다리를 손으로 잡고, 입술은 벌어져 숨을 쉬려고 헐떡이며, 꽉 조이는 타이츠를 벗긴다. 나는 그녀를 육신의 거추장스러움에서 해방시킨다"(17). 살인자는 무용수의 다리를 절단한 다음 대중의 억압으로부터 그녀를 "해방"시킨다. 육신으로부터의 탈출이라는 전형적인 사이버펑크 판타지를 재구성할 뿐 아니라, 예술이 가치 있게 여겨지지 않는 세상, 예술가가 헛되이 공연하는 세상을 비난하고 있다. 쿠모는 비꼬는 어투로 "예술 살인자는 아마 우리 모두에게 호의를 베푸는 셈이리라... 가련하고 비참한 우리를 불행에서 꺼내 주는 것이다"(35)라고 평한다.

이 불행은 육체적이며 정신적이다. 예술가들은 "굶주림과 병으로 허약해진 나머지 죽이기 위해 살아가는 사내에게 손쉬운 표적"(66)이지만, 쿠모는 예술가들을 목표로 하는 데에는 더 깊은 의미가 있다고 주장한다. 살인자가 "어쩌면 그저 변화를 싫어하는 자일지 모른다―생각하길 싫어하는 자, 예술을 싫어하는 자."(66)일 거라 추측하는데, 이는 『계몽의 변증법』에서 제안하는 것과 일치한다. 아도르노와 호르크하이머는 사회가 "사유가 필연적으로 상품이 되고, 언어는 그 상품을 홍보하는 수단이 되는"(xi-xii) 지점에 이르렀음을 우려하여, 계몽이 전체주의로 변하는 것을 막기 위한 비판적 거리와 변증법적 사유의 공간을 주장한다. "만일 진보의 파괴적인 측면에 대한 성찰이 그 적들에게 맡겨진다면, 맹목적으로 실용화된 사유는 초월적 특성을 잃고, 진실과의 관계를 잃기"(xiii) 때문이다. "진정한" 예술과 단순한 시장 상품의 구분을 강조했기에 종종 엘리트주의자로 인식되기는 하나, 아도르노와 호르크하이머는 예술이 시장 교환으로부터 자율적일 수 있는 공간이 없는 문화가 예술과 관객 모두에게 미치는 결과를 분석했다고 보는 편이 옳다. 아도르노와 호르크하이머가 유지하길 바랐던 공간은 예술 작품의 능력, 선입견으로 이루어진 우리의 이념적 구조에 의해 만들어진 현실과는 다른 무엇을 우리에게 보여줄 수 있는 능력이다. 예술은 "현실을 초월"할 수 있으며 "불일치가 나타나는 특징들을 통하여, 정체성을 향한 열정적인 분투의 필연적인 실패 속에서"(131) 일어난다. 예술은 "스스로를 실패에 노출"시키며 "자기부정을 이룩"하고, 저 자신의 "상습적 요소"(xiii)를 돌아볼 줄 모르기에, 진실을 향해 초월할 수 있는 능력을 잃는 철학의 덫을 피한다. 진정한 예술 작품과 달리, "저급한 작품은 항상 다른 것들과의 유사성 – 대리 정체성에 의존해 왔"으며 문화 산업에서 "모방은 마침내 절대적이 된다"(131). 이윤을 향한 추구는, 출판되거나 제작될 수 있는 것이 이전에 시장에서 성공을 거두었던 것과의 유사성을 통해 제 가능성을 입증해 보여야 하는 상황을 발생시키기 때문이다.[2] 예술은 미학적으로는 물론 정치적이고 사회적으로도 심각한 악영향을 주는 여느 상품과 다름없어진다.[3] 진정한 예술 작품을 상품과 구분할 수 없게 되면, 우리의 비판

---

[2] 할리우드 장르들이 관객수 보장을 위해 이전에 성공했던 영화들과 충분히 비슷한 영화들에 자금을 대려는 마케팅 결정의 결과물이라는 분석에 대해, 릭 알트만의 『필름/장르』를 참조할 것.

[3] 이는 깁슨의 『카운트 제로』에서 대부분의 예술이 처한 운명이다. 예술은 교환 시장에서의 '점수'에 따라 가치가 매겨지며, 사고 파는 딜러들은 작품을 결코 보지 않고, "만일 예술가가 충분한 지위를 누렸다면, 진품들은 어느 금고 속 상자에 담겨 보관되었을 가능성이 크며, 아무도 그것들을 아예 보지 못했다."(103-4)

적 사유 역량은 시들고 대중 문화의 정형화된 제공물이 개인적인 통찰과 평가의 자리를 차지한다. 상품으로서의 예술은 "이미 있었던 것의 단순한 모방에 불과"(18)하여, "관객에게 상상이나 성찰의 여지를 전혀"(126) 남겨두지 않는다. 반드시 강조해야 할 지점은 아도르노와 호르크하이머가 대중 문화-즉, 시장 주도의 문화-가 대중으로서의 사람들을 양성한다고 우려한다는 점이다. 독립적인 사유를 할 줄 모르며, 비판적 성찰보다는 스테레오타입에 쉽게 몰두하는 경향의 사람들. 그들에게, "문화와 오락의 융합은... 문화의 타락으로 이어질 뿐 아니라, 필연적으로 오락의 지성화로 이어져"(144), 사유와 성찰의 역량을 한층 더 무너뜨리고 "유일하게 자연스럽고, 점잖고, 합리적인 것이라 개인에게 각인"된 "관습적인 행동 양식들"(28)만을 남긴다. 거리두기와 비판적 사유로 조절되지 않은 오락은 그 성질상 보수적일 수밖에 없다. "즐거워한다는 것은 '예'라고 말하는 것이다... [즐거움은] 도피다. 그러나 단언되는 것처럼 비참한 현실로부터의 도피가 아닌, 최후로 남은 저항의 사유로부터의 도피"(144)이기 때문이다. 진짜 예술은 후기 자본주의의 시장 문화로부터 거리를 둔, 비판적 참여와 성찰의 장이 되어야 한다. 상품이 되어 버린 예술은 위안을 제공할 뿐 참여를 고취하지 못하리라는 것이 그들의 우려다.

『붉은 거미, 흰 거미줄』에서는 아도르노와 호르크하이머가 예견했듯이 "예술 상품의 성격 변화"가 일어나 이제 예술은 "'상품'임을 의도적으로 인정한다"(157). 데드 텍 시장 외부에는 비판적 성찰이나 진정한 예술이 설 공간이 거의 없고, 연쇄 살인마가 존재한다는 점을 통해 이 공간의 취약함이 적절히 표현된다. 미키상에서 예술은 상품에 불과하며, 미술관에 보존되어 있고, 모틀러처럼 안전을 위해 임금노동에 자신을 판 예술가들이 미술관 직원으로 일한다. 그는 상품 논리에 스스로를 종속시킨 대가가 너무 크다고 여긴다. "모든 것은 눈앞에서 흔들리는 당근이었다. 안전. 먹을 것, 따뜻함, 마실 것, 머물 장소, 그러나-감옥 독방 같은"(208). 자신의 예술이 아닌 노동을 팔 수밖에 없었고 그럼으로써 자율성을 잃었기에, 모틀러는 더 이상 창조자가 아닌 큐레이터에 불과하다. 이는 아도르노와 호르크하이머가 "문화적 상품을 받아들임에 있어 사용 가치가 교환 가치로 대체된"(158) 결과로 예견했던 상황이다. 모틀러는 엘리트들에게, 뒤샹의 바퀴는 "고대의 운동기구로 작가인 샹 공작(Duke The Champ)이 착용하고 운동하기 위해 만든 것"이라 풍자적으로 설명하며, 워홀의 코카콜라 복제는 예술이 아닌 광고, 코카콜라가 아닌 워몰(Warmole)을 광고하는 것으로, 그는 "매우 순간적인 예술가였습니다. 단 15분간 유명했고 그후 죽었지요"(209)라고 안내한다.[4] 예술과 상품의 분리가 불가능한 맥락 속에서 예술은 그 사회적 기능-사회에 대한 비판적 성찰-을 수행할 수 없다. 모틀러는 미키상의 사람들이 "하는 일이라곤 소비하는 것"(208)뿐이기 때문에 그들을 거부한다. 경제적 안정과 자기 작업을 할 수 있는 하루 세 시간을 위해 노동을 판 결과 소외와 착취의 삶에 갇혔음을 깨닫는데, "미키에 자유시간은 전혀 없"(214)기 때문이다.

미키상에서는 개인용 홀로수트를 이용해 각자의 현실에 들어갈 수 있다. 이는 오락을 위한 예술의 한 버전인 판타지 공간이며, 유희만을 위한 공간이고 정치적 저항의 장이 될 수 없다는 점에서 사이버펑크에서 더 전형적으로 표상되는 사이버스페이스와 다르다. 특권을 지닌

---

4) 바퀴는 뒤샹의 레디메이드 중 하나로, 예술품이 예술로서의 지위가 아닌 새로운 방식들로 의미를 지녀야만 하는 방식들을 탐구한 작품이다. 레디메이드는 또한 예술과 산업의 관계에 대한 논평이기도 한데, 예술이 기존에 제작된 재료들에 얼마나 의존하는지에 주목을 끌기 때문이다. 비록 기성 제품이 페인트뿐이라도 그렇다. 유사하게, 워홀의 작품은 예술과 상품의 융합에 대한 불안을 표현한다.

귀족들만이 이용하는 홀로수트는 "최후로 남은 저항의 사유로부터의" 도피를 보여주는 완벽한 예다. 인공 두뇌로 강화된 예술가 토미는 홀로수트와 그 소비자들의 세속적 환상, "모든 것이 향수 어리고, 따분하고, 서민적이고, 안전하고, 이 마술적인 세상 전체에 조금이라도 새롭거나 당황스러운 것은 단 하나도 없는"(114) 세상을 경멸한다.[5] 토미는 한 남자의 홀로그램 현실을 교란시키고 남자는 "황량한 풍경, 부드럽고 안전한 장난감이 가득한 텅 빈 어린이 놀이터"(115)에 있게 되며, 예술의 거리두기와 비판적 성찰 역량이 파괴된 결과로 말미암은 유아화를 드러낸다. 문화 산업이 창조해낸 문화산업이 창조해낸 인식과 안이한 반응이 개인적 사유의 자리를 말소했다.[6] 예술, 오락, 산업이 하나로 수렴하면서, 상품 형태에는 외부가 없고, 자본주의 논리에 침범되지 않은 의식의 공간은 없으며, "온 세상이 문화 산업의 필터를 통과하도록 만들어지고" 우리는 "외부 세상은 화면에 제시되는 세상의 직접적 연속"(아도르노와 호르크하이머, 126)이라 믿기 시작

---

5) 이 묘사는 문화 산업의 전형적 예인 할리우드 영화에 대한 아도르노와 호르크하이머의 비난을 반영한다. "영화가 시작되는 순간, 그것이 어떻게 끝날지, 누가 보상받고, 처벌받고, 혹은 잊힐지 꽤 명백하다."(125)

6) 미키상에서, 모든 문화는 상품이며 상품 형태의 다른 대안은 없기 때문에 스스로를 상품이라 내세울 필요도 없다. 도그톤에서, 얻을 수 있는 미학적 즐거움은 광고로 아직 명확한 경계가 지어져 있고, 광고는 상품이 약속하지만 결코 가져다 주지 않는, 물질적 현실에 결여된 것들을 나타낸다.

여기서 세상은 소리와 빛으로 살아 있었다. 초록색의, 가슴을 드러낸 님프의 커다란 홀로그램이 그의 바로 앞에서 미도리 한 잔을 따르고 있었다. 이 홀로그램 너머로 그는 다른 이들을, 구멍에서 뛰어나오는 아름다운 곰치들 같은 검은 터널 속 색 깔 있는 천사들을 볼 수 있었다. 대부분은 섹스 광고를 손짓하고 있었다. …당신이 원하는 무엇이든. (57)

이들은 물질 세계에 없는 것들에 대한 광고이지만, 이런 것들을 구입할 수 있으리라는 약속조차 제공하지 않는다. 이 표상들은 물질적 현실의 아이콘이라기보다는 대용품이며 "실제 지점은 결코 닿을 수 없을 것이다... 식사하는 이는 메뉴에만 족해야 한다"(호르크하이머와 아도르노, 139).

하는데, 가상 세계와 현실 세계에서의 행동이 융합되는 전형적인 사이버펑크 수사법에 대한 사뭇 다른 관점이다. 이러한 착각에 빠진 동안, 현실의 부정적 측면에 대해 비판적으로 숙고하고 그리하여 후기 자본주의의 착취로부터 스스로를 해방시킬 수 없는데, 쿠모가 붉은 거미가 흰 거미줄에 걸린 세 희생양을 바라보는 자신의 홀로그램 작품에서 명확히 밝히는 부분이기도 하다.

> 첫 번째 거미줄 뭉치에는 텅 빈 설탕 달걀이 들어 있었다. 잘라 낸 한 쪽 끝을 통해 달걀 안에서 하늘은 화창하고 푸르고 데이지 꽃밭에 나비들이 날아다니는 작은 요정나라가 보였다. 두 번째 뭉치에는 거대한 일개미가 들어 있었다. 개미는 턱이 커다랗지만, 고개를 돌려 거미줄에서 스스로를 해방시킬 수 없었다. 세 번째 뭉치에서는 화난 붕붕 소리가 났다. 침이 명주실에 꼼짝 못 하게 감긴 큰 말벌이었다. 말벌의 날개는 그것에게 자유로워지고 있다는 착각을 심어줄 정도로만 움직일 수 있었다. (185-86)

첫 번째 뭉치는 미키상의 거짓 세상, 겉보기에는 끝없이 흠 없는 즐거움의 땅이며 캔디 달걀처럼 텅 비고 비현실적인 세상과 같다. 두 번째는 벨 팩토리의 노동자들, 빚과 탈진의 끝없는 시스템에 붙잡혀 고된 일에서 탈출하지 못하는 이들을 암시한다. 마지막 뭉치는 모틀러 같은 예술가들을 가리킨다고 볼 수 있다. 미키상에서 보이는 얄팍함에 대한 분노를 가득 품고 있으며 예술가로서 승리를 거둘 것을 계획하지만, 자신의 움직임이 탈출하기엔 충분치 않다는 것을 보지 못한다.

미샤는 더욱 근본적인 것이 필요함을, 후기 자본주의의 논리에 저항할 수 있는 진정하고 상품화되지 않은 예술로의 회귀를, 모더니스트적 예술의 회귀를 제안한다. 쿠모는 모틀러에게 관객을 기쁘게 하려는 데 계속해서 의존하는 이상 결코 예술가로 성공할 수 없다고 경고하며, 이렇게 말한다. "당신은 누구도 생각지 못했던 것을 생각해 내겠지. 미키의 군중이 그때는 어떻게 할 거라고 생각해?"(161). 후에 모틀러는 브레인 박스라는 기술로 예술적 돌파구를 이룩하는데, 이는 "홀로그램처럼 뇌 조직을 읽을 수"(77) 있어서 세상을 떠난 사람들에 대한 기억을 바탕으로 판타지 세계를 창조하는 기술이다. 고객들은 처음에는 작품에 몰려들지만, 장면들이 어두워지고 "끔찍한 잔혹함, 변태적인 섹스와 퇴폐적인 꿈들"(219)의 이미지, 우리가 무시하고 싶어 하는 사회적 현실의 면모들로 변하자, 대중은 등을 돌리고 모틀러의 시민권은 박탈된다. 모틀러의 브레인박스 예술은 주류 사회에 충격적이고 불쾌한데, 이는 제임슨이 "펑크락과...성적으로 노골적인 소재" 조차 "사회에서 당연하게 받아들여지며 상업적으로 성공적"(『포스트모더니즘, 혹은 후기자본주의 문화 논리』, 124)일 수 있게 되면서 포스트모더니즘에 처한 예술이 잃어버렸다고 한 특성들이다. 관객/소비자를 즐겁게 하려면 위안이 되는 빈약한 예술만을 제공해야 한다. 시장 조건에서 "모든 행정 당국은 그들만의 규칙, 소비자에 대한 그들 나름의 생각, 무엇보다도 그들 자체와 조금이라도 다른 것은 그 무엇도 생산하거나 승인하지 않겠다는 합의"(호르크하이머와 아도르노, 122) 때문이다. 똑같은 것의 끝없는 복제 외에는 아무것도 창조될 수 없으며, 그렇기에 사회는 정체된다.

예술이 상품 형태로 격하되면 계몽 이성의 한계가 드러난다. 사회적 자유로 이어져야 했던 계몽 이성은 "산업 사회가 진보함에 따라... 그 체계 전체를 정당화했던, 인격체(person)로서의 사람, 이성의 소유자로서의 사람이라는 관념이 파괴되었기"(호르크하이머와 아도르노, 204) 때문에 실패했다. 『붉은 거미, 흰 거미줄』에서, 예술 암살자는 파시스트 테러로 변모한 계몽 사유의 논리를 나타낸다. 서예가의 살해를 묘사하면서 살인자는 묘사한다.

> 나는 얕게 베인 상처들로 그를 채우고, 내가 새기는 단어의 문신들이 그의 살갗을 이리저리 누빈다. 이대로는 가질 수 없다. 그의 단어들이 제멋대로 날뛰는 채로, 그의 살아 숨쉬는 예술이 흐릿한 천 아래에서 엿보이는 채로는 나는 나쁜 것을 도려내고 좋은 것을 남겨, 그의 가슴에 내 각인을 새긴다. (133)

예술 암살자는 아무런 상습적 요소 없는 예술을 소유할 수 있다고 믿으며, 이는 자신이 대립하는 바로 그것으로 변할 운명에 처한 비변증법적 비전이다. 암살자는 예술을 통제하려 하고, 나쁜 것을 도려내고 좋은 것만을 남기려 하나, 예술을－혹은 사회를－합리적이고 도구적으로 통제하려는 그러한 시도는 억압과 유혈 참사로 변할 뿐이다. 예술가의 훼손된 육체에서 암시되듯 말이다.

쿠모와 토미가 보이는 대조는 계몽 사유의 가능성을 간직한 진정한 예술가와 체계적 강령으로서 계몽의 도구화되고 지배적인 면을 표출하는 전체주의자 예술가 사이의 차이점을 한층 깊게 탐구한다. 둘은 신체적으로 꼭 닮아, "여자와 남자라는 점을 제외하면, 두 얼굴은 서로를 거울처럼 비춘다"(80). 그러나 토미는 인공 두뇌로 강화되었고 그렇기에 기술을 대표하며, 아도르노와 호르크하이머의 이론 속 지배와 착취와 이어진다. 두 저자는 "기술에 의거한 명분은 지배 그 자체의 명분"(121)이라 논한다. 사이버펑크는 기술이 육체를 침범한 결과에 대한 불안의 문학이라 정의 내릴 수 있으며, 본능적 음악이 가상 음악으로 옮겨가면서 음악이 몰락함을 그려낸 팻 카디건의 단편 「락 온」 같은 작품에는 이 모티프에 진정한 예술에 대한 염려가 결부되어 있다.

우리는 토미가 예술 암살자임을 알게 된다. 예술에 대한 그의 시각-지배와 연관된-은 변증법의 부정적 측면이다. 이 사실을 알기 전, 쿠모는 토미와 미래를 논의하며 유전자 보존 농장에서 부족 생활을 했던 어린 시절로 돌아갈 생각을 한다. 토미는 그녀에게 "거기선 너 같은 지적인 동물은 원치 않"으며 그녀가 "동물이기에는 너무 똑똑하고 인간이라기엔 너무 본능적"(179)이라 말하고, 이에 쿠모는 토미에게 그와 같은 "강화된 사이코패스 냉혈인간들"(179)이 대중을 이끄는 편이 더 낫냐고 묻는다. 스스로의 한계를 돌아볼 줄 알기에 쿠모는 야만성이 자기 예술 기교의 일부임을 파악하지만, 토미는 오직 합리적 완전성만을 믿으며 이는 필연적으로 지배로 귀결된다. 애완동물처럼 토미를 둘러싼 반자율 로봇 창조물들의 네트워크가 오작동을 일으키자-아무래도 "더없이 나쁘면서도 더없이 좋은 길고 긴 환각 체험처럼 그의 회로를 꽉 막아 버린"(109) 쿠모의 예술에 자극받았는지-토미는 자신의 창조물들에게 화풀이하며, "너희들은 내게 하나도 필요 없어, 망할 쓸모없는 고철더미 같으니! 내가 너희를 만들었어. 너희 모두를. 내가 너희들의 신이고 너희를 없애는 것은 내 선택이야"(110)라고 고함을 질러, 자신의 예술을 의지에 종속시킨다. 이는 서예가의 단어들을 정화시키려 했을 때와 마찬가지다. 쿠모는 그에게 맞서, 그가 미키상의 주민들에게 제안하는 "영광으로의 상승"(78)이라는 약속에 오해의 소지가 다분하다고 주장하고, 그는 대꾸한다. "네가 뭘 알아?... 넌 인간이 아니야. 넌 남자가 아니야. 넌 심지어 백인도 아니잖아."(78) 여기서 언급되는 범주들은 성찰 없는 계몽 사유의 과도함이라는 특징을 지닌 지배 체계들에 연루되어 있음을 드러낸다. 인간 중심주의, 가부장제, 제국주의.

토미가 노동계급이라는 범주를 언급하지는 않지만, 노동계급의 착취는 이 소설의 중심적 테마다. 예술과 상품이 융합하면서 동시에 예술가는 임금 노동자로 변모한다. 모틀러는 이 과정에서 자신이 유아시(乳兒視) 당함을 느낀다. 그에게 배정된 아파트는 "어린이방과 똑같"(199)고, 테디 베어 자동인형이 그에게 업무를 소개해 주며, 일터로 가려면 통로의 민트 그린색 화살표를 따라가라는 지시를 받는다. 그는 이내 아파트 비용을 대기 위해 빚의 순환에 빠져들고, 따라서 약속되었던 하루 세 시간의 여가시간은 환상에 불과한 것임이 드러난다. 임금노동에 수반되는 전문화 때문에 그는 자신의 공식적 직무 이외의 다른 일로는 돈을 벌 수 없다. "판매복"(205) 비용을 낼 만한 잔고를 벌기 전까지는 자기 예술을 팔 수 없기 때문이다. 모틀러는 월터라는 이름이 적힌 유니폼을 지급받는데, 이 이름표는 고용된 예술가 누구에게나 똑같이 붙고, 자본과 미키상의 관점에서는 그들 모두가 서로 교체 가능한 존재다. 개인성과 창조력의 삭제가 경제적 안정의 대가다. 모틀러가 다른 임금 노동 예술가에게 다른 사람 밑에서 일하는 것이 익숙지 않다고 불평하자, "자네가 체계에 들어왔잖아, 친구. 이제 규칙에 따라 행동해야지."(206)라는 대꾸가 돌아오고, 지루함을 호소하자 다른 노동자가 말한다. "굶어 죽는 게 지루하지, 모틀러. 얼어 죽는 게 지루하지. 빌어먹을 와이어독(wiredog)들이 지루하지. 돌아다니는 살인자도 그렇고. 낙원이 있어, 친구. 마음 편히 가지라고."(206)

이 노동자의 태도는 아도르노와 호르크하이머가 문화 산업이 만든 세상의 "자연스런" 주민이 되리라 두려워했던 대중 "사람"의 태도를 반영한다. 획일화된 대중 문화의 소산인 대중 인류는 개성이 없으며, 대중 문화가 파생물이 아닌 작품을 생산하지 못하는 것처럼 새로운 것을 생각해내지 못한다.[7] 신화보다 이성을 택하는 계몽의 선호를 보여

---

7) 대중 "사람"에 대한 이러한 비난은 아도르노와 호르크하이머가 종종 문화이론가

주는 계산적 논리에 인격과 욕망이 종속된 나머지 "인격체로서의 사람"(호르크하이머와 아도르노, 204)은 파괴되었다. 일단 임금 노동의 체계에 들어선 이는 그 체계를 위한 노동력으로서만 존재하게 되며 인간 존재의 다른 면모들은 아무래도 상관없어진다. 벨 팩토리의 노동자들은 이 소외를 훨씬 더 심하게 겪는다. 그들은 "뚱뚱하고, 화가 나고, 좌절했고, 자동적인 움직임에 중독되어 있을 뿐이다. 이 빌어먹을 공장에서 하루종일 할 일은 망할 로봇들을 고치고, 컴퓨터를 작동시키는 것 뿐이다."(62) 미샤의 벨 팩토리 노동자들은 인간과 기술이 통합된 사이버스페이스 카우보이의 덜 낭만적인 버전이다.

미샤의 공장 노동자들은 기계를 위해 일하며, 자신들의 신체와 자아를 노동 공정의 요구사항에 종속시키면서 로봇 같은 "자동적인 움직임"으로 전락한다. 이 노동자들은 사이버펑크 영웅과는 거리가 멀며, 도나 해러웨이의 비전으로 본 여성들, '선진국' 실리콘 밸리의 재택 노동 경제를 통해서든 '제3세계' 컴퓨터 칩 제조업 속 "동양 여성들의 민첩한 손가락들"(154)이든, "전자기기에 의존하는 일자리를 중심으로 삶이 구축된"(166) 여성들과 더 닮았다. 해러웨이는 "여성의 현

들에게 엘리트주의자로 여겨지는 이유 중 하나다. 중요하게 기억할 것은 그들이 제시한 이론에서 이 '대중' 인간이 문화 산업과 상품화가 편재하는 삶의 소산이지, 문화 산업의 제공물들이 흥미를 끌도록 설계된 이전부터 존재하던 '흔해빠진' 사람이 아니라는 점이다. 그들의 비판적 장치가 존 피스크나 매트 힐스처럼 대중 문화의 혼종성과 관객이 문화 산업의 대중적 제공물에서 이끌어낼 수 있는 다중적 의미를 강조하는 이론가들의 접근방식에 적대적인 것은 사실이다. 그러나 중요하게 짚고 넘어갈 점은 아도르노와 호르크하이머가 문화 활동의 생산 측면에 초점을 맞추었고 시장성에 그 생존이 좌우되는 예술이 사유에 부과하는 제한을 염려한다는 것이다. 따라서, 나로서는 대중 문화에서 아도르노와 호르크하이머의 분석이 제시하는 것보다 더 큰 가능성을 보기는 하지만, 그럼에도 그들이 우리가 분석하는 대중 문화가 이미 문화 산업의 필터를 거쳤다는 중대하지만 종종 간과되는 점을 지적한다고 생각한다. 시장성이 없다고 간주되는 텍스트들에서 어떤 창조성과 혼종성을 찾을 수 있을 것인가는—혹은 우리가 그 소비자라면 우리는 어떤 류의 인간일지는—아직 미결된 문제다.

실태는 지배의 정보과학이라 불리는 커뮤니케이션과 생산/재생산의 세계 구조에 통합/착취된다는 것"(163)이라 논하며 미래를 예견한다. 착취당하는 임금 노동자의 다양한 종류로서 공장 노동자와 예술가가 결합된 상은 우리에게 아도르노와 호르크하이머의 우려를 일깨운다. 예술이 상품 형태로 격하된다면, 생각한다는 것이 단지 "반사적인, 자동으로 작동하는 과정이 되고, 기계를 흉내내며 저 자신을 생산해내 결국에는 기계가 그것을 대체할 수 있게 될"(25)때, 우리는 비판적 사유의 능력을 잃게 될 것이며, 이는 공장의 자동화된 노동자들의 모습이다.

모틀러가 노동력의 체계에 들어옴으로써 자신이 완전히 그 명령에 복종하게 되었음을 깨달은 것처럼, 다른 예술가인 주주비는 공장에 고용된 이후 독립적인 사고를 계속할 수가 없음을 깨닫는다. 쿠모의 최신작을 이해하려 애쓰면서 그는 한탄한다. "공장에 들어간 후부터 그 생각밖에 할 수가 없어. 빌어먹을 2주일이 지났는데 내 귀에 들리는 건 금속 펀치와 외침소리뿐이야. 내가 냄새 맡을 수 있는 건 그 끔찍한 생선 스튜뿐이야. 그리고 내게 보이는 건 강철괴들이 압축되어 통이 되는 장면뿐이야."(91) 임금 노동의 체계에 들어오고 그 논리에 자신을 종속시켰기에, 주주비는 더 이상 이 체계를 넘어서 생각할 수가 없다. 아도르노와 호르크하이머는 문화 산업이 노동 과정과 밀접한 연관이 있으며 필연적으로 기존의 사회적 관계를 긍정하는 성향을 띤다고 본다. "모든 지적 창조의 영역을 같은 방식과 같은 목적으로 종속시킴으로써, 저녁에 공장을 나서는 시간부터 다음날 아침 출근 기록을 찍는 시간까지 사람의 감각들을 그들이 하루종일 계속해야 하는 노동 과정의 흔적이 남은 일로 꽉 채워"(131) 진다. 이 논리에 휘둘리는 동안, 주주비는 쿠모의 예술을 감당할 수 없고, 그의 감각들은 공장의 이미지에 사로잡혀 있다. 그는 뭔가 새로운 것을 원하지만, 단지 순간적인 해방으로서 원할 뿐이며, 이는 쿠모를 걱정하게 한다. "예술은 사람들에게 고작 그뿐인가? 도피?"(91)

인간이 단순한 노동력으로 격하되는 것은 계몽의 변증법을 가장 쉽게 인식할 수 있는 방식 중 하나다. 인간의 삶을 향상시키기 위한 진보와 과학적 합리주의가, 인간성을 말살하고 종속시키는 것으로 변한다. 그 점에서 미샤는 사이버스페이스와 인간/기계 접속에 대한 불안을 단순한 기술 지배의 문제가 아닌 자본주의적 사회 조직의 문제점들로 생각하는 편이 훨씬 더 적절함을 보여준다.[8] 아도르노와 호르크하이머는 이 문제를 세상에 대한 합리화되고 과학적인 접근법의 결과로 인한 자연으로부터의 소외와 결부시킨다. 영혼이 깃든 살아 있는 자연이라는 관념이 무너지고 자연이 단순히 지배해야 할 대상이 되면서, 인류는 합리화된 노동 과정에 스스로가 지배되는 문을 열었다. "애니미즘이 사물에 영혼을 부여한 반면, 산업주의는 인간 영혼을 사물화한다."(28) 「사람과 동물」에서,[9] 아도르노와 호르크하이머는 계몽의 과학적 진보로 인한 자연과 동물의 파괴를 고찰하며, 실험 동물들의 훼손된 육체에서 매일같이 입증되는 "유혈 낭자한 결론", 즉 "무자비하게 전진하는 이성은 사람의 것"이며 동물은 "비이성적 공포"(245)에 국한된다는 결론에 주목을 끈다. 그러나 변증법적 사유는 이 이분법을 변형시켜, "자유 상태의 동물들만이 아니라 오늘날의 사람에게도 적용"됨을 보여 준다. 생각 없는 방식으로 "동물들을 해치기 때문에" 인간은 유일하게 "모든 피조물 중 자발적으로 기계처럼 작동하는 것이다. 희생물의 경련하는 사지처럼 맹목적이고 자동적으

---

8) 유사하게, 예술적 진정성에 대한 불안은 미학적 기준의 문제가 아니라 후기 자본주의에서 예술과 사회의 사회적 관계에 관련된 사안이다.

9) 『계몽의 변증법』의 노트와 초고 부분에서.

로."(245)

　인류가 동료 생명체의 실질적 고통을 무시하고 지식이라는 추상적 이상에 집중할 수 있다는 것은 계몽이 야만으로 변한다는 징후 중 하나다. 생각하는 사람은 자동인형이 되고, "자연을 단순한 객관성으로" 변화시키고 인간에게 "그들이 권력을 행사하는 대상으로부터의 소외로 권력 증진의 대가를 치를 것"(9)을 요구한다. 지식이 구체화된 정수인 기술이라는 형태를 취하며, 처음에는 자연(그리고 여성, 비백인, 유대인, 노동계급 등 그와 연관되는 이들)을 지배하는 데 이용되지만, 곧 인간 정신을 완전히 지배하고 그것을 기계에 종속시키기에 이른다. 아도르노와 호르크하이머는 기술이 "방법론, 타인의 노동에 대한 착취를 가리킨다"(4)고 지적하며－미샤의 소설 속 예술가들이 처한 바로 그 착취다－더 나아가 동물과 자연에 대한 착취를 미학의 평가절하와 관련짓는다. 자연은 신화와 동일한 정신적이고 감정적인 가치들과 연관되어 있고, 계산적 논리의 세계는 그런 가치들을 중히 여기지 않는다. 이는 아프리카의 "점점 줄어드는 동물떼"를 보존하려는 노력에 대한 아도르노와 호르크하이머의 언급에서 드러난다. 이 노력은 좌절을 맞고 있는데 "그것들은 최근 전쟁에서 폭격기가 착륙하는 데 방해물이다. 그것들은 완전히 절멸될 것이다. 이제 합리적이 된 지구는 더 이상 미학적 성찰의 필요성을 느끼지 않는다."(251)

　미샤 역시 자연의 절멸과 멸종을 우려한다. 이 점은 단편집 『케콰호커스(Kequa-hawk-as)』에서 더 명백하게 드러나는데, 이 단어는 크리족 어로 늑대인간을 뜻하며 『붉은 거미, 흰 거미줄』에서는 쿠모를 지칭하는 데 쓰인다.[10] 오염된 강에서 잡힌 물고기가 바에 들어오는 장

---

10) 멸종과 환경 파괴에 대한 그녀의 염려는 샤머니즘에 대한 관심과 연관되어 있으며, 그녀의 웹사이트 http://www.mishanogha.com/에서 길게 논의되고, 『붉은 거미, 흰 거미줄』에서도 명백히 드러난다. 사이버펑크 소설에 동물들이 얼마나 드물

면에서는 자연 파괴, 예술의 상품으로의 격하, 노동 소외를 통한 인간 영혼의 파괴가 이어진다. 물고기는 "다리 달린 폐어肺魚 같은데, 다만 작은 철갑상어만큼 크고, 기름에 뒤덮인 색으로 번쩍이며... 진물이 흐르는 오렌지색 궤양으로 뒤덮여"(미샤, 97-98) 있다. 그것을 보고 쿠모는 유전자 보존 농장에서 "어린 시절 잡았던 깨끗하고, 옆구리에 점박이 무늬가 있고, 분홍빛 살을 한 물고기"(98)를 생각한다. 그녀의 현재와 어릴 적 사회적 모습의 대조는 궤양이 생긴 물고기와 그녀가 기억하는 물고기 사이의 대조와 유사하며, 자연에 대한 우리의 지배가 얼마나 심하게 인간에 대한 지배로도 변했는지 시사한다.

이 물고기를 살펴보는 동안, 정부군이 바에 들어와 "3인 이상"(102)의 집단으로 모였다며 쿠모와 다른 예술가들을 괴롭히기 시작한다. 그들은 한 패셜트(fashalt)에게 관심을 돌리는데, 이는 다양한 얼트(alt) 중 한 종으로 유전자 변형을 통해 성적인 쾌락을 주고 받도록 설계된 존재다. 자본의 관점에서 보면 이상적인 존재인 얼트들은 오직 지정된 노동 기능을 수행하기 위해서만 존재하며 이 제한적인 역할 이상의 존재는 없다. 경비병 하나가 패셜트를 학대하기 시작해, 그의 질문에 대해 "그녀가 알아듣기 어려운 답을 외치는" 것을 알아채지 못한 듯 "그녀의 눈알을 후벼파"(102)는데, 이는 실험 관행에서 일어나는 '기계적인' 동물 학대와 유사한 자동적인 폭력의 실행이다. 경비병들은 "작은 금속 톱날이 달린 채찍들"(102)로 패셜트를 구타해 죽인다. 바에서 일어나는 폭력 묘사와 강으로 돌아가려 애쓰는 물고기의 묘사를 넘나들며, 인간성이 말살된 패셜트, 합리적이고 과학적인 사회에서 동물에 대한 취급, 진보의 어두운 면 사이의 유사성을 시사한다. 비록

___

게 등장하는지는 흥미로운 주목할 점이다. 그런 경우, 그들은 스티븐슨의 『스노우 크래쉬』의 경비견들처럼 기술적 사이보그이거나 깁슨의 「조니 므네모닉」 속 변이체들처럼 DNA 잔여물로 등장하는 경향이 있다.

물고기는 우연의 산물이나, 패셜트와 물고기 둘 다 기술 사회에 의해 만들어졌다. 그들의 고통과 죽음이 얼마나 경시당하는지는, 지배로 변한 계몽 이성이 낳은 사회적 관계들과 손상된 주관성을 보여 주는 또 하나의 증거다. 자연이 이성과 인간 지배에 완전히 종속됨은 이전에는 상품화되지 않았던 경험의 영역까지 "부르주아 상품 경제가 확장"되었다는 예이며, "새로운 야만주의의 씨앗이 [자라서] 결실을 맺도록"(호르크하이머와 아도르노, 32) 허용한다. 미샤의 등장인물들은 이 씨앗에서 자라난 세상에서 살아가고, 비백인 인물이며 최후의 동물종들과 최후의 '원시인들'을 위한 보호구역에서 자란 쿠모는 특히 그러하다. 이 보호구역은 포획 사육 프로그램이나 야생동물 보호구역처럼 긍정적인 힘, 위험에 처한 생명을 보호하고 육성하는 안전한 공간이 될 의도다. 그럼에도 그런 공간들 역시 착취적이지 않을 수 없고, 변증법의 어느 편, 진보와 지배 중 어디에 초점을 맞추어야 할지 알기 어렵다.[11] '보호구역(reservation)'이라는 용어는 또한 북아메리카 원주민들에 대한 취급을 생각나게 한다. 보호에 관한 미사여구가 궁극적으로는 세상을 지배 세력, 백인 주체들을 위한 수단으로 변모시키려는 정책의 냉소적 정당화에 지나지 않을지 모른다는 암시가 풍긴다. 쿠모가 어린 학생들에게 유전자 농장에서 자랐던 경험을 이야기할 때, 그녀의 회상은 자연과 연관된 이미지들이 주를 이룬다. 그녀는 암소와 "황금빛 말들"이 있었던 이야기를 하고, 흥미 위주의 이야기를 듣고 싶어하는 아이들의 명백한 바람을 비웃으면서도, 스스로

---

11) 콜은 호랑이의 포획 사육을 거론하는데, 개중 일부는 도살되어 뼈와 다른 부위가 '전통' 약재로 쓰인다. 명백히 착취적이며, 많은 이가 끔찍하다고 여길 호랑이들의 운명은 현재 해당 종이 멸종을 피할 수 있는 가장 나은 기회이기도 하나, 자원으로서 갇혀 살아가는 것이 멸종보다 더 바람직한 운명인지는 의문의 여지가 있으며, 이는 모틀러처럼 임금 노동에 굴복하기보다 데드 텍에 머무르기로 결심한 쿠모와 다른 예술가들이 마주한 동일한 문제다.

"산딸기 맛 같은 – 잃어버렸으며 아무리 해도 만족스럽게 합성될 수 없는 맛"(49)이라 묘사하는 삶을 갈망한다. 합성될 수 없는 경험들은 진정한 것과 진정하지 않은 것의 차이를 보여주는 또 하나의 예이며, 이 차이는 예술에 적용되는 만큼 자연과의 관계에도 적용된다. 자연에서 덜 소외된 환경에서 자랐고 진정한 예술가가 되려고 분투하는 쿠모는 여전히 산딸기의 맛을 그리워하고 그것이 상징하는 더 나은 세상을 염원할 수 있다. 이와 대조적으로 주주비는 더 이상 벨 팩토리 외에는 아무것도 생각할 수 없고 그리워할 것이 있다는 것조차 기억할 수 없으며 그렇기에 예술에서 오직 순간적인 기분 전환만을 원한다.

쿠모의 예술가적 이상들은 아방가르드 운동과 방향이 일치하며, 엘리자베스 윌슨은 그 정체성을 이렇게 설명했다.

> 빈곤의 극화가 낭만적인 가장과 결합하고 그럭저럭 살아간다는 것이 그 자체로 하나의 공연, 충격을 선사하고자 하는 의지의 표명이 된다... 중산계급의 안전과 안락을 영웅적으로 거부하고 빈곤, 위험, 위반의 삶을 택한다. (13)

이러한 설명은 쿠모에게 들어맞으며, 쿠모는 임금 노동과 도그톤이나 미키상에서의 삶이 제공하는 애매모호한 안전을 거부하는 데 그치지 않고 주주비와 함께 안전한 은신처에 남아 있는 것 조차 거부한다. 그녀는 그에게 자신의 예술 때문에 머물 수 없다고 말하고, 이런 입장에 주주비는 "진심으로, 이해조차 할 수 없이 경악"하여 주장한다. "당신은 아파. 당신은 거의 죽을 뻔했어. 온갖 미친놈들이 당신을 찢어발기려고 돌아다녀. 당신은 고통스럽고, 배고프고, 춥고, 더러웠어. 여기라면 당신은 안전하고, 편안하고, 심지어, 심지어 사랑까지 있어."(170) 그는 그녀에게 자신이 제공한 장소에서 작업하라고 제안하지만, 쿠모는 화를 내며 "당신은 내가 내 예술로 불타는 고리를 뛰어넘을 수 있다고 생각하는군. 여기는 감방이야, 멍청아. 여기서는 그렇게 할 수 없어. 예술가들은 길들지 않아, 이 가짜야."(171) 라고 대꾸하는데, 아방가르드적 감성이 드러나는 말이다. 「감상적 미래주의자: 윌리엄 깁슨의 『뉴로맨서』에서 인공두뇌학과 예술」에서 이스트밴 시서리-로네이 주니어는 이렇게 논한다.

> 아방가르드는 벤야민처럼 엘리트 예술과 일상생활 사이의 거리 파괴에 전념했다. 벤야민이 말했던, 아우라를 감각하기 위해 필요한 신비한/신비화된 거리로서의 격차는, 아방가르드에게는 부르주아 계급의 의식 지배를 뒷받침하기 위해 유지되는 격차였다. (225)

쿠모의 입장을 아방가르드로 해석할 수 있다는 점을 고려하면, 진정성에 대한 미샤의 이상은 예술 그 자체보다 예술가를 강조한다. 그녀가 추구하는 것은 아우라가 아닌, 진정한 예술가가 구현하는 창조적 정신이다.

이러한 구분은 『붉은 거미, 흰 거미줄』의 결말을 이해하는 데 결정적인데, 문화 산업의 문제점과 그로 인한 비판적 사유 역량 쇠퇴에 대해 소설이 제시하는 추정상 해답의 한계들을 드러내는 해결책이다. 이러한 문제들은 사이버펑크의 장르적 한계와도 궤를 같이하며 그렇기에 미샤의 소설이 어떤 면에서 궁극적으로 전형적인 사이버펑크 정전(正典)인지 또한 드러낸다. 소설의 결말에서, 예술 암살자의 마지막 희생자가 된 주주비의 시체가 시장 정문에 매달린 채 발견된다. 살인을 녹화한 홀로그램 때문에 쿠모는 용의자가 되고, 일본어로만 말하는 수수께끼 같은 회색 사내가 쿠모를 도와 탈출시킨다. 그는 세계의 경제 붕괴가 일본이 미국 경제에서 철수한 결과라고 설명한다. 쿠모는 일본인들이 "큰 수익을 올렸"는데 왜 떠나려는지 이해하지 못하고, 남자는 그녀에게 말한다. "인생의 모든 것, 모든 실수에는 보상이 있죠. 우리 일본인은 참을성 강한 민족입니다. 아무리 오래 걸리더라도 정의가 실현되기만 한다면 우리는 개의치 않아요."(229) 소설 전반에 나타나는 원자폭탄의 이미지에서 이 정의가 제 2차 세계대전을 종결한 핵 공격과 관련 있음이 암시된다. 이상주의자인 쿠모는 이 전략에 감탄하며 이렇게 평한다. "누구도 그런 예상은 하지 못했을 거예요. 미국에서는 이익이 전부예요. 그들은 명예라는 것은 의심조차 하지 못할 거예요. 돈, 탐욕, 심지어 보복이라면 모를까, 명예는 아니죠."(230)

남자는 쿠모 같은 진정한 예술가들이 꼭 필요하다고 주장하는데 "예술은 삶의 물, 우리가 호흡하고 그 안에서 번식하는 것입니다. 예술 없이는...우리의 모든 우아한 움직임이 사라질 것"(230)이기 때문이다. 쿠모는 이 정서에 동의하며 예술을 보존하는 것이야말로 가장 중요하다고 말한다. "예술가가 예술보다 더 중요합니다." 그는 주장한다. "나는 예술가들을 모으죠."(230) 예술과 상품의 융합과 예술가의 진정한 사회적 역할의 침식에 대한 쿠모의 저항은 이처럼 소설의 결론을 통해 보상받으나, 이 보상은 데드 텍, 도그톤, 미키상이라는 공간들을 변화되지 않은 채 남겨두는 방식으로 이뤄진다. 쿠모 자신은 그저 이 제한적인 현실을 초월하여 예술이 가치 있게 여겨지는 불특정한 다른 세계로 탈출할 뿐이고, 이런 결론은 많은 사이버펑크의 특징인 사이버스페이스로의 초월과 별반 다르지 않다. 제니 월마크의 평처럼, "개인적 초월에, 사회 현실에 대한 참여보다는 그로부터의 탈출에 주된 관심이 있다"(『외계인과 타자들(Aliens and Others)』, 118)는 사실 때문에 사이버펑크의 급진적 가능성은 심각하게 축소되었다.『붉은 거미, 흰 거미줄』에서 진정한 예술의 비판적 자극은 보존되나, 다른 장소에서만 그러하고, 따라서 다른 사이버펑크와 많은 차이점이 있음에도 미샤의 소설은 다른 작품들과 똑같은 결말을 맞는다. 개인적 초월이라는 결말을. 아도르노와 호르크하이머의 모더니스트적 감성을 공유하면서도, 미샤는 궁극적으로 사회에서 분리되었기에 상품화를 벗어난 예술상을 제시하며, 그렇기에 그녀의 예술가들은 대중문화의 "저급한", 파생적 작품들과 마찬가지로 사회적 세계를 변화시키지 못한다.

결론에서는 후기 자본주의의 시장 지배에 대한 순진함, 더 나은 세상에 대한 향수 어린 열망이 암시된다. 결말의 논리는 일본인들이 수익보다는 명예를 택하리라는 믿음에 의거하고 있으며, 매력적인 생각이기는 하지만 다국적 자본주의의 현실과 인간의 노동력으로 전락을 비롯해 무엇이든 상품으로 만들어 버리는 그 결과에 대한 소설의 그밖의 예리한 분석에는 부합하지 않는다. 이 결론은 일본의 정체성이 어떻게든 후기 자본주의의 영향을 피해갔고, 수익보다 명예를 택하는 상품화되지 않은 국가적 정체성의 공간을 보존할 수 있다고 믿을 것을 요구하는데, 이는 문화 산업의 공간들을 누비고 다니지만 어찌어찌 그 영향을 받지 않고 그대로 남아 결국 진정한 예술가로 선택받을 수 있는 쿠모가 받아들인 아방가르드 예술적 감성과 유사한 이상이다. 역사 속 아방가르드는 그렇게 운이 좋지 못했다. 예술가로서 생계를 꾸려가는 게 더 이상 수치스러운 일로 여겨지지 않게 변화한 사회 상황을 고려했을 때, 1950년대 말께에는 대부분 사라졌다(윌슨, 17). 『계몽의 변증법』은 이 시기 바로 전에 집필되었고, 제임슨은 포스트모더니즘과 그 "시장에 대한, 노골적인 찬양이 아니라면, 긍정"(『포스트모더니즘, 혹은 후기자본주의 문화 논리』, 305)이 부상한 시기를 바로 그 이후로 짚는다.

21세기에는 (고립된 개인에게라면 모를까) 수익 이외의 가치들이 우위를 차지하는 시대를 상상하기란 이제 불가능해 보인다. 우리는 덜 소외된 삶의 "맛"을 잊을 위험에 처해－어쩌면 이미 잊었는지도 모른다－있다. 만일 예술가가 우리의 창조력과 비판적 사유의 역량을 보호한다는 미샤의 낭만적인 옹호가 문화 산업의 문제점들에 대한 현실적인 답이 아니라면, 어떤 다른 방도가 남는가? 윌리엄 깁슨의 최신작, 『패턴 인식(Pattern Recognition)』[12]에서 몇 가지가 제시된다. 이 소설은 사이버펑크로 간주되거나 그렇게 홍보되지는 않으나,[13] 『붉은 거미, 흰 거미줄』과 공통된 특성이 많다. 기술적 개입이 지배하는 사회에서의 삶, 예술과 광고의 융합, 상품 형태의 만연, 그리고 닐 이스터브룩이 칭한 "잃어버린 완전성과 매개되지 않은 진정성에 대한 향수, 그것이 개인적 인식의 세계에서든 예술에서든"(「대안」, 496). 『붉은 거미, 흰 거미줄』은 사이버펑크에서 전형적인, 특별히 재능 있는 개인－예술가나 사이버스페이스 카우보이－이 후기 자본주의의 파란만장함을 탈출하는 낭만적인 초월을 너무나 쉽게 받아들인다. 깁슨의 작품은 비상품화된 경험들의 침식에 대한 비슷한 불안들을 드러내나, 배경이 현대라는 데서 우리가 이미 문화 산업 속에 깊숙이 들어와 살고 있어 우리의 유일한 희망은 거기서 탈출하는 것이 아닌 그 안에서 살아남는 것이라는 점이 암시된다.

『패턴 인식』의 주인공 케이스 폴라드는 "쿨헌터"이며 "글로벌 마케팅의 세계"(2)에 대한 민감성 덕분에 "누구보다도 먼저 패턴을 인식"(86)할 수 있다. 케이스가 집단 욕망의 현장을 확인하면, "그것은

---

12) 편집자주: 이 장은 『패턴 인식』의 속편 『스푸크 컨트리』가 나오기 전에 집필되고 게재 수락되었다.

13) 이스터브룩, 「대안(Alternative)」, 485 참조.

상품화된다. 유닛들로 변한다.''(86) 케이스의 능력은 시장성 있는 재능인 동시에 상표에 대한 심리적 예민함인데, 그녀는 이를 "패션에 알레르기가 있다''(8)고 표현한다. 상품화된 것들에 대한 그녀의 반응은 시장에 대한 불신, 진정한 예술이라는 이상과 비슷한 진정한 "취향''의 장소에 대한 욕망을 가리킨다. 저급한 예술 작품이 "다른 것들과의 유사성에''(호르크하이머와 아도르노, 131) 의존하듯, 상품화된 패션은 "복제품의 복제품의 복제품''(17)이며, 케이스는 "틀림없이 토미 힐피거 사건의 지평선 같은 게 있을 것이다. 그 선을 넘으면 더 이상의 파생이 불가능''(18)해진다고 예측하기까지 한다.

깁슨과 사이버펑크의 관계를 고려했을 때 농담이 분명한 부분인데, 케이스는 오직 CPU, 즉 케이스 폴라드 유닛(Cayce Pollard Units)이라 부르는 세트로 된 옷만을 입으며, 이 옷들은 상표가 제거되고 "인간의 개입 없이 이상적으로 이 세상에 나타난 것처럼''(8)보인다. 상표를 걸치지 않으려는 케이스의 거부는 자본주의적 사회 관계, 특히 광고가 점차 인간 경험을 식민화한 방식에 대한 저항으로 읽을 수 있다. 상표가 붙은 옷을 입으면 자아는 상품의 광고로 변하며, 의복으로서의 사용 가치는 지워지고 "쿨함''의 교환 가치로 대체된다. 예술의 상품 형태와의 융합이 비판적 성찰의 공간이 침식됨을 나타냈듯, 자아가 광고를 통해 상품으로 격하됨은 개인성의 훼손을 뜻한다. 따라서 우리는 케이스가 상표 거부를 통해 개인성이라는 이상을 보호한다고 볼 수 있으나, 동시에 자기 옷 전부를 그것을 만드는 데 들어간 인간 노동의 흔적을 지우는 CPU로 탈바꿈시킴으로써 케이스는 자본주의적 사회 관계에 이의를 제기하는 것이 아니라 한층 강화시키는 상품 물신숭배 사조에 동참하는 셈이다. 아도르노와 호르크하이머는 "사물 그 자체에서 '생산의 흔적들을 지우는 것'''이 "사람들이 자기들의 장난감과 가구에 들어간 노동을 기억하지 않을 수 있을 때 자유로워지는 그런 류의 죄책감"(314)을 시사한다고 논한다.

케이스의 입장의 한계는 그녀가 가장 좋아하는 옷인 미군 MA-1 항공자켓의 일본제 모조품에서 가장 명백히 드러난다. 모조품은 솔기가 약간 울어 있는데, 원래 이는 전쟁 전의 재봉틀이 "미끄러운 신소재에 반항한"(11) 결과물이었으나 모조품 자켓에서는 그 점이 과장되어 주름짐이 결함이라기보다 멋이 되었다. 케이스는 디테일에 대한 이러한 주목이 "모조품이 어째선지 제가 모방하는 대상보다 더 진짜이게"하는 "숭배 행위"(11)라고 하는데, 이런 자세는 그녀가 이 상품과 맺은 관계의 물신숭배적인 성격을, 그리고 브랜드와 상표에 대한 그녀의 저항이 상품 문화에 대한 저항이 아닌 제임슨이 포스트모던 시대의 특징이라 언급했던 역사성 결여의 욕망임을 드러낸다.[14] 원래 자켓을 생산했을 때의 물질적 조건은 오직 멋으로만, 노동의 기억이 아닌 흉내로만 잔존한다. 이 자켓이 담뱃불에 망가지자 케이스는 몹시 속상해하지만, "동일한 물건으로의 대체를 통해 지워진 역사"(194)를 통해, 새 자켓을 얻자 쉽게 마음이 풀린다. 케이스는 또한 푸티지(footage), 즉 인터넷에 올라온 영상 조각들을 열정적으로 좋아한다. 이 푸티지가 진행 중인 미완성 작품의 일부인지 이미 완성된 작품의 부분들인지는 명확지 않으나, 그 미스터리와 모호함은 케이스와 FFF, "페티시: 푸티지: 포럼"(3)에서 만나 논의하는 다른 이들의 관심을 끈다. 푸티지는 상품 문화와 광고에 사로잡히지 않고 남은 유일한 창조적 표현으로 보이며, 그 의미와 영향력을 어떤 물질적 역사와도 연관시킬 수 없고 정확히 밝힐 수 없기 때문에 계속해서 매혹을 불러일으킨다. "수없이 많

---

14) 모방에 대한 이러한 강조는 제임슨이 포스트모더니즘과 결부시킨 무의미한 혹은 중립적인 형태의 모방인 파스티시(pastiche)의 예로도 볼 수 있으며, 제임슨이 모더니즘과 결부시킨 패러디의 조롱 섞인 비판적 모방과 대조된다.

은 시간에 걸쳐 거의 비슷한 풍경을 녹화한 파노라마"(4)이기는 하나, 푸티지 열광팬들은 그것이 칸(Cannes)에서 촬영되었다는 가설을 확증할 수도 부정할 수도 없고, 인물들의 옷에서 추정되는 시기에 관해서도 "일치된 의견은 없고, 오직 논란뿐"(23)이다. 토미 힐피거 사건의 지평선에 접근해 가는 문화에서, 푸티지는 진정한 예술의 최후의 보루를 제공한다.

케이스의 친구 파카보이는 시청자들이 "이전의 푸티지를 전혀 보지 않은 것처럼 새 푸티지에 다가가, 그럼으로써 처음 접했을 때 이래로 의식적으로건 무의식적으로건 조립하고 있던 영화 혹은 영화들에서 잠시 탈출"(22)해야 한다고 주장한다. 이처럼 푸티지는 문화산업이 이전에는 상품화되지 않았던 경험 영역들로 확장되는, 모든 창조적 표현이 아도르노와 호르크하이머에 따르면 저급한 작품의 주요 논리인 유사성에 기반할 것이므로 진정한 예술이 불가능한 상황에 대한 불안을 탐구한다. 케이스는 익명의 푸티지 제작자를 찾아 나서며, 이 모험에 자금을 대는 것은 어느 광고 대행사의 대표인 빅엔드인데, 그가 느끼는 매혹은 FFF 커뮤니티의 매혹과는 사뭇 다르지만 그럼에도 집착이다. 빅엔드는 푸티지의 마케팅 잠재력에 관심이 있고, 거기에서 "존재하지 않을지 모르는 제품에 매일같이 집중되는 관심"(65)의 예를 본다. 그는 푸티지를 "지금껏 있었던 가장 효과적인 단일한 게릴라 마케팅"(64)이라 칭한다.

푸티지를 제외하면, 빅엔드는 "오늘날에는 모든 것이 어느 정도까지는 다른 것의 반영"(68)이라 믿는데, 케이스와 파카보이와 달리 그의 의도는 이 상품화 외부의 공간을 보호하려는 것이 아니라 오히려 상품화하려는 것이다. 빅엔드의 입장은 후기 자본주의의 경제를 지배하는 데 광고가 제품보다 더 중요해졌음을 드러낸다. 그가 지적하듯,

"운동화든 장편영화든, 오늘날에는 제품 그 자체보다 제품 마케팅에 훨씬 더 많은 창조력이 들어가"(67)는데, 생산과 홍보 사이의 서열과 유닛으로 바뀐 것들의 상호 교환성을 나타내는 언급이다. 신발이든 영화든 둘 다 그저 상품이다. 그러나 푸티지에는 공인되지 않은 어두운 노동의 역사가 숨어 있다. 푸티지는 한 개인, 제작자의 작품으로 인터넷에 올라오지만, 그 생산 환경을 조사하던 케이스는 각 프레임이 한 무리의 죄수들에 의해 픽셀 하나하나 처리된다는 것을 알게 되며, 이는 자기 지위를 이용하는 제작자의 삼촌에 의한, 법으로 규정된 노동 프로그램 이외의 활동인 직업 재활 훈련의 일환이다. 상품 문화의 파생적 과도함을 벗어난 것처럼 보이는 문화적 표현인 푸티지마저, 대중적 소비에서 인정받을 수 없는 물질적 생산의 역사를 지니고 있다.

문화 산업의 사회적이고 정치적인 결과에 대한 아도르노와 호르크하이머의 우려는 시장의 고려사항이 창조적인 생산을 어디까지 몰아가는지에 대한 비판과 연결되어 있다. 미샤와 마찬가지로 깁슨도 이 문제를 인식하고 시장의 유해한 영향들을 염려하지만, 예술에는 관객이 필요함을 알고 있으며,[15] 독립 출판사에서 작품이 출간되었고 잘 알려지지 않은 작가인 미샤와 비교했을 때 소설가로서 깁슨의 더 큰 성공은 후기 자본주의에 대한 그의 덜 이상주의적인 대답에 관한 냉혹한 해설을 제시한다. 마침내 제작자와 만났을 때, 케이스는 푸티지가 감시 카메라에서 캡처한 프레임들로 만들어지며, 죄수들에 의해 다듬

---

15) 2003년 9월 12일, 블로그에 시간을 쓰기보다 새 소설을 작업하기 위해 블로그에서 손을 떼면서, 깁슨은 이렇게 말한다. "조셉 코넬이 유리상자 안에 배열한 잡동사니들은 그가 만일 그저 어느 피크닉 테이블 벤치 위에 늘어놓았다면 그렇게 흥미롭지 않았을 터이고, 틀림없이 아직 거기 있지도 않을 것이다." (http://www.williamgibsonbooks.com/blog/2003_09_01_archive.asp)(2007년 9월 21일 접속).

어지고, 폭발로 뇌손상을 입은 노라라는 여인에 의해 변형됨을 알게 된다. 푸티지 작업은 노라에게 남은 유일한 사회적 관계이나, 원자료가 익명의 사람들을 찍는 무인 카메라에서 오기 때문에 몹시 불완전한 사회적 관계다. 노라의 건강한 쌍둥이 자매 스텔라가 푸티지를 인터넷에 올린다. 노라가 예술가라면, 스텔라는 자신이 "배포자죠. 관객을 찾는 사람. 아주 대단한 재능은 아니에요, 나도 알아요."(286) 라 설명한다. 스텔라의 재능이 더 사소하고 정치적으로 더 모호한 재능이라 하더라도, 예술이 사회적 기능을 지니려면 그것이 필요하다. 관객 없는 예술은 개인적 표현에 불과하며, 적어도 배포되기 위해 수익성이 있어야 하는 상품 형태로서의 예술의 상황에서는 그러하기 때문이다. 문화 산업이 승리한 결과 우리가 직면한 문제는, 깁슨이 제시하는 바에 따르면, 어떻게 문화 산업의 가치들에 굴복하지 않고 예술을 배포할 것인가이다. 비판적 성찰은 아직 가능한가, 아니면 우리는 후기 자본주의의 논리에 푹 젖어 예술의 상품화된 지위를 당연하게 받아들이는가?

『패턴 인식』은 이 딜레마에 갇혀 있다. 닐 이스터브룩이 지적하듯, "텍스트는 푸티지를 상품화하려는 이를 경멸하며 묵살"하지만, 이는 "이 소설 자체가 하는 일"(「대안」, 495)이다. 깁슨은 미샤의 결론의, 예술가가 타락한 사회를 마술적으로 초월하는—『붉은 거미, 흰 거미줄』 자체도 덜 주류인 출판사를 통해서이긴 하지만 상품으로서 유통된다는 사실은 편리하게 무시한—순진한 낭만주의를 피하지만, 시장원리의 불가피함에 냉소적으로 항복하는 것이 더 나은 해답인가? 「안티맨서: 깁슨의 『카운트 제로』 속 인공두뇌학과 예술」에서 예술을 살펴보며, 시서리-로네이 주니어는 상자 만드는 인공지능의 예술이 "『뉴로맨서』가 파괴했던 사색과 관계의 가능성을 재건"한다고 평한다. 또한 주인공이 이 상자 예술을 상품 진열장과 연결하고 따라서 "세상 전체를 미학적 배열의 공간으로 보"며 따라서 이런 "시각은 그대로다"라고 논한다. 그는 계속해서, "대신 깁슨은 소설의 중심 사건으로부터 분리된 고정된 예술품으로서 상자들 자체에 집중하는 편을 택한다"고 하며, 『패턴 인식』의 맥락에서 볼 때 이 결론은 깁슨이 문화 산업의 시대에 진정한 예술이 물질적 세계와 물질적 사회 갈등으로부터 분리되는 것 이외의 다른 방법으로 살아남을지 우려함을 시사한다.

사이버펑크풍 소설『퍼펙트 다크: 이니셜 벡터(Perfect Dark: Initial Vector)』의 출간을 보면 깁슨이 아직 남은 비판적 성찰의 여지에 대해 냉소적인 데는 그럴 만한 이유가 있는 듯하다. 『퍼펙트 다크』는 문화 산업 상품의 정형화된 특성들에 단단히 뿌리를 박고 있으며, 다른 문화 상품, 소설의 서사의 바탕이 된 디지털 게임의 공공연한 광고이기도 하다. 『퍼펙트 다크』의 세계관은 사이버펑크에서 끌어왔다. 특히 책 마지막에 있는 디지털 게임『퍼펙트 다크: 제로』의 광고에 인쇄된 문구처럼 "기업들이 모든 것을, 모든 이를, 모든 곳을 통제한다... 단 하나의 예외만 두고."라는 미래가 그렇다. 이 추정상의 예외는 주인공 조애너 다크이지만, 그렇게 해석하면 그녀가 캐링턴 재단에 고용되어 있고, 이 기관과 기업의 차이점은 어떤 제품도 제조하지 않는 듯하다는 점뿐이라는 사실을 무시하게 된다. 1인칭 시점 슈팅 게임이 기원이라는 점에 맞게 여러 가지로 수정하기는 했으나, 『퍼펙트 다크』는 많은 사이버펑크 모티브를 사용한다. 『퍼펙트 다크』의 아웃사이더 무리는 든든한 자금 지원을 받는다. 따라서 많은 최신 기술 도구와 무기를 갖췄고, 전투는 사이버스페이스가 아닌 물질적 세계에서 벌어진다.

『퍼펙트 다크』는 이야기로서는 파생적이지만, 문화적 대상으로는 매혹적이다. 이는 디지털 게임을 바탕으로 하여 쓰인─그리고 그 광고

역할을 하는-책이며, 만화가 그렉 루카가 집필했고, 마이크로소프트 사에서 저작권을 갖는다. 저작권면은 더 자세히 "마이크로소프트, 마이크로소프트 게임 스튜디오 로고, 퍼펙트 다크, 퍼펙트 다크 제로, 레어, 레어 로고, 엑스박스, 엑스박스 360, 엑스박스 로고는 마이크로소프트 사나 레어 사의 등록 상표 혹은 상표입니다."라 알리고 있어, 이 책이 상품일 뿐 아니라 다른 소유권 표지들을 통해 무수히 많은 물리적 형태로 구현될 수 있음을 분명히 밝힌다. 줄거리는 어떤 과학자가 바이러스 제조에 공모했음을 밝힘으로써 그가 기업의 총수가 되는 것을 막으려는 것이며, 기업 권력의 증진을 위해 저질러지는 많은 불법 활동들이 등장한다. 기업 세계에서 그나마 호감 가는 인물인 카산드라 드브리스는 반중력 차량 통행을 관리하는 소프트웨어 프로그램을 개발해 성공을 거두었는데, 이 제품은 지속적인 업데이트가 필요하고 따라서 끝없는 수입의 원천이기 때문에 성공적이다.

기업 세계를 부정적으로 그려내고 있음에도, 이 책은 마이크로소프트 사에 의해 출간되었으며 그 주주들에게 헌정되는데, 이는 단순히 루카가 의도한 아이러니라고 볼 수는 없는 제스처다.『퍼펙트 다크』에 어떤 기업 비판이 등장하든 기업들이 거의 모든 것을 통제한다는 사실은 그대로이고, 이 소설의 출판과 유통도 거기 포함된다. 소설의 성공은 주주들에게 이익을 발생시킬 것이며, 분명 그것은 이야기의 냉소적인 태도가 그들의 자존심에 가하는 손상보다 더 중요하다.『미래의 고고학』에서, 제임슨은 자본주의의 외견상 승리-우리가 다른 체제를 상상조차 할 수 없을 정도의-가 "냉소적 이성"(229), 즉 "자신을 위장할 내용물이 전혀 없는(그리고 필요 없는)... 이익과 돈벌이의 실천에 동반되는 텅 빈 이념"(229)의 우세로 설명될 수 있을지 모른다고 제안한다. 예술이 상품이라는 사실에 더 이상 당황할 필요가 없는 것과 마찬가지로, 주주들은 그들이 이익을 내는 물질적 기반을 더 이상 고려할 필요가 없다. 이는 사람들이 후기 자본주의와 대기업 헤게모니의 가치를 반드시 납득해서는 아니며, 단지 그들이 "그 영속성을 납득"(229)했기 때문이다.

『퍼펙트 다크: 이니셜 벡터』는 이런 현실의 완벽한 본보기이다. 소설의 내용과 기업 윤리에 대한 비판은 중요하지 않을 뿐 아니라, 비판 그 자체가 책과 비디오 게임의 판매를 통해 실제로 마이크로소프트의 이익의 원천이 된다. 마지막 장들은 게임 광고로, 소설을 매개로 하여 이 세계를 경험했으니 게임을 플레이하는 '현실'로 들어가볼 것을 권한다. 게임을 통해 소설의 세계에 들어간다는 생각은 『퍼펙트 다크』를 대단히 사이버펑크적인 경험이 되도록 한다. 현실 사건은 모두 사이버스페이스에 있다. 소설과 게임은 포스터가 사이버펑크의 "더 보편화된 문화적 형태"(xiv)라 칭했던 것의 이상적인 예이다. 어쩌면 더 이상의 사이버펑크 소설이 나오지 않는 이유는 우리가 사이버펑크 미래에 들어왔고, 그렇기에 예술이라는 매체를 통해 그에 대해 성찰할 만한 충분한 비판적 거리가 부족하기 때문이리라. 예술과 상품의 딜레마에 대한 깁슨의 해결책에는 미샤의 이상주의가 결여되었으나, 그 결점 때문에 더욱 변증법적이며, 상품 형태를 비판하면서도 여전히 자신에 대해 성찰하고 자신도 불가피하게 이 구조에 연루되어 있음을 깨달을 수 있다. 대안은 『퍼펙트 다크』로 보인다. 이것은 스스로의 상습적 요소들을 성찰하지 못하는 예술의 종점을 우리에게 보여주며, 그리하여 앞으로 올 야만주의에게 문을 열어주는 문화적 상품이다.

감사의 말
이 장의 초고에 유익한 논평을 해 준 베로니카 홀링거에게 감사를 표한다.

참고문헌

Castells, Manuel. *End of Millennium.* 2nd edn. Oxford: Blackwell, 2000.
Gibson, William. *Count Zero.* New York: Ace Books, 1986.
Gibson, William. *Pattern Recognition: Uncorrected Proof for Limited Distribution.* New York: Putnam, 2002.
Misha. *Red Spider, White Web.* La Grande, OR: Wordcraft, 1999.
Misha. *Ke-Qua-HJawk-As.* La Grande, OR: Wordcraft, 1994.
Rucka, Greg. *Perfect Dark: Initial Vector.* New York: TOR, 2005.

Altman, Rick. *Film/Genre.* London: BFI, 1999.
Csicsery Ronay, Jr. Istvan. "The Sentimental Futurist: Cybernetics and Art in William Gibson's Neuro-" *Critique: Studies in Contemporary Fiction* 33.3 (1992): 221-40.
Easterbrook, Neil. "Alternative Presents: The Ambivalent Historicism of Pattern Recognition." *Fiction Studies* 33.3 (2006): 483-504.
Foster, Thomas. *The Souls of Cyberfolk: Posthumanism as Vernacular Theory.* MN: University of Minneapolis Press, 2005.
Horkheimer, Max and Theodor Adorno. *Dialectic of Enlightenment.* New York: Continuum, 2002.
Jameson, Fredric. *Postmodernism, or, The Cultural Logic of Late Capitalism.* Durham, NC: Duke UP, 1991.
Jameson, Fredric. *Archaeologies of the Future: The Desire Called Utopia and Other Science.* New York: Verso, 2005.
Wilson, Elizabeth. "The Bohemianization of Mass Culture", *International Journal of Studies* 2.1(1999): 11-32.
Wolmark, Jenny. *Aliens and Others: Science Fiction and Postmodernism.* Iowa City: University of Iowa Press, 1994.

제3장

사이버펑크 서울을 넘어
실크펑크 제주로
사이버펑크 속 동양의 도시 재현

유상근

1. 들어가며

워쇼스키 자매의 영화 <매트릭스>(1999)는 고도로 발달된 인공지능에 의해 인간이 기계문명을 위한 에너지 공급원으로 전락한 근미래 사회의 디스토피아적 현실을 배경으로 한다. 이 영화가 특히 흥미로운 지점은 인공지능 기계들이 '매트릭스'라 불리는 가상현실을 활용해 인간을 노예화하는 방식에 있다. 주인공 네오(키아누 리브스 분)와 그의 동료들은 이 가상현실 프로그램을 해킹해 들어가 인공지능 기계들에 대한 반격을 노리는데, 이 과정에서 주목해볼 것은 네오가 무술 훈련을 받기 위해 가상현실 세계에 들어갔을 때 펼쳐지는 장면이다. 가상현실 속 공간의 바닥에는 일본식 다다미가 깔려 있고, 벽은 창호지문과 대나무로 둘러싸여 있으며, 한쪽 벽면에는 (대다수 영미권 독자들의 입장에서) 그 뜻을 알기 어려운 한자들이 쓰여 있다. 네오와 그의 무술 스승 모피어스(로런스 피시번 분)는 동양을 연상시키는 도복을 입은 채 태권도나 유도 등 동양의 무술을 연마한다. 워쇼스키 자매가 상상한 미래 사회란, 단순한 디스토피아가 아니라 기계문명이 가상현실을 활용해 인간을 노예화하는 디스토피아이며, 그 가상현실 공간은 국적이 모호한 범동양적 공간이다.

한편 그들의 차기작 <클라우드 아틀라스>(2012)는 영화의 배경 중 한 장면을 이루는 미래도시를 2144년의 '네오 서울(Neo Seoul)'이라 명시한다. 네오 서울 속 인류는 과학기술을 고도로 발달시켰지만 이는 대량실직과 부의 집중을 불러왔고, 결국 '유니온'이라 불리는 거대 기업이 도시를 장악한 채 시민들의 인권을 말살하고 있는 것으로 그려진다. <매트릭스>와 마찬가지로 이 영화의 미래는 멋진 신세계라기보다는 디스토피아로 그려지는데, 특히 주목할 것은 미래의 서울을 보여주는 장면에서 한국 관객이라면 고개를 갸우뚱할 만한 장면이 등장한다는 점이다. 영화 속 미래 서울의 모습은 마치 일본이나 동남아시아 국가를 연상시키는 건축양식, 인테리어, 디자인으로 가득 차있다.

이 영화에서도 워쇼스키 자매가 상상한 미래는 고도로 발달한 과학기술의 공간인 동시에, 그렇게 발달한 과학기술로 인해 인권이 말살된 디스토피아적 사회이며, 그러한 디스토피아는 실상보다는 가상의 공간, 서양보다는 동양적인 공간을 배경으로 펼쳐진다. 다만 이와 같은 미래의 가상 디스토피아를 상상하는 데 동원되는 동양적 요소들은 개별 국가의 역사성과 문화적 구체성이 결여된 범동양적 혹은 서로 다른 문화권의 역사가 한데 뒤섞인 혼종의 공간이다.

미래에 대한 상상, 디스토피아, 가상성, 동양이라는 이 네 가지 요소의 조합이 단지 워쇼스키 자매의 작품에서만 나타나는 것은 아니다. 영미권 영상매체에서 미래를 상상할 때 동양의 도시를 배경으로 하거나 동양인 인물을 등장시켜 가상성과 디스토피아를 표현하는 것은 그 역사가 깊을 뿐 아니라 영미권 제반 문화 분야에 광범위하게 퍼져 있다.[1] 이는 1990년대 들어 정보화 기술과 인터넷 산업의 발달이 우리의 실제 현실과 온라인 가상현실 사이의 경계를 모호하게 만들었고, 이와 같은 기술의 변화가 워쇼스키 자매뿐만 아닌 많은 동시대 작가와 예술가에게 영감을 주었기 때문이다. 가령 SF작가이자 SF소설 전문 잡지 『아시모프 사이언스 픽션』의 편집자였던 가드너 도즈와는 이와 같은 문제의식을 다룬 일련의 작품들이 80년대 초반 영미권 과학소설과 사변문학에서 발견된다며, 1984년 『워싱턴 포스트』에 기고한 글에서 "주목받는 신진 작가들에 의한 세대교체 흐름"이 나타나고 있다

---

1) 유상근, 「동양의 미래, 미래로서의 동양: 미국 사이언스픽션과 테크노-오리엔탈리즘」, 『다시개벽』 2호, 2021년 봄, 22-23쪽 참조.

고 쓴다. 도즈와는 이러한 일군의 작품들을 일컬어 SF작가 브루스 베스케의 단편 「사이버펑크」(1980)로부터 단어를 차용해 '사이버펑크'라고 부른다.[2]

이 글에서는 사이버펑크에서 상상하는 미래 사회의 가상현실과 디스토피아 그리고 동양의 도시들 사이의 관계를 분석해보고자 한다. 이를 위해 다음의 질문들을 차례로 던질 것이다. 첫째, 왜 미래의 가상도시는 동양적인 공간으로 상상되는가? 둘째, 미래 가상도시로 상상된 동양의 도시는 왜 문화 역사적 구체성이 제거된 채 범동양적 혹은 각국가의 문화가 혼재된 공간으로 그려지는가? 셋째, 진보된 과학기술을 성취한 미래/가상/동양의 도시는 왜 기술－유토피아(techno-utopia)적 공간으로 상상되는 대신, 고도화된 자본주의가 인간의 삶을 피폐화한 디스토피아적 공간으로 그려지는가?

2. 펑키함을 잃어버린 사이버펑크과 테크노－오리엔탈리즘

브루스 베스케가 자신의 단편 제목에 '사이버펑크'라는 신조어를 사용한 것은 그가 목격한 1980년대 새로 등장한 반항적 젊은 세대가 기존의 반항아들과 다르다는 점에서 비롯된다. 미국 사회에서 기존 60, 70년대 젊은 불량배들의 이미지가 영화 <이지 라이더>(데니스 호퍼, 1969)나 비트 세대 작가 잭 케루악의 1958년 소설 『다르마 행려』에서 나타나듯 시끄러운 오토바이를 타고 몰려다니며 대마초를 피우

---

2) Gardner Dozois, "Science Fiction in the Eighties", *The Washington Post,* December 30, 1984.

는 모습이었다면, 80년대 이후 새로 등장한 젊은 불량배들은 오토바이와 대마초 대신 기성세대가 갖지 못한 사이버 컴퓨터 기술을 활용해 기존 사회체제에 반기를 들었다. 그런 점에서 베스케는 컴퓨터 네트워크 기술을 의미하는 '사이버'라는 단어에, 폭주족이나 불량배를 뜻하는 '펑크'를 더해 '사이버펑크'라는 단어를 만든 것이다. 사이버펑크족은 정보화시대에 나타난 새로운 유형의 은둔형 천재 인물로서 컴퓨터 한 대를 놓고 거대 기업의 네트워크를 해킹해 자신의 목적을 달성한다. 베스케는 자신의 단편에 등장하는 십대 해커 그룹을 설명하며 "21세기의 부모 세대와 성인들은 '컴퓨터와 대화를 나누며' 성장하는 새로운 십대들을 결코 상대할 수 없을 것"이라고 말했다.[3]

그런데 사이버펑크에 나타난 젊은 세대가 '사이버'했다고 치더라도 그들은 정말로 '펑크'했을까? 사이버펑크의 반항적 젊은 세대가 새로 등장한 사이버 기술을 활용해 기존 사회체제를 비판하고 이를 전복한다면 그들은 어떤 점에서 얼마만큼 그 목적을 달성했는가? 사이버펑크를 장르로서 정의한 브루스 스털링은 『거울 선그라스』(*Mirrorshades*, 1986)의 서론에서 사이버펑크를 개념화한 뒤, 12년 만에 발표한 글에서 "오늘날의 사이버펑크 작가들은 더 이상 보헤미안 지하세력이 아니다. (…) 이것은 성공에 뒤따르는 전형적 처벌이다. (…) 사이버펑크는 죽었다"고 평가했다.[4] 사이언스 픽션 학자 닐 이스터브룩 역시 "1990년대 초반에 이르러 사이버펑크는 노화했다"라고 평가한다.[5]

사이버펑크가 노화하다 못해 죽음에 이르렀다는 것은 무슨 의미일

---

[3] Isaac L. Wheeler, "The Early Life of the Word 'Cyberpunk,'" *Neon Dystopia*, November 13, 2016.

[4] Bruce Sterling, "Cyberpunk in the Nineties", <Street Tech>, 1998.

[5] Neil Easterbrook, "William [Ford] Gibson", in Anna McFarlane, Graham J. Murphy, and Lars Schmeink, eds., *Fifty Key Figures in Cyberpunk Culture* (London: Routledge, 2022), p.86.

까? 초기 사이버펑크 대표작들과 상대적으로 최근에 개봉한 할리우드 블록버스터 대표작들을 비교해보면 어렵지 않게 이를 알 수 있다. 예를 들어 필립 K. 딕이 1968년 작『안드로이드는 전기 양을 꿈꾸는가?』[6]나 그의 80년대 단편「우리 아버지들의 신념」[7] 혹은「귀중한 인공물」[8]에서 보여준 사이버펑크의 세계는 가상현실과 인공 기억 삽입이라는 소재를 활용해 전체주의 체제의 사상 통제를 비판적으로 고찰하고 이를 통해 근대적 인간관을 새롭게 정의하고자 시도한다. 반면에 할리우드 블록버스터 영화 <아바타>(제임스 카메론, 2009)는 백인 남성 주인공이 외계 종족의 신체에 자신의 정신을 연결한다는 소재만을 놓고 본다면 사이버펑크 장르에 속한다고 할 수 있지만, 딕의 소설에 나타나는 전복적 사고 없이 그와 정반대로 억압받는 외계 종족을 백인 남성이 구원한다는 점에서 백인 남성 구세주 신화(White savior myth)를 답습하고 있다. 뿐만 아니라 피식민 외계 종족을 동물적이고 마술적인 존재로 그려낸다는 점 역시 이 작품에 담긴 오리엔탈리즘을 보여준다.

물론 최근 사이버펑크 작품들이 전부 다 관습화되고 상업화되어 펑크적 전복성을 상실한 것은 아니다. 예를 들어 독일 SF영화 <트랜스퍼>(다미르 루카세빅, 2010), 그리고 이와 유사한 소재를 바탕으로 만들어진 애플TV+의 한국 SF드라마 <닥터 브레인>(김지운, 2021)은 같은 소재를 다루면서도 한 작품은 전복성을 유지했다면 다른 작품은 상업적 관습화를 보여주고 있기에 최근 사이버펑크 장르의 스펙트럼

---

6) Philip K. Dick, *Do Androids Dream of Electric Sheep?* (New York: Doubleday, 1968)]

7) Philip K. Dick, "The Faith of Our Fathers", *The Eye of the Sibyl and Other Classic Stories by Philip K. Dick*(New York: Citadel Press, 1987), pp.197-222.

8) Philip K. Dick, "Precious Artifact." *The Eye of the Sibyl and Other Classic Stories by Philip K. Dick* (New York: Citadel Press, 1987), pp.53-66.

이 얼마나 다양한지를 잘 보여준다. <트랜스퍼>는 근미래 시대를 배경으로 유럽의 부유한 백인들이 아프리카 출신 흑인의 신체를 구매한 뒤 이들의 신체에 자신의 정신을 다운로드받아 생명을 연장하는 이야기다. 이 작품의 서사는 정보화시대를 맞아 새롭게 변화하는 양극화 문제, 인종 문제, 신식민주의 문제를 사이버펑크 장르를 활용해 효과적으로 드러낸 뒤 이를 비판하고 있다. 반면 <닥터 브레인>은 천재 뇌공학자(이선균 분)가 타인의 기억을 자신의 뇌에 삽입시킴으로써 문제의 실마리를 파헤치고, 그를 통해 미치광이 과학자(문성근 분)로부터 자신의 아들을 지킨다는 서사를 따른다. 안타깝게도 이 작품에서는 <트랜스퍼>가 보여주는 펑키한 비판성과 철학적 의미들은 퇴색되고 사이버펑크의 소재가 단순한 영화적 재미와 스펙터클의 장치로 전락한다.

　그렇다면 80년대부터 본격적으로 통용되기 시작한 사이버펑크는 정확히 언제부터 노화한 것일까? 이스터브룩이 지적하듯 사이버펑크가 90년대 초반에 들어 급격하게 노화했다는 점을 고려한다면, 해당 시기의 특정한 역사적 맥락으로부터 그 원인을 찾는 것이 바람직하다. 사이버펑크가 90년대 들어서 지속적으로 '사이버'했으나 더 이상 '펑크'하지 못하게 된 원인은 90년대에 들어 사이버펑크의 서사가 테크노-오리엔탈리즘(techno-orientalism) 서사와 결합했기 때문이다. 테크노-오리엔탈리즘이라는 말은 데이비드 몰리와 케빈 로빈스가 『정체성의 공간들』[9]에서 처음 소개한다. 이들은 90년대 들어 일본의 과학기술과 경제력이 서구의 경제력과 과학기술을 압도하면서, 서구 사회에 만연해 있던 서양/동양의 오리엔탈리즘적 이분법이 더 이상 유

---

9) David Morley and Kevin Robins, *Spaces of Identity: Global Media, Electronic Landscapes and Cultural Boundaries*(London: Routledge, 1995).

효하지 않게 되었다고 본다. 이에 따라 서구 지식인들은 '서양-근대
-문명-과학' 대 '동양-전근대-비문명-비과학'의 이분법을 뒤집
어, 오히려 지나친 과학 기술의 발전으로 인해 인간성을 상실한 극단
적 소비주의와 차가운 인공의 세계로서 동양을 새롭게 재현하여 동양
에 대한 타자화를 지속하게 된다는 것이다.[10]

3. 사이버펑크 속 동양의 도시들:
뒤집힌 일본과 포스트모던한 홍콩

그렇다면 사이버펑크는 어떠한 방식으로 테크노-오리엔탈리즘
서사와 결합했을까? 사이버펑크에 나타나는 동양의 도시들은 테크노
-오리엔탈리즘의 측면에서 일견 비슷하게 타자화된 공간으로 보이
지만, 한편으로는 조금씩 다른 특징들을 가진다. 사이버펑크와 동양
이 결합된 서사에서 가장 역사가 오래된 것은 물론 일본의 도시들이
다. 잘 알려져 있다시피 사이버펑크 작품의 효시로 일컬어지는 윌리
엄 깁슨의 『뉴로맨서』(1984) 역시 일본의 도시 지바현(Chiba city)을
배경으로 하고 있다. 로자노-멘데즈는 「동아시아 맥락에서의 테크
노-오리엔탈리즘」이라는 글에서, 이미 50년대부터 일본이 값싼 짝

---

10) 데이비드 몰리와 케빈 로빈스가 테크노-오리엔탈리즘이란 용어를 처음 사용한
이래 많은 후속 연구가 진행되었다. David S. Roh, Betsy Huang, and Greta A.
Niu, eds., *Techno-Orientalism: Imagining Asia in Speculative Fiction, History,
and Media*; (New Brunswick: NJ, Rutgers University Press, 2015)는 테크노-오
리엔탈리즘에 관한 다양한 관점의 논문들을 수록하고 있으며, *MELUS*, vol. 33,
no. 4 (2008), "Alien/Asian" 특집 편에 수록된 논문들 역시 이에 관한 주요한 초기
연구들을 보여준다. Park Jane, and Karin Wilkins, "Re-orienting the Orientalist
Gaze", *Global Media Journal*, vol. 4, no. 6 (2005) 역시 참조할 만하다.

통 제품들을 만들어내는 공간으로 인식되었으며, 그 원형들이 수십 년간 이어져오면서 일본의 비인간적 과학기술과 경제발전에 대한 집착이 세계 환경위기의 원흉인 것처럼 여겨져왔다고 지적한다.[11]

그런가 하면 최근 사이버펑크 작품에서는 사이버펑크의 주 무대로 홍콩이 새롭게 떠오르고 있다. 할리우드의 SF작품만 보더라도, <다크 나이트>(2008), <퍼시픽 림>(2013), <트랜스포머: 사라진 시대>(2014), <컨택트>(2016), <닥터 스트레인지>(2016), <컨테이젼>(2011), <공각기동대>(2017) 등 수많은 작품에서 홍콩은 사이버펑크의 도시로 재현된다. 일본의 도시와 홍콩이 서로 다른 방식으로 재현되는 차이점을 살펴보는 것도 매우 흥미롭다. 로자노-멘데즈가 지적하듯 서구의 인식 속에서 일본은 전통적으로 서구세계의 반대항으로, 즉 "뒤집어진 세계"(world upside down)로 여겨져온 데 반해,[12] 홍콩은 서구의 반대가 아닌 서구와 동양이 혼재된 혼종의 공간으로 재현된다. 이에 대해 왕 킨 유엔은 <블레이드 러너>(1982)나 <공각기동대> 같은 사이버펑크 작품 속 재현된 홍콩이 주로 "포스트모던 혼성모방(postmodern pastische)"과 "다국적·문화적 다자주의(multinationals [and] cultural pluralism)"의 모습으로 재현된다고 분석한다.[13] 또한 홍콩 출신 SF작가 알버트 탬(Albert Tam)은 자신의 사이버펑크 스릴러 『휴머노이드 소프트웨어』(Humanoid Software, 2010)에 관해 쓴 글에서 홍콩은 "빠른 템포의 생활양식과 소비주의, 초소형 거주지, 초

---

11) Artur Lozano-Mendez, "Techno-Orientalism In East-Asian Contexts: Reiteration, Diversification, Adaptation", in May Telmissany and Stephanie Tara Schwartz, eds., *Counterpoints: Edward Said's Legacy*(Newcastle: Cambridge Scholars Publishing 2010), p.189.
12) Ibid., p.186 참조.
13) Wong Kin Yuen, "On the Edge of Spaces: 'Blade Runner,' 'Ghost in the Shell,' and Hong Kong's Cityscape", *Science Fiction Studies,* vol. 27, No. 1 (2000), p.2.

고도 자본주의, 정치적 환멸로 가득한 동양과 서양이 만나는 국제도 시"라며 "[홍콩은] 하이퍼리얼한 동시에 디스토피아적인 도시"라고 평한다.[14] 이와 같이 홍콩은 서양과 동양의 문화와 역사가 혼재된 채 포스트모더니즘, 하이퍼리얼리티, 디스토피아라는 서로 이질적 표상 들로 각기 다른 작품에서 각기 다른 방식으로 재현된다. 홍콩이 이처럼 하나의 의미로 고정되지 못한다는 점에서 홍콩 출신 시인이자 문학 연 구자인 테미 호 레이-밍은 홍콩의 표상이 끝없이 "부유(floating)"하 고 있다며 홍콩이란 도시는 그 자체로 "살아 있는 사이언스 픽션 (living science fiction)"이라고 칭했다.[15]

주목할 점은 홍콩이라는 도시를 배경으로 사이버펑크의 표상이 디 스토피아의 표상과 결합되는 방식이다. 유안 얼드와 캐스퍼 젠슨은 「사변적 홍콩」이라는 글을 통해, 홍콩은 초고도-자본주의 사회의 속 성을 보여준다는 바로 그 이유로 말미암아 '사이버펑크'하지만 바로 홍콩을 사이버펑크한 도시로 만든 그 이유로 인해 홍콩이 디스토피아 로 재현된다고 분석한다.[16] 다시 말해, 사이버펑크 속 재현된 홍콩의 모습은 고도로 발달된 자본주의와 과학기술의 미래로 상상되지만, 발 달된 자본주의와 과학기술이 동양을 배경으로 펼쳐질 때에는 인류에 게 더 나은 삶을 제공하는 대신 디스토피아적 모습으로 펼쳐진다는 것 이다.

---

14) Sarah Karacs, "The Dystopian Vision of Hong Kong's First Successful Sci-Fi Writer", <Zolima City Mag>, April 13, 2017에서 재인용.

15) Tammy Lai-Ming Ho. "Hong Kong is a Science Fiction", *Law, Text, Culture,* no, 18 (2014), pp.127-128.

16) Euan Auld and Casper Bruun Jensen, "Speculative Hong Kong: Silky Potentials of a Living Science Fiction."
https://www.academia.edu/44592081/Speculative_Hong_Kong_Silky_Potentials_of_a_Living_Science_Fiction

4. 사이버펑크 속 한국

그렇다면 서구의 사이버펑크 문학과 영화, 드라마에 한국과 한국의 도시들은 어떤 모습으로 재현되어왔으며 또 재현되고 있을까? 사이버펑크의 정의가 개념화되기 이전의 SF작품에서 한국은 주로 한국전쟁과 관련하여 몇 차례 언급되었다. 가령 딕의 단편 「황혼에서의 아침식사」[17]와 「퍼키 펫의 나날들」[18]에서는 지구를 디스토피아로 만든 역사적 전환의 사건으로 한국전쟁을 거론한다. 딕의 다른 단편 「윤회」[19]는 유색인종들이 백인을 식민지배하는 가상의 미래 도시를 배경으로 하는데, 이 작품에서 백인들을 관리하는 주인공의 이름은 한국인으로 추정되는 '성우(Sung-wu)'다. 또 다른 예로 브라이언 알디스의 단편 「모든 것이 시작된 그날 밤」은 주인공들이 시간여행을 하며 겪는 일련의 사건을 다루는데, 주인공은 한국전쟁에 참전한 경력이 있는 베테랑으로 짧게 언급된다.[20] 이들 작품에서는 한국의 도시들이 개별적으로 특정화되기보다는 하나의 균질한 국가로 인식되며, 오직 한국전쟁이라는 단편적 표상을 통해서만 재현된다.

이에 반해 최근 사이버펑크 영화와 드라마에서는 한국의 각 도시들이 각자 구체성을 띤다. 가령 <어벤져스: 에이지 오브 울트론>(조스 웨던, 2015)에는 서울의 곳곳이 구체적으로 등장하는데, 영화 속 서울

---

17) Philip K. Dick, "The Days of Perky Pat", *The Collected Stories of Philip K. Dick: The Minority Report,* vol. 4 (New Jersey: A Citadel Twilight Book, 1987).

18) Philip K. Dick, "Breakfast at Twilight", *The Collected Stories of Philip K. Dick: We Can Remember It for You Wholesale,* vol. 2 (New Jersey: A Citadel Twilight Book, 1987).

19) Philip K. Dick, "The Turning Wheel", *Science Fiction Stories,* no. 2 (1954).

20) Brian W. Aldiss, "The Night That All Time Broke Out", in Harlan Ellison, ed., *Dangerous Visions*(New York: Doubleday, 1967), p.163.

은 고층 빌딩과 발달된 경제상황을 보여주는 화려한 건물들 사이로 슬럼가가 공존하는 양면적 공간이다. 이 작품 속 한국계 과학자 헬렌 조(수현 분)가 일하는 서울의 연구실은 호크아이의 미국 시골 농장과 극명한 대조를 이루며, 서울은 고도로 발달된 과학기술을 토대로 인공지능 정신을 인공신체에 업로드하는 사이버펑크의 대표적 공간으로 등장한다.

그런데 어벤져스 영웅들이 서울의 올림픽대로와 새빛둥둥섬, 골목길을 배경으로 악당 울트론을 추격하는 과정에서, 한국인인 헬렌 조가 아니라 백인으로 구성된 어벤져스의 영웅들이 서울의 시민들을 구한다는 점은 주목할 만하다. 뒤떨어진 동양을 악당의 손아귀에서 구원하는 구세주로서의 백인이라는 인종 차별적 서사의 부속물로서 서울과 서울의 시민들이 활용되고 있는 것이다. 즉, 이 영화 속 서울은 경제와 과학기술에 있어서는 고도로 발달했지만 스스로를 통제하거나 지켜내지는 못하는, 불균형한 공간으로 그려지고 있다. 이는 동양이 비록 과학기술과 경제력 면에서 (때로 서구를 능가하기도 하는) 놀라운 성과를 이룩했지만 그럼에도 불구하고 (혹은 바로 그런 이유로 인해) 정신적으로 황폐화된 디스토피아가 되었다는 테크노-오리엔탈리즘적 서사와 그대로 연결된다.

이 영화가 서울이라는 공간을 양면적 공간으로 재현하는 이러한 방식은 한국계 과학자 헬렌 조라는 인물에서도 그대로 반복된다. 동양인인 그녀가 생체인공기술의 권위자로 묘사되는 것은 할리우드 영화에서 반복적으로 등장하는, 동양인은 으레 수학이나 과학을 잘할 것이라는 '괴짜 동양인 수학 천재'로서의 차별적 표상을 답습하고 있다. 이와 더불어 그녀가 뛰어난 지능을 가지고 있음에도 불구하고 악당 울트론에게 정신을 지배당해 결국 그를 돕는 정신적 노예 상태가 된다는 설정은, 동양인인 그녀가 아무리 똑똑하더라도 주체성을 갖고 자신의 지능을 통제하지 못하리라는 동양인에 대한 편견을 보여주고 있다.

그런가 하면 마블의 다른 영화 <블랙 팬서>(라이언 쿠글러, 2018)에는 더 명확하게 한국의 도시 이름이 등장한다. 네온사인과 고층빌딩이 즐비한 부산의 밤거리는 싸이의 한국어 랩을 배경으로 "부산"이라는 자막과 함께 등장한다. 이 영화 속 부산도 <어벤져스> 속 서울과 크게 다르지 않은데, 화려한 네온사인과 고층빌딩을 배경으로 부산의 놀라운 경제적 발전을 보여주며 시작한 장면은 머지않아 슬럼화된 자갈치 시장 속 우스꽝스러운 수산물 상인의 모습으로 옮겨 간다. 이 장면에서 등장하는 부산은 작품 속 빌런인 클라우에가 런던 박물관에서 훔친 와칸다족의 장물을 CIA 직원에게 몰래 판매하는 범죄와 불법 도박의 온상지로 그려진다.

이 장면을 보는 대다수의 외국의 관객들은 인식하지 못하겠지만, 한국 관객들을 가장 당황스럽게 만드는 것은 자갈치시장에서 일하는 한국 아주머니의 알아들을 수 없는 한국어 발음이다. 이 작품이 이천억 원의 예산이 투입된 초대형 블랙버스터 영화라는 점을 고려한다면, 이 작품 속에서 제대로 된 한국어 발음 교정이 이뤄지지 않았다는 점은 여러 면에서 시사점을 던진다. 첫째로, 이 문제는 할리우드가 어떤 부류의 인종과 국적의 사람들을 주류 관객으로 고려한 채 영화를 제작했는지를 보여준다. 특히 <블랙 팬서>는 마블 유니버스 영화 중에서도 대표적인 반－인종차별의 주제를 담고 있는 영화기에 더욱 아쉬움을 남긴다. 아프리카 와칸다 부족을 단지 낙후된 과학기술과 비문명의 대상으로 타자화하기보다, 그들 역시 자신들의 문화적 전통과 역사를 유지한 채 비브라늄을 활용한 과학 기술을 개발해왔다는 것이 이 영화의 주된 시사점이기 때문이다. 놀라운 점은 이 영화가 담고 있는 이러한 반-인종차별적 주제에도 불구하고, 이 영화가 한국의 도시를 배경으로 한국어를 대사에 담아 낼 때에는 그러한 대사들이 전달되는 방식, 발음, 단어 선택 등이 적절한지 아닌지에 대해 전혀 관심을 기울이지 않았다는 점이다. 마치 영화가 개봉한 뒤 한국 관객들이 제기할 비판이야 고려할 게 아니라는 듯, 혹은 동양의 언어가 다 비슷하기 때문에 한국어처럼 들리는 것이 중요하지 실제 한국어 발음일 필요가 없다는 것과 같은 이런 태도는 할리우드가 동양을 바라보는 인종차별적 편견을 그대로 답습하고 있다.

서울을 가장 문제적으로 다루고 있는 작품은 이 글의 서문에서 언급한 워쇼스키 자매의 <클라우드 아틀라스>다. 이 작품에서 그려내는 가상의 미래도시 네오-서울은 <어벤져스>나 <블랙팬서>에서 보이는 바와 같이 과학기술은 발달했을지언정 그로 인해 인간성을 상실한 디스토피아적 공간으로 다루어지고 있다. 특히 이 작품에 등장하는 선미-451(배두나 분)은 많은 점에서 <어벤져스>의 헬렌 조와 비슷하다. 헬렌 조가 똑똑한 과학자이지만 그 정신의 주체성 면에서 악당에게 조종당하는 로봇 같은 존재라면, <클라우드 아틀라스>의 선미-451 역시 휴머노이드 로봇으로서 자신의 역할을 오차 하나 없이 기계적으로 수행해냄에도 불구하고, 그 기계성으로 인해 인간성이 결여된 존재로 그려지고 있기 때문이다.

그러나 선미-451은 <어벤져스>의 헬렌 조나 <블랙팬서>의 자갈치시장 아주머니와 비교했을 때 큰 차이점을 지닌다. 이는 선미-451이 단순한 휴머노이드 로봇을 넘어 성적 대상으로 다뤄지고 있기 때문이다. 더불어 가상의 미래 도시 네오-서울에서 동양 여성의 모습을 한 안드로이드 로봇 선미-451과 로맨스를 나누는 주체는 다름 아닌 백인 남성 배우 짐 스터저스가 연기한 한국인 장해주다. 이 영화의 미래

가상공간을 통해 백인 남성 짐 스터저스는 한국인 남성 장해주가 되어 동양인 여성과 로맨스를 나누는 판타지를 실현한다. 다시 말해 이 영화는 근미래 사회에 과학기술이 발달해 사이버 세계가 펼쳐진다면 영국의 백인 남성조차 현실세계에서는 이룰 수 없었던 모든 판타지를 이룰 수 있다는 메시지를 담고 있으며, 그 와중에 영화가 그려내는 판타지는 다름 아닌 서양의 백인 남성이 낯선 동양의 도시에서 동양인 남성이 되어 이국적인 동양 여성과의 성적 로맨스를 성취하는 것이다. 이 영화에서 휴머노이드 로봇 동양 여성과 로맨스를 나누는 주인공이 동양 남성 인물을 연기한 백인 배우라는 사실은 굳이 할리우드에 오랜 기간 이어져온 블랙페이스(Blackface)나 옐로우페이스(Yellowface)[21]의 문제를 잘 보여준다. 말하자면 <클라우드 아틀라스>는 옐로우페이스가 21세기를 맞이해 사이버펑크 버전으로 새롭게 재편되는 모습을 미래 가상도시 서울을 배경으로 펼쳐내고 있다고 할 수 있다.

5. 나가며: 사이버펑크를 넘어서 실크펑크로

요약하자면 사이버펑크는 1980년대에 이르러 그 개념적 정의가 본격적으로 이뤄졌고 이에 따라 단순히 사이언스 픽션의 한 세부장르를 넘어서 음악, 영화, 게임 등 제반 대중문화에 큰 영향을 주었다. 최근에는 오큘러스2 등 VR기기의 급격한 개발에서 잘 볼 수 있듯, 문화영역을 벗어나 많은 과학자와 엔지니어에게 새로운 기술 개발의 가능성을 상상하게 하는 촉매제가 되기도 한다. 그럼에도 불구하고 사이버

---

21) 백인 배우가 동아시아계 인물을 연기하는 것을 뜻하는 말로, 할리우드의 대표적 인종차별적 관습으로 알려져 있다.

펑크가 가지는 여러 문제점들, 특히 테크노-오리엔탈리즘적 서사와의 결합이 만들어낸 한계 역시 분명히 지적되어야 한다.

이러한 사이버펑크의 한계를 극복하기 위해 다수의 작가, 예술가는 다른 버전의 사이버펑크를 제안한다. 예를 들어 미국 작가 케빈 지터가 『로커스 매거진』에 쓴 1987년 편지에서 처음 등장한 '스팀펑크'(Steampunk)라는 개념은 이후 이와 유사한 미학적 특징들을 공유하는 작품들을 일컫는 새로운 장르적 용어로 자리매김했다.[22] 사이버펑크가 주로 근미래나 미래 사회를 배경으로 하고 있다면, 스팀펑크는 19세기 빅토리아 시대를 배경으로 해 만약 수백 년 전 과거에 고도의 과학기술이 가능했다는 상상하에 역사가 어떻게 달라졌을 것인가를 상상한다. 스팀펑크는 사이버펑크와 마찬가지로 동양에 대한 차별적 재현이나 크고 작은 인종차별, 성차별적 표상들을 담고 있을 수 있으나, 애초에 미래 사회가 아닌 200년 전 시대를 배경으로 하고 있기에 동양을 고도로 발달된 미래 디스토피아 도시로 묘사하는 테크노-오리엔탈리즘이 나타날 가능성은 희박하다.

그런가 하면 최근 영미권 SF학계와 팬들 사이에서 큰 관심을 받고 있는 것은 『종이 동물원』[23]으로 유명한 SF작가 켄 리우가 고안한 '실크펑크(Silkpunk)' 개념이다. 켄 리우는 자신의 SF소설 연작 『민들레 왕조 연대기』[24]가 '실크펑크'라는 새로운 장르에 속한다고 말하는데, 실크란 "과거를 존중하면서 차용하는 것"을 의미하며 펑크란 "권위를

---

22) Kevin Jeter, "K. W. Jeter: Rockin' in the Steampunk World", *Locus Magazine*, July 20, 2014.

23) Ken Liu, *The Paper Menagerie and Other Stories*(London: Head of Zeus, 2016). [켄 리우, 『종이 동물원』, 장성주 옮김, 황금가지, 2018]

24) Ken Liu, *The Grace of Kings*(New York: Gallery/Saga Press, 2015). [켄 리우, 『민들레 왕조 연대기 1: 제왕의 위엄-상』; 『민들레 왕조 연대기 2: 제왕의 위엄-하』, 장성주 옮김, 황금가지, 2019]

존중하지 않고 그에 도전하는 것"을 의미한다고 정의한다.[25] 켄 리우는 이와 같이 사이버펑크를 실크펑크로 새롭게 바꾸어 동양의 새로운 미래상을 제시한다.

이 작품은 마피데레 황제에 대항하는 두 주인공 마타 진두와 쿠니 가루의 이야기로 시작하는데, 켄 리우는 이 두 인물이 초한지의 주인공 항우와 유방의 이야기에 기반한다고 밝힌다. 이 작품 속 주인공들이 황제의 권력에 대항하기 위해 활용하는 과학기술은 서양에서 정의하는 과학기술이 아니라, 비단과 대나무로 만든 풍선, 폭죽을 활용해 발사하는 활, 매의 모습에서 영감을 받은 비행선 등 동양의 과거에서 볼 수 있을 법한 과학기술로 가득 차 있다. 전통적 영미권 사이버펑크 작품들이 주로 동양 도시들을 서구의 과학기술과 경제성장을 맹목적으로 좇아 인간성과 주체성을 상실한 디스토피아의 공간 혹은 서구 백인 남성 주인공의 판타지를 채워줄 수 있는 타자화된 성적 공간으로 그렸다면, 실크펑크는 동양의 도시들을 동양의 토착과학이 새롭게 재창조되어 이를 통해 동양의 인물들이 주체적으로 자신들의 현실을 디스토피아에서 유토피아로 바꾸는 공간으로 상상해낸다.

그런 점에서 필자는 최근 한국에서 출판된 '동양 설화 사이언스 픽션' 단편집 『일곱 번째 달 일곱 번째 밤』[26]이 동양의 설화 중에서도 특히 제주도의 설화를 소재로 새로운 사이언스 픽션을 창조해내고 있다는 점에 주목하고자 한다. 이 단편집은 여러가지 아쉬운 점에도 불구하고 그 동안 한국인들에게조차 변방과 여가의 공간으로만 치부되어온 제주라는 도시의 오랜 역사에 주목하는 동시에, SF와 판타지라는 장르에서 소외되어온 소재인 동양 설화를 실크펑크적 상상력을 통해

---

25) James Kidd, "How novelist Ken Liu is bringing Chinese sci-fi to the Western world", *Post Magazine,* Nov 17, 2016.

26) 켄 리우 외, 박산호 · 이홍이 옮김, 『일곱 번째 달 일곱 번째 밤』, 알마, 2021.

사이언스 픽션의 중심으로 다시금 소환한다는 점에서, SF를 사랑하는 한국의 독자들과 학자들의 큰 관심을 요구하고 있다. 한국의 도시들이 그동안 영미권 작품 속에서 사이버펑크의 공간으로만 재현되어 왔다면, 이러한 시도들을 통해 비로소 한국의 도시들이 한국 작가들의 눈으로 새롭게 재현하는 실크펑크의 공간이 될 수 있으리라 기대해본다.

제4장

테크노킹 일론의 SF 읽기는
왜 비판받아야 하는가?

임태훈

1. 머스키즘 SF 독법의 해악

새로운 버전의 정치경제가 발명되고 있다. 자본주의는 우주로 확장 중이다. 그리고 SF는 시대의 흐름을 좇는 이들의 필수 교양으로 격상됐다.[1] 일론 머스크는 이 변화의 최전선에 있는 인물이다.

그의 사업과 미래 비전을 추종하는 이들의 숫자는 2020년 코로나 19 팬데믹 이후로 전 세계에서 폭발적으로 증가했다. 머스크를 향한 추종과 열광, 믿음의 견인차는 테슬라 주식의 수익률 상승이었다.

팬데믹 시기에 세계 각국은 경제 붕괴를 막기 위해 금리를 낮추고 통화량을 무려 7,350조 원이나 늘렸다.[2] 시중에 유동성이 늘면서 금융시장이 이상 과열되자, 너도나도 주식에 뛰어들기 시작했다. '동학 개미'로 불리는 국내 주식 투자자는 1,300만 명으로 급증했고,[3] '서학 개미'인 해외 주식 투자자의 수는 300만 명에 달한다.[4] 그중 서학 개미들이 사들인 테슬라 주식은 전체 지분의 1.6퍼센트인 20조 원이다. 한국인이 투자한 해외 기업 중 압도적인 1위다. 알파벳, 애플, 마이크로소프트, 엔비디아 보유분을 모두 합친 것보다도 많다. 이토록 특징적으로 테슬라에 투자하는 나라는 한국뿐이다.[5]

상황이 이렇다 보니 테슬라 투자자를 겨냥한 유튜브 채널도 많다. 구독자 규모는 8~12만 명이고, 거의 매일 업데이트되는 동영상들의

---

1) Steven Shaviro, *No Speed Limit: Three Essays on Accelerationism*(Minneapolis, MN: University Of Minnesota Press, 2015), pp.2-3.
2) 「작년 늘어난 유동성만 7350조」, 『한국경제』, 2021.2.21.
3) 「동학개미 1300만 돌파, 여성 투자자 비율도 역대 최고 47%」, 『조선일보』, 2022. 3.17.
4) 「서학개미 300만 시대…해외주식 과세 가이드라인도 없었다」, 『한국경제』, 2022. 5.4.
5) Youkyung Lee, "Elon Musk's Many Korean Fans Have Built a $15 Billion Tesla Stake", Bloomberg.com, 2022.8.24.

회당 조회수는 3~5만에 달한다. 이를 통해 일론 머스크와 테슬라, 미국 주식시장에 관한 정보가 한국 투자자들에게 기민하게 전달되고 있다. "한국인 주식 비중이 높은 기업은 한국 기업이라고 할 수 있다. 그러니 테슬라도 한국 기업"이라는 발언에 서슴없고, 구독자들도 이 말의 의미를 곱씹어보는 대신 좋아하기만 한다.

일론 머스크의 SF 취향 역시 비판 없이 전달된다. 그의 팬들에게 SF는 급속도로 변화하는 미래 경제에 대응할 아이디어의 보고쯤으로 인식되고 있다. 일론 머스크가 2018년 8월에 밝힌 권장도서 15권 중 다섯 권이 SF 소설이다. 이 도서 목록을 소개하는 유튜브 영상들은 쉽게 검색되며, 계속 새로운 버전으로 재생산되고 있다.[6]

그가 직접 책을 쓴 적은 없지만,[7] 머스크식 정치경제학 저서는 다름 아닌 일론 머스크의 트위터다. 그를 팔로잉하는 트위터리언 1억 명이, 머스크가 발신하는 문장에 거의 매일 휩쓸려 다닌다. 트위터 프로필에 '테슬라' '일론 머스크' '테슬람' 등등의 키워드가 있으면 대략 어떤 타입의 인간인지 알 만하다는 세평은 허투루 들을 게 아니다. 그들 중 상당수는 규제 없는 자유시장경제의 추종자들이며, 온갖 명목으로

---

6) "15 Books Elon Musk Thinks Everyone Should Read", Alux.com, 2018.8.15. 구체적인 목록은 다음과 같다. ① The Hitchhiker's Guide to the Galaxy-Douglas Adams ② Structures: Or Why Things Don't Fall Down-J.E. Gordon ③ Benjamin Franklin: An American Life-Walter Isaacson ④ Superintelligence: Paths, Dangers, Strategies-Nick Bostrom ⑤ Our Final Invention-James Barrat ⑥ Ignition: An Informal History of Liquid Rocket Propellants-John D. Clark ⑦ The "Foundation" trilogy-Isaac Asimov ⑧ Life 3.0: Being Human in the Age of Artificial Intelligence-Max Tegmark ⑨ The Lord of the Rings-J.R.R. Tolkien ⑩ Zero to One: Notes on Startups, or How to Build the Future-Peter Thiel ⑪ The Moon Is a Harsh Mistress-Robert Heinlein ⑫ Merchants of Doubt-Naomi Oreskes and Erik M. Conway ⑬ Einstein: His Life and Universe-Walter Isaacson ⑭ Howard Hughes: His Life and Madness-Donald L. Barlett and James B. Steele ⑮ The 'Culture' series-Iain M. Banks

7) 공식 전기는 2015년에 출간됐다. 애슐리 반스, 안기순 옮김, 『일론 머스크, 미래의 설계자』, 김영사, 2015.

세금을 뜯어 가는 정부 따윈 최소한으로 축소되는 편이 낫다고 여긴다. 그리고 '경제적 자유'를 인간 됨의 완성(파이어)으로 인식한다.

이들은 일론 머스크와 자신들이 코드를 공유한다고 믿는다. 이런 유의 인간형이 급증하고 있는 시대다. 일론 머스크는 세계 정치경제의 문제적 인물이자 문화적 사건이면서, 25년 차 한국 신자유주의의 새로운 국면을 상징하는 이름이 되었다. 정색하고 말하건대, 지금의 한국사회에서 머스키즘(Muskism)은 신흥 종교의 일종이다.[8] 테슬라 투자의 수익률만이 아니라 일론 머스크의 미래주의, 기술지상주의, 정치경제에 대한 비판적 성찰이 시급하다.

일론 머스크를 추종하면서, 그의 유별난 SF 사랑에 전염되는 것도 자연스러운 과정이 되었다. 하지만 그의 소개와 관점을 매개로 SF 소설을 읽는 것은 SF 문학사에 대한 모독이다. 대표적인 비판자가 하버드대 역사학자 질 르포르다. 2021년 『뉴욕타임즈』에 발표한 기고문에서, 르포르는 SF 소설의 문명 비판적 맥락을 제거한 채 피상적인 설정들에 매몰된 일론 머스크를 비판했다.[9]

일론 머스크는 자본주의를 절대 상수로 고정한 채 SF 소설을 읽는다. 원작자가 정반대 입장에서 자본주의를 비판하고 있더라도, 시장을 선점할 사업 아이디어만 선명히 포착된다면 그 부분만 돌출시켜 활용한다.[10] 이건 일론 머스크만이 아니라 캘리포니아 테크 기업 CEO

---

8) '머스키즘'이라는 신조어는 질 르포르의 2021년 11월 『뉴욕타임즈』 기고 에세이를 통해 전파됐다. 일론 머스크를 종교적 숭배의 대상으로 삼은 추종자들의 문화를 비판하는 용어다. 한국에서 극성 테슬라 투자자를 '테슬람'이라고 부르는 것과 비슷한 뉘앙스다.

9) Jill Lepore, "Elon Musk Is Building a Sci-Fi World, and the Rest of Us Are Trapped in It", nytimes.com, 2021.11.4. 일론 머스크의 기술중심주의에 매몰된 SF 읽기의 문제점을 예리하게 지적한 훌륭한 글이다. 하지만 그의 조부모 세대가 열렬한 반공주의자에 기술관료주의 운동의 추종자였으며, 남아공 아파르트헤이트에 찬동한 인종차별주의자였다는 사실을 일론 머스크에게까지 덧씌우는 것은 개연성이 충분하더라도 절제됐어야 할 해석이다.

들의 공통점이기도 하다.

일론 머스크와 머스키즘 추종자들이 외치는 "화성 식민지"도 자본주의 편향의 농도가 짙다. 그의 '화성 식민지론'은 인류를 다행성종(multi-planetary species)으로 전진시키겠다는 구상만이 아니라, 현실 경제를 규제 억압하는 정부와 정치인에 대한 혐오가 뒤섞여 있다. 그가 유포하는 화성 식민지 구상에선 부자 증세를 들먹이는 바이든 같은 민주당 대통령이 등장하지 않는다. 일론 머스크는 견제 없는 자본주의가, 그 반대 상황에 비해 혁신과 발전, 안정화를 이루는 데 장점이 훨씬 많다는 발언을 반복했다.[11] 그의 SF 읽기와 미래주의의 아이디어에는 기본적으로 이런 생각이 전제되어 있다.

르포르가 비판한 바와 같이, 일론 머스크의 미래주의는 역사적 잘못이 분명한 낡은 미래주의다. 그의 화성 식민지 구상은 19세기 영국 제국주의와 식민지 역사의 재래(再來)다. SF 문학사 태동기의 대표 작가인 H. G. 웰스는 영국 제국주의의 탐욕과 야만을 화성인의 지구 침공에 빗대어 고발했다. 1856년에서 1901년 사이에 진행된 호주 태즈메이니아 식민지 확장이 직접적인 창작의 동기였다.[12] Sci-Fi 열혈 독자를 자처하는 일론 머스크는, 이 분야 문학이 그 출발점에서부터 제국주의와 결합한 자본주의를 통렬히 비판했음을 전혀 중요하게 여기지 않는다. 제국주의와 한 몸이 된 자본주의가 두 번이나 연거푸 세계대전의 전운에 들어설 수밖에 없었던 것처럼, 우주 자본주의 역시 우주 공간으로 확장된 새로운 세계대전을 촉발할 수 있다. 화성보다는

---

10) Jordan S. Carroll, "Why Understanding This '60s Sci-Fi Novel Is Key To Understanding Elon Musk", Science.thewire.in, 2022.8.6.

11) Jeremy W. Peters, "The Elusive Politics of Elon Musk", nytimes.com, 2022. 4.16.

12) T. Lawson, "Memorializing colonial genocide in Britain: the case of Tasmania", *Journal of Genocide Research,* vol. 16, no. 4 (2014), pp.455-458.

달이 훨씬 더 현실적인 분쟁 지역이 될 것이다.[13]

하지만 일론 머스크는 자신이 19세기 제국주의자처럼 생각하고 있다는 걸 굳이 감추려 하지 않는다. 화성은 아직 어느 정부의 소유도 아닌 무주공산(無主空山)이고, 누구보다 빨리 그곳을 점령해 식민지를 건설하면 인류 역사가 도달한 적 없는 부를 일궈낼 수 있기 때문이다.[14] 이 과업을 성취하는 데 필수 불가결한 요소인 '노예'는 휴머노이드 테슬라 봇(Tesla Bot)과 머스키즘에 귀신 들린 사람들이 될 것이다.

어차피 일어나지도 않을 일인데, 화성 식민지나 우주 전쟁을 걱정할 필요가 있겠냐 물을 수 있다. 불과 5년 전만 해도 우주산업의 미래를 장밋빛으로 전망하는 일은 허황한 소리였다. 하지만 2022년 기준 우주산업의 규모는 관련 기업이 1,100여 개에 시장 규모는 400조 원에 달하고, 20년 이내에 3배 이상으로 성장할 것으로 예상된다.[15] 스페이스X는 현시점 전 세계 우주 발사체 시장의 60퍼센트를 점유했고, 위성 인터넷 서비스 시장도 빠르게 선도하고 있다. 기술의 발전 속도 역시 이 회사가 가장 빠르고 경제성과 효율성 모두 혁신적이다. 지금 형성된 현실의 조건을 미래에 외삽(extrapolation)하는 것만으로도, 다가올 미래가 이전 시대와 비슷할 거라는 안일한 생각은 하기 어렵다. 좋은 의미로든 나쁜 의미로든 인류는 새로운 단계에 접어들고 있다. 그렇기에 어느 시대보다 SF의 안목과 상상력이 절실하다. 일론 머스크가 시대적 요구에 기민하게 대응하는 방법의 하나 역시 SF 담론

---

13) George Dvorsky, "US Air Force Chief Warns of Space War 'in a Matter of Years'", gizmodo.com, 2018.2.26.

14) Bob Lord and Basav Sen, "Trillionaires and a Burning Planet: A Package Deal", Newsweek.com, 2022.8.12.

15) 「"우주 탐사도 비즈니스" 기업들, 우주 경쟁 2라운드 불붙인다」, 『경향신문』, 2019. 3.12.

의 활용이다.

슘페터가 '파괴적 혁신(Disruptive Innovation)'이라는 개념을 창시한 맥락에 가장 들어맞는 인물이 일론 머스크일 것이다.[16] 그가 트윗으로 온갖 경망스러운 헛소리를 해대고 구설이 난무하더라도, 테슬라와 스페이스X에서 신기술을 공개할 때마다 모든 험담은 열렬한 찬사에 압도된다. 일론 머스크가 설파하는 '발명의 환상' '파괴적 혁신'의 신화는 머스키즘 신봉자들의 충성도를 강화한다.

일론 머스크가 SF 소설에서 찾고자 하는 것들도 마찬가지다. 그렇다면 그가 Sci-Fi 비즈니스에서 상관없는 것으로 취급하는 것은 무엇일까?

2. 역사로부터 뒤돌아선 곳의 화성

일론 머스크는 자유지상주의자다. 일론 머스크를 추종하는 '테슬람'들 역시 마찬가지다. 이들의 공통된 코드에 따르면, 윤석열 대통령의 당선은 긍정적으로 생각할 만한 일이다. 왜냐하면 뭘 할 줄 아는 것도 없고, 하려고도 하지 않는 대통령이라면 작은 정부를 지향할 거라는 기대감이 생기기 때문이다. 증세와 규제로 정부가 시장에 개입하는 일을 줄이고, 정부보다 똑똑한 민간기업과 투자자에 의해 경제가 운영되길 바라는 것이다. 테슬람에게는 역사의식이나 민주주의에 대한 신념, 각종 사회문제에 대한 원칙 같은 건 아무래도 상관없다. '경제적 자유'에 도달하는 데 유리한 경제 환경의 조성보다 그들에게 중

---

16) 임태훈, 「블레이드 러너 경제 연대기」, 임태훈 외, 『블레이드 러너 깊이 읽기: 사이버펑크 한국을 읽는 10가지 방법』, 프시케의숲, 2021.

요한 이슈는 없다.

일론은 온갖 사회 · 정치 문제의 해결책으로 물리학(physics)을 가장 신뢰한다고 밝힌 바 있다.[17] 그의 이런 태도는 화성 식민지 구상과 마찬가지로 지난 시대의 유산에 맞닿아 있다. 1930년대 미국과 캐나다에서 유행했던 '기술관료제 운동(Technocracy Movement)'의 인식론을 전형적으로 답습하고 있기 때문이다.[18] 이 시기 테크노크라시들은 대의민주주의의 지리멸렬한 논쟁의 반복, 소모적인 당파주의를 경멸했다. 과학자와 공학자가 기술적 해결책을 찾을 수 있지만, 관료 시스템에 그들의 역할이 부재하기 때문에 정치인의 말만 난무한다는 비판이었다.

일론 머스크는 테슬라 전기차가 기후위기의 해결책이 될 수 있다고 말한다.[19] 정치인들이 관련 법을 만들고 여러 국가가 협약을 맺어 탄소배출량을 줄이는 일련의 과정이 필요 없다고는 할 수 없지만, 민간의 기술 혁신이 국가 개입의 사례보다 빠르고 효과적인 결과를 만든다는 인식이다. 하지만 정치는 소모적인 말의 난장판이 아니라 온갖 복잡하고 모순적인 이해관계의 충돌을 다루는 영역이다. 여기선 기술보다도 도덕과 윤리의 문제가 위력적인 변수로 다뤄질 수 있다. 1930년대 기술관료제 운동이 한계에 봉착했던 것도 이 지점이다.[20] 과학자와 공학자가 정치인이 아님에도, 정치인이 될 수밖에 없다는 현실은

---

17) <Elon Musk About Physics>, DB Business, YouTube, 2021.6.27.

18) William E. Akin, *Technocracy and the American Dream: The Technocrat Movement, 1900~1941*(Berkeley, CA: University of California Press, 1977), pp.64-80.

19) Margo Oge, "Where Does Elon Musk Really Stand On Fighting Climate Change?", Forbes.com, 2022.7.17.

20) Peter J. Taylor, "Technocratic optimism, H. T. Odum, and the partial transformation of ecological metaphor after World War II", *Journal of the History of Biology*, vol. 21 (1988), pp.213-244.

장점이면서 치명적인 단점이었다. 과학기술이 정치 편향 없는 객관적인 해결책이 될 수 있을 거라는 기대는 세계의 복잡성에 부딪혀 좌절된다.

전기차가 기후위기의 진정한 해결책이 될 수 있으려면, 전력 생산부터 전기차 생산과 유통, 소비 등의 전 영역을 따져봐야 한다. 주행 과정에서 배출가스를 내뿜지 않는다는 것만으로 유력한 해결책이 될 수 있다는 주장은 순진하기 짝이 없다.

한국전력에 따르면, 전기차의 연료로 사용되는 전기는 국내에서 1kwh 생산 시 이산화탄소가 424g 발생한다. 전비 5km/kwh의 전기차의 경우 1km 주행 시 84.8g의 탄소가 배출된다. 따라서 기존 내연기관 준중형차가 1km를 주행할 때 106g의 탄소를 배출하는 것과 큰 차이가 없게 된다.[21] 일론 머스크도 이런 비판을 의식해 태양광 발전과 메가팩 배터리 사업을 의욕적으로 추진하고 있다. 하지만 이것만으로는 전기차 대중화에 필요한 전력량을 충분히 확보하지 못한다. 훨씬 더 수율이 높은 전력 생산 방식이 절실하다. 그래서 일론 머스크는 원자력 발전을 찬성한다.[22] 테크노크라시의 문제 해결 방식은 또다시 한계에 부딪힌다. 원전 건설은 전기차 생산이나 메가팩 설치와는 비교도 안 될 만큼, 정치·경제·문화·사회의 전 영역이 복잡하고 예민하게 뒤얽혀 있는 문제이기 때문이다.[23]

일론 머스크가 자신의 비즈니스를 실현할 이상향으로 지구 밖 외계 행성을 들먹이는 이유는, 그곳에는 사람도 없고, 사회나 정치 그

---

21) 「친환경 탈 쓴 전기차…멀고도 험한 탄소제로」, <노컷뉴스>, 2022.4.11.

22) Simon Alvarez, "Elon Musk explains why he is pro-nuclear energy", Teslarati.com, 2022.7.4.

23) 김길수, 「신고리 5·6호기 공론조사 사례연구」, 『한국자치행정학보』 32권 2호, 2018, 219-222쪽 참고.

어떤 것도 없기 때문이다. 현재에 간섭하는 과거의 역사 역시 없다. 아무것도 시작되지 않은 원점에서 출발한다는 것은 지구에선 불가능한 일이다.

일론 머스크가 제시하는 '혁신'과 '발명'은 과거를 무자비하게 부정한다. 그는 노조의 존재와 역사를 부질없는 것으로 여긴다.[24] 정부조직은 효율성이 떨어지고 개선될 가능성조차 희박한 구식 버전의 시스템쯤으로 여긴다.[25] 테슬라의 자율주행 기술력을 자신하면서 "인간이 차를 운전하지 못하게 법으로 금지"하자고도 말했다.[26] 이때 그는 인간 운전자를 전제로 공생하는 경제 생태계의 역사성을 고려하지 않는다. 완벽한 자율주행 기술력으로 교통사고 발생을 현저히 줄일 수 있다면, 그것만으로 금지법 추진 명분은 충분하다는 태도다. 내연기관 자동차의 경제 생태계는 노조의 역사와 밀접한 관계가 있다. 일론 머스크는 전기차가 지금처럼 인기를 끌기 전부터 내연기관 자동차를 종말이 머지않은 구시대의 끝물쯤으로 여겼다. 기존 전통 자동차 업체들에서 새로운 '혁신'과 '발명'이 억압받는 것은 과거에 얽매여 이것저것 따지기 때문이라는 인식이다. 그래서 그의 미래 지향은 언제나 과거를 부정하는 것과 동궤(同軌)를 이룬다.

과거의 역사로부터 돌아서서 미래를 이야기하려 할 때마다 SF의 스토리텔링이 동원된다. 곶감 빼먹듯 유리한 부분만 써먹는 방식이다. 이것은 일론 머스크만이 아니라 실리콘밸리 사업가들의 수완이다. '메타버스'를 미래 비즈니스의 블루오션이라고 추켜세우는 이들

---

24) Robert Iafolla, "Elon Musk and His Anti-Union Tweet: NLRB Rules Explained", bloomberglaw.com, 2021.3.30.
25) Sean O'Kane, "Elon Musk says the US should 'get rid of all' government subsidies", theverge.com, 2021.11.6.
26) Stuart Dredge, "Elon Musk: self-driving cars could lead to ban on human drivers", theguardian.com, 2015.7.22.

중 누구도, 이 용어가 처음 창안된 닐 스티븐슨의 『스노우 크래시』 (1992)가 암울한 디스토피아 사회를 비판한다는 걸 밝히지 않는다. 이 소설의 팬을 자처하며 아전인수식으로 사업 홍보에 활용하는 대표적인 인물이 구글의 창립자 세르게이 브린과 메타(페이스북)의 마크 저커버그다.[27)

SF는 역사와 현실을 외면하지 않는 문학이다. 고래(古來)로 SF 문학사를 관통하는 대표적인 주제는 디스토피아 비판이다. 남아프리카 공화국에서 청소년기를 보낸 일론 머스크는 더글러스 애덤스의 『은하수를 여행하는 히치하이커를 위한 안내서』(1978~80)의 애독자였다. 이 소설 속 세계에서 인류는 다행성 종이 되었고, 자본주의는 우주 전체로 확장되어 있다. 하지만 온 우주가 디스토피아가 된 원인 또한 자본주의였다.[28) 경제적 불평등은 지구만이 아니라 우주 어디에서든 삶을 괴롭힌다. 이 소설에는 대처 시대의 신자유주의 정책을 비판하는 장치가 많지만, 그런 대목들은 일론 머스크에게 별다른 감흥을 불러오지 못했다. 우주 식민지가 부자들의 사유지로 개발되는 것에 반대하는 대목도 무시한다. 그는 이 소설을 우주 자본주의의 경이로움과 럭셔리함에 관한 소화집(笑話集)으로 수용했다.

일론 머스크에게 화성 식민지 건설에 대한 아이디어를 가장 많이 준 작가는 킴 스탠리 로빈슨이다. 『붉은 화성』(1992), 『녹색 화성』(1993), 『푸른 화성』(1996)으로 이어지는 화성 3부작에는 '테라포밍(Terraforming)' '유전 공학' '메타 국가적 기업(the metanational corporations)' 등이 스토리 요소로 전개된다. 낡고 무능한 국가 시스템을 고수하다가 기후위기와 생태재앙에 대응하지 못하고 망해가는 지구와 달리, 메타

---

27) David Ryan Polgar, "Will Anyone Really Want to Live in the Metaverse?", builtin.com, 2021.11.18.
28) Sean Illing, "Elon Musk's imaginary world", vox.com, 2021.12.6.

기업인 '트랜스나트(Transnat)'의 주도로 건설되는 화성 식민지는 유토피아로 거듭난다. 일론 머스크가 주장하는 화성 식민지 담론의 원형이 이 시리즈에 모조리 담겨 있다. 테슬라와 스페이스X가 도달해야할 최종적인 기업 형태가 '트랜스나트'라는 것도 알 수 있다.

일론 머스크가 화성 3부작에 지극한 호감을 느끼고 있는 것과 달리, 킴 스탠리 로빈슨은 일론 머스크를 마뜩잖게 여기는 편이다. 화성 3부작의 핵심 주제는 지구를 버리고 화성에 식민지를 건설하는 일이 아니라, 정의롭고 지속 가능한 사회를 이룰 신경제의 발명이다. 트랜스나트는 표면적으로는 신자유주의 기업의 최종 진화형을 제시한 것처럼 보일 수 있지만, 여기서는 2세기에 걸친 변증법적 변화 과정을 주목해야 한다. 트랜스나트는 그들 간의 세력 경쟁으로 3차 세계대전과 환경재앙을 초래한 뒤, 일종의 협동조합 형태인 직원 주도의 민주적 관리시스템으로 전면 전환되기 때문이다. 이 단계에 이르러 트랜스나트는 자본주의, 사회주의, 생태주의를 창발적으로 결합할 역사 발전의 중간 매개체가 된다. 규모와 복잡성, 역사의식, 윤리적 책무를 무엇보다 중시한다는 점에서 이윤 추구에만 매달리는 신자유주의 다국적 기업과는 비교가 되지 않는다. 킴 스탠리 로빈슨와 일론 머스크 간에는 쌍둥이처럼 닮은 '기술중심주의'라는 교집합이 있지만, 이념에선 사회주의와 신자유주의라는 극명한 차이가 있다.[29] 일론 머스크는 화성 3부작의 핍진한 과학기술 설정에 열광했을 뿐, 킴 스탠리 로빈슨의 사회주의적 상상력을 공감하고 성찰하는 것은 그의 관심 밖이다.

2015년 사망한 이언 뱅크스의 '컬처 시리즈(The Culture series)'도 일론 머스크의 열렬한 찬사를 받은 SF 소설이다. 아마존을 설립한 제

---

29) Mark Bould and China Miéville, eds., *Red Planets: Marxism and Science Fiction* (Middletown, CT: Wesleyan University Press, 2009), pp.138-140.

프 베조스도 이 작가의 열성 팬이라고 한다. 이언 뱅크스는 킴 스탠리 로빈슨과 마찬가지로 사회주의자였다. 그는 일평생 스코틀랜드 사회당의 당원으로 살았다. 작품을 관통하는 주제의식만이 아니라 생활인으로서의 원칙 역시 자타 공인 사회주의자의 모범이었다. 그리고 800년에 걸친 우주 사회주의 연대기가 컬처 시리즈다.[30]

일론 머스크나 제프 베조스는 컬처 시리즈에 묘사된 럭셔리한 우주경제의 풍요와 독특한 생산양식을 주목했다. 일론 머스크는 컬처 세계관의 전제조건인 '탈희소성 경제(Post-scarcity economy)'에서 테슬라의 원가 절감과 마진율 극대화 전략의 영감을 얻었다.[31] 하지만 이언 뱅크스가 이 설정을 통해 이야기하고 싶었던 것은, 완전 자동화된 제조기술에 힘입어 노동자의 잉여노동 착취가 사라진 '완전히 발전된 사회주의사회'의 성립이었다. 이 세계에선 상품 대부분이 최소한의 노동력으로 무제한으로 생산되고 모든 사람이 거의 무료나 다름없게 사용할 수 있다. 그런 의미에서 컬처 연대기는 맑스의『정치경제학 비판 요강』의「기계에 대한 단상(Fragment on Machines)」에서 전망했던 가속주의적 미래를 SF로 이어 쓴 것이라 해도 과언이 아니다. 하지만 일론 머스크는 이런 맥락에 관심이 없다.

태크노킹 일론이 이 시리즈에서 제일 좋아하는 것은 우주선이다. 컬처 시리즈의 주무대가 신급 능력을 갖춘 인공지능과 다행성 종이 된 인간이 공존하는 우주선이다. 일론 머스크는 펠컨 로켓을 바다로 실어 나르는 드론 선박의 이름을 'Just Read Instruction'으로 짓고 갑판

---

30) Joseph S. Norman, *The Culture of 'the Culture': Utopian Processes in Iain M. Banks's Space* (Liverpool, UK: Liverpool University Press, 2020), pp.70-114.
31) 아론 베나나브, 윤종은 옮김,『자동화와 노동의 미래: 탈희소성 사회는 어떻게 실현되는가』, 책세상, 2022, 153-160쪽 참고; 아론 바스타니, 김민수·윤종은 옮김,『완전히 자동화된 화려한 공산주의』, 황소걸음, 2020, 101-240쪽 참고.

에 커다랗게 글자까지 새겨넣었다. 시리즈 두 번째 소설인『게임의 명수』(1988)에서 따온 구절이다.

일론 머스크는 아이작 아시모프의 대하 장편 SF 소설인 '파운데이션(Foundation) 시리즈'(1942~44)의 팬이기도 하다. 그가 트위터에서 연출하는 자기 캐릭터 설계의 3분의 1은 마블 코믹스의 아이언맨-토니 스타크이고, 파운데이션 시리즈에서 심리 역사학(Psychohistory)을 창시한 해리 셀던을 흉내 내면서는 인류가 다행성 종이 되지 않으면 멸종하게 될 거라고 경고한다. 그리고 코미디언처럼 굴 때는 더글러스 애덤스가 된다. 앞서 소개한 작품들과 마찬가지로 일론 머스크는 파운데이션 시리즈에서도 사업 아이디어와 마케팅에 써먹을 일련의 용어에만 관심을 쏟는다. SF 팬들이 일론 머스크를 향해 제대로 읽은 작품이 있긴 하느냐고 비판하는 이유도 이 때문이다.

여러 인터뷰에서 반복적으로 SF 소설을 인용했으나, 일론 머스크가 눈길을 주지 않는 SF도 특징적이다. 그는 페미니즘이나 아프로 퓨처리즘 계열 작품은 읽지 않는다. SF 팬이라면 모를 리가 없는 어슐러 르 귄이나 옥타비아 버틀러는 단 한 번도 언급한 적이 없다.[32]

일론 머스크가 사회주의 이념을 떼어낸 채 이언 뱅크스와 킴 스탠리 로빈슨의 작품을 좋아했던 것과 달리, 로버트 하인라인의 작품만큼은 이념과 과학기술 설정 모두를 좋아했다. 하인라인의 대표작인『스타쉽 트루퍼스』(1959),『낯선 땅 이방인』(1961),『달은 무자비한 밤의 여왕』(1966)은 자유지상주의(Libertarianism) 3부작으로 불린다. 일론 머스크는『달은 무자비한 밤의 여왕』을 가장 좋아한다.

하인라인은 베트남 전쟁을 찬성한 작가였고, 그의 작품은 인종주의

---

32) 아시아계 SF 작가에 대해서도 큰 관심이 없어 보인다. 테드 창도 일론 머스크의 관심 밖에 있는 것으로 보인다. 류츠신의『삼체』를 읽어봤냐는 트위터리언의 질문에는 "응"이라고 짧게 대답한 정도다.

와 파시즘적 성격으로 비난받았다. 그의 동시대 작가들조차 청소년들이 읽어선 안 될 SF로 하인라인을 지목했다. 대표적인 비판자가 『제5 도살장』의 작가 커트 보니것이다. 하지만 하인라인의 SF 활극은 인기가 대단해서 발표하는 작품마다 상업적 성공을 거뒀다. 그만큼 어느 SF 작가보다 팬층이 두텁다.

일론 머스크는 우주 개발에 공헌한 이들에게 주어지는 상인 하인라인 프라이즈(Heinlein Prize)의 2011년 수상자이기도 하다. 그는 이 상을 받은 것을 무척 자랑스러워했다. 참고로 2016년 수상자는 제프 베조스다.

3. 하인라인 머스크

앞에서 열거한 작품들을 한국어 번역본으로 찾아 읽는 일은 비교적 어렵지 않은 편이다. 아시모프의 파운데이션 시리즈는 2013년 황금가지를 통해 전 7권이 모두 출간됐다. 더글라스 애덤스의 『은하수를 여행하는 히치하이커를 위한 안내서』도 2004년 책세상에서 펴낸 뒤 십수 년 넘게 스테디셀러로 팔리고 있다. 하지만 킴 스탠리 로빈슨의 화성 3부작은 지금은 사라진 불새 출판사에서 2016년에 『붉은 화성』 (1992)만 출간됐다. 그마저도 지금은 절판되어 구하기 어렵긴 하지만 『붉은 화성』만으로도 일론 머스크의 화성 식민지 담론의 원형을 확인할 수 있다. 총 10편인 이언 뱅크스의 컬처 시리즈 중에서는 첫 두 권에 해당하는 『플레바스를 생각하라』(1987)와 『게임의 명수』(1988)가 열린책들에서 각각 2007년과 2011년 출간됐다. 일론 머스크의 내밀한 SF 취향이 가장 선명히 드러나 있는 로버트 하인라인의 소설은 『달은 무자비한 밤의 여왕』을 포함하여 자유지상주의 3부작과 대표 중단편까지 거의 전작이 국내에 정식 소개됐다.

일론 머스크가 언론 인터뷰와 트위터, 팟캐스트, 강연 등에서 했던 SF 작품에 대한 소개는 테크 기업 CEO 특유의 마케팅 언어에 오염되어 있다. 그가 했던 말만 믿고 킴 스탠리 로빈슨이나 이언 뱅크스의 작품을 평가하는 것은 작품의 본령 근처에도 못 미친 겉핥기에 불과하다. 하지만 하인라인의『달은 무자비한 밤의 여왕』은 일론 머스크의 거울이라 할 법한 작품이다. 그의 정신세계와 정치적 입장뿐만 아니라, 테슬라와 스페이스X, 뉴럴링크, 보링컴퍼니로 확장 중인 머스코노미(Muskonomy)의 기원을 확인할 수 있다.

이 소설의 주인공이자 화자인 마누엘 데이비스는 일론 머스크와 놀랍도록 닮은 인물이다. 작중 마누엘은 인공지능 컴퓨터를 개발하고 조작할 수 있는 기술자다. 일론 머스크도 프로그래머로 커리어를 시작했다. 달 식민지에 거주하는 마누엘은 300만 명에 달하는 달 시민(Loonies) 대부분과 마찬가지로, 지구 관리들이 운영하는 총독부의 통제와 수탈에 반감을 품고 있다. 지구에선 달 식민지의 식량과 물, 자원을 오랫동안 수탈해오면서, 결국 달에 대량 기아 사태가 벌어지는 지경에 이른다.

대규모 민중 봉기가 일어날 법한 상황이지만, 로버트 하인라인은 소수 전문가 집단을 중심으로 전개되는 독립전쟁을 제시한다. 이들이 목표로 하는 독립정부의 형태도 자유시장과 작은 정부를 지향한다. 투쟁 구호조차 경제학에서 기회비용을 설명할 때 사용하는 용어인 "공짜 점심은 없다(There is no such thing as a free lunch)"이다. 1930년대 말부터 통용되던 이 표현이 대중적으로 크게 유행할 수 있었던 것은 이 소설 덕분이었다.

독립전쟁은 전개 국면마다 기술적 해결책으로 문제를 돌파한다. 정당을 조직한다거나 광장을 점거하는 시위 같은 건 투쟁 역량만 깎아먹는 어리석은 전략으로 취급된다. 그것보다는 해킹이나 미디어 캠페인이 훨씬 효과적이다. 이 점 역시 일론 머스크의 정치적 스탠스와 일치한다. 그는 노조나 정당을 극도로 혐오하고, 소수의 엘리트가 혁신적인 기술로 해결책을 찾는 것을 선호한다.

달 식민지의 분산된 투쟁조직들은 사이버네틱스 시스템으로 연결되어 정보를 주고받는데, 이 대목에선 일론 머스크의 뉴럴링크 사업의 원형을 발견할 수 있다. 물론 소설에선 전화기와 비슷한 단말장치를 이용한다. 이러한 커뮤니케이션 방식은 투쟁 방식의 오류를 최소화하고 효과적인 전술을 유연하고 기민하게 도출한다. 이들에 비해 총독부와 지구의 관료주의 정부는 느릴 뿐만 아니라, 충분히 예상 가능한 공격에 머문다.

달 식민지는 지구에 비해 군사력에서 열세였지만, 하인라인은 이 문제의 해결책을 기술에서 찾는다. 마누엘은 인공지능 컴퓨터를 이용해 지구에 암석을 떨어뜨리는 투석전을 개시한다. 지구로 낙하한 암석은 핵공격에 맞먹는 폭발을 일으키고, 수세에 몰린 지구는 달의 독립을 인정할 수밖에 없게 된다. 이런 공격이 초래할 윤리적 문제 같은 건 AI는 물론이거니와 투쟁조직에서도 고민하지 않는다. 그걸 고민하느라 실기(失期)해서 전쟁에서 지느니 빠른 의사결정을 택하는 편이 낫다고 판단할 조직이기 때문이다.

1966년 시점에 하인라인은 컴퓨터 네트워크를 이용한 커뮤니케이션 방식이 그 어떤 운동조직보다도 사회 변화에 위력적일 수 있음을 이야기했다. 닷컴버블의 최대 수혜자 중 한 명이었던 일론 머스크로서는 이 소설의 선견지명이 경이로웠을 것이다. 하지만 소설이 발표된 1966년은 흑인민권운동과 반전운동이 격화되던 때였다. 우익 자유주의자였던 하인라인은 이런 정세에 냉소적이었고, 소설에도 그런 관점과 태도를 일관되게 투영했다. 인터넷의 새로운 가능성을 예견한 그의 안목 역시 지금 관점에선 긍정적으로 평가하기 어렵다. 지금의 인터넷 커뮤니티는 사회적 약자와 소수자를 향한 혐오와 증오를 증폭하는 공간이 되고 말았기 때문이다. 어떤 작품이든 역사성을 제거한 채로는 정당한 평가를 내릴 수 없다.

일론 머스크는 테크 기업과 정부의 관계를 달과 지구 식민권력의 투쟁관계처럼 인식한다. 경제는 경제주체들에 의해 알아서 작동하는 자체 규제 시스템이기 때문에, 이걸 더 잘 움직일 최선은 정부나 정치인, 언론 등이 끼어들어 조정하거나 간섭하지 않고 내버려두는 것이다.

그가 언론사에 마케팅 비용을 쓰는 대신 트위터 인수에 막대한 비용을 쓰려는 이유 역시, 누구의 통제도 받지 않고 자율적으로 무한 증식하는 자유지상주의적인 미디어 플랫폼에 대한 필요 때문이다. 기후위기부터 대도시의 교통 대란, 여론 조작에 이르는 온갖 사회문제마다 그는 기술로 문제를 해결할 수 있다는 신념을 고수한다. 일론 머스크의 전기를 읽는 것보다도, 그가 가장 좋아한다는 하인라인의 소설에서 그의 민낯을 볼 수 있다.

4. 비즈니스 언어가 된 SF

일론 머스크에게 SF는 자기 회사의 비즈니스를 선전하는 마케팅 언어다. 테슬라와 스페이스X가 도달한 성공은 확실히 세상을 바꾸고 있다고 말할 만한 것이다. 하지만 이 회사와 일론 머스크는 아직 실현

못 한 미래의 성장 가능성을 유인책으로 막대한 투자금을 계속해서 끌어모으고 있다. 테크노킹의 SF 읽기를 비판적으로 검토해야만 하는 이유도 이 때문이다.

시가총액이 1조 달러를 넘었음에도 테슬라는 채권시장에서 투자에 위험 부담이 있는 회사로 분류된다. 이를 두고 금융계가 유독 테슬라만 차별하고 억압한다며 비판하기도 하는데, 일론 머스크의 회사가 실제로 이룬 것과 앞으로 하겠다는 것들 사이의 격차를 고려하면 신중해야 하는 것이 당연하다. 그는 화성에 식민지를 건설하겠다고 호언장담하는 이다. 일론 머스크의 비즈니스는 여전히 투자자들과 Sci-fi의 꿈을 꾸는 단계에 머물러 있는 것들이 많다. 이 꿈이 어떤 미래를 불러들일까?

일론 머스크가 제조업 혁신을 이룬 헨리 포드에 비교될 만한 인물이라는 것에는 동의한다. 그래도 그는 과대평가되어 있다. 그가 사회 문제를 이해하고 해결 방식을 찾는 과정은 대중에게 '발명의 환상'과 '파괴적 혁신'의 통쾌함을 느끼게 하지만, 세계의 복잡성을 진중히 성찰하며 느리고 지난한 민주적 숙의의 과정을 참아내지 못한다는 점에서 실망스러운 수준이다. 그러니 역설적으로 그의 SF를 잘 이용해야 한다. SF는 테크노킹 특유의 비즈니스 언어이면서, 그의 결정적 한계를 진단할 수 있는 노출된 환부다. '머스키즘' '테슬람' 등으로 불리는 일론 머스크와 테슬라 찬미자들은 이 문제를 과소평가하고 있다.

코로나19 팬데믹과 유동성 국면을 거치며 전 세계에서 금융 투자 붐이 일었다. 한국은 여러 나라 중에서도 가장 극성스러운 난리 통이다. 테슬라에 20조 원을 투자한 한국인들로서는 일론 머스크의 성공에 과감히 베팅한 셈이다. 돈은 곧 기회다. 저 투자금이 테슬라로 향하는 순간, 우선순위가 정해졌을 것이다. 이 돈이 매개하고 실현할 수 있는 다른 어떤 일보다도 테슬라에 투자하는 것이 유리하니, 이 회사가 도달하겠다고 공헌한 미래를 믿은 것이다. 하지만 다들 이쯤은 알고 있지 않나? 테슬라 투자의 최대 리스크는 다름 아닌 일론 머스크다. 그가 있기에 이 회사에 투자하지만, 동시에 테크노킹 때문에 큰 손해를 입을 수 있다.

위험이 감지됐다면 신중해야 한다. 20조 원의 돈에는 소중히 지켜져야 할 수많은 이들의 이해관계와 일상이 얽혀 있다. 일론 머스크의 SF가 몰락의 방아쇠가 될 수 있음을 냉철히 생각해볼 때다.

제5장

아폴로 신화의 SF적 다시쓰기
넷플릭스 다큐멘터리 〈리턴 투 스페이스〉

최연진

1. 들어가며

보드리야르에 있어 시뮬라시옹의 시대는 곧 고전적 SF의 종말을 의미한다. 실재와 상상의 거리가 압착되어 기호가 실재를 대신하는 파생실재의 단계에 이르러 SF는 미래를 향한 거울로써의 역할을 잃고, 이미 사라진 것에 대한 절망적 재환각으로 전락한다. 보드리야르에 의하면, 시뮬라시옹 시대의 SF가 그리는 유토피아는 "가능한 것으로서의 유토피아가 아니라, 상실한 대상으로서 거기에 대해 꿈만 꿀 수 있는 유토피아"[1]에 불과하다.

그런데 결코 대안적이지 않은 의미에서 실재를 재발명하는 이러한 SF는 예술적 창작의 산물인 SF 문학이나 영화보다는 SF의 틀을 빌린 기술자본가들의 시뮬라크르를 설명하는 데 더 적합한 개념으로 보인다. 1970년대에 처음 지금의 명칭이 확립된 뒤, 1990년대 중반 즈음 ICT 기술의 메카로서의 지위를 확립한 실리콘밸리는 이러한 시뮬라크르들의 본산지로, 구글, 마이크로소프트, 애플 등 실리콘밸리를 대표하는 기술기업들은 매년 인터넷을 통해 전 세계에 실시간 중계되는 대규모 컨퍼런스나 쇼케이스에서 첨단 3D 모델링에 의한 정교한 시뮬레이션들을 끝없이 쏟아낸다.

이들 기업이 이렇게 만들어진 시뮬라크르가 임박한 현실임을 투자자들에게 설득시키기 위한 방법으로 SF를 즐겨 사용하는 건 우연이라 할 수 없다. 대표적인 예가 닐 스티븐슨의 『스노우 크래시』(1992)로, 메타(구 페이스북)의 CEO 마크 저커버그를 비롯한 다수의 실리콘밸리 기업가들이 『스노우 크래시』 속 묘사를 자사 메타버스 사업의 청사

---

1) 장 보드리야르, 하태환 옮김, 「시뮬라크르들과 공상과학」, 『시뮬라시옹』, 민음사, 2001, 200쪽.

진으로 사용하고 있다. 수년간 지지부진한 성과로 파산 직전이던 가상현실(VR) 산업의 상황을 생각하면, 이들이 가상현실의 미래라 주장하려는 메타버스는 현재로부터 연역된 것이라기보단, 현재를 대신하는 파생실재로서의 시뮬라크르에 가깝다고 보는 편이 적절할 것이다.

이들 기업가들 중에서도 가장 눈여겨봐야 할 인물은 단연 일론 머스크이다. 트위터에서 계속해서 자신이 SF 팬이라고 밝혀 온 머스크는 특히 자신의 민간 우주기업 스페이스X를 SF 작품들과 결부 짓는 데 전력을 다한다. 아이작 아시모프의 파운데이션 시리즈나 이언 M. 뱅크스의 컬쳐 시리즈 등에서 영감을 받아 스페이스X를 설립했다는 그의 발언은 머스크가 애호하는 SF 시리즈 중 하나인 화성 3부작의 작가 킴 스탠리 로빈슨으로부터 "뒷마당에서 달에 가는 로켓을 개발하는 소년에 대한 1920년대 SF 클리셰"[2]를 보여준다는 조롱을 받기도 했으나, 이 상황 자체가 머스크가 SF와 떼려야 뗄 수 없는 관계로 묶여 있음을 반증한다 할 수 있다.

넷플릭스 오리지널 다큐멘터리 <리턴 투 스페이스>(2022)는 그동안 일론 머스크의 트위터를 통해 주로 이루어져 온 이러한 스페이스X와 SF 간 관련짓기를 완결적 서사의 형태로 완성했다는 점에서 분석할 가치가 있다. 스페이스X와 미국항공우주국(NASA, 이하 나사)의 협력하에 이루어진 유인 우주 발사 프로젝트를 그린 <리턴 투 스페이스>는 그동안 머스크가 언급한 SF 작품들의 이미지를 영상적 연출을 통해 스페이스X와 더욱 깊이 결부시키는 한편, 스토리텔링의 차원에서 스페이스X의 서사에 SF적 요소를 도입한다.

---

[2] Doctorow, Cory, *Kim Stanley Robinson says Elon Musk's Mars plan is a "1920s science-fiction, Boingboing"*, 2016.10.17.,
https://boingboing.net/2016/10/17/kim-stanley-robinson-says-elon.html

임태훈은 최근 문화과학 SF 사회 특집을 통해 머스크와 같은 실리콘밸리 CEO들이 SF 속 아이디어와 기술중심주의적 측면만을 선택적으로 차용해 오는 탈맥락적 읽기를 통해 SF를 비즈니스의 언어로 변질시켰다고 비판한 바 있다.[3] 여기서는 스페이스X의 핵심 사업이자, 머스크가 지구의 기후위기에 대한 해결방안으로 제시하고 있는 외우주 개발을 다루는 <리턴 투 스페이스>를 통해 머스크의 이러한 SF 차용이 어떻게 마케팅의 차원을 넘어 SF를 이데올로기 선전의 수단으로 전락시키고 있는지를 밝혀 보고자 한다.

2. 아폴로 신화의 귀환

<리턴 투 스페이스>의 중심 사건인 데모-2(Demo-2) 미션은 나사의 국제우주정거장(ISS) 유인 수송선 개발 사업인 상업승무원프로그램(CCP)의 첫 유인 발사 테스트이다. CCP는 2011년 7월 12일 이루어진 마지막 발사를 끝으로 퇴역한 나사의 기존 ISS용 유인 수송선인 우주왕복선(Space Shuttle)을 민간 기업이 개발한 우주선으로 대체하기 위한 일종의 민영화 사업이다. 나사가 개발비 전액을 부담하고, 조달 업체에 의해 개발된 우주선을 직접 소유 및 운영하는 기존 방식과 달리, 민간 기업을 파트너로 선정하여 개발비의 일부를 지원하고, 파트너 기업의 우주선을 운송 서비스 형태로 대여해 이용한다는 점이 특징이다. 스페이스X가 보잉과 함께 최종 사업자로 선정됐으며, 다큐멘터리의 시작 시점에서 두 기업 중 스페이스X만이 1단계 무인 테스트를

---

3) 임태훈, 「테크노킹 일론의 SF 읽기는 왜 비판받아야 하는가?」, 『문화과학』 통권 111호, 문화과학사, 2022, 82-99쪽.

성공적으로 완수해 유인 테스트를 앞두고 있었다.

여기서 우선 '우주로의 귀환'(Return to Space)라는 제목을 먼저 짚고 넘어갈 필요가 있다. 데모-2가 우주(space)로의 귀환(return)을 의미하려면 그동안 ISS로의 유인 비행이 중단된 상태였어야 하지만, 이는 사실이 아니기 때문이다. 왕복우주선의 퇴역 후 데모-2의 발사일인 2020년 5월까지, 약 9년 동안 미국은 러시아의 소유즈(Soyuz) 우주선에 의존해 ISS로 자국 우주비행사들을 수송했다. 이 시기 미국의 유인 우주 비행은 러시아의 로켓 발사 시설이 있는 카자흐스탄에 자국 우주비행사들을 보낸 뒤, 러시아 코스모나우트(cosmonaut)들이 조종하는 소유즈 로켓을 타고 ISS까지 이동하는 방식으로 이루어졌다. <리턴 투 스페이스>에서 로리 가버 전 나사 부국장은 당시를 "우주비행사를 꿈꾸는 아이들에게 전할 말이 있느냐"는 질문에 "러시아어를 배우라"고 답해야 했던 시절로 회고하며, "우주왕복선 대신 러시아에서 러시아인들과 함께 우주선에" 올라야 했던 상황에 대한 민족주의적 반감을 드러낸다.

발사 준비를 위해 나사 기지로 향하는 우주비행사들의 모습을 비추며 시작되는 <리턴 투 스페이스>는 "미국 우주비행사들이 지금 보이는 우주선", 즉 미국 기업 스페이스X가 미국산 엔진[4]을 이용해 만든 우주선을 타고 "거의 9년 만에 처음으로 미국 땅에서 국제 우주정거장으로 귀환"[5]하는 날의 기록이다. 데모-2가 "미국 땅에서(from American

---

[4] 미국은 나사가 ISS로의 승무원 수송을 러시아 소유즈 우주선에 의존하고 있었을 뿐 아니라, 미국 공군에서 운영하는 ULA의 아틀라스 V(Atlas V)조차 발사체 자체의 개발과 제작은 미국 기업이 담당하지만 사용되는 엔진은 러시아의 RD-180 엔진이다. 이에 비해 스페이스X의 팰컨9 로켓에는 스페이스X가 직접 개발해 제작하는 멀린(Merlin) 엔진이 사용된다.

[5] "You are looking the a rocket that will return American astronauts to the International space station from American soil for the first time since nearly 9 years ago." (<리턴 투 스페이스>)

soil)" 이루어지는 발사임을 강조하는 것은 이날 발사 미션에 대한 거의 모든 미국 언론 보도에서 공통적으로 발견되는 특징[6]이다. 즉 <리턴 투 스페이스>에서 9년 만에 우주로 '귀환'하는 주체는 인류가 아니라 미국이 개발하고 미국이 제조하여 미국이 운영하는, 미국산 우주선인 것이다. 그리고 이러한 우주선의 발사에 의해 귀환하는 것은 스스로 로켓을 만들고 우주에 날려 보낼 수 있는 힘을 가진 미국, 러시아에 의존하지 않는 우주개발 최강국으로서의 미국이다.

그럼에도 <리턴 투 스페이스>는 냉전시기 아폴로 계획을 작중으로 소환해 옴으로써 이러한 상상적 '미국'의 귀환을 인류의 귀환으로 재규정하고자 한다. 미국이 소련보다 먼저 달에 사람을 보내는 데 성공했던 1969년 아폴로 11호 발사 당시, 냉전이라는 지정학적 구도 속에서 서방세계에 있어 소련은 실제로 '세계'의 외부에 해당했으므로, 소련이라는 '외계'에 대한 미국의 승리는 적어도 당시 서방 사람들에게는 인류의 승리와 동의어였다. 닐 암스트롱의 첫 발이 "한 사람에게는 작은 걸음이지만 인류에게는 거대한 도약"일 수 있었던 것은 바로 이러한 전제 위에서였다. 그런데 <리턴 투 스페이스>는 "미국의 달 정복"(*U.S. Moon Triumph,* The Kansas City Times)을 "온 인류를 대신해 평화를 전하러" 간 것으로, '우리'의 '남성'들이 달에 발을 디디는 순간(*Our Men On The Moon,* Buffalo Evening News)을 "지구에서 온 인간들이 달에 최초로 발을 내디딘" 순간으로 보도한 당시 종이 신문 1면 기사들을 직접 보여줌으로써 저널리즘에 대한 대중적 기대를 이용해 당시 서방세계만의 '진실'을 객관적이고 중립적인 사실로 교

---

6) Joey Roulette, *NASA resumes human spaceflight from U.S. soil with historic SpaceX launch,* Reuters, 2020.05.30.,
https://www.reuters.com/article/us-space-exploration-spacex-launch-idUSKB
N2360D2

묘하게 위장한다.

미국이 곧 인류의 대표라는, 아폴로 계획 당시 냉전의 논리를 극 중에 도입함으로써 <리턴 투 스페이스>는 지난 9년간 미국이 우주개발을 러시아에 의존하게 했던 "조국의 실패"를 인류의 실패로 재규정한다. 이를 가장 잘 드러내는 것이 케이프커내버럴 발사 기지 철거 장면으로, 여기서도 <리턴 투 스페이스>는 우주왕복선의 마지막 발사 이후 철거되는 기지의 모습을 보도한 당시 텔레비전 뉴스 화면을 그대로 가져옴으로써 이 사건이 "40년에 걸친 우주 역사의 해체와 철거"이자 "인류 우주 비행의 종말을 알리는 또 하나의 신호"였음을 주장이 아닌 객관적 사실로 전달하고자 한다. "미국을 발사하라"(Launch America)는 공식 슬로건하에 추진되었던 데모－2의 성공은 이로써 인류의 성공으로 격상되기 위한 발판을 마련하게 되며, ISS에 성공적으로 도킹하는 우주선의 모습 뒤에 아폴로 11호의 달착륙 장면을 붙여 놓는 연출은 양자간의 의미적 연결을 더욱 공고히 한다.

3. SF로서의 우주개발

1) SF의 문법으로 다시쓰기

이때, 이 글에서 문제 삼고자 하는 점은 냉전 종식 이후 상당 부분 효력을 잃은 '아폴로 신화'가 현재적인 영향력을 행사할 수 있도록 하는 방편으로 SF가 사용되고 있다는 것이다. 냉전이라는 명분이 유실된 이후, 미국 내에서 우주 탐사는 점진적으로 지지를 잃으며 예산 삭감을 거듭해 왔다. 나사의 반복된 기술적 실패는 우주에 대한 대중적 관심을 더욱 사그라들게 만든 결정적 원인이었다. 재사용 가능한 우주선 개발이 지속 가능한 유인 우주탐사를 위한 선결과제라는 판단하에 추진된 우주왕복선 계획은 지출이 너무 커서 "당시 프로그램을 들여다본 사람은 누구나" 종료가 불가피하다는 사실을 알 수 있을 정도였고, 우주선 재사용이라는 당초 목표도 결국 달성되지 못했다. 우주왕복선의 퇴임을 앞두고 2004년 부시 행정부가 출범시킨 후속 사업 컨스텔레이션 계획(Project Constellation)은 서브프라임 모기지 사태 이후 정부의 재정 상황이 악화되며 2010년 오바마 행정부에 의해 중단됐다.

"미국을 다시 위대하게"(Make America Great Again)를 슬로건으로 당선된 트럼프 행정부에 이르러 컨스텔레이션 계획은 2024년까지 달에 유인 기지를 구축하고 화성진출의 발판으로 삼는 내용의 아르테미스 계획(Artemis Program)으로 부활했지만, 트럼프 지지층 외부에서 이를 어떻게 생각했는지는 넷플릭스의 오리지널 시리즈 <스페이스 포스>(Space Force)를 통해 간접적으로 확인할 수 있다. 트럼프의 우주군 창설을 노골적으로 풍자했다는 평을 받는 <스페이스 포스>에서, 우주군 참모총장으로 새롭게 부임한 주인공이 로켓 발사 실패 이후 방금 그 로켓의 개발 비용이 얼마였냐고 묻자, 부관은 중학교 네 개를 지을 수 있을 정도라는 냉소적인 답을 남긴다. 당시 미국 사회에서 우주 개발을 통한 국위 선양이라는 대의가 대중적 호소력을 잃었음은 물론, 심지어는 조롱의 대상이기까지 했었음을 보여주는 대목이다.

때문에 미국발 우주탐사의 재개가 인류 문명에 꼭 필요한 일이라는 <리턴 투 스페이스> 메시지가 호소력을 가지기 위해서는 아폴로 신화 이상의 것이 필요하다. 다른 말로, 아폴로 신화는 <리턴 투 스페이스>에서 새롭게 쓰여져야만 했다. 그리고 이를 위해 동원되고 있는 것이 바로 SF이다. <리턴 투 스페이스>가 어떻게 아폴로 계획에서 데모

-2로 연결되는 미국의 우주탐사 사업을 SF로 '다시쓰기'하고 있는지를 살피려면 우선 무엇이 SF를 SF로 만드는지를 먼저 규정할 필요가 있다. 여기서는 이를 위해 조안나 러스의 견해를 빌려오고자 한다. 러스는 『SF는 어떻게 여자들의 놀이터가 되었나』에서 SF를 다른 장르와 구별 짓는 핵심 요소를 아래와 같이 정리한다.

> 첫째, SF는 대부분의 중세 문학과 마찬가지로 교훈적이다.
> 둘째, 겉으로는 SF의 주인공이 자연주의 소설이나 기타 현대 소설의 주인공과 유사해 보일지 모르지만, 이들은 언제나 결코 개별적인 의미가 아닌 집합적 의미로서의 인간이다(개인은 종종 예시적이거나 대표적인 인물로 등장한다).
> 셋째, SF는 항상 현상을 강조한다. 서평가와 비평가들이 "아이디어로서의 주인공"이라는 말을 흔히 쓸 수 있을 정도다.
> 넷째, SF는 교훈적이기만 한 게 아니라 종종 경외와 숭배가 담긴 종교적 분위기를 띤다.[7]

<리턴 투 스페이스>에서 중심인물이라 할 수 있는 우주 비행사 밥 벵컨과 더그 할리를 그리는 방식은 러스가 말한 SF의 두 번째 특성에 정확하게 부합한다. 일반적인 다큐멘터리와 달리, <리턴 투 스페이스>는 성장 과정과 평소 생활, 주변인의 평판 등 인물에게 개성을 부여하는 정보를 거의 제공하지 않는다. 매우 부분적으로 이루어지는 성격 묘사 역시 각 인물의 캐릭터적 특성을 보여주기보다는, "기계적으로 어떻게 실현할지 정확하게 알"고 있는 과학자이자 엔지니어로서의 공동의 정체성과 과학기술의 수행자로서의 능력, 과학에 대한

---

7) 조안나 러스, 나현영 옮김, 『SF는 어떻게 여자들의 놀이터가 되었나』[전자책], 포도밭출판사, 2020, 1장 SF의 미학에 관해.

헌신을 등을 강조하는 데 초점을 둔다.

가족에 대한 묘사 역시 마찬가지다. 같은 기수 우주비행사인 벵컨의 아내는 허블 망원경 관리 보수 미션을 수행한 인물로, 그 뒤로 우주에 대한 새로운 과학적 발견을 신문에서 접할 때마다 나도 거기 기여한 바 있다는 자부심을 느낀다고 밝힌다. 우리가 함께 "우주 미스터리 해소를 돕고 있다며 농담"을 주고받곤 하는 그녀와 벵컨의 관계에서 중요한 것은 그들의 돈독한 부부애가 아니라, 그들이 구성하고 있는 과학자 공동체, 그리고 그러한 공동체의 일원으로서의 동료애이다. 이번 미션을 통해 아들에게 "살다 보면 세상엔 위험한 일도 있지만 그것이 세상을 이롭게 한다면 감수할 가치가 있다"는 교훈을 주고 싶었다고 말하는 할리 또한 어느 한 아이의 부모이기보다는, 현 세대의 문명을 더욱 발전시켜 물려줄 의무를 가진 "부모"의 대표이자, 그러한 의무의 수행자로서의 성격이 훨씬 크게 부각된다.

우주에서 내려다보는 지구라는 "경이로운 장면" 앞에선 그게 누구든 "모든 우주비행사가 같은 감정을 느낄 것"이라는 이들의 말을 증명하듯, 네 우주 비행사의 우주 유영 경험에 대한 회고는 어디서부터 어디까지가 각자의 발언인지 구분되지 않는 채로 이어진다. "우주적 경외감을 유도"[8]하는 지구의 모습 앞에서 각자의 개별성은 더 이상 중요하지 않다. 중요한 것은 오직 이들이 "우리 모두가 사는 작은 구체"를 위해 우주 탐사라는 공통의 과업을 수행하고 있다는 사실이다. 인류의 삶이 지구 너머로 확장된 "개념적으로 새로운 세계"를 모색하며, 그를 위해 "필요한 물리적 또는 사회적 장치를 만들고, 테크놀로지적 변화나 기타 다른 변화의 결과를 평가하는"[9] 과정으로서 재사용 유인

---

8) 위의 책, 1장 SF의 미학에 관해.
9) 위의 책, 7장 여주인공은 무엇을 할 수 있는가? 또는 여자는 왜 글을 쓸 수 없는가?

우주선의 개발에 주목하는 <리턴 투 스페이스>는 이처럼 러스가 꼽은 SF의 장르적 특성을 충실히 구현하고 있다.

이렇게 데모−2라는 사건을 SF의 문법으로 새롭게 쓴 <리턴 투 스페이스>는 작중 사건에 의해 달성될 결과와 그 의미에 대한 긍정을 미래로 투사함으로써 스스로를 SF로 완성한다. 아래는 <리턴 투 스페이스>의 오프닝 시퀀스에 등장하는 일론 머스크의 내레이션이다.

> 지구는 인류의 요람이죠. 하지만 요람에 영원히 머물 수는 없어요. 앞으로 나아갈 때가 됐어요. 별들이 있는 우주로 나아가 인간 의식(human consciousness)의 범위와 규모를 더욱 확장해야 하죠. 의식은 지구를 밝히는 작은 촛불입니다. 의식은 그 역사도 짧고 쉽게 꺼질 수도 있죠. 유성 때문에 꺼질 수도 극단적인 변화 때문에 꺼질 수도 있습니다. 그게 아니면 3차 세계대전 때문일 수도 있죠. **분명한 건 미래를 위해 의식의 촛불을 지켜야 한단 겁니다. 지구 외 여러 행성으로 삶을 확장해야 하죠.** (강조 인용자)

데모−2는 ISS에 도킹했던 스페이스X의 우주선 크루 드래곤(Crew Dragon)이 귀환하는 우주 비행사들을 태우고 지구에서 무사히 회수되며 종결되지만, 이는 '다행성 종족(Multi-Planetary Species)으로서의 인류'라는 최종 단계에 의해 비로소 완수되는 더 큰 미션의 첫 단계에 불과하다. 미션 성공 이후 인터뷰에서도 머스크는 이번 미션이 다행성 종족으로 향하는 "새로운 우주 탐험 시대의 시작을 알렸다"며, 곧바로 다음 단계로서 "달에 기지를 세우고 화성에 사람들을 보"내는 작업에 착수할 것이라 선언한다. "다시 한 번 우주비행사들을 국제 우주정거장에 보내는 것은 인류를 화성에 보내기 위한 초석을 다지는 것과 같"다는 브라이든스타인 나사 국장의 인터뷰는 데모−2가 그 자체로 완결되는 사건이 아니라, 달과 화성, 그 너머로 이어지는 더 탐사의 시작임을 다시금 강조하며 <리턴 투 스페이스>의 서사적 시공간을 미래로 확장한다.

　시험발사 성공 이후 이루어진 나사와 스페이스X의 첫 정식 미션 크루-1(Crew-1)의 성공을 암시하는 에필로그로 끝을 맺는 연출은 관객이 자연스럽게 이러한 미래로 관심의 초점을 돌리도록 유도한다. 다른 말로, <리턴 투 스페이스>에서 데모-2의 미션 완료가 놓이는 자리는 서사의 끝이 아닌 시작점이다. <리턴 투 스페이스>의 서사는 테라포밍을 통해 인류가 다행성 종족이 된 미래에 이르러서야 비로소 진정으로 종결될 수 있다. <리턴 투 스페이스>가 재현하고 있는 것은 현재이지만, 그것을 통해 말해지고 있는 것은 언제나 미래이다. 바로 이 점에서 <리턴 투 스페이스>는 진정으로 SF적이다. <리턴 투 스페이스>가 그리는 현재는 마치 우주 제국의 기원을 설명하기 위해 행성 이주 이전의 과거에 대해 말하듯, 끊임없이 환기되는 다행성종족의 미래에 대한 알리바이를 제공하기 위해 존재할 뿐이다.

2) SF 이미지의 차용

　<리턴 투 스페이스>가 제시하는 이러한 미래 또한 SF에서 차용해 온 이미지에 의해 구체화된다. 예를 들어, 데모-2에 사용된 스페이스X의 유인 우주선 크루 드래곤의 작동 방식을 묻는 기자의 질문에 일론 머스크는 "'스타워즈'를 보면 불덩어리를 뚫고 날아오르잖아요? 그거랑 비슷하지 않을까 싶네요"라며 크루 드래곤을 스타워즈 속 우주선 밀레니엄 팰컨에 비유한다. 우주 전문 유튜브 채널 진행자 팀 도드 역시 작중 인터뷰에서 크루 드래곤의 발사에 사용되는 스페이스X의 재사용 로켓 팰컨9(Falcon9)에 대해 아래와 같이 설명한다.

우주 비행의 비용을 절감하려면 화성에 도착해 계획한 일들을 실행하려면 완전히 재사용 가능한 로켓이 필요해요. **우주 영화나 SF에서 흔히 볼 수 있는 거죠.** 아무 데서나 이착륙이 가능한 로켓이오. 완전한 불가능의 영역이라 꿈도 꿀 수 없다고 생각했어요. 정말 너무나도 어려운 일이니까요. (강조 인용자)

〈리턴 투 스페이스〉에 삽입된 SF 영화의 장면(좌)와 팰컨9의 실제 착지 장면(우)

이 대목에서 화면은 고전 SF 영화에 등장하는 우주왕복선의 착륙 장면을 비춘 뒤, 곧바로 이와 매우 흡사한 모습으로 무인 바지선에 착륙하는 팰컨9를 보여준다. 영화의 한 장면을 현실에서 그대로 재현해 낸 듯 흡사한 두 장면 간 차이가 있다면, 아무도 없는 망망대해 한가운데 착륙하는 팰컨9와 달리, 영화 속 우주선은 바지선이 떠 있는 바다 연안에 모인 사람들로부터 열렬한 환호성과 박수갈채를 받는다는 점이다. 〈리턴 투 스페이스〉는 이 두 장면을 연이어 병치함으로써 팰컨9을 자유로운 우주 여행이 보편화된 우주제국에 대한 상상 속에 가져다놓는 한편, 그러한 우주제국의 도래가 환호의 대상이 되어 마땅함을 암시한다.

이렇게 스페이스X를 타 행성으로의 이주와 은하계 단위로 확대된 인류 문명을 다룬 SF 작품들과 연관 짓는 것은 창업자 일론 머스크가 설립 초기부터 줄곧 유지해 온 마케팅 전략이기도 하다. 일례로, 스페이스X가 팰컨9 발사체 수거에 사용하는 무인 바지선의 이름 '물론 아직도 널 사랑해'(Of Course I Still Love You)와 '사용 설명서 좀 읽어라'(Just Read the Instructions)[10]는 이언 M. 뱅크스의 컬쳐 시리즈 중 『게임의 명수』에 등장하는 우주선에서 따온 것이다. 스페이스X의 로켓 중 달 착륙에 필요한 출력을 가진 최초의 로켓인 팰컨 헤비(Falcon Heavy)의 첫 시험 발사 당시, 머스크가 타던 테슬라 로드스터 차량에 우주복을 입힌 마네킹 '스타맨'을 태워 발사한 뒤, 차량 계기판에 『우주를 여행하는 히치하이커를 위한 안내서』의 대표 문구 '겁먹지 마시오.'(Don't Panic)를 띄워 놓은 것도 유명한 일화다.

스스로 SF 팬임을 강조해 온 머스크가 여러 작품 중에서도 가장 집요하게 스페이스X와 연관 지어온 작품은 아이작 아시모프의 파운데이션 시리즈이다. 1977년 발사된 보이저호에 외계를 향한 인류의 메시지를 담은 골든 레코드가 실려 있었다면, 위의 팰컨 헤비에는 로드스터를 탄 스타맨과 함께 디지털 저장장치에 담긴 파운데이션 시리즈가 실려 있었다. 자신의 트위터를 통해 아시모프의 파운데이션 시리즈와 로봇 시리즈 속 로봇 제0 원칙을 스페이스X의 설립 근간으로 삼았다고 밝힌 머스크[11]는 이후 두 차례의 인터뷰를 통해 파운데이션 시리즈가 어떻게 스페이스X 창업을 위한 영감을 주었는지를 자세히 설명한 바 있다.

우리는 지금 분명 가파른 상승 주기에 있으며, 바라건대 이 상태가 유지될 수도 있다. 그러나 그렇지 않을 수도 있다. **기술 수준의 감소를 야**

---

10) 이언 M. 뱅크스, 김민혜 옮김, 『게임의 명수』, 열린책들, 112쪽.
11) "Foundation Series & Zeroth Law are fundamental to creation of SpaceX"(일론 머스크 트위터, 2018.06.16.,
(https://twitter.com/elonmusk/status/1007668113591005184))

기하는 일련의 사건들이 발생할 가능성이 있다. 지금이 45억 년 만에 처음으로 인간이 지구 밖으로 생명을 확장할 수 있는 기회임을 고려했을 때, 기회의 창이 앞으로 오랫동안 열려있을 것이라고 가정하기보다는, 창이 열려있을 때 행동을 취하는 것이 현명한 일일 것이다.[12)]

(파운데이션 시리즈에서) 내가 얻은 교훈은 문명을 연장하고, 암흑기의 가능성을 최소화하고, 만일 암흑기가 온다면 그것의 기간을 단축하기 위한 행동을 취해야 한다는 것이다.[13)] (강조 인용자)

두 인터뷰 모두에서 머스크는 인류문명의 암흑기가 도래할 가능성에 대해 경고하며, 너무 늦기 전에 행동에 나서야 한다고 촉구한다. 이는 가상의 학문인 심리역사학을 이용해 은하제국의 멸망을 예견하고, 변방 행성 터미너스를 테라포밍하여 인류문명 보존을 위한 기지로 삼아야 한다는 파운데이션 시리즈 속 해리 셸든 박사의 주장과 거의 일치한다. 아래는 파운데이션 시리즈의 첫 장에 나오는 셸든 박사의 재판 장면이다.

---

12) We're obviously in a very upward cycle right now and hopefully that remains the case. But it may not. There could be some series of events that cause that technology level to decline. Given that this is the first time in 4.5bn years where it's been possible for humanity to extend life beyond Earth, it seems like we'd be wise to act while the window was open and not count on the fact it will be open a long time. (Carroll, Rory, *Elon Musk's mission to Mars,* The Guardian, 2017.07.17., https://www.theguardian.com/technology/2013/jul/17/elon-musk-mission-mars-spacex)

13) The lesson I drew from that is you should try to take the set of actions that are likely to prolong civilization, minimize the probability of a dark age and reduce the length of a dark age if there is one. (Strauss, Neil, *Elon Musk: The Architect of Tomorrow,* Rolling Stone, 2017.11.15., https://www.rollingstone.com/culture/culture-features/elon-musk-the-architect-of-tomorrow-120850/)

여러분, **제국은 방금 말한 것처럼 1만 2000년 동안 계속되어 왔습니다.** 그러나 **다가올 암흑 시대는** 1만 2000년보다 더욱 긴 2만 년 동안 지속될 것입니다. 그러고는 제2제국이 등장하겠지만 그동안 1000세대에 걸쳐 인류는 오랜 고통에 시달릴 것입니다. 우리는 거기에 맞서 싸워야만 합니다.

(중략) 몰락을 막을 수 있다고 말씀드리는 것이 아닙니다. 하지만 **그후에 지속되는 혼란기를 단축하는 일은 아직 안 늦었다는 말입니다.** 여러분, 만일 지금 본인과 우리 그룹의 활동이 허가된다면 무정부 상태에 **빠지는** 기간을 1000년으로 단축할 수 있습니다. 우리는 지금 미묘한 역사적 시점에 놓여 있습니다.[14] (강조 인용자)

머스크의 인터뷰는 인류문명의 현 단계에 대한 진단, 다가올 암흑기에 대한 예측, 대응할 시간이 얼마 남지 않았다는 판단까지, 모든 측면에서 위 장면 속 쉘든 박사의 주장과 쌍둥이처럼 닮아 있다. <리턴 투 스페이스>는 여기서 한발 더 나아가, 머스크가 직접 SF의 '등장인물'로서 해리 쉘든 박사를 연기할 수 있도록 그 무대를 제공한다. 앞의 절에서 인용된 머스크의 내레이션으로 시작하는 <리턴 투 스페이스>는 데모-2의 후속 미션 크루-1의 발사 준비 장면을 보여주며 아래 내레이션으로 끝맺는다.

사람들은 기술이 저절로 발전된다고 착각해요 하지만 사실이 아니죠. 고대 이집트와 같이 발전한 문명을 보면 피라미드를 만들 수 있었지만 지금은 방법을 잊어버렸어요. 로마를 봐도 똑같아요. 고도의 송수로를 만들었지만 이후 방법을 잊어버렸죠. 1969년엔 사람들을 달에 보냈는데 이후 방법을 잊어버렸어요. 지금 기회의 문이 열린 거예요. 다행성

---

14) 아이작 아시모프, 김옥수 옮김, 『파운데이션』, 황금가지, 2013, 41쪽.

종족이 될 기회요. 하지만 언제까지나 그 문이 열려있지는 않아요. 문이 열려있는 동안에 기회를 활용해야 해요.

내용의 차원에서 이는 위의 인터뷰를 반복한 것에 불과하지만, 둘은 전혀 다른 효과를 가진다. 인터뷰에 담긴 머스크의 사업 구상은 <리턴 투 스페이스>에서 SF의 문법으로 새로 쓰여진다. <리턴 투 스페이스>의 세계에서 머스크는 실제 현실에 존재하는 기술기업 스페이스X의 CEO이기를 멈추고, 인류의 멸망을 예견하고 인류를 암흑기로부터 구원할 메시아, 해리 쉘든의 현신(現身)으로 새롭게 등장한다. SF의 이미지들과 착종된 그의 우주선이 최종적으로 도달하는 곳은 실재하는 ISS가 아니라, 그러한 이미지들을 차용해 온 SF 작품들 속 은하제국, 다행성 종족이 된 인류의 거처로서의 상상적 우주이며, 관객은 인류 구원의 사명을 안고 미래를 향해 날아가는 우주선에 열렬히 환호할 것을 요구받는다.

4. 이데올로기의 복원

1) 실리콘밸리 신화

이러한 <리턴 투 스페이스>를 SF라 부르기로 한다면, 그것은 고전적 의미에서의 SF라기보다는 보드리야르가 「시뮬라크르들과 공상과학」에서 규정한 파생실재 시대의 SF에 가까운 것이다. 보드리야르에 의하면, 현실과 상상의 거리에 의존하는 고전적 SF는 시뮬라시옹의 전방위적 조작가능성에 의해 기호와 이미지가 현실을 대신하는 파생실재의 단계에 이르러 종말을 맞는다. 파생실재의 질서 속에서 실제 세계의 연역, 증폭으로서 미래를 상상하는 일은 불가능해지는데, 이에 대해 보드리야르는 아래와 같이 적고 있다.

아마도 정보통신학과 파생실재의 시대에서 공상과학은 <역사적> 세계를 <인위적으로> 부활하는 데만 소진될 수도 있다. 즉 이전 세계의 우발적인 것들을, 그 의미와 원초적인 진행이 이제는 텅 빈, 그렇지만 회고적인 진실로 환각적인 이미 지난 이데올로기들을, 사건들, 인물들을 아주 세세한 곳에까지 시험관 내에서 복원하려고 시도할 수밖에 없을 것이다.[15]

그렇다면 <리턴 투 스페이스>의 안에서 복원되고 있는 이데올로기는 무엇인가? 이를 이해하기 위해 가장 먼저 기억해야 할 것은, 그 이름에서 짐작할 수 있듯 CCP(상업승무원프로그램)가 근본적으로 민영화 사업이라는 사실이다. CCP의 초기에 참여한 나사의 로리 가버 부국장은 <리턴 투 스페이스>에서 스페이스X와의 협력은 "혁신 그 자체"였다고 자평하며 그러한 혁신을 가로막는 가장 큰 장벽으로 "현 상태를 유지하려는 수백억 달러를 들인 정부 프로그램의 질긴 관성"을 꼽는다. 스페이스X가 나사 파트너로 처음 합류하던 당시 직면했던 반발에 대해 가버는 이렇게 회고한다.

업계 모두가 새로운 존재를 두려워했어요. 대형 항공우주 회사라면 하나의 클럽에 속하게 돼요. 정부에 있던 우주비행사들이 민간 회사로 이직하는 경우도 많았고요. 그러다 보니 **정부 대 기업(us versus them) 대결 구도**가 만들어진 거예요. (강조 인용자)

---

15) 위의 책, 200쪽.

여기서 '우리'(us)는 물론 민간 기업 스페이스X와 그러한 스페이스 X와의 협력을 통해 정부 조직의 비효율성을 극복하려는 나사를 지칭한다. 그런데 흥미로운 점은 '우리'와 대립하는 '그들'(them)의 범주에 정부뿐 아니라 거대 항공우주방위 산업체들도 포함된다는 것이다. 이 대목에서 화면은 스페이스X의 나사 파트너 합류를 맹렬히 반대하는 정치인들의 청문회 장면에 이어, 보잉과 ULA의 로고를 연이어 비춘다. 보잉은 록히드 마틴, 노스롭 그루먼과 더불어 미국 3대 항공우주방위 산업체로 손꼽히는 기업으로, 나사의 아폴로 계획과 왕복우주선 계획의 핵심 파트너였다. 노스 아메리칸-록웰, 맥도넬 더글라스 등 당시의 다른 파트너들도 대부분 후일 보잉에 흡수되었으며, 흡수되지 않고 남은 마틴 마리에타는 록히드와 합병하여 지금의 록히드 마틴이 되었다. ULA는 이러한 보잉과 록히드 마틴의 합작사이다.

거듭된 인수합병을 통해 독과점 시장을 구축한 이 두 기업이 지역 고용 창출이라는 명분과 막대한 로비 비용, 회전문 인사 등을 매개로 정부와 강력한 유착관계를 맺어 왔음을 고려하면 이들을 통틀어 '정부'로 번역한 한국어 자막은 적절할지도 모른다. 특히 보잉의 경우, 스페이스X와 동시에 CCP의 최종 사업자로 공동 선정됐음에도, 스페이스X가 데모-2를 거쳐 크루-1부터 크루-5까지 총 다섯 차례의 정식 미션을 완수한 지금까지도 무인 시험 발사조차 성사시키지 못하고 있다. 컨스텔레이션 계획의 후속 사업인 아르테미스 계획 역시 보잉이 제작을 담당하고 있는 SLS(Space Launch System) 발사체가 수년에 걸쳐 일정지연과 수십억 달러에 이르는 막대한 예산 초과를 거듭[16]하며 보

---

16) Sheet, Michael, *NASA's massive moon rocket will cost taxpayers billions more than projected, auditor warns Congress,* CNBC, 2022.03.01., https://www.cnbc.com/2022/03/01/nasa-auditor-warns-congress-artemis-missions-sls-rocket-billions-over-budget.html

잉의 태만과 정부의 묵인이 "범죄의 경계선"[17](borderline criminal)에 이르렀다는 비판까지 나오는 중이다.

따라서 15년이 넘는 항공우주방위 업계 경력을 뒤로하고 스페이스X로 자리를 옮긴 그웬 쇼트웰 스페이스X 최고운영책임자의 입을 빌려 "이 산업 곳곳에 침투한 관료주의적 관성을 부수는 게 가능하다면 일론과 스페이스X가 마지막 기회"였다고 역설하는 <리턴 투 스페이스>의 주장은 일정 부분 정당해 보이기도 하다. 그러나 문제는 <리턴 투 스페이스>가 부패한 기성 산업자본을 '기업'(us)에서 떼어내 정부(them)의 일부로 편입시킴으로써, 기업의 자율성에 모든 문제의 해결을 내맡기는 철 지난 자유 시장주의의 효력을 갱신하려 하고 있다는 사실이다.

이를 이해하기 위해 자유 시장주의 영웅을 그린 대표적인 SF 서사 중 하나인 아이언맨 시리즈와 <리턴 투 스페이스>를 비교해 볼 필요가 있다. 아이언맨 시리즈의 주인공 토니 스타크는 굴지의 군수방위 산업체 스타크 인더스트리의 CEO인 동시에, 자신이 직접 개발한 인공강화신체, 신물질 기반 고효율 원자로, 무인 로봇 군단 등으로 무장한 SF 영웅이다. 이러한 토니 스타크의 이념적 믿음은 <아이언맨 2>의 청문회 장면을 통해 분명하게 천명된다. 아이언맨 슈트를 비롯한 첨단 무기를 국가에 귀속시키라는 의회에 요구에 토니 스타크는 누구도 "내 사유재산"(my propery)을 뺏어갈 수 없다며 "내가 세계 평화를 성공적으로 민영화"(I've Successfully Privatized World Peace) 했다고 자랑스레 선언한다.

이러한 아이언맨 서사를 미국 신화를 이루는 서사적 원형들과의 관

---

17) Law, Andy, *Artemis VS Apollo – Will Artemis actually be sustainable?*, Everyday Astronaut, 2020.09.13., https://everydayastronaut.com/artemis-vs-apollo/

계 속에서 분석한 김명성은 아이언맨에서 토니 스타크의 기술 기반인 군사복합 산업이 탈이념적인 과학기술의 모습으로 표현하고 있음에 주목한다. 김명성에 의하면, 군수사업체의 CEO인 토니 스타크가 무력분쟁의 직접적 행위자가 되길 선택함으로써 영웅으로 성장하는 아이언맨 서사는 "아이언맨의 기술 기반인 군산복합 산업을 자유주의 정치이념과 병치시키고 선명한 선과 악의 대조를 통해 이념적 정당성을 부각한다."[18] 여기서 김명성은 아이언맨 서사가 자유주의-자본주의 이념과 시장 자유주의적 국제관계의 적법성을 설득하는 데 가치중립적 과학기술의 이미지에 크게 기여하고 있다고 파악한다.[19]

아이언맨 서사의 이념인 자유주의는 <리턴 투 스페이스>에서도 그대로 유지된다. 실제 <리턴 투 스페이스>의 'SF 영웅'에 해당하는 일론 머스크는 '현실판 아이언맨'으로 유명세를 탔던 인물로, 아이언맨 영화에서 토니 스타크를 연기한 로버트 다우니 주니어가 촬영을 앞두고 캐릭터에 대한 조언을 얻기 위해 머스크를 찾아간 적도 있는 것으로 알려져 있다. 전적으로 토니 스타크 개인에 의해 통제되는 아이언맨 속 스타크 인더스트리와 마찬가지로, 증권거래위원회(SEC)의 감시조차 받지 않는 비상장 기업인 스페이스X 또한 지분과 의결권의 과반을 창업자 일론 머스크가 장악하고 있다.

<리턴 투 스페이스>는 머스크가 스페이스X 공장 한가운데 아이언맨 슈트를 세워 놨다고 언급하며 관객들이 이미 익히 알고 있는 둘의 이러한 관계를 간접적으로 환기시킴으로써, 공공사업인 나사 우주탐사의 인프라이자 고도의 파괴력을 가진 전쟁기술이기도 한 로켓 기술이

18) 김명성, 「아이언맨과 허클베리 핀, 그리고 립 밴 윙클: 민족서사의 이념적 기원과 과학기술 문화의 미래전쟁」, 『영어영문학』 제27권 1호, 미래영어영문학회, 2022, 24쪽.
19) 위의 책, 21-22쪽.

국가나 정부 기관이 아닌 개인이 통제 아래 놓인 상황에 대한 비판을 우회적으로 무화시킨다. 여기서 머스크가 "화성을 점령하라"(Occupy Mars)는 문구가 프린트된 티셔츠를 입고 화염방사기를 발사하고, 심지어 그 화염방사기를 트위터를 통해 판매하기까지 하는 기행을 일삼는 인물이라는 사실은 전혀 문제가 되지 않는다. 마찬가지로 돌발적이며 일탈적인 인물로 묘사된 토니 스타크와의 유사성을 확인시켜주는 이런 장면들은 오히려 일론 머스크의 선택이 아이언맨에서와 마찬가지로 정의로운 결과를 낳을 것이라는 암시를 강화하는 데 기여할 뿐이다. 이어지는 주변 인물들의 인터뷰 역시, 아이언맨과 머스크가 공유하는 선의를 강조하는 내용으로 채워져 있다.

그러나 이 둘 사이에는 결정적 차이가 존재한다. 바로 둘의 기술 기반이다. 아이언맨이 2차 세계대전 당시 연합군의 기술 기반이었던 스타크 인더스트리를 아버지 하워드 스타크로부터 상속받은 것과 달리, 스페이스X는 일론 머스크가 인터넷 결제 기업 페이팔을 매각한 자금으로 직접 설립한 신생 기술 스타트업이다. 아이언맨 서사에서 군사복합 산업의 탈이념화적 형상화에 복무했던 과학기술의 가치중립적 이미지는 스페이스X에서 더욱 극대화된다. 기성 산업자본과의 대립 속에 스스로의 위치를 정립해 온 스페이스X 같은 기술 스타트업들은 냉전 시기 이념 대립이나, <아이언맨> 1편이 문제 삼는 중동 지역 무력분쟁 등의 군사적 갈등과는 완전히 단절된 시공간, 실리콘밸리를 자신의 기원으로 삼기 때문이다.

이러한 실리콘밸리 정체성의 중심에 '개러지 신화'(Garage, 주택의 차고)가 있다. 스탠퍼드 대학 동기생인 윌리엄 휴렛과 데이비드 팩커드가 캘리포니아 팔로알토 지역의 가정집 차고에서 음향발진기를 개발해 1세대 벤처 기업 HP(휴렛팩커드)를 설립한 것을 실리콘밸리의 탄생 기원으로 삼는 개러지 신화는 실리콘밸리와 산업자본주의의 폭력적 역사 간의 단절을 가능케 한다. 실리콘밸리의 부는 잔혹한 시초 축적이나 식민지 약탈, 부패한 정부 조직과의 결탁과는 전혀 무관한 가정집 차고에서, 기업가이기 이전에 과학자이고 엔지니어인 청년들이 끝없는 탐구와 실험을 통해 발명한 기술로부터 비롯된다. 과학기술의 보편적 가치에 대한 믿음에 의해 작동하는 이러한 신화는 실리콘밸리 기업들이 기성 자본에 대한 도덕적 우위를 주장하고, "세상을 더 좋은 곳으로 만든다"(Make the world a better place)를 슬로건으로 삼을 수 있도록 만들었다.

<리턴 투 스페이스>는 아이언맨 서사를 계승하는 한편, SF 영웅의 기술 기반을 이곳 실리콘밸리로 옮겨놓음으로써 아이언맨 서사의 이념적 설득력을 갱신한다. 스타크 인더스트리와 마찬가지로 산업 자본주의의 얼룩진 역사에 매여 있는 보잉, ULA를 '우리'로부터 도려내고, 그들의 대립항에 스페이스X를 위치시키는 <리턴 투 스페이스>는 실리콘밸리 신화를 동원하여 기업이 가진 과학기술적 측면을 부각시킨다. 달라진 배치 속에서 한층 강화된 과학의 이미지는 관객으로 하여금 국가의 개입을 받지 않는 자본의 자유로운 기술개발에 의해 정의로운 사회가 달성될 수 있다는 아이언맨 서사의 이념적 전제를 한층 더 수월하게 받아들일 수 있도록 만든다.

2) 신냉전 시대의 세계

이때, 또 하나의 중요한 사실은 김명성이 아이언맨 서사에 대한 분석에서 지적했듯, 이러한 SF 영웅서사가 과학기술문명 속 미국의 위상을 정립하기 노력이기도 하다[20]는 것이다. <리턴 투 스페이스> 속

---

20) 김명성, 위의 책, 33쪽.

아폴로 11호의 이미지들에 대해 검토하며 짧게 언급했던 미국의 지위에 관해 본격적으로 검토하기 위해 먼저 <리턴 투 스페이스>에서 상정하고 있는 '인류'의 범주를 확인해 보자. <리턴 투 스페이스>에서 우주 전문 유튜브 채널 운영자 팀 도드는 인터뷰를 통해 아래와 같은 말로 미국의 우주개발이 일국의 문제가 아니라, '전 인류'의 공통된 목표임을 역설한다.

"채널 시청자의 35%는 미국인이고 65%는 다른 나라 사람들이에요. 우주 탐험이라는 공통된 목표 아래 우주 비행을 통해 사람들이 융합되고 있는 거죠. 한 사람, 한 국가가 아니라 인류의 목표라고요."

문제는 유튜브 시청자의 형태로 집계된 이 '인류'에서 인구의 가장 큰 비중을 차하는 중국은 완전히 배제되어 있다는 사실이다. 중국은 '만리방화벽'(防火长城, Great Firewall of China)[21]으로 자국민의 해외 인터넷 서비스 사용을 차단하고 있어, 적어도 공식적으로는 유튜브 시청이 불가능하기 때문이다. 이는 <리턴 투 스페이스>를 제작 및 배급한 넷플릭스도 마찬가지다. 넷플릭스의 공식적인 서비스 지역은 "중국, 크림반도(크름반도), 북한, 러시아, 시리아"[22]를 제외한 전 세계 190개 이상 국가로, 이 중 러시아의 경우 2022년 2월 발생한 러시아의 우크라이나 침공으로 미국 기업들 대 러시아 경제 제재에 나서

---

21) 1998년 시작된 중국정부의 디지털 사이버 공안 체계 '금순공정'(金盾工程, Golden Shield Project)의 일환으로 추진되어 2003년 도입된 중국의 인터넷 검열 시스템을 만리장성에 빗대어 부르는 것으로, 자국민이 국내에서 구글(Google), 페이스북(Facebook)등 해외 사이트와 콘텐츠에 접근할 수 없도록 차단한다. 비공식적으로는 가상사설망(VPN)을 통해 우회 접속이 가능하지만, 2017년 이후 중국 정부는 VPN 단속을 지속적으로 강화해 나가는 중으로, 지난해 말, 중국 내에서의 VPN 서비스 제공을 금지한 '네트워크 데이터 안보 관리 규정' 초안을 공개한 것이 대표적이다.
22) 넷플릭스 고객센터 참조, https://help.netflix.com/ko/node/14164

면서 서비스 제한 국가 목록에 새롭게 추가되었다.

<리턴 투 스페이스>는 이러한 지정학적 갈등이 한창이던 2022년 4월 7일, 러시아에서는 더 이상 이용할 수 없게 된 미디어인 넷플릭스를 통해 공개되었다. 러시아 정부가 미국의 경제 제재에 대한 반격으로 미국에 대한 러시아산 로켓 엔진 공급을 중단한다고 선언한 것은 그보다 약 한 달 앞선 3월의 일이다. <리턴 투 스페이스>에서 인류 보편 것으로 포장되었던 스페이스X 로켓 기술의 진면목이 드러나는 것은 바로 이 국면에서이다. 록히드 마틴과 ULA 등 미국 기업들이 여전히 러시아산 엔진에 의존하고 있는 점을 꼬집으며 "그들이 빗자루든 뭐든, 다른 물건을 타고 날게 둬라. 그게 뭔지는 모르겠다"[23]고 조롱한 러시아 연방우주국(Roskosmos) 국장의 도발을, 스페이스X가 팰컨9 발사 생중계 화면에 "미국산 빗자루를 날리고 자유의 시간을 들을 시간"[24]이라는 멘트를 붙이는 것으로 응수했기 때문이다.

러시아−우크라이나 전쟁 이후의 이러한 전개는 소련발 '스푸트니크 충격'(Sputnik Crisis)의 양대 산물이었던 우주개발과 인터넷이 공유하는 하나의 경계를 드러낸다. 전 세계를 연결하는 초국경적 네트워크로 여겨져 온 인터넷이 언제든 현실 세계의 갈등에 의해 표면화될 수 있는 균열을 내포하고 있듯, 우주 또한 지구의 지정학적 경계로부터 결코 자유롭지 않다. 영국 정부의 자금이 투입된 영국 위성인터넷 기업 원웹은 러시아−우크라이나 전쟁 이후 지금까지 사용해 온

---

23) Reuters, *Russia halts deliveries of rocket engines to the U.S.*, 2022.03.03., Reuters, https://www.reuters.com/world/russia-halts-deliveries-rocket-engines-us-2022 -03-03/(마지막 방문: 2022년 5월 16일)

24) Kay, Grace, *Elon Musk's SpaceX taunts Russia at Starlink launch: 'Time to let the American broomstick fly'*, Business Insider, 2022.03.11., https://www.businessinsider.com/elon-musk-spacex-taunts-russia-launch-ame rican-broomstick-fly-2022-3

러시아 소유즈 로켓을 버리고 위성인터넷 영역 최대 경쟁자인 스페이스X의 팰컨9으로 전환했다. 이러한 사실은 만약 <리턴 투 스페이스>에서 주장하듯 스페이스X의 우주선이 인류를 위한 것이라면, 그 인류의 범주는 철저히 북대서양조약기구(NATO)를 비롯한 동맹국들의 국민들로 한정됨을 보여준다.

이러한 지정학적 갈등의 상황은 애초에 왜 아폴로 신화가 이제 와서 새롭게 쓰여져야 했는지에 대한 설명을 제공한다. 중국이 첨단 제조 산업 패권을 쥐지 못하도록 막기 위한 미국의 전략이었던 2018년의 미중 무역전쟁과, 미국이 이끄는 나토와 러시아 간 패권전쟁으로 비화되고 있는 러시아-우크라이나 전쟁으로 세계는 빠르게 신냉전의 국면으로 접어들고 있다. 냉전 종식 이후 수십 년간 미국이 누려온 패권을 둘러싸고 갈등이 벌어지고 있는 이러한 상황은 그 자체로 세계의 일극(一極)으로서 미국의 지위가 위협받고 있음을 의미한다. 특정 지역에 대한 배제를 은폐하고 있는 <리턴 투 스페이스>의 '인류'는 미국의 패권이 아직 유지되고 있는 장소만을 세계로 범주화함으로써 곧 유실될, 혹은 이미 유실되고 없는 미국의 일극 패권을 복원하고자 하는 이데올로기적 투쟁의 전략이다.

세계를 문명과 야만으로 이분화하는 이러한 구도는 SF의 오랜 전통과도 상통한다. 세계통합정부로서의 은하제국 외부를 야만으로 구도화하는 파운데이션 시리즈가 스페이스X의 기원으로 호출되고 있는 것은 그러한 점에서 매우 적절해 보인다. 인류를 대표하여 우주개발의 과업을 수행하는 미국에 의해 달성될 미래를 은하제국의 이미지로 재현하는 <리턴 투 스페이스>는 아폴로 신화에 대한 SF적 다시 쓰기를 통해 '외부 없는 세계'에서 미국이 누려온 특권적 지위를 훼손하지 않는 방식으로 새롭게 나타난 '외부'를 처리하기 위한 틀을 제공한다. 아폴로 신화에서 소련이었던 그것은 <리턴 투 스페이스>에서 '문명 바깥의 야만'으로 새롭게 이름 붙여지는 것이다.

　이와 관련해 올해 4월 미국이 유럽연합과 호주, 일본, 대만 등 60여 개 동맹국과 발표한 '인터넷의 미래를 위한 선언'(A Declaration for the Future of the Internet)의 내용을 눈여겨볼 만하다. 개방 인터넷에 대한 접근을 제한하는 "일부 권위주의 정부"에 맞서 연결과 개방, 인권과 기본권이라는 "인터넷의 약속을 되찾을 것"을 촉구하는 이 선언문은 명백하게 중국과 러시아를 야만으로 지목하고 있다. 문명과 야만의 이분법을 작동시키는 동시에 문명을 선, 야만을 악의 자리에 위치시키는 선언문의 구도는 시민감시와 인권탄압, 전쟁범죄를 은폐하는 중국과 러시아의 인터넷 검열이 '악'으로 규정되어 마땅하다는 사실과는 별개로, <리턴 투 스페이스>이 담고 있는 신냉전의 이데올로기가 어떻게 확산되고 있는지를 보여준다는 점에서 문제적이라 할 수 있다.

5. 나가며

　이상으로 <리턴 투 스페이스>가 어떻게 아폴로 신화를 SF로 다시 쓰고 있는지, 그리고 그러한 다시쓰기에 의해 어떤 이데올로기적 효과가 발생하고 있는지를 살펴 보았다. <리턴 투 스페이스>는 현재를 알리바이로 미래를 이야기하고 있다는 점에서 SF이다. <리턴 투 스페이스> 속 우주선의 최종 목적지는 다행성종족의 미래이며, 이는 작중에서 SF 작품들 속 은하제국의 이미지로 나타난다. 우주선 발사에 참여하고 있는 인물들은 그러한 미래에 도달하기 위해 필요한 기술과 장치를 만드는 과학자 집단의 대표로서 SF의 인물로 존재한다.

SF와의 관련 속에서 스스로를 서사화하는 것은 일론 머스크의 오랜 전략이었다. <리턴 투 스페이스>는 머스크가 트위터나 미디어에서 파운데이션 시리즈를 스페이스X의 창립 근거로 호출하며 구축해둔 이러한 자기 서사의 내용을 그대로 받아 안는 동시에, 머스크가 직접 SF 속 인물로서 파운데이션의 한 장면을 상연해 보일 수 있는 무대를 제공한다. 은하제국의 멸망을 예견하고 인류 문명의 몰락을 막기 위해 터미너스를 테라포밍할 것을 역설하는 파운데이션 속 재판 장면을 거의 그대로 재연해 보임으로써, 현실 속 기업가 일론 머스크는 <리턴 투 스페이스> 속에 문명 보존의 인류적 사명을 부여받은 SF 영웅으로 나타난다.

이렇게 SF의 기호가 된 스페이스X의 우주선에 아폴로 11호의 이미지를 겹쳐 놓음으로써, <리턴 투 스페이스>는 미국의 아폴로 신화를 SF 영웅 서사로 재창작한다. 국가 통제를 거부하는 돌발적이고 일탈적인 기업가와 그에 의한 기술적 혁신을 거부하는 정부 조직의 비효율성을 중요한 서사적 갈등으로 삼은 <리턴 투 스페이스>는 한 세대 앞의 자본주의 영웅 서사인 아이언맨 시리즈를 계승하는 동시에, 그것이 담지하고 있는 자유 시장주의 이데올로기의 효력을 갱신한다. 영웅의 기술기반을 아이언맨 속 군사복합 산업체에서 과학의 가치중립적 이미지가 극대화된 실리콘밸리 기술 스타트업으로 옮겨놓음으로써, <리턴 투 스페이스>는 엔지니어-기업가의 번뜩이는 아이디어와 천재성의 자유로운 발현이 "세상을 더 좋은 곳으로 만든다"는 환상을 재생산하며 강화한다.

이렇게 미국 과학기술 자본의 영웅적 힘에 의해 인류의 미래가 수호되고 있다고 말함으로써 <리턴 투 스페이스>는 빠르게 확산 중인 냉전의 국면에서 상실의 위기에 놓인, 혹은 이미 상실된 미국의 일극 패권을 상상적으로 복원한다. <리턴 투 스페이스>의 '원본'이 되는 아폴로 신화가 동방이라는 세계의 외부와의 승리를 통해 미국을 인류 문명의 정점에 가져다 놓았다면, 그것의 SF적 다시쓰기인 <리턴 투 스페이스>는 은하제국과 외부라는 SF의 고전적 구도를 가져와 중국과 러시아라는 새로운 외부를 문명 밖의 야만으로 몰아냄으로써 이들에 의해 위협받는 자신의 패권을 수호한다. 바로 이 지점에서 <리턴 투 스페이스>의 SF는 보드리야르가 논한 바, 미래를 향한 거울로서의 역할을 잃고, 과거에 대한 절망적 재환각이 되어 이미 사라지고 없는 '미국'을 복원하는 시험관으로 전락하고 있는 것이다.

참고문헌

김명성, 「아이언맨과 허클베리 핀, 그리고 립 밴 윙클: 민족서사의 이념적 기원과 과학기술 문화의 미래전쟁」, 『영어영문학』 제27권 1호, 미래영어영문학회, 2022.
임태훈, 「테크노킹 일론의 SF 읽기는 왜 비판받아야 하는가?」, 『문화과학』 통권 111호, 문화과학사, 2022.
레지널드 터닐, 이상원 옮김, 『달 탐험의 역사: 스푸트니크 충격부터 아폴로 11호의 달 착륙까자』, 도서출판 성우, 2005.
아이작 아시모프, 김옥수 옮김, 『파운데이션』, 황금가지, 2013.
이언 M. 뱅크스, 김민혜 옮김, 『게임의 명수』, 열린책들, 2011.
장 보드리야르, 하태환 옮김, 「시뮬라크르들과 공상과학」, 『시뮬라시옹』, 민음사, 2001.
조안나 러스, 나현영 옮김, 『SF는 어떻게 여자들의 놀이터가 되었나』[전자책], 포도밭출판사, 2020.

Carroll, Rory, *Elon Musk's mission to Mars,* The Guardian, 2017.07.17., https://www.theguardian.com/technology/2013/jul/17/elon-musk-mission-mars-spacex
Doctorow, Cory, *Kim Stanley Robinson says Elon Musk's Mars plan is a "1920s science-fiction"*, Boingboing, 2016.10.17., https://boingboing.net/2016/10/17/kim-stanley-robinson-says-elon.html

Kay, Grace, *Elon Musk's SpaceX taunts Russia at Starlink launch: 'Time to let the American broomstick fly'*, Business Insider, 2022.03.11.,
https://www.businessinsider.com/elon-musk-spacex-taunts-russia-launch-american-broomstick-fly-2022-3

Law, Andy, *Artemis VS Apollo - Will Artemis actually be sustainable?*, Everyday Astronaut, 2020.09.13.,
https://everydayastronaut.com/artemis-vs-apollo/

Sheet, Michael, *NASA's massive moon rocket will cost taxpayers billions more than projected, auditor warns Congress*, CNBC, 2022.03.01.,
https://www.cnbc.com/2022/03/01/nasa-auditor-warns-congress-artemis-missions-sls-rocket-billions-over-budget.html

Strauss, Neil, *Elon Musk: The Architect of Tomorrow*, Rolling Stone, 2017.11.15.,
https://www.rollingstone.com/culture/culture-features/elon-musk-the-architect-of-tomorrow-120850/

Reuters, *Russia halts deliveries of rocket engines to the U.S.*, 2022.03.03., Reuters,
https://www.reuters.com/world/russia-halts-deliveries-rocket-engines-us-2022-03-03/

Roulette, Joey, *NASA resumes human spaceflight from U.S. soil with historic SpaceX launch*, Reuters, 2020.05.30.,
https://www.reuters.com/article/us-space-exploration-spacex-launch-idUSKBN2360D2

제2부

한국과 동아시아 SF의
기원들

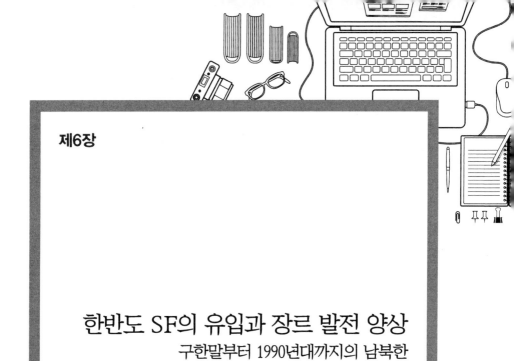

제6장

한반도 SF의 유입과 장르 발전 양상

구한말부터 1990년대까지의 남북한
SF에 대한 소사(小史)

이지용

1. 장르의 역할과 SF의 특징

장르(genre)는 일종의 관습(convention)이 표면화 된 상태다. 작가와 독자가 공유하고 있는 구성상의 관례 내지 규약이고 묵계라는 구조주의 이후의 용어에 대한 정의[1]는 이러한 장르의 관습성에 의미를 부여한 것이다. 장르를 형성하기 위해서는 수많은 모방품(模倣品), 즉 에피고넨(epigonen)이 필요하다. 그렇기 때문에 장르가 형성되었다는 것은 수많은 복제품들이 생겨날 수 있을 만큼의 코드들이 이미 해당 문화권에서 내재화되었다는 것을 반증한다. 그러기 때문에 장르에 내재된 관습과 코드들을 이해할 수 있다는 것은 해당 문화권을 이해하는 방법론이 되기도 한다. 더욱이 동질성을 지니고 있는 인접문화권에서 나타나는 장르 관습의 공통점과 차이점은 해당 문화권이 어떻게 특징을 형성했는지에 대해 파악할 수 있는 관점으로 효용이 있다.

이러한 맥락에서 볼 때, 한반도에 유입되고 정착하여 내재화된 장르의 특성을 파악한다는 것은 문화의 특징을 파악하는 방법론의 확장 측면에서 보았을 때 의미가 있다. 특히 그동안 주류문화권에서 벗어나, 서브컬처(sub-culture)의 영역에서만 규정되거나, 담론의 변방에서 규정되어왔던 요소들에 대한 접근들을 본격화하는 작업들이 필요하다. 이를 위해서는 우선 현재까지 그 형태들이 명확하게 나뉘어 있는 장르를 살펴보아야 하는데, 현재 한국에서 특징적으로 나타나고 있는 장르의 요소들은 로맨스(Romance), 추리(推理), 역사허구물(Historical fiction), SF, 판타지(Fantasy), 무협(武俠), 코미디(Comedy) 등을 들 수 있다.[2]

---

1) H.M.아브람스, 최상규 역, 『문학용어사전』, 예림기획, 1997, 146-148쪽 참조.
2) 이와 같은 구분은 대중서사장르연구회에서 발간한 『대중서사장르의 모든 것』 시

그중에서도 SF는 추리서사와 함께 장르의 유입 시기가 구한말로 거슬러 올라가기 때문에 한국의 근대 문학이 태동하던 시기부터 존재해왔던 장르라고 할 수 있다. 장르의 근원적인 배경들을 감안한다면 모든 소설의 장르들이 이전 시기부터 상호연관성의 리좀(Rhyzome) 내에 위치하고 있는 것이 맞지만, 장르의 특성이 형성되는 형태와 시기로 구분하면 SF가 한국에 유입된 장르들 중에서 그 역사가 가장 오래되었다고 볼 수 있다. 또한 이야기의 형태로 접근해 문학의 관점에서 보면 근대문학이 태동되던 시기에 함께했던 SF에 대한 연구는 한국 근현대문학의 역사적 관점을 다양화하고 완성하는 데도 필요한 부분이라고 할 수 있다. 그러기 때문에 한국의 장르문학을 파악하는 데 있어, SF의 특성을 파악하는 것은 의미가 있지만, 그동안은 이를 장르로 이해하고 연구의 영역으로 본격화하는 작업들이 잘 이루어지지 않았다. 이는 장르가 태동한 서양에서도 어느 정도의 시기까지는 겪었던 일이기도 한데, 이는 문화예술의 가치를 판단할 때 수용형태 여부로 판단하는 것을 터부시하고 폄하하는 양상들이 공통적으로 있어왔기 때문이다. 그러기 때문에 장르문학에 있는 모든 요소들에 대해서도 마찬가지이고, SF가 가지고 있는 가치에 대한 제고를 위해서는 구조주의적으로 해당 장르 텍스트들에 접근해, 작품에서 도출된 장르적

리즈의 권 호 구분을 기본으로 하였다. 해당 시리즈는 2007년 '멜로드라마'를 시작으로 '역사허구물'(2009), '추리물'(2011), '코미디'(2013), '환상물'(2016)까지 총 5권이 발간되었다. 해당 시리즈의 분류에서는 환상물에 SF와 판타지, 무협을 포괄하여 다루었으나, 해당 장르들이 가지고 있는 개성과 역사 및 유입경로의 상이함, 그리고 내재화 과정에서 나타난 현지화된 특성 등의 비중이 각각 다르게 나타난다. 게다가 환상물 분류에 속해 있는 장르(SF, 판타지, 무협)들이 남한의 장르문학(문화)에서 가지고 있는 영향력을 간과할 수 없고(특히 무협과 같은 장르는 남한과 중국에서만 특별하게 나타는 장르인데다가, 1970~80년대에 남한에서 무협이란 장르가 활발하게 소비될 수 있었던 사회적인 함의까지를 감안해 볼 때 남한의 문화예술 장르를 연구할 때 간과할 수 없는 장르라고 할 수 있다), 현재까지 소비되고 있는 양상 등을 감안하여 각각 따로 분류하였다.

특징과 그 가치에 대해 논하는 것이 필요하다. 그러기 위해서는 장르가 가지고 있는 보편적인 특징에 대한 정의 문제를 선결하고, 개별화된 특징들을 규정하는 과정이 필요하다. 본고는 이러한 문제들을 해결하기 위해 SF의 보편적 특징들에 대해 정리하고, 이러한 특징들이 한반도에 유입되고 정착하면서 개별화(particular)된 지점의 특징들에 대해 정리하여, 한국의 SF가 학술적인 담론을 형성할 수 있는 기반을 위한 시론(試論)의 성격을 지향한다.

SF(Science Fiction)는 근대 과학기술의 발전과 함께 등장하기 시작한 장르이다. 용어가 처음 등장한 19세기 말에는 "과학으로 인해 드러난 진리들이 본래 시적이고 진실한, 즐거운 이야기와 서로 얽히고 설킨 것"[3]이라고 SF를 설명했는데, 이는 장르의 효시라고 불리는 메리 셸리(Mary Shelly)의 『프랑켄슈타인(Frankenstein)』(1818)과 같은 작품들이 이 시기에 나타났기 때문이었다.[4] 하지만 이러한 특징들이 문학사 전반에 계속해서 견지되던 것은 아니었다. 이는 윌리엄 윌슨이 정의에서 밝히고 있는 바와 같이 SF가 단순히 흥미로운 요소들이 재미있게 얽히고설킨 이야기라는 특징에서 크게 벗어나고 있지 못

---

3) William Wilson, "A Little Earnest Book Upon A Great Old Subject", *Darton and Co.,* holborn hill(London), 1851, pp.138-139. ("Now this applies especailly to Science-Fiction, in which the revealed truths of Science may be given, interwoven with a pleasing story which may itself be poetical and true.")

4) SF의 시작을 넓게는 유토피아 소설과 고딕 소설로부터 상정하는 경우도 있지만, 이는 SF가 문학사에서 오래전부터 존재해 왔다는 것 외에는 별다른 의미를 형성하기 힘들다. 오히려, SF가 가지고 있는 장르적인 특징을 모호하게 만들어 장르의 담론이 발전하는데 걸림돌이 되기도 한다. 우선, 유토피아 소설과 고딕 소설들은 배경적인 분위기와 형태들에서는 SF와 유사한 지점들이 발견되지만 결정적으로 과학기술과 연관된 이야기 요소들이 드러나지 않기 때문이다. 그러기 때문에 일반적으로 현대에 규정하고 있는 장르로서의 SF는 근대 과학기술의 발전이 본격화되기 시작한 19세기 말부터 시작되었다고 보고 있는데, 그 효시를 메리 셸리의 『프랑켄슈타인』으로부터 시작되었다고 보는 견해가 현재까지의 중론이다. (이지용, 『한국 SF 장르의 형성』, 커뮤니케이션북스, 2016, 8쪽 참조.)

했기 때문이었다. 그러기 때문에 통상적으로 SF가 장르로서의 정체성(identity)을 확립하기 시작한 시기를 1920년대 미국에서 SF 작가였던 휴고 건즈백(Hugo Gernsback)이 그가 편집장을 담당하고 있던 잡지《어메이징 스토리즈(Amazing Stories)》에 '사이언티픽션(Scientifiction)' 특집을 마련하고, SF 작품들을 꾸준하게 발표할 수 있는 지면을 확보하면서부터로 규정하고 있다.

이후로 SF를 장르적으로 규정하기 위한 여러 가지 정의들이 나오기 시작하는데, 초기에는 단순히 과학기술과 그것으로 인해 발전된 미래에 대한 담론들을 다루는 것으로 여겨졌었다. 하지만 이후 다양한 작품들이 등장하면서 SF의 관습적 코드들을 단순히 과학기술로 한정하기 어려운 지점들이 나타났고, 그러기 때문에 데이비드 시드(David Seed)는 SF가 한마디로 정의되기 어려운 속성을 지니고 있으며, 여러 다른 장르들이나 서브 장르들이 서로 교류하는 방식이나 영역으로 이해하는 것이 더 도움이 될 것이라고 했다.[5] 이러한 양상들은 1920년대 이후 다양한 작가군들이 등장하면서 본격화 되었다. 예를 들어 장르의 특성을 명확하게 했던 로버트 하인라인(Robert A. Heinlein), 아이작 아시모프(Isaac Asimov), 아서 클라크(Arthur C. Clarke)를 지나 필립 K. 딕(Phillip K. Dick), 어슐러 르 귄(Ursula K Le Guin) 등에 이르면 기존의 정전(canon)의 역할을 하던 작품들의 스펙트럼의 확장 범위가 방대해지기 때문에 특정한 요소로 장르를 규정하는 것이 의미 없어진다. 하지만 이러한 변화를 통해 도출된 SF의 핵심적인 요소들은 "현 상황을 수동적으로 받아들이고 삶을 이어가는 사람들을 자극하여 기존의 생각을 뒤집는 사고의 실험들에 연루되도록 요구하며,

---

5) David Seed, "Science Fiction: A Very Short Introduction", *Oxford:* Oxford University Press, 2011, p.1 참조.

독자나 관객들로 하여금 지적 반응을 하도록 자극하고 움직이게 하는 특징"[6]들이라고 할 수 있다. 그러기 때문에 이를 정리하여 현대 SF의 특징이 되는 요소들을 단순한 소재가 아니라 소재를 통해 세계관을 구성하고 이야기를 구성하는 방식으로 정의하는데, 이것이 바로 외삽(外挿, extrapolation)과 사고실험(思考實驗, thought experiment)인 것이다.

하지만 그렇다고 해서 SF에서 과학기술과 그와 관련된 소재들이 부정된 것은 아니다. 오히려 이러한 요소들은 장르를 구성하는 가장 기본적인 전제들로 변용되었다. 기본적으로 현대 사회의 과학기술의 기반 위에 형성되어 있고, 그것을 인지한다는 것 자체가 외삽과 사고실험을 위한 기본 요건들이 되기 때문이다. 게다가 이러한 특징은 SF가 장르적인 특성만 가지고 코드들로 사람들에게 수용되는 형태로만 존재하는 것이 아니라 기존의 문학, 혹은 문화예술의 가치를 규정하는 미학적인 범위로서 담론을 확장할 수 있는 가능성을 내포한다. 그러기 때문에 다르코 수빈(Darko Survin)은 "SF는 낯설게하기와 인지작용이 필요충분조건으로 존재하고, 그것들 간에 상호작용이 있어야 하며, 작가의 실증적 경험에 대한 대안적 상상력이 주요한 형식인 문학 장르이다."[7]라고 정의하면서 SF가 단순히 수용자 중심의 콘텐츠에 머무르는 것이 아니라는 것을 증명했다.

이를 종합해 보면 SF의 장르적 특징은 언표에서 드러나고 있는 것과 같이 SF는 그 특징을 규정하는 데 있어서 '과학(科學)'과 '이야기

---

6) 장정희, 『SF 장르의 이해』, 동인, 2016, 12쪽.
7) Darko Survin, "The Metamorphoses of Science Fiction: On the Poetics and History of a Genre", *New Haven:* Yale University Press, 2004, pp.7-8. ("SF is a literary genre whose mecessary and sufficient conditions are the presence and interaction of estrangement and cignitoin and whose main formal device is an imaginative alternative to the author's emopirical exoperience."

(Story)'의 문제를 명확하게 밝히는 것이 중요하다. 그리고 이것을 장르적인 코드가 내재화되는 과정에 대입해 살펴보면, 해당 언표들이 유입되고 내재화되는 과정들을 살피는 작업 역시 동반되어야 한다. 더욱이 한반도의 SF는 이 두 가지를 사회적으로 어떻게 인식해 왔느냐에 따라서 그 의미의 맥락들이 다르게 나타났기 때문이다. 이에 본고는 한국에서 SF의 장르적 특징들이 어떻게 내재화되어 왔는지를 도입기부터 1990년대 초반까지의 양상들을 통해 고찰해 보고자 한다.

특히 남한과 북한을 나누어서 장르적 특성을 규정하는 것은 남한과 북한이 분단 이전에 동일한 유입경로를 가지고 있었던 장르를 분단 이후 장르를 내재화하는 과정에서 어떤 경로의 영향을 받았는 지와, 당시의 사회구조적인 맥락에 의해서 변화되는 양상을 보이고 있기 때문이다. 본고에서는 이를 단순히 두 개의 분리된 양상으로 파악하는 것에서 그치지 않고, 한반도 내에서 하나의 장르가 각기 다른 모습으로 파생되어 장르적 특성을 확립하는 과정으로 파악하고자 한다. 이를 통해 도출된 결론들은 문화권을 공유하고 있는 한반도의 장르가 가지고 있는 특성을 정의하는 데, 유용한 기제들로 작용할 수 있을 것이다. 또한, 시기의 구분에서 1990년대까지를 기준으로 잡은 것은 남한과 북한 모두에서 SF가 장르적 특성이 명확해지지 않고, 그러기 때문에 개별화 또한 미비하게 나타났기 때문이다. 하지만 1990년대 말로 접어들면서 매체와 콘텐츠 생태계의 급격한 변화를 통해 특히 남한의 SF가 보이고 있는 변화들은 그 폭이 상당하기 때문에 해당 시기의 특징들을 통해 장르의 개별화된 특징들에 대한 가치 부여가 가능하다. 하지만 이를 다루기 위한 담론의 집적 자체가 한국에서는 되어있지 않은 상황이기 때문에, 본고는 해당 시기를 다루기 위한 전제로서의 성격을 지닌다. 이를 위해 한국 SF의 도입기부터 정착과 내재화의 초기 단계에 걸친 통사적(通史的) 접근을 지향한다.

2. 한반도의 SF 유입과 발전 양상

1) 구한말 도입기의 특징들

한반도의 SF는 구한말 근대화로 일컬어지는 서양의 과학기술을 계몽하기 위해 전략적으로 도입된 장르였다. 이는 19세기 말에서 20세기 초에 한국뿐 아니라 일본과 중국에서도 동일하게 나타났던 현상이라고 볼 수 있다.[8] "서구의 과학소설이 과학문명에 대한 비판에서부터 시작했던 것과는 달리, 동양의 초기 과학소설에서는 계몽성이 강조"[9]되었다는 것은 이미 밝혀진 바다. 일본은 근대화 이후 과학기술에 대한 관심의 환기를 토대로 1880년대에 이미 쥘 베른(Jule Verne)부터 H. G. 웰스(Wells)를 비롯한 선험적 SF의 영역에 속해 있는 작가군들의 작품들이 다수 번역되어 소개되었고, 중국도 루쉰이 인민의 교양과 계몽을 위해서 SF가 필요하다는 의견을 피력하면서 직접 SF 작품들을 번역하기도 했다. 이러한 분위기 가운데, 한반도의 SF는 일본 유학생들이 발간한《태극학보(太極學報)》에 쥘 베른의『해저2만리(Vignt mille lieues sous les mers)』(1870)를 번안한 「해저여행기담(海底旅行記譚)」(1907)을 연재하면서부터 시작되었다. 당시의 일본 유학생들은 정책적으로 파견된 인재들이었고, 그 목적 역시 부국강병(富國强兵)을 위한 근대화의 역량을 확보하는 데 있었다고 볼 수 있다.

---

8) 이지용, 「한국 SF의 스토리텔링 연구」, 단국대학교 대학원 박사학위논문, 2015, 45쪽 참조.
9) 조남현, 『小說原論』, 고려원, 1982, 21쪽.

물론 이러한 방법론 역시 당시 유학생들의 자체적인 판단일 수도 있겠지만, 메이지 유신 이후 19세기 말엽부터 이어진 일본의 부국강병과 탈아입구(脫亞立歐, だつあにゅうおう) 기조의 영향과 완전 분리하여 판단하기는 어렵다.

하지만 일본의 영향이 계속 이어진 흔적은 생각보다 많지 않다. 한반도의 SF는 1907년 도입된 이후로는 조국의 근대화를 이루고자 했던 여러 지식인들에 의해 다양한 방향에서 다양한 방식으로 소개되었다. 애국 계몽 운동가이자 한학자였던 이해조는 쥘 베른의 소설 『인도왕비의 유산(Les cinq cent million de La Begum)』(1879)을 중역한 「철세계(鐵世界)」(1910)를 발표했다가 일제에 의해 금서 처리가 되기도 했다.[10] 이는 이해조가 애국계몽 운동을 벌였던 당사자라는 이유도 있겠지만, 당시 SF 작품들이 주제로 견지하고 있었던 전체주의나 제국주의에 대한 경고의 메시지들을 일제가 경계했기 때문인 것으로 파악된다. 20세기 초반 일본의 제국주의 성향이 심화되면서 유행하던 SF 작품들은 일본 내에서도 점차 수용의 양상이 변화하기 시작했고, 결국 제2차 세계대전 무렵에는 전쟁소설을 통해 발전하기 시작했다는 것을 확인했을 때 이러한 일제의 조치들은 납득 가능한 것이다.[11]

그러던 SF는 대중문학의 형태를 통해 다시 그 명맥을 이어나가는데, 김교제가 미국의 대중소설 형식인 다임노블(diem Novel)중 유명한 시리즈였던 '탐정 닉 카터 연작물(Detective Nick Carter Series)

---

10) 이지용, 앞의 책, 12-15쪽 참조.
11) 이러한 기조 때문에 서구의 과학기술을 받아들이기 위한 도구로서의 선험적 SF의 도입시기가 지난 뒤 일본에서는 일본 SF의 아버지라 불리는 운노 주자(海野十三)와 같은 작가들이 등장하면서 본격적인 SF 창작이 이루어졌는데, 운노 주자의 경우 우주를 배경으로 하는 작품이나 미스테리 소설 작품들도 있지만 전쟁소설로 더 유명한 작가라고 할 수 있다. 이는 20세기 초반 일본이 제국주의를 심화하면서 SF가 어떤 형태로 변이된 장르적 특성을 가지고 내재화 되었는지를 확인할 수 있는 부분이다.

(1907)'의 일부를 번안한 「비행선(飛行船)」(1912)[12]을 발표하는 것이었다. 이후 김백악이 H. G. 웰스의 대표작 『타임머신(The Time Machine)』(1895)을 번안해 「80만년 후의 사회」(1920)라는 제목으로 소개를 했고, 에드워드 벨라미(Edward Bellamy)의 『뒤돌아보며(Looking Backward, 2000~1887)』(1888)와 윌리엄 모리슨(William Morison)의 『유토피아에서 온 소식(News from Nowhere)』(1891)을 번안한 『이상촌』(1921), 『뒤돌아보며』만을 번안한 『이상의 신사회』(1923)가 발표되기도 했다. 또한 쥘 베른의 『지구에서부터 달까지(De la terre à la lune)』(1865)를 신태악이 『월세계 여행』(1924)으로 번안하여 발표하기도 했다.[13] 이후에 카프의 일원이었던 박영희가 카렐 차페크(Karel Čapek)의 희곡 『Rosum's Universal Robot』(1920, 이하 R.U.R)을 중역한 「인조노동자(人造勞動者)」(1925)를 개벽에 발표하면서 다양한 방향에서 당대의 유명했던 SF 작품들이 제법 활발하게 소개되었다.

도입기에 소개된 작품들을 보면 1800년대 후반에 발표되었던 쥘 베른이나 웰스의 작품들도 비교적 이른 시기에 번안되었고, 닉 카터 시리즈나 『R.U.R』과 같은 작품들의 경우엔 당시의 사회적 상황으로 감안했을 때 유럽에서 발표된 작품들이 약 5년여 정도밖에 지나지 않아 동아시아에 소개된 것이었기 때문에 거의 동시대에 해당 텍스트가 소비되었다고 보아도 무방할 것이다. 게다가 텍스트들의 양상을 보면 1920년대 미국에서 SF라는 용어의 등장을 통해 장르적 특성이 규정

---

12) 강연조, 「김교제의 번역, 번안소설의 원작 및 대본 연구」, 『현대소설연구』 제48집, 한국현대소설학회, 2011, 197-225쪽 참조.
13) 김미연, 「유토피아 '다시쓰기' ─1920년대 초 식민지 조선의 중역을 중심으로」, 『현대문학연구』 70, 한국문학연구학회, 2022, 222쪽 참조.; 최애순, 「1920년대 미래과학소설의 사회구조의 전환과 미래에 대한 기대: 『팔십만년 후의 사회』, 『이상의 신사회』, 『이상촌』을 중심으로」, 『한국근대문학연구』 제20권1호, 한국근대문학회, 2020, 9쪽 참조.

되기 이전의 선험적 SF라 할 수 있는 작품들부터, 대중소설로서의 가능성을 제시하면서 SF가 가지고 있는 독자수용성을 제시한 미국의 다임노블이나 동유럽권에서 독특한 메시지와 상상력을 통해 자신들만의 장르적 특성을 일찌감치 확보한 체코의 작품들까지 다양한 스펙트럼이 견지되었다는 것을 알 수 있다.

도입기 한반도의 SF는 주로 유럽과 미국의 작품들을 중역하여 내놓는 것이 일반적이었던 것으로 보인다. 앞서 언급한 작품들의 경우에도 주로 일본의 번역본을 중역하거나, 번안하는 과정에서 일본의 번역본과 중국의 번역본을 함께 참고한 흔적들이 역력하기 때문이다. 번역자별로 나누어보면, 애국 계몽 운동가이던 이해조 등은 주로 중국어 번역본을 중역하였으며, 일본 유학생들이나 이른바 조국의 근대화에 중점을 둔 김백악이나 박영희는 주로 일본어 번역본을 중역한 것으로 보인다.[14]

이렇듯 다양한 형태로 한반도에 유입된 SF였지만 근본적으로는 하나의 기치를 견지하고 있었다. 조국의 근대화, 그리고 그것을 이루기 위한 서양의 과학기술의 계몽이라는 지점이 바로 그것이다. 그리고 이러한 선택은 당시로는 굉장히 진보적인 선택이었다고 할 수 있는데, 구한말 이전까지 소설은 지식을 전달하기 위한 매체로서 취급되지 않았기 때문이다. 구한말의 지식인이라 일컬어지는 이들은 사실 "넌픽션에 순치될 것을 어려서부터 교육받아 왔고 또 그만큼 그에 익숙한"[15] 사람들이었다. 그런데 익숙하지 않은 소설을 통한 지식의 전달 방법을 택했다는 것은 당시의 조국 근대화에 대한 계몽운동가들의 열망들을 엿볼 수 있는 부분이다. 그들은 사실 SF라는 장르를 도입한

---

14) 김종방, 「1920년대 과학소설의 국내 수용과정 연구」, 『한국문학연구』 제44호, 한국문학연구회, 2011, 117-146쪽 참조.
15) 조남현, 앞의 책, 30쪽.

것도, 엄밀히 말하면 '과학'이라는 개념을 도입하려는 것도 아니었다. 1920년대까지 한반도에 지배적인 담론이었던 '과학=문명'이라는 도식하에서 서구화로 대표된 문명을 이식하고 싶었던 것이다.[16)]

이 시기까지의 한국 SF가 가지고 있는 특징을 언표를 기준으로 정리하면, 과학은 서구의 문명으로 대표되는 일종의 표상이었다. 그리고 이야기 요소 역시 근대화를 이룩하기 위한 하나의 장치였던 걸로 보인다. 물론 조선시대까지 지식의 전달 계층이 한정되어 있었고 논픽션으로 구성된 경전을 통해 이루어지던 것을 벗어나, 일반 대중에게까지 지식을 전달하기 위해 소설이라는 형식을 도입한 것은 인상적이라고 할 수 있다. 하지만 과학에 대한 인식이 그러했던 것처럼 이야기 역시 목적성에 대한 지점들이 너무 명확했기 때문에, 해당 요소들이 가지고 있는 본질들을 명확하게 견지하지 못했던 걸로 보인다.

이후 일제의 식민통치가 강화되고, 출판과 한국어 사용에 대한 검열이 점점 더 심해짐에 따라 한반도에서의 이야기들은 그 흔적을 찾아보기 힘들게 되었고, 당연히 창작자나 식자층의 확보 자체가 어려워진 SF는 자취를 감추게 된다. 이 시기인 1920년부터 1945년까지는 유럽에서 태동한 SF가 미국으로 건너가면서 장르적 특성을 형성하고 담론적인 발전을 거듭하던 시기였다. 하지만 한반도엔 이러한 영향력이 미치지 않았고, 20세기 초반, SF의 세계사적 흐름을 같이했던 한반도는 연관성을 잃어버리게 된다. 게다가 한반도엔 식민지 지배가 끝나고 광복이 찾아왔지만, 얼마 지나지 않아 맞이한 전쟁으로 인해 다시 이야기의 창구들이 사라져 버리게 되면서 도입기의 동시대성을 거의 상실하게 된다. 또한 이 시기 이후 한반도의 SF는 남한과 북한이라

---

16) 백지혜, 『1910년대 이광수 소설에 나타난 '과학'의 의미」, 『한국현대문학연구』 제14호, 한국현대문학연구학회, 2005, 144-146쪽 참조.

는 분단 상황을 맞아 각기 다른 방법으로 거대담론과 사회적 필요에 따라 변용되는 양상을 보인다.

2) 남한에서의 공상과학(空想科學)

분단 이후 남한에서는 아동문학을 중심으로 SF가 명맥을 이어가게 된다. 이 시기의 특징들은 번역과 번안 작품들이 그대로 유지되면서 한낙원의 『금성탐험대』(1967)와 같은 창작품들이 등장하기 시작했다는 것이다. 물론 한국 최초의 창작 SF 작품은 1929년도에 김동인이 발표한 『K박사의 연구』로 볼 수 있지만, 당시에 김동인 발표할 때도 그렇고 그것을 소비하는 방식도 SF를 소비하는 방식과는 조금 다르게 나타났던 것으로 보인다. 구한말 소비된 SF 소설들이 과학소설이라는 표제를 붙이고 소개된 경우가 많았던 것을 보았을 때, 김동인의 작품은 창작의 과정에서도 그렇고 소비 시에도 SF로서의 정체성에 대한 견지는 없었던 걸로 보인다. 때문에 장르적 특성을 견지하면서 창작하고 소비되기 시작한 창작 SF는 분단 이후 남한에서는 한낙원에 이르러서야 비로소 시작되었다고 볼 수 있다. 1950년대 미국에서 전문 잡지의 시대가 저물어가고 뉴웨이브(New Wave)의 시대가 도래하고 있을 시점이었지만, 남한의 SF는 아직 구한말의 인식에서 크게 달라지지 않은 모습을 보여준다. 때문에 분단 이후 남한 SF에서 나타나는 가장 큰 문제는 창작물의 부재라고 할 수 있다.[17]

남한에서의 SF는 서구화와 부국강병을 위한 기제에서 크게 달라지

17) 20세기 초 일본을 통해 SF의 도입이 이루어졌던 한국에서는 일제 식민지를 거치고 전쟁을 겪으면서 상당기간 동안 창작 SF 작품들이 등장하지 않았다. 전쟁 이후 1950년대에 창작품으로 추정되는 작품들이 소개되었지만 대부분 일본 작품의 번역본을 역자표기를 명확히 하지 않고 출간한 것으로 확인되었다. (대중서사학회, 『대중서사장르의 모든 것 — 5 환상물』, 이론과실천, 2016, 440-441쪽 참조.)

지 않은 모습을 보인다. 오히려 독자가 아동·청소년으로 제한되면서 가치판단의 여지들이 축소되는 경향을 보인다. 그렇기 때문에 문화예술의 담론에서 다뤄지는 것이 아니라 오히려 교육을 위한 콘텐츠, 당시의 표현으로는 교보재(教補材)로 소비된다. 현재였다면 다양한 교육용 콘텐츠로서의 가치 접근들이 시도되어 인포테인먼트(infortainment)나 에듀테인먼트(edutainment) 콘텐츠로서의 조명가능성이 제기되었겠지만, 당시로는 요원한 일이었다. 뿐만 아니라 당시에 한국 SF 작가협회의 맴버들이 주도하여 발간된 『한국과학소설(SF) 전집』에 발표된 창작 SF들은 모험소설의 클리셰를 도식적으로 사용하는 구조적 한계를 가지고 있는 것과 동시에[18], 과학기술이 전체 이야기에서 미치는 영향이 미미하거나 주요하게 드러난다고 해도 작위적인 설명이나 해설의 형태를 띠고 있는 작위적인 형식들이 주로 나타나면서 미학적 가치를 획득할 기회들을 상실하게 된다.[19]

물론 이 시기의 《과학세기》(1962년 창간)부터 《학생과학》(1969년 창간)에 이르기까지의 지면을 통해 아서 클라크(Arthur Clark)의 「달 먼지 폭포(A Fall of Moondust)」 등을 비롯해 미국 SF 전문 잡지 시대의 주요 작가들의 작품을 번역해 소개한 것은 한국 SF의 저변을 형성하는 결과로 작용하게 된다. 하지만 그럼에도 불구하고 이러한 시도들은 여전히 구한말의 과학을 목적으로 대하는 지점에서 크게 벗어나지 못하는 모습을 보여주는데, 이는 당시의 사회적 인식이 여전히 과학이라는 개념을 국가 발전의 기제 이상으로는 인식하지 못하고 있었

---

18) 『한국과학소설(SF)전집』의 창작 SF들이 가지고 있는 구조적인 도식화는 ① 불가능과 실현가능성의 공존, ② 모험소설 플롯의 활용과 변용 ③ 청소년 독자 지향성으로 특징지을 수 있다. (김지영, 「한국 과학소설의 장르소설적 특징에 대한 연구」, 『인문논총』 제32호, 경남대학교 인문과학연구소, 2013, 375-397쪽 참조.)
19) 위의 글, 385-387쪽 참조.

다는 데서 명확하게 드러난다.[20] 게다가 이러한 인식의 지체로 인해 과학을 소재로 다루고, 그로 인해 세계관을 형성하며 과학기술로 인해서 발전하게 될 미래에 대한 외삽과 사고실험을 전개해야 할 SF의 장르적 특성들은 결과적으로 나타나지 않는다.

이러한 문제는 SF를 번역하여 통용하던 '공상과학소설(空想科學小說)'[21]이라는 단어에서 가장 잘 드러나는 부분이라고 할 수 있다. 오역을 통재 전해진 해당 용어가 상당 기간 동안 수정이 되지 않고 통용되었다는 것은 용어가 가지고 있는 장르적 특성에 대한 견지가 거의 이루어지지 않았다는 반증이기도 하다. 공상(空想)이라는 언표가 가지고 있는 무용성은 이동·청소년의 상상력 증진과 흥미의 고양 차원에서만 효용이 작용하는 것이었고, 남한의 SF가 장르적 특성과 상당 부분 동떨어져 있게 하는 원인이 된다. SF가 장르적 특성을 확립해 나가는 과정에서 나타난 세계의 모습을 흉내 내고, 체계적으로 이화시키는 현실 통찰의 방법론으로서의 성질들이 전혀 인식되지 않고, 그랬기에 작품에서도 나타나지 못하게 되었던 것이다.[22] 그러기 때문에

20) 이에 대해서는 『한국과학소설(SF) 전집』의 권두에 실린 당시 과학기술처 장관인 최형섭의 격려사를 통해 확인해 볼 수 있다. 격려사에서 "오늘날 우리 민족이 더 잘 살기 위해서 조국 근대화라는 큰 목표를 향해 노력하고 있는 마당에서 과학과 기술의 발달은 어느때보다 시급하다. 그리고 과학하는 마음은 청소년 시절부터 기르고 가꾸어 나가야 한다. 다행히 우리나라에서도 과학소설(SF) 작가협회가 있어 청소년들에게 과학하는 마음을 재미있게 일깨워주는 작품(作品)을 엮어 계속 출간한다고 하니 이것이 하나의 산 과학교재로서 널리 읽혀 우리나라의 과학 목표 달성에 이바지되어 주었으면 하는 마음 간절하다."라고 언급하고 있는데, 이는 구한말 부국강병을 위한 도구로서 인식했던 과학과 당시의 과학이 크게 다르지 않음을 단적으로 보여주는 부분이라고 할 수 있다.

21) 공상과학소설은 "일본에서 1960년대 《SF 매거진》이 창간되었는데, 표지에 미국 잡지의 명칭을 '공상과학소설지(空想科學小說誌)'라고 병기" 했던 것을 그대로 옮겨오면서 생긴 일종의 오역이었다. 일본에서는 이후 이를 'fantasy'와 'SF'를 함께 일컫는 용어로 변용하였는데, 한국에서는 이러한 수정과정을 거치지 않고 SF의 등가대응어로 상당기간동안 사용해 왔다.(박상준, 「SF문학의 인식과 이해」, 『외국문학』 제49호, 열음사, 1996, 23-24쪽.)

남한에서의 이러한 장르 인식문제는 특징적인 모습으로 규정할 순 있지만, 결과적으로 오랜 시간 동안 남한에서 SF라는 장르가 정체성을 확립하기 어렵게 하는 결정적인 요인이 된다.

이러한 문제점은 1967년 문윤성이 『완전사회』를 발표하면서 아동·청소년이 아닌 성인독자를 대상으로 하는 SF를 발표했음에도 해결되지 않는 문제였다. 문윤성의 작품들은 여성들로 이루어진 완전한 사회라는 젠더에 대한 사고실험을 견지하고 있는 작품이었지만, 이를 해석할 만한 기제들이 당시에 한국에는 존재하지 않았던 것으로 보인다. 더욱이 당시는 전 세계적으로 페미니즘 담론의 일대 전환기였기 때문에 젠더에 대한 사고실험들이 SF에서 활발하게 이루어지고 있던 시기이기도 했다. 비슷한 시기에 르 귄의 『어둠의 왼쪽』을 비롯한 헤인 시리즈들이 발표되면서 젠더 담론의 사고실험이 이루어졌고, 이에 대한 비평을 통해 SF가 페미니즘과 젠더 담론에 대한 사고실험에 적합한 장르라는 인식이 만들어졌던 것을 생각하면 안타까운 일이다. 또한 1987년에는 복거일이 소위 순수문학계에 속해 있는 작가로는 최초로 SF라는 장르적 정체성을 전면에 내세우고 『비명을 찾아서』를 발표하게 되는데, 이는 남한의 SF에 있어서 장르적 특성이 정립되는 시기를 가늠할 수 있는 결정적인 작품이었음에도 불구하고 문학의 새로

---

22) 장르의 특징이 성립된 미국에서는 SF가 발달하는 과정에서 이론에 대한 정립과 평론이 활발하게 이루어졌는데, 초창기 SF 비평이론을 개진했던 대표적인 사람인 스타니슬로우 램(Stainislaw Lem)은 다음과 같은 형식으로 SF가 현실의 통찰 도구로서 작용하는 것을 강조하였다. "SF는 말하자면 이 세계의 모습에 대한 하나의 흉내 내기 수법을 사용하지만 이 세계를 체계적으로 이화시킨다. 그걸 것이 우주, 은하, 성좌에서의 동일한 존재가, 우리로서는 인성 인간과 상위인간의 재고(再考) 가능성으로서의 연속 존재에 대해 그 실존을 금방 믿을 수 없을 정도로 별다른 현상의 가면을 쓰고 등장하는 것을 제시하고 SF가 의도하기 때문인 것이다."(Stanislaw Lem, "Phantastik und Futurologie", *Insel Verlag*(Frankfurt am Main), 1977, p.98.; 라이머 예임리히, 박성배 역, 「SF 연구와 그 문제점」, 『외국문학』 제26호, 열음사, 1991, 49쪽 재인용.)

운 방법론으로만 해석이 되었을 뿐, 장르에 대한 환기가 크게 이루어지진 않았다. 복거일은 이후 1992년에 『파란 달 아래』를 온라인에 발표하면서 형식과 내용에서 다양한 시도를 하지만, 이 역시도 다양한 시도에서 그 의미가 멈추었던 것은 다소 아쉬운 부분이다.

이렇게 담론의 발전이 더딘 이유는 당시에 남한에 형성되어 있던 과학에 대한 사회적인 인식의 지체와 오역으로 인해 통용되기 시작한 장르에 대한 편견들은 근대화와 식민지, 전쟁과 독재의 시기라는 길고 긴 거대담론의 시기와 맞물려 경직된 문화생태계가 SF가 가지고 있는 장르적 특징들을 견지하지 못했기 때문이었다고 볼 수 있다. 해당 장르에 대한 이해가 미진한 상태에서 그저 아동·청소년들을 위한 콘텐츠에나 그치는 현실에서의 효용 가능성이 적은 공상이 된 이야기로 인식되고 소비되었던 것이다. 물론 도식화의 문제점은 문학을 한정으로 하였을 때 두드러지는 것이고, 1960년대 이후 남한에서 활발하게 창작되기 시작한 만화와 1980년대 이후 만화영화, 즉 애니메이션으로 확대되면 어느 정도 해소되는 부분이기도 하다. 한국 SF 만화의 효시를 최상원의 <헨델박사>(1952)로 보았을 때, 남한의 SF의 특성을 파악하는 데 만화를 제외하고서는 담론을 이어나가기 힘들다. 특히 1959년 발표된 김산호의 <라이파이>는 SF적인 환상성이 돋보이는 작품이라고 할 수 있으며, 소설에 비해 대중적인 성공도 높았다. 애니메이션에서는 <황금박쥐>(1968)과 같은 작품이 등장했고, 1960년 이후로 만화·애니메이션에 대한 국가의 검열이 시작되었음에도 김응철의 <철인X>(1979), 신문수의 <로봇찌빠>(1979)와 같은 작품들이 지속적으로 발표되며, 김청기 감독의 극장용 애니메이션 <로보트 태권V>(1976)가 발표되면서 거대로봇과 우주괴수라는 대중적인 SF 요소들이 영향력을 확장할 수 있는 기회를 마련했다.

이 시기의 남한 SF는 오히려 소설보다는 만화에서 장르의 특성을 형성하기 위한 에피고넨의 집적을 주도했다고도 볼 수 있다. 특히 이러한 시도들이 1980년대에 들어서는 《보물섬》과 같은 정규지면들의 발행이 생겨나면서 꾸준히 작품들을 누적하면서 대중들에게 SF에 대한 인식의 전환 가능성을 마련하게 했다. 또한 '태권V 시리즈'들의 성공으로 확장된 거대로봇과 우주를 배경으로 하는 스페이스 오페라 애니메이션은 <별나라 삼총사>(1979), <날아라 우주전한 거북선>(1979), <초합금 로봇 쏠라 원투쓰리>(1982), <2020 우주의 원더키디>(1989)까지 이어지면서 실질적으로 1970~80년대 한국 SF의 실질적 장르 담론을 주도적으로 형성하게 된다. 더욱이 1990년대 초반에 이르러서는 미국과 일본 만화의 영향으로 SF의 장르적 관습과 코드들이 실험적으로 적용된 작품들이 등장하게 된다. 이 시기의 이태행의 <헤비메탈6>(1993)나 이현세의 <아마게돈>(1993), 황미나의 <파라다이스>(1994)와 같은 작품들에서 구현한 세계관은 한국 SF가 더 이상 과학기술에 대한 정보의 전달과 학습의 교보재로서 작용하지도 않는다는 것을 보여주었다. 또한 이들 작품에서 나타난 상상력은 아동·청소년들에게서만 그 효용을 인정받을 수 있는 공상의 영역을 벗어나, 현실의 이면 등을 들춰 낯설게 하는 SF의 장르적 특성이 남한에서 구현가능하다는 것을 보여주는 것이기도 했다.[23]

그리고 아동·청소년을 대상으로 하는 SF의 저변 확대를 당시에는 제한된 수용자 층으로 인해서 콘텐츠의 비평이나 이론적 담론들의 형성이 미진한 한계를 드러냈지만, 결과적으로는 당시에 확보된 아동·청소년 독자들이 1990년대 이후 능동적인 소비자가 될 수 있는 기반을 마련했다. 그리고 이 능동적 소비자들은 남한의 SF가 1990년대 이

---

23) 이지용, 앞의 책, 52-59쪽 참조.

후로 새로운 국면을 맞이하고, 일종의 중흥기를 모색할 수 있는 기반을 형성한다. 한국 SF 팬덤의 근원적인 자양분은 이 시기의 아동·청소년을 대상으로 하는 콘텐츠들로부터 형성되었다고 볼 수 있다. 그럼에도 불구하고 장르의 도입으로부터 한참 동안 인식의 지체가 이어지고, 언표에 대한 오해로 장르에 대한 인식이 명확하지 못한 채 지속되었다는 것은 이 시기의 남한 SF가 가지고 있는 명백한 한계라고 할 수 있다.

3) 북한에서의 과학환상(Научная фантазия)

전후(戰後) 북한에서는 남한과 마찬가지로 한동안 SF가 나타나지 않는다. 이는 대중수용성이 중요하게 작용하는 장르의 특성상 전후복구기를 지나면서 이전까지 서구화를 위한 계몽의 도구로 도입되었던 텍스트들이 대중적으로 활발하게 소비되기 어려웠기 때문인 것으로 보인다. 그러기 때문에 북한에서의 SF 역시 남한과 마찬가지로 필요에 의한 장르의 수용이 이루어지는데, 남한이 구한말 한반도에 유입되었던 SF의 맥락들을 그대로 계승하면서 장르적 연속성을 이어가는 반면, 1960년대 이후 북한에서는 전혀 다른 방향성으로 장르의 내재화가 시도된다. 이는 사회주의 사상의 영향력을 중요시하고, 그것이 문화예술창작 방법론에 직접적인 영향을 미치게 된 북한에서 미국으로부터 유입되어 일본의 영향을 받았던 장르를 그대로 유용하기는 어려웠을 것이다. 그러기 때문에 북한은 소련의 영향을 받아 장르의 기본 형태를 정립한다. 북한은 전후복구기에 과학기술에 대한 중요성을 인식하고, 소련과의 긴밀한 관계를 통해 과학에 대한 인식들을 확장했지만, 1958년 이후로는 소련과는 다른 독자적인 노선을 추구하며, 소위 주체적인 발전을 강조한다.[24]

이후 1967년 유일체계가 성립되고 사회문화 전반에 걸쳐서 북한식의 의미정립 과정들이 나타나면서 "자체의 과학기술력량과 인민대중의 창조적인 힘"[25]이 강조되는 과학기술 관련 노선들이 정립된다. 북한의 SF 역시 관련 창작방법론을 정리한 황정상에 의하면 이 시기인, 1960년대 중반부터 시작되었고 소련의 영향력으로부터 벗어나 주체적인 장르를 정립했다고 주장하지만 주제적인 측면이나 세계관을 구성하고 소재를 차용하는 거의 대부분의 영역에서 소련의 영향력을 크게 벗어나지는 못했던 것으로 보인다.[26] 그중에서도 소련의 영향력을 가장 쉽게 확인할 수 있는 것은 SF를 지칭하고 있는 용어라고 할 수 있는데, 북한에서 갈래(쟌르)로 규정하고 있는 '과학환상문학(科學幻想文學)'이 그것이다. 과학환상문학은 러시아어 'Научная фантастика'의 등가대응어인데, 이는 구미(歐美)의 SF와 같은 의미로 사용되는 말이다. 다만 러시아에서 SF를 지칭하는 과학환상문학(Научная фантастика)은 조금 다른 성격을 내포하고 있는데, 바로 환상의 영역이다. 러시아는 장르의 정립 초기부터 "'과학과 환상'의 접목을 강조하는 풍토와 과학적 상상력에 기초한 이상향·반 이상향적 환상을 통해 현실 세계를 새롭게 인식"[27]하려는 경향이 있어왔고, 이러한 기조들이 장르를 지칭하는 용어에 반영되어 과학과 환상을 함께 어우르는 용어가 정착되었다. 그리고 북한 역시 소련의 영향을 받아 전후 장르의 정립이 이루어졌기 때문에, 과학기술과 환상이 결합 되어있는 과학환상문학이

24) 강호제, 『북한 과학기술 형성사』 1권, 선인, 2007, 365쪽 참조.
25) 윤명수, 『조선 과학기술 발전사』 1권, 과학백과사전종합출판사, 1994, 7쪽.
26) 서동수, 「북한 과학환상문학에 나타난 과학의 현장성과 소련의 영향–1950~60년대 우주여행 모티브를 중심으로」, 『아동청소년문학연구』 제13호, 한국아동청소년문학학회, 2013, 395쪽 참조.
27) 이정옥, 「페미니스트 유토피아로 떠난 모험 여행의 서사」, 대중문학연구회 편, 『과학소설이란 무엇인가』, 서울: 국학자료원, 2000, 141쪽 참조.

라는 용어를 사용하게 된 것으로 볼 수 있다.

하지만 해당 용어에서 지칭하는 과학과 환상이라는 언표는 러시아의 장르 규정과는 조금 다른 모습으로 나타난다. 북한에서는 모든 문화예술이 사회주의 리얼리즘에 입각해 사회주의 이상향을 구축하기 위한 기제로서 작용해야 하는데, 사실 북한이 견지하고 있었던 사회주의 리얼리즘에서는 환상(fantasy)에 대해 되도록 지양하는 기조를 가지고 있다. 왜냐하면 환상은 현실의 감추어진 면을 드러내는 성질이 있어 현실의 전복을 야기할 수 있기 때문에 체제를 지키고 그것을 위해서 문화예술의 모든 역량들이 집중되어야 하는 북한의 사회적 분위기에서 과학환상문학이 지향하는 환상의 영역은 그 의미가 축소될 수밖에 없는 것이었다.[28] 그러기 때문에 북한의 과학환상문학은 과학환상영화와 과학환상만화영화, 과한환상인형영화, 과학환상아동영화와 같은 다양한 하위분류를 가지고 있음에도 불구하고 발전의 폭이 넓지 않다. 이는 북한이 장르를 내재화하는 과정에서 나타난 가장 아쉬운 부분이라고 할 수 있는데, 북한의 '주체적 과학환상'이 지향하던, 현실에서 실현가능한 미래와 환상에 대한 제시, 과학기술로 증명이 가능한 미래기술에 대한 지향지점은 사실 "실증과학의 영역에서 증명할 수 없는 소재를 다룸으로써 비현실적"이지만 "논리적이고 설득력 있는 추론을 전제로 '환상적 요소'들이 언젠가는 현실에서 실현될지도 모른다고 독자들을 설득"[29]하는 SF의 장르적 특징과 긴밀하게 닿아 있는 부분이기 때문이다. 하지만 이러한 장르적 특징에 대한 고

---

28) 환상이 가지고 있는 전복성에 대한 특징은 환상에 대해 마르크스 주의적인 해석을 견지했던 로즈마리 잭슨의 의견이다. 잭슨은 그의 저서에서 환상이 점근축(paraxis)에 의해 현실에 대한 대안적인 질서가 아닌 변형과 해체를 야기할 수 있고, 현실의 감추어진 실재를 드러내는 성질을 내포하고 있다고 했다.(로즈메리 잭슨, 서강여성문학연구회 역, 『환상성 – 전복의 문학』, 문학동네, 2004, 30-31쪽 참조.)
29) 김지영, 앞의 글, 280쪽.

찰은 심화되지 않았고, 과학기술에 대한 피상적인 인식으로 인해 장르적 특징을 명확하게 도출하지 못한 채 장르의 발전이 제한된다.

그러기 때문에 1967년 <꼬마우주탐사대원>을 시작으로 <꼬마박사>(1969), <곱등어를 길들이는 소년>(1982), <남수의 환상>(1987)과 같은 영화 및 애니메이션도 나타났고, 북한과학환상문학의 장르적 특징을 정립 가능하게 했던 황정상의 『푸른이삭』(1988)과 같은 작품들이 동일하게 견지하는 것은 "인민경제의 과학화에 이바지"[30]하고 "과학기술을 발전시켜 자연을 정복해나가는 인간들의 활동과 투쟁을 환상적 수법으로 보여주는 문학예술작품"[31]에 머물러 있게 된다. 특히 주제나 세계관뿐 아니라 소재의 활용에 있어서 보여주는 전형성과 경직성은 북한 과학환상문학이 가지고 있는 한계지점을 대표적으로 드러낸다. 북한의 과학환상문학 작품에서는 주로 자연에 대한 극복이나 농업생산성의 증대, 의학기술의 발달 등 국가적으로 당면해 있던 과제들에 대한 미래지향적 청사진을 제시하는 형태의 작품들이 많이 등장한다. 만화나 애니메이션에서는 이러한 지점들이 전면에 드러나지 않고 활극적인 요소들이 균형을 이루는 경우도 많지만, 문학에서는 전면적으로 드러나 있다. 이는 북한에서 과학환상문학이 "과학기술을 통해 이상적 인간을 구현"하고, "당국의 정책적 지향과 구체화를 끊임없이 제시"하여, 결국 "인민의 교조(教調)를 목적으로 하는 창작방법론"[32]을 택할 수밖에 없는 한계를 지니고 있다는 것을 명백하

---

30) 임인화, 「교양교육 제재로서 북한 과학환상소설 역할 연구-『조선문학』, 『청년문학』, 『아동문학』 수록본을 중심으로」, 『문학교육학』 제49호, 한국문학교육학회, 2015, 268쪽.

31) 과학백과사전출판사, 『문학예술사전』(상), 과학백과사전종합출판사, 1988, 361쪽.

32) 최수웅·이지용, 「북한 '주체적 과학환상소설'의 장르적 특징 연구-황정상의 『푸른이삭』을 중심으로」, 『한국문예창작』 제36호, 한국문예창작학회, 2016, 176쪽.

게 드러내는 것이라고 할 수 있다.

또한 제시하고자 하는 미래상에 있어서도 제약이 있는데, 북한의 과학환상문학에서 제시하는 환상과 미래는 어디까지나 사회주의 이상향이라는 실현 가능하다 여겨지는 지점들을 제시해야 하기 때문이다. 북한의 과학환상문학은 "공산주의리상사회, 온 사회의 주체사상화가 실현된 앞날의 우리 조국의 모습, 자주화된 세계의 모습을 환상적으로 그려내는"[33] 문학장르여야 하고, 그러기 때문에 SF가 외삽이나 사고실험을 통해서 미래에 대해 비판적인 시각을 견지하는 지점들이 상당 부분 소거된다. 디스토피아(Distopia)적 세계관은 흔적을 찾을 수 없고, 대체역사(Alternative history)의 요소들 역시 미래지향이라는 조건에 부합하지 않아 등장하지 않는다. 스페이스 오페라(Space Opera)는 현실을 기반으로 해야 한다는 조건에 맞지 않기 때문에 역시 지양되었다. SF가 가지고 있는 하위분류의 다양한 갈래들이 소거된 것이다.

뿐만 아니라, 장르적 특징의 정형화에 따라 SF로 규정될 수 있으면서도 과학환상문학의 범주에 들어오지 못하는 이야기들이 생겨난다. 대표적으로는 소재적 차용과 모티프는 전통설화로부터 차용했지만, 이를 그대로 옮긴 것이 아니라 현대에 맞게 재구성한 이야기의 구조나 제작 방법에 있어서 특수촬영(Special Effect Works Production) 기법을 활용한 <불가사리>(1985)와 같은 작품인데, 이는 북한의 문화예술 분류에서 과학환상영화로 규정될 수 있는 여지들이 다분함에도 불구하고, 예술영화로만 분류하고 있다.[34] 이는 북한의 과학환상문학이

---

33) 황정상, 『과학환상문학창작』, 평양예술종합출판사, 1993, 4쪽.
34) 이지용, 「북한 과학환상영화의 장르적 의미 연구 - 북한 문화예술에서 '환상'의 의미와 필요성」, 『동아시아문화연구』 제69집, 한양대학교 동아시아문화연구소, 2017, 199쪽 참조.

가지고 있는 한계를 명확하게 드러내는 예라고 할 수 있다.

이상에서 살펴본 바와 같이 북한의 과학환상문학은 남한의 SF가 1960년대 이후 그러했던것과 같이 아동·청소년을 위한 장르로의 유용이 특징적이다. 물론 수용자의 한정성이 가지는 한계보다 장르에 대한 사회적인 인식이 문제시될 수 있는 부분이다. 그러기 때문에 북한의 과학환상문학은 장르적 정립을 오히려 국가가 주도하는 가운데, 적극적으로 담론을 형성하여 내재화하기 위한 작업을 펼쳤지만 결과적으로는 1990년대 말엽까지 본격적인 담론의 장이 형성되고 있지 않았던 남한과 내재화의 근본적인 차이를 형성하지는 못했다. 특히 1990년대까지 SF를 국가발전을 위한 과학기술의 정보전달 매체로서만 규정하고 있는 지점은 남한의 1970년대『한국과학소설(SF)전집』의 격려사에서 보여준 것이나, 그보다 더 거슬러 올라가 구한말 장르의 도입시기에 근대화를 염원하던 유학생들과 계몽운동가들이 보여주었던 것과 크게 다르지 않은 부분이라도 할 수 있다. 이를 한반도의 전후(戰後) SF가 가지고 있는 특징들이라고 밝히기엔 너무 부정적인 함의들이 많지만, 동아시아에서 근대적 의미의 과학기술에 대해 일종의 박래품(舶來品)으로 인식했던 한계에서 벗어나지 못한 사회에게서 나타난 필연적인 현상이라고도 볼 수 있다.[35] 또한 남한이 1990년대 이후에 PC통신의 발달과 영상미디어의 발달로 문화예술 생태계를 다양화하면서 SF와 과학기술에 대한 인식의 변화 가능성을 도출하고 담론의 지평을 확장한 것을 감안했을 때 더 비교되는 부분이다. 남한이 이러한 급격한 변화의 시기를 맞이하지만 북한의 과학환상문학은 이후로도 상당 기간 동안 장르에 대한 정체성이 변화하지 못하고 머무르게 된다. 물론 이는 북한의 당시 상황이 유일체계 확립 이후 경직성이

---

35) 최수웅·이지용, 앞의 글, 173쪽 참조.

강력하게 유지되었던 시기였기 때문에 콘텐츠의 다양성을 확보하기 어려웠기 때문에 불가피한 부분이라고도 할 수 있다. 하지만 그럼에도 한반도의 통합적인 SF 장르 담론으로 보았을 때, 다소 아쉬운 부분이라고 할 수 있다. 한반도의 SF가 둘로 나뉘긴 했지만, 남한과 북한의 SF가 각기 다른 영향권 내에서 다른 모습으로 발전했다는 것은 우리의 문화담론을 한반도 범위로 확장해 판단할 때 흥미로운 부분이다. 남한의 공상과학소설은 장르의 정체성을 확립한 미국과 이를 아시아권에서 가장 활발하게 활용한 일본의 영향을, 북한의 과학환상문학은 개성적인 러시아의 영향을 받았다는 것은 장르의 정체성으로 볼 때 전 세계적으로 유래가 없는 지점이라고도 볼 수 있기 때문이다.

3. 한반도 SF의 의미와 과제

한반도에 SF가 들어온 지 100여 년이 넘었다. 도입기에는 근대화를 위한 계몽의 도구로 인식되었을 뿐이기 때문에 작품에 대한 명확한 특징들까지 견지할 여력이 드러나지 않았다고 할 수 있다. 하지만 도입 시기는 세계사적으로 보았을 때 그리 뒤처지는 것이 아니었고, 장르가 형성되는 1920년대 근간의 작품들도 제법 유입되었기 때문에 장르의 형성과 발전 양상에 동승하여 장르적 특성을 파악하고 내재화를 꾀할 수 있는 기회도 있었을 것이다. 하지만 구한말의 한반도의 정세는 그러한 여지들을 여러모로 제한했다. 식민지 지배로 인해 모국어에 대한 제약이 생기고, 결과적으로 이야기의 식자층을 협소하게 하는 결과가 가장 대표적인 것이라 할 수 있다. 그랬기 때문에 사실상 도입 이후에 오랜 시간이 지나도록 SF를 구성하고 있는 근본적인 요소인 과학에 대한 인식은 지체될 수밖에 없었던 것으로 보인다.

그리고 이는 장르의 정체성이 명확해지지 못한 것에서 그치는 것이 아니라 과학이란 언표의 개념을 이야기를 통해 발전할 수 있는 사회적 기회를 상실한 것이기도 했다. 게다가 광복 이후로도 한반도는 세계사의 격류 속에서 거대담론의 영향력으로부터 자유롭지 못했고, 전쟁을 겪고 나서는 독재에서 벗어나기 위해 민주화운동이 전개되면서 사회가 전체적으로 거대담론으로부터 쉬이 벗어나지 못했다. 이러한 기조들은 문화예술에는 그 영향력이 더 큰 것이었던 것으로 보인다. 식민지와 전쟁, 독재를 거치면서 구조의 검열이 이야기 다양성의 확보를 제한했고, 이에 대항하기 위한 거대담론 역시도 목표지향에 관여하지 않는 기회비용이 큰 이야기 요소들에까지는 관심을 기울이지 않는 한계로 작용하게 된다.

그러는 동안에 SF는 아동·청소년에게 과학을 교육하기 위한 교보재로, 혹은 대중에게 즐겨 소비되는 콘텐츠의 하나로만 인식되어 왔다. 이는 한국의 아동문학이 문화예술 장에서 제대로 된 비평의 담론을 형성하면서 그 예술적 가치를 확보하는 것이 상당히 늦었다는 것과 그 궤를 같이하면서 문화예술의 비평 담론에서 변두리에 위치하게 하는 요인이 된다. 게다가 남한에서는 공상이라는 언표가 형성한 스테레오 타입과, 대중수용에 친화적인 콘텐츠에 대한 낮잡음이 뒤섞여 비평의 장에서 SF에 대한 담론을 발견하기는 어려웠다.

그러기 때문에 지금까지도 남한에서 SF에 대한 본격적인 연구는 파편적이거나 피상적으로 이루어져 온 것이 전부이다. 특히 남한에서는 1990년대 PC 통신의 발달과 2000년대 웹진과 팬덤의 활성화로 인해서 지속적인 발전을 거듭해 오고 있는 장르지만, SF 텍스트들을 명확하게 장르적 특성을 파악하면서 규정할 수 있는 방법론들이 절대적으로 부족한 상태이다. 그러기 때문에 SF 텍스트들에 대한 비평 담론이 절대적으로 협소한 상태이다. 20세기 말을 지나 21세기에 진입하면서 세계적으로 SF 콘텐츠에 대한 관심도가 높아졌고, 현재는 콘텐츠 전 부문에서 관련 장르의 요소들이 폭넓게 활용되고 있지만 한국에서는 유독 장르에 대한 접근들이 미진한 상태다. 이는 관련 장르의 콘텐츠를 창작해 낼 수 있는 기반의 부족으로 이어질 뿐만 아니라 생산되고 있는 작품들 중에서 좋은 작품들을 발견하고, 디렉팅할 수 있는 기회들을 확보하지 못하는 악순환으로까지 이어진다.

더욱이 SF는 단순히 과학기술에 대한 이야기만을 하는 장르가 아니다. 로봇이 등장하고, 외계인이 나오거나 우주선을 등장시켰다고 해서 SF가 가지고 있는 장르적 특성들을 다 이해했다고 볼 수 없다. SF는 근본적으로 "문학 또는 문화 현상인 동시에 사회적 현상"[36]이라고 볼 수 있다. 왜냐하면 현대사회는 과학기술이 이룩해 놓은 기반 위에서 모든 것들이 형성되어 있기 때문이다. 특히 고도성장기 이후의 남한과 같은 경우엔 IT와 관련된, 그리고 과학과 기술에 관련된 교육수준과 정보의 유입 및 이해의 수준이 전 세계적으로도 높은 편이기 때문에 이러한 지점들을 이해할 수 있는 여지들이 충분하다. 하지만 그럼에도 불구하고 SF가 지니고 있는 이야기의 가능성들을 제대로 소비하지 못하고 있다는 것은, 이를 대중 일반에게 풀어서 설명할 수 있을 만한 방법론들이 절대적으로 부족하다는 의미가 된다. 게다가 SF는 단순히 허황된 공상으로 구성된 이야기가 아니라, "현실비판적이고 급진적인 성격"[37]을 가지고 있다. 왜냐하면 SF가 지향하는 상상력은 "정상적인 경험을 넘어서려는 욕망"[38]으로부터 출발하기 때문

---

36) 고드 셀러, 홍인수 역, 「한국에서 SF의 소외에 관한 소고」, SF&판타지도서관, 『미래경』 3호, SF&판타지도서관·기적의 책, 2012, 287쪽.
37) 조성면, 『대중문학과 정전에 대한 반역』, 소명출판, 2003, 202쪽.

이다. 그리고 과학기술의 발전이 극대화된 현대 사회에서 이러한 욕망들은 기술이 가지고 있는 이면과 그 이후에 대한 비판적 고찰을 가능케 하는 장치가 된다.

게다가 소위 '하드 SF(Hard SF)'의 영역으로 가게 되면 SF에서 견지하는 상상력들은 엄정하게 과학적으로 증명 가능하거나, 과학적 논리의 타당성을 갖춘 것들이 되는데, 이는 토도로프가 언급했던 '도구적 경이'의 영역에서 설명되는 개념들이 된다. 이러한 층위에서 토도로프는 SF를 "비합리적 전제에서 출발하여 완벽하게 논리적인 사실로 연결"[39]되는 장르라고 규정한다. 이러한 장르적 특성은 현실의 이면을 비판적인 시각으로 들여다보는 가능성을 내포하게 되는데, 그러기 때문에 SF는 "우리로 하여금 겉보기에는 경이적인 이러한 요소들이 실은 얼마나 우리와 가까운지, 그리고 우리의 삶 속에 어느 정도로 깊이 들어와 있는지 보지 않을 수 없게 만든다"[40]는 도구적 경이가 적극적으로 발현되는 장르라고 볼 수 있다. 이는 새로운 기술들이 유입되는 속도가 빨라지고, 이전까지 인류가 쌓아왔던 정보보다 더 많은 정보들이 하루 만에 유입되는 현대에서 존재와 주변을 톺아볼 수 있는 방법론으로 그 의미가 크다고 할 수 있다. 실제 SF는 1950년대 이후 비평적 담론들이 활발하게 형성되면서 사회현상이나 이데올로기 등에 대해서 전위적인 목소리를 견지하고, 이에 대한 비평 또한 진행해왔다. 역사적 시기 순서로 보면 마르크스주의부터, 페미니즘과 퀴어 이론, 그리고 신자유주의를 지나 포스트모더니즘과 사이버펑크, 테크노오리엔탈리즘에 이르기까지 다양한 측면에서 현대 사회의 구조들

---

38) 로버트 스콜즈·에릭 라프킨, 김정수·박오복 역, 『SF의 이해』, 평민사, 1993, 229-230쪽.
39) 츠베탕 토도로프, 이기우 역, 『환상문학 사설』, 일월서각, 2013, 116쪽.
40) 위의 책, 328쪽.

에 대한 목소리를 견지해 온 장르라고 할 수 있다.[41] 그리고 한국의 SF 역시 1990년대 이후 이러한 가능소들을 축적하여, 2000년대 이후로 는 이러한 장르적 특성들을 견지한 작품들이 점차 늘어나고 있는 추세 이다.

뿐만 아니라 SF 비평의 본격화는 단순히 해당 장르의 작품들을 평 가하고 큐레이팅하기 위한 방법론으로 작용하는 데서 그치지 않고, 관습화된 코드들로 범지구화 시대에 한반도의 이야기들이 담론의 장 을 확장할 수 있는 여지들 또한 제공할 수 있다. 서두에서 밝힌 바와 같 이 현대의 통합적이고 융합적인 문화예술 담론을 확보하는 데 방법론 으로의 활용을 기대할 수 있다. 장르는 본디 실용적인 것을 추구하기 때문인데, 그래야만 장르가 확립될 수 있는 에피고넨의 형성에 유리 하기 때문이다. 그러기 때문에 장르적 특징을 가지고 있다는 것은 관 습적인 코드를 가지고 도식성을 띠게 될 수도 있지만, 달리 생각하면 안정적인 서사의 방법론을 확보하고 있다는 것으로 해석할 수도 있 다. 여기서 제시하는 안정이란 수용성으로부터 담보되는 안정성을 의 미하는데, 이러한 판단이 가치 판단의 기준이 될 수 없다는 것은 변화 를 요하는 부분이라고 할 수 있다. 문학을 비롯한 문화예술의 필요가 소비의 영역을 함께 포괄하여 판단되는 시점에서 작품의 가치를 판단 하는데 수용적 측면을 터부시하는 것은 시대착오적인 발상이라고 할 수 있다. 현대사회는 그람시가 그랬던 것과 같이 대중을 더 이상 우매 한 집단으로 규정 짓기 어렵고, 대중이 소비하는 것과 그 외의 다른 층 위에서 이루어지는 소비의 맥락을 분리하는 것은 무의미한 일이 되었 다. 그렇기 때문에 20세기까지의 담론들에서 벗어나 21세기에 진입 한 한반도에서 문화예술의 가치를 판단할 때 수용의 용이함이나, 소

---

41) 장정희, 앞의 책, 157-219쪽 참조.

비재로서의 가치 등을 제외하는 것은 오히려 지양해야 할 부분이라고 할 수 있다.

하지만 그럼에도 여전히 과제들은 산재해 있다. 가장 큰 과제는 한국에서 SF 비평이론에 대한 정립이 명확하게 이루어지지 않았다는데 있다. 한반도 전체의 SF 장르가 가지고 있는 역사적인 맥락들을 통사적으로 규정하는 연구 역시 여전히 부족한 상태이고, 이를 통해 장르적 특징을 파악할 수 있는 시기별 정전의 확정과 그로부터 발생된 공통소에 대한 연구 역시 여전히 그 진행이 더딘 편이다. 이러한 기초적이고 토대적인 연구의 속도가 더디기 때문에 1990년대 이후, 그리고 2000년대 이후에 장르적 특성을 명확하게 견지하면서 창작된 작품들에 대한 명확한 비평 역시 확장의 제한을 받고 있었다. 고무적인 것은 2015년 이후로 폭발적으로 한국 SF에 대한 관심과 역량이 높아지면서 등장하고 있는 작품의 수와 수준 역시 변화하고 있다는 것이다. 그러기 때문에 본 고에서 개진한 논리들은 이러한 작업을 수행하기 위한 기초작업이고, 이전까지 시도되지 않았기 때문에 시도하는 시론(試論)이라고 할 수 있다. 이러한 작업들이 지속되면서 새로운 의미들을 도출할 수 있는 과제들을 쌓아 올리는 것이 이후 한국 SF 연구의 의미들을 안정적으로 확보하는 형상이 될 것이라고 할 수 있다.

참고문헌

강호제, 『북한 과학기술 형성사』 1권, 선인, 2007.
대중서사학회, 『대중서사장르의 모든 것 – 5 환상물』, 이론과실천, 2016.
과학백과사전출판사, 『문학예술사전』(상), 평양: 과학백과사전종합출판사, 1988.
이지용, 「한국 SF의 스토리텔링 연구」, 단국대학교 대학원 박사학위논문, 2015.
이지용, 『한국 SF 장르의 형성』, 커뮤니케이션북스, 2016.
윤명수, 『조선 과학기술 발전사』 1권, 과학백과사전종합출판사, 1994.
장정희, 『SF 장르의 이해』, 동인, 2016.

조남현,『小說原論』, 고려원, 1982.
조성면,「대중문학과 정전에 대한 반역」, 소명출판, 2003.
황정상,『과학환상문학창작』, 평양예술종합출판사, 1993.
로버트 스콜즈·에릭 라프킨, 김정수·박오복 역,『SF의 이해』, 평민사, 1993.
로즈메리 잭슨, 서강여성문학연구회 역,『환상성-전복의 문학』, 문학동네, 2004.
츠베탕 토도로프, 이기우 역,『환상문학 사설』, 일월서각, 2013.

Darko Survin, "The Metamorphoses of Science Fiction: On the Poetics and History of a Genre", *New Haven:* Yale University Press, 2004.
David Seed, "Science Fiction: A Very Short Introduction", *Oxford:* Oxford University Press, 2011.
William Wilson, "A Little Earnest Book Upon A Great Old Subject", *Darton and Co.,* holborn hill(London), 1851.

강연조,「김교제의 번역, 번안소설의 원작 및 대본 연구」,『현대소설연구』제48집, 한국현대소설학회, 2011.
김미연,「유토피아 '다시쓰기'-1920년대 초 식민지 조선의 중역을 중심으로」,『현대문학연구』70, 한국문학연구학회, 2022.
김지영,「한국 과학소설의 장르소설적 특징에 대한 연구」,『인문논총』제32호, 경남대학교 인문과학연구소, 2013.
김종방,「1920년대 과학소설의 국내 수용과정 연구」,『한국문학연구』제44호, 한국문학연구회, 2011.
박상준,「SF문학의 인식과 이해」,『외국문학』제49호, 열음사, 1996.
서동수,「북한 과학환상문학에 나타난 과학의 현장성과 소련의 영향-1950~60년대 우주여행 모티브를 중심으로」,『아동청소년문학연구』제13호, 한국아동청소년문학학회, 2013.
백지혜,『1910년대 이광수 소설에 나타난 '과학'의 의미」,『한국현대문학연구』제14호, 한국현대문학연구학회, 2005.
이정옥,「페미니스트 유토피아로 떠난 모험 여행의 서사」, 대중문학연구회 편,『과학소설이란 무엇인가』, 국학자료원, 2000.
임인화,「교양교육 제재로서 북한 과학환상소설 역할 연구-『조선문학』,『청년문학』,『아동문학』수록본을 중심으로」,『문학교육학』제49호, 한국문학교육학회, 2015.
최수웅·이지용,「북한 '주체적 과학환상소설'의 장르적 특징 연구-황정상의『푸른 이삭』을 중심으로」,『한국문예창작』제36호, 한국문예창작학회, 2016.
최애순,「1920년대 미래과학소설의 사회구조의 전환과 미래에 대한 기대:『팔십만년 후의 사회』,『이상의 신사회』,『이상촌』을 중심으로」,『한국근대문학연구』제20권1호, 한국근대문학회, 2020.
고드 셀러, 홍인수 역,「한국에서 SF의 소외에 관한 소고」, SF&판타지도서관,『미래경』3호, SF&판타지도서관·기적의 책, 2012.

라이머 예임리히, 박성배 역, 「SF 연구와 그 문제점」, 『외국문학』 제26호, 열음사, 1991.
H.M.아브람스, 최상규 역, 『문학용어사전』, 예림기획, 1997.

제7장

식민지 조선의 화성 담론과
그 문학적 변용
1920년대 대중매체와
소설 「천공의 용소년」을 중심으로

최장락

1. 화성과 사이언스 픽션

과학소설 혹은 사이언스 픽션(Science Fiction)은 미지에 대한 상상력과 분리할 수 없다. SF의 독특성은 그 상상력이 기존의 과학이 밝혀낸 것과 밝혀내고자 하는 것, 그리고 아직 밝혀내지 못한 것으로부터 솟아난다는 데에 있다. 이러한 점에서 SF는 과학의 이론이나 과학이 밝혀낸 자연의 법칙과 항상 묘한 긴장 상태에 놓여 있다. 이 글쓰기 형식이 수행하는 사변적 실험이 철저하게 '과학'에서 출발했지만, 그것을 배반할 수도 있기 때문이다.

따라서 SF의 상상력은 항상 그 시대의 과학을 앞지르고자 하며, 때론 예언적 기능을 수행하기도 한다. SF는 미지를 탐구하고자 하는 인간의 욕망과도 연결된다. 최초의 픽션 영화라고 할 수 있는 조르주 멜리에스의 <달세계 여행>(1902) 역시 이런 욕망의 한 사례일 것이다. '달'은 지구와 가장 가까운 천체이지만, 당시로서는 아직 인간이 발을 들일 수 없는 공간이었기에 앎을 향한 욕망을 계속하여 자극하였다. 비단 달뿐만 아니라 우주는 SF적 상상력을 자극하는 대표적인 공간이었다. 과학의 발전으로 밤하늘은 더 이상 우리의 위를 둘러싸고 있는 면이 아니라 무궁하게 펼쳐진 하나의 세계임이 계속해서 밝혀졌다.

화성 역시 이러한 상상력의 주요 대상이었다. 화성은 지구와 가장 가까운 행성이기에, 다른 행성보다 인간의 호기심을 크게 자극하였다. 탐사가 진행됨에 따라 화성에 물이나 생명체가 존재할 수 있다는 가능성이 제기되며 화성은 지구에 준하는 생명의 공간으로 상상되기도 하였다. 달과 마찬가지로 화성은 지구와 인접한 천체이기에 다양한 소설, 영화, 만화 등에서 다뤄져 우주에 대한 일반적인 상상력을 대표하는 행성으로 자리 잡았다.

하워드 헨드릭스는 SF의 소재로서 화성과 화성인이 인류의 거울과 같은 역할을 한다고 지적한 바 있다. 예컨대, 화성은 서사 내에서 "죽어가는 행성(Dying Planet)"으로서 재현되어 인류에게 닥칠 수 있는 예견된 종말을 경고하는 역할을 수행하였다. 지구와 닮은 행성인 화성의 멸망은 근 미래의 인류 역시 면제될 수 없는 가능성임을 보여준다는 것이다. 한편으로, '화성인'은 인류라는 종의 미래에 대한 경고가 아닌, 역사적 "과오"(Guilt)를 비판하기 위한 은유로서 작동하기도 하였다. 허버트 웰스의『우주전쟁』(1898)과 같은 소설에서 지구를 침략하는 '화성인'은 유럽 제국주의자를 상징하고 있다.[1] 올슨 스콧 카드는『우주전쟁』의 서문에서 웰스의 전략을 다음과 같이 설명한다.

> 그래서 H. G. 웰스는 낯설고 예상치 못한 침입자들을 또 다른 세계에서 데려왔다. 침입자들은 영국이 아프리카와 인도에서 그랬던 것처럼, 기술적인 면에서 영국보다 훨씬 앞선 능력을 갖고 있었다. 그의 소설을 읽는 독자는 자기가 살고 있는 도시들이 무자비하고 파괴적인 침입자의 힘 앞에서 무너지는 모습을 상상해야만 했다. 그들은 협상조차 할 수 없는 상대였다. 그들은 인간과 고역을 원하는 것이 아니며 인간의 지식을 존중하지도 않았다. 그저 이 지구를 원할 뿐이었다.[2]

영국은 역사의 강자이자 기술적 우월함을 앞세운 침략을 자행한 국가였다.『우주전쟁』에서 '화성인'은 피침략(被侵略)의 역사가 없는 영국인 독자들에게 침략 대상으로서의 위치를 상상적으로 경험할 수 있게 하였다. 인류사 비판의 방법으로서의 '화성인' 거울은 레이 브래드버리의 단편집『화성 연대기』에서도 등장하는 모티프다. 여기서 '화

---

1) Howard V. Hendrix et al, *Visions of Mars,* McFarland, 2011, pp.10-11.
2) H. G. 웰스, 이영욱 옮김,『우주전쟁』, 황금가지, 2005, 9쪽.

성인'은 "아메리카 선주민과 유럽 제국주의자의 관점 양쪽에서 미국의 개척자들(American frotier)에 대한 경험"[3]을 재현한다. 이처럼 화성과 화성인은 지구와 인류를 '있는 그대로' 재현하는 것은 아니지만, 유원지의 "요술거울(funhouse mirror)"[4]과 같이 인류의 가능태 혹은 역사의 은유로서 "경고 우화(cautionary tale)"[5]의 일부를 차지하고 있다.

그런데 여기서 화성에 대해 발견된 것과 상상된 것, 달리 말해 과학과 허구의 관계를 환기할 필요가 있다. 흔히 허구는 "꿈꾸어진 것(something dreamed)"으로, 과학적 이해(scientific understaing)는 "보여진 것(something seen)"으로서 별개의 영역에 속하는 것으로 간주된다. 그러나 "화성에 대한 허구적 처리에서 꿈꾸어진 것은 종종 과학에서의 보여진 것에 의존"하며 "화성에 대한 허구적 처리에서의 꿈은 종종 과학자들이 화성에서 본 것을 형상화"한다.[6] 이러한 점에서 화성에 대한 상상과 과학은 서로 단절적 관계가 아니라 상호 연결되어 있으며, 앞서 언급한 소설들은 당대의 과학에서 그 재료를 얻었다고 할 수 있을 것이다.

과학적 상상력을 바탕으로 전개되는 문학적 상상력은 앞서 살펴본 『우주전쟁』의 사례와 같이 정치적 상상력으로 확장되어 뻗어 나간다. 당대의 과학적 발견으로부터 출발한 문학적 상상력은 일종의 정치적 사고실험이기도 했다. 문학 속에서 화성이 재현되는 방식 역시 이와 마찬가지였다. 텍스트 속에서 화성은 단지 하나의 행성이 아니라 현실의 은유 혹은 대안적 현실로서 의미를 부여받는다. 우주에 대한 인간의 상상력은 과학, 문학을 거쳐 정치적 상상력으로 나아가고 있

---

3) Howard V. Hendrix, Op. cit. p.11.
4) Ibid., p10.
5) Ibid., p12.
6) Ibid., p9.

었다.

본 연구는 이러한 관점에서 1920~30년대 식민지 조선의 대중매체에서의 화성 담론과 허문일의 '화성소설' 「천공의 용소년」에 주목한다. 1920~30년대의 신문·잡지와 같은 대중매체는 여러 과학적 발견을 대중에게 전달하는 역할을 하곤 했는데 우주, 특히 화성에 대한 지식도 그중 하나였다. 이를 통해 형성된 '화성 담론'은 당대의 과학적 발견과 상상이 교차하는 형상으로 나타났다. 「천공의 용소년」은 이와 같은 문화적 배경에서 출현한 문학 작품이다. 「천공의 용소년」을 통해 식민지 조선에서 '화성'이라는 공간이 어떠한 정치적 상상력을 견인하였는가를 해명하는 것이 이 연구의 목적이라고 할 수 있다.

2. 신화에서 과학으로: 화성의 탈신비화와 재신비화

고대부터 인간은 천체에 깊은 관심을 두고 있었다. 별의 위치와 운행은 농사 혹은 항해와 같은 일상생활과 관련한 실용적인 지식이었으면서도, 동시에 신화적 상상력 및 마술적 세계관과 연관을 맺고 있었다.[7] 천체의 움직임은 일종의 시원(始原)적 차원, 그리고 일상의 차원에서 인간의 길잡이가 되었다고 할 수 있다. 실제로 근대 이전의 천체 관측은 점성술과 아주 밀접한 기술이었다. 인간은 밤하늘을 바라보며 별의 움직임 너머에 있는 미래를 상상하였다. 달리 말해, 천체 관측은 단지 자연을 관찰하는 것이 아니라 인간의 운명을 예측하는 기술이었다.[8]

---

7) 김성, 「고대 이집트 별자리 관측의 기원과 발전」, 『대구사학』 제74권, 대구사학회, 2004, 236쪽.
8) 자일스 스패로, 서정아 옮김, 『화성』, 허니와이즈, 2015, 10쪽.

이는 동서양을 막론하고 나타난 사고관이었다. 예컨대『중종실록』 73권에는 9월에 때에 맞지 않는 "천둥치는 재변"과 더불어 "흉성인 혜성"에 대한 언급이 등장한다. 이 기록에서 대사헌 황사우는 이를 불길한 징조로 받아들여 "상하가 마땅히 경계하고 반성해야 할 때"임을 간언한다.[9] 이처럼 조선에서 천체의 운행은 정치에도 영향을 미치는 현상이었다. 따라서 그것을 읽어내는 것은 국가적으로도 중요한 기술로 간주되었다. 실제로 조선에서 역법(曆法)과 함께 국가천문학의 두축을 이루던 천문(天文)은 점성술의 범주에 속하는 것이었다. 국가천문학으로서 '천문'의 존재는 전통적인 군주의 책무가 나라에 닥칠 위기를 예측하는 것이었음을 의미한다. 그리고 그들은 이에 대응하기 위한 수단으로서 마술적 방법을 동원했다.[10]

천체가 가진 마술적 신비함은 근대과학의 등장으로 그 지위를 위협받기 시작했다. 망원경으로 하늘을 들여다본 대가로 이단으로 몰려 재판에 넘겨진 갈릴레이의 일화는 근대 천문학(과학)과 기독교(신비) 사이의 갈등과 전근대적 신비라는 믿음 체계에 균열을 내는 근대과학의 힘을 보여준다. 특히 갈릴레이의 일화에서도 등장하는 망원경은 현미경[11]과 함께 '가시성의 확대'라 근대과학의 성취를 상징하는 사물이라고 할 수 있다.

근대 조선에서도 망원경은 마술, 달리 말해 미신의 세계를 깨뜨리는 위력을 가진 기호로써 심심찮게 사용되었다. 예컨대 1926년『동아

---

9) "봉수・천변・장수・귀화인에 대해 의논하다",『중종실록』73권, 중종 27년 9월 25일 경오(https://sillok.history.go.kr/id/kka_12709025_001)
10) 전용훈, 「전통적 역산천문학의 단절과 근대천문학의 유입」,『한국문화』제99호, 서울대학교 규장각한국학연구원, 2012, 40-41쪽.
11) 한국 근대문학에서 과학의 힘을 상징하는 기호로서의 '현미경'에 대한 분석으로는 다음의 논문을 참조할 수 있다. 권보드래, 「현미경과 엑스레이」,『한국현대문학연구』제18집, 한국현대문학회, 2005, 22-25쪽.

일보』에 연재된 「조선민족 갱생의 도」라는 논설은 '오행설', '음양팔괘설', '수요설' 등 미신으로 추락한 재래의 사고관과 과학을 대립시키며 다음과 같이 주장한다.

> 진정 정확한 이십세기 금일의 안광으로서 상거한 미신의 이론을 고찰하면 아직도 그 미신의 뇌옥을 벗어나지 못하고 그것을 철석같이 믿고 있는 인심의 몽매를 웃지 아니할 수가 없다...화학적 분절의 정교를 알고 물리학적 이론의 치밀을 알고 망원경 현미경의 위력을 안 현대에 있어서는 오행설 음양설 구성설 수요설이 그 본무의 무대에서도 오히려 그 존재를 보존할 수 없는 것이 명백한데...[12]

여기서 망원경과 현미경은 과학적 관찰을 가능하게 하는 도구로서 '화학적 분절의 정교', '물리학적 이론의 치밀'과 같은 근대과학의 가치에 버금가는 중요성이 있는 것으로 나타난다. 과학이 세상을 장악하기 시작한 시대인 20세기에 더는 미신이 발붙일 장소는 없는 것이다. 달의 지형에 관한 한 기사는 망원경을 통한 우주의 관측이 천체에 대한 전통적 상상력이 과학적 발견으로 대체되어 가고 있음을 보여준다. 이 기사는 달에 있다고 믿어진 계수나무가 사실 화산의 흔적임을 설명하고 있다. 여기서 달의 화산과 그 활동을 발견한 서양학자들의 망원경은 동양 사람의 '육안'과 대조되고 있다.[13]

물론 천체의 탈신비화라고 부를 수 있는 이러한 지적 변화는 조선 후기부터 이미 태동하고 있었다. 서양과학서가 대규모로 수용되는 과정에서 근대 천문학 지식 역시 함께 수용되었다. 『한성순보』와 『한성주보』 역시 어느 정도의 오류는 있었지만, 근대 천문학 지식을 유통하

---

12) "朝鮮民族 更生의 道 (六十五)", 『동아일보』, 1926년 12월 25일.
13) "生命잇는 月世界", 『동아일보』, 1921년 08월 15일.

였다. 물론 이와 같은 근대 천문학이 유입 단계에서 성공적으로 정착된 것은 아니었으며, 천체의 물리적인 움직임을 다루는 것보다 지리지식으로서의 성격이 더 강했다고 할 수 있다.[14] 그럼에도 불구하고 이와 같은 근대 천문학의 유입과 이후의 정착 과정은 동양의 한 국가인 조선에서 천체에 대한 마술적 사고를 근대과학의 지식체계가 대체해 나아갔음을 보여준다.

앞서 살펴보았던 것처럼, 3·1 운동 이후 근대 천문학은 근대적 지식 유통의 망이었던 신문과 잡지를 통해 대중들에게 확산하였다. 예컨대『동아일보』는 1909년 간행된 미야케 세쓰레이(三宅雪嶺)의『우주』를 1920년 5월부터 총 50여 회 차에 걸쳐 번역 연재하였다.『동아일보』에 연재된「우주」는 과학의 방법론에 대한 논의에서 출발하여, 과학과 우주의 관계, 정치, 생명과 유기체의 문제를 다루고 천체에 대한 상세한 설명을 이어나갔다. 특히 과학의 방법론을 다루는 부분에서 미야케 쎄쓰레이의 글은 "성점학(星占學)"과 "성학(星學)"이 맺은 역사적 관계를 설명함으로써 근대 이전의 천문학과 근대의 천문학이 맺는 연속적이면서도 단절적인 관계를 강조한다.[15]

1920년대 식민지 조선의 화성 담론은 이러한 근대 천문학의 사고관을 바탕에 깔고 있었다. 화성은 본래 동서양을 막론하고 유별난 관심을 끌던 행성이었다. 화성은 불길한 영향을 주는 별로 생각되었을 뿐더러 맨눈으로 관측하였을 때 역행하는 움직임을 보였기에 인간의 호기심을 자극하는 천체였다. 그런데 망원경의 발명으로 근대적 천문학이 본격화되고 화성에 대한 보다 구체적인 관측이 가능해지면서 화성이 주는 마술적 영향력보다 화성 그 자체가 가진 특성으로 관심이

---

14) 전용훈, 앞의 글, 51-58쪽.
15) "宇宙 (一) 觀察과 推理 <一>",『동아일보』, 1920년 5월 19일.

옮겨가기 시작했다.[16)]

1924년 8월 23일, 『동아일보』에는 이날 밤 화성이 지구에 "5,574만 킬로메돌"까지 가까워진다는 소식과 함께 화성에 대한 동서양의 신화가 소개되었다.

> 이 화성이라는 것은 우리나라에서는 예로부터 중국에서 부르는 대로 형혹성(熒惑星)이라고 불러왔는데 옛날 전설을 들으면 예로부터 중국에 있는 모든 동요(童謠)는 이 형혹성에서 나온 붉은 옷 입은 아이가 지어낸 것이라 하며 형혹성은 항성과 같이 일정한 궤도(軌道)가 없이 출몰 무상한 별이라 하며 이 별이 오래 묵어있는 나라에는 큰 재앙이 미친다고 꺼리는 별이며 서양에서는 사랑의 신(神)이라 하여 여자가 화성의 정(精)을 받아 잉태하면 영웅을 낳는다고 하여 젊은 부부의 존경하는 별이었는데…[17)]

여기서 소개된 화성의 신화는 과학의 발달과 "더 한층 영리한 천문학자"들의 발견으로 해체된다. 이 기사는 화성에 대한 동서양의 신화를 주제로 다루고 있지만, 오히려 그 강조점은 이러한 신화에 대립하여 화성을 "출몰 무상한 별이 아니라 십륙 년 만에 한 번씩 오는 별인 것"으로 "판명"하는 근대 천문학의 힘에 있다.

1924년 8월 25일부터 27일까지 3회에 걸쳐 연재된 "과학상으로 본 화성"과 그 도입으로서 8월 24일에 게재된 "영효(今曉) 오전 2시에 보힐 화성과 전설"이라는 기사들 역시 '전설'과 대비되는 것으로서 과학이 밝혀낸 화성의 모습을 서술하고 있다.[18)] 기사는 전신(戰神) "아리

---

16) 자일스 스패로, 앞의 책, 10-11쪽.

17) "今夜 ◇東洋은紅衣童子 ◇西洋은사랑의神 火星", 『동아일보』, 1924년 8월 23일.

18) "今曉 午前 二時에 보힐 火星과 傳說", 『동아일보』, 1924년 8월 24일; "科學上으로 본 火星", 『동아일보』, 1924년 8월 25일; "科學上으로본 火星 (二)", 『동아일보』,

이쓰", 즉 아레스가 디오메데스와의 전투에서 입은 부상을 두고 "망원경으로 보이느니 아니 보이느니 하는 검은 줄이 혹 그 상처가 남아 있는 것"은 아닐까 하는 추측을 하지만 이는 사실 뒤에 나올 화성에 대한 과학적 사실을 설명하기 위해 흥미를 끌기 위한 도입에 가깝다. 이후 세 차례에 연재되는 기사에서 화성의 크기와 위치, 공전과 자전, 지구와의 거리, 화성의 위성 등을 다루며 화성은 인간사의 길흉화복 혹은 국가의 명운에 관련하는 신비한 '형혹성'이 아니라 태양계에 존재하는 '유성(遊星)'의 일종, 과학적 탐구의 대상으로서 여겨진다.[19]

전설 혹은 신화와 과학의 대조는 근대 천문학의 관점이 마술적 사고관과 경쟁하고 또 우위를 차지하는 현상이라고 할 수 있다. '화성(火星, Mars)'이라는 이름에 담긴 신화적 맥락은 서서히 소거되고 이제 그것은 행성의 한 분류명으로서 더 강한 의미를 갖게 되었다. 화성이 가진 마술적 힘은 근대과학, 특히 천문학의 역할에 의해 사라지기 시작했으며 이러한 과정을 화성의 탈신비화라고 부를 수 있을 것이다.

그런데 이러한 탈신비화의 과정은 화성의 신비 그 자체를 해체한 것은 아니었다. 화성이라는 천체가 인간에게 주는 경이의 감각은 여전히 유지되고 있었다. 다만 이러한 감각을 제공하는 것은 더는 신화적 혹은 마술적 사고관이 아니다. 과학이 제공하는 근대적 앎이 이제 화성에 대한 새로운 신비를 구축한다. 근대 천문학은 화성에 대한 기존의 신비를 해체하는 한편 과학적 상상력을 통해 화성을 재신비화하였다.

화성의 재신비화는 망원경을 통한 화성 관측과 깊은 관련을 맺는다. 망원경은 맨눈으로 보는 것보다 더 구체적으로 화성의 모습을 포

1924년 8월 26일; "科學上으로본 火星 (三)", 『동아일보』, 1924년 8월 27일.
19) 화성에 관한 전통적 관념과 근대적 관념의 차이를 부각하는 것은 다음의 기사에서도 확인할 수 있다. "謎의 宇宙 問題의 火星", 『매일신보』, 1924년 8월 25일.

착하는 것을 가능하게 하였다. 이 과정에서 기존에는 '붉은 빛'으로만 보이던 화성에 대한 다양한 발견이 이루어졌다. 17세기 이후 유럽의 천문학자들은 망원경을 통해 화성의 표면을 관찰하고 이를 통해 화성의 자전 주기를 계산해냈다. 또한, 이로부터 한 세기가 지나간 후 화성의 남극과 북극과 같은 지형을 관측한 결과가 보고되었고, 19세기 초반에는 화성의 지형에 대한 구체적인 지도가 등장하기도 했다.[20] 이러한 관측 결과는 화성의 대기에 물이 존재하며 또한 그 지표면에 식물이 존재할 수 있다는 발견(혹은 발상)으로 연결되었다. 19세기 말 이탈리아의 천문학자 조반니 스키아파렐리가 화성에 존재하는 일련의 규칙적인 직선을 '카날리'라고 명명했는데 미국의 퍼시벌 로웰은 이를 지성체의 흔적으로 받아들여 화성에 지구와 같이 지성을 가진 생명체가 존재할지도 모른다는 가설을 주장했다.[21] 화성에 생명체가 존재한다는 가설은 과학의 범주 내에서 화성에 대한 새로운 상상력을 제공함으로써 다시금 화성을 신비의 공간으로 의미화하였다.

1920년 이후의 식민지 조선 대중매체에서도 화성에 지구와 같이 동식물과 같은 생명체가 거주할 수 있다는 가능성은 화성에 대한 핵심적인 화두였다. 앞서 언급한 로웰은 화성 표면의 색상 변화를 계절에 따른 식물대의 변화로서 해석하였다.[22] 1924년 『동아일보』는 이와 같은 '발견'을 다음과 같이 소개하고 있다.

> 미국 로웰 천문대의 관측자 몇 명은 화성 표면상에 폭포 같은 남청색 흐린 점 얼마 있는 것을 발견하였다고 보고하였는데 이것은 금년 봄 이래 점점 넓어져서 칠억 에이커에 달하리라고 추측하는 바 이것은 아마

---

20) 자일스 스패로, 앞의 글, 12-13쪽.
21) 데이비드 와인트롭, 홍경탁 옮김, 『마스』, 예문아카이브, 2018, 22-23쪽.
22) 사이언티픽 아메리칸 편집부, 이동훈 옮김, 『화성탐사』, 한림출판사, 2018, 13-14쪽.

식물대의 가능성을 내보이는 자로 그 영당은 화성 전면의 약 사분의 삼을 횡단하는 자이리라더라.[23]

화성 생명체에 대한 가설은 화성과 지구의 닮음에 대한 당대의 관심을 드러내고 있다. 실제로 화성의 '식물대'를 언급하는 기사들은 화성도 지구와 마찬가지로 계절이 있음을 강조한다.[24] 식민지 조선에서 화성은 물과 대기가 존재하며 동식물이 거주할 수 있는 조건을 가진 공간으로 상상되고 있었다.

화성이 유기체, 그리고 지구와 같이 생명체가 존재할 수 있는 행성으로서 상상된 끝에는 화성의 인류가 조명된다. 이미 1920년 『개벽』은 로웰의 저작인 「화성과 그 운하」를 소개하는 기사를 게재하였는데, 여기서 화성인의 외양에 대한 상세한 설명이 등장한다.

로웰 씨의 말에 의하면 "피등 화성인은 머리와 눈과 척수골도 있다 하였다." 오늘날에 화성인을 상상하면 그는 화성생물의 특징으로 신장은 약 일 장가량인데 먼저 상부로부터 설명하면 두 개는 비상히 크고 앞이 마는 튀어나와있고 눈은 큰 눈동자가 있고 귓불은 촉멱(觸糸)과 같이 발달하고 목구멍은 가늘어 학의 목과 같고 좌우의 팔은 새의 날개와 같은 작용을 하고 양손의 손가락은 촉모(觸毛) 혹 코끼리 코와 같은 포착작용이 있으며 전신은 조수의 털과 같이 모피에 덮혀 두 개의 발로 행보하고 또 교히 천상을 비상할 만한 날개가 있도다.[25]

흥미로운 점은 '화성생물'의 외양이 지구인과 전혀 다른 것으로 묘사되면서도 그 구조상 지구인과 흡사한 측면이 있었다는 것이다. 분

23) "火星에 植物地帶", 『동아일보』, 1924년 8월 22일.
24) "火星의 現在 季節", 『매일신보』, 1926년 2월 19일.
25) 石溪, 「火星에 棲息하는 七動物」, 『개벽』 제4호, 개벽사, 1920.

명 "촉모 혹 코끼리 코와 같은 포착작용"을 하는 손가락이라든가 "천
상을 비상할 만한 날개"와 같은 신체는 인간에게 존재하지 않는 것이
었다. 하지만 화성인은 인간과 마찬가지로 하나의 머리와 두 쌍의 팔
다리를 가지고 있는 이족보행하는 생물로서 묘사된다. 화성인은 형태
상으로 지구인과 어느 정도의 교집합은 가지고 있는 셈이었다.

차이와 유사성을 동시에 포함하는 화성인에 대한 묘사는 비단 『개
벽』의 기사에서 한정되지는 않는다. 1926년 『중외일보』에는 화성의
미인을 직접 조각하는 것을 성공했다는 믿기 어려운 기사가 게재된다.
'오-마루루'라는 이름의 화성인이 화성이 지구에 가까워졌을 때 라
디오를 통해 보낸 신호를 "천리안(千里眼)"으로 명성이 높은 영국의
'로빈손 박사'가 포착하였고, 이를 유명 조각가에 의뢰하여 "령감조
각(靈感彫刻)"하였다는 것이 기사의 내용이다. 화성인은 동양인과 닮
은 것으로 묘사되는데 지구인과는 다르게 코가 덜 발달하였고 청각이
매우 발달하여 귀가 크다. 또한 화성인은 "위대한 지력"을 갖춘 존재
인데 그 증거로 위생을 강조하여 비누 공업이 무엇보다 발달하였으며
영어를 이해할 수 있는 것으로 주장된다.[26] 지금의 관점에서 이를 엄
밀한 과학적 사실에 근거한 기사로 판단하기는 어려울 것이다. 그럼
에도 이와 같은 기사는 화성인에 대한 상상이 어떤 신화적 차원에서
이뤄지는 것이 아니라 '과학'의 언어 안에서 그 설득력을 얻고 있음을
보여주는 사례라고 할 수 있다.

한편 화성에 대한 당대의 관심은 화성의 지구 접근이라는 사건과
밀접한 관련이 있었다. 1920년대의 화성을 다룬 기사들은 화성의 지
구 최근접이 화성과 통신할 기회라는 점에 주목하였다.

---

26) "火星의 美人", 『중외일보』, 1926년 12월 7일.

◎ 1924년에 화성으로 통신

　　미국의 성학자『톳드』박사는 최근 남미로부터 귀래하여 예언하되 1924년의 8월에는 화성으로부터 지구에 향하야 하등 통신이 유하리라 발표하였는데 즉 동년 8월은 금후 오백간에 제하야 화성이 지구에 최히 접근하는 시기로 기 거리가 3000만리에 불과한 고는…필경 화성으로부터 하등의 통신이 유하리라 예상하고 동씨『수레-다』소좌와 공히 차 신호 접수의 준비를 위하야 기위부터 종종의 실험으로 접수를 계획하는 중이라더라.[27]

　　1920년에 보도된 이 기사는 '1924년 8월'을 화성과의 무선통신 최적기로 거론하고 있다. 이후 1920년대에 화성을 다룬 기사들은 화성의 지구 접근과 통신 가능성에 관심을 가졌다. 화성에서 온 무선전신이 도착했다는 기사부터 반복되는 무선통신의 시도, 그리고 렌즈를 이용한 통신법을 소개한 기사에 이르기까지 지구와 통신 가능한 행성이라는 화성의 이미지는 신문을 통해 반복적으로 생산되고 있었다.[28] 이러한 상상은 화성이 적어도 지구와 비슷한 수준의 과학 기술을 가진 행성이라는 점을 전제하고 있었다.

　　식민지 조선의 대중매체를 통해 나타나는 '화성인'에 대한 관심은 화성이 과학적 상상력을 경유하여 재신비화되고 있음을 의미한다. 여기서 재신비화는 지구와 닮은 행성으로서 화성이라는 공간이 대중에

---

27) "新文明",『조선일보』, 1920년 7월 17일.
28) "赤色의 一大火星",『매일신보』, 1922년 6월 13일; "火星 接近은 今十八日 이번에는 꼭 통신한다고",『매일신보』, 1922년 6월 18일; "火星(화성)에서 地球(지구)에 무선면신이왓다고『말코니』사원의말",『동아일보』, 1921년 9월 9일; "火星과 通信을 交換코저",『동아일보』, 1922년 6월 18일; "火星에 信號 今年九月에는 地球에 近接『렌쓰』를 裝置하고",『조선일보』, 1924년 7월 14일; "火星",『동아일보』, 1924년 8월 17일; "火星觀測에 對하야",『동아일보』, 1924년 8월 23일; "火星은 지금이 五月",『동아일보』, 1924년 8월 25일; "火星이 月과 同昇하는 大壯觀",『조선일보』, 1928년 12월 4일 등.

게 제공하는 어떤 가능성의 이미지에 의해 수행된다. 근대 천문학으로 대표되는 과학은 인쇄 매체에 의해 대중적 앎의 형태로서 현상[29] 한다. 대중적 앎의 공간에서 화성은 지구 바깥의 다른 세계에 존재하면서도, 지구와 마찬가지로 생명과 지성체(인류)가 존재할 수 있는 공간으로서 재현된다. 이는 근대과학의 등장과 함께 화성이 신화의 대상이 아니라 분석할 수 있고 인지 가능한 대상으로서, 인지적 경험의 세계에 포섭됨으로써 가능했다. 이러한 앎의 경험은 그 앎으로부터 출발하는 또 다른 앎의 가능성을 제시하고 있으며, '가능성들의 이미지'란 이렇듯 앎이 이끌어낸 상상력에 의해 생산되는 것이라고 할 수 있다. 화성에 동식물이 존재할 수 있다는 가능성은 그 동식물의 구체적 종류, 형태, 습성 등에 대한 상상력으로 확대되어간다. 과학에 의한 재신비화는 이렇듯 미지의 대상이 인지적으로 파악 가능한 범위로 진입함에 따라 또 다른 미지의 영역이 확장되며 일어나는 현상이라고 할 수 있다.

한 가지 중요하게 언급해야 할 것은, 이러한 화성의 재신비화 과정이 식민지 조선 바깥, 어떤 인류 공통의 앎으로서 상상되는 것에 접속해 있었다는 것이다. 화성의 재신비화를 주도한 과학의 언어는 서구적인 것임과 동시에 세계에 대한 새로운 진리로서 문명국으로서 추구해야 할 모범이었다. 1920년대 식민지 조선의 신문에서 나타나는 화성 담론은 자연에 대한 인간의 이해가 신화에서 과학으로, 전근대적 신비에서 근대적 앎으로 그 중심이 이동하는 현상을 보여준다. 화성

---

29) 여기서 '변화' 혹은 '변환'과 같이 앎의 원본이나 원형이 있다는 전제를 가진 개념어의 사용을 피하려고 하였다. '대중적 앎'이란 전문적인 지식에 대비되는 어떤 B급 지식 혹은 열화된 지식을 의미하는 것이 아니라 전문적인 학술영역에서 독점되던 지식이 학술과 대중이라는 상상적 경계를 넘어 유통되고 있는 현상을 지칭하기 위해 사용되었다.

에 대한 상상력은 대중이 신문 매체를 통해 과학이라는 근대적 지식체계에 접속하고 있었던 당시의 상황과 분리할 수 없다.

특히 외신(外信)을 동시적으로 자국에 전달하는 신문의 기능은 식민지 조선 바깥과 식민지 조선 사이의 앎의 시차를 좁혀나가는 효과를 가졌다. 구한말부터 근대 한국에서 과학은 동양과 대비되는 서양, 문명국의 앎으로서 반복적으로 표상되었다. 그리고 그것이 그러한 보편성의 주변에 머무는 동양의 한 국가인 근대 한국에 도달할 때, 자연히 그것은 어떤 '지연된 앎'으로서 받아들여졌다. 이러한 상황에서 근대적 신문 매체는 일상적 사건을 보도함으로써 조선 외부의 앎에 동시적으로 접속할 가능성을 제공하였다. 지구와 화성의 최근접이라는 사건을 알리는 기사들은 대부분 자체적인 조사 혹은 자국 내에서의 발견이 아닌 외신을 경로로 생산되었는데, 이는 과학적 상상력의 원천을 외발적 계기에 의존할 수밖에 없었던 식민지의 지식 조건을 시사하면서도 동시에 '시차 없는 앎'이 가능했음을 보여준다.

3. 우주 모험담과 유토피아로서의 화성: 허문일의 「천공의 용소년」을 중심으로

1) 과학소설과 소년의 교양

1931년, 미국 '윌킨슨 대위'의 북극잠항(北極潛航) 소식이 식민지 조선에 알려졌다. 『동아일보』와 『조선일보』 모두 그의 모험에 주목하여 일련의 기사를 연재하였고, 탐험 참여자의 수기가 소개되기도 하였다. 이 탐험의 주된 목적은 극지방의 기상 관측, 과학적 실험 연구,

새로운 항로 개척, 자원 발굴 등이었다.[30] 흥미로운 것은 이 탐험의 중심이 될 잠수함의 이름이 '노티라스 호'였다는 것이다. '노티라스 호'는 과학소설에 관심이 있는 독자들에겐 낯설지 않은 이름일 것이다. 쥘 베른의 소설 1869년 작 『해저 이만리』에서의 잠수함 '노틸러스 호'가 '노티라스 호'의 모티브였다.[31]

놀랍게도 조선에 쥘 베른의 '노티라스 호'라는 이름이 처음 알려진 것은 1931년보다도 한참 앞선 1908년이었다. 일본 유학생이었던 박용희는 잡지 『태극학보』에 "기담"이라는 장르명을 덧붙여 「해저여행」이라는 소설을 번역 연재하는데 이 소설의 원본이 쥘 베른의 『해저 2만리』였던 것이다. 「해저여행」은 비록 전문을 모두 옮긴 것은 아니지만 한국에 최초로 번역된 쥘 베른의 소설이었다. 박용희는 서문에서 번역의 목적이 단지 재미와 흥미가 아닌, 과학지식의 전파와 계몽에 있음을 역설한다.[32]

「해저여행」은 한국에 소개된 최초의 쥘 베른 소설이었을 뿐만 아니라, 현재까지 밝혀진 한국의 과학소설 중 가장 오래된 것이기도 하다.[33] 외국소설의 번역·수용으로 시작된 한국 과학소설 혹은 SF 역사의 첫머리에는 미지의 세계를 탐험하는 모험소설이 있었다.

지금까지 알려진 세계를 벗어나 새로운 장소를 탐험하고자 하는 욕망은 SF라는 장르를 관통하는 주제라고 할 수 있다. 장 보드리야르는 「시뮬라크르들과 공상과학」이라는 한 편의 글에서 공상과학(Science Fiction)을 "팽창세계"를 다루는 장르로 명명한다. 물론 여기서 말하

---

30) "氷雪의 秘境 北極潛航前記 (三)", 『동아일보』, 1931년 6월 9일.
31) "氷雪의 秘境 北極潛航前記", 『동아일보』, 1931년 6월 8일.
32) 김종욱, 「쥘 베른 소설의 한국 수용과정 연구」, 『한국문학논총』 제49집, 한국문학회, 2008, 61-65쪽.
33) 박상준, 「한국 근대 과학소설 연대기: 1907~1954」, 『근대문학』 제10호, 국립중앙도서관, 2020, 31쪽.

는 '공상과학'이란 시뮬라크르의 두 번째 질서에 대응될 수 있는 "고전적인 공상과학"을 의미한다. "이 공상과학은 19세기의 탐험과 식민지화라는 훨씬 더 지구상적인 형태의 공범자인 우주탐험이야기 속에서 그 반복적으로 되풀이되는 현상을 발견하였다."[34] 보드리야르는 공상과학이 불가능해진 시대, 공상과학이 종언을 맞이한 시대를 이야기하면서 아직 공상과학이 성립할 수 있을 때 그것이 무엇이었는가를 이야기하고 있다. 그의 지적처럼, 공상과학은 세계의 상상적 확장을 재현하는 장르였다.

"팽창세계"라는 SF의 핵심 주제는 한국 근대 초기의 SF사에서도 발견된다. 앞서 언급한 박용희의 「해저여행」 외에도 알려지지 않은 과학 유토피아로의 모험을 다룬 김교제의 『비행선』(1912), 일부밖에 번역되지는 않았지만, 시간여행이라는 주제를 가진 허버트 조지 웰스의 『타임머신』(1895)을 번역한 김백악의 「팔십만 년 후의 사회」(1920)와 영주의 「팔십만 년 후의 사회」(1926), 신태악이 쥘 베른의 『지구에서 달까지』(1865)와 『달나라 탐험』(1869)을 한 권으로 번역한 『월세계 여행』(1924) 등 근대 초 한국에서 근대과학의 힘을 통해 도달할 수 있는 세계에 대한 상상은 해저, 미래, 우주에 이르기까지 다양한 방향으로 뻗어 나가고 있었다.

한국 SF사에서 '우주'라는 배경은 신태악의 『월세계여행』으로부터 6년 뒤 다시 한 번 등장한다. 허문일은 1930년 두 차례에 걸쳐 잡지 『어린이』에 '화성소설' 「천공의 용소년」을 연재한다. 이 소설은 화성에 사는 '한달' 소년과 '별-' 박사가 지구로 여행을 떠나는 것을 주 내용으로 삼고있다. 아쉽게도 2회 연재 후 연재가 중단되어 미완으로 남은 소설이지만, 화성에 대한 당대의 상상력을 들여다볼 수 있는 텍스

---

34) 쟝 보드리야르, 하태환 옮김, 『시뮬라시옹』, 민음사, 1992, 200-201쪽.

트라고 할 수 있다.

「천공의 용소년」을 표제작으로 삼는 한국 근대 SF 단편선 『천공의 용소년』의 작품 해설 「한국 과학소설의 여명기」에서는 소설의 원작자가 확정되지 않은 것으로 설명된다. '허문일'이 방정환의 필명이라는 주장과 삼봉, 허삼봉으로도 알려진 농민문학가 허문일이라는 주장 중 어느 한쪽으로 아직 확정할 수 없다는 것이다. 그런데 『어린이』 제5권 제7호 「독자담화실」에서 '삼봉허문일'과 '개벽사'가 관련이 없다는 언급이 나온다. 허문일의 주소를 알고자 하는 독자가 허문일이 개벽사에 있는지 묻자 개벽사 관계자('직이령감님')이 "개벽사에는 아모 상관업스시지만"이라고 답변한 것이다. 또한, 방정환 사후 발간된 '고 방정환선생추도호'(제9권 제7호)를 포함하여 그 이후로도 '허삼봉', '삼봉'이라는 이름으로 동요가 게재되곤 하였다. 이러한 정황으로 볼 때, 「천공의 용소년」의 저자는 허문일이라고 보는 것이 타당할 것이다. '허문일' 혹은 '허삼봉'이 방정환의 필명으로 오해되게 된 까닭은 다음과 같이 설명된다. "『어린이』에 「삼부자 곰잡기」가 허문일로 발표되었는데, 이 작품이 방정환이 처음으로 간행한 번안소설 『사랑의 선물』에 수록되었기 때문이다." 이 때문에 '허문일'이 방정환의 필명으로 인식되었다는 것이다.[35]

독특한 것은 저자가 스스로를 원작자가 아닌 '번안자'로서 소개하고 있다는 것이다.

> 이것은 화성(火星)이라는 별나라에 사는 『∵』라는 소년과 그 아저씨 『×』라는 박사가 실지로 행한 일을 간단하게 추리여 쓴 이야기입니다. 그런데 우리들은 모두 『∵』등 화성사람들이 쓰는 글자를 알지 못하므로 소년

---

[35] 성주현, 「수운주의 예술론의 이론가 허문일」, 『신인간』 통권 제647호, 신인간사, 2004, 93쪽.

의 이름은『한달』이라고 부르고 그 아저씨는『별—』박사라고 부릅시다.

=번안자=[36]

　허문일은「천공의 용소년」이 완전한 창작의 산물이 아니라 실제 있었던 사건을 바탕으로 각색된 것이라는 안내를 소설의 서두에 배치해 두었다. 여기서 '번안'이라는 장치는 이 소설이 다른 원본이 있음을 말하는 것이 아니라, 이야기의 사실성을 높이는 구실을 한다.『어린이』에 게재된 기존까지의 번안/번역 소설이 번안/번역으로서의 정체성을 드러낼 때, 드러낼 때 번안자/번역자의 이름 아래 '譯'과 같은 별도 표기를 덧붙이거나 원작자를 병기하던 것과는 방식이 다르다는 것에 주목하면 여기서 번안이 창작 기법의 일종임은 더 분명해진다. 창작자가 자신을 번안자의 지위에 위치시킴으로써 이 소설은 상상과 실재의 경계 사이에 놓이게 되며 이것을 접하는 독자가 당대 화성에 대한 과학적 상상과의 거리를 좁힐 수 있게 한다. 여기서 '번안자'는 이야기 바깥에 위치하는 것이 아니라 안쪽에 위치한다. 번안자의 위치는 이 소설이 번안이라는 것을 의미하는 것이 아니라 완전한 허구가 아닐 수 있는 가능성을 제시함으로써 상상의 폭을 넓히는 전략이라고 할 수 있다.「천공의 용소년」은 실재와 상상을 선명하게 구분하기보다 오히려 혼합하고 있으며 이를 통해 '화성소설'로서「천공의 용소년」이 실제의 과학지식과 맺고 있었던 관계를 짐작할 수 있다.

　실제로「천공의 용소년」에는 화성에 대한 당대의 앎과 관심이 적극적으로 반영되어 있었다. '별—' 박사가 지구로의 '천공여행'을 떠나기로 한 계기는 "지구성에서 보낸 무선 전화"[37]였다. 앞서 살펴보았

---

36)「天空의 勇少年」,『어린이』제8권 제8호, 개벽사, 1930.

37) 허문일 외,『천공의 용소년: 한국 근대 SF 단편선』, 아작, 2018, 10쪽. 주석에서『어린이』에 게재된 텍스트의 경우「天空의 勇少年」, 다른 과학소설과 함께 현대어로

듯, 1920년대는 화성의 지구 최근접이 상당한 주목을 받아 신문 지면 상에서도 관련한 기사가 다수 발견되었다. 이러한 기사들 중에는 화성과의 거리가 좁혀진 것을 통신의 기회로 삼아 화성으로 무선전신을 쏘아 올리고자 하는 기획을 소개하는 것도 있었으며, 화성에서 무선전신이 왔다는 주장을 소개하는 기사 역시 존재했다. 이처럼 「천공의 용소년」은 '화성과의 통신'이라는 과학적 기획, 그리고 그 기획이 전제하는 화성의 지성체라는 상상력의 산물이라고 할 수 있다.

한편 「천공의 용소년」이 가진 소설로서의 유희성은 과학적 앎의 보급이라는 교육적 기능과 결합하여 있었다. 「천공의 용소년」이 연재된 아동잡지 『어린이』는 아동에게 과학교양을 보급하는 것을 중요한 과제로 생각하고 있었다. 자연에 대한 일반 상식부터, 과학적 원리를 이용한 기술(奇術), 기계장치의 제작법, 과학자들의 전기에 이르기까지 『어린이』는 다양한 방면에서 문명한 사회의 미래 주체인 조선의 아동이 과학과 친밀해지도록 하는 기획을 실천하고 있었다. 천체에 관한 일반 상식 또한 이러한 기획의 일부였다. 『어린이』에는 달에 관한 기사, '월세계 여행'과 만유인력을 다룬 기사, 그리고 태양계의 구조와 행성을 소개하는 기사 등이 수록되었다. 그리고 각종 신문에서 화성이 주목받던 1920년대 중반, 특히 1924년 『어린이』에도 화성에 관한 기사가 수록되기도 하였다.[38]

'한달' 소년과 '별-' 박사의 대화에서 지식의 전달은 중요한 비중을 차지하고 있다. 그들의 '천공여행' 중 박사는 소년에게 빈번히 근대적 천문학 지식을 전달한다. 예컨대 박사는 '소년에게 화성과 멀어짐에 따라 "이상한 석면 옷에 마치 잠수복처럼 만든 운모 두껍이 달린

번역되어 출간된 텍스트의 경우 이후 별도의 주석 없이 괄호 안에 쪽수만을 표기한다.

38) 「화성 이약이」, 『어린이』 제2권 제9호, 개벽사, 1924.

옷"을 입어야 한다고 말한다. 소년이 그 이유를 묻자 박사는 화성과 멀어짐에 따라 중력의 영향을 받지 않게 되고 점점 속력이 빨라져 마찰열로 '비행기'가 뜨거워질 수 있기 때문에 그와 같은 방열복을 입어야한다고 설명한다. 그리고 박사가 '비행기'의 몸체와 날개를 무엇으로만들었는지 역으로 묻자 소년은 "귀여운 눈을 깜짝깜짝하며 무엇을생각하더니" '운석'이라고 답하였다(17-18). 박사와 소년이 서로 묻고 답하는 과정을 통해 일차적으로는 소설을 읽는 예상 독자로 상정되는 아동에게 소설 읽기라는 유희를 통해 과학교양을 보급하고자 하는목적을 달성할 수 있었을 것이다.

여기서 유희와 교양의 결합은 『어린이』의 중요한 편집 방침이었다고 할 수 있다. 방정환은 『천도교회월보』에 게재한 「소년의 지도에 관하여」라는 글에서 "『어린이』에는 수신강화와 같은 교훈담이나 수양담은 일체 넣지 말아야" 함을 피력한다.[39] 『어린이』는 교과서와는 달리 아동이 스스로 뛰어놀고 정서를 함양하는 공간이었던 것이다. 물론 "직접적으로 어린이가 신민족 건설의 동량임을 계몽하는 경우도있었지만, 대부분 동화나 동시, 동요 등의 형식을 빌려 어린이 인권의소중함과 민족의 미래를 헤어나갈 역량을 정서적으로 함양하는 데 힘썼다."[40][41]

허문일 역시 아동교양에서 유희가 갖는 역할을 중요하게 생각했다. 그는 「소년지도에 관하여」에서 "어린이들은 잠시도 가만히 있기를 싫

---

39) 소파, 「아동의 지도에 관하여」, 『천도교회월보』 통권150호, 천도교중앙총부, 1923, 54쪽, 김정인, 「1920년대 천도교 소년운동의 이론과 실천」, 『한국민족운동사연구』 제73집, 한국민족운동사학회, 2012, 167쪽에서 재인용.

40) 김정인, 앞의 글, 167-168쪽.

41) 잡지 『어린이』의 편집방침은 성인과 아동의 평등한 관계를 추구하고, 아동을 위한 사회의 책임을 강조한 천도교 소년운동의 연장선상에 놓여 있었다. 아동은 '신민족 건설'을 위한 미래의 주역으로 지목되었으며 아동에 대한 인격적 대우와 적절한 교육이 무엇보다도 강조되었다. 김정인, 앞의 글 참조.

어"하고 "늘 새롭게 움직이려고" 하는 성향이 있음을 지적한다. 따라서 소년에 지도에 있어 중요한 것은 "노동자가 자○가의 일을 하는 것처럼 하기 싫은 일을 억지로 하게하지 말고 예술가가 작품을 만드는 것처럼 ○래가 하고 싶어서 하도록" 하는 것이다. 그는 소년의 지도를 단순히 하방식의 규율이나 지식교육으로 여기기보다 '용기', '모험심'과 같은 인성을 함양할 수 있게 하는 전인격적 교육으로 간주하고 있었다.42) 「천공의 용소년」에서 나타난 과학교양과 유희의 결합은 이러한 '소년지도'의 이념을 바탕으로 하고 있었다.

아동문학으로서 「천공의 용소년」은 이미 제목에서 '용소년(勇少年)'을 전면에 내세워 '소년'(아동)이 갖춰야 할 덕목을 강조하고 있다. 화성에서 지구성을 향하는 여정은 전형적인 모험서사의 일종이라고 할 수 있다. 여행계획에 대해 '한달' 소년에게 말한 '별－박사'는 자신을 데려가 달라는 소년의 부탁을 처음엔 "어린애가 어떻게 그렇게 위험한 일을 할 수가 있겠"냐며 거절한다(13). 그러나 소년은 "우리 화성 인류 전체를 위함이 되는 일에는 생명을 아끼지 말고 용감하게 나아가라"는 어머니의 '교훈'을 말하며 끝내 박사를 설득하는 데에 성공한다(14). 여기서 지구성을 향하는 '천공 여행'은 아동으로서는 감당하기 어려운 "위험한 일"로서 나타난다. 그리고 소년은 이 위험한 여정에 자기 자신의 성취를 위해서가 아니라 "화성 인류 전체"를 위해 동참하고자 한다. 공동체를 위해 자신의 용기와 모험심을 발휘하는 '한달' 소년은 독자인 아동들이 지향해야 할 "신민족 건설의 동량"으로서 모범적인 아동상이라고 할 수 있다.

---

42) 허문일, 「少年指導에 對하야」, 『黨聲』, 1932.6.

2) 화성: 식민지 조선의 대안적 미래

「천공의 용소년」의 핵심 서사는 화성에서 지구를 향하는 '천공여행'인데 이는 아직 현실에선 실현되지 않은 일이었다. 실제로 인간이 지구 밖의 우주로 나가 지구를 바라볼 수 있었던 것은 이 소설이 연재된 1930년에서 31년 뒤인 1961년이었고, 우주여행은 상상의 영역이었다. 달리 말해 당대의 과학 기술은 아직 우주여행을 하기 위한 충분한 수준에 도달하지 못하였다고 할 수 있다.

「천공의 용소년」에서 화성이 지구보다 학문과 과학이 발달한 일종의 유토피아로서 재현되고 있는 것은 이러한 조건과 무관하지 않다. 소설 속에서 화성은 "우리 지구 위에 사는 사람들로서는 생각할 수 없을 만치 지혜가 있고 학문이 발달"한 것으로 묘사된다(10). "화성의 사람들은 벌써 몇백 년 전부터 이상한 날개를 발명"(10)하여, 화성은 이미 개인이 일상적으로 비행장치를 사용하는 공간이었다. 비행기 자체가 대중적으로 이용되는 교통수단이 아니었던 시대에 소설 속에 등장하는 개인화된 비행장치는 최첨단 과학 기술의 상징이었다고 할 수 있다. 소설 속과 소설 바깥 양쪽의 지구를 아득히 뛰어넘은 화성의 과학 기술은 그곳에 질병이 없다는 묘사에서도 확인할 수 있다. 「천공의 용소년」이 그리는 화성은 과학 기술의 긍정적 측면이 최대화된 과학적 유토피아였다.

화성은 과학적 유토피아일 뿐만 아니라 도덕적 유토피아이기도 했다. '한달' 소년과 '별-' 박사가 지구의 상공에 진입하였을 때, 그들은 전쟁을 목격한다. 그들의 눈에 비친 지구인들은 "모두 누런 옷을 입고 머리에는 둥그런 모자를 쓰고 손에 손에 연장을" 들고 서로를 죽이고 있었다(29). 그 광경을 본 '별-' 박사는 "700여 년 전 화성 사람들"을 떠올린다.

"그랬지. 그때에는 같은 화성 나라의 사람끼리 서로 네 나라, 내 나라 편을 나눠 가지고 전쟁을 하였단다. 임금을 위해서 또는 돈 많은 사람을 위해서 돈 없이 일 잘하는 백성은 모두 뽑혀 나가서 피를 흘리고 죽곤 하였다. 지금 저 지구성 사람들은 그 전쟁을 하는구나!"(30)

'별─' 박사의 설명을 들은 '한달' 소년은 그에게 '돈'과 '임금'이란 무엇이냐는 질문을 던진다. 700년 전의 화성과 달리 소설 속 현재의 화성은 화폐가 존재하지 않으며, '임금'으로 대변되는 군주제가 존재하지 않는 공간이다. 각각의 나라가 존재하는 대신 화성은 하나의 국가 '화성 나라'로 통합되어 있다. 화성은 지구보다 앞선 과학 기술을 가진 행성일 뿐만 아니라 보다 발전된 정치 체제가 성립한 공간이다.

「천공의 용소년」에서 과학 기술의 발전이 지상낙원을 보증할 것이라는 낙관적 믿음 자체가 나타나지는 않는다. 다만 과학 기술의 발전은 도덕적·정치적 성숙과 불화하지 않고 매끄럽게 결합한다. 이러한 과학과 도덕성 혹은 시민의식의 관계는 눈여겨볼 지점이 있다. 예컨대 김교제의 「비행선」(1912)에서 과학이 발달한 가상의 국가 '잡맹특'은 다음과 같이 묘사된다.

> 잡맹특은 그 나라 기술의 특이함을 자부하고 그 나라 지형의 험준함을 의지하여 군신상하가 쇄국주의를 지켜 외국과 교제를 사절하며 사람 죽임을 좋아하고 또한 의심이 많아 제 나라 풍속과 제 나라 정책이 세계에 전포될까 염려가 되어 외국 사람이 그 지경에 들어옴을 힘서 막는데 혹간 탐험자가 있어 그 나라 지경에 발길을 들여놓았다가 열 사람 백 사람이 모두 참혹히 죽지 않은 사람이 없는 고로 비록 고등정탐가라도 그 내용이 어떻게 된 줄은 모르고 다만 그런 나라가 있다 함을 들었다고 할 뿐이라.[43]

---

43) 김교제, 「비행선」, 1912, 권영민 외 편, 『한국신소설선집(3)』, 서울대학교출판부,

「비행선」 속에서 '잡맹특'은 문명국이라기보다 오히려 야만의 풍습을 가진 나라이다. 그곳의 과학 기술은 사람을 죽이는 데에 그 큰 목적이 있는 것으로 강조되며, 제국의 탐험가들에게 '잡맹특'은 정복의 대상에 지나지 않았다. 이러한 서구 문명국과 야만으로서의 '잡맹특'을 대조하는 서술에는 "과학 기술이란 무엇보다 미국이나 유럽과 같이 정치적으로 개방된 근대 자본주의 국가(제국)의 산물이어야 한다는 것, 정치적으로 폐쇄된 비밀스러운 야만인의 과학기술이란 인간적 가치가 사라진, 위험한 무기가 될 뿐이라는 인식이 가로놓여 있다."[44] 과학은 정치로부터 독립된 것이 아니라, 정치적 조건에 의해 문명과 야만의 경계를 오갈 수 있는 양면성을 가지고 있는 것이다.

과학의 '양면성'에 대한 의식은 「천공의 용소년」에서도 확인할 수 있다. 「천공의 용소년」에서 '쇄국'과 '개방'을 대립시키는 모티브가 직접 등장하는 것은 아니다. 하지만 하나의 행성이 '화성 나라'라는 하나의 국가로 통합되었다는 것은 이 행성에 국가 간 대립 혹은 쇄국과 같은 것은 존재하지 않으며 사실상 개방성 그 자체를 체현하는 방식으로 '화성 나라'가 존재함을 의미한다. 또한, 화성의 일상에 편리함을 제공하고 사람을 살리는 화성의 과학 기술과 '전쟁 기술'로서 형상화되는 지구의 과학 기술의 대조는 과학 기술의 부정적 · 긍정적 차원을 하나의 서사 속에서 재현하고 독자들에게 지향점을 제시하는 역할을 하고 있다.

그런데 여기서 환기해야 할 것은 허문일이 그리는 화성이 근대 자본주의 국가(제국)와는 거리를 두고 있었다는 것이다. 그의 화성은 '돈'과 '임금'이 존재하지 않는 공간이며, 그로 인한 전쟁 역시 없다.

2003, 225-226쪽.
44) 김주리, 「<과학소설 비행선>이 그리는 과학 제국, 제국의 과학 (1)」, 『개신어문연구』 제34집, 개신어문학회, 2011, 186쪽.

그가 상상하는 유토피아는 근대적 경제구조와 정치체제와는 거리를 두고 있다. 이러한 공간 설정은 천도교도이자 아나키스트였던 그의 현실 비판의식과 정치적 이상이 반영된 결과물이라고 할 수 있다. 김택호는 허문일의 농민소설에서 '지주' 계급에 대한 적대감이 반복적으로 드러나는 것에 주목한다.

> 그리 많지는 않지만 허문일의 소설들 가운데 지주의 탐욕과 부도덕성을 거론하지 않은 작품은 거의 없다. 또한 이와 같은 태도는 아나키즘 문학지 『문예광』과 천도교 계열의 『농민』에 수록된 작품들에서 공통적으로 나타나는 점이다. 물론 이것은 아나키즘과 천도교의 현실 해석이 유사한 것이라는 사실과도 관련된다고 할 수 있다.[45]

허문일은 당대 조선의 아나키스트들과 마찬가지로 "자본주의 사회의 불합리성은 사유재산제도에서 초래되는 것으로 인식"[46]하고 있었으며, 계급에 의한 차별에 상당한 비판의식을 갖고 있었다고 할 수 있다. 그가 『신인간』에 게재한 「수상산필」(1930)에서도 강도 높은 사회 비판이 반복된다. 그는 '인류사회' 전체에 대하여 "혈맥이 끊어진 몸이 병신이거나 그렇지 않으면 사(死)의 병상에 누운 사람인 것과 같이 이 인류사회는 종교 도덕 기타 모ㅡ든 것으로 보아 병신이 되었다"고 평한다. 그에게 인류사회란 "시기, 사기, 투쟁, 분열, 침해"가 만연한 공간이었으며 마치 손이 발을 상하게 하고 발이 손을 해치는 형국이었다.[47]

「수상산필」과 「천공의 용소년」은 불과 1~2개월의 차이를 둔 글이

---

45) 김택호, 「허문일의 농민소설 연구」, 『국제어문』 제33권, 국제어문학회, 2005, 217쪽.
46) 위의 글, 215쪽.
47) 허문일, 「隨想散筆」, 『신인간』, 신인간사, 1930.9.

다. 「수상산필」에서 나타난 비판의식은 「천공의 용소년」에서 '지구성'으로 재현되며 '화성'이라는 이상사회의 대척점에 놓인다. 익숙한 세계로부터 미지의 세계로의 모험이 아닌, 역방향의 구조를 취했다는 점도 이러한 작가의 현실비판의식과 연결될 수 있다. 화성－지구성이 보이는 문명－야만의 도식에서 작가가 거주하는 현실은 야만을 대표하는 지구성에 위치한다. 그는 현실을 은유하거나 미래에 대한 경계(徽戒)로서 존재하는, 지금 여기에 없는 세계를 그림으로써 당대를 비판하고자 한 것이 아니라 그가 경험하는 현실 그 자체를 과학소설 속에 위치시키고 가상의 세계를 그와 대조되는 유토피아로서 건설한다.

이러한 서술 기법은 1933년 중국에서 출간된 라오서의 『고양이 행성의 기록』(원제:『猫城記』)[48]과는 확연히 비교된다. 화성에 불시착한 우주비행사의 이야기인 『고양이 행성의 기록』은 화성의 국가 중 하나인 '묘성(猫城)'의 도덕적 해이와 붕괴된 정치 체계를 주제로 삼는다. 묘성의 묘인들은 다른 것은 먹지 않고 오직 '미혹나무 잎'만 섭취하는데 이는 아편의 은유이다.[49] 여기서 화성이라는 배경은 "완전한 타자의 거리감을 확보"함으로써 중국의 정치적 상황에 대한 비판을 가능케 한 장치라고 할 수 있다.[50] 디스토피아로서의 화성은 라오서의 조국인 중국의 은유였다.

「천공의 용소년」이 현실 비판적 방향성을 띠었음에도 『고양이 행성의 기록』과는 달리 대안적 유토피아를 강조한 것은 그것의 연재 지면과 무관하지 않을 것이다. 아동을 위한 종합지인 『어린이』에 연재된 「천공의 용소년」은 단지 현실을 비판하는 데에서 멈춰서는 안 되며 독자인 아동에게 어떤 교훈을 전달할 필요가 있었다. 앞서 언급했듯, 제

---

48) 라오서, 홍명교 옮김, 『고양이 행성의 기록』, 돛과닻, 2022.
49) 위의 책, 303쪽.
50) 위의 책, 307쪽.

목의 '용소년'은 '천공여행'이라는 우주 모험담 그 자체가 아니라 모험에 뛰어든 소년의 용기를 강조하고 있다. 허문일이 그려내는 화성은 이러한 '용소년'이 거주하는 유토피아적 세계이자 독자들이 만들어 나아가야 할 미래의 조선이었다. 작중에서 설정된 '지구성'과 '화성'의 700년이라는 문화적 시차는 화성이 지구와는 전혀 다른 유토피아적 세계임을 보임과 동시에 지구의 미래가 될 수 있다는 가능성을 제시한다. 700년 전의 화성이 지구와 마찬가지로 과학 기술을 사람을 죽이는 전쟁을 위해 사용하고 있었다면, 지금의 화성은 그러한 과거를 극복하고 발전된 과학 기술과 정치체제를 가진 지상낙원으로 거듭났다. 「천공의 용소년」이 그리는 화성이라는 유토피아는 현재는 존재하지 않는 곳이면서 궁극적으로는 조선이 도달할 수 있는 세계로서 그려진다.

4. 결론

1930년대 말까지도 화성에 '화성인'을 비롯한 다른 생명체가 사느냐는 문제는 여전히 답이 정해질 수 없는 논쟁적인 주제였던 것으로 보인다. 운석 속에 미생물이 발견되었다는 한 기사는 "의외에도 화성인과 오등 인류와는 동일기원 일지도 모른다는 것"을 언급하며 화성인의 존재 가능성을 열어두고 있다.[51] 반면 화성인에 관한 이야기가 "우리 지구 사람들의 부질없는 상상임은 다시 말할 필요가 없다"고 말하는 기사 또한 존재했다. 흥미로운 것은 이렇게 화성인을 부정하는 내용의 기사에서조차 화성인의 생김새 혹은 생태에 대한 상상력이 나

---

51) "隕石속에 生物發見", 『동아일보』, 1936년 5월 26일.

타나고 있다는 것이다.[52] 화성인의 존재 여부는 믿기 어려운 것일지라도 '화성인'이라는 상상이 가진 마력은 쉽게 벗어나기 어려운 것이었다.

허문일의 「천공의 용소년」은 '화성의 지성체'라는 당대의 상상력과 공명하고 있는 텍스트이다. 지구보다도 앞서나가는 과학 기술을 가진 화성에 대한 묘사는 신문 매체를 통해 유통된 화성에 대한 앎을 토대로 두었지만, 한편으로 지식을 초과하는 유토피아를 형상화하기도 했다. 유토피아로서의 화성은 700년 뒤의 지구로서 인류가 나아가야 할 방향성을 제시한다. 「천공의 용소년」은 소년을 주인공으로 하는 모험 서사의 구조를 갖추었으면서도 미지의 영역을 개척한다는 모험소설의 패턴과는 정반대의 여정을 묘사하는 것은 이 때문이다. '한달소년'과 '별-박사'의 천공여행은 익숙한 현실과는 다른 공간인 유토피아 화성에서 출발하여 인간이 거주하는 지구를 향한다. 여기서 이소설의 예상 독자라고 할 수 있는 아동은 유토피아의 시민인 '한달 소년'에 이입하여, 유토피아의 관점에서 사람이 사람을 죽이는 지구의 전쟁을 바라볼 수 있게 된다. 이와 같은 시점은 이상적 미래와 현실 사이의 격차를 인지시킴과 동시에, 그 미래가 불가능한 세계가 아니라는 낙관론을 제시하고 있었다.

아동문학과 미래에 대한 이상론의 결합은 낯설지 않은 것이었다. "동심은 끝이 보이지 않는 식민지화로 축소된, 작가들의 미래 지향적인 열망을 대변했다. 왜냐하면 아동이 동결되어 고정된 모든 순간은 순수와 무고함의 환상이 확대될 수 있었던 순간이었기 때문이다."[53] 아동문학은 아동을 위한 문학이면서 동시에 아동문학을 통해 미래를

---

52) "現代科學이 想像하는 火星人의 "스타일"", 『조선일보』, 1939년 7월 27일.
53) 다프나 주르, 세계아동청소년문학연구회 옮김, 『근대 한국 아동문학』. 소명출판, 2022, 120-121쪽.

상상하는 성인들을 위한 문학이기도 했다. 과학과 아동이 결합된 소설 「천공의 용소년」은 화성 담론의 문학적 변용으로서 동시간의 과학 담론으로부터 식민지 조선에서의 정치적 상상력이 발휘된 결과물이라고 할 수 있는 것이다.

아쉽게도 「천공의 용소년」은 두 번째 편에서 '계속'이라는 표지를 남기고 미완인 채로 남아 있는 텍스트이다. 지구에 근접한 '한달 소년'과 '별-박사'는 지구인들의 공격을 받아 추락하는데 이 이후의 줄거리에 대해서는 알 수 없다. 어떤 사정 때문에 허문일이 더 이상 연재를 할 수 없었던 것인지, 아니면 추락 이후의 이야기를 더 만들어 낼 수 없었던 것인지 연재 중단의 구체적인 이유는 밝혀지지 않았다. 아마도 지구에 도착한 소년과 박사의 운명은 당시의 독자들에게도 상당히 궁금한 내용이었을 것이다. 각자의 독자들이 품은 화성의 과학에 대한 상상력, 그리고 잔인한 행성 지구라는 현실 인식이 얽힌 채로 「천공의 용소년」은 열린 텍스트로서 남아 있다.

참고문헌

1. 기본 자료

『동아일보』, 『매일신보』, 『조선일보』, 『중외일보』, 『어린이』 등

2. 단행본

권영민 외 편, 『한국신소설선집(3)』, 서울대학교출판부, 2003.
다프나 주르 저, 세계아동청소년문학연구회 역, 『근대 한국 아동문학』. 소명출판, 2022.
데이비드 와인트롭 저, 홍경탁 역, 『마스』, 예문아카이브, 2018.
라오서 저, 홍명교, 『고양이 행성의 기록』, 돛과닻, 2022.
사이언티픽 아메리칸 편집부 저, 이동훈 역, 『화성탐사』, 한림출판사, 2018.
자일스 스패로 저, 서정아 역, 『화성』, 허니와이즈, 2015.
샹 보드리야르 저, 하태환 역, 『시뮬라시옹』, 민음사, 1992.
허문일 외 저, 『천공의 용소년: 한국 근대 SF 단편선』, 아작, 2018.

H. G. 웰스 저, 이영욱 역, 『우주전쟁』, 황금가지, 2005.
Howard V. Hendrix et al, *Visions of Mars,* McFarland, 2011.

3. 논문

김성, 「고대 이집트 별자리 관측의 기원과 발전」, 『대구사학』 제74권, 대구사학회,
    2004.
전용훈, 「전통적 역산천문학의 단절과 근대천문학의 유입」, 『한국문화』 제99호, 서
    울대학교 규장각한국학연구원, 2012.
권보드래, 「현미경과 엑스레이」, 『한국현대문학연구』 제18집, 한국현대문학회,
    2005.
김종욱, 「쥘 베른 소설의 한국 수용과정 연구」, 『한국문학논총』 제49집, 한국문학
    회, 2008.
박상준, 「한국 근대 과학소설 연대기: 1907~1954」, 『근대문학』 제10호, 국립중앙
    도서관, 2020.
성주현, 「수운주의 예술론의 이론가 허문일」, 『신인간』 통권 제647호, 신인간사,
    2004.
김정인, 「1920년대 천도교 소년운동의 이론과 실천」, 『한국민족운동사연구』 제73
    집, 한국민족운동사학회, 2012.
김주리, 「<과학소설 비행선>이 그리는 과학 제국, 제국의 과학(1)」, 『개신어문연구』
    제34집, 개신어문학회, 2011.
김택호, 「허문일의 농민소설 연구」, 『국제어문』 제33권, 국제어문학회, 2005.

4. 기타

"봉수・천변・장수・귀화인에 대해 의논하다", 『중종실록』 73권, 중종 27년 9월
    25일 경오(https://sillok.history.go.kr/id/kka_12709025_001)

제8장

1920년대 조선의 〈R.U.R.〉 수용과 '로봇'의 신체

김우진, 박영희를 중심으로

금보현

1. 괴물과 기계 인간의 과도기, 차페크의 로봇

카를 차페크의 희곡 <로숨의 유니버설 로봇>(이하 <R.U.R.>)에는 최초로 '로봇(robot)'이라는 이름이 등장한다. 여기서 로봇은 "'중노동, 부역노동'을 의미하는 'robota'"[1])에서 비롯된 것으로, 그 어원은 특정한 존재에 대한 명명보다는 그 존재가 행하는 노동에 초점이 맞춰져 있다. 1920년에 탄생한 이 로봇에 대하여 창조주인 차페크는 다음과 같은 글을 남겼다.

> 로봇은 기계장치가 아니다. 그들은 금속판과 톱니바퀴로 만들어지지 않았다. 그들은 기계공학의 성과물이 아니다. 만약 저자가 그들의 창조에서 인간 정신의 경이를 고려했다면, 그것은 테크놀로지가 아닌 과학이다. 노골적인 경악과 함께, 나는 기계가 인간을 대체할 수 있다거나 삶, 사랑, 혹은 반항이 톱니바퀴에서 일어날 수 있다는 생각에 대한 모든 책임을 거부한다.[2])

Lidové noviny 지면에 실린 「로봇 작가의 자기 방어」라는 이 글에 따르면 로봇은 기계장치에 의해 탄생한 존재가 아니다. 인용한 글에서 차페크가 자신이 창조한 로봇이 테크놀로지가 아닌 과학의 산물이라 말하는 근거는 그것이 화학적인 과정, "생화학이라고 말할 수 있는 과정"[3])을 통해 창조되었다는 점에 있다. 실제로 차페크의 <R.U.R.>

---

1) 김연수, 「카렐 차페크의 『로봇』에서 읽는 인간과 기계」, 『브레히트와 현대연극』 41집, 한국브레히트학회, 2019, 144쪽.
2) Čapek, Karel. "The Author of the Robots Defends Himself." *Science Fiction Studies* 23, no. 1 (1996): 143-144.
https://www.depauw.edu/sfs/documents/capek68.htm
3) 파벨 야노우셰크, 유선비 옮김, 「카렐 차페크의 로봇은 어떻게 탄생했는가」, 『Epi』 11호, 이음, 2020년 봄, 43쪽.

속에서 다뤄지는 로봇은 태엽 혹은 인위적인 장치를 지닌 기계 인간과는 다르다. 차페크의 로봇들은 자유의지를 가진 또 다른 생명체에 가깝고, 인간과 유사한 신체 구조를 지닌 그들은 메리 셸리의『프랑켄슈타인』(1818) 속 '괴물'과 유사하다.

<R.U.R.>은 1920년 가을 체코슬로바키아에서 처음 공개된 이후 유럽과 미국을 넘어 일본에도 유입·번역되었으며, 식민지 조선에서 처음 언급된 것은 1923년 이광수의 「人造人」(『동명』, 1923.4.)을 통해서였다. 이외에도 김기진, 박영희, 김우진 등의 문인들이 차페크의 <R.U.R.>을 번역하거나 평한 바가 있다.[4] 식민지 조선의 <R.U.R.> 수용에 대한 선행연구는 그 수용 맥락에 대하여 사회주의(특히 박영희)의 관점으로 해석하거나 작중 등장하는 '과학'의 특성에 주목하는 사례가 두드러진다.

한민주는 1920~30년대 식민지 조선에서 과학이 문학과 결합하여 받아들여졌던 배경을 중심으로 <R.U.R.>이 '인조노동자'로 수용되었던 맥락을 조명한 바가 있다. 그의 연구에서 언급되는 인조인간은 인류의 노동을 해방하는 존재일 뿐만 아니라 프롤레타리아 계급을 대체하여 해당 계급이 퇴출될지도 모른다는 불안과 공포를 선사한다.[5] 1920년대 후반에 이르러 인조인간의 도상과 이에 대한 기사가 지면에 실리게 되면서 인조인간은 픽션이 아닌 현실의 영역에서 상상할 수 있는 존재가 된다. 이 시기의 인조인간은 내부 도면을 확인할 수 있는 기계 인간의 도상을 비롯하여, "인간과 동일한 유기물을 창조"[6]한다는

---

4) 황정현, 「1920년대『로숨의 유니버설 로봇』의 수용 연구」, 『현대문학이론연구』 제61집, 현대문학이론학회, 2015.
5) 한민주, 『해부대 위의 여자들』, 서강대학교출판부, 2017, 102쪽.
6) 한미라, 「1930년대 식민지 조선의 '인조인간' 인식에 대하여: 인공지능 이전의 징검다리로서」, 『문화와 융합』통권 63집, 한국문화융합학회, 2017, 740쪽.

전망까지를 아우르는 무수히 많은 가능성과 상상력을 안겨주는 대상
이었다.

그러나 선행연구에서 제시하고 있는 이러한 인조인간의 도상과 담론
은 1920년대 후반과 1930년대에 성행했던 것으로, 차페크의 <R.U.R.>
이 식민지 조선에 처음 수용되었을 때와는 시차가 있다. 그리고 1920년
대 말 이후의 담론 속에서 다뤄지는 인조인간은 엄밀하게 말하자면 차
페크의 '로봇'과는 다른 존재들이다. 이 차페크의 로봇 형상에 관하여
일본의 <R.U.R.> 수용 맥락을 다룬 최애순의 연구와 <R.U.R.> 속 '만
들어진 여체'에 대해 지적한 김우진의 연구에 주목할 필요가 있다. 일
본의 <R.U.R.> 수용 과정에 관한 최애순의 연구에서는 이 작품이 마
가렛 생어의 산아제한 운동과 함께 유입되었음을 지적한 바가 있다.
"'아이를 생산하지 않는 차페크의 인조인간'과 '마가렛 생어의 산아
제한 운동'의 결합"[7]은 곧 1920년대 일본이 작품 속에 등장하는 재생
산의 문제를 인지하고 있었음을 보여준다. 한편 김우진의 연구는
<R.U.R.> 속 로봇인 헬레나에 대해 그가 "기계화된 여체"를 지니며
"기계사회의 일원이 되어 기능"[8]하게 되었음을 지적한다. 이때 기계
화된 사회는 남성중심의 사회로, 여성의 신체를 지닌 로봇은 성적인
기능을 소지한다. 다만 김우진의 연구는 근대극의 기계와 과학의 문
제에 보다 집중하기 때문에 차페크의 로봇 자체에 대한 고찰은 비교적
간략하게 언급한다.

재생산이 불가능한 신체와 그 신체에 부여된 성별의 문제는 차페크

---

7) 최애순, 「1920년대 카렐 차페크의 수용과 국내 과학소설에 끼친 영향-김동인
   <K박사의 연구>와의 영향 관계를 중심으로」, 『우리문학연구』 제69집, 우리문학
   회, 2021, 586쪽.
8) 김우진, 「도래할 '기계사회'와 사회변혁의 매개: 기계·괴물·여성-산업합리화
   운동과 근대극장의 상상력을 중심으로」, 『여성문학연구』 제44호, 한국여성문학
   학회, 2018, 135쪽.

의 로봇이 기계로 곧장 치환될 수 없다는 점을 시사한다. 그러한 사실은 차페크가 자신이 창조해낸 로봇을 기계 인간이라고 생각하지 않았다는 점 외에도, 당대 문인들이 차페크의 로봇을 바라보는 관점을 통해서도 확인 가능하다. 본 연구에서는 <R.U.R.>의 수용 맥락 혹은 그 이유에 대해 탐구하는 것이 아닌, 식민지 조선이 차페크의 로봇 혹은 최초의 로봇을 어떻게 보았는가에 초점을 맞추고자 한다.

이에 대해 본고는 식민지 조선에서 <R.U.R.> 속 차페크의 로봇을 '신인류'로 받아들이는 관점과 현대 의학으로서 해부학과 생리학을 통해 파악하고자 하는 관점이 있었음을 주목하고자 한다. 이때 인위적으로 탄생한 인간형의 존재 일반에 대해서는 '인조인간', 그 인조인간이 기계로 구성됨이 강조될 때는 '기계 인간', 그리고 차페크가 창조한 <R.U.R.> 속의 인조인간을 칭할 때는 '(차페크의)로봇'을 사용하도록 한다. 본고에서 다룰 대상 텍스트는 김우진과 박영희의 저술이다. 이 두 인물의 저술을 본 연구의 대상 텍스트로 삼은 까닭은 부분역 혹은 단평만을 실은 이광수나 김기진과는 달리 김우진은 공연의 관극을 통해 하나의 완성된 극으로서 <R.U.R.>을 접했다는 점, 그리고 박영희는 완역의 과정을 통해 <R.U.R.>을 소화했다는 점에 있다. 김우진의 경우 「축지소극장에서 인조인간을 보고」(『개벽』, 1926.8)라는 공연평 외에도 「歐米現代劇作家(紹介)」(『시대일보』, 1926)를 통해 차페크의 <R.U.R.>에 대해 언급한다. 한편 박영희의 경우 1925년 『개벽』 지면을 통해 최초로 <R.U.R.>을 완역하였고, 이듬해 「인조인간에 나타난 여성」(『신여성』, 1926.2)이라는 글을 게재하기도 하였다. 이들 문인들에 대한 접근은 식민지 조선이 그려낸 초기 로봇에 대한 상상력을 살필 수 있는 실마리를 제공할 것이다.

2. '기계적'인 로봇族의 문제: 김우진의 ⟨人造人間⟩(1926) 관극

차페크의 ⟨R.U.R.⟩에 등장하는 로봇은 창조, 개발 그리고 대량생산의 과정을 거쳐 제조된다. 최초로 로봇을 창조한 '늙은 로숨'은 신의 영역을 부정하며 새로이 인간을 창조하겠다는 야심을 지닌 인물이었고, 개인의 노력을 통해 한없이 인간에 가까운 존재를 만들어낸다. 생리학자인 늙은 로숨이 창조한 인간이 "자연을 모방"[9]한다면, 늙은 로숨의 조카이자 공학박사인 '젊은 로숨'이 제조한 인간은 "자연의 생산품보다 기술적으로 더 정교"[10]한 것으로 노동에 불필요한 기관은 모두 제거되어 있다. ⟨R.U.R.⟩은 늙은 로숨과 젊은 로숨이 모두 사망한 상태에서 시작되며, 그들의 이름만이 흔적으로 남아 있는 '로숨 유니버설 로봇사'는 로봇을 대량생산하며 명맥을 이어간다. 노동에 불필요한 것은 모두 배제되었던 로봇들은 극이 진행됨에 따라 "성격을 개조"[11]하는 과정을 거쳐 "기계이기를 멈췄"[12]고, 로봇에 의해 단한 명의 인간을 제외하고 인류는 절멸하게 된다.

이노우에 하루키의 『로봇 창세기』[13]에 따르면 일본 내 ⟨R.U.R.⟩의 최초 번역은 1923년 우가 이쓰오(宇賀伊津緒)를 통해 이루어졌다. 1923년 춘추사(春秋社)에서 출간한 우가 이쓰오의 번역본은 ⟨R.U.R.⟩의 제목

---

9) 카렐 차페크, 유선비 옮김, 『로숨 유니버설 로봇』, 이음, 2020, 20쪽.(이하 출처 표시는 '유선비 옮김'으로 통일)
10) 카렐 차페크, 유선비 옮김, 위의 책, 25쪽.
11) 카렐 차페크, 박영희 옮김, ⟨인조노동자⟩, 『개벽』 58호, 1925.4, 63쪽.(이하 출처 표시는 '박영희 옮김'으로 통일)
12) 카렐 차페크, 유선비 옮김, 앞의 책, 159쪽.
13) 본고에서 다루는 1920년대 일본의 ⟨R.U.R.⟩ 수용사는 이노우에 하루키의 저서를 참조하였으며, 이노우에 하루키 외의 일본 수용사 연구를 다룰 경우 별도의 부기를 한다. 이노우에 하루키, 최경국·이재준 옮김, 『로봇 창세기』, 창해, 2019.

을『인조인간(人造人間)』으로 바꾸었다. 이에 대해 우가 이쓰오는 번역 주체의 개인적 선택이라 말하고 있으나, 인조인간이라는 명칭은 당시 '인공적으로 제조되었다'라는 것을 수식하는 표현의 표준이 '인조(人造)'였기 때문에 채택된 것이라 추측된다.[14] 인조인간이라는 용어를 우가 이쓰오가 최초로 고안한 것인지는 알 수 없으나, 적어도 '인조인간'은 차페크가 의도한 '로봇'의 어원인 노동과는 달리 '인공적으로 제조'되었다는 점이 부각된 것이라 할 수 있다.

우가 이쓰오는 차페크의 원본이 아닌 미국 씨어터 길드(Theatre Guild)의 영역본을 저본으로 삼았고, 이 우가 이쓰오의 번역을 바탕으로 1924년 다카하시 구니타로(高橋邦太郎)의 가필을 통해 <R.U.R.>은 <인조인간(人造人間)>이라는 제목으로 1924년 6월 쓰키지 소극장(築地小劇場)에서 공연되었다. 김우진이 접한 것이 바로 이 쓰키지 소극장의 공연이었다.

기존의 선행연구에서는 김우진이 보았던 공연을 1924년 초연이라고 추정한 바가 있다.[15] 그러나 김우진의 실제 관극은 1924년 초연이 아닌 1926년 6월의 재공연으로 추측된다. 이는 김우진의 「축지소극장에서 인조인간을 보고」의『개벽』지면의 게재 시기가 1926년 8월이라는 사실 외에도 그가 언급한 인물에서도 확인할 수 있다. 김우진의 글에서 언급되는 야마모토 야스에(山本安英)는 1924년, 1926년의 공연에서 모두 헬레나 역을 맡았으나 할레마이어 역의 다키자와 오사무(瀧澤修)는 해당 배역을 1924년이 아닌 1926년에 맡았다.[16] 이외에도

---

14) 高橋さきの,「人形と生き物と言葉─「人造」はどこからきたのか、そしてどこへゆくのか」,『生物学史研究』99巻, 日本科学史学会生物学史分科会, 2019, p.70.

15) 이병태,「사상사의 견지에서 본『로숨의 유니버설 로봇』수용의 지형과 함의─1920년대를 중심으로」,『통일인문학』제79집, 건국대학교 인문학연구원, 2019, 183쪽.

16) 宮内淳子 編, 和田博文 監修,『コレクション・モダン都市文化 第3巻 築地小劇場』, ゆ

김우진의 글에서 등장하는 상당수의 인물들은 1924년 초연이 아닌 1926년 재공연의 관계자들이다. 더 나아가 1931년 출간된 『築地小劇場史』에 따르면 1926년 공연되었던 <인조인간>은 낮 시간에 진행되었고, 쓰키지 소극장에서 활동한 홍해성이 로봇 중의 한 명인 '마리우스' 역을 맡았음을 확인할 수 있다. 김우진이 1926년 6월 도쿄에 위치한 홍해성의 집에 거주했다는 선행연구[17]를 염두에 둔다면, 김우진의 <인조인간> 관극은 이 시기에 이뤄진 것으로 추정된다.

김우진은 「축지소극장에서 인조인간을 보고」에 <R.U.R.> 3막 후반부를 촬영한 사진을 수록한다.[18] 단 한 명의 인간(알퀴스트)만을 남기고 인류를 절멸시킨 로봇들이 그들의 세계를 선언하는 이 장면에 대해 무대장치가였던 요시다 겐키치(吉田謙吉)는 한정된 인원으로는 다수의 로봇이 몰려든 느낌을 주기 힘들었기 때문에 조명을 통해 길게 뻗은 그림자를 연출하여 로봇들의 힘을 보여주고자 했다고 말한 바가 있다.[19] 이때 일본에서 공연된 <R.U.R.>의 로봇 배우들은 상하의 일체형의 복장을 보여주고 있으나, 그들의 신체에는 기계부속물을 연상시키는 소품은 없다. 한편 차페크는 <R.U.R.>의 로봇에 대해 다음과 같은 기록을 남긴 바가 있다.

> 로봇들은 서막에서는 옷을 사람처럼 입고 있다. 동작과 발음이 간결하고 얼굴에는 표정이 없으며 시선은 고정되어 있다. 본극에서는 리넨 천으로 된 혁대로 조이고 있으며 가슴에는 황동 번호표를 달고 있다.[20]

まに書房, 2004, pp.325-326에서 재인용. 원출처는 水品春樹, 『築地小劇場史』, 日日書房, 1931, pp.261-262.

17) 서연호, 『김우진: 한국 최초의 실험적 예술가』, 건국대학교 출판부, 2000, 51쪽.
18) 김우진(S.K.), 「축지소극장에서 인조인간을 보고」, 『개벽』 72호, 1926.8, 23쪽.
19) 吉田謙吉, 『舞臺裝置者の手帖』, 四六書院, 1930, pp.41-42.
20) 카렐 차페크, 유선비 옮김, 앞의 책, 8쪽.

따라서 일본에서 공연된 <R.U.R.> 속 로봇 또한 이러한 차페크의 의도와 같이 '사람처럼' 옷을 입은 형상으로 등장하게 된다. 이는 전술했던 차페크의 「로봇 작가의 자기 방어」에서도 볼 수 있듯이 차페크에게 로봇은 기계장치의 산물이 아니었기 때문이다. 그렇다면 김우진이 쓰키지 소극장에서 경험한 로봇은 어떠했는가? 김우진은 자신이 본 로봇의 모습에 대해 다음과 같이 언급하고 있다.

> 蒼白色의얼골 獨直頑固한靑銅金의潛水服가튼 姿勢가 쏘-민의 房, 窓, 露臺, 破壞한門우 天井우, 何如間 왼天地안을둘너챤 로봇트가 나타나며 (…중략…) 로봇트들의 自働人形式의服裝과 勞働과 語調는 아주잘되 엿다.[21]

김우진은 로봇에 대하여 '인조 노동자', '인조인간', '로봇트'라는 명칭을 쓰고 있고, 그중 그가 가장 빈번하게 쓰는 호칭은 '로봇트'다. '인조 노동자'라는 호칭은 그의 글에서도 언급되고 있는 박영희의 <R.U.R.> 완역본인 <인조노동자>를 의식하여 쓴 표현일 수도 있다.[22] 그러나 『개벽』 지면에 실린 공연 평에 앞서 『시대일보』 지면에서 연재했던 「歐米 現代劇作家(紹介)」(1926)를 토대로 본다면 김우진 또한 <R.U.R.>이 당대 노동에 대한 문제의식을 가진 작품임을 인지하였기 때문에 이를 고려하여 '인조 노동자'라는 명칭을 혼용한 것으로도 보인다.

이렇듯 김우진은 로봇을 설명하는 과정에서 기계라는 말을 쓰지 않는다. 기계를 대신하여 김우진이 택한 로봇의 수식어는 '자동인형'이다. 김우진은 자동인형에 대해 그것이 "영혼업는"[23] 존재라는 점을

---

21) 김우진(S.K.), 앞의 글, 23-24쪽.
22) 이병태, 앞의 글, 185쪽.

지적하고 있다. 결국 그가 <R.U.R.>의 로봇에 대해 '자동인형 같은'
이라고 빗대는 것은 로봇에게는 부재한 영혼을 지적하는 것이라 할 수
있다. 그러나 김우진에게 자동인형은 어디까지나 비유의 대상이다.
그는 '로봇=자동인형'의 도식을 사용하지 않는다. 이는 김우진에게
<R.U.R.>의 로봇은 기계가 아닌 '기계적' 존재이고, 그마저도 서사의
흐름에 따라 더 이상 기계가 아니게 되기 때문이다.

> 갈 박사 내 생각에는, 그 때문이라고 말하고 싶습니다. 그들은 <u>기계</u>
> <u>적이지 않게 되어</u>, 즉 그 우월력을 가지고 있기 때문에 우리
> 를 증오하는 것입니다. 그들은 무엇이든지 모든 인간적인
> 것을 미워하고 있습니다.(우가 이쓰오 번역, 밑줄 필자)[24]

로보트가 공업적 견지로써 극히 안전하고 요구가 적고 임금을 밧지
도 안코 비-루도 안먹고 감정도 고통도 영혼도 업는 <u>기계적 생물</u>이 된
다는 것은 오늘날 사회의 노동자가 아니고 무엇이겟느냐. (…중략…) 이
런 <u>기계적 로보트</u>가 웨 동맹을 일으켜 가지고 인류를 멸망시켯는가? 로
보트는 인제 기계가 아니다. 그들은 자기의 우월에 눈 뜨고 우리 인류를
미워하기 시작햇다.(「歐米現代劇作家(紹介)」, 밑줄 필자)[25]

滅亡 로봇트의滅亡이아니고 人類의滅亡. 웨? 이것이숨인것가트냐 너
의들文明社會의人間들! 觀客들은熟考할餘地가업다. 迅風雷雨的으로 人
類의滅亡에슬고드러가는 舞臺上의 <u>로봇트族</u>의絶叫가잇슬쑨이다.(「축

---

23) 김우진(김초성), 「歐米現代劇作家(紹介)」, 서연호·홍창수 편, 『김우진 전집』 2, 연
   극과인간, 2000, 152쪽.
24) ゴール博士「僕の考へでは、そのためだと言ひたい。彼等は機械的でなくなって、
   既にその優越力を感じてゐるから我々を憎んでゐるのだ。彼等は何でもすべて人間
   的なことを嫌つてゐる」カレル・カペック 著, 宇賀伊津緒 訳, 『人造人間』, 春秋社,
   1923, p.120.
25) 김우진(김초성), 앞의 책, 153-154쪽.

지소극장에서 인조인간을 보고」, 밑줄 필자)[26]

위에서 인용한 갈 박사의 대사는 인간을 대신하여 노동하던 로봇이 어떠한 이유로 인간을 절멸시키고자 하게 되었는가를 설명한다. '개조'를 통해 한층 인간에 가까워지고 인간과 유사한 감정, 즉 분노를 감각하게 된 로봇에 대해 갈 박사는 로봇이 "기계이기를 멈췄"[27]다고 말한다. 여기서 '개조'와 '기계이기를 멈췄다'라는 지점에 주목할 필요가 있다. 1924년 <R.U.R.>을 번역한 스즈키 젠타로(鈴木善太郎)나 1925년 박영희의 <인조노동자>는 동일인물의 대사를 "인조인(人造人)은 인제는 기계(機械)가안일세"[28]라고 즉각적으로 처리하고 있다.

그러나 위의 인용에서도 볼 수 있듯이 쓰키지 소극장의 공연 대본으로 사용된 우가 이쓰오의 『인조인간』은 로봇이 '기계적'이지 않게 되었다고 서술하고 있다. 그리고 이를 감상했던 김우진 또한 이제 '로봇은 기계가 아니다'라는 인물의 대사를 사용하기에 앞서 '기계적 로보트'라는 명칭을 쓰고 있다.

김우진에게 차페크의 로봇은 자동인형과 같고, '제조'되는 존재다. 그러나 김우진은 차페크의 <R.U.R.>에서 갈 박사가 후에 로봇에게 "영혼을 지버넛케" 되어 로봇이 서막과는 다른 존재가 되었다는 점을 지적한다. 김우진은 로봇에게 영혼을 넣는다는 가정이 <R.U.R.>이라는 작품이 지닌 "주제의 근본적 부정"이라 말하지만 그렇다고 하여 <R.U.R.> 전체의 서사를 부정하지는 않는다. 김우진은 서사를 부정하는 대신 변화를 맞이하게 된 로봇을 인류의 멸망 앞에서 절규하는 "로봇트族"이라고 명명하고 있다. 즉, 김우진에게 차페크의 로봇이란

---

26) 김우진(S.K.), 앞의 글, 22쪽.
27) 카렐 차페크, 유선비 옮김, 앞의 책, 159쪽.
28) 카렐 차페크, 박영희 옮김, 앞의 글, 1925.4, 63쪽.

그저 인공적인 존재가 아니라 새로운 인류, 새로운 종족 그 자체인 것이다. 그러나 김우진은 신인류의 멸망을 전망하는데 그 까닭은 '로봇 트족(族)'에게는 생식능력이 없기 때문이다.

김우진은 「歐米現代劇作家(紹介)」와 「축지소극장에서 인조인간을 보고」에서 공통적으로 로봇에게는 생식능력이 전무함을 지적하고 있다. <R.U.R.>에서 부재하는 생식력을 대체할 수 있는 것은 오직 새로운 로봇의 생산이지만 작중 1막에서 제조법이 적힌 도안이 불타버렸기 때문에 로봇을 제조하는 기계를 가동시킬 수조차 없다. 이러한 로봇의 절멸을 앞둔 결말에서 차페크는 두 명(혹은 두 대)의 로봇 '프리무스'와 '로봇-헬레나'를 등장시킨다. 이 두 명의 로봇은 아담과 이브로 명명되어 신인류가 될 것임을 암시하면서 작품의 막은 내려간다.[29]

김우진은 <R.U.R.>의 결말이 "사랑이 잇는 이상 새 생명은 다시 시작될 것"이라는 메시지를 던지지만 동시에 차페크의 "최후의 상투수단" 그리고 "기운 빠진 막"[30]이라고 신랄하게 지적한다. 작품에서 운운하는 사랑만으로는 김우진이 지적하는 생식력의 부재를 극복할 수는 없기 때문이다. 결국 김우진이 감상한 <R.U.R.>의 로봇은 새로운 인류 혹은 새로운 종족이지만 반드시 절멸할 수밖에 없는 운명을 타고난 존재였다.

인류의 존속에 대한 김우진의 관점은 일정 부분 '생명력' 개념과의

---

29) 차페크의 원작에서 프리무스와 로봇-헬레나는 상대를 대신하여 자신을 희생하려고 하고, 이를 본 알퀴스트는 두 로봇 사이에 사랑이 있으며 생명은 그 사랑에서 시작될 것이라 선언한다. 그러나 정작 이 두 로봇은 서로에 대한 감정을 '사랑'이라 표현하지 않으며 그들 자신이 "서로에게 속해"있다고 말한다. 로봇의 재생산이 인간인 알퀴스트의 입을 통해 '사랑'이라고 명명되지만 정작 그 주체로서 로봇들이 상대에 대한 감정을 표하는 방식이 인간과 다르다는 점에서 <R.U.R.>의 결말은 좀 더 면밀하게 접근할 필요성이 있지 않을까 생각한다(문구 인용은 카렐 차페크, 유선비 옮김, 앞의 책, 235쪽).

30) 김우진(S.K.), 앞의 글, 24쪽.

연장선상에 있는 것으로 보인다. 김우진이 1924년 와세다대학교 졸업논문으로 쓴 「Man and superman : a critical study of its philosophy」는 버나드 쇼의 작품을 분석하는 과정에서 쇼의 '생명력(life force)'에 대해 그 자신의 해석을 제시한 바가 있다. 이 글에서 김우진은 아이를 갖지 않는 여성에게 비난을 가한 버나드 쇼(그리고 쇼를 옹호하는 입장)에 대해 마가렛 생어와 엘렌 케이가 주장한 산아제한이 현실에 임박한 상황에 맞춰 등장했다고 말한다.[31] 즉 김우진은 버나드 쇼가 "아이를 갖지 못하게 하는 현실적 환경을 전혀 고려하지 않은 것"[32]을 인지하고 있었다. 그리고 김우진이 지닌 이러한 현실 감각은 <R.U.R.>의 로봇을 신인류 혹은 재생산의 관점으로 바라보게 하는 것에 기여했다.

3. '인조노동녀'로서의 로봇:
박영희의 〈인조노동자〉(1925) 번역

우가 이쓰오에 이어 일본에서 두 번째로 <R.U.R.>을 번역한 것은 스즈키 젠타로(鈴木善太郎)다. 그의 번역본인 『로봇(ロボット)』은 1924년 금성당(金星堂)에서 출간되었다. 스즈키 젠타로는 우가 이쓰오와 같이 저본을 미국 씨어터 길드의 판본으로 삼았으나 영국 세인트 마틴스 씨어터(St Martin's Theatre)의 판본을 서브텍스트로 두어 대조했다. 이에 따라 우가 이쓰오와 스즈키 젠타로의 판본은 큰 줄기는 유사하지만 어휘의 선택이나 흐름상에 있어 상이한 지점을 지니게 되

---

31) 김우진, 「Man and superman : a critical study of its philosophy」, 서연호 · 홍창수 편, 『김우진 전집』 2, 연극과인간, 2000, 345쪽.
32) 이광욱, 「'生命力' 思想의 批判的 受容과 東學革命의 意味 – 金祐鎭의 「산돼지」 研究」, 『어문연구』 제42권 제2호, 한국어문교육학회, 2014, 248쪽.

었다. 선행연구에서는 박영희가 번역 저본으로 삼은 판본에 대해 스즈키 젠타로의 판본을 저본으로 삼았다는 주장과, 전 장에서 언급한 우가 이쓰오의 판본 또한 참고했다는 주장이 있다.[33] 본고에서는 박영희의 판본을 보다 면밀하게 살피기 위하여 두 판본을 모두 살펴보고자 한다.

이 장에서 중점적으로 살필 텍스트는 박영희의 <R.U.R.> 완역본인 <인조노동자>(『개벽』, 1925.2-5)와 그의 역술이라 알려진 「인조인간에 나타난 여성」(『신여성』, 1926.2)이다. 「인조인간에 나타난 여성」의 경우 '차퍼크 원작'이라고만 부기되어 있을 뿐, 그가 어떤 글을 번역하였는지는 알 수 없으나 <인조노동자>와 마찬가지로 박영희 개인의 생각이 상당수 투영되어 있기에 「인조인간에 나타난 여성」 또한 본고의 대상 텍스트로 삼았다.

번역주체이자 당시 카프에서 활발하게 활동하고 있었던 박영희의 <R.U.R.>에 대한 관심은 무엇보다도 노동 문제에 집약되어 있다. 그렇기 때문에 박영희는 '인조인간(人造人間)'이나 '로봇(ロボット)'이라는 제목을 채택했던 우가 이쓰오나 스즈키 젠타로를 따르지 않고 <R.U.R.>의 제목을 '인조노동자'로 바꾸었다고 할 수 있을 것이다. 선행연구에서는 박영희가 「문단의 투쟁적 가치」(1925)에서 언급한 '무권계급'과 '유권계급'이 각각 로봇과 인간으로 이어지며 박영희에게 있어 <R.U.R.>의 서사가 계급 사이의 투쟁으로 해석되었다는 점을 지적한 바가 있다.[34] 또한 박영희는 일반적인 <R.U.R.>의 독법과

---

33) 김종방, 「1920년대 과학소설의 국내 수용과정 연구-<80만년 후의 사회>와 <인조노동자>를 중심으로」, 『현대문학의 연구』 44호, 한국문학연구학회, 2011.; 김효순, 「카렐 차페크의 「R.U.R」 번역과 여성성 표상 연구-박영희의 「인조노동자(人造勞働者)」에 나타난 젠더와 계급의식을 중심으로」, 『일본문화연구』 제68집, 동아시아일본학회, 2018.
34) 김종방, 위의 글, 134-136쪽.

는 달리 작중의 등장인물인 인간-헬레나[35]에게 초점을 맞춰 그를 "인류 행복을 위해서 학대를 밧는 인조로동자의 해방을 위해서 아름답게 희생"[36]된 존재로 이해하기도 하였다.

<R.U.R.>의 인간-헬레나를 영웅적 인물로 형상화한 것은 박영희 개인의 해석이지만, 본래 인간-헬레나는 작품 속의 주요 사건을 일으키는 핵심 인물이기도 하다. <R.U.R.>의 서사는 인간-헬레나가 로숨 유니버설 로봇사가 있는 섬을 방문하는 것으로 시작된다. 인간-헬레나의 방문은 로봇의 해방을 위함이었으나 그의 주장은 자본주의의 원리 아래 무화되고, 그는 로봇사의 대표인 도민의 강압으로 인해 섬에 남아 도민과 결혼하게 된다. 1막에서 인간-헬레나는 유모 나나의 도움을 받아 로봇의 제조법이 적힌 종이를 전부 태워버리는데 이로 인해 <R.U.R.>의 3막이자 결말의 장면은 인류의 멸망 이후 로봇마저 절멸할 수밖에 없는 세계를 그려내고 있다. 물론 전술했듯이 <R.U.R.>에서의 로봇은 마치 새로운 아담과 이브가 될 것처럼 언급되고 있으나 이것은 어디까지나 기약 없는 진단일 뿐, 결국 생식이 불가능한 로봇은 그 제조법이 미궁에 빠진 이상 수명이 다하면 모두 사라질 수밖에 없다.

사실 <R.U.R.>에 등장하는 여성, 혹은 '여성형'의 존재는 인간-헬레나만은 아니다. 차페크의 로봇들은 인간-헬레나 외에도 두 명의 로봇, 술라와 로봇-헬레나가 여성형의 신체를 가진다. 차페크의 로봇은 무성(無性)의 존재가 아닌 이분법적으로 나뉜 성별을 지녀 외형상 남성형 그리고 여성형으로 구분되는데, 이는 로봇 자신이 아닌 인간

---

35) 본고에서는 인간인 헬레나 글로리오바(도민과의 결혼 이후에는 헬레나 도미노바)는 '인간-헬레나'로, 헬레나 글로리오바를 모델로 갈 박사가 제조한 로봇 헬레나는 '로봇-헬레나'로 구분하여 서술한다.
36) 박영희, 「인조인간에 나타난 여성」, 『신여성』 4권 2호, 1926.2, 49쪽.

이라는 다른 주체에 의해 만들어진 것이다. <R.U.R.>은 이 사회적으로 부여된 성별에 따라 로봇에게 기대되는 역할을 상이하게 다루었다. 차페크는 여성형 로봇의 존재에 대해 로봇사의 대표 도민의 입을 빌려 "분명한 수요가 있기 때문"[37]에 제작되었다고 말한다. 그가 사례로 드는 여성형 로봇의 역할은 하녀, 여성 판매원, 여성 비서 등인데 술라가 바로 도민의 비서 역할을 하는 로봇이다.

로봇인 술라는 자신의 정체성에 대하여 작중 다음과 같이 밝힌다.

> スーラ　妾は<u>人造人間</u>です
> ヘレナ　構はなくつてよ。人造人間だつてちつとも妾達と變りはないわ(우가 이쓰오 번역, 밑줄 필사)[38]

> スーラ　わたくしは<u>ロボツト</u>でございます。
> ヘレナ　あなたが何であらうとだわ。ロボツトだつて、わたし達と同様に正しいんですもの(스즈키 젠타로 번역, 밑줄 필자)[39]

> 스라　나는 <u>人造로동女</u>예요.
> 헤레나　당신이 무엇이든지말이예요. 人造人이래도 나와 가틈니다 (박영희 번역, 밑줄 필자)[40]

체코어는 명사에 '문법적 성(grammatical gender)'이 부여된다. 차페크가 고안한 로봇 또한 마찬가지여서, "로봇은 남성 단수형이고 여

---

37) 카렐 차페크, 유선비 옮김, 앞의 책, 62쪽.
38) カレル・カペック 著, 宇賀伊津緒 訳, 『人造人間』, 春秋社, 1923, p.27.(이하 출처표시는 '宇賀伊津緒 訳'으로 통일)
39) カーレル・チャペック 作, 鈴木善太郎 訳, 『ロボット』, 金星堂, 1924, pp.29-30.(이하 출처표시는 '鈴木善太郎 訳'으로 통일)
40) 카렐 차페크, 박영희 옮김, 앞의 글, 1925.2, 67쪽.

성이라면 '로보트카(robotka)', 복수라면 성별에 따른 변화 없이 모두 '로보티(roboti)'"[41]가 된다. 우가 이쓰오는 인물소개란에 로봇들을 '人造の女', '人造の男'로 구분하고 있고 스즈키 젠타로는 별도로 'ロボット(女)'라고 부기한다. 다만 위의 인용에서도 볼 수 있듯이, 로봇이라는 정체성을 앞세우는 대사에서 그들은 '인조인간(人造人間)' 혹은 '로봇(ロボット)'이라는 학명(學名)을 밝히고 있다.

그러나 박영희의 번역에서 로봇은 자신의 고정된 성정체성을 밝힌다. 위에 등장하는 로봇 술라는 '인조로동녀'라는 표현 외에도 자신을 '인조녀'라고도 말하는데, 이를 통해 박영희가 로봇의 번역에서 각 개체의 성별을 의식했다는 것을 확인할 수 있다. 인간에 의해 사회적으로 부여된 이분법적 성별의 문제가 차페크의 로봇에 있어 중요한 까닭은 작중 여성형 로봇에게 주어지는 특정한 역할에서 비롯된다.

> 써민   마리우스! 스라를 解剖室로다리고가서 解剖스키라고해라!
> 헤레나   어듸로요?
> 써민   解剖室로요. 解剖者가 그게집을 解剖해놋커든 드러가서 자
>   세히 보십소.[42]

로봇사의 대표인 도민은 술라가 로봇이라는 것을 믿지 않는 인간–헬레나를 설득하기 위해 다른 로봇(마리우스)에게 술라를 해부하라고 명령한다. 그러나 인간–헬레나의 저지로 인해 해부는 이뤄지지 않는다.

해부 혹은 해부학의 장면은 <R.U.R.>에서 반복적으로 등장한다. <R.U.R.>에서 해부학은 로봇과 인간의 신체가 다르다는 것을 증명해

---

41) 이노우에 하루키, 앞의 책, 30쪽.
42) 카렐 차페크, 박영희 옮김, 앞의 글, 1925.2, 67쪽.

내는 수단이자 동시에 작중 등장하는 인간들이 로봇의 제조 원리를 규명할 수 있는 유일한 수단이다. 전술했듯이 로봇의 창조주인 늙은 로숨과 로봇을 개량한 젊은 로숨은 이미 사망한 상태이며, 창조의 원리를 파악한 자는 작품 내에 부재한다. 그럼에도 불구하고 로봇의 대량 생산이 가능한 것은 죽은 로숨 일가의 로봇 제조법에서 비롯된다.

<R.U.R.> 속에 등장하는 '인간'들은 위에서 인용한 장면처럼 로봇이 인간과 다름을 증명하기 위해 해부를 강행하려 한다. 모든 인류가 멸망하고 건축가 알퀴스트만이 남은 시점에도 무대의 측면에는 해부실이 존재하며, 로봇 생명 연장법을 확인할 수 있는 유일한 수단으로 제시되는 것 또한 해부학이다. 그러나 해부라는 것은 어디까지나 사후적인 것으로 대상의 희생을 요구한다.

<R.U.R.>에서 해부의 대상으로 지목되는 것은 네 명의 로봇으로 서막의 술라, 3막의 라디우스(혹은 다몬)[43], 로봇-헬레나 그리고 프리무스다. 여기서 주목할 수 있는 것은 로봇의 각 개체마다 해부대에 오르게 되는 과정이 다르다는 점이다. 남성형 로봇 라디우스와 프리무스는 인간(알퀴스트)의 요구에 대해 자발적인 동의 절차를 거친다. 라디우스는 로봇의 지도자로서 로봇의 재생산을 위하여 알퀴스트의 해부 요구에 응하고, 프리무스는 로봇-헬레나를 대신하여 해부대에 오르겠다고 말한다. 남성형 로봇의 선택은 궁극적으로 로봇 개인이 아닌 다수를 위한 희생이라 할 수 있지만 이들에게는 여성형 로봇인 술라와 로봇-헬레나와의 결정적인 차이점이 있다. 그것은 여성형 로봇들에게는 이러한 선택의 순간이 주어지지 않는다는 것이다. 비록 실제로 해부가 이루어지지는 않지만 여성형 로봇들은 로봇 개인의 자

---

43) 박영희와 일본인 번역주체들은 원작 속 로봇의 지도자인 다몬을 삭제하고 대신 그 자리에 작품의 서막에서부터 언급되는 라디우스를 배치한다. 본고에서는 해당 인물을 언급할 경우 원작의 다몬 대신 라디우스를 명시하도록 한다.

발적 의사와는 무관하게 해부대로 위로 내몰린다. 즉, <R.U.R.>의 해부학은 진실에 도달하기 위한 과정에서 희생은 필연적이며 희생의 선택권조차 차등이 있다는 것을 보여준다.

그리고 이러한 문제는 재생산과 생식의 문제로도 이어진다. 재생산과 생식의 문제는 인간-헬레나가 로봇 제조법을 태워버린 이유와도 관련된다. 인간-헬레나가 로봇 제조법을 태워버린 까닭은 박영희가 주장한 것처럼 로봇의 해방을 위한 것이 아니었다.

> 헬레나　(조용하게) – 왜 여자들이 아이 가지는 것을 멈췄을까요?
> 알퀴스트　왜냐하면 그럴 필요가 없어서죠. 왜냐하면 우리는 천국에 있는 거니까요. 이해됩니까?
> 헬레나　이해 못 하겠어요.
> 알퀴스트　왜냐하면 인간의 노동이 필요 없기 때문이죠. 왜냐하면 고통이 필요 없기 때문이고, 왜냐하면 더 이상 사람이 아무것도, 아무것도, 아무것도 겪을 필요가 없기 때문이고 (…중략…) 왜 여자들이 출산을 멈췄냐고요? 왜냐하면 온 세계가 도민의 소돔이 되어버렸기 때문이죠![44]

<R.U.R.>의 1막에서 인류는 더 이상 노동하지 않게 되며 출산 또한 중단한다. 결국 <R.U.R.> 속 인류의 멸망은 로봇이 그들을 모두 살해한 것에 앞서 인류가 재생산을 중단했을 때부터 예견된 것이라 할 수 있다. 인간-헬레나가 로봇 제조법을 태워버린 것은 로봇이 더 이상 제조되지 않는 세상이 온다면 다시 인간들이 "원래대로 돌아갈" 수 있다고 믿었기 때문이다. 그리고 박영희 또한 그런 인간-헬레나의 의도를 어느 정도 인지하고 있었던 것으로 보인다.

---

44) 카렐 차페크, 유선비 옮김, 앞의 책, 100-101쪽.

「만일 이책이 오래동안 남어잇게되면 또다시 인조로동쟈를만들어서 또 학대와 고역을식힐것이다. 또한 인조로동쟈가 온 세상에퍼짐을짜러서 우리 인류는모다 살수가업게 된다. 쌍덩이우에는 벌서 어린애가 한 사람도나온것이업다한다. 아두려운이책! 무서운이책!」[45]

「인조인간에 나타난 여성」에서 박영희는 인간－헬레나의 죽음을 '희생'으로 치환하고 결말 속 로봇들의 사랑에 대하여 아담과 이브를 다시금 언급한다. 그러나 박영희는 원문에 없던 인간－헬레나의 독백을 통해 "땅덩이 위에는 벌써 어린애가 한 사람도" 태어나지 않았음을 지적하며 인류의 재생산에 대한 강박을 은연중에 드러내고 있다.

그렇다면 박영희에게 노동자라는 속성을 제외한 로봇은 무엇이었는가? 그에게 로봇은 그저 '무임노동자'에 불과했을까? 번역가로서 박영희는 그가 저본으로 삼는 원본에 충실한 편이고, 그가 역술했다고 알려진 「인조인간에 나타난 여성」 또한 로봇 자체의 성격보다는 인간－헬레나의 서사에 초점이 맞춰져 있다. 그러나 <인조노동자>로 드러나는 박영희의 번역은 '기계로서의 로봇'이라는 상상의 균열을 보여준다.

박영희의 <인조노동자>에서 '기계'는 로봇이나 로봇을 만들어내는 기계 장치만을 지칭하는 표현이 아니다. 박영희는 서막에서 인간의 노동력이 로봇에 미치지 못한다는 것에 대해 "인간(人間)의기계(機械)는 아조불완전(不完全)"[46]하다는 표현을 사용한다. 그리고 3막에서는 로봇이 더 이상 기계가 아니게 되었다고 말하기도 하는데 그 근거로 로봇이 '개조'되었다는 표현을 사용한다. 문제적인 것은 이 개조의 지점이 원문 속에서 모호하게 제시되는 '생리학'의 문제와 결부된

---

45) 박영희, 앞의 글, 48-49쪽.
46) 카렐 차페크, 박영희 옮김, 앞의 글, 1925.2, 73쪽.

다는 점이다.

> 도민 　헬레나, 이건 영혼 문제가 아니오.
> 헬레나 　아뇨, 저도 말 좀 하게 내버려두세요. 그 말은 갈도 했었어
> 　　　요. 그저 변화시킬 수 있을 거라고―생리학적―생리학적―
> 도민 　―생리학적 상관관계, 말인가요?
> 헬레나 　그래요, 뭐 그런 거. 해리, 난 그들이 너무나도 안타까웠어
> 　　　요![47]

> 써민 　靈魂을 넛코 엇저고 쓸데업는일이지.
> 혜레나 　콜先生도 그러케말슴을하얏서요. 그러나 生理學的으로할
> 　　　수가잇다고하섯서요.
> 하레미엘 　生理學的關係?
> 혜레나 　그럿습니다. 그러나 그것쑨만하여주신것도 나에게는滿足
> 　　　합니다.[48]

　차페크는 로봇에게 영혼을 넣길 바라던 인간―헬레나의 요청에 갈
박사가 로봇의 성격을 변화시켰다고 밝힌다. 원작의 인간―헬레나는
로봇에게 영혼이 들어갈 수는 없어도 적어도 생리학적 상관관계에 따
라 로봇이 인간과 유사해질 수 있을 것이라 생각했다는 점이 강조된
다. 그러나 원작의 인간―헬레나는 정확한 용어조차 알지 못하기 때문
에 결국 그의 요구는 인간과 유사한 존재로서 로봇을 만드는 것에 초
점이 맞춰져 있고 생리학과 로봇의 관계에 대해서도 모호하게 처리되
어 버린다.

　한편 박영희의 번역에서도 로봇은 갈 박사의 개조를 통해 성격이

---

47) 카렐 차페크, 유선비 옮김, 앞의 책, 162쪽.
48) 카렐 차페크, 박영희 옮김, 앞의 글, 1925.4, 64쪽.

바뀌었다고 서술되지만 그러한 개조의 근거에는 원작과는 달리 로봇을 '생리학적'으로 개조할 수 있다고 단호하게 말하는 인간ㅡ헬레나가 존재한다. 결국 박영희에게 <R.U.R.>의 로봇은 분명히 '생리학적'인 속성을 가진 존재였다. 박영희가 정확하게 기계를 무엇이라고 정의하고 있는가를 살피기 위해서는 더 많은 실증이 필요하겠으나, 적어도 박영희의 번역본에서 보이는 기계에 대한 정의는 김우진만큼 절대적인 기준이 있었던 것으로는 보이지 않는다.

기계에 대한 박영희의 기준이 불명확하다는 것은 로봇의 재생산에 대한 장면에서 더욱 부각된다.

> 諸君よ。この原稿がなくては、諸君の仲間を一人でも<u>生產</u>することは出來ないのである。(우가 이쓰오 번역, 밑줄 필자)[49]

> 尊敬すべきロボツト諸君、この紙片に書かれた手記無しには、諸君は只一人の新らしい同胞をも<u>產出</u>する事は出來ないのだ。(스즈키　젠타로 번역, 밑줄 필자)[50]

> 尊敬하는 人造勞動者諸君! 이조희조각에 써잇는 것이 아니면 諸君은 새로운同胞를 한사람도 <u>產出</u>할 수 업슬 것이요.(박영희 번역, 밑줄 필자)[51]

이 장면에서 로봇사의 재무이사인 부스만은 로봇과의 거래를 위하여 로봇 제조법을 언급하며 그것이 있어야만 로봇을 만들어낼 수 있다고 말하고 있다. 이에 대해 우가 이쓰오는 '생산'한다고 쓰고 있고, 스즈키 젠타로는 '산출'한다고 번역한다. 박영희의 경우 제조의 의미를

---

49) カレル・カペツク 著, 宇賀伊津緒 訳, *op. cit.*, p.127.
50) カーレル・チャペック 作, 鈴木善太郎 訳, *op. cit.*, p.133.
51) 카렐 차페크, 박영희 옮김, 앞의 글, 1925.4, 66쪽.

담은 '생산'이 아닌 '산출'을 번역어로 채택하고 있다. 결국 박영희는 로봇이 기계를 통해 제조되었다는 <R.U.R.>의 서사를 벗어나 로봇을 인간처럼 생식이 가능한 존재로 그려내고 있는 것이다.

이 장면 외에도 박영희의 <인조노동자>에는 로봇이 그 신체의 구조상에 있어 생식이 불가능한 존재임을 설명하는 원작의 장면들이 삭제되어 있다. 그렇기 때문에 박영희의 <인조노동자>의 로봇들은 3막에서 마지막 인류인 알퀴스트에게 인간들은 로봇에게 아이를 낳는 방법을 가르쳐주지 않았다고 말한다.[52] 우가 이쓰오의 번역은 단적으로 로봇의 입을 통해 그들이 '불임'이라는 것을 밝히지만, 박영희의 로봇은 습득하지 못하였기에 생식이 불가능한 존재로 그려지는 것이다. 즉 박영희의 로봇들은 기계를 통한 제조보다도 그들 자신의 생식을 통해 재생산의 가능성을 지닌 존재로 상상된다. 그렇기 때문에 박영희는 원작의 디스토피아적(전 인류와 로봇의 멸망)인 결말에도 불구하고 로봇-헬레나와 로봇 프리무스에게서 행복을 끌어낼 수 있었던 것일지도 모른다.

4. 희망과 공포가 부재한 상상력

<R.U.R.>의 로봇은 공장제 대량생산을 통해 탄생하지만 20세기 기계 인간의 과도기적인 존재다. 차페크의 로봇은 톱니바퀴나 금속판이 아닌 인간과 흡사한 신체를 가진 것으로 설정된다. 김우진이 쓰키지 소극장에 보았던 <인조인간>은 1926년에 재공연된 것으로, 로봇이 최초로 쓰키지 소극장에 등장했던 시기로부터 약 2년이라는 시간

---

52) 카렐 차페크, 박영희 옮김, 앞의 글, 1925.5, 21쪽.

이 흐른 뒤였다. 공연의 관객으로서 김우진에게 로봇은 기계가 아닌 '기계적 생물'이었고 이후 그는 로봇을 '로봇트族'이라는 신인류로 받아들였다. 김우진은 <R.U.R.>의 과학적 오류를 인지하였지만, 그것을 작가인 차페크가 이론가 혹은 과학자가 아니기 때문에 생긴 서사적 빈틈으로 받아들였다. 그러나 김우진은 "사랑이 잇는 이상 새 생명은 다시 시작될 것"이라는 <R.U.R.>의 결말에 대해 차페크의 로봇은 생식이 불가능하다는 점을 지적한다.

한편 박영희의 초점은 노동 문제와 인간－헬레나를 영웅적으로 그려내는 것에 맞춰져 있었지만, 그의 번역은 '기계로서의 로봇'이라는 상상의 균열을 보여주었다. 박영희의 번역은 그가 살핀 저본과는 달리 로봇으로 하여금 사회적으로 부여된 성별을 밝히게 하고, 로봇의 신체는 생리학적인 개조가 가능한 것으로 언급된다. 로봇의 생리학적인 개조가 가능하다는 박영희의 번역은 로봇의 재생산을 기계를 통한 제조가 아닌 생리학의 문제와 엮는다. 생략된 대사들, 그리고 불임의 로봇이 무지(無知)한 로봇으로 대체되는 박영희의 번역은 여백과 모호함을 통해 김우진과는 달리 보다 많은 가능성을 지닌 존재로서 로봇을 만들어낸다.

전술했듯이 일본의 <R.U.R.> 수용 과정에 관한 선행연구에서는 이 작품이 마가렛 생어의 산아제한 운동과 함께 유입되었음을 지적한 바가 있다. 재생산에 대한 인식은 식민지 조선의 문인들의 저술에서도 포착할 수 있으며 그것은 박영희와 김우진만의 관점은 아니었다. 이를 테면 김기진은 자신의 글의 부제를 "문명의 몰락과 인류의 재생"이라 붙이고 로봇들이 "애(愛)라는 것이 있는 이상(以上)에는 교접(交接)하여서 생식(生殖)할 수 있을 터"[53]라고 쓰고 있다.

---

53) 김기진(여덜뫼), 「카-렐·차페크의 人造勞動者(續)－文明의沒落과 人類의再生」,

1920년대 후반과 1930년대 식민지 조선에서 상상한 인조인간은 인간을 대체한다는 점에서 희망과 공포를 모두 선사하였다.[54] 그러나 1920년대 중반 차페크의 <R.U.R.>을 관극한 김우진과 이 작품을 번역한 박영희의 글에는 인조인간 자체에 대한 희망 혹은 공포가 부재한다. 김우진에게 <R.U.R.>은 "환상적 멜오드라마"[55]의 산물이었고, 박영희에게는 일종의 계급 우화였다. 자신의 관점을 지닌 두 문인들에게 차페크가 창조한 인조인간인 로봇은 인간의 자리를 대체할 수 있는 존재가 아니었으며 그 자체로서 당대 인간이 처한 문제를 고찰하게 한다. 즉 1920년대 중반 김우진과 박영희는 차페크의 로봇이 던지는 신체와 재생산의 문제를 기계 인간의 서사로 대상화하여 바라보는 것이 아닌, 그 자체를 현실에 당면한 인간 존재의 문제로 상상하였다.

참고문헌

1. 기본 자료

김기진, 「카ㅡ렐ㆍ차페크의 人造勞動者(續)ㅡ文明의沒落과 人類의再生」, 『동아일보』, 1925.3.9.

김우진, 「歐米現代劇作家(紹介)」, 서연호ㆍ홍창수 편, 『김우진 전집』 2, 연극과인간, 2000.

김우진, 「축지소극장에서 인조인간을 보고」, 『개벽』 72호, 1926.8.

김우진, 「Man and superman : a critical study of its philosophy」, 서연호ㆍ홍창수 편, 『김우진 전집』 2, 연극과인간, 2000.

박영희, 「인조인간에 나타난 여성」, 『신여성』 4권 2호, 1926.2.

카렐 차페크, 유선비 옮김, 『로줌 유니버설 로봇』, 이음, 2020.

카렐 차페크, 박영희 옮김, <인조노동자>, 『개벽』 56-59호, 1925.2-5.

宮内淳子 編, 和田博文 監修, 『コレクションㆍモダン都市文化 第3巻 築地小劇場』, ゆまに書房, 2004.

『동아일보』, 1925.3.9, 7면.

54) 한민주, 앞의 책, 102쪽.

55) 김우진(S.K.), 앞의 글, 18쪽.

吉田謙吉, 『舞臺裝置者の手帖』, 四六書院, 1930.
カレル・カペック 著, 宇賀伊津緒 訳, 『人造人間』, 春秋社, 1923.
カーレル・チャペック 作, 鈴木善太郎 訳, 『ロボット』, 金星堂, 1924.

2. 단행본

서연호, 『김우진: 한국 최초의 실험적 예술가』, 건국대학교 출판부, 2000.
이노우에 하루키, 최경국·이재준 옮김, 『로봇 창세기』, 창해, 2019.
한민주, 『해부대 위의 여자들』, 서강대학교출판부, 2017.

3. 논문 및 기타

김연수, 「카렐 차페크의 『로봇』에서 읽는 인간과 기계」, 『브레히트와 현대연극』 41집, 한국브레히트학회, 2019.
김우진, 「도래할 '기계사회'와 사회변혁의 매개: 기계·괴물·여성―산업합리화운동과 근대극장의 상상력을 중심으로」, 『여성문학연구』 제44호, 한국여성문학학회, 2018.
김종방, 「1920년대 과학소설의 국내 수용과정 연구―<80만년 후의 사회>와 <인조노동자>를 중심으로」, 『현대문학의 연구』 44호, 한국문학연구학회, 2011.
김효순, 「카렐 차페크의 『R.U.R』 번역과 여성성 표상 연구―박영희의 「인조노동자(人造勞働者)」에 나타난 젠더와 계급의식을 중심으로」, 『일본문화연구』 제68집, 동아시아일본학회, 2018.
이광욱, 「'生命力' 思想의 批判的 受容과 東學革命의 意味―金祐鎭의 「산돼지」 硏究」, 『어문연구』 제42권 제2호, 한국어문교육학회, 2014.
이병태, 「사상사의 견지에서 본 『로숨의 유니버설 로봇』 수용의 지형과 함의―1920년대를 중심으로」, 『통일인문학』 제79집, 건국대학교 인문학연구원, 2019.
최애순, 「1920년대 카렐 차페크의 수용과 국내 과학소설에 끼친 영향―김동인 <K박사의 연구>와의 영향 관계를 중심으로」, 『우리문학연구』 제69집, 우리문학회, 2021.
파벨 야노우셰크, 유선비 옮김, 「카렐 차페크의 로봇은 어떻게 탄생했는가」, 『Epi』 11호, 이음, 2020년 봄.
한미라, 「1930년대 식민지 조선의 '인조인간' 인식에 대하여: 인공지능 이전의 징검다리로서」, 『문화와 융합』 통권 63집, 한국문화융합학회, 2017.
황정현, 「1920년대 『로숨의 유니버설 로봇』의 수용 연구」, 『현대문학이론연구』 제61집, 현대문학이론학회, 2015.

高橋さきの, 「人形と生き物と言葉―「人造」はどこからきたのか、そしてどこへゆくのか」, 『生物学史研究』 99巻, 日本科学史学会生物学史分科会, 2019.

Čapek, Karel. "The Author of the Robots Defends Himself." *Science Fiction Studies* 23, no.1
https://www.depauw.edu/sfs/documents/capek68.htm.

제9장

혁명이라는 야누스, 러시아/소비에트 SF의 두 기원

알렉산드르 보그다노프의 『붉은 별』과 예브게니 자먀찐의 『우리들』의 수용과 번역 양상 중심으로

시로시 빅토리아

1. 러시아/소비에트 SF의 기원과 단절

19세기 말부터 20세기까지 '과학'에 대한 흥미 및 관심, 그리고 과학을 통해 도달할 수 있는 미래에 대한 상상은 서구나 미국뿐만 아니라 러시아에도 널리 퍼지게 된다. 그러나 당시 러시아의 과학적 지식의 방향은 서구와 같았을까? 20세기 당시 혁명기를 맞은 러시아에서는 과학 지식을 생산하고 유입하는 데에 콘스탄틴 치올콥스키와 니콜라이 표도로프의 저작물 들이 중요한 역할을 했다. 치올콥스키와 표도로프가 논의하는 주요 개념은 우주론, 또는 코스미즘(cosmism)에 관한 이야기들이었다. 19세기 후반에 나온 표도로프의『공통과제 철학(Philosophy of the Common Task)』은 표도로프가 1903년에 사망한 후에만 인기를 끌어왔다. 표도로프의 교리는 우주의 개발 및 불면의 문제를 중요시하여 '생명 정치'가 이에 도달하기 위해서 총체적인 권력을 수행해야 한다고 보았다. 그의 도리는 코스미즘과 바이어코스미즘(biocosmism)의 근원이 되었다. 더구나 1903년에 치올콥스키는 우주 비행이 가능하다고 하는 수학적 증명을 소개하였다. 그의 우주 탐사에 대한 아이디어는 1920년대 후반과 1930년대 초에 소련의 우주여행에 대한 엄청난 대중의 관심을 불러일으켰다[1]. 표도로프와 치올콥스키 사이에 교류가 있었지만, 치올콥스키는 한 인터뷰에서 표도로프와 우주 비행에 대해 논의한 적이 없다고 주장하였다. 그러나 그는 어린 시절부터 표도로프의 영향 아래 있어 그의 교리와 아이디어를 무의식적이든 의식적이든 받아들일 수밖에 없었다.[2]

---

[1] Siddiqi. A. A., *Imagining the Cosmos: Utopians, Mystics, and the Popular Culture of Spaceflight in Revolutionary Russia*, Osiris, 23, 2008, p.261.

[2] Young. G. M., *The Russian cosmists: The esoteric futurism of Nikolai Fedorov and his followers*, Oxford University Press, 2012, pp.145-148. 나아가 이 책에는

표도로프의 교리와 치올콥스키의 과학적 발견은 20세기 초 러시아의 과학, 그리고 과학적 상상력을 확장하는 데에 기여했다. 우주여행 및 탐사는 소비에트 러시아의 주요 방향 중 하나였다. 1920년대 신경제정책(New Economic Policy: NEP)[3] 시대의 거친 시기에 문화적 담론에서 우주 탐사에 대한 비율은 상당하지 않았으나, 문학 장에서 과학소설이란 중요한 부분이 되었다. 그 결과 우주 탐사 및 여행에 대한 담론이 적극적으로 진행된다. 신경제정책(NEP) 및 그 정책 실행의 결과가 1920년대 과학기술의 발전과 대중적인 관심을 더욱더 높아지게 만든다. 결국, 기술은 '세계의 병폐에 만병통치약'[4]으로서 자각하기 시작했다.

기술의 중요성은 소비에트 러시아 이전에도 적극 논의되었다. 러시아혁명기('피의 일요일'(1905), 1917년 10월 혁명 등) 이후엔 과학기술을 통해 '유토피아'의 꿈에 도달할 수 있다는 믿음이 생겨났지만, 10월 혁명 이후 '유토피아의 꿈'은 상상과 꿈 맥락에서 '가능성' 맥락으로 옮겨졌다. 달리 말하자면, 과학적 기술의 발달과 대중화, 그리고 사회주의를 토대로 올 수 있는 '완벽한 세상'에 대한 유토피아적 상상력이 러시아/소비에트 과학소설의 기점이 되었다. 19세기 후반부터

표도로프의 교리를 분석하는 동시에 그의 아이디어와 근접하거나 관련 있는 지식인들의 분석도 나온다. 이 중에 문인인 레프 톨스토이, 표도르 도스토옙스키, 과학자인 블라디미르 베르나츠키와 알렉산드르 치제프스키 등이 있었다. 즉, 표도로프가 사망한 후 그가 믿었던 우주의 탐사, 불면의 문제, 생명정치의 역할 등에 대한 아이디어가 계속해 존재하였다.

3) "신경제정책은 다(多)우클라드 경제라는 조건하에서 자본주의로부터 사회주의로의 이행기의 소비에트 권력의 경제정책을 말한다. 신경제정책은 상품·화폐 관계가 허용되고 사용되는 동안 사회주의의 승리를 목표로 하는 것이다."(신경제정책(New economic policy ; NEP)－[노동자의 책: 마르크스주의], 노동자의 책. 접속 일자: 202210.22, URL:
http://www.laborsbook.org/dic/view.php?dic_part=dic01&idx=5096)

4) Siddiqi. A. A., Ibid. p.264.

시작된 러시아'식' SF는 '우주'를 중요시하였다. 러시아 SF 대중화, 과학 지식의 신문화, 미하일 라피로프 스코블로의 과학에 대한 강연, 우주여행과 관련된 전시회 개최, 지속적인 미디어의 관심 등이 러시아 과학소설의 발전에 기여했다.

그러나 1920년대에 과학 지식과 담론이 대중화되기 전에도 SF소설, 또는 과학적 소설이 출간되었다. 과학적이고 사회주의적인 유토피아 소설 중 하나는 1908년에 알렉산드르 보그다노프가 창작한『붉은 별』, 1912년에 그 프리퀄로 나온『엔지니어 메니』를 사례로 꼽을 수 있다. 보그다노프의『붉은 별』은 '현대 러시아를 대표하는 SF의 고전'[5]으로 인정받지만, 소련의 가장 유명한 공상과학소설은 1922~1923년에 출간된 알렉세이 톨스토이의『아엘리타』[6]였다. 러시아 SF에서는 유토피아적 성격을 지닐 뿐만 아니라, 디스토피아적 혹은 반(反)유토피아의 성격을 띤 작품들이 등장하기도 하였다. 소비에트 러시아에서 창작된 디스토피아 소설들은 니콜라이 표도로프의『2217년 저녁』(1906)을 빼고는 대부분 1920년대 이후, 즉 10월 혁명 이후에 창작되었다. 디스토피아 또는 반(反)유토피아의 성격을 띤 소설로 예브게니 자먀찐의『우리들』(1920), 미하일 불가코프의『개의 심장』(1925), 안드레이 플라토노프의『구덩이(The Foundation Pit)』(1920년대 후반) 및『체벤구르(Chevengur)』(1928) 등이 있지만, 이들은 1980년대 후반부터만 출판하게 되었다[7].

---

5) 최진석, 「혁명, 혹은 배반의 유토피아－보그다노프의『붉은 별』에 나타난 정치적 무의식」,『인문논총』74(4), 서울대학교 인문학연구원, 2017, 100쪽.

6) '톨스토이의『아엘리타』의 인쇄본이 출간된 직후 러시아 영화감독인 이아코프 프로타자노프가『아엘리타』란 영화의 감독을 맡았다. 1924년 9월 우주 유행의 절정기에 공식적으로 개봉된『아엘리타』는 그 후 가장 중요한 소련의 공상과학 영화로 환영받았다.'(Siddiqi. A. A., Ibid. p.279.)

7) Fokkema. D, *Perfect Worlds: Utopian Fiction in China and the West,* Amsterdam University Press, 2011, pp.311-320.

244 제2부 한국과 동아시아 SF의 기원들

뿐만 아니라 20세기 중반에서 후반까지 SF 또는 SF적 지식을 담아 낸 담론이 문학과 영화에서 계속해 등장한다. 예를 들어, 이반 예프레 모프의 『안드로메다 성운』(1957)과 『황소의 시간』(1968), 영화 중 대 표작으로 <솔라리스>(1972), <플라네타 부르그>(1962) 등이 우주 담 론을 계속해 표출해 나간다. 이러한 우주에 대한 끊임없는 관심은 20 세기의 러시아 과학에 이바지했다고 인정할 수밖에 없다. 달리 말해, 러시아의 우주여행 및 우주 비행과 관련된 과학적 발견은 러시아식 SF의 주체성을 결정하였다.

과학을 토대로 한 20세기 러시아 과학소설의 성격은 다르코 수빈이 논의해온 SF에 부여하는 기반인 '과학(science)'과 '허구(fiction)'란 주요 요소를 포함한다. 수빈은 과학소설의 본질적인 요소로 '낯설게 하기'와 '인지(cognition)'를 꼽았다. "과학소설을 인지적 낯설게하기 의 문학으로 이해"[8]하며 과학소설의 스펙트럼이 작가의 경험적 세계 에 대한 '재창조', 그리고 'novum' 혹은 '낯선 새로움에 대한 관심'으 로 나눈다. SF가 추구하는 '리얼리티'의 '한계 너머(over the range)' 라는 욕망은 경험적 세계('0세계')로부터 벗어나는 시도를 그려내기 도 한다. SF는 "어느 시대의 규범이든, 그 자신이 속한 시대를 포함하 여, 이를 독특하기 바꿀 수 있는 것으로 보기 때문에 인지적 관점을 전 제로 한다"[9]. 수빈이 SF를 정의하기에 "SF는 메타 경험적이고 비자 연주의적인 것이며, 동시에 형이상학적이지 않은 분리된 문학 장 르"[10]라고 한다.

수빈이 정의한 SF의 주요 요소인 '낯설게하기', '인지', 이를 통해

---

8) 다르코 수빈, 문지혁·복도훈 옮김, 「낯설게하기와 인지」, 『자음과모음』, 2015년 겨울호, 310쪽.
9) 위의 책, 315쪽.
10) Suvin, D., *Metamorphoses of Science Fiction*, Yale University, 1979, p.20.

도달할 수 있는 과학소설의 '타자성'은 러시아 과학소설에 피할 수 없는 요소였다. 왜냐하면 과학 지식을 토대로 한 우주여행, 미래사회 모습이나 이상향 나라의 형태에 대한 소설들에는 작가의 '경험적인 세계'를 반영하면서 '낯설고 새로운' 것으로 가득했기 때문이다. 러시아 과학소설의 주요 주제 중 하나는 이상향 나라, 또한 이상향 사회를 꿈꾸는 내용이었다. 달리 말해, 20세기 러시아 SF는 빈번히 '유토피아'를 추구하였다. 그리고 이 유토피아 꿈에 대항하는 디스토피아, 반(反)유토피아, 그리고 '시위 문학(protest literature)' 작품 들이 등장한다.

다르코 수빈은 '유토피아는 사상의 문학'이라고 한다. 유토피아는 "사회적—과학—소설의 사회적 허구임에도 불구하고, 현대 과학소설은 현대의 다중심적 우주론(……)과 유사하다"[11]. 뿐만 아니라 수빈은 유토피아를 논하며 유토피아가 다른 문학 장르와 구분되는 세 가지 특징을 지적한다. 첫째, 유토피아 세계는 허구적이다. 둘째, 유토피아는 특정한 국가나 공동체 (혹은 사회)를 묘사한다. 셋째, 유토피아의 주제는 그 허구적인 국가나 사회의 정치적인 구조이다. 유토피아는 허구적인 사회나 그 사회를 속하는 국가를 묘사하지만, 그 묘사에서 정치적인 요소를 뺄 수 없다. 달리 말해, 유토피아는 "정치적 철학과 이론의 표현"[12]으로서의 '완벽한 세계'를 그려내지 않는다. 즉, 수빈은 유토피아를 설명할 때 '완벽한' 것이 아니라 '좀 더 완벽한' 것으로 표한다.

그렇지만 수빈이 논의해온 '유토피아'는 '서구의 유토피아'였다. 20세기 초반기 러시아의 유토피아가 아닌 유토피아였다. 서구의 유토피아들은 진보의 개념을 옹호하고, 동양의 유토피아 전통은 향수와

---

11) 다르코 수빈, 위의 책, 321쪽.
12) Suvin, D., Ibid, p.46.

혁명 사이의 긴장이 있어야 유지된다[13]. 혁명적이고 향수를 불러일으키는 유토피아가 서구 담론에서 완전히 사라진 것은 아니지만, 동양 담론에서 온 유토피아의 대다수는 향수를 불러일으키고 혁명적인 내용을 그려낸다는 경향이 있다. 흥미롭게도, 러시아의 유토피아는 10월 혁명 이전과 스탈린의 사망 이후로 나뉜다. 그 이유는 "스탈린주의 시기의 소련에서는 다른 세계가 등장할 수 있다는 희망이 억압되었"[14]기 때문이다. 스탈린주의 소비에트는 진보의 개념을 채택했지만, 그 진보 개념이 소련의 상황에 맞는 방식으로 변경되었다. 1920년대와 1930년대의 주요 모토 중 하나는 "서양을 따라잡고 추월하는 것"이었고, 이 모토를 실현하기란 불가능했다. 서구가 완전히 패배하고 소비에트 정부가 추구하는 '완벽함'을 달성한 후에야 소련의 모든 것이 최고급 수준이 된다는 믿음이 있었다[15]. 그런 상황에서 현재를 비판할 여지가 없고, 사회나 정권에는 아무 결점이 없었기 때문에 유토피아는 더 이상 쓰여지거나 등장할 필요가 없는 장르였다.

1900~1930년대의 과학소설은 급진적 과학 발전(특히 우주여행이나 우주 비행과 관련된 과잉된 관심 및 과학적 발견의 시도), 사회주의 형성 및 소비에트 러시아의 정치적 정권의 변경 배경을 토대로 주체성을 형성해 왔다. 이 글에서는 10월 혁명 이전에 쓰인 보그다노프의 유토피아적 소설『붉은 별』과 소설에 등장하는 이상향 나라와 이상향 사회에 대한 희망, 그리고 이를 대조하는 예브게니 자먀찐의 디스토피아 소설『우리들』, 자먀찐이 그려낸 '완벽한 사회의 결점'이란 주제를

---

13) Vesela, Pavla., "Utopias from the First and Second Worlds (Russia)", *해외박사 (DDOD) 학위논문 Duke University,* 2005, pp.17-18. 이 논문에서 논의해온 '서구 유토피아'는 '미국식' 또는 '유럽식' 유토피아를 뜻하며, '동양의 유토피아'는 '20세기의 러시아의 유토피아'를 뜻한다.
14) 위의 책, 117쪽.
15) 위의 책, 118쪽.

살피는 데에 목적이 있다. 나아가 러시아의 SF 작품들이 묘사하는 과학 담론이 한국에 어떻게 수용해왔는지, 그 배경이 무엇이었는지를 확인하고 추론하고자 한다.

2. 러시아 SF의 비(非) 소비에트적 계보

1) A. 보그다노프의『붉은 별』: 사회주의 유토피아

앞에서 언급했듯이 20세기 초에 우주와 관련된 과학적 담론의 확장, 코스미즘 및 바이어코스미즘의 등장, 10월 혁명 이전 사리를 접은 사회적 반란 및 미래에 대한 여론의 희망, 그리고 혁명 이후 사회적 및 정치적 사태 등이 러시아 SF를 형성하는 데에 기여했다. 뿐만 아니라 러시아 과학소설의 담론 속에서 화성/우주 탐사 담론 비율도 상당하지만, 동시에 의학 지식에 토대를 둔 과학소설이 등장하기도 했다. 이 중에는 인간과 동물의 혼합체 혹은 키메라의 탄생을 그려낸 작품도 있었다. 의학적 지식을 과학소설 장으로 옮긴 작가 중 하나는 알렉산드르 벨랴예프(Alexander Belyaev)였다. 그의 대표작인『도웰 교수의 머리통』(1925, 1937),『양서류인간』(1928),『공기 장사꾼』(1929) 등은 1920~1930년대 과학소설 장에서 당시 러시아뿐만 아니라 유럽에서도 러시아 SF에 관심을 이끌어낸 작품이었다. 그러나 벨랴예프의 작품과 같이 의학 지식을 담는 과학소설들 모두가 출판되지 않았다. 1920~1930년대 SF에서도 검열이 심각했기 때문이었다. 예를 들어, 미하일 불가코프의『개의 심장』(1925)은 볼셰비즘에 대한 신랄한 풍자로, 소련에서 공산주의가 완화되고 있는 것처럼 보였던 NEP 절정

기인 1925년에 쓰였다. 『개의 심장』이 풍자한 내용 때문에 이 소설은 1980년대에만 공식적으로 출판된다. 이런 상황은 드물지 않았다. 10월 혁명 이후 볼셰비키 정권이나 공산주의를 조금이라도 비판하는 작품들은 출판이 금지되었다. SF소설도 검열을 피할 수 없었다. 이러한 1920~1930년대 검열의 대상이 된 SF소설들은 유토피아 사상도 그려낼 수 없었다.

1920~1930년대 러시아의 검열 상황을 미루어볼 때 알렉산드르 보그다노프의 『붉은 별』은 충분히 가치 있는 작품이라고 확인할 수 있다. 흥미롭게도 지금 우리가 알고 있는 보그다노프의 『붉은 별』은 「붉은 별」(1908), 그 연작인 프리퀄 「엔지니어 메니」(1912)와 「지구에 좌초된 해성인」(1924)이란 시로 구성해 왔다. 「붉은 별」의 초판본은 1908년에 상트페테르부르크에서 출판되었다. 『붉은 별』은 1918년에 모스크바와 페트로그라드, 1929년에 모스크바에서 재발행되었다. 1920년에는 프롤레트컬트(Proletcult) 극장에서 무대 버전으로 제작되었다. 1928년에 보그다노프가 사망한 후, 「Vokrug sveta」(Around the world)란 잡지에 부록으로 출판되었다. 그 이후 이 책은 1979년에 「영원한 태양: 러시아의 사회적 유토피아와 공상과학」(The Eternal Sun: Russian Social Utopia and Science Fiction) 컬렉션에서 약간 축약된 버전으로 선집될 때까지 거의 50년 동안 소련에서 다시 발행되지 않았다[16]. 『붉은 별』의 첫 번역본은 1923년에 독일어로 번역된 후, 1972년에 재번역되었다. 최초의 영어 번역본은 릴랜드 페처(Leland Fetzer)가 편집한 "혁명 전 러시아 과학소설(Pre-Revolutionary Russian Science Fiction: An Anthology)"(1982)이란 선집에 등장하였다. 뿐

---

16) Bogdanov, A. A., Graham, L. R., Rougle, C., Stites, R., *Red Star: The first bolshevik utopia*, Indiana Univ. Press, 1984, from Preface.

만 아니라 「엔지니어 메니」는 1913년에서 1923년 사이에 적어도 6개의 판이 있었고, 1929년 「Vokrug sveta」에서도 재발행되었다. 그리고 『붉은 별』이 선집에 들어간 「지구에 좌초된 해성인」(1924)이 1924년에 『붉은 별』 개정판의 부록으로 출판되었으며, 이는 보그다노프가 계획했지만, 결코 완성하지 못한 세 번째 소설의 내용을 요약한 시였다[17]. 『붉은 별』이 수차례로 개정 출간되기 때문에 현재의 『붉은 별: 어떤 유토피아』(김수연 역)이 1929년 개정판이나 1979년 이후 출간된 개정판의 구성을 뒤따라간다고 추측할 수 있다.

보그다노프는 러시아에서 가장 활발한 사회민주당 당원이었으며, 제1차 러시아 혁명의 지도자 중 한 명이었다. 그는 자신의 철학적, 정치적 견해를 대중적으로 설명하면서 소설을 썼다. 그러나 보그다노프는 자신을 문학 작가로서 자각하기보다는 "정치가이자 혁명가, 경제학자이자 사회학자이고 철학자"[18]라고 생각했다. 문학 작가가 아닌 보그다노프가 창작하는 『붉은 별』은 그의 사상체계를 반영하게 된다. 최진석(2017)은 보그다노프의 소설에 대한 논의에서 "우리 시대의 창작과비평이란 관점에서 보기에 이 작품은 산만한 구성과 지루한 서술, 철학적 성찰에 대한 불분명한 몰두 등의 단점이 너무 많이 나타나며, 갑작스런 결말이 빚어내는 미완결성으로 인해 독서의 흥미를 반감시키는 형편이다"[19]라고 평가했다. 그럼에도 『붉은 별』을 무가치한 작품으로 여길 수는 없다. 『붉은 별』이 보그다노프의 사상체계 및 철학을 반영하더라도 하나의 '유토피아'를 그려낸 소설인 것도 사실이다. 뿐만 아니라, 20세기의 초반에는 보그다노프의 『붉은 별』이 유일하게 인정받는 유토피아였다. 1920년대 후반에 소비에트 러시아의

---

17) 위의 책, 236쪽.
18) 최진석, 2017, 106쪽.
19) 위의 글, 106쪽.

파당 형성이 시작되기 때문에 소설과 그 속에 요약된 사회 발전 과정에 대한 보그다노프의 철학적 견해는 레닌에 의해 혹독한 비판을 받았으며 1929년 이후 출간되지 않았다. 더구나 1920년대부터 유토피아적 사상들이 억압되었으므로 새로운 유토피아 소설의 등장이 불가능했다. "스탈린주의 시기의 소련에서는 다른 세계가 등장할 수 있다는 희망이 억압되었"[20]으며 1920~1930년대의 러시아 발전의 주요 방향은 "서양을 따라잡고 추월하는 것"이었다. 또한 '완벽한' 나라와 사회를 구성하는 데에 어떤 비판이나 '이상향 나라에 대한 꿈'을 연납할 수 없는 정책 속에서 유토피아는 필요 없는 문학으로 여겨졌다. 이런 사회 변화 속에 보그다노프의 『붉은 별』이 유토피아로서 유의미한 작품이라고 할 수 있다.

그 시기에 러시아의 유토피아 문학은 순수하게 공산주의 색채가 짙었다는 의견이 있다. 그것은 고통, 희생, 높아진 정의감, 독재 권력의 사회정치적 활동에 대한 반대를 표현하는 러시아 지식인이 지닌 성격을 찾아낼 수 있다. 알렉산드르 보그다노프의 『붉은 별』도 예외가 아니었다. 보그다노프의 『붉은 별』은 20세기 러시아의 '유토피아'로서 인정받아왔다. 이 작품의 번역본 표지에도 "볼셰비키 유토피아"나 "어떤 유토피아"[21]라는 말을 추가하여 소설의 성격을 설명한 듯하다. 『붉은 별』을 "분명하지 않은 러시아의 '내일'을 들여다보고 싶은 작가의 소망"[22]을 그려낸 '사회주의 유토피아'라고 부르기도 한다. 그러

---

20) Vesela, Pavla. Ibid, p.117.
21) 『붉은 별』의 영어판본 표지는 *Red Star: The first bolshevik utopia*(1984)라고 지칭하며, 한국 번역본에서는 『붉은 별: 어떤 유토피아』라고 나온다. 즉, 보그다노프의 소설 번역 과정에서 번역가가 이 작품이나 소설 장르에 대한 자신의 주장을 보이면서, 표지에서부터 독자에게 소설의 장르를 결정해 보여준다고 할 수 있다.
22) Бугров, Д. В. Утопия в России: к истории развития литературного жанра во второй половинеXVIII-го-первой трети XX-го века. Retrieved October 29, 2022, from https://elar.urfu.ru/bitstream/10995/49881/1/dc-2000-1-008.pdf, p.31.

나 러시아의 '유토피아'라는 장르에 대한 논의 중에서 A. 스벤토홉스키(A. Sventohovsky)는 "지금까지 유토피아는 보통 사회주의와 공산주의의 형태를 취했다. 사회적 불의의 주범인 소수 특권층에 억압받고 착취당하는 등 대중을 옹호하는 발언을 했기 때문이다"[23]라고 하였다. 그는 보그다노프의 『붉은 별』이 "사회주의적인 내용을 가진 유일한 러시아 유토피아였다"라고 하면서도 소설이 "사회적 유토피아가 아니라 기술적 유토피아로 분류되어야 한다"[24]라고 평가했다. 달리 말해, 보그다노프의 『붉은 별』은 한편으로는 '사회주의적 유토피아'로 인정했지만, 다른 한편으로는 작품의 유토피아적 요소가 부족하거나 '유토피아 외부의 유토피아'라고 불릴 만큼 문학성이 다소 떨어지는 작품이기도 하다.

『붉은 별』은 「붉은 별」이란 애매한 유토피아적 서술(화성에 완성된 '사회주의적 유토피아'와 지구의 혼란과 반란 시대에 유토피아를 희망하는 주인공)과 「엔지니어 메니」에 나온 "화성이 운하시대를 거쳐 자본주의 시대를 지나오면서 과학기술에 바탕을 두고 사회주의적으로 조직되고 발전되어 나가는"[25] 화성의 과거 이야기로 구성된다. 본 글에서는 「붉은 별」이 묘사하는 이상향 나라와 그 사회, 이를 통해 소설의 과학소설로서 '유토피아니즘'을 확인할 것이다. 「붉은 별」이 '지금-여기' 당대 러시아의 배경을 토대로 화성 사회와 비교하는 것은 보그다노프가 러시아의 완벽한 미래 사회와 국가를 예견한다고 할 수 있다. 우선, 「붉은 별」의 내용을 바탕으로 작가가 기대하는 사회가 어떤 모습으로 나타났는지 개략적으로 살펴보자.

---

23) 위의 글, 32쪽.
24) 위의 글, 32쪽.
25) 이득재, 「『붉은 별』에 나타난 보그다노프의 사회주의 이론」, 『중소연구』 40(4), 한양대 아태지역연구센터, 2017, 323쪽.

「붉은 별」은 20세기 초 혁명기 러시아의 '피의 일요일' 사건을 배경으로 삼는다. 주인공인 레오니드가 혁명을 응원하지만, 그의 입장이 궁극적이지 않았다. 그의 입장은 그가 사랑했던 안나 니콜라예브나와 이념적 차원에서 차이가 뚜렷하게 보인다. 레오니드가 "우리의 성격 차이에 따른 결과가 고통스러울 만큼 빤히 보였다"라며 "우리는 점차 혁명과 우리의 관계를 대하는 태도에 심각한 이데올로기적 불일치가 존재한다는 것을 깨달아 갔다"[26]라고 한다. 그 이유는 안나 니콜라예브나가 '프롤레타리아 도덕'을 가지고 있으며 그 도덕에 맞게 사회주의 사회에서 "프롤레타리아 계급의 도덕은 보편적인 도덕 원칙이 되어야 한다"[27]라고 믿었다. 그러나 레오니드는 노동계급 입장을 중요시한다. 나아가 그들은 이데올로기적 차이 때문에 혁명 및 시위에 대한 생각이 다르다.

> "안나 니콜라예브나는 시위에 표를 던진 사람이라면 모두 그 선두에 서야 하는 도덕적 의무를 지고 있다고 주장했다. 나는 그 같은 의무는 존재하지 않지만 참여자들은 그 같은 사람들이 되는 것이 좋고 이는 **필요하기도 하며 유용하기도 한 일이** 될 것이라고 생각했다. 나는 이와 같은 경험이 있었기 때문에 나 자신을 그 분류 속에 포함시켰다."[28]

즉, 안나 니콜라예브나는 혁명과 사회 변화를 '의무적인 것'이라고 믿었지만, 레오니드 자신은 사회 변화를 '필요하며 유용한 것'으로 여겼다. 레오니드와 안나 니콜라예브나는 서로 '불일치'해도 서로의 관

---

26) 알렉산드르 보그다노프, 김수연 옮김, 『붉은 별: 어떤 유토피아』, 아고라, 2016, 13쪽.
27) 위의 책, 14쪽.
28) 위의 책, 16쪽.

계를 유지하는 데 노력했다. 그러나 그때 레오니드가 '메니'라는 사람을 만나 메니가 레오니드의 편에 서게 된다. 메니의 등장은 레오니드와 안나 니콜라예브나가 헤어지게 될 시작점이기도 하였다. 레오니드가 메니와 떠난 이후 메니가 '인간'이 아니라는 것을 알고 같이 화성으로 떠난다. 화성 여행이 새로운 삶의 출발점이 될 수 있지 않을까 하고 그는 기대한다. 그리고 레오니드가 '지금-여기' 러시아를 떠나 '다른 장소'에 이동하며 '다른 경험'을 하게 된다. 그는 '화성 여행'을 지구의 변화에 기여할 수 있을 기회로 여기기도 한다. 레오니드가 꿈꾸는 사회가 어떤 것인가? 이는 바로 그가 관찰할 수 있는 화성 사회주의 모습이 아닐까?

레오니드가 만난 '화성 사회'는 어떤 사회였을까? 화성 사회는 기술의 발달을 토대로 조직화된 사회주의 사회였다. 메니에 따르면 화성 사회는 "'내 배'라는 개인 소유 개념은 있지만 사적 소유가 없는 완벽한 공산주의(полный коммунизм), 사회로 이끈 것은, 새로운 과학기술의 응용 능력과 최고의 높은 문화, 폭넓고 다양하게 교육을 받은 프롤레타리아, 창조자로서의 각각의 노동자, 사회적이고 지적인 노동을 하는 혁명적 인텔리겐치아"[29]의 사회였다. 이러한 조직화된 사회에서는 노동력을 유용하게 사용하며, 자신이 원하고 맞는 일자리로 자유롭게 이동할 수 있는 시스템이 존재한다. 화성에서는 노동규율과 노동의 과학적 경영이 새로운 사회주의 버팀목이 되었다. 이렇듯 과학적으로 조직화된 사회는 중앙집권화된 정부 체제가 없었다. 적어도 레오니드가 관찰하는 '유토피아' 사회에서 정부에 대한 언급이 없는 것으로 나온다. 나아가 남녀 분단이 거의 사라졌다. 남성과 여성의 외모부터 옷까지, 직업부터 사회적 역할까지 양성평등이 존재하는 사회

---

29) 이득재, 위의 책, 325쪽.

였다. 더구나 아이의 양육과 교육이 지구와 완전히 다른 모습이었다. 화성에서는 아이가 가정이 아닌 '아이의 집'(한국판에서 '아이들의 군락'[30])이라는 어린이 시설에서 양육을 받았다. 지구와 달리 '아이의 집'이 하나의 공동체로서 운영되며 연령대가 다른 아이들이 같이 지내면서 공부하고 있다. 이 시설의 교육자 중 하나인 넬라는 이 시스템이 아이를 양육하는 것이 아니라고 말한다. 그리고 덧붙인다.

> "아이가 사회에 기여하기 위해 길러지는 것이라면 그 아이는 사회에서 살아야 합니다. 아이들은 삶에 대한 대부분의 지식을 서로에게 얻습니다. 연령별로 집단을 분리시키는 것은, 인간의 발전이 저하되고 느려지며 단조로워지는 편파적이고 협소한 환경을 조성하는 것을 의미합니다"[31]

달리 말해, 아이의 양육은 아이가 공동체에서 한 일원이 되어야 한다는 목적에 맞춰진다. 그렇게 함으로써 그 아이가 사회에 기여할 수도 있고, 사회에 필요한 일원이 될 수도 있다. 화성이라는 유토피아적 사회는 공동체, 그리고 집단성을 중요시하는 사회였다.

그렇지만 지금까지 보그다노프가 서술한 이상향 사회는 과학소설이나 유토피아 소설로 불릴 만한 요소가 부족하다. 물론, 화성 사회의 특징을 빼고, 레오니드는 화성의 뛰어난 과학기술을 목격한다. 화성의 과학기술은 당대 러시아에서 꿈만 꿀 수 있는 기술이었다. 특히 지구와 화성 간 비행을 하게 해주는 '에테로네프'의 존재, '에테로네프'라는 우주비행선을 움직이게 하는, 지구에서 찾을 수 없는 '마이너스 물질'에서『붉은 별』의 과학적 성격을 확인할 수 있었다. 뿐만 아니라 화성에 도착한 뒤 레오니드는 더 많은 새로운 과학기술을 목격한다.

---

30) 알렉산드르 보그다노프, 위의 책, 86쪽.
31) 위의 책, 88쪽.

그 기술의 발견 중 하나가 "삶을 '갱신'하는 방법"이었다. 이는 "*인간 사이의 상호 수혈을 실행했다*"라는 것이다. 그리고 "*예방 조치만 이 루어지면 완벽하게 안전한 과정입니다. 한 사람의 피는 다른 이의 조 직에서 계속 살아가며 자신의 혈액과 섞여 모든 조직을 완전히 재생하 죠*".32) 즉, 화성에서 존재하는 의학 기술만으로 삶을 '갱신'하고 연장 할 수 있었다. 사실 이것은 보그다노프가 추구하고 희망하는 발전이 아닐까 싶다. 왜냐하면 보그다노프는 자신에게 수혈을 실험하고 실패 하는, 수혈 하나 때문에 사망했기 때문이다.

『붉은 별』은 유토피아 시학에서 중요한 역할을 하는 "시간과 공간 의 변형"33)을 중심으로 장착되었다. 그리고 소설 속 유토피아는 지구 가 아니라 화성이란 타 공간에 실현된다. 공간의 이동이라는 것은 보 그다노프의 유토피아에서 중요한 기술이다. 이를 통하여 보그다노프 가 '기대하고 희망하는 사회의 미래'와 '지금-여기 러시아'를 비교할 수 있었다. 나아가『붉은 별』의 요점은 소설이 '완성된 유토피아'를 그 려내지 않았다는 것이다. 『붉은 별』의 유토피아는 자본주의 시대 이 후 '화성 사회'를 배경으로 그려냈으나 실제로 주인공인 레오니드의 망상일 수도 있다는 것처럼 표한다. 화성에 거주할 때 레오니드가 정 신착란에 빠진 상태에서 화성에도 문제가 있다는 것을 알게 되고, 해 결책을 찾는 회의 기록을 들은 적이 있다. 화성 인류 문제와 금성이나 지구의 식민지화에 대한 스테르니의 입장은 "*지구의 전 인류를 몰살 해야 한다*"34)라며 "*진화된 생명은 그것[지구의 인류 발전]을 위해 희 생되어서는 안 된다*"라고 말했다. 이 사실을 알게 된 후 레오니드는

---

32) 위의 책, 115쪽.
33) 김성일, 「A. 보그다노프의 소설『붉은 별』에 나타난 유토피아 세계」,『스토리앤이 미지텔링』13, 스토리앤이미지스토리텔링연구소, 2017, 57쪽.
34) 알렉산드르 보그다노프, 위의 책, 167쪽.

정신 상태가 더 악화되어 살인을 저지른다. 살인 이후 레오니드는 다시 지구로 추방된다. 그러나 그는 살인 때문에 죄책감을 느끼며 지구 인류를 몰살할 수 있는 원인이 자신에게 있다고 생각한다. 이러한 죄책감 때문에 그의 정신은 더욱더 미약해지고 그는 회복하기 위해 워너 박사의 병원에서 치료를 받는다. 화성 여행이라는 것, 그리고 화성에 유토피아적 사회주의가 존재한다는 것은 레오니드의 정신 미약을 결말로 보여준 것이 아닐까 싶다. 달리 말해 보그다노프의『붉은 별』은 유토피아 소설인 동시에 유토피아의 '완벽함'에 대항하는 소설이기도 하다. 왜냐하면 화성의 사회를 아무리 완벽한 사회주의 사회로 그려내도 그 사회에 단점이 있기 때문이다. 그리고 '지금-여기' 당시 러시아의 배경이 소설의 사실주의 성격에 빠져나갈 수 없었다. 즉, 보그다노프의 '경험적 세계'가 유토피아 세계의 토대가 되면서도 디스토피아의 세계가 되기도 했다.

2) 예브게니 자먀찐『우리들』: "완벽한 비(非) 자유로움"의 시학

예브게니 자먀찐의『우리들』은 디스토피아 소설이다. 1920년대에 작성된 자먀찐의『우리들』은 당시 러시아에서 출판되지 않았다. 자먀찐의『우리들』이 쓰인 시기는 러시아에서 사회주의 유토피아의 전성기였지만, 볼셰비키가 추구하는 사회 모습을 비판했기 때문에 당시 러시아, 즉 레닌 시기의 러시아에서 출간되기 어려웠다. 나아가 1930년대에 "사회주의적 유토피아는 전체주의 체제의 문학에서 바람직하지 않은 현상"[35]으로 간주되기 시작하여 자먀찐의 소설은 더욱더 '바람직하지 않은' 작품이 되었다. 자먀찐도 보그다노프처럼 1905년 1월에 일어난 '피의 일요일'이란 시위에 참가했다. 때문에 자먀찐은 체포

---

35) Бугров, Д. В., Ibid, p.37.

된 후 유배되었다. 유배가 끝난 뒤 자먀찐은 적극적으로 문학적 활동을 한다. 동시의 그는 H. G. 웰스 소설을 번역하기도 하였다. 자먀찐은 소설은 이념적 내용보다 문학성이 뛰어나야 한다고 믿었다. 자먀찐은 "문학은 사회적 또는 정치적 경향으로부터 자유로워져야 한다"라는 자신의 철학을 밝혔고, "실제 정치적 사건과 동기를 부여한 철학에 진정으로 무관심하다"[36]라는 평가를 받았다. 이러한 자먀찐의 사상은 『우리들』에서도 확인할 수 있다. 『우리들』의 중심 내용이 된 자먀찐의 철학은 1923년에 쓴 「문학, 혁명, 엔트로피 등에 관하여」란 에세이에서도 드러낸다.

"혁명은 도처에, 모든 것에 존재한다. 그것은 무한하다. 마지막 숫자가 없듯이 마지막 혁명도 없다. 사회혁명은 무한수의 하나일 뿐이다. 혁명의 법칙은 사회법칙과 전혀 다르다. 그것은 에너지 보존과 에너지 소멸(엔트로피)의 법칙이 그렇듯이 무한히 큰, 우주적 보편적인 법칙이다. 언젠가는 혁명 법칙의 공식이 수립될 것이다. 그리고 그 공식의 수치는 크기로, 이를테면 민족, 계급, 분자, 별, 책 등의 크기로 환산될 것이다."[37]

자먀찐의 입장은 『우리들』의 주인공인 I-330의 주요 생각으로 묘사된다. 흥미롭게도 자먀찐은 문학에서 문학성 및 예술성을 중요시해왔지만, 결코 자신의 이념이나 철학을 빼낼 수 없었다. 그리고 볼셰비키 혁명 이후 자먀찐의 당시 정부와 사회체계, 그리고 문학에 부여되는 검열 및 여러 한계에 대한 비판적인 입장을 『우리들』에서 확인할 수 있다.

---

36) Drake, K., *Literature of protest,* Salem Press a Division of EBSCO Publishing. 2013, p.194
37) Zamiâtin, Evgeniĭ Ivanovich., *We,* New York : Viking Press, 1972.

『우리들』은 1920년대에 발표되었지만, 당시 러시아의 공식적인 문학 장에서 출판되지 않았다. 그런데도 당대 러시아문학계에서 이 미출간된 소설에 대해 부정적인 평가가 쏟아졌다. 『우리들』을 "공산주의에 대한 풍자이자 소비에트 체제에 대한 비방"이며 "몇 군데 성공적인 부분도 있긴 하지만, 전반적으로 실패"[38]한 소설이라고 비판했다. 『우리들』은 1924년에 뉴욕에서 처음으로 영어로 번역 출판되었다. 그이후 1927년에 체코어로 출판되었다. 작가의 동의 없이 프라하에서 <러시아의 의지(Воля России)> 지에 발표된 것이다. 그러나 2년 후 이 번역판이 저자를 공식적으로 탄압하기에 충분한 구실이 된다. 『우리들』은 1988년에만 러시아에서 공식적으로 출판되었다. 흥미롭게도 자먀찐의 『우리들』이 1952년 뉴욕의 체호프 출판사(Chekhov Publishing House)에서 러시아어로 처음으로 출판되었다는 것이다. 그러나 러시아에서 『우리들』이 1980년대 후반에 출판된 뒤 작품에 대한 평가가 바뀌었다. 소볼렙스까야(Н. Соболевская)는 이 작품을 "당시 제대로 평가받지 못했던 주된 이유는 자먀찐 작품의 복잡함과 혁명 이후 시기 작가의 새로운 시도 때문이었다"[39]라고 지적하였다. 나아가 쉬클롭스끼가 1927년에 『우리들』은 "자먀찐의 한계"라고 했지만, 자먀찐의 산문이 공식적으로 출판된 후 "자먀찐의 산문은 매우 어려운 산문이다"[40]라고 하였다.

『우리들』은 전형적인 디스토피아적 소설로 간주된다. 디스토피아

---

38) 문준일, 「예브게니 자먀찐의 『우리들』의 신화시학—통과제의 구조를 중심으로」, 『노어노문학』 24(2), 한국노어노문학회, 2012, 133쪽.

39) Соболевская Н.Н. Статья Як. Брауна «Взыскущий человека (Творчество Евгения Замятина)» // Критика и критики в литературном процессе XIX-XX в. Новосибирск, 1990. С. 202.

40) Шкловский В. О рукописи «Избранное» Евгения Замятина // Замятин Е. Избранные произведения: Повесть, рассказы, сказки, роман, пьесы. М.: Советский писатель, 1989. С. 9

적 소설과 디스토피아라는 용어는 정치적인 것이라기보다는 문학적으로 적절한 개념이다. 디스토피아적 소설이 역기능적 유토피아에서의 삶을 보여주는 풍자 소설의 일종이며, 디스토피아는 역기능적 유토피아에 대한 문학적으로 특성화된 장르이다. 이런 관점에서는 풍자와 은유, 그리고 신화적 비유로 가득한 『우리들』은 디스토피아적 소설에 더 가깝다.

개략적으로 『우리들』은 인간이 이름 대신 번호를 사용하고, 사랑과 상상력이 범죄화되고, '단일제국'이란 국가의 일상생활이 꼼꼼하게 계획되고 매우 제한적인 포스트 아포칼립스(post-apocalyptic) 시기의 집단 사회에서의 삶을 묘사하는 소설이다. 소설은 Д-503의 일기처럼 서술한다. Д-503은 독자들에게 그의 '단일제국(Единое Государство)'이란 국가, '은혜로운 분(Благодетель)'이란 국가의 지도자, 그리고 행성 간 대중들에게 단일제국의 이데올로기를 전파하기 위해 먼 은하로 여행하도록 설계된 '인쩨그랄(Интеграл)'이란 비행선을 창조하기도 하는 작중 내레이터이다. Д-503은 단일제국에 충실한 시민이며 "모든 사회가 생존하기 위한 유일한 철학으로서의 이성과 과학"이란 단일제국의 이데올로기를 믿고 있다. Д-503은 삶을 무용과 비교하며 *"무용의 심오한 의미 전체는 바로 절대적인 미학적 종속성에, 이성적인 비(非)자유의 근거"*[41]하므로 아름답다고 한다. 달리 말해 Д-503의 행복과 완벽함이 "완벽한 비자유로움"에 있다. 이 '완벽한 비자유로움(идеальная несвобода)'은 소설이 그려낸 세상의 '완벽함'을 뜻한다. 그리고 그 '완벽함'은 단일제국의 규칙 및 통제하에서만 존재할 수 있다.

『우리들』의 디스토피아 성격은 인간에게 개성은 필요 없으며, 개성을 가지는 것을 죄로 여기는 데에서 찾을 수 있다. 『우리들』의 단일제

---

41) 예브게니 자먀찐, 석영중 옮김, 『우리들』, 중앙일보사, 1990, 17쪽.

국은 인간이 사는 사회가 아니라 번호가 존재하는 집단 사회이다. 이 집단 사회에서 혼자서는 돌아다닐 수조차 없다.

> "번호들은 네 명씩, 일사불란하게 대오를 지어 열광적으로 박자를 맞춰가며 걸어갔다. 수백, 수천 번호들. 푸르스름한 제복을 입고, 가슴에는 남성과 여성의 국민번호가 새겨진 황금빛 번호판 달고. 그리고 나—우리, 네 명—이 위대한 흐름의 무수한 물결 중의 하나"[42]

인용문에서 살펴볼 수 있듯이 단일제국의 시민들은 고정된 방식으로 돌아다닌다. 개성이 없었다. 개성의 배제는 인간의 이름을 없애는 것에서 볼 수 있다. 단일제국의 시민들은 번호를 달고 있다. 심지어 소설의 주요 인물들이 Д-503, I-330, O-90 등 마찬가지이다. 즉, 이름이 아닌 번호로 결정하는 것은 인간의 개별성과 개성, 그리고 상상력과 생각의 자유까지 억압하며 통제하는 증거이다. 그러나 주인공인 Д-503의 입장에서 이러한 사회는 완벽하다. 그는 단일제국의 '집단성'을 선호한다.

> "우리는 심지어 생각까지 동일하다. 왜냐하면 그 누구도 '개인'이 아닌 '……중의 한 개인'이기 때문이다. 우리는 그토록 동일한 것이다……"[43]

이런 '개인이 없는 사회', 또는 개성이 존재하지 않은 사회에서 인간 삶의 모든 분야는 통제되었다. 단일제국은 지식이나 예술을 제한적으로 제공하며, 지식 또한 단일제국의 이데올로기를 따라야 한다. 그러

---

42) 위의 책, 18쪽.
43) 위의 책, 20쪽.

나 단일제국은 인위적인 집단이었다. 단일제국에 사는 누구든 '시간 율법표', '개인 시간', '모성기준', '녹색의 벽', '은혜로운 분' 등과 같은 것을 토대로 운영하고 있었다. '시간 율법표'는 단일제국 시민의 삶에 모든 활동을 결정한다. '시간 율법표'에는 기상 시간, 밥 먹는 시간, 심지어 *"지정된 동일한 순간에 포크를 입으로 가져가"*[44]는 것조차 결정한다. 즉, 인간의 매 순간이 결정되어 있다. 이렇듯 개인 또는 개성 있는 인간의 존재를 불필요하게 만든다.

주인공인 Д-503의 말대로 단일제국에는 '행복'이란 과제에 대한 절대적인 해결책이 없다. '시간 율법표'에 지정된 '개인 시간'은 *"하루 두 번 16시에서 17시까지, 21시에서 22시까지"*였다. 그러나 '개인 시간'에도 단일제국이 시민들의 생활을 감시했다. 건물의 벽을 유리로 만들기 때문에 '개인 시간'에 누가 무엇을 하는지 손쉽게 볼 수 있었다. 감시하지 않는 시간은 '커튼 내릴 수 있는 시간'인데, 이 시간은 평소 남성과 여성이 관계를 맺는 시간이다. 그러나 이를 위하여 '성규제국(性規制局: Сексуальное бюро)'에서 검진을 받은 후 '일정표'를 선출하고 '감찰책' 받는다. '일정표'에서 선택한 번호와 관계를 맺을 수 있고, 이를 위해 '감찰책'도 보여줘야 한다. 단일제국의 『성법전(Les Sexualis)』에 따르면 *"모든 번호에게는 다른 어떤 번호라도 성적 산물로 이용할 권리가 있다"*[45]라고 규정된다. 달리 말해 '사랑'이란 것은 없애버리고 효율적인 성관계와 육체적인 관계만 존재한다.

그러나 제한으로 가득한 '단일제국'이란 사회는 Д-503에게 완벽하다. 그는 계속해 단일제국의 제도가 *"우리의 비자유, 즉 우리의 행복을 지켜"*[46]준다고 믿는다. 그리고 *"자유와 범죄는 밀접하게 연결되*

---

44) 위의 책, 24쪽.
45) 위의 책, 31쪽.
46) 위의 책, 61쪽.

어 있다. *[중략] 인간의 자유=0라면 인간은 범죄를 저지르지 않는다.* *명백해도, 인간을 범죄로부터 구원하는 유일한 수단은 그를 자유로부터 구제해 주는 길밖에 없다*"[47]라고 한다. 그러나 이러한 이성적이고 과학적인 Д-503의 논리가 깨지기 시작한다. 그가 I-330이란 여성과 마주친 이후였다. 그녀는 Д-503의 통과제의적인 "자아의 발전과 확장을 통해 새로운 존재로 변모하게"[48] 만든 장본인이었다. '유혹자 뱀'이자 '아담을 타락시키는 이브'이며 "Д-503을 '다른 세계'로 인도하는 안내자"[49]이기도 했다.

I-330과 만남은 Д-503의 타락 과정의 계기이자, '이전의 나'의 죽음과 '새로운 나'의 탄생의 시작이었다. I-330는 단일제국이란 '완벽한' 세계에서 행복을 추구하는 인물이자 '녹색의 벽' 밖의 세상인 '메피 (МЕФИ)'란 단체의 수장이었다. 단일제국에서는 '녹색의 벽'의 밖에는 야만적인 세상만 있다고 믿었다. 그런 세상에 자유가 존재하고 동물이나 나무도 자유롭게 자라고 있었다. 심지어 그 세상에서도 사람들이 살았다. 그러나 I-330은 Д-503에게 이곳을 '야만이고 제한이 없는 세계'로 소개하며 그의 심리적인 변화를 불러일으켰다. Д-503은 I-330과 관계에서 '이전의 나'를 잃고, 단일제국에 존재할 수 없는 '꿈'이나 '영혼'을 갖게 된다. Д-503이 사는 세상에서 *"꿈이란 심각한 정신질환"*[50]이며 '영혼'은 *"치유가 불가능한"*[51] 것이었다.

자먀찐의 『우리들』 논의에서 Д-503의 정신적인 타락 및 개성의 발전, 그리고 I-330과의 관계에서 I-330의 신화적인 역할을 중요시하는

---

47) 위의 책, 42쪽.
48) 문준일, 위의 책, 137쪽.
49) 위의 책, 138쪽.
50) 예브게니 자먀찐, 위의 책, 39쪽.
51) 위의 책, 83쪽.

연구가 등장한다. I-330은 Д-503의 통과제의적인 발전에서 중요한 역할을 한다. 그리고 단순히 그녀가 Д-503의 관점을 반영하기 때문에 그녀를 신화적인 은유와 '단일제국'이란 낙원에서 Д-503을 타락시킨 뱀이란 관점으로 본다. I-330은 유명무실하지만, 악마적인 여주인공으로 묘사된다. 그녀는 '은혜로운 분'처럼 Д-503의 절대적인 복종을 요구한다. '사랑' 그 자체가 I-330 손의 조종 장치가 된다. I-330은 Д-503에게 비이성적이고, 강박적이며, 인격적으로 품위를 떨어뜨리는 사랑을 장려한다[52]. 그녀는 사랑을 이용하여 단일제국을 무너뜨리는 수단으로 이용하기도 한다. 결과적으로 Д-503은 이성(은혜로운 분)과 상상력의 상호 배타적 요구(I-330) 사이에서 찢기고 있었다. 끝내 Д-503은 이성과 상상력을 전혀 갖추지 못한 '휴머노이드 트랙터'가 되기 위해서 '위대한 수술'을 통해 모든 의식을 말살하려고 한다. '위대한 수술'을 받은 Д-503이 I-330의 사형을 목격하지만, 그녀가 누구인지 전혀 인식할 수 없는 '휴머노이드 트랙터'의 상태이다. 한편으로는 변수 때문에 하나 제도의 타락 및 그 타락을 추구하는 시위, 다른 한편으로는 '비자유가 행복'이라고 믿는 단일제국 이데올로기의 승리를 그려낸 역설적인 결말이다. 달리 말해, 『우리들』이란 디스토피아 사회에서 그 속에 존재하는 체제를 무너뜨리려고 하는 힘('메피(МЕФИ)')이 실패하며 '은혜로운 분'과 단일제국의 제도를 이기지 못한다. 때문에 소설의 결말은 '디스토피아 사회에서 벗어날 수 없다'라는 메시지를 담고 있다.

『우리들』은 역기능적 유토피아를 제시하고 녹색 세계('녹색의 벽' 밖의 세계)의 혁명적·낭만적 힘을 전체주의에 대항하는 대항마로 사

---

52) Mikesell, Margaret & Suggs, Jon., "Zamyatin's We and the Idea of the Dystopie", *Studies in 20th & 21st Century Literature 7*, 10.4148/2334-4415.1117, 1982, p.93

용함으로써 디스토피아 소설의 모델에 맞추는 대신, 실제로 충돌하는 두 가지 역기능적 유토피아 시스템을 제시한다. 따라서『우리들』은 권리로 대체되어야 하는 하나의 디스토피아 사회를 독자로서 동의할 수 있는 규범적 가치의 세계로 묘사하지 않는다[53]. 오히려 그 소설은 두 가지 용납할 수 없는 경험의 조직을 제시한다. 하나는 질서를 제공하지만 자유는 없고, 다른 하나는 질서를 부정하는 것으로 자유를 제공한다. 이러한 역설적이고 서로 부정적인 주제성은 자먀찐의『우리들』이 SF 장르에서 디스토피아가 어떻게 표현되는지 명확히 보여준다. 나아가『우리들』이 묘사하는 '완벽한 세계', '비자유의 사회' 등이 1920~1930년대의 소비에트 러시아가 추구하는 "권위주의적 체제에 대한 노골적인 풍자"[54]의 소설이다. 이러하여 자먀찐의『우리들』은 보그다노프의「붉은 별」에 나타난 사회적 유토피아에 대항하는 작품이라고 할 수 있다. 보그다노프가 조직화된 사회주의를 '이상향 사회'로 본다면, 자먀찐은 이런 사회를 역설적이고 문제점이 많은 사회로 시사한다.

3. 러시아 SF의 한국어 번역 약사

한국에서 과학소설의 수용 및 SF적 담론의 향상은 20세기 들어와 시작되었다. 그러나 20세기 초에 번역된 과학소설들은 주로 중역이나 번안 소설 형태로 출판되었다. 한국에는 서구 소설 수용 시기와 동시에 러시아문학도 수용되었다. 20세기 초에 수용된 러시아문학은 주로

---

53) 위의 책, 98쪽.
54) 예브게니 자먀찐, 위의 책, 326쪽.

톨스토이나 도스토옙스키 등의 러시아의 고전 소설이었다. 그렇게 수용된 러시아 소설 중에는 과학소설이란 '하위장르'가 없었다. 나아가 1950~1980년대에 러시아문학의 수용은 그다지 활발하지 않았다. "다른 이데올로기를 고수하는 이질감으로 인하여 러시아문학의 전반적인 수용이 금기시되었기 때문이다"[55].

1990년대 이후 러시아문학의 수용 및 번역이 활황기에 접어들었다. 이 현상은 일시적이었지만, 1990년대 이후에 러시아의 과학소설도 한국어로 번역되기 시작했다. 그러나 러시아문학을 빈번히 번역하는 것처럼 러시아 SF 번역 또한 직역이 아닐 가능성이 컸다. 20세기의 초부터 러시아문학은 다른 나라를 거쳐 수용됐기 때문이다. 물론 러시아문학의 직역이 존재하지 않는다고 하면 안 된다. 예를 들어 1990년에 석영중이 번역한 자먀찐의『우리들』은 중역이 아닌 직역이었다. 이것은『우리들』한국어판 해설에서 확인할 수 있다.

> "이 책의 번역 대본으로는 인터랭귀지 리터러리 어서시에이츠(Interlanguage Literary Associates)에서 1973년에 출판한 원본「우리들」[중략] 을 사용했음을 밝혀 둔다."[56]

자먀찐의『우리들』은 1990년대 번역된 이후 1996년에 연합뉴스[57]의 기사에 소개된다. 여기에 소개된『우리들』의 내용은 다음과 같다.

---

55) 엄순천, 「한국문학 속의 러시아문학-한국근대문학으로의 러시아문학 수용 현황 및 양상」, 『인문학연구』35(1), 충남대학교 인문학연구소, 2008, 118쪽.
56) 예브게니 자먀찐, 위의 책, 333쪽.
57) <책> 새로 나온 책. [연합뉴스]. (입력 날짜: 1996.07.30.; 접속 날짜: 2022.11.06.)
   https://n.news.naver.com/mnews/article/001/0004024144?sid=103.

"29세기를 배경으로 '2백년전쟁'에서 살아남은 사람들이 지구상에 세운 '단일제국'. 개인은 없고 '우리들 속의 하나'만이 있는 나라에서 벌어지는 환상과 리얼리티, 의식과 무의식의 세계가 펼쳐진다."

그 이후 2009년에 열린책들에서 석영중이 번역한 『우리들』이 재출판되었으며, 2017년엔 비꽃에서 김옥수가 새로 번역한 『우리들』이 출판되었다. 석영중과 김옥수의 번역은 다르다. 석영중은 노어노문학과 출신이며 러시아문학을 계속해 번역해왔다. 반면에 김옥수의 번역은 영어를 거쳐 번역되었을 가능성이 크다. 왜냐하면 김옥수는 영어과 출신이기 때문에 원본인 러시아어 판에서 번역할 가능성이 적다고 본다. 그러나 김옥수의 번역본이 석영중의 번역보다 좀 더 자연스러울 수도 있다. 김옥수는 '한국말 어법을 맞게 번역'해야 한다고 믿기 때문이다. 물론 김옥수 번역을 보면 중역의 문제를 고려해야 하지만, 석영중의 번역이 약간 '부자유롭다'라고 말할 수 있다. 이 글에서 자먀찐의 『우리들』은 석영중의 번역을 사용하기 때문에 석영중이 번역한 『우리들』을 번역론 차원에서 한번 확인할 필요가 있다.

우선 자먀찐의 『우리들』은 번역하는 과정이 쉽지 않다고 할 수 있다. 왜냐하면 『우리들』의 원문은 러시아어로도 "어려운 산문"이기 때문이다. 따라서 러시아인에게도 어려운 텍스트를 한국어로 자연스럽게 번역할 수 있는지 확인할 필요가 있다. 이를 위하여 석영중의 『우리들』 번역에서 몇 사례를 살펴보자.

"그리고 더 나아가 스스로에게 질문을 던졌다. 어째서 그것이 아름다운가? 대답, 왜냐하면 그것은 비(非)자유로운 운동이므로. 왜냐하면 무용의 심오한 의미 전체는 바로 절대적인 미학적 종속성에, 이성적인 비자유에 근거하므로."[58]

이 인용문에서 번역이 자연스럽지 않다는 것을 느낄 수 있다. 그리고 이 부자연스러운 번역이 독자에게도 영향을 준다. 자먀찐의 『우리들』에 대한 한국 독자 반응은 작품의 번역보다는 디스토피아 소설이란 사실에 집중되었다. 그러나 석영중의 번역본이 원본과 비교하면 반응이 같았을까? 위에 인용된 부분을 러시아어, 그리고 1972년에 나온 미라 긴스버그(Mirra Ginsburg)의 영어본을 확인해 보자.

> "И дальше сам с собою: почему красиво? Почему танец красив? Ответ: потому что это несвободное движение, потому что весь глубокий смысл танца именно в абсолютной, эстетической подчиненности, идеальной несвободе".

> "And then, to myself: Why is this beautiful? Why is dance beautiful? Answer: because it is unfree motion, because the whole profound meaning of a dance lies precisely in absolute, estetic subordination, in ideal unfreedom".[59]

세 가지의 인용문은 '춤' 또는 '무용'의 아름다움을 서술한다. 그러나 '무용'이 어떤 뜻인지 고려할 필요가 있다. 자먀찐이 말한 танец(춤)은 기계 움직임의 아름다움을 의미하는데 이런 움직임을 발레와 비교한다. 달리 말해, 자먀찐의 '무용'은 예술적인 무용이 아니라 주인공인 Д-503의 시각으로 감상하는 '기계의 무용'이다. 나아가 무용의 아름다움을 결정하며 Д-503의 이유를 설명한다. 석영중의 번역에는 그 이유가 '근거' 또는 무언가를 증거될 수 있는 것으로 등장한다. 그러나 Д-503이 말한 그 근원은 단일제국의 시민으로서 그가 감상하고 지각

---

58) 예브게니 자먀찐, 위의 책, 17쪽.
59) Zamíàtin, Evgeníï Ivanovich., *We,* New York : Viking Press, 1972, p.4

하는 이성적인 아름다움을 뜻한다. 나아가 한국어 번역은 러시아어 원본을 따라 러시아식 어법을 바탕으로 쓰인다. 따라서 한국판본에서 '미완성' 문장들이 많았다.

나아가 『우리들』에 등장하는 몇 가지 주요 어휘를 살펴보자. 우선, 소설 속 중요한 개념 중 하나는 '은혜로운 분'이다. '은혜로운 분'은 Благодетель 혹은 Benefactor의 번역어다. 러시아어에서 Благодетель이란 분은 '후원자'를 의미하거나 "자비를 베풀어 누군가를 편애하는 사람"[60]이라는 뜻이다. 소설이 창작된 시기를 고려한다면 Благодетель이란 말은 전자의 의미보다 후자의 뜻으로 사용된다. 뿐만 아니라 소설 속에서 '은혜로운 분' 자체는 '가짜의 신'으로 여기는 메피의 입장을 고려한다면 그의 '은혜'를 포괄적인 풍자로 볼 수밖에 없다.

또한 소설에 나온 고유한 어휘들도 번역 과정을 피할 수 없다. 예를 들어 *"푸르스름한 제복을 입고, 가슴에는 남성과 여성의 국민번호가 새겨진 황금빛 번호판 달고"*[61]란 부분을 확인해 보면 '제복'은 분명한 번역어다. 왜냐하면 원고에는 '제복'을 표하기 위해 옛 러시아어의 юнифа란 말을 사용한다. 물론 юнифа는 제복이란 말의 동의어지만, 소설에서 '낯설기'를 강조하기 위해 자먀찐이 이렇게 특이한 단어를 선택한 것 같다. 번역에는 제복에 대해 "그것은 '유니파'라고 불리는데 아마도 고대의 '유니폼'에서 파생되었을 것이다"[62]라는 추가 설명이 나온다. 흥미롭게도 영어 번역에도 같은 추가 설명이 등장했으나, юнифа란 말은 음역으로 unifs이라고 표한다. 음역의 사용은 『우리들』에 '낯설기'를 강조하는 고유한 어휘를 살릴 방법 중 하나이다. 그

---

60) Ожегов, С.И. (1949). *Словарь русского языка.* М.: иностранных и национальных словарей.
61) 예브게니 자먀찐, 위의 책, 18쪽.
62) 예브게니 자먀찐, 위의 책, 18쪽.

러나『우리들』번역에서 '이국화' 방법을 사용하는 석영중의 번역은 이 고유한 부분들을 번역해 버렸다. 이로 인하여 한편으로는 한국어 판본의 가독성을 높일 수 있겠지만, 다른 한편으로는 어휘적 차원에서만 가독성을 높이고 문장 차원에서는 원본을 따르게 된다. 이는 효율적이지 않다.

자먀찐의『우리들』을 번역하는 과정, 그리고 이를 수용하는 과정을 보면 다음과 같은 결론을 내릴 수 있다. 자먀찐 작품 번역이 처음 소개된 1990년대는 러시아문학의 수용이 활발한 때였다. 그리고 2017년에 나온『우리들』은 과학소설 인기와 디스토피아/ 반(反)유토피아라는 대중의 관심 속에 번역되었다. 왜냐하면 자먀찐의『우리들』은 조지 오웰의『1984』와 올디스 헉슬리의『멋진 신세계』와 같이 20세기 초의 3대 디스토피아 소설로 꼽힌다. 뿐만 아니라 오웰의『1984』를 판독하는 독자층이 자먀찐의『우리들』도 읽게 된다. 그 이유는 자먀찐의『우리들』이 오웰이『1984』를 창작하는 데에 영향을 주었기 때문이다.

반면에 보그다노프의『붉은 별』은 2016년에 아고라 출판사를 통해 처음으로 소개된다.『붉은 별』은 아고라 출판사의 Rediscovery 시리즈 중 한 권으로 나왔다. Rediscovery 시리즈는 메리 셸리의『최후의 인간』(1~2권), 에드워드 벨러미의『뒤돌아보며』(3권), 알렉산드르 보그다노프의『붉은 별』(4권), 샬롯 퍼킨스 길먼의『허랜드』(5권)와 블라디미르 레닌의『국가와 혁명』(6권)으로 구성되어 있다. Rediscovery 시리즈의 제목만 보면 19~20세기 초의 과학소설과 사회주의 주제를 토대로 창작된 소설들이다. 이런 배경에서 레닌의『국가와 혁명』과 보그다노프의『붉은 별』이 같은 시리즈에 실린 것은 마땅하다고 볼 수 있다. 특히 보그다노프와 레닌의 관계를 고려한다면 더욱더 그렇다.

그러나 자먀찐의『우리들』은 직역이 있었으나, 보그다노프의『붉은 별』은 영역을 거쳐 중역되었을 가능성이 크다.『붉은 별』을 한국어로 옮긴 김수연은 영어영문학과 출신이어서 보그다노프의 소설을 원본이 아닌 영어판본으로부터 옮겼다고 추측할 수 있다. 즉, 보그다노프의 번역은 직역이 아니라 중역으로 인정하면 마땅하다고 본다.『붉은 별』의 복잡한 번역 과정을 살피기 위해서 러시아어 원본과 영어판본을 보면서 김수연이 한국어로 옮긴『붉은 별: 어떤 유토피아』를 확인해야 한다.「붉은 별」의 1장부터 확인해 보자.

> "이는 우리나라를 계속 뒤흔들어왔고, 내 생각에는 필연적이고 운명적인 결론에 거의 다다른 <u>대규모 격변</u>의 초반에 일어난 일이었다"[63].

> "It was early in that great upheaval* which continues to shake our country and which, I think, is now approaching its inevitable, fateful conclusion."[64]

시작부터「붉은 별」은 20세기 초 러시아의 배경을 묘사한다. 이는 영어판본에서 일일이 각주를 달고 설명한다. 예를 들어 위의 인용문에서 밑줄 친 "great upheaval"이 "러시아에서 1905년에 일어난 혁명"이라는 설명이 나온다. 그러나 한국어 번역에서 소설의 중요한 배경이 된 '피의 일요일'이란 사건은 단순히 '대규모 격변'이라고 불렀다. 물론 보그다노프의『붉은 별』이 20세기 초에 러시아에서 나오고 보그다노프가 레닌과 같은 혁명가였다는 사실을 의식하는 경우에는 아무 문제 없다. 그러나『붉은 별』을 일반적인 유토피아로 지각하면

---

63) 알렉산드르 보그다노프, 김수연 옮김,『붉은 별: 어떤 유토피아』, 아고라, 2016, 12쪽.

64) Bogdanov, A. A., Graham, L. R., Rougle, C., Stites, R. *Red Star: The first bolshevik utopia*. Indiana Univ. Press, 1984, p.24

역사적인 배경 설명이 추가돼야 마땅하다.

　문장 차원에서도 「붉은 별」의 영어 번역과 한국어 번역이 유사하다. 이는 러시아어로 된 기나긴 문장들을 나눠 옮기는 방식이 효율적이다. 왜냐하면 원문에서 기나긴 문장들이 '이국화' 방법이거나 원문에서 중시하는 방법으로 옮긴다면 영어와 한국어로 이 소설의 가독성이 떨어질 수 있었다. 예를 들어 레오니드에게 그의 필요성을 설명할 때 메니가 다음과 같이 말한다.

>　"당신은 우리 화성인의 생활방식을 익힌 뒤 지구와 화성의 인류 간의 살아있는 연결고리가 되실 겁니다. 원한다면 화성에서 지구의 대표로 활동하실 수도 있어요"[65].

>　"Чтобы послужить живой связью между нашим и земным человечеством, чтобы ознакомиться с нашим строем жизни и ближе ознакомить марсиан с земным, чтобы быть – пока вы этого пожелаете – представителем своей планеты в нашем мире."

　위 인용문이 원본에서 하나의 문장이다. 물론 러시아어에서 긴 문장을 사용하는 일은 19~20세기 중반쯤까지 문학에서 흔히 만날 수 있는 것이었다. 그러나 긴 문장을 읽거나 자각하는 것과는 다르다. 러시아어에서는 구두법을 활발하게 사용하기 때문에 긴 문장도 자연스럽게 느낀다. 그러나 번역 과정에서 이런 긴 문장들을 그대로 옮긴다면 번역의 가독성이나 충실성이 떨어질 가능성이 크다. 물론 번역에서 '충실성'이라는 개념은 중요하지만, 번역 과정에서 텍스트를 '충실하게'만 옮긴다면 목적어에서 그 텍스트가 자연스럽지 않다. 중역에서

---

65) 알렉산드르 보그다노프, 위의 책, 30쪽.

도 이 문제가 존재한다.

그러나 번역론 및 번역비평론에서 이른바 '문화적 전환'이란 담론이 등장한 이후, 스피박과 데리다와 같은 번역가들은 충실성의 범주를 '구시대적'으로 여겨지는 사상이라고 한다[66]. 나아가 가독성은 충실성의 범주에 넣어 번역에 대한 새로운 접근을 권하기도 한다. 그러나 보그다노프의『붉은 별』을 가독성 있게 옮긴다면 소설의 고유한 성격이 사라질 수 있었다. 그 성격이 선전적인 것이었어도 마찬가지이다.

보그다노프의『붉은 별』이 과학소설에 걸맞은 번역이 이뤄졌을까? 우선, 행성 간 비행을 가능케 하는 '마이너스 물질'이란 용어를 살펴보자. '마이너스 물질'이란 번역이 마땅하지만, 작가도 나중에 보그다노프도 이 독특하고 낯선 물질을 '마이너스 물질'이라고 부른다. 그러나 이 '마이너스 물질'을 처음 접했을 때 보그다노프가 좀 더 설명하듯이 이를 "материя отрицательного типа"라고 한다. 이는 말 그대로 "음성 질량(陰性質量)형 물질"을 뜻한다. 보그다노프가 '마이너스 물질'을 처음에 이런 설명하는 방식으로 사용하는 이유는 레오니드에게 화성인들이 사용하는 이 물질이 낯설었다는 것을 표하기 위해서일 것이다. 그러나 영문판에서나 한국어판에서는 이는 곧바로 '마이너스 물질'이라고 불렀다. 즉, 보그다노프가 추구하는 '낯설기'는 바로 '인지'처럼 옮겨졌다.

"We quickly went on to the last side compartment, the oxygen chamber, which contained supplies of oxygen in the form of 25 tons of **potassium chlorate,** from which up to **10,000 cubic meters of oxygen**

---

66) 윤지관, 「문학번역평가: 누가 어떻게 할 것인가」, 『통역과번역』 15(2), 한국통번역학회, 2013, 175쪽.

could be separated"[67].

    "……우리는 서둘러 다음 바인 상소의 방으로 발걸음을 재촉했다. 이
방에는 산소가 25통의 **포타슘과 염소산염의 형태로** 담겨 있는데, 이로
부터 **1만 입방미터의 산소**를 분리할 수 있었다. 이 양은 우리와 같은 몇
명의 여행자에게는 충분한 것이었다"[68].

위의 인용문에서 확인할 수 있듯이 영어판본과 한국어판본 사이의
과학적 개념이나 용어는 잘 번역된다고 판단할 수 있다. 그 이유는 보
그다노프의 서술 방식에서 찾을 수 있다. 보그다노프가 쓴 이 과학적
이고 사회주의적인 유토피아는 새로 생산된 과학적 개념보다는 실재
과학적 지식을 토대로 새로운 가설을 만들기 때문이다. 달리 말해, 보
그다노프의 『붉은 별』에 등장한 과학 용어가 '낯설게' 느껴지지 않지
만, 이 익숙한 과학 개념들이 낯선 가설을 입증하는 것이 새롭다고 할
수 있다. 그리하여 보그다노프의 『붉은 별』은 중역이어도 중역으로
삼는 영어판본에 충실한 번역이다.
    언급하듯이 보그다노프의 『붉은 별』은 Rediscovery 시리즈 중 한 권
으로 출판하며 한국 독자에게 소개되었다. 그리고 『붉은 별』의 수용 과
정은 이 시리즈에 나온 목록에서 추론할 수 있다. 왜냐하면 Rediscovery
시리즈에서 사회주의 유토피아와 혁명에 대한 주요 관심이 아니었으
면 한국에서 보그다노프의 번역이 나올 가능성이 적다고 본다. 나아
가 『붉은 별』을 아무리 '사회주의 유토피아'라고 불러도 독자의 평가
에서 "꽤 센 체제 선전, 혹은 과학소설이어서 가능했던 사회주의 프로
파간다"[69]를 묘사하는 소설이라고 여긴다. 사실은 한국어 판본인 『붉

---

67) Bogdanov, A. A., 1984, p.41.
68) 알렉산드르 보그다노프, 위의 책, 41쪽.

은 별』의 표지도 소설의 사회주의적이고 공산주의적인 성격을 강조한다.

4. 소비에트 낙원 신화를 비판하기

20세기 초의 러시아에는 정치적인 장에서 사회 변화가 일어났다. 이 변화 속에서 과학 지식이나 과학적 담론이 급진적으로 발전했다. 이 배경이 러시아의 과학소설에 기여했다. 왜냐하면 20세기부터 러시아/소비에트 과학 담론과 이 담론을 묘사하는 데 노력하는 과학소설들이 우주론을 중요시한다. 우주 탐사와 행성 간 비행뿐만 아니라 '이상향 나라'와 그런 사회가 문학계에서 관심을 끌어왔다. 그 결과가 알렉산드르 보그다노프의 『붉은 별』과 예브게니 자먀찐의 『우리들』과 같은 작품의 등장이다.

보그다노프와 자먀찐은 동시대 인물이자 러시아 혁명에 활발하게 참가한 인물이기도 하다. 따라서 그들이 창작한 소설에서 '피의 일요일' 이후 20세기의 러시아 정책이나 발전 방향에 대해 그들의 사상이 반영된다고 할 수 있다. 특히 볼셰비키 정권과 레닌 정권 이래 사회주의 향상, 사회 발전에 대한 정책, 과학적 지식의 대중화 등이 작가들의 이념을 만들어 왔다. 그러나 보그다노프와 자먀찐이 예견하는 소비에트 러시아의 미래 사회 모습은 완전히 다르다.

보그다노프의 사상과 이데올로적 이념이 '피의 일요일' 이전 레닌

---

69) 온라인 서점 알라딘에서 가져온 리뷰 중 하나에는 『붉은 별』이 "과학소설이라기엔 꽤 센 체제 선전, 혹은 과학소설이어서 가능했던 사회주의 프로파간다"라고 한다.

과 비슷했기 때문에 보그다노프가 기대하는 미래는 '사회주의 유토피아'가 되었다. 보그다노프의 유토피아는 '양성평등 사회'를 그려내면서 그 사회에서 노동력을 효율적으로 이용하는 것을 표한다. 그러나 『붉은 별』이 화성이란 '타 공간'의 비유로 그려낸 이 사회는 이기적인 사회였다. 화성 사회는 자신의 우월한 위치를 인지하면서 지구에 식민지를 만들기 위해서 지구 인류를 몰살해야 한다는 주장까지 내리기도 한다. 이는 '이상향 나라'인 화성이 그리 완벽하지 않다는 증거였다. 그리고 보그다노프의 유토피아가 반(反) 유토피아로 변하게 된 시점이었다. 나아가 「붉은 별」은 한편으로 과학소설의 기법을 이용하여 '시간과 장소를 옮긴다'는 것으로 과학소설처럼 창작되며, 다른 한편으로는 「붉은 별」이 과학소설이면서도 리얼리즘과 선전을 담는 소설이기도 하다.

반면에 자먀찐의 『우리들』은 분명한 디스토피아 소설이다. 『우리들』이 소비에트 러시아에서는 인정받지 않았으나, 서구나 미국에서 디스토피아 소설로서의 자리를 잡는다. 『우리들』의 사회는 보그다노프의 '이상향 사회'와 가깝다. 양성평등부터 조직화된 노동까지, 심지어 지식을 모든 시민에게 동등하게 제공하는 사회를 표하는 『우리들』에서 이렇게 조직화되고 감시만 받는 사회는 자먀찐에게 바람직하지 않은 사회였다. 달리 말해, 자먀찐이 그려낸 이 사회는 볼셰비키가 추구하는 사회주의 낙원에 대한 심각한 풍자였다. 그리고 보그다노프의 '이상향 사회'와 가장 큰 차이는 자먀찐 작품 속 인간이 아닌 개성 없는 '번호'들의 사회였다. 이 사회에서 자기 입장이나 의견, 상상력과 감정은 필요 없으며 단일제국이 지시하는 대로 움직여야만 한다. 『우리들』이 다른 언어로 번역된 이후 이 소설은 조지 오웰의 『1984』와 올더스 헉슬리의 『멋진 신세계』와 함께 20세기 초의 3대 디스토피아 소설로 꼽힌다.

한국에서 보그다노프와 자먀찐의 작품 수용 과정도 다르다. 보그다노프의『우리들』은 아고라 출판사의 기획 시리즈 중 한 작품으로 나왔다. 이 시리즈에는 고전 과학소설과 유토피아, 그리고 혁명을 중요시하며『붉은 별』을 선정했다. 보그다노프와 같은 시리즈에 레닌의『국가와 혁명』이 포함됨으로써 보그다노프 작품의 선택을 논리화시킬 수 있다. 반면에 자먀찐의『우리들』은 러시아문학 수용 과정에서 수용된 작품 중 하나였다. 러시아문학 수용 과정이 복잡하지만, 자먀찐이 1990년대에 처음으로 한국 문학장에서 소개되었다. 뿐만 아니라 자먀찐의『우리들』은 1990년대에 나왔지만, 2010년대 후 다시 번역하고 재출판되었다. 이는『우리들』이 문학 작품으로서 가치 있는 작품이라는 하나의 증거가 될 수 있다. 흥미롭게도, 20세기 초의 소비에트 러시아에서 찬양하는 보그다노프의『붉은 별』과 비난받는 자먀찐의『우리들』이 한국 수용 과정에서 완전히 다른 평가를 받게 된다. 한국에 수용된 후『붉은 별』은 '유토피아'라고 여겼지만, 사회주의 유토피아와 선전 유토피아라는 평가를 받았다. 그러나 자먀찐의『우리들』은 전 세계적으로 '디스토피아 소설'로서 자리를 잡아 수용 과정에서도 찬양을 받았다고 할 수 있다.

참고문헌

Bogdanov, A. A., Graham, L. R., Rougle, C., Stites, R., *Red Star: The first bolshevik utopia*, Indiana Univ. Press, 1984.

Drake, K., *Literature of protest,* Salem Press a Division of EBSCO Publishing, 2013.

Fokkema. D, *Perfect Worlds: Utopian Fiction in China and the West*, Amsterdam University Press, 2011, http://www.jstor.org/stable/j.ctt46mwnv

Mikesell, Margaret & Suggs, Jon., "Zamyatin's We and the Idea of the Dystopie",

Studies in 20th & 21st Century Literature 7, 10.4148/2334-4415.1117, 1982.

Siddiqi. A. A., *Imagining the Cosmos: Utopians, Mystics, and the Popular Culture of Spaceflight in Revolutionary Russia*, Osiris, 23, 2008. http://www.jstor.org/stable/40207011

Suvin, D., *Metamorphoses of Science Fiction*, Yale University, 1979.

Vesela, Pavla., "Utopias from the First and Second Worlds(Russia)", *해외박사 (DDOD) 학위논문Duke University*, 2005.

Young. G. M., *The Russian cosmists: The esoteric futurism of Nikolai Fedorov and his followers*, Oxford University Press, 2012.

Zamíâtin, Evgenii Ivanovich., *We,* New York : Viking Press, 1972.

Бугров, Д. В. Утопия в России: к истории развития литературного жанра во второй половинеXVIII-го- первой трети XX-го века. Retrieved October 29, 2022, from https://elar.urfu.ru/bitstream/10995/49881/1/dc-2000-1-008.pdf.

Ожегов, С.И. Словарь русского языка. М.: иностранных и национальных словарей, 1949.

Соболевская Н.Н. Статья Як. Брауна «Взыскущий человека (Творчество Евгения Замятина)» // Критика и критики в литературном процессе XIX-XX в. Новосибирск, 1990.

Шкловский В. О рукописи «Избранное» Евгения Замятина // Замятин Е. Избранные произведения: Повесть, рассказы, сказки, роман, пьесы. М.: Советский писатель, 1989.

김성일, 「A. 보그다노프의 소설『붉은 별』에 나타난 유토피아 세계」, 『스토리앤이미지텔링』 13, 스토리앤이미지스토리텔링연구소, 2017.

다르코 수빈, 「낯설게하기와 인지」, 문지혁 · 복도훈 옮김, 『자음과모음』, 2015년 겨울호.

문준일, 「예브게니 자먀찐의 『우리들』의 신화시학-통과제의 구조를 중심으로」, 『노어노문학』 24(2), 한국노어노문학회, 2012.

신경제정책(New economic policy ; NEP)-[노동자의 책: 마르크스주의], 노동자의 책. 접속 일자: 202210.22, URL: http://www.laborsbook.org/dic/view.php?dic_part=dic01&idx=5096.

알렉산드르 보그다노프, 김수연 옮김, 『붉은 별: 어떤 유토피아』, 아고라, 2016.

엄순천, 「한국문학속의 러시아문학-한국근대문학으로의 러시아문학 수용 현황 및 양상」, 『인문학연구』 35(1), 충남대학교 인문학연구소, 2008.

예브게니 자먀찐, 석영중 옮김, 『우리들』, 중앙일보사, 1990.

윤지관, 「문학번역평가: 누가 어떻게 할 것인가」, 『통역과 번역』 15(2), 한국통번역학회, 2013.

이득재, 「『붉은 별』에 나타난 보그다노프의 사회주의 이론」, 『중소연구』 40(4), 한

양대 아태지역연구센터, 2017.

최진석, 「혁명, 혹은 배반의 유토피아 – 보그다노프의 『붉은 별』에 나타난 정치적 무의식」, 『인문논총』 74(4), 서울대학교 인문학연구원, 2017.

<책> 새로 나온 책. [연합뉴스]. (입력 날짜: 1996.07.30.; 접속 날짜: 2022.11.06.) https://n.news.naver.com/mnews/article/001/0004024144?sid=103.

제10장

『붉은 별』과『고양이 행성의 기록』의
과학 유토피아 표상

장효예

1. 화성은 왜 과학기술 유토피아의
장소로 상상됐을까?

19세기 말 동서양에서는 화성을 배경으로 한 과학소설이 점차 늘어나고 있었다. 이 시기의 화성을 주목하는 이유를 살피기 전에 과학소설과 화성의 관계를 고찰해야 한다. 즉 화성을 배경으로 한 과학소설이 갑자기 등장하게 된 문제에 주목해야 하는 것이다. 화성과 과학소설의 관계를 말하기 전에 순수소설과 과학소설이 구별되는 점에 대해 말하고자 한다. 본고의 목적은 동서양의 초기 과학소설 양상을 추적하는 과정에서 과학으로 정의되지 않는, 즉 본격적인 과학소설이 형성되기 전의 상황을 들여다봄으로써 초기 과학소설의 의미를 재고(再考)하는 것이다. 이를 통하여 과학기술에 대한 동서양의 인식 및 수용의 차이를 근거로 초기 과학소설에서 '과학'은 어떤 위상을 차지하는지 확인하고자 한다.

과학기술의 본격적인 등장 전까지 인류에게 과학이란 신비한 자연에 대한 형이상학적 존경에 가까웠다. 서양에서는 중세 문예부흥 시기부터 전통적인 종교의식이 깨졌으며, 자연을 개조의 대상으로 인식함에 따라 과학도 발전하게 되었다. 이러한 과학 발전은 문학에도 영향을 미쳤다. 17세기 이전 사람들에게 과학에 대한 상상은 미지의 세계이거나 이상적인 세계에 대한 갈망에 가까웠다. 이것은 당대 환경에 따라 나타나는 결과물이다. 중세 시기 이상적 세계에 대한 상상은 형이상학적 신화에서 점차 벗어나 새로운 유토피아를 모색하는 단계로 나아갔다. 이후 본격적인 과학의 출현과 기술 실현을 이유로 유토피아에 대한 새로운 특징이 나타난다. 즉 이성적인 태도로 현실화될 수 있는 새로운 유토피아의 경향이다. 이런 시대 흐름에 나타나는 과학소설은 유토피아와 긴밀하게 연결된다고 말할 수 있다.

여태까지의 과학소설에 대한 논쟁은 유토피아와 서로 분리할 수 없다. 15세기 영국 철학자 프랜시스 베이컨(Francis Bacon)은 자신의 저서 『새로운 아틀란티스』(1626)에서 과학적 정신으로 예견된 하나의 유토피아를 제시하였다. 이 시기는 과학기술이 크게 발달하지 않았기에, 유토피아는 인간들이 상상할 수 있는 미지의 영역이나 다름없었다. 칼 만하임의 말처럼 "한 사상의 양상은 그가 있는 현실 처지와 일치하지 않는다면 바로 유토피아"였다.[1] 루이스 멈퍼드(Lewis Mumford)는 『유토피아 이야기』를 통하여 지난 몇 세기 동안 서양에서 상상된 유토피아를 제시한다. 토머스 모어(Thomas More)는 유토피아라는 단어를 바로 Utopia와 Eutopia의 결합이라 해석한다. 전자는 존재하지 않은 지역이고 후자는 이상적인 지역이다.[2] 즉 15~16세기 유럽에서 상상된 유토피아란 유럽 문명에 오염되지 않은 비유럽의 새로운 지역, 혹은 도서(島嶼)에 존재하는 것이었다. 그중에서도 아메리카 대륙은 당시 유럽에서 자주 상상한 유토피아였다.[3] 이런 유토피아 사상은 신화와 본질상 차이가 있다. 즉 유토피아는 15~16세기 서양의 종교개혁, 문예부흥 과정에서 나타난 파생물이다.

17~18세기 산업화로 과학기술이 본격적으로 발전함에 따라 유토

---

1) 칼 만하임, 『이데올로기와 유토피아』, 임석진 옮김, 김영사, 2012, p.403 참고

2) "Tomas More's neo-Latin coinage, *utopia,* can be translated as no-place; it is also a play on the Greek word *eutopia,* the good place." Lyman Tower Sargent, "Authority & Utopia: Utopianism in Political Thought", *Polity 14.4,* The University of Chicago Press, 1982, p.565.

3) "15세기 이후, 아메리카 대륙의 발견은 서양 천주교 교회에 하나님이 주신 인간적 마지막 순결한 땅이라 생각했다, 당시 미주 원주민의 순수한 생활은 서양적 물질 욕망과 선명한 차이를 나타냈다. (……) 당시 많은 선교사들이 토머스 모어 경의 유토피아 이론과 기독교의를 서로 연결하여 아메리카 대륙에서 많은 유토피아 지역 사회를 건설했다." 程映紅, 『紅潮小史』(The Red Tide), Blurb, 2021, pp.126-127.

피아에 대한 환상은 필연적으로 과학과 연결되었다. 달리 말해 산업혁명이 초래한 과학기술의 폭발은 문학자, 과학자, 기술자들에게 이전보다 더 광범위하게 미지 세계를 상상할 수 있는 기회를 제공했다. 이러한 상황 속에서 신화를 통해서만 상상 가능했던 우주는, 이제 과학기술을 통한 이성적 인식의 대상이 되었다.

15세기 이전의 인류에게 미지의 세계나 우주에 대한 상상은 주로 신화로 나타났다. 이후 정치와 문예 전반에 개혁이 진행된 15~16세기에는 유토피아를 제시함으로써 이상적 세계를 상상하였다. 산업화 이후 과학기술의 발달은 유토피아를 더욱 구체적인 대상으로 그리게 하는 동력이 되었다. 즉 과학기술의 출현은 인류가 새로운 영역으로서 유토피아를 추구하는 계기가 된 것이다. 이러한 과학적인 유토피아는 근거 없는 상상이 아니라 과학을 기초로 삼는 새로운 유토피아 정신이다.

사회가 발전함에 따라 인간은 항상 자기가 인식하지 못하는 사물에 대하여 호기심을 가졌다. 자신의 생각을 해방할 수 있는 공간을 구상하고, 현재에는 부재하는 이미지로 유토피아적 세계를 만들고 싶어한 것이다. 유럽과 미국에서 실현된 공업화는 동시에 세계 질서도 변화시켰다. 자본주의 상품 경제는 사회 질서를 결정하며, 기술의 발전도 인류의 사고방식을 결정한다. 이로 인해 기존의 문학 가운데 기술적 사회 환경과 같이 결합하는 과학소설의 형태가 출현하게 되었다. 하지만 초기 과학소설 작가들은 자신들이 새로운 장르의 소설을 쓰고 있다는 사실을 인식하지 못했다. 산업화 초창기의 기술 발전은 사람들에게 과학을 무의식적으로 받아들이게끔 하였다. 이로 인해 나타난 과학소설은 엄밀한 의미에서 과학이론으로 지지할 수 없는 것이었다. 세계 최초의 과학소설은 영국 여성 작가 메리 셸리가 쓴 『프랑켄슈타인』이다. 『프랑켄슈타인』은 공업화 시기에 나타난 과학기술을 언급하는 동시에 '미친 과학자(Mad scientist)'를 통하여 과학이 세계－자연을 개조할 수 있다는 메시지를 전달한다. 이 작품은 후대에 과학적 위상이 재평가되었다. 왜냐하면 산업화 초기 작가들이 과학기술에 대하여 초보적으로 인식하는 단계에서 미래 세계를 상상하는 방식을 확인할 수 있기 때문이다. 그러나 여전히 과학이 큰 역할을 발휘하지 못하면서 개인적 상상에 그친다는 한계성을 보여준다.

초기 과학소설은 통일된 패러다임을 갖지 못했다. 작가들은 새로운 문학 형식을 만드는 과정에서 당시 사회문제를 드러낼 수 있는 부수적인 방법으로써 과학을 활용하였다. 즉 초기 과학소설에서 과학기술은 주도적인 지위를 갖지 못했다. 한편 과학기술의 발전 한계성으로 인해 작가들은 소설을 쓸 때 과학기술을 적극적으로 활용할 수 없었다. 초기 과학소설을 두고 사람들은 새로운 소설적 형식을 제대로 인식하지 못했고, 과학소설 역시 기존의 유토피아 문학처럼 단지 우주나 미지의 세계에 대한 새로운 상상의 방향을 제공할 뿐이었다. 하지만 과학소설은 일반 소설과 달리 과학기술이 발전함으로써 전망을 밝힐 수 있다.

한 논쟁에 따르면 과학소설은 17~19세기에 발생한 것으로 주로 과학혁명과 산업혁명의 영향으로 급속하게 발전한 수학, 물리학, 천문학에 의해 나타난 장르로 알려져 있다. 이러한 과학소설의 가장 특징적인 점은 바로 과학기술을 활용한 장르소설이라는 사실이다. 이러한 배경 속에서 19세기 말 화성에 대한 새로운 발견 역시 과학소설에 큰 영향을 미쳤을 것으로 생각해볼 수 있다. 과학소설에서 화성의 출현은 과학기술을 모호하게 인지하던 이전 시기와 다르게 본격적으로 과학기술에 근거한 소설 장르라는 규정을 가능하게 했다. 1878년 이탈리아 천문학자는 화성 표면에서 도랑 같은 것을 발견하여 화성에 물이 존재한다고 추정하였다. 이를 근거로 화성에도 생명체가 존재한다고 간접적으로 추측할 수 있었다.[4] 이 발견이 나오기 전까지 인류가 지구 밖에 대해 상상한 것은 달에 머무르는 수준이었다. 17세기 갈릴레오 천체 망원경은 달 표면을 선명하게 보여주었고, 이때부터 사람들은 달에 대해 구체적으로 상상할 수 있었다. 그 후로 몇 세기 동안 달에서는 더 이상 새로운 발견을 하기 어려웠다. 이런 상황에서 화성의 생명체 존재 가능성에 대한 주장은 과학적 상상에 큰 동력이 되었다. 인류의 유토피아에 대한 적극적인 환상은 과학기술의 발전과 화성 탐사의 진전과 연결되었고, 1878년 이후 화성을 주제로 하는 과학소설이 늘어난 것을 통해 과학적 유토피아의 욕망을 반추해볼 수 있다.

〈표 1〉 19세기 말 화성을 배경으로 하는 과학소설

작품	작가	시기	설명
Across the Zodiac	Percy Greg	1880	1830년 지구인 화성 생물을 탐색하는 이야기(반중력을 이용함)
Urania	Camille Flammarion	1889	청년 천문학자와 약혼자가 열기구 사고로 죽은 후 화성에 있는 시체에서 부활하는 이야기
Mr, Strangers Sealed Packet	Hugh Macoll	1889	지구인들이 비행 기계를 타고 화성으로 가며, 평화로운 화성은 지구보다 기술 발전이 많이 낙후되어 있다. (녹음기와 잔등 재외)
Unveiling a Parallel	Alice llgenfritz Jones Ella Merchant	1893	화성을 여행하는 유토피아적 페미니즘 소설

---

4) Schiaparelli uses the term "canali" to describe the streaks on the surface of Mars. This is wrongly thought to mean "canals", and is thought to imply that Mars has intelligent life that has built a system of canals.
https://mars.nasa.gov/allaboutmars/mystique/history/1800/ 참고.

Journey to Mars	G. W, Dillingham	1894	화성은 봉건적인 사회임에도 선진 기술이 있는 곳이다. 반중력 비행기, 에테르 자동차 등 과학기술을 겸비한 동시에 미신적 능력도 있는 이중적 세계이다.
A Prophetic Romance	John Mccoy	1896	화성인이 지구로 온 이야기. 지구 세계는 혁명으로서 사회 양상을 바꿨으며, 남녀평등을 이미 이룩한 유토피아적 소설
Two Planets	kurd Lasswitz	1897	화성의 기술에 대한 이야기 모색
The War of the Worlds[5]	H. G. Wells	1898	화성의 선진 기술로 지구를 파괴
Doctor Omega	Arnould Galopin	1906	기술적인 우주선을 만드는 박사의 화성에서의 모험
Red Star	Alexander Bogdanov	1908	사회주의 체제의 화성 등장. 기술 문명도 지구보다 많이 진보해 있다.
A Princess of Mars[6]	Edgar Rice Burroughs	1912	화성에서 펼쳐지는 모험적인 과학소설

※ 이 표에 1880~1920년 가운데 일부 과학소설을 열거하였다. 이 가운데 주석 표시된 소설만 동아시아에서 한국어/중국어로 번역되고 다른 소설은 현재까지 번역되지 않았다. 설명은 영어로 간략하게 번역되어 있음.

위의 표에서 보는 것처럼 1878년 이후 화성을 배경으로 한 과학소설은 갈수록 많아지고 있다. 하지만 화성을 주제로 한 초기 과학소설은 그다지 크게 주목받지 못하였다. 이 중에 H. G. 웰스의 『우주전쟁』, 『화성의 공주』가 세계적으로 여러 차례 번역되고 있는 대표작이라 할 수 있다. 표에서 제시한 과학소설들의 공통점은 화성에 대한 모험과

---

5) H. G. Wells, *The War of the Worlds*, William Heinemann, 1898. 한국에서 첫 번역본은 『우주전쟁』이라고 번역되었고, 중국어 판본은 『星际战争』이라고 영어로 직접적으로 번역해왔다.

6) Edgar Rice Burroughs, *A Princess of Mars*, 1912. 한국어 번역본은 『화성의 공주』, 중국어 번역본은 『火星公主』라 모든 영어 제목으로 직접적으로 번역해왔다.

탐사에 관한 이야기라는 사실이다. 이 가운데 일부 소설은 반중력(反重力)에 대해 언급하기도 한다. 1878년 화성에 대한 새로운 발견 이후 사람들은 과학기술을 토대로 지구 밖의 환상적 유토피아를 화성에 적극적으로 투영하고자 했음을 확인할 수 있다. 달리 말해 "현대 과학이 부흥하기 전에 미신과 무지가 이 세계에 가득 차 있었는데, 과학이 출현하자마자 지식 추구가 더욱 실제화할 수 있었다. 과학의 각성에 따라 사회 진보, 개인 실현, 심지어 영생 등이 현재 이루지 못하는 영역에서 앞으로 극복할 수 있다고 생각되었다. 이는 바로 유토피아의 방향이다."[7]

한편 산업화가 점점 진행됨에 따라 자본주의 사회에서 수많은 분쟁이 출현한다. 과학소설은 디스토피아적 경향으로 미래 세계에 대한 비관과 절망을 그리기 시작하였다. 이때 눈에 띄는 특징은 과학기술이 정말 미래 세계에 대한 기대를 가능하게 하는가에 대한 입장이다. 본격적인 과학소설의 등장 이전에도 유토피아와 디스토피아적 경향은 이미 존재했다. 다만 과학 발전에 따라 현 사회에 대한 비판, 혹은 질의 등의 이성적인 입장이 과학소설에서 더욱더 출현한 것이다. 이 중에 H. G. 웰스는 과학기술과 현 사회에 대한 사고라는 두 방면을 서로 결합하며 디스토피아적 경향을 가진 소설을 몇 편 쓰기도 하였다. 예컨대 『When the Sleeper Awakes』(1899)라는 작품은 과학소설 형식으로 자본주의 승리 후의 세계가 더욱 엉망이 된 현실을 제시한다. 이것은 비관적인 과학기술과 미래 세계에 대해 일정한 질문을 던지는

---

7) "It is the view that up until the rise of modern science the world was clothed in ignorance and superstition. Once science arrived, it began to strive towards true knowledge which becomes ever more widespread and total, so that it is only a matter of time before we will unravel the secrets of everything. In its wake will follow, naturally, social progress, ease of work, and individual fulfillment, perhaps even everlasting life. The present, of course, still has a few difficulties, but these, too, will be overcome in the future." Don Ihde, *Consequences of Phenomenology,* State University Of New York Press, 1988, p.95 참고.

디스토피아 과학소설이다. H. G. 웰스의『우주전쟁』은 화성이 지구를 침입하는 이야기로 현실적인 식민주의를 비판하는 동시에 다소 디스토피아적인 경향도 보여준다. 따라서 초기 과학소설에서 과학기술은 현 사회 혹은 미래에 대한 어떤 태도를 서술하는 데 보조적인 역할을 맡고 있다. 즉 위에 서술한 것처럼 이 시기의 과학소설은 어떻게 미래 사회를 상상할 것인가에 대한 방법론을 제공할 뿐이다. 이런 유토피아에 대한 상상은 특히 19세기 세계 각 나라의 산업화 발전 정도에 따라 다르게 나타나며, 과학적 유토피아에 대한 상상과 인식 역시 다양하게 재현된다.

화성을 배경으로 하는 과학소설에 나타나는 유토피아 경향에 따라 본고에서는 두 가지 사례를 중심으로 해석을 시도한다. 과학소설은 미지의 세계를 모색함으로써 다양한 유토피아적 상상력을 제시해 왔다. 과학소설에서 과학기술은 아름다운 유토피아를 상상할 수 있는 운반체가 되거나, 현재 사회를 파괴하는 디스토피아적 상상력의 발단이 되는 강력한 무기가 되기도 하였다. 본고에서는『붉은 별』과『고양이 행성의 기록』의 화성 이미지를 통하여 초기 과학소설의 특성을 살피는 동시에 동서(東西)의 인식 차이를 통하여 초기 과학소설을 더욱 풍부하게 고찰하고자 한다. 이를 위해 두 작품을 단순히 비교하는 것에 그치지 않고 차이점을 통한 초기 과학소설의 다양성을 설명하며, 초기 과학소설을 검토함으로써 현재 과학소설의 특징을 재고한다.

2. 외계 식민지 환상의 역설

초기 과학소설은 과학기술 그 자체에 집중하기보다 인류의 미래를 탐구하는 방향에서 발달하였다. 특히 유토피아는 과학소설의 상상력에서 중요한 매개가 된다. 19세기 말 유럽은 급격한 발전을 이룩하였고, 자본주의적 욕구도 잠재되어 있었다. 이러한 상황에서 유토피아 과학소설은 현실 사회에서 나타나는 자본주의적 병폐로 인하여 현실에 대한 반항, 비판, 파괴라는 디스토피아적 과학소설로 변모하였다.

여기서는 소련의 과학소설『붉은 별』과 중국의 초기 과학소설『고양이 행성의 기록』에 주목한다. 두 작품은 서양의 자연 생산적인 자본주의/사회주의 모델로 묘사되는 화성에 대한 유토피아적 환상과 식민주의로 인한 근대화를 시작한 동양의 화성에 대한 상상력 차이를 보여준다. 뿐만 아니라 두 작품을 통하여 전혀 다른 정치, 지역에서의 과학소설에 대한 인식도 확인할 수 있다. 한편 19~20세기 동안 자본주의 체제가 서양에서 폭발적으로 성장하는 가운데 계급 갈등도 심화되었으며, 식민주의 역시 세력을 확장하였다. 마르크스는 사회주의 사회란 일종의 과학적 사회 체제라고 인식하였고, 이는 지구적으로 빠르게 확산되었다. 소련과 중국의 두 과학소설은 각각 사회주의 혁명 단계에서 변화하는 사회를 묘사한다는 점에서 사회주의 개혁에 대한 환상을 드러내는 것을 엿볼 수 있다.

『붉은 별』과『고양이 행성의 기록』은 모두 화성을 배경으로 한 과학소설로 규정할 수 있다. 다만『붉은 별』이 유토피아적 사회주의 사회에 대한 환상을 제시하는 반면『고양이 행성의 기록』은 화성을 추악한 세계, 희망과 미래가 없는 디스토피아적 공간으로 묘사한다. 유토피아가 아름다운 이미지를 가진다면 디스토피아의 세계는 추악함과 공포의 세계라 할 수 있다.『고양이 행성의 기록』에서 화성은 고양이들의 성(城)이다. 특유의 '낯설게 하기'를 통해 추악함이 충만한 도시로 등장한다. 고양이들이 살고 있는 도시는 지구의 도시와 큰 차이가 없지만 추악함으로 가득 찬 디스토피아적인 묘사로 이어진다.

두 소설은 화성을 매개로 유토피아 세계와 디스토피아 세계를 만들었다. 이러한 차이는 당시 국가 및 사회의 정치 이데올로기와 긴밀한 관계를 맺는 작가의 위치 때문이다. 『붉은 별』을 쓴 보그다노프는 소련의 혁명기를 관통하면서 상품의 생산과 유통을 포함한 삶의 주요 과정에서 안정성을 유지하고 혼란을 방지하는 규제 메커니즘을 허용하는 초과학적인 조직을 만들고 싶어 했다. 그리고 이러한 조직은 오직 사회주의로 완성될 수 있는 것이었다.[8] 그리고 1905년의 혁명은 1917년 러시아 혁명에 대한 선행 조건을 제공했다. 이 무렵 러시아에서는 소비에트 사회주의에 대한 지향의 목소리가 매우 높아지고 있었다. 의사 출신인 과학기술에 관심이 많았던 보그다노프 자신도, 사회주의 혁명을 이해하기 위해 지하 조직 활동에 가담한 이력이 있다. 보그다노프가 사회주의 개혁에 높은 관심을 가졌던 것은 우연이 아니다. 당시 소비에트 혁명은 분명한 모험인 동시에 기회였다. 보그다노프는 『붉은 별』을 통하여 화성에서 완성된 사회주의를 묘사함으로써 과학기술적 사회주의 사회 개혁을 지향하였음을 알 수 있다. 작가가 화성을 배경으로 제시한 유토피아 세계는 아래 인용문과 같다.

On Bogdanov's Mars there is no state and no politics, although there are clothes made of synthetic material, three-dimensional movies, and a death ray[9][10]

---

8) His main goal was to suggest a super-science of organization that would permit regulative mechanisms to preserve stability and prevent cataclysmic change in any of life's major processes-including the production and distribution of goods. As a Marxist he believed this to be possible only under a system of collective labor and collectivized means of production. Alexander Bogdanov, *Red Star*, Indiana University Press, 1984, p.5.

9) SF소설에서 자주 사용된다. 물리학에서 입자빔이나 전자파를 이용으로 만드는

보그다노프의 화성에는 국가도 정치도 없다. 하지만 합성 물질로 만든 옷과 3D 영화, 죽음의 광선은 존재한다.

인용문을 통해 알 수 있는 것은 보그다노프가 상상한 사회주의 유토피아란 선진적 과학기술을 보유한다는 사실이다. 보그다노프는 이 소설을 통해 사회주의 개혁 의지를 투사하는 동시에 당시 국가가 마주한 혁명의 현실도 반영했다. 예컨대 『붉은 별』 제3장에서 언급하는 화성은 이상적이고, 또 자유로운 세계지만 해결할 수 없는 인구문제도 존재한다. 이를 해결하기 위해 화성의 인류는 다른 천체를 식민지로 만들고 싶어 한다. 때문에 화성의 인류는 지구를 비롯한 금성까지 관찰자를 피견한다. 보그다노프가 묘사하는 화성은 사회주의를 완성한 이상적 국가임에도 결국 식민-제국주의를 욕망하는 것이다. 선진적 사회주의 사상을 갖고 있음에도 화성의 인류가 식민지 정책을 진행하려는 것은 무엇 때문일까. 그것은 단순히 자신들의 권리와 이익을 확대하기 위함이 아닌, 척박한 화성의 환경에서 벗어나 민중이 더 풍요로운 삶을 영위할 수 있도록 하기 위함이다. 즉 보그다노프는 제국주의적인 식민지 정책을 둘러싼 헤게모니 투쟁에 반대하는 한편, 사회주의 체제에서만 이룩할 수 있는 민중의 최대 이익에 대한 지향을 스스로 강조하고 있는 것이다. 『붉은 별』은 현실의 문제를 반영하는 동시에 사회주의적 이상향을 제시하는 과학소설이다.

보그다노프의 소설과 달리 라오서의 『고양이 행성의 기록』은 새로운 세계를 상상하기보다 디스토피아적 세계를 제시한다. 즉 고양이들의 도시를 통해 당시 중국 정치 및 사회 현실을 묘사하는 것이다. 화성

무기이다. 지금은 이미 연구 정지하고 있는 상태이다. 1920~1930년대는 이를 연구하는 최고조 시기이다.

10) Alexander Bogdanov, 위의 책, p.7.

이라는 매개를 통해 중국의 현실을 폭로하기 위하여 라오서는 디스토피아적 세계를 그림으로써 사회 비판을 담아낼 수 있었다. 1930년대 중국은 만주사변, 정치 혼란, 서양 제국 열강의 압박, 민중의 빈곤, 계급 양극화 등 다양한 사회문제와 갈등을 겪었다. 이 많은 문제의 근원은 바로 당시 중국 정치 제도의 취약함에 있다. 라오서는『고양이 행성의 기록』에서 고양이들의 도시 상황을 묘사하면서 이러한 연약함을 반영한다. 소설은 반복해서 고양이들의 연약함을 질책하면서 현실 상황을 비판한다.

> "그런 부분도 어느 정도 있겠죠. 하지만 화성에서 언제나 열악한 무력이 국제적 지위를 실추시키는 원인은 아닙니다. 국민들이 인격을 상실하면 국격(國格)도 차츰 사라지기 마련이죠. 국격이 떨어지는 나라와 협력하길 원하는 사람은 아무도 없습니다. 묘국에 대해 억지를 부리는 나라들이 많다는 점은 저희도 인정합니다. 하지만 누가 국격 없는 나라를 위해 나서줌으로써 동등한 국가와의 좋은 관계를 손상시키려 하겠습니까? 화성에는 아직도 수많은 약소국가들이 있습니다. 그들이 약하다고 해서 국제적 지위를 잃는 건 아니에요. 국력이 약해지는 데에는 다양한 원인이 있죠. 천재지변과 지리적 형세 모두 국력을 떨어뜨리기에 충분합니다. 하지만 인격이 없다는 건 사람들이 자초한 거죠. 그 때문에 쇠약해지는 것은 다른 이의 동정을 얻을 수 없습니다."[11]

작가는 국가의 연약함의 원인이 열악한 무력이나 외부의 요인 때문이 아니라 국민들이 인격을 상실하였기에 국격(國格)도 사라졌기 때문이라고 지적한다. 이는 당시 중국의 상황을 예리하게 반영하고 있는 지점이기도 하다. 또한 저자는 소설을 통해 중국이 다른 국가들과

---

11) 라오서, 홍명교 옮김,『고양이 행성의 기록』, 돛과닻, 2021, 122-123쪽.

비교할 기회까지도 잃어버렸음을 강하게 비판한다.『고양이 행성의 기록』은 또한 외국의 영향으로 인격을 상실한 고양이 도시의 모습을 아래 인용처럼 묘사한다.

> "미혹나무 잎이 국식으로 정해진 4백여 년 동안 묘국 문명의 발전은 이전보다 몇 배는 더 빨라졌다. 미혹나무 잎을 먹게 되면서 육체 노동을 좋아하지 않게 됐고, 자연스레 정신적인 일들을 많이 할 수 있었다. 가령 시 쓰기가 과거보다 진보했다. 2만여 년 동안 어떤 시인도 '내 사랑 배' 같은 표현을 쓰지 않았다. (……)
>
> 하지만 정치적으로나 사회적으로 분쟁이 없었던 것은 아니다. 3백년 전, 미혹나무의 재배는 보편적인 일이었지만 잎을 먹을수록 게을러진 사람들이 점차 나무를 심는 것조차 귀찮게 여기기 시작했다. 더구나 공교롭게도 1년에 걸친 홍수─이 대목에서 따시에의 회색 얼굴이 조금 창백해졌는데, 원래 묘인들은 물을 가장 무서워한다─를 맞닥뜨리면서 숲의 많은 부분이 떠내려갔다. 다른 음식들을 먹지 않는 것은 참을 수 있었다. 도체에서 강도 사건이 발생했고, 약탈이 너무 많이 발생하다 보니 정부는 다시 인심 좋은 명령을 내렸다. 미혹나무 잎을 훔치는 것은 모두 무죄라는 거였다. 그리하여 지난 3백 년은 강도의 시대가 됐다. 결코 나쁜 일은 아니었다. 강도 짓은 개인의 자유를 가장 잘 표현할 수 있는 행동이며, 자유는 묘인들의 역사에서 최고의 이상이기 때문이다."[12]

위의 인용문에서 확인할 수 있는 것처럼 라오서는 풍자를 통하여 고양이들의 도시에 손해를 끼치는 미혹나무 잎에 대해 언급하면서, 이것에 저항하기는커녕 오히려 더욱 적극적으로 받아들이는 민중에 대하여 묘사한다. 이를 통해 국격을 잃은 중국과 인권을 상실한 민중이 외국의 영향력하에 자기 판단 능력을 상실함을 비판한 것이다. 보

---

12) 위의 책, 52-53쪽.

그다노프의『붉은 별』과 다르게 라오서가 상상하는 화성(고양이들의 도시)은 자주적인 판단 능력을 상실한 채 완전히 추악한 모습으로 변모한 사회이다. 여기에는 주체적인 국가 건설에 대한 갈망이 엿보이는 동시에 국가가 사회를 개혁하려면 우선 민중을 계몽해야 한다는 요구가 녹아들어 있다.『고양이 행성의 기록』은 국격이나 인격에 대한 인식이 부재하면 국가 및 사회가 공포와 직면한다는 사실을 디스토피아적 문학 형식을 통하여 잘 표현한 작품이다. 실제 라오서는 보그다노프와 달리 당시 중국에서 사회주의 개혁을 진행할 때 완전한 사회주의자가 아니었다. 라오서는 오직 문학을 통해서만 사회 현실을 기술하였다. 말하자면 라오서는 국가가 다시 독립, 해방할 수 있으며, 자신의 체제를 세울 수 있다는 갈망을 가진 민족주의 지식인이라 말할 수 있다. 보그다노프와 달리 라오서에게는 사회주의 개혁이 국가에 긍정적 미래를 가져올 것이란 확신이 없었다. 하지만 순수 지식인의 눈으로 당시 중국의 현실을 냉철하게 분석하였다. 어쩌면 라오서의 소설이 디스토피아적 경향을 띠는 것은 이러한 이유 때문인지 모른다.

보그다노프와 라오서의 두 소설은 과학소설의 양식으로 화성을 배경으로 한다는 공통점이 있다. 하지만 두 소설은 서로 다른 화성의 모습을 보여준다.『붉은 별』은 강한 혁명 의지를 통한 사회주의 사회로 지향, 고도의 기술 발달 사회에 대한 이상향을 제시한다.『고양이 행성의 기록』은 전쟁에서 몰락한 중국의 현실을 비판하는 디스토피아적 세계를 그린다. 두 과학소설은 서로 다른 서술 방식을 통하여 국가의 운명과 사회 및 인류의 발전이 서로 분리할 수 없다는 것을 주장한다. 한편 기술 발전에 대한 과학소설 속 인식에도 동서의 두 작품은 차이가 있다. 혁명기 러시아는 산업 기술을 추구하면서 소비에트 시기 고도의 발전을 이룩하였다. 같은 시기 중국은 여전히 과학기술적 이론이 충분히 정립되지 않은 상황이었다. 이러한 사회 환경의 차이가 두 소설에 어떻게 반영되는지 검토할 필요가 있다.

3. 사회주의 혁명 완수를 위한 기술 숭배

『붉은 별』이 묘사하는 화성은 고도의 기술 문명인 동시에 사회주의가 완성된 사회이다. 보그다노프가 소설을 통해 언급하는 'Death Ray'라는 기술 연구는 1920년대에 고조기를 맞이하는데 1908년에 발표된 『붉은 별』에서 이미 완성된 형태로 등장하고 있다. 이를 통해 보그다노프가 제시하는 유토피아적인 사회주의 사회가 고도로 발달된 과학 기술 사회임을 확인할 수 있다. 1939년 스탈린은 한 보고에서 소련의 약 70년 역사 발전 흐름에서 "생산 기술의 시각에서, 공업 생산용 기술의 밀도에서 우리의 공업은 세계 1위를 차지고 있다"라고 말한 바 있다.[13] 물론 이러한 발언이 어느 정도 과장된 것이라 하더라도, 소련의 기술 발전 수준과 진보성에 대해 부정하기는 어렵다. 1919년 사회주의 혁명 승리 이후 사회 개혁으로서 공업이 대폭 발전하여 1937년 국내 총 생산액이 세계 2위를 차지하기도 한 까닭이다. 과거 러시아의 기술 연구는 유럽과 서로 교차하고 결합하면서 서양식 과학 연구의 패러다임을 형성하였다. 19세기 말 러시아에서 과학기술이 발전, 교통 등 도시화 발전으로 인해서 유토피아에 대한 상상도 새로운 전망을 가져왔다.[14]

---

13) 스탈린의 1939년 제18차 당대회에서의 강연 내용 일부이다.

14) The industrialization of Russia in the 1890s and the accompanying growth of technology, transport, and urbanization opened up broad vistas for utopian speculation. Alexander Bogdanov, op. cit. p.4

『붉은 별』에 등장하는 화성인 메니(Menni)는 지구 탐색팀의 수석 엔지니어다. 네티(Netti)는 주로 이종 생물을 연구하는 의사다. 스터니(Sterni)는 지구 탐색팀의 구성원이면서 동시에 수학자, 과학자이기도 하다. 보그다노프의 소설에서 화성의 기술 발전은 이미 다른 행성으로 이동하고 연구를 진행할 만큼 높은 수준으로 묘사된다. 소설은 화성의 인류가 태양계를 여행하고 탐색하는 것처럼 지구에서도 우주를 탐색하려는 과학기술에 대한 욕망을 투영하고 있다. 소설은 에테로네프(etheroneph)라는 기술을 통해 우주를 여행하는 화성 인류의 모습을 제시하면서 에테로네프의 과학성을 반복적으로 강조한다.

After breakfast Menni took me on a tour of our ship. First we went to the engine room, which occupied the entire lowest Boor of the etheroneph at its Oattened bottom. It consisted of Rve rooms, with one in the center and four others arranged around it, all of them separated by partitions. (……)

The main part of the engine was a vertical metal cylinder three meters high and a half meter in diameter. Menni explained that it was made of osmium, a very refractory precious metal resembling platinum. It was in this cylinder that the decomposition of the radioactive material took place. Its red-hot, 2O-Centimeter thick walls gave an indication of the enormous energy being released in the process. It was not very warm in the room, however, for the cylinder was encased in 40 centimeters of a transparent material that provided excellent insulation from the heat. The etheroneph was evenly heated by warm air conducted through pipes running off in all directions from the top of this case. The other parts of the engine attached to the cylinder-electric coils, accumulators, dials, and so on-were arranged in

perfect order around it, and a system of mirrors enabled the mechanic
to see all of them at once without leaving his seat.[15]

또한 지구보다 진보적인 과학기술 발전을 이룩한 화성의 모습을 비
교하는 묘사도 등장한다.

> We covered approximately 500 kilometers in two hours. That is the
> speed of a plummeting falcon, and so far not even our electric trains
> have been able to match it.[16]
>
> 우리는 두 시간 만에 500킬로미터를 날아왔다. 이는 매가 땅으로 수
> 직 하강하는 속도이며, 지구에서는 아직 전차도 이 속도에 이르지 못
> 했다.[17]

『붉은 별』에서 묘사하는 화성의 사회 구조와 기술 발전의 규모, 기
초 설비의 발달 정도는 결국 현재 지구의 기술 발전 양상과 과학기술
전망에 대한 표현이나 마찬가지였다. 또한 소설은 과학기술이 발전할
수록 인류가 자연을 정복하는 것을 보여준다. 결국 보그다노프가 제
시하는 화성이란 작가 스스로가 희망하는 미래 사회의 풍경인 것이다.
앞서 언급한 것처럼 유토피아로서 사회주의 사회에서의 과학기술 발
전은 미래 세계를 이루는 중요한 요소였다. 때문에 상상되는 미래 세
계는 리처드 스타이트(Richard Stites)가 언급하듯 황금빛 꿈처럼 남
자든 여자든 자유로운 공간에서 일하고, 공부하고, 서로 사랑할 수 있

---

15) Ibid, p.39 (한국어 참고: 알렉산드르 보그다노프, 김수연 옮김, 『붉은 별: 어떤 유
    토피아』, 아고라, 2016)
16) Ibid, p.62
17) 알렉사드르 보그다노프, 김수연 옮김, 『붉은 별: 어떤 유토피아』, 아고라, 2016, 77
    쪽.

는, 완전하게 자유, 평화를 추구할 수 있는 사회이다.『붉은 별』은 바로 이러한 사회상을 상세하게 묘사한다.[18] 보그다노프가『붉은 별』을 통해 묘사하는 유토피아는 과학기술이 고도로 발달한 사회주의 사회이다. 그리고 이것은 혁명 이후 소비에트의 사회 발전과 일정 부분 궤를 같이한다. 즉 보그다노프의 과학소설은 어느 정도 실제적인 미래 전망을 내놓은 작품으로도 볼 수 있는 것이다. 인류 발전과 관련한 과학적인 상상력은 초기 과학소설에서 중요한 역할을 차지한다. 과학소설은 단순한 소설 형식에만 머물지 않는다.『붉은 별』은 작가 스스로가 당시의 기술 발전 정도를 인식하는 동시에 사회주의 이데올로기를 환상성과 결합함으로써 구성한 과학소설이다.

한편 라오서가 쓴『고양이 행성의 기록』에 나타나는 과학적 인식을 분석하고자 한다면 근대 초기(경우에 따라서는 청나라 말기) 과학소설에 대한 검토가 필요하다. 중국 과학소설의 기원은 청나라 말기 서양의 침략 이후 시작되었기 때문이다. 당시 서양 문명에 대한 숭배로 '서학동점'(西学东渐)의 경향이 있었다. 신문명에 대한 갈망의 한 형태로 나타난 초기 과학소설의 양상은 서양 과학소설을 번역하거나 번안하는 것이었다. 즉 중국 근대의 과학소설은 서양의 과학소설의 번역/번안에서 시작한 것이다. 1900년 서소휘(薛紹徽)가 번역한 쥘 베른의 과학소설『80일간의 세계 일주』는 중국 최초의 과학소설이었다. 직후 H. G. 웰스의 작품도 중국어로 소개되었다. 청나라 말기부터 황제를 중심으로 한 제도가 무너지면서 대중은 새로운 문명과 정치, 과학을 추구하게 되었다. 이 과정에서 근대 중국의 초기 과학소설은 과도할 정도로 과학 정신을 지향하였으나 과학 전통의 부족함으로 어느 정도

---

18) a dream of a golden future where men and women could work, study, and love in total freedom, harmony, and community, liberated from the backwardness, poverty, and greed which had always tormented humanity. Ibid, p.4.

한계를 보일 수밖에 없었다. 즉 봉건제의 몰락에 따라 선진적이고 과학적인 지식을 새롭게 추구한 것이 장점이자 단점이었다. 때문에 과학소설은 과학의 범위에서 벗어나 문학적 영역에서 과장된 상상으로 존재하게 되었다.

라오서의 1933년 작품인 『고양이 행성의 기록』은 과학적 내용보다 당시 시대상을 풍자하는 문학에 더 가깝다. 그런데 라오서는 "이 책은 H. G. 웰스의 과학소설 『*The First Men In the Moon*』의 영향을 받아 쓴 것"이라고 말한 바 있다.[19] 또한 라오서가 『고양이 행성의 기록』의 배경을 화성으로 선택한 이유는 다음과 같이 추측 가능하다. 영국에서 돌아온 지 얼마 안 된 시점에 소설을 썼다는 점에서 서양 과학소설의 영향을 받았을 것이라는 점이다. 라오서가 『고양이 행성의 기록』을 쓸 무렵에 작가가 실제로 고양이를 집에 데려온 사실이 있다.[20] 이로 미루어 볼 때 작가가 화성을 선택한 것은 영국에서의 견문 때문일 가능성이 크다. 중국의 초기 과학소설에서 화성이나 달에 대한 상상력은 어렵지 않게 발견된다. 하지만 대부분 과학적 서술보다는 현실에 대한 비판적 반영, 신문명에 대한 지향을 주제로 한다. 이러한 경향성은 서양의 영향 때문으로 20세기 초 식민체제의 사회 형태를 결코 무시할 수 없다.

라오서의 소설은 청나라 말기의 '천마행공' 소설과도 차이가 있다. 1919년 신문화 운동과 함께 유행한 리얼리즘의 영향을 받은 라오서의 『고양이 행성의 기록』은 당시 중국의 사회 환경에서 새로운 과학 정신을 견지한 소설 양식으로 창작되었다. 즉 화성이라는 과학적 매개를 통하여 중국의 사회적 현실을 우화적인 방식으로 그리는 것이다. 물

---

19) 老舍, 「我怎样写《猫城记》」, 『老牛破车』, 人间书屋, 1937.4. p.51.
20) 上揭書.

론 소설에서 어떤 비행기를 타고 화성(고양이들의 도시)에 도착했는지 구체적으로 묘사하지 못하는 것과 화성에 선진적 과학기술이 존재하지 않는 것은 과학소설로서 한계일 수 있다. 이것은 당시 중국에 확실한 과학기술 발전의 원동력이 없기 때문이다. 또한 20세기의 러시아와 달리 청나라 말부터 1930년대까지 중국은 거의 식민지 상태였다. 이 시기 중국은 내부적인 혼란을 겪고 있었으며, 1930년대 초기에는 만주사변이 일어났다. 치열하게 개혁과 혁명을 시도하는 상황에서 끊임없이 긴장 사태를 맞이했던 것이다. 이런 상황의 연속에서는 스스로 과학기술을 발전할 기회가 없다시피 했다. 따라서 라오서의『고양이 행성의 기록』을 비롯한 초기 중국의 과학소설 속 과학기술의 이해는 서구 문학의 영향을 받은 것으로 생각해볼 수 있다. 또한 과학과 화성으로 상상되는 과학소설은 당시 중국 민중에게 새로운 유토피아(그것이 비록 디스토피아로 묘사될지라도)로 꿈꿀 수 있는 존재였을 것이다. 중국의 초기 과학소설은 문학 영역에서만 새로운 장르로서 존재 가능했다는 한계를 안고 있는 것이 특징이다.

『고양이 행성의 기록』은 당시 중국에서 많은 논쟁을 일으킨 소설이다. 20세기 중반까지도 계속해서 동요하는 중국 형세 속에서 라오서 본인도 "사상 괴리 때문에 그만두고 싶다"라고 말할 정도였다.[21] 이를 통해 당시 중국의 혼란함을 짐작할 수 있다. 그럼에도 분명한 것은 서양 과학소설의 영향을 받은 라오서의 디스토피아적인『고양이 행성의 기록』이 중국 근대 과학소설의 문을 열었다는 사실이다. 루쉰의 말을 빌리자면 "문예 비평에서 좋은 것을 좋게 말해야 하며, 나쁜 것을 나쁘게 지적해야 한다. 작품에 대한 형이상학적인 절대 평론은 할 수 없다."[22] 루쉰의 관점에서 볼 때 라오서의 소설은 당대 중국의 사회문

---

21) 上揭書, pp.48-50 참고.

제를 가장 세련된 방식으로 비판한 작품이며, 『고양이 행성의 기록』
이야말로 이후 중국에서 화성을 배경으로 하는 과학소설들의 효시에
위치하는 소설이라는 사실을 부정할 수 없다.

1890년대부터 1917년까지 러시아의 과학소설도 어느 정도 서양
(유럽) 과학소설을 참고하는 상황이었다.[23] 그러나 독립 주권 국가였
던 러시아가 1900년대 이후 자체적으로 기술 발전을 시작한 반면에
중국은 피지배 상태였다는 차이가 있다. 『붉은 별』과 『고양이 행성의
기록』 모두 화성을 배경으로 하지만 그 안에 나타나는 과학에 대한 인
식은 너무나 다르다. 『붉은 별』에서 화성의 인류는 우주를 탐험할 수
있는 존재이지만, 『고양이 행성의 기록』 속 화성은 당대 피식민 계층
에 대한 무의식적 투영이 이루어지는 공간이다. 두 소설 모두 일종의
미래소설(유토피아/디스토피아)로서 초기 과학소설에 해당한다. 또
한 두 소설 모두 각각의 사회 형태를 반영하고 있다. 이를 통해 세계
적 범위에서 과학기술의 발달 수준과, 정치적 이데올로기와 경제 발
전의 상황을 짐작해볼 수 있다. 하지만 초기 과학소설의 흐름은 동서
를 막론하고 인류 발전과 미래에 대한 상상이라는 공통된 특징을 안
고 있었음은 분명하다. 동시에 발전 단계에 있는 과학기술이 아직은
중심적 위치에 당도하지 못한 것 역시 초기 과학기술에서 발견되는
특징이다.

---

22) 鲁迅, 『南腔北调集—我怎么做起小说来』, 人民文学出版社, 2000.

23) From about 1890 to the eve of the Revolution of 1917, at least twenty Russian
tales of utopian societies, fantastic voyages, and interstellar space travel appeared.
Some of these were blatant copies of the numerous Western science fiction
novels that were widely circulated and serialized in translation in the same
period. Alexander Bogdanov, op. cit.

4. 유토피아 불신 시대의 SF 읽기

보그다노프와 라오서의 소설을 중심으로 화성에 대한 상상력을 살펴보았다. 각각의 작품은 사회 발전 정도와 기술 발전 상황에 따라 서로 다른 미래를 전망한다는 사실을 보여주었다. 보그다노프의『붉은 별』은 과학기술 발달을 반영하는 동시에 당시 러시아의 과학을 긍정적으로 전망한다. 한편 라오서의『고양이 행성의 기록』은 과학적 인식이 본격적이라고 보기는 어렵다. 말하자면『붉은 별』은 실제 과학을 기초로 한 과학소설이고『고양이 행성의 기록』은 문학적 양식 내에서 존재하는 과학소설이다. 그럼에도 두 소설은 사회문제를 반영하고 있다는 공통점이 있다.

2020년대의 시점에서 두 소설을 나란히 놓고 볼 때, 과학소설로서 두 소설의 특징이 결코 대등하지 않다는 의문이 생길 수 있다. 마르크스의 말을 빌리자면 사회의 발전, 그리고 과학의 발전은 마찬가지로 나선형이라는 형식으로 상승하는 것이다. 과거에 비해 선진화된 과학기술과 이론으로 초기 과학소설을 보면 비판점이 나오는 것은 당연하다. 그렇기 때문에 당시의 시선으로 초기 과학소설을 볼 수 있어야 한다. 현재의 과학소설은 과거의 과학소설의 기초에서 발전하는 것이기 때문이다. 어떤 시선으로 과학소설을 보아야 하는가? 단일한 시각으로만 보면 과학소설의 발전 양상은 단면적일 수밖에 없다. 과학소설이 지금까지 여러 논쟁의 대상이었던 만큼 더욱 변증법적인 시선으로 과학소설을 다시 읽어야 한다. 라오서의『고양이 행성의 기록』을 과학적이고 기술적인 시선으로 보면 그것은 결코 과학소설이 될 수 없다. 하지만 중국 과학소설의 발전 과정에서 이 작품은 놓쳐서는 안 되는 작품 가운데 하나이다. 왜냐하면 중국의 발전 과정을 볼 때, 당시 과학기술의 수준과 사회 환경에서 이러한 양상을 보이는 과학소설은 그러한 시대 환경의 산물이기 때문이다. 과학소설은 각 시대마다의 결과물이다. 그렇기 때문에 과학소설의 당대적이고 현재적인 정체성에 대해서 끊임없이 성찰해야 한다.

지구화 시대를 살아가는 현재 과학기술과 세계의 형태는 과거와 크게 달라졌다. 특히 기술 발전으로 많은 영역에서 기술에 대한 고급화와 정밀화를 추구하고 있다. 과학소설도 마찬가지이다. 장 보드리야르가 예견한 것처럼 기술은 갈수록 포화하면서 환상을 현실로 만들기에 과학소설은 무의미한 것이 될 수 있다. 뿐만 아니라 과학 영역에서 나타나는 소외의 문제 때문에 인류는 과학소설을 더욱 엄격한 시선으로 바라보고, 과학소설의 발전 방향을 강제할 때도 있다. 초기 과학소설은 당시 자본주의의 발전 경향으로 인하여 과학기술이 인류의 미래에 얼마나 긍정적인가를 제시하거나, 혹은 그 반대로 기술의 위험성을 경고하였다. 현재 과학소설은 과거와 달리 복잡한 분류 속에서 위치한다. 예를 들면 공상적인 과학소설, 정상과학 기초로서의 과학소설, 과학 밖 과학소설 등이다. 초기 과학소설과 달리 현재의 과학소설은 장르의 대혼란을 겪고 있다. 그것은 지금과 달리 초기 과학소설 속 과학의 위상이 그리 높지 않았기 때문이다. 오히려 현재의 과학기술은 급속도로 발전하는 환경이기에 과학소설에 대한 정의도 그만큼 다양해질 수밖에 없어 보인다. 초기 과학소설에서 테크놀로지는 인류의 미래에 대한 탐구와 반성, 비판이라는 방식으로 나타났다. 그러나 현재에는 무의식화된 기술 속에서 생활을 영위하고 있다. 때문에 진정한 과학과 기술에 대한 질문이 다시 던져지고 있다.

한편으로 과학소설은 더욱 엄밀한 과학 논리를 요구받는다. 이러한 요구는 과학에 대한 과도한 의미 부여를 이유로 유토피아적인 사유를 제한할 수 있다. 반대로 과도한 유토피아적 환상의 발전은 과학소설을 과학에서보다 문학으로 더 밀어붙일 수도 있다. 과거의 과학소설이 유토피아적 환상이 더 두드러지는 것과 달리 현재의 과학소설은 보다 과학기술적인 논리가 엄밀해졌다. 아마도 장 보드리야르가 말하는 것처럼 이렇게 n번의 전환 후 진정한 과학소설은 결국 인류 분체에 되돌아가는 게 아닐까? 마침 미래로 향한 거울이 아니라, 대신 과거의 절망적인 재환각일 것 같다.[24] 그렇다면 앞으로 과학소설은 과학에 대한 환상과 상상 중 어디로 향해야 하는 것일까? 더 실제적인 과학을 향할까? 아니면 더 문학적인 방향으로 향할까? 이러한 문제를 해결하기 위하여 끊임없이 성찰해야 한다. 즉 과학과 소설의 관계로서 과학소설에 대한 문제이다. 그것은 S와 F의 관계이다. 위에서 언급한 것처럼 사물은 나선형으로 상승하는 것이다. 이때 나선형은 사물의 발전으로써 결국에 원본적인 사물 성질에서 돌아갈 수 있다는 것이다. 이렇게 보면 현재의 과학소설에 대한 시각을 잘 고찰하려면 과거 과학소설에 대한 분석과 성찰이 우선되어야 할 것이다. 본고는 이러한 문제의식을 통하여 보그다노프와 라오서의 두 소설을 살펴보았다. 이 방면에 대해서, 아직 많은 연구와 고민이 필요하다.

참고문헌

라오서,『고양이 행성의 기록』, 홍명교 옮김, 돛과닻, 2021.
루이스 멈퍼드,『유토피아 이야기』, 박홍규 옮김, 텍스트, 2010.
장 보드리야르,『시뮬라시옹』, 하태환 옮김, 민음사, 1992.
칼 만하임,『이데올로기와 유토피아』, 임석진 옮김, 김영사, 2012.
토머스 모어,『유토피아』, 손영운 옮김, 김영사, 2008.

24) 장 보드리야르, 하태환 옮김,『시뮬라시옹』, 민음사, 1992, p.200.

程映紅, 『紅潮小史』(The Red Tide), Blurb, 2021.
老舍, 『老牛破车』, 人间书屋, 1937.
鲁迅, 『南腔北调集—我怎么做起小说来』, 人民文学出版社, 2000.

Alexander Bogdanov, *Red Star,* Indiana University Press, 1984.
David W. Sisk., *Transformations of Language in Modern Dystopias*, Westport, CT:GrenWoodPress, 1997.
Don Ihde, *Consequences of Phenomenology*, State University Of New York Press, 1988.
Lyman Tower Sargent, "Authority & Utopia: Utopianism in Political Thought", *Polity* 14.4, The University of Chicago Press, 1982

제3부

정치적 분할과 SF

제11장

냉전의 우주와
1960년대 남/북한 SF의 표정

김동섭, 「소년우주탐험대」(1960)와
한낙원, 『금성탐험대』(1963) 읽기

김민선

1. 들어가며

1907년『태극학보』에 연재된『해저 2만리』의 번안작인『해저여행기담』이후, 1950년대 후반 이전까지도 남한과 북한 모두에서 SF[1]는 대부분 번안 혹은 번역소설의 형식을 띠고 있었다. 때문에 이른바 '한국'의 창작SF 기점을 설정함에 있어 기존의 논의들은 문윤성의『완전사회』와 잡지『학생과학』의 필진들, 한낙원의 텍스트들 사이에서 갈등하고 있었다. 이는 성인을 주요 독자층으로 상정한『완전사회』를 '본격' SF로 지칭하는 관점과 아동문학 매체의 지면을 중심으로 창작된 과학소설을 조명하는 관점 사이의 차이를 보여준다. 이 관점들 사이의 긴장을 감안하더라도, 번안소설인『해저여행기담』으로부터 한반도에서 창작SF가 발생하기까지 약 50여 년의 공백이 놓여 있다는 점은 변하지 않는다. 그리고 이 공백은 남한과 동시에 북한에서도 깨어지기 시작했다. 그렇다면 무려 50여 년간의 시간을 넘어 남/북한에서 SF라는 문학 장르가 이 시기에 동시 발흥하였던 까닭은 무엇이었는지 되물어야 할 것이다.

1957년 10월, 인간은 83.6kg의 기계를 우주에 쏘아 올렸다. 누군가는 지구인의 위대함에 열광했고, 누군가는 이 기술을 활용한 적들의 공격을 두려워했다. 인류의 테크놀로지가 집약되어 있는 이 기계를 무엇으로 의미화하건 간에 이 사건이 지구인들의 지각과 세계관, 우주에 관한 감각의 확장을 불러일으켰던 것은 자명하다. 그리고 이러

---

[1] 이 글은 Science Fiction의 약어로서 SF를 쓰고 있다. '과학소설'이라는 역어가 상용되고 있음에도 불구하고, SF를 활용하는 이유는, 남한의 '과학소설'과 북한의 '과학환상소설'의 용어를 채우고 있는 의미가 상이하기 때문이다. 따라서 SF의 역어로서 '과학소설'을 글 전체에서 활용하여 혼란을 일으키는 것을 피하고자, SF라는 단어 그대로 사용하되, 문학사적 및 문맥적 의미에 따라 '과학소설'과 '과학환상소설'을 구분하여 쓰고자 한다.

한 지각의 확장은 비록 간접적이나마 한반도에서도 경험되었다. 북쪽의 신문은 매일 단신으로 기계의 위치를 중계했으며, 남쪽의 신문은 우주 공간에서의 폭격 가능성을 점쳤다. 세계과학사에서도 중요한 의미를 띠고 있을 이 세계사적 이벤트는 인간의 지각과 감각 영역을 먼 우주로까지 확장시켰고, 이는 자연히 우주에서의 모험과 미래에 대한 새로운 서사적 상상력으로 이어졌다. 예컨대 비교적 잘 짜여진 구성을 갖춘 창작 SF인 한낙원의 「잃어버린 소년」과 차용구의 「희유금속의 왕」이 남/북한에서 발표된 것은 모두 1959년이었으며, 이들 텍스트는 소년의 우주 탐험을 서사로 채택하고 있다.

물론 이 시기는 남북한의 과학기술사에서도 중요한 시기였다. 특히 1950년대 후반에서 1960년대에 이르는 이 시기는 정부 주도의 과학기술진흥정책이 남북한 모두에서 진행되며 과학기술에 대한 일종의 붐을 일으키는 때였다. 남한에서는 1958년 원자력원의 설치 이후로 과학에 관한 관심이 촉발되기 시작하였으며, 북한은 전후경제복구의 토대로서 과학기술의 중요성을 강조하며 1958년경부터 집단적 기술혁신운동을 강화하고 있었다.[2] 이러한 과학적 토대가 1950년대 말에

---

2) 남한 과학기술의 전개와 사회의 변화에 관하여는 다음의 연구들을 참조하였다. 강미화, 「한국 과학자사회와 정부의 관계 변화」, 전북대학교박사학위논문, 2015; 과학기술30년사 편찬위원회 편, 『과학기술 30년사』, 과학기술처, 1997; 김근배, 『한국 근대 과학기술 인력의 출현』, 문학과지성사, 2005; 『한국 과학기술혁명의 구조』, 들녘, 2016; 김태호, 「1950년대 한국 과학기술계의 지형도」, 『여성문학연구』제29호, 2013; 문만용, 「1960년대 '과학기술 붐'」, 『한국과학사학회지』 29권 1호, 2007; 박성래 외, 『우리 과학 100년』, 현암사, 2001; 송성수, 「과학기술종합계획에 관한 내용분석:54개년 계획을 중심으로」, 과학기술정책연구원, 2005; 홍성주, 「한국 과학기술 정책의 형성과 과학기술 행정체계의 등장. 1945~1967」, 서울대박사학위논문, 2013.
한편, 북한 과학기술계의 전개에 관하여는 다음 연구들을 참조하였다. 강호제, 『북한 과학기술 형성사1』, 선인, 2007; 『과학기술로 북한 읽기1』, RP Science, 2016; 김근배, 「일제강점기 조선인들의 과학기술자 되기」, 『역사비평』124집, 2018; 김태호, 「남북의 두 과학자 이태규와 리승기」, 『역사비평』82집, 2008; 김근배, 「50~60년대 북한 리승기의 비날론 공업화와 주체 확립」, 『역사비평』112집,

서 1960년대 남/북한에서 과학기술에 관한 사회적, 대중적 관심이 증폭시키며 다양한 과학적 상상력의 실험이 시도할 수 있는 기반이 되었던 것이다. 물론 이들 SF에 대한 대중적 관심과 창작 실험이 단순히 국가 주도의 과학기술진흥책에 의해서만 촉발된 것 또한 아니었으리라고 판단한다.[3]

이 글은 '스푸트니크 쇼크'를 비롯한 미국과 소련의 우주경쟁, 1950년대 후반에서 1960년대에 이르는 남북한 과학기술의 급격한 성장이 남/북한 창작SF의 촉매제로 작용하였으리라는 전제에서 출발한다. 특히 분단 이후로 현재까지도 유사한 감성이나 이념을 공유하는 일이 매우 희소한 남/북한 문학이 동시에 표출하였던 상상과 그 감성이 무엇이었는가를 읽어내고자 한다. 이는 세계사적 이벤트에 동시적으로 응답한 일이 거의 없는 남한과 북한 문학이 주목하였던 한 현상을 조명하는 과정이자, 남/북한 창작SF가 본격적으로 발흥한 장면들을 이해하기 위해 필요한 토대 작업이기도 하다.

이를 위해 이 글은 1960년대 남/북한의 초기 창작SF 중 완성도 높은 주요 텍스트로 손꼽혀온 두 텍스트를 함께 독해한다. 초기 북한 창작SF 중에서도 고른 수준을 보여주었던 작가인 김동섭의 「소년우주탐험대-화성려행편」과 남한 창작SF의 한 기점으로도 꼽을 수 있는 한낙원의 대표작인 『금성탐험대』가 바로 그것이다. 남/북한의 SF를 거

2015; 변학문, 「1960년대 초 북한의 기술발전계획과 기술혁신의 제도화 시도」, 『한국과학사학회지』 35권, 3호, 2013; 「북한의 기술혁명론-1960~70년대 사상혁명과 기술혁명의 병행」, 서울대박사학위논문, 2014.

3) 정부 주도의 과학기술정책이 남한의 SF 유행에 물적 토대를 마련하였음은 분명하다. 그러나 창작 SF의 생산과 소비, 그리고 유행에는 소설을 통해 해저나 우주를 탐사하고 싶었던 당시 독자들의 요청도 있었던 것으로 보인다. 마찬가지로 북한에서도 스푸트니크와 루나의 성공 이후로 『조선문학』과 『문학신문』, 『아동문학』을 비롯한 미디어 매체에서 우주와 우주과학에 대한 관심을 지속적으로 표현하고 있을 뿐만 아니라, 과학환상소설을 많이 창작하여 달라는 직접적인 요청이 실려 있는 『아동문학』의 독자란(1959.12)을 확인할 수 있는 까닭이다.

론함에 있어 빼놓을 수 없는 이 두 텍스트는 유사한 시기에 창작되었을 뿐만 아니라, 냉전체제를 초월할 가능성을 우주공간에서 찾고 있는 유의미한 텍스트이다. 따라서 이 글에서는 김동섭의 「소년우주탐험대」와 한낙원의 「금성탐험대」를 논의의 중심으로 하여 냉전체제하의 남/북한 SF가 보여주는 상상력과 그 가능성에 관하여 검토한다.

2. 1960 스페이스 오디세이 : 「소년우주탐험대 – 화성려행편」(1960)

> 여기가 대체 어디이냐
> 뭐, 여기가 바로 화성이라고...
> 아니, 찬란한 문화와 번영을 자랑하던 화성의 사람들은 어데 있느냐,
> 어데로 갔느냐...
> 아무리 소리 높여 부르고 불러 보아도
> 산울림조차 없는 이 끝없는 넓은 황야...[4]

1960년 북한에서 발표된 김동섭의 「소년우주탐험대」는 화성의 황막한 풍경과 화성인의 비밀을 담고 있는 유적을 노래하면서 시작한다. 선원들의 코러스를 닮은 이 프롤로그는 사회주의 스페이스 오디세이가 개막하였음을 알리고 있다. 그리고 동시에 이 텍스트는 사회주의 스페이스 오페라라는 새로운 장르의 시작을 알리는 신호탄이 되었다. 1960년대 '과학환상문학' 혹은 '과학환상소설'이라는 장르명

---

4) 김동섭, 「소년우주탐험대 – 화성려행편」(1), 『아동문학』, 1960.3, 39면. 이 텍스트는 1960년 3월부터 9월까지 연재되었다. 이후 본문에 인용시 괄호 안에 연재 차수와 면수로 표기한다.

으로 출간된 북한의 초기 SF 텍스트들 중 세부묘사와 서사에서 가장 탄탄한 구성을 보여줄 뿐만 아니라, 북한의 초기SF를 고찰함에 있어서 거론하지 않을 수 없는 텍스트인 까닭이다.

북한의 초기SF 중 최초라 할 수 있는 것은 배풍의 「땅나라 손님」으로서, 이 소설로부터 무려 2년 전인 1958년 3월에 발표되었다. 「땅나라 손님」은 외계인과 만나 소비에트 과학의 우수성을 이야기하는 콩트에 머물러 있었다. 「땅나라 손님」은 지구의 우주선을 외계인들이 환영하는 짧고 단순한 내용에 머물러 있었으며, 우주나 우주비행을 가능케 하는 과학기술에 대한 세부묘사 및 사건 또한 부재하는, 우화적 성격의 텍스트였다. 「땅나라 손님」에 비한다면 비교적 진일보한 측면을 보여주는 단편과학환상소설 「희유금속의 왕」(1959.11)이나 인형극본 「달나라를 찾아서」(1959.12 상연, 1960.1~3 극본 전재) 또한 마찬가지였다. 이들 텍스트는 여전히 과학적 엄밀성이 떨어지는 세부묘사를 취하고 있었으며, 묘사의 비과학성은 당대 비평가에게도 문제적인 것으로 인식된 바 있다.[5] 이 같은 당시 텍스트들에 비해 「소년우주탐험대」는 비교적 우주에 관한 지식을 성실하게 구현하고 있을 뿐만 아니라, 서사적 전개나 묘사를 위한 고증의 충실성에 있어서도 이전의 소설 텍스트들보다 한 단계 나아간다.[6]

---

5) SF라는 장르적 특성과 이에 따른 세부묘사에 대한 고민은 북한문학 내부에서도 존재하고 있었다. 김원필은 『문학신문』의 「지상토론」 지면을 통해 북한과학환상문학에서 '과학환상'이 일반적인 '환상'과는 차별되는 과학적 근거를 지녀야 한다고 주장하고 있다. 이에 관하여 당시 평론가들의 전반적인 의견은 '환상'을 통해 아동을 '교양하는 것'이 중요하므로, 과학적 근거에만 집착하는 것은 옳지 않다는 것이다. 1960년이 도식주의 반비판을 비롯하여 소련파를 비롯한 해외유학파들의 영향력이 의도적으로 약해지고 있었던 복잡한 시기였음을 감안한다면, 김원필을 향한 논자들의 비판은 다소 과도한 측면이 있어 보인다. 그러나 동시에 대다수 평론가들의 교양성 우선의 입장은 당시 북한문학이 예술성과 계몽성(대중성)의 사이에서 어느 편을 우선시하고 있었는가를 보여주는 한 척도이기도 하다.
6) 「소년우주탐험대-화성려행편」에 대한 연구는 매우 희소하지만 의미 있는 논지

물론 「소년우주탐험대」에도 여전히 과학적 근거가 부족한 상상력이 활용되는 장면도 있다. 상상력은 잔재하고 있었다. 예컨대 주인공 소년단원들을 당혹시킨 움직이는 나무의 에피소드와 화성인의 모습을 도깨비의 외형으로 상상하는 장면 등의 지나치게 친근한 묘사들은 이 소설의 한계를 노출하고 있다. 하지만 동시에 이 소설은 지시에 따르지 않아 무중력 상태에서 부유하는 사고가 일어나는 에피소드와 함께 중력과 관성의 법칙에 관한 대사를 삽입하고 있으며, '스카판드르'(우주복)와 같은 전문적 용어도 활용한다. 「희유금속의 왕」이 밧줄로 서로의 몸을 연결하고 행성의 지형을 기어오르는─심지어 낙상하는─장면들로 탐험을 묘사함으로써 중력에 관한 기본적인 이해마저도 부족한 세부묘사를 선택하고 있음을 떠올린다면, 「소년우주탐험대」의 세부묘사는 분명 당시의 과학환상소설 중에서도 SF의 형식과 장르적 법칙에 충실한 텍스트로 꼽을 만하다.

한편, 사회주의 스페이스 오디세이라 할 만한 이 소설의 주인공들은 다양한 국적의 출신들로 구성되었다. 소련과 북한은 물론이며 중국을 비롯하여 폴란드와 일본, 심지어는 미국까지 포함한 국적의 소년들이 소련의 지도에 따라 화성을 여행하는 것이다. 이들은 여정을 통해 서로를 이해하며 국적이나 체제를 초월하여 감정을 공유한다. 우주와 화성은 국가라는 구획을 '지구'라는 이름으로 초월하게 하는 새로운 공간으로 기능한다. 우주를 탐험하는 소년들이 다국적으로 구성되었다는 점은, 이들이 화성 탐사를 통해 국경을 넘어 '인간'이라는

───────────────

를 전개하고 있다. 소련과의 사제관계에 주목한 서동수의 연구와(서동수, 『북한 과학환상문학과 유토피아』, 소명출판, 2018) 아동문학의 관점에서 아동의 교양과 진보한 과학적 기술에의 자부심, 그리고 표상에 관련한 연구 (Dafna Zur, "Let's Go to the Moon: Science Fiction in the North Korean Cildren's Magazin "Adong Munhak", 1956~1965", *The Journal of Asian Studies* Vol.73, 2014.5)가 있다.

이름으로 다시 호명됨을 의미한다. 이 소설 속에서 '남한' 혹은 '북한'의 소년이라는 서술은 결코 등장하지 않는다. 영철이와 신철이, 그리고 영희는 모두 "조선 소년 대표로 추천 받"(1회, 42면)은 조선인일 뿐이다.[7] 우주로 쏘아 올린 로켓 속에서 남/북의 경계는 이미 무화되어 있다. 우주를 향한 이 여정은 분단을 넘어서 자본주의와 공산주의의 대립마저도 초월하였다. 탐사 로켓이 우주로 발사된 순간, 이들은 국가의 일원이 아니라 지구의 일원이 되며, 우주의 시선은 지구의 경계를 무너뜨린다.

이는 사회주의 과학기술에 대한 강한 자부심의 표현으로도 해석 가능하다. 이미 전 지구가 사회주의 체제로 통일되어 있는 듯한 소설의 태도는 고도의 과학기술을 선취한 사회주의 체제가 인류의 완성된 사회 형태임을 암시한다. 즉, 우주를 미국보다 먼저 정복하였다는 자부심이 체제에 대한 확신으로 이어지는 것이다. 이러한 측면에서 소설이 미국인 "쫀"을 그려내는 장면들은 흥미롭다. "쫀"은 규율을 지키지 않아 무중력 공간에 휩쓸려 표류한다. 그를 구해내는 것은 소련인 원사(元士)이며, 다른 소년들은 "쫀"이 이처럼 규율을 제대로 지키지 않은 까닭을 "아직" '자유주의 성향'이 남아 있는 데서 찾는다.(1회 49~50면) 우주라는 초월적 공간에 놓인 다국적 소년들은 체제에 따른 대립이나 경쟁의식을 드러내지 않는다. 그러나 우주에서도 여전히 이념으로 인한 사고의 차이는 존재한다. 그리고 이러한 차이에 대해 소설은 비판적 태도를 취한다.

<내 생각에는 말이지-쫀이 틀을 차리면서 이야기를 시작한다.- 화

---

7) 북한에서 '조선'은 북한을 우선으로 하지만, 동시에 남한과 북한을 통칭하는 용어이기도 하다. 이 소설에서의 '조선' 또한 남/북한을 구분하지 않은 통칭으로 읽는다.

성 사람들은 지구 사람과 비슷하다고는 하되 조립식으로 되여 있을 거란 말이야.>

　<아니 조립식이라니?>

　<암, 그렇구말구 귀찮을 때면 팔을 떼서 벽에다 걸어 두고 다리는 떼여 내서 책상에다 얹어 두구 밤에 잠잘 때는 모두 떼여서 책상에나 창고에다 넣어 두고 머리만 침대에 와서 누워 잔단 말이야. 아 그렇게만 되면 말이지 한집에서 전체 미국 사람이 다 잘 수 있고 집도 많이 지을 필요도 없단 말이야.

　아침이면 배가 혼자 식당에 가서 밥을 먹고 오구 출근 시간이 되면 조립해 가지고는 직장에 나간단 말이거던! 어때...>

　<아니 어쩌면 넌 그리 징그러운 생각을 했니. 그래 아무려면 사람이 그럴 수야 있니!>

　부론드와 쎄료자가 얼굴을 찡그리면서 반대했다.

　<헝! 그렇구말구 우리가 지구에서 일을 시키는 로보트 공장에 가 보았더니 말이야 머리는 머리 대로 다리는 다리 대로 만들어서 조립하더란 말이야.>

　<아니야, 그럴 수는 없어.> 웨타가 날카로운 목소리로 쫀의 말을 가로채여 절대 반대한다.

　<우리가 만든 로보트란 것은 대체 무어냐? 사람이 만든 기계이거던. 물론 그것이 사람을 도와서 사람이 할 수 있는 일을 조금씩 혼자서 하기는 해도 결코 사람을 아주 대신할 수는 없지 않니.

　사람은 그야말로 오랜 세월을 걸쳐서 주위 환경에 순응하면서 자라나는 동안에 아주 고등한 생물이 되였거든, 그런데 기계가 어떻게 사람과 같아진단 말이야.

　그럴 수는 없어. 과학이 억만년 발전해도 그럴 수는 결코 없어.>(3회, 90-91면)

위 장면은 소년들이 침대에 누워 화성인들을 상상하고 대화를 나누는 부분이다. 이 장면은 나란히 누운 다국적 소년들의 모습이 별이 빛나는 우주의 풍경과 겹쳐지며 순수한 이미지를 연출해낸다. 그러나 이들의 대화는 이념에 따른 근원적 인식 차이를 표출한다. '도시꼬'가 도깨비처럼 뿔이 난 화성인의 모습을 상상할 때, '쫀'은 기계처럼 조립이 가능한 육체를 가진 존재를 상상한다. 그의 상상 속에서 화성인의 육체는 로봇처럼 조립할 수 있는 신체이다. 각 기관은 연결되어 있지 않아도 각기의 역할을 수행할 수 있으므로 교체와 재조립 또한 가능하다. 이러한 그의 상상은 바로 다음 순간에 부정당하는데, 다른 소년들은 사람이 만든 기계와 사람이 결코 같을 수 없으므로 화성인의 육체 또한 로봇의 기계와는 다른 모양을 하고 있으리라는 의견을 제시하며 '쫀'의 상상을 "징그러운 것"으로 폄하한다. '쫀'을 제외한 소년들의 주장에 따르면 "과학이 억만년 발전해도" 기계는 결코 사람과 같아질 수 없으므로, 화성'인'은 결코 기계처럼 분해되고 조립되지 않을 것이다.[8]

결국 가장 현재에 가까운 미래의 인류상을 제시한 '쫀'의 상상은 소

---

8) 그러나 '쫀'의 상상력은 도리어 2019년 현재의 시점에서 의미심장하게 읽힌다. 기계나 인공 배양된 장기, 혹은 타인의 장기로도 신체의 부분들을 교체 가능한 현재의 시점에서 인간의 신체 기관은 이미 기계의 부속물에 가까운 것으로 전락한지 오래인 까닭이다. 인간의 신체는 교환 가능한 가치가 되었으며, 자아와 영혼은 1.5kg 남짓의 회백질에 구획된 지 오래이다. 게다가 아이러니하게도 1980년대 후반 이후부터, 다수의 북한과학환상문학이 뇌수(腦髓)의 재생을 통한 유언의 전달과 신체의 재생을, 그리고 2015년에는 뇌파를 통한 뇌와 뇌의 연결을 다룸으로써 지속적으로 뇌 과학에 관한 관심을 표현하여 왔다. 도리어 '자유주의 경향'을 완전히 벗어나지 못한 것으로 비판받는 '쫀'의 상상이 먼 미래의 북한 SF의 주요한 모티프가 되는 아이러니는 초기 북한의 과학환상문학이 지니고 있었던 인간의 상이 '뇌수'라는 물질로 변형되었음을 시사하는 것으로도 읽을 수 있다. 북한 SF에서의 뇌의 의미와 그 활용의 양상을 살핀 글은 복도훈, 「"무한히 넓어지는 우리의 조국 땅!"-북한 과학환상소설과 우주」, 『SF는 공상하지 않는다』, 은행나무, 2019를, 뇌파를 통한 개인의 연결과 국가의 시선에 대한 글은 김민선, 「테크놀로지가 지배하는 어느 멋진 신세계의 풍경-'김정은 시대'의 과학환상문학 읽기」, 『동악어문학』 76집, 2019.2를 참조.

년들의 부정에 부딪혀 더 나아가지 못한다. 그의 상상에 대한 소년들의 분노는 즉각적이며, 이들은 인간을 기계에 비유하는 그의 인식을 혐오하는 태도마저 보인다. 뒤이어 이어지는 나르시시즘적 대사 "화성 소녀들은 꼭 나의 인형처럼 곱게 생겼을 거예요. 깜정 눈썹, 파란 눈 빨간 입술, 토실토실한 뺨! 얼마나 귀여워요-"는 소년들의 세계 인식 근저에 '인간'에 대한 강력한 신뢰와 자부심이 자리하고 있음을 드러낸다. 결국 이들의 대화는 인간의 존엄성을 향한 긍정으로 귀결된다. 심지어 인물의 대화가 아닌, 서술자에 의해 "이 세상에서 가장 슬기롭고 용감한 것-이것은 바로 사람이다. 그런 의미에서는 화성 사람이나 지구 사람이나 다름이 없을 것이다."(3회, 92면)라고 직접적으로 제시되는 서술은 우주를 배경으로 하고 있는 이 소설의 중심에 놓여 있는 것이 다름 아닌 인류임을 역설적으로 드러낸다.

그리고 소년들은 실제로 지구인과 비슷한 외형의 화성인을 발견한다. 소년들이 발견한 상자 속에는 화성인들이 남기고 간 영상기록물이 남아 있었으며, 영상 속의 화성인들은 "지구 사람들보다 작은 편이지만 몸집은 그리 작지 않"고 "숱이 많고 까만 머리칼로 귀까지 덮여 있는 머리, 우뚝하게 커 보이는 코, 꼭 다문 입술, 파아란 색이 나는 피막으로 덮이여 있는 커다란 둥근 두 눈"을 (4회, 101면) 가지고 있다. 이들은 기본적으로 지구인의 외형 구성을 그대로 따르고 있으며, 단지 피막이 있는 눈과 작은 체구가 다를 뿐이다. 화성인이나 지구인이나 다르지 않다는 서술자의 말은 4회의 영상물에서 사실로 확인되며 화성인들의 역사 또한 인류사와 매우 유사하리라는 점을 어렵지 않게 짐작하게 한다. 또한 소련 원사(元士)는 공룡이 살던 시기의 지구의 풍경과 화성인들의 혁명으로 짐작되는 영상을 본 소년단에게 "착취가 없는 사회에로 이행하는 커다란 력사적 사변을 의미"(102)한다는 설명을 덧붙인다. 더 나아가 새로운 행성으로 집단 이주하는 영상의 결말과 고고학자에 의해 낭독되는 화성인의 편지는 지구의 전사(前史)로서 화성의 역사를 고정한다.

이 소설은 우주라는 새로운 "처녀지 개척"을 이룩해낸 사회주의 과학기술에 바쳐진 찬사이지만, 동시에 '인간 이성'에 대한 찬사이기도 하다. 원료의 고갈로 인해 다른 행성을 '개척'하는 화성인들의 영상은 지구의 미래로서 우주 개발의 당위를 공고히 한다. 화성의 청년들은 이주를 반대하는 보수주의자들에게 맞서 다음과 같이 외치며 행진한다. "끝없이 넓고 비옥한 처녀지에로 진군하자! 후손 만대는 우리 세대의 이 용감하고 자랑찬 투쟁에 대하여 잊지 않을 것이다. 우주 공간에로! 처녀지에로!"(6회, 122면) 그리고 영상 속 청년들의 외침은 어른이 되어 다시 화성으로 돌아오리라는 소년들의 다짐으로 응답 받는다. 지구보다 먼저 태어나 성장하고 어딘가로 사라진 화성인들의 궤도를 좇아 소년들은 지구 너머의 또 다른 행성을 개척해 나갈 것이다. 이로써 화성인이 남긴 영상은 우주를 여행하고 개발하는 인류의 위대한 발전이 여기에서 멈추지 않으리라는 확신으로 이어진다. 그리고 소설은 다음과 같은 환호로 결말을 맺음으로써 이 여정의 정착지가 어디였는가를 명료히 한다.

> <용감한 화성의 첫 소년 탐험대원들에게 영광이 있으라.>
> <쏘베트 과학의 위대한 승리 만세!>
> <인간의 리성 만세!>
> 그칠 줄 모르는 만세와 환호 소리는 어느덧 국제 소년 행진곡의 우렁찬 합창 소리로 변하였고 기쁨에 찬 이 노래는 짧은 하늘에로 끝없이 올라 멀고 먼 별나라에까지도 나래칠 듯하다. (6회, 88면.)

지구로 돌아온 소년들을 향한 환영 인파의 외침은 인류의 위대한 성취를 향한 환호로 이어진다. 인간 이성에 대한 만세소리와 군집한 사람들의 모습은 소년들로 하여금 벅찬 감격에 빠지게 하며, 이 감격은 그들이 인공위성에서부터 마주했던 시차의 무게마저도 망각케 한다.[9] 화성에서의 보름과 인공위성과 지구 사이에서 발생한 5년의 시차는 형이 되어버린 동생과 늙어버린 어머니의 모습으로 증명된다. 그러나 이 낯섦을 소설은 인류의 위대한 성취를 향한 환호의 함성으로 용해하여 버린다. 이로써 이들의 우주 항해는 국경과 인종을 넘어, 심지어는 시간마저도 초월한 여정이 되었다. 우주는 지구라는 공간과 중력을 벗어나 시간조차도 초월한 절대적인 세계로서 소설 속에 표상된다. 이 새로운 세계는 지구를 넘어서는 가능성의 세계이자, 절대적인 초월의 시선으로 자리한다. 이 시선을 전유하여 지구는 다시 재조명되며, 돌아온 지구에서 느끼는 낯섦은 다시 화성에서 만나리라는 약속으로 해소된다. 이 소년들은 우주라는 절대적 세계를 개척하기 위해 새로운 여정을 준비하게 될 것이다. 우주라는 광막한 세계를 향한 탐험은 비록 '개척'이라는 표현이 함의하는 위험성에도 불구하고 냉전의 논리와 심지어는 지구의 시간마저도 초월하는 방식이기 때문이다.

---

9) 지구의 시간을 벗어나 우주의 시간 속에서 유영하는 SF의 서사는 남한의 창작 SF에서도 종종 발견된다. 예컨대 강성철의 「방랑하는 상대성인」(1966)은 21세기의 인물이 42세기에 이르러서야 비로소 연인과 결합하는 서사를 취한다. 이 소설에서 지구의 시간은 그다지 중요하지 않다. 소설의 세부묘사와 분위기는 지속적으로 우주의 무한대의 시간을 부각시키며, 이 속에서 인물들은 부유하는 것으로 묘사되고 있다.

3. 미지와의 조우, 혹은 투쟁 : 「금성탐험대」(1962)

한편, 남한에서는 금성을 향한 경주를 시작한다. 1962년 12월부터 1964년 9월까지 이어진 2년에 가까운 긴 여정이었다.[10] 그리고 길어진 여정만큼이나 더욱 스펙터클한 서사를 『금성탐험대』는 전개해 보인다. 충실한 과학적 고증에 기초한 상상력을 보여주는 한국 SF의 선구자 한낙원[11]의 이 소설은 초판 이후 무려 10쇄를 찍어내는 인기를 얻었다. 때문에 1950년대 후반부터 본격적으로 개화하기 시작하는 남한의 창작SF를 주도하였던 작자의 SF 텍스트 중에서도 특히 이 소설은 남한 SF의 연구에서 자주 거론되어왔다. 물론 기존의 논의들이 지적하고 있듯이 이 텍스트는 단순한 인물 구도와 반복되는 우연, 남성-소년 중심의 팽창주의, 봉건적 인식 등의 한계를 지니고 있다. 그럼에도 불구하고, 이 소설은 과학기술에 대한 당시 남한사회의 동경과 한 지식인의 당위의식이 빚어내는 흥미로운 스페이스 오페라로서

---

10) 한낙원의 「금성탐험대」는 1962년 12월부터 『학원』에 연재를 시작하였으며, 1967년 학원사에서 출간된 것으로 알려져 있다. 그러나 1969년 삼지사판에 1957년 초판의 기록이 남아 있다. 아직 실물이 확인 되지 않았으므로 이 소설의 정확한 창작시기의 표기에 관하여는 기존 논의에서도 의견과 저본이 서로 엇갈리고 있는 실정이다. 따라서 이 글은 실물이 직접 확인 가능하였던 1962년부터의 연재분을 근거로 하여, 1962년경으로 창작 시기를 정하고자 한다. 이는 실물 확인에 근거한 것이기도 하지만, 금성 탐사선 마리너 2호가 금성 근접비행을 성공하였던 1962년 12월의 의미를 확대하기 위한 선택이기도 하다. 기출간된 소설을 연재하는 것이라 하더라도 금성탐사선의 근접 비행에 의미를 싣고자 하였던 당시 매체의 의도가 반영되었을 것이기 때문이다. 물론 스푸트니크가 발사된 것이 1957년임을 감안한다면, 추후 1957년 판본자료의 확인은 반드시 필요하다고 판단한다. 다만, 본문에서 인용 시에는 1962년 연재분을 모아서 출간한 1967년 학원사 판을 저본으로 삼은 창비의 2013년 판의 면수를 괄호 안에 표기한다.

11) 고장원은 한낙원을 "한국창작과학소설의 선구자"로 평가하면서, 과학적 고증에 충실한 소설의 세부묘사와 상상력을 상찬하는 한편으로, 비논리적인 상황이 반복해서 전개되며, 개성 없는 외계인들이 등장하고, 봉건적 혈연주의와 핵폭탄의 남발, 그리고 인물의 단순성을 한계로 지적하고 있다. - 고장원, 『한국에서 과학소설은 어떻게 살아남았는가? - 한국과학소설 100년사』, 부크크, 2017.

의 가치가 충분한 텍스트이다.[12)]

전작인 「잃어버린 소년」에서 일본과의 미묘한 관계와 화해를 이뤄 냈던 한낙원은 이번에는 미국과 소련의 냉전구도를 소설에 전면화한 다. 소설은 도입부터 중심인물인 고진의 납치와 소련 우주선 승선 과 정을 보여준다. 스파이였던 니콜라이에 의해 납치된 고진은 미국의 V.P호와 유사한 디자인의 소련 우주선 C.C.C.P호에 강제로 탑승한 다.[13)] 결국 V.P호에 생긴 고진의 빈자리는 그의 동료인 박철이 채우 며, 각각 '한국' 국적의 승무원을 한 명 이상 태운 우주선이 금성에 먼 저 도달하기 위한 경쟁을 시작한다. 화성으로 향한 「소년우주탐험대」 가 우주에서 국적을 초월한 우정을 쌓아가는 것과 달리, 『금성탐험대』 는 금성 탐사를 두고 미국과 소련 사이에서 벌어지는 경쟁이 서사의 중심축이 되는 것이다.

그런데 금성을 향한 두 우주선의 선두 경쟁은 일견 치열하게 보이 지만, 기실은 V.P호가 뒤쫓는 우주선의 존재를 인지하지 못한 채

---

12) 한낙원과 『금성탐험대』에 관한 기존의 논의는 크게 두 가지로 분류할 수 있다. 우선 SF라는 장르적 관점에 주목하여 한국 창작SF의 흐름 속에서 파악하려는 논의와, 텍스트의 테마 분석으로 나뉜다. 전자는 SF와 동화라는 장르적 문제에 천착하거 나(김이구, 「과학소설의 새로운 가능성」, 『창비어린이』3(2), 창작과비평, 2005.6) 한국 창작SF사에서 그 의의를 되짚는 경향(고장원, 앞의 책; 이지용, 『한국 SF장르 의 형성』, 커뮤니케이션북스, 2016; 최애순, 「초창기 SF아동청소년문학의 전개」, 『아동청소년문학연구』 21호, 2017.12)이 있다. 한편 텍스트의 테마 분석에 집중 하는 경향은 종말론적 인식이나 냉전구도 재현에 초점을 맞춘 논의(모희준, 「냉 전 시기 한국의 과학소설에 구현된 국가관 연구」, 선문대학교 박사학위 논문, 2015)와 이상적인 남성상으로서의 소년과 팽창주의 욕망에 주목하는 연구(임지 연, 「초기 한낙원의 과학소설에 나타난 '소년'의 의미」, 『한국언어문화』 65집, 한 국언어문화학회, 2018; 장수경, 「1960년대 과학소설의 팽창주의 욕망과 남성성」, 『아동청소년문학연구』 23호, 2018.12)

13) 이 텍스트가 묘사하고 있는 유사한 디자인의 미국과 소련 우주선의 디테일을 고 장원은 실제 사건에서 근거를 찾고 있다. 고장원은 실제로도 달 착륙 우주선 개발 을 둘러싸고 소련이 미국의 기밀을 훔쳐낸 정황이 포착되었음을 서술한다. 이는 「금성탐험대」가 실제적 고증을 기반으로 세부 묘사를 구성하고 있음을 보여주는 한 예시이다. ―고장원, 위의 책, 357면.

C.C.C.P호가 일방적으로 추격하는 구도이다. 심지어는 뒤늦게 출발한 C.C.C.P호가 육안으로 확인이 가능할 거리까지 바짝 쫓아온 순간에도 V.P호는 C.C.C.P호를 의심하지 않는다. 니콜라이가 V.P호에 미리 설치해둔 전류장치를 작동하여 운항 방해를 시도하였다가 고진에 의해 저지되는 상황도 벌어진다. 그럼에도 불구하고 이러한 극적인 전개는 어디까지나 C.C.C.P호에서만 벌어진다. V.P호는 이러한 위험을 인지하지 못하는 데다가 고진이 운항 중인 우주선 밖으로 나오는 장면을 목격하였으면서도 이에 대한 의문마저 품지 않는다. 출발 전, 일등 승무원이 네 사람이나 살해되었으며, 탑승 예정된 우주인이 두 사람이나 행방불명되었음에도 V.P호나 관제센터의 누구도 이 정체를 알 수 없는 우주선을 의심하지 않는다. 이는 납치와 살해까지 시도하는 과열된 경쟁구도 한복판에 놓여있는 인물들의 행동이라고 하기에는 지나치게 안이하다.

이 소설은 V.P호 승무원들의 이 같은 순진성을 비판하는 시선으로 포착하지 않는다. 도리어 승무원들의 순진함과 안이함이 상대를 의심하지 않는 완전한 도덕성에서 기인한 것으로 그려진다. 이 같은 중심인물들에 대한 절대적 신뢰는 김동섭의 텍스트와 일견 유사한 듯 보이나, 실은 그 궤를 달리한다. 「소년우주탐험대」가 미국과 일본을 포함한 다국적 소년들로 구성된 인물들을 전면에 내세웠던 것은 사회주의 권역이 보유하고 있었던 과학기술에 대한 강력한 신뢰감과 자신감의 발로였다. 하지만 V.P호가 보여주는 지나친 평온함은 미국의 우주선이 반드시 금성을 선취하리라는 확신에서 온다기보다는, 구성원들의 도덕성과 합리성에 전적으로 기대고 있다. 이를테면 이들은 경쟁 중이나, 우주비행사들을 살해하면서까지 경쟁국의 금성 탐사를 막지는 않으리라고 확신한다. 그리고 이러한 확신은 구체적인 증거나 물증이 아니라 지극히 도덕적인 인물에 대한 신뢰로 인해 가능하다.

　김동섭의 텍스트가 과학기술에 대한 자부심의 발로로서 소설 속 인물들을 향한 절대적 신뢰의 시선을 보여주고 있다면, 한낙원의 텍스트는 긍정적 인물들이 가진 인간성과 도덕성에서 신뢰의 근거를 찾는다. 이는 물론 소련의 과학기술과 지원을 통해 국가적 차원에서 과학기술을 발전시키고 있던 북한과, 과학기술진흥정책 논의에 겨우 걸음마 단계에 놓여 있었던 이 시기 남한 사이의 당대적 시차의 반영이기도 할 것이다. 때문에 소설의 극적 전개를 위해 「금성탐험대」는 그들의 반대편에 놓인 인물을 부정적으로 묘사하고 이들이 일으키는 사건에 집중한다. 소련을 대표하는 인물인 니콜라이 중령은 미국인 스미스 중령으로 위장하여 하와이 우주 공항의 교관으로 침투하였다가 고진을 납치한다. 소설은 소련과 니콜라이 중령이 미국보다 먼저 금성에 도착하기 위해 벌이는 비도덕적인 일들을 집중적으로 묘사한다. 예컨대 이들이 탑승한 C.C.C.P호는 미국의 V.P호와 마치 "쌍둥이처럼" 닮아 있는 데다가, 니콜라이는 V.P호의 항해를 방해할 전류 장치까지도 설치해 두었다. 목적을 위해서는 팀원의 희생도 마다하지 않는 니콜라이의 모습은 '소련'의 표상으로서 이 소설에서 기능하고 있다. 그의 협박에 의해 몸으로 방사선 구멍을 막다가 최후를 맞이하는 노(老)과학자의 에피소드는 니콜라이라는 인물이 지닌 잔인성을 예시한다. 문제가 발생하였을 때에 투표를 통해 해결하는 V.P호와 총을 들이밀며 무조건적 희생을 명령하는 니콜라이의 대조는, 당연한 일이겠으나 1960년대에 발생한 이 소설의 입장을 보여주는 것이기도 하다.

　그럼에도 불구하고 부정적 인물인 니콜라이가 보여주는 비도덕적인 행태와 세부 묘사들은, 그렇기에 도리어 이 인물을 입체적인 인물로 만든다. 그는 미군 장교였으나, 실은 소련의 스파이였으며, 후반부에서는 지구의 운명을 걱정하고, 인류를 위해 투쟁하려고까지 한다. 그의 극적인 변모는 이 소설이 박진감 넘치는 사건의 전개를 위해 니콜라이를 적극적으로 활용하고 있을 뿐만 아니라, 소련(인)에 대한 입체적인 시각까지도 드러낸다. 그는 목적을 위해서는 비도덕적인 수단도 가리지 않지만 그 자신의 방식으로 지구를 걱정하는 인간적인 면모도 가지는 복합적인 인물이다. 이러한 인물에 대한 이중적이고도 복합적인 묘사는, 역설적으로 당대 남한 사회의 시선을 징후적으로 노출한다. 우주로 쏘아올린 소련의 로켓들은 숭모의 감정을 일으키기에 충분했으나, 동시에 우주 공간에서의 폭격이라는 새로운 두려움을 불러일으키기도 했다. 이 불안을 해소할 수 있을 만한 방어 시스템을 보유하지 못한 1950년대 후반~1960년대 초반의 남한 사회에서 소련의 우주 기획과 그 성취를 바라보는 시선은 양가적일 수밖에 없다. 숭모와 불안의 감정은 결국 소련의 우주선이 미국의 기술을 베낀 것으로 묘사함으로써 그 수준을 끌어내리고, 니콜라이라는 인물을 비도덕적으로 묘사함으로써 비로소 해소될 수 있었다. 그리고 늙은 과학자를 죽음으로 몰아넣는 비정한 인물인 니콜라이가 국가의 감시를 두려워하고 있었던 초라한 인간으로 몰락하는 순간에, 마침내 '한국'의 대표인 고진과 화해를 이룰 수 있었던 것이다. 하지만 여전히 니콜라이는 이들과 함께 지구로 귀환하지는 못한다. 이 텍스트는 니콜라이가 지닌 특징적 인식 방식을 그 원인으로 제시한다. 다음의 장면을 보자.

> 그러나 금성에 오기까지에는 우리가 상상조차 할 수 없는 시간이 걸리는 거리이다. 알파성에서 우리 지구까지는 빛의 속력으로도 4년 4개월이 걸리는 거리이다.
> 이것을 그들의 발달한 우주선으로 달려온다고 해도, 즉 거의 빛의 속력으로 달리는 우주선으로도 7년을 잡아야 하는 것이다.

이와 같이 머나먼 길을 오직 우주 탐험이라는 목적만을 위해서 왔다고 생각하면 저절로 머리가 숙어지는 것이었다.

그러나 금성에 착륙하고 대규모의 광석 채굴 시설을 차려 놓은 것을 보고는 단순히 그들이 우주 탐험만을 위해 온 것은 아니라고 생각했다.

"이들은 우리 태양계를 침범하고, 우리 태양계의 광석을 날라 가고 있는 지도 몰라요."

니콜라이 중령이 영화를 보다가 치올코프 교수에게 소곤댄다.

"그까지는 괜찮지만, 그러다가 우리 지구가 침략을 받을까 두렵습니다."

치올코프 교수도 그런 것을 생각하고 있었다.

'금성인이 아닌 알파성인이 지구를 침략한다.'

그것은 무서운 일이다. 어떤 과학 무기가 지구를 전멸시키고 인류의 행복과 문명을 파괴할는지 모르는 일이 아닌가.(259면)

「소년우주탐험대」의 미국 소년 '쫀'이 보여주었던 '자유주의적' 면모처럼 『금성탐험대』의 니콜라이에 대한 묘사 장면들에서도 이념에서 영향받았을 것으로 짐작되는 성격적 특성을 부각시킨다. 바로 모든 관계를 대결과 투쟁의 구도로 이해하고 있다는 점이다. 그는 우주 경쟁을 "이기느냐, 죽느냐, 두 길밖에 없"(33)는 것이라고 말한다. 때문에 그는 알파성인의 존재를 확인한 순간, 이들과의 소통보다는 지구 침략을 우선적으로 떠올린다. 기실 그의 의심은 일정부분 타당하다. 알파성인들이 건설한 대규모의 시설이 지구에 건설되지 않으리라는 확신 또한 없는 까닭이다. 그러므로 그는 이 위험을 지구에 알려야 한다는 사명감에 사로잡혀 외계인과 대화하기보다는 그들이 금성에 건설한 지하 도시의 동력원과 기계들을 촬영하는 데에 몰두한다. 니콜라이가 알파성 로봇의 공격을 받게 되는 것 또한 그가 알파성의 기계와 동력원을 촬영한 것이 발각된 까닭이다. 이로 인해 니콜라이는 큰 부상을 당하고 지구로 돌아가지 못한 채 금성에서 최후를 맞이한다. 분명 그는 온갖 악행을 저질렀던 부정적 인물이다. 그러나 결말에 가까울수록 그는 지구 침공을 의심하고, 위험을 경고하기 위해 최선을 다한다. 이러한 그의 노력으로 인해 니콜라이는 임종 직전에, 비로소 '스미스 교관'으로 다시금 호명된다.

소설은 니콜라이의 선한 면모를 증명하는 몇 가지의 에피소드를 배치한다. 예컨대 소행성에 불시착하였을 때, 고진은 그가 스미스 교관이던 시절에 "사람의 생명을 구해주는 것은 나쁜 일은 아니다. 비록 적일지라도."라고 말했던 것을 떠올린다. 또한 탐사를 나갔다가 늦게 돌아온 그들 일행은 V.P호의 이륙 소리를 듣고 C.C.C.P호가 그들을 남기고 먼저 떠났으리라고 생각하고 낙담한다. 그러나 이들은 기다리고 있는 C.C.C.P호를 발견한다. 우주 경쟁에서 패배하면 죽음뿐이라던 그는 V.P호가 이륙하는 중에도 일행을 기다리고 있었다. 이러한 장면들은 니콜라이의 본성에 대한 일말의 기대를 품게 한다. 그는 적어도 '스미스 교관'이던 시절에 적이라 하더라도 인간의 생명이 존엄함을 강조하였으며, V.P호보다 늦게 출발하게 되어 계획에 차질을 빚었음에도 끝내 세 사람을 행성에 두고 떠나지 않았다. 소설은 그의 부정적 면모를 부각하면서도, 그의 내면에 V.P호의 인물들과 같은 선함이 남아 있음을 보여준다. 패배는 죽음이라고 외치면서도 V.P호를 놓치면서까지 세 사람을 기다리는 그의 이중적인 모습은 "만일 못 쫓으면 그 책임이 누구에게 있는지 알겠지. 우리가 성공하면 영웅 훈장이 기다리고 패하면 개죽음이 기다린다는 걸 알아 둬야 해."라는 그의 대사와 겹쳐지며, 기실 그가 단지 국가에 의해 살해되지 않으려 투쟁하는 인물이었음을 암시한다.

때문에 알파성과의 교역이라는 우주적 사명을 띠고, 알파성인들의 배려하에 지구로 돌아가게 된 이들과 달리, 니콜라이는 금성에서 최후를 맞이한다. 니콜라이의 죽음이 남긴 교훈은 다음과 같다. "지구는 하나"이며, 그러므로 "모든 민족은 적이 될 수 없"(377면)다. 그는 결말에 이르러서야 세계의 구도를 적과의 투쟁으로 바라보았던 그 자신의 시선이 잘못된 것임을 고백한다. 그의 고백은 경쟁에서 이기기 위해 개인을 희생시키는 집단 체제에 대한 부정이기도 하다. 그가 속한 집단은 그 자신마저도 과도한 경쟁의식 속에 함몰시켜 버렸다. 이러한 측면에서 니콜라이는 이념에 의해 자멸한 인간에 가깝다. 그는 국가와 이념을 초월한 우주에서야 비로소 그 자신의 진심을 보여줄 수 있었다. 그러므로 그는 돌아갈 곳을 잃은 채 영원히 금성에 머무르게 되었다. 하지만 그의 최후는 인간의 선한 본성을 인정하고 상이한 체제와 이념이 연합할 수 있는 곳은 단지 우주뿐이라는 역설로도 읽힌다. 지구에서는 불가능할, 냉전 시대의 극복은 결국 우주라는 새로운 공간에서만 가능했다.

4. 화성과 금성 사이에서

1960년대 남/북한의 초기 SF에서 우주는 이념과 체제의 대립을 무화시키는, 냉전을 초월하는 공간이었다. 한국전쟁을 경험한 한반도에서 우주는 오래된 관념인 '민족'에 의지하지 않고도 이념의 분단을 해소할 수 있는 새로운 가능성의 한 방향으로 모색되고 있었다.[14] 우주

14) 이경수는 1950년대 여성시의 지형을 검토하면서, 김남조와 홍윤숙 시의 수목적 이미지가 세계수와 우주로 연결되고 있음을 지적한다. 그에 따르면 우주의 이미지는 전후의 상흔을 치유하고 냉전체제를 새로이 사고하고자 하는 한 가능성의 방향으로 모색되고 있었다. —이경수, 「1950년대 여성시의 지형과 여성적 글쓰기

에서 바라본 지구는 수많은 행성들 중 하나에 불과하다. 이 같은 우주의 시점으로 고양된 시선은 냉전이라는 체제와 이념의 경계를 무화하며, 지구를 경계가 사라진 하나의 행성으로 조망한다. 미국과 소련, 혹은 남한과 북한으로 나뉘어져 조망되었던 세계가 우주적 시선을 전유하며 '지구'로 통합되는 것이다. 이로써 냉전체제와 그 대립은 효력을 잃는다. 「소년우주탐험대」의 다국적 소년단이나 소련인과 미국인, 그리고 한국인이 같은 우주선을 타고 귀환하는 『금성탐험대』의 결말이 우주를 이념 대립을 초월한 새로운 공간으로 조명하는 것은 이 때문이다.

이들 텍스트 이후로도 우주는 어느 난장이의 이상향에 이르기까지 반목과 대립 너머의 공간으로 꾸준히 상상되었으며, 현재까지도 일정 부분 유효하다. 그러나 동시에 우주는 인류의 새로운 전기를 열어주는 개척지였으며, 정체를 알 수 없는 위험이 도사리고 있는 공간이었다. 무엇보다도 우주는 인류가 일궈낸 고도의 과학기술이 집약된 기계들이 활약하는 세계이기도 했다. 기계의 힘을 빌리지 않으면 숨조차 쉬지 못하는 우주에서 인간의 육체는 나약할 뿐이다. 중력이 사라진 공간에서 지구와 같은 법칙은 위력을 잃는다. 스페이스 오페라의 세계에서 가장 강력한 것은 어쩌면 기계의 힘일 것이다. 우주를 오가는 기계들의 장엄한 이미지는 분명 인간이 선취해낸 과학기술의 표상으로서 인류의 저력을 표상한다. 하지만 그렇기에 도리어 인간의 육체는 기계들 사이에서 축소되고 부유한다. 그렇다면 대지에 발을 디디지 못하는 인간은 우주에서 무엇을 새로이 발견하였는가.

의 가능성-김남조와 홍윤숙의 시를 중심으로」, 『여성문학연구』 21호, 2009, 7-44쪽 참조.

<쏘베트 과학의 위대한 승리 만세!>

<인간의 리성 만세!> (「소년우주탐험대」, 6회, 88면.)

"음− 이런 경우에 우리가 할 일은 무엇이요?"

애덤스 박사가 신중하게 말한다.

"지구인을 도와야겠죠."

"그는 우리 적입니다."

고진은 그가 납치되어 당한 여러 가지 일들을 잊을 수 없었다.

"그렇지만 그이도 지구인임엔 틀림없어요. 지구인이 이들에게 희생 당해도 좋아요?"(『금성탐험대』, 363면)

그는 고진을 정말 좋아했다. 그래서 납치까지 해서 금성에 데려왔는 데 그것과 자기 스파이 행동과는 아무 상관이 없는 것이라고 했다.

또 그는 지구는 하나라는 말을 되풀이하였다.

"지구는 하나야...... 금성에 와 보고...... 나는 그것을 알았어. ......모든 민족은...... 적이 될 수 없어...... 형제야...... 싸워선 안 돼...... 싸워선 안 돼...... 그럼...... 안녕......"

그는 마지막 인사까지 끝내자, 목을 늘어뜨리고 눈을 감았다.(『금성 탐험대』, 377면)

화성과 금성으로 향한 두 텍스트는 중력이 작용하지 않는 공간에서 도리어 휴머니즘을 재확인한다. 「소년우주탐험대」의 소년들은 국적 을 초월한 우정을 쌓았으며, 『금성탐험대』의 주인공들은 하나의 우주 선을 타고 지구로 귀환했다. 소비에트 과학의 승리와 인간 이성에 대 한 환호로 채워진 「소년우주탐험대」의 결말은 인간 이성과 과학기술 의 발전에 대한 찬사를 직접적으로 내세움으로써, 우주과학이 인간 역사의 새로운 전기를 열리라는 시각을 드러낸다. 이제 지구에서의 대립은 무화되고, 행성을 탐사하러 떠났던 화성인들의 역사를 따라 그간 지구를 구획하던 국가의 경계는 지구와 타행성의 경계로 옮겨갈 것이다. 게다가 탐사대원들이 발견한 영상 속 화성인에게는 민족이나 국가, 체제나 이념의 경계가 존재하지 않았다. 화성인들은 인종차이 없이 유사한 신체 조건과 외모의 그저 '화성인'으로 묘사되고 있다. 화성인들의 역사를 보며 이들은 인류가 나아가야 할 방향을 직감했다. 그들의 임무는 지구 내에 있지 않다. 화성인들이 그러하였듯이 우주 어딘가에 있을 새로운 행성을 향하여 인류의 도전을 이어나가야 한다. 이로써 중력이 작동하지 않는 곳에서 이들은 도리어 인간의 위대함과 새로운 과제를 발견한다. 인간의 지각은 중력이 무화된 공간으로 확장되며, 세계관 또한 우주로 무한히 팽창한다. 지구의 중력은 우주로 팽창하는 인간의 인식 속에서 휘발된다.

한편 『금성탐험대』에서는 '인간다움'에 관한 서술을 텍스트의 면면에서 발견할 수 있다. 고진은 탈출을 할 수 있는 순간에도 낙오된 두 과학자를 찾기 위해 기회를 포기한다. 뿐만 아니라 이런 고진의 고뇌에 덧씌워지는 것은 다름 아닌 니콜라이 중령의 "사람의 생명을 구해주는 것은 나쁜 일은 아니다. 비록 적일지라도"(『금성탐험대』, 113면)라는 말이었다. 인용한 부분으로 돌아가 보자. 고진은 니콜라이 중령의 모략에 의해 소련 우주탐사선에 납치되어 금성을 여행해야만 했다. 이 여정 동안 그는 니콜라이의 잔혹한 면모를 곁에서 지켜보았다. 니콜라이는 소련 스파이였으며 비정한 인간이었다. 때문에 고진은 니콜라이가 곤경에 처했음을 인지하면서도 그를 구하기를 망설였다. 이 순간에 적이지만 지구인이라는 미옥의 대사는 고진을 움직이게 만든다. 미옥의 한마디로 니콜라이는 소련인 스파이가 아니라 '지구인'이 되며, 고진은 남한의 우주 비행사가 아닌 그와 같은 '지구인'이자 인간으로서 니콜라이를 구하기 위해 달려간다. 모든 것은 금성의 지하 기지에서 일어나는 일이다. 이 소설에서 인간다움에 대한 대사들은 모두 우주를 배경으로 할 때만 등장한다. 지구에서 대립하고 비난하던 인물들은 미확인 행성과 금성에서 서로를 '지구인'으로 지칭하며 그들이 '인류'임을 재확인한다. 물론 소설은 끝내 니콜라이를 살리지 않았다. 그러나 그는 적어도 고진과 V.P호의 탑승자들이 지켜보는 가운데 최후를 맞이할 수 있었다. 결말에 이르러 니콜라이는 고진과 V.P호의 탑승자들과 화해하고 용서받았다. 체제에 관계 없이 침통한 표정의 '지구인'들에 둘러싸인 니콜라이의 운명하는 장면 속에서, 이들은 모두 "지구인임에 틀림없"다.

결국에는 '인류'로 귀결된다. 화성과 금성의 탐사대들은 서로 다른 행성들을 탐험하며 낯선 풍경들과 마주했다. 붉은 사막 지형의 화성과 우거진 정글 속에서 괴조와 공룡이 나타나는 금성이 바로 그것이었다. 이들은 화성인 혹은 알파성인이 남긴 지하도시를 탐사했으며, 실견이든 영상에 의해서든 그들과 조우했다. 하지만 결말에서 이들이 외계의 행성에서 발견한 것은 '인류'와 인류애였다. 이들이 만난 외계의 존재들은 어쨌건 '인간보다' 키가 작거나 컸고, '인간보다' 마른 체형이거나 머리가 컸으며, '인간과 달리' 눈에 피막이 있거나 귀가 당나귀처럼 위로 솟아 있었다. 그들은 기본적으로 직립 보행을 하며, 언어로 소통한다. 다소의 기괴한 외형적 차이가 있기는 하지만, 포유류의 일반적인 형질을 가졌다. 3m가량의 곤충을 닮은 옥타비아 버틀러의 '틀릭'(「블러드 차일드」)이나 식물의 군집체와 같은 '커뮤니티'(「특사」)처럼 전혀 다른 형질의 생물이 결코 아닌, 인간과 지나치게 흡사한 데다 역사적 발전 과정마저도 일치하는 외계인들이다.

김동섭과 한낙원이 SF라는 장르의 실험을 본격적으로 시작한 것은 냉전시기 두 강대국의 우주기획에 세계의 이목이 집중한 때의 한반도에서였다. 세계가 우주라는 미지의 세계를 '누가 먼저 점령할 것인가'에 관심을 두고 있을 때, 남/북한은 우주기획의 주체인 강대국들과는 다소의 지리적 거리를 둔, 전쟁 직후의 피폐해진 각자의 국가에서 그들의 환호와 감격, 혹은 불안감을 직·간접적으로 체험했다. 공통적으로 이들은 각기 친밀하다고 여기는 국가의 성취 소식을 공유하면서 지각할 수 있는 세계가 대기 너머의 우주로 확장되는 감각을 경험했다. 그러나 현실적으로 당시의 남/북한 국가 구성원들이 할 수 있었던 것은 인류의 발전이라는 고양된 감각을 공유하는 것에 그칠 뿐이었다. 하지만 머리 위의 세계가 대기에서 우주로 확장되면서 국가의 경계와 이념은 그 지극한 높이를 지닌 시선에 의해 무화되었고, 그것은 세계체제하에서 이념 다툼을 지속하여야만 하였던 당시의 남한과 북한 모두에 청신한 지각의 전환이 되었다. 따라서 초기 남/북한의 SF는 연합과 화해를 이룰 수 있는 가능성의 공간으로서 우주를 조명한다. 또한 이에서 더 나아가, 이들 SF는 공통적으로 인간 이성이 성취해낸 고도의 문명과 과학기술에 대한 신뢰를 기반으로 인류의 본성에 대한 신뢰를 표출한다. 인간 이성을 향한 강력한 믿음이 만들어낸 일종의 '과학적' 환상이다.

그래도 여전히 니콜라이 중령의 근거 있는 의심을 기억할 필요는 있다. 심지어 화성인들은 새로운 개척지를 찾아 떠났으므로 언젠가 되돌아와 지구를 식민지로 선택할 가능성도 있다. 주지하다시피 외계의 침략은 SF에 자주 출몰하는 주제이다. 흔히 이 소통도 불가한 미지의 존재들은 예기치 않게 등장하여 지구인을 위협한다. 이때 외계 생명체들은 온전히 이해할 수 없는 위협적이고도 혐오스러운 존재들로 형상화되는 것이 일반적이다. 하지만 한낙원과 김동섭의 SF 텍스트에서 이들 고도의 지성체는 SF영화의 흔한 클리셰와 같은 위협적인 존재나 인간 사냥꾼들이 아니다. 도리어 이들은 고도의 지성을 지니고도 지구가 아닌 새로운 개척지를 향해 떠났으며, 지구와의 무역을 제안하기도 한다.

이들 텍스트의 외계인들이 위협적이지 않은 까닭은 그들이 인간과 유사한 외모를 갖춘, 소통이 가능한 지성체들로 묘사되기 때문이다. 예컨대 한낙원의 전작 『잃어버린 소년』은 외계인과의 극렬한 전투 끝에 그들을 섬멸한다. 이때 이들 생명체는 반구 모양의 기계에 의지해서 이동하며 인간의 외면과는 유사한 부분이 없이 연체동물의 외형을 지니고 있다. 하지만 이 혐오스러운 외계인들의 침공은 도리어 지구가 결속하기 위한 계기를 만들었다. 외계인의 침공을 이겨내고 나서야 "세계는 괴물의 습격을 받은 뒤부터는 보다 집안 식구 같은 기분이 났"을 뿐만 아니라, "인류는 이제야 정말 지구가 우주 앞에서 너무나도 작고 인간의 지식이 너무나 보잘것없다는 것을 알게 되었다."[15] 국경과 체제, 그리고 이념을 뛰어넘어 지구가 결속하기 위해서는 외계의 침공이 필요했다. 반목의 구도를 극복하기 위해, 외연을 확장하고 또 다른 타자를 만들어 내부의 대립을 무마하는, 지극히도 전형적인 갈등 봉합의 방식이다.

『잃어버린 소년』과 달리 『금성탐험대』와 「소년우주탐험대」는 이들 지성체와 소통하며 행성 차원의 교역을 시도한다. 화성인과 알파성인은 모두 인간과 유사한 외모를 지닌 고등 생명체로서, 고도의 과학기술을 지니고 있다. 심지어 「소년우주탐험대」의 화성인들이 보여주는 화성의 역사는 지구의 전사로까지 묘사된다. 지구의 청년들은 그들의 영상을 보며, 그들의 '성공적인' 역사를 간접 체험하고 그들과

---

15) 한낙원, 「잃어버린 소년」, 『한낙원 선집』, 현대문학, 2013, 253쪽.

같이 우주를 개척하리라는 새로운 목표를 설정한다. 이러한 구도는 선구자이자 스승인 소련[16]의 과학기술을 습득하여 그들처럼 우주를 탐험하리라는 당시 북한의 열망과도 닮아 있다. 2000년대에 비로소 완성되는 인공위성을 향한 장대한 목적이 1950년대 후반의 소련의 우주 기획이라는 매개를 통해 배태되었음을 보여주는 한 장면이다.

동시에 「소년우주탐험대」의 결말은 역설적으로 『금성탐험대』의 알파성인이 인간과 닮은 소통 가능한 존재여야 했던 이유에 대한 반증이기도 하다. 『금성탐험대』의 이존재들은 그들이 보유한 고도의 기술력의 위험성 때문에 대결의 대상이기보다는 협상의 대상이어야 했던 것이다. 우주전에 대한 불길한 상상[17]과 이를 해소하기 위해서는 미국의 농향을 살필 수밖에 없었던[18] 1950년대 후반의 남한 사회에서 고도의 과학기술이란 열망의 대상이나 동시에 3차 대전에 대한 불안의 요소였다. 텍스트의 정면에는 드러나지 않는 불길한 상상을 조금만 바꿔서 다시 반복해 본다면, 고도의 과학기술을 지닌 다른 국가는 우주에서 다시 지구로 돌아와 가공할 무기로 '우리'를 타격할 가능성이 충분하다. 때문에 '휴머니즘'으로 대결은 봉합되고 해소되어야만 한다. 남/북한의 초기 SF 두 편이 우주에서 공통적으로 발견했던 휴머니즘과 휴머니티는 결국 고도의 과학기술에 대한 열망과 불안으로 인해 전면화 되었던 것이다.

한 가지 더 공통점을 꼽자면, 외계인이 보유한 고도의 과학기술을

---

16) 서동수는 특히 초기의 북한과학환상소설에서 소련과 '조선'의 아동들이 사제관계로 이루어져 있음을 지적하며, 당대 북한의 우주과학의 지식이 소련을 매개로만 접할 수 있었으며 이러한 현실이 초기 북한의 과학환상소설 텍스트의 특수한 구성 요소 중 하나임을 지적한 바 있다. ─서동수, 앞의 책, 2018.
17) 「특집 원자력교실 ─ 원수 폭탄두와 인공위성 기로에 선 인류의 운명」, 『동아일보』 1957.11.6, 4면.
18) 「주한미군 불철수 ─ 딜장관 기자회견담」, 『동아일보』, 1957.10.31, 1면.

이들 텍스트의 인물들 모두 간접적으로 체험한다는 점이다. 화성인과 알파성인들은 지구보다 발전한 과학기술력을 보유하고 있는 것으로 설명된다. 그러나 텍스트 내에서 구체적인 테크놀로지의 묘사는 찾기 어렵다. 「소년탐험대」의 대원들은 영상을 통해 확인했을 뿐이며, 「금성탐험대」의 고진은 니콜라이가 일으킨 분란을 해결하는 데에 집중해야 했기 때문이다. 냉전 체제하의 우주 경쟁에 대한 간접적 경험은 텍스트 내에도 같은 구도로 반복되고 있다. 냉전시기 각각의 동맹국에 의해 간접적으로 경험된 우주와 외계인의 형상은 남/북한 SF의 구성에서도 다시 변형되고 변주되었다. 이들 텍스트가 발견한 우주는 냉전체제를 극복할 수 있는 가능성의 공간이었다. 하지만 동시에 이는 타국을 매개로 체험된 경험을 바탕으로 전개되는 상상력이었다. 그러므로 '우리'는 보유하지 못한 고도의 테크놀로지를 보유한 외계인에 대한 불길한 상상이 소거될 수 없는 한, 우주의 이미지는 냉전체제를 극복할 수 있는 가능성의 공간이지만 동시에 냉전 체제의 경쟁 구도 속에 또다시 포섭될 수밖에 없다.

5. 나가며

1950년대 후반에서 1960년대에 이르는 시기는 남/북한의 과학기술체계가 빠르게 성장하는 때였다. 특히 미국과 소련의 우주개발경쟁이 가속화되면서, 당시 남/북한의 매체들은 미국과 소련의 과학기술을 집중적으로 다루었고 이는 우주개발경쟁과 이들 국가의 과학기술력에 대한 대중의 동경과 관심을 이끌어냈다. 당시의 남/북한이 직접 우주로 로켓이나 위성을 쏘아 올릴 수 있는 물적·인적 자원이 있었을리 만무하다. 그러나 남/북한은 다양한 매체와 지면을 통해 우주기획을 중계함으로써 간접적으로나마 미국과 소련의 우주경쟁에 참여했다. 고도의 과학기술은 '선진국'의 한 표상으로서 기능하며 국가와 민족을 위해 선취해야 할 대상이 되었다. 1960년대 남/북한에서 공통적으로 일어난 이른바 '과학기술 붐'은 이러한 과정에 일정 부분 영향을 받은 바 크다.

이러한 경향은 과학기술과 그 상상력을 그려내어 보이는 창작 SF에 대한 요구와 실험으로 이어졌다. 1960년대 초기에 남/북한 SF의 주목할 만한 작가 및 텍스트들의 등장은 과학기술 붐과 이에 따른 대중의 요구, 그리고 전문 작가들의 사명감 등의 복합적 요인들과 맞물려 가능했던 것이다. 이들 텍스트는 우주라는 이제껏 인간이 경험해보지 못한 미지의 세계를 탐사하는 스페이스 오디세이의 시작을 알렸으며, 확인되지 않은 생명체들과 조우함으로써 '우주의' 평화를 상상했다. 미국과 소련의 매체를 통한 간접적 체험이었으나, 우주라는 미지의 공간은 상상하는 것만으로도 지구와 지구 안을 살고 있는 인간들의 대립을 무화시켜 버리게 하는 위력을 지니고 있었다. 로켓과 위성의 높이까지 고양된 시선에서 포착된 이념의 대립은 우주 속의 먼지에 지나지 않는 것이다.

지구를 지배하는 가장 거대한 힘인 중력이 더 이상 작동하지 않는 세계의 발견은, 그러므로 의미를 가진다. 이로써 우주는 이념과 체제, 민족마저도 초월하는 새로운 가능성의 공간으로 자리한다. 특히 가장 격렬하게 냉전 체제를 경험했던 한반도에서 우주는 이념 너머 평화로운 세계의 한 상징이자 환상으로 굳어졌다. 비록 인간과 비인간이라는 다소 불안한 구도는 남아 있으나, 그렇기에 더욱 필요한 휴머니즘에 대한 강한 신뢰는 우주를 평화의 공간으로 자리매김하게 한다. 초기의 남/북한 SF인 한낙원과 김동섭의 텍스트들은 이러한 대중적 환상에 응답하여 냉전 체제하의 우주를 인류의 우주로 재구성하였다. 이들 텍스트에서 우주는 공통적으로 무한한 가능성의 공간이자, 통합의 공간으로 그려진다. 우주에서 인간은 그들의 의지와 선한 본성을 재발견하고, 국적을 초월한 소통의 가능성을 열어 보인다. 물론 이는 지면으로 끌어당기는, 중력이 없기에 가능했다.

이러한 상상은 70년대의 난장이가 가고자 하던 달나라로 이어진다. "먼지가 없기 때문에 렌즈 소제 같은 것도 할 필요가 없"[19]는 달나라는 한낙원과 김동섭이 상상했던 미래에서 더 나아간, 이념을 비롯하여 계층과 대립마저도 무화되어 '먼지조차도' 없는 세계일 것이다. 1957년에 쏘아올린 인간의 별이 불러온 상상은 점차 그 무게를 불려 여기에까지 이르렀다. 서로 적대하는 진영에서 각기, 그러나 동시에 평화와 화해의 가능성을 모색했던 이 두 편의 SF텍스트들은 많은 점을 시사한다. 우주개발경쟁이라는 세계사적 이벤트에 남한과 북한이 동시에 보여준 문학적 반응이었으며, 그 내용에서 모두 평화 체제의 가능성을 모색하고 있었기 때문이다. 탄소배출권거래제가 논의되고 우주 개척행성의 상상력이 귀환하고 있는 현재에 이들 텍스트를 다시금 읽어야 할 이유는 여기에 있다. 여전히 인류는 중력이 작동하는 지구에 살고 있다.

---

19) 조세희, 『난장이가 쏘아올린 작은 공』, 이성과 힘, 2000, 120쪽.

제12장

춤추는 괴수, 조절가능한 핵
〈대괴수 용가리〉와 한국에서의 핵의 사유

이영재

1. '공통' 장르로서의 피폭 괴수영화

"그 미국이나 일본에서는 그런 특수촬영에 의해서 만든 뭐, 그런 것들이 막 흥행적으로도 아주 대박을 터뜨리고 그런 때인데, 그런 생각만 있었지 그런 작품을 어떻게 써야 하느냐 (중략) 그런 작가가 없었다고. (중략) 외국영화의 이런 요소, 저런 요소들을 생각하면서 끼워맞춘 것처럼 그렇게 인제 만들어진 작품이 그 용가리에요. (중략) SF에 대해서, 사이언티픽 픽션에 대해서 그걸 우리나라는 좀 떨어졌다 그럴까?"[1]

1967년 "한국 최초의 특수촬영 영화" <대괴수 용가리>를 만들어낸 김기덕의 술회가 흥미로운 것은 이 예민한 흥행감각을 지닌 창작주체가[2] '이런 영화'들의 (당시 한국의 공간 감각 속에서) '세계'적 유행에 대해 충분히 인지하고 있었으며, 한국영화가 이러한 세계를 구성해내는 데 유능하지 못함과 아울러 지연의 감각 또한 느끼고 있었다는 점 때문이다.

실제로 1950, 60년대 미국과 일본의 흥행장에는 방사능 피폭괴수라고 할 만한 것들이 범람하고 있었다. 이 영화들은 지독히도 닮은 패턴을 고집하는데 시작은 항상 동일하다. 지구 어디선가 핵실험이 있고 방사능에 피폭된 거대 생명체가 등장한다. 이를테면 거대한 개미떼(<뎀!(Them!)>(1954)), 거대한 독거미(<타란튤라(Tarantula)>(1955)), 거대한 문어(<놈은 바닷속으로부터 왔다(It Came from beneath the

---

1) 김기덕, 『영화사 구술채록 연구 시리즈 <주제사> 1960~1970년대 한국영화산업의 변화 김기덕·김수동·김종래』, 채록연구자 공영민, 송영애, 한국영상자료원, 2016, 18-19쪽.
2) 1961년의 감독 데뷔작 <5인의 해병> 이래 <맨발의 청춘>(1964), <남과 북>(1964) <말띠 신부>(1966) 등 1960년대의 대표적인 흥행영화들을 낳은 창작주체로서 당시 "흥행보증수표"라고 불렸던 김기덕의 이력을 상기해보라.

Sea)>(1955)), 거대한 메뚜기(<비기닝 오브 디 엔드(Beginning of the End)>(1957)), 거대한 파충류 등등. 이 괴수들은 한결같이 도시로 향하고, 그들의 습격으로 도시는 초토화된다.

이런 식의 피폭 괴수영화의 시작은 1953년 레이 해리하우젠의 스톱모션으로 완성된 거대 공룡 리도사우르스가 등장하는 <심해로부터 온 괴물(The Beast From 20000 Fathoms)>이었다. 이 영화의 성공은 곧 무수한 피폭 뮤턴트들을 양산해내는 기폭제가 되었다. 그리고 잘 알려져 있다시피, 이 괴수들 중 가장 성공적이고 지속적이며 국제적인 성공을 거두어낸 것은 일본의 <고지라(ゴジラ)>(1954)였다. 2016년의 <신 고지라>에 이르기까지 28편의 시리즈를 낳은 이 영화는 모스라, 가메라, 라돈, 킹기도라 등의 수많은 일본산 괴수들이 출몰하게 될 이른바 '특촬영화(特撮映畵)'라는 하나의 장르를 만들어냈다. <고지라>의 성공은 일본 내에서 끝나지 않았다. 이 영화의 영어 편집 버전은 미국과 유럽에서 또한 흥행에 성공했으며, 그 여파는 1960년대까지 이어졌다. <고지라> 이후 일본 괴수영화는 미국과 유럽에서 가장 잘 팔리는 일본영화가 되었고, 고지라는 서구에서 성공한 일본산 서브컬처의 첫 번째 '캐릭터'가 되었다.[3]

이 장르의 역사를 상기해보건대, <대괴수 용가리>(1967)라는 한국영화에서 거의 유일하게 선보인 피폭괴수물은 세계와는 약간의 시차

---

[3] 1950, 60년대 미국과 일본의 괴수영화에 대해서는 이영재, 「1950년대 미국과 일본의 괴수영화와 핵－지구, 블록, 국가의 착종」, 『사이間SAI』 no.25, 국제한국문학문화학회, 2018. 이 글은 피폭괴수는 한편으로 전 지구적 현상이자 그 개별 형상은 개별 지역에서의 핵에 관한 사유의 방식과 일정한 연관성을 가지고 있다는 위 논문의 문제의식의 연장선상에 있다. 본문에서 후술하겠지만, 여기에서의 질문은 범박하게 말하자면 다음과 같다. 1950년대 미국과 일본에서 피폭괴수물이 범람하던 당시 이런 유행과 전혀 상관없던 한국에서 1960년대 후반 때늦은 피폭괴수물이 등장하고 있는 이유는 무엇인가? 이 피폭괴수의 형상과 시기의 문제는 한국에서의 핵에 관한 사유의 형식과 어떤 관련을 맺고 있는가?

를 두고 이곳에 도착했다. 이 영화가 등장하던 당시 미국의 피폭괴수물은 이미 그 장르적 사이클을 소진했다. 일본의 경우 '고지라' 시리즈는 1960년대 이후 극적인 성격 전환을 거쳤다. 무시무시한 파괴의 괴수 고지라는 <킹콩 대 고지라(キングコング対ゴジラ)>(1962)에서 외래의 것(킹콩)에 대항하는 내셔널한 것('일본'의 괴수)으로서 자리매김되었으며(고지라는 일본 국회의사당 꼭대기에서 일본인 미녀를 희롱하는 킹콩에 맞서 싸운다. 참고로 1,120만 명의 관객을 동원한 이 영화는 고지라 시리즈 중 역대 최대의 관객동원 수를 기록하였다), <3대 괴수 지구최대의 결전(三大怪獣 地球最大の決戦)>(1964)에 이르러서는 우주 최강의 괴수 킹키도라에 맞서 지구를 구하는 정의의 사도로 변모하였다.

그러니까 한때 이 장르가 가지고 있던 '세계적' 공진성(共振性)을 염두에 둔다면, <대괴수 용가리>는 한편에서는 이 장르의 사이클이 끝나고 있거나(미국의 경우) 또 다른 한편에서는 아동영화로 관객 대상을 옮겨온 이후(일본의 경우)에서야 등장했다는 점에서 뒤늦은 도착이자, 단발성에 그쳤다는 점에서 예외적 시도이다. 아마도 여기에 대한 가장 간명한 이유를 들자면 한국영화의 기술적 수준과 영세자본, 이 제반조건과 관련된 테크놀로지적 전통의 부재라는 문제로 돌릴 수 있을 것이다.[4]

<대괴수 용가리>는 일본인 특촬 인력을 초빙하여 만들어졌으며, 당시 한국영화 평균 제작비의 세 배 가까운 제작비가 들어갔다.[5] 결과

---

[4] 김기덕에 따르면 특수촬영에 전문화된 한국인 인력이 없었다는 점이야말로 이런 영화를 더 이상 만들지 못했던 가장 큰 이유이다. "우리나라도 외국처럼 특별팀들이 있어야 해. 일본 츠부라야 같은 게 있듯이. 거기서는 일반적인 영화는 안 만들어 전부 이런 것만. 근데 이런 게 없었지." 김기덕, 위의 책, 45쪽.
[5] 김기덕, 위의 책, 44쪽.

적으로 <대괴수 용가리>는 이 영화가 의도했던 만큼의 성공을 거둬들였다. 국내에서 11만 3천 명의 관객을 동원한[6] 이 영화는 당시 일반적인 한국영화보다 훨씬 고가로 해외시장에 팔렸으며, 일본을 거쳐 이런 유의 B급 영화들을 만들어내고 배급한 대표적인 프로덕션 중 하나였던 AIP(American International Pictures) 배급으로 1969년이라는 빠른 시기에 미국의 지역 방송국 채널에서 방영되었다(미국 공개 제목 *Yongary, Monster from the Deep*).[7] 1960년대 한국영화가 미국 시장에서 거의 실시간으로 공개된 이 희유한 사례는 김기덕 본인의 말에 따르면 "괴수물이라는 만국공통"의 장르이기 때문에 가능했다. 더 나아가서 말하자면 바로 이 국제성의 감각 속에서 김기덕은 판문점에서 용가리가 출현하도록 했다.("우리나라의 특수성이 있으니까 판문점에서 나오자 이렇게 된 거지. 판문점에서 나와서 세계적인 관심도 집중시킬 수도 있고.")[8]

나는 다른 지면에서 핵이 초래한 전 지구적 공간의 변용에 관해 논의한 바 있다.[9] 1945년 8월 6일과 9일 히로시마와 나가사키에서 최초로 '실현'된 원자폭탄의 위력과 '죽음의 재'의 광범위하고 지속적인 여파는 공간적, 시간적 범위가 한정된 종래의 재래식 무기의 개념을 붕괴시켜버리는 것이었다. 동시에 미국의 일본에 대한 원폭 사용의

---

6) <대괴수 용가리>의 관객동원 수치는 다음 논문에서 인용. 송효정, 「한국 소년SF 영화와 냉전 서사의 두 방식―<대괴수 용가리>와 <우주괴인 왕마귀>의 개작 과정 연구」, 『어문논집』73, 민족어문학회, 2015, 103쪽. <대괴수 용가리>와 <우주괴인 왕마귀>의 시나리오와 영화 버전의 차이를 꼼꼼히 검토하며 개작과정에 작동한 검열의 수준과 방침을 해명하고 있는 이 논문은 1960년대 한국 사회가 '세계'를 인식했던 틀로서의 냉전적 사유의 작동방식을 잘 보여주고 있다.
7) 현재 <대괴수 용가리>의 완전판은 79분 분량의 이 영어 더빙 버전만이 남아 있으며, 한국어 버전은 약 48분 분량의 불완전판이 남아 있다.
8) 김기덕, 위의 책, 45쪽.
9) 이영재, 「1950년대 미국과 일본의 괴수영화와 핵―지구, 블록, 국가의 착종」, 『사이間SAI』 no.25, 국제한국문학문화학회, 2018.

동기에 이미 내재되어 있던[10] 미소 간의 진영 대결의 격화와 그에 따른 군비경쟁은 1950년대에 이르러 핵에 의한 전 지구적 공멸 가능성을 항시적인 것으로 만들었다. 1949년 소련의 핵실험 성공으로 미국의 핵독점이 깨진 이래 미국과 소련이 벌인 수소폭탄 경쟁은 1954년 미국이 비키니섬에서 수행한 수소폭탄 실험에 이르러 절정에 다다랐다. 이 실험은 예측을 훨씬 뛰어넘는 파괴력과 방사능 물질 분진을 미군들과 제한범위 바깥의 마샬 군도 주민들, 그리고 일본 참치잡이 어선의 선원들 머리 위로 쏟아지게 하였다.[11] <고지라>의 직접적 배경이 되기도 한 이 사건에 이르러 지구 규모의 디스토피아 비전은 버츄얼한 실제가 되었다.

핵이 초래한 공간에 관한 의식의 심대한 변화는 핵개발의 최전선에 있었던 과학자들이 주축이 되어 쓰인 핵에 관한 최초의 정치적, 사회적 규명이라고 할 수 있을 1946년의 책 제목에서 이미 명징하게 드러난다. '하나 혹은 전무의 세계(One World or None)'. "핵무기는 인류 역사상 최대 위기 중 하나"이자 핵이 "세계의 문제이며, 국가적 차원에서 해결할 수 없다"[12]는 점이 명시된 이 순간은 우리로 하여금 개별

---

10) 당시의 관련문건을 검토하며 정욱식은 1945년 8월 6일 히로시마와 8월 9일 나가사키에 떨어진 원자폭탄 투하라는 미국 정책자들의 결정에 결정적인 영향을 끼친 것은 1945년 8월 15일을 디데이로 잡고 있던 소련의 대일본전 참전의 문제였다고 지적하고 있다. 즉 이 결정은 이 전쟁을 '태평양' 전쟁으로 끝내고자 한 미국의 의도의 산물이었다. 정욱식, 『핵과 인간』, 서해문집, 2018, 42-53쪽.

11) 미국 반핵운동의 고전으로 일컬어지는 『지구의 운명』에서 조나단 셸은 1954년 비키니 환도에서의 수폭실험이 낳은 가공할 규모의 방사물 물질의 투하에 대해 다음과 같이 말하고 있다. "세계는 처음으로 방사성 투하물이 가져오는 위험의 진짜 규모―어쨌든 지금 단계에서 이해될 수 있는 규모―에 망연자실해졌다." Jonathan Schell, *The Fate of the Earth,* Knopf, 1982, p.75.

12) Federation of American Scientists, "Survival is at Stake", edited by Dexter Masters and Katharine Way, *One World or None,* McGraw Hill Book, 1946, p.79. 『하나 혹은 전무의 세계(One World or None)』에는 히로시마와 나가사키에서 실제화된 핵의 참상을 목격한 맨해튼 프로젝트의 과학자들, 앨버트 아인슈타인, 닐스 보어, 로버트 오펜하이머, 한스 베테, 해럴드 유리 등 노벨상 수상자들과

지역, 개별 국가를 넘어서 불현듯 지구를 하나의 범주로서 상정토록 만든 순간이기도 하다. 그러니까 우리가 지구에 살고 있는 한, 우리는 "어디에서나, 언제나 갑작스러운 파괴"(아인슈타인)[13]의 가능성에 직면해 있다. 물론 이 세계 의식의 변화는 핵에 의해서만 초래된 것은 아니다. 이 의식은 제2차 세계대전이라는 지구상의 거의 모든 식민지와 제국의 인민들이 끌려들어간 저 전쟁의 전무후무한 규모가 낳은 경험의 양과 실감, 또 이 전쟁을 어떻게 정리할 것인가의 문제와 관련된 국가를 넘어서는 초국적 법치기획으로서의 UN의 성립이라는 구조의 산물이기도 하다. 그러나 핵은 죽음의 공포 속에서 말 그대로 지구라는 단위를 버츄얼하게 감각케 했다는 점에서 세계 의식을 '세계 감각'으로 전화시킨 핵심기제라고 할 수 있을 것이다. 괴수영화는, 세계 파괴의 가능성이 낳은 '지구적' 리얼리즘이자, 지구적 SF였다.

괴수영화가 "만국공통"이라는 김기덕의 언급은 이 관점에서 생각해볼 필요가 있다. 이 장르의 영화들이 견지하고 있는 동일한 이야기 구조, 핵실험으로 인한 방사능 피폭 괴수의 발생, 도시로의 이동, 파괴의 스펙터클로 이루어진 저 플롯의 유사성은 핵이라는 '세계'의 동일 조건이 초래한 반응의 결과라고 보아야 한다. 동시에 이 반응은 지역적－일국적인 상황 및 조건들을 집약적으로 투영한다. 한편으로 이는 이 영화들의 기본 구도와 이미 연동되어 있는 것이다. 지구상 어딘가의 핵실험으로 탄생한 괴수가 도시로 이동해올 때, 즉 이들이 개별국가의 영토 내로 들어와서 구체적인 장소를 점유할 때 그 장소의 역사

언론인 월터 리프먼, 미공군의 햅 아놀드 장군 등 15명의 글이 실려 있다. 미국 내에서 뿐만 아니라 전세계적으로 심원한 영향을 끼친 이 텍스트는 거의 동시간대에 남한 주민들에게도 소개되었다. 『신천지』1946년 10월~12월호에는 연속으로 이 텍스트의 번역본 「하나의 세계이냐, 세계의 파멸이냐」가 실려 있다.

13) Albert Einstein, "The Way Out", edited by Dexter Masters and Katharine Way, *One World or None*, McGraw Hill Book, 1946, p.76

성과 현재성이 불현 활성화된다. 이를테면 제국, 식민지, 전쟁, 냉전의 현재, 분단의 현실. 종종 이 영화들에 관한 해석이 개별국가의 역사적 상흔과 관련될 수밖에 없는 것은 바로 여기에서 기인한다. 아마도 국지성을 세계성으로 매개하는 토큰을 가진 장르만이 세계 장르일 수 있을 것이다.

　남태평양(그러니까 전전 제국 일본이 파멸적인 전투를 수행하던 바로 그 남양)으로부터 온 고지라가 도쿄에 상륙하여 신바시, 국회의사당, 긴자, 우에노, 아사쿠사 등 도쿄 중심부를 말 그대로 '짓밟으며' 나아갈 때, 그리하여 도쿄공습 이후 9년, 샌프란시스코 강화조약 이후 2년이 지난 일본의 전후 부흥의 흔적들이 고지라의 발 아래에서 초토화될 때 이 폐허의 풍경은 정확히 전전(戰前)의 도쿄 공습이라는 과거의 사건을 재활성화하는 동시에 현재의 부흥에 대한 잠재적 불안을 일깨운다.(지나간 전쟁에서 죽은 저 수많은 자들에게 과연 뭐라고 말할 수 있을까)[14] 마찬가지로 중국 대륙으로부터 남하해오던 용가리가 휴전선 부근의 땅에서 솟아나 판문점을 부수고 인왕산에 모습을 드러낼 때, 중앙청과 서울시민회관, 서울시청과 남산에 이르는 서울의 중심부를 초토화시키고 급기야 한강다리를 파괴할 때, 이 경로는 노골적으로 지난 전쟁의 '남침'을 상기시키며 이 장소의 역사적 상흔과 기억을 재활성화시킨다.

---

14) 이는 패전 후 일본의 심리적 딜레마에 대한 존 다워의 언급이기도 하다. "졌을 때, 죽은 자들에게 뭐라고 말할 수 있을까." 그에 따르면 "그 전쟁은 잘못된 것이었다"고 인정해도 "국민적인 참회와 속죄의 행위 모두에 있어서 죽은 자를 어떻게든 긍정적인 형태로 위로하고자 하는 욕구가 꺽인 적은 없었다." 무의미한 전쟁에서의 죽음을 유의미한 것으로 만들 것인가? 이 딜레마의 해소는 미래태를 끌어옮으로써 가능해질 수 있었다. "새로운 사회, 새로운 문화를 세울 수 있다면 죽은 국민의 희생은 의미 있는 것이 될 지 모른다."(ジョン・ダワー, 『敗北を抱きしめて』, 三浦陽一・高杉忠明・田代泰子訳, 岩波書店, 2001, 下券第16章 참조.) 그런데 고지라가 등장한 이 시기는 바로 그 미래태가 성취된 시간, 부흥의 풍경 속에서 '전후'가 망각되기 시작한 순간이다. 그때 고지라는 '망령'으로서 도래한다.

1990년대 일본의 '전후사 재고(再考)'라는 담론의 지형 속에서 본격적으로 등장하기 시작한 <고지라>에 관한 비평들에서 고지라는 전전의 공습(히로시마와 나가사키의 원자폭탄 폭격까지를 포함하여)을 감행하는 미군[15]이자 그곳에서 죽어간 수많은 '전쟁의 사자'들의 망령으로 해석[16]되어왔다. 고지라가 짓밟고 지나간 이 폐허의 풍경은 장소의 역사성을 환기시키고, 그럼으로 과거와 현재라는 두 개의 시간대가 겹쳐지기 때문이다.

<대괴수 용가리>에 대한 최초의 진지한 분석에서 김소영은 판문점에서 서울의 중심으로 향하는 용가리의 이동경로와 그 파괴의 풍경으로부터 용가리를 '분단상황의 불안이 잉태한 괴수'로 위치지은 바 있다.[17] 또, 이영미의 다음과 같은 언급. "용가리의 침략이란 북한 침공의 메타포로 읽히기에 충분하다. (중략) 용가리는 하필 휴전선 부근에서 땅을 가르고 솟아올랐고, 가장 먼저 부수는 것이 판문점이다. (중

---

15) 이에 대한 대표적인 저작으로 佐藤健志, 『ゴジラとヤマトとぼくらの民主主義』, 文藝春秋, 1992.

16) 현재 <고지라>에 관한 일본 내 비평의 가장 주류적인 해석이라고 할 수 있을 이 입장은 다음과 같은 저작들에서 확인할 수 있다. 川本三朗, 『今ひとたびの戦後日本映画』(岩波書店, 1994), 赤坂憲雄, 『ゴジラとナウシカ—海の彼方より訪れしものたち』(イーストプレス, 2001), 加藤典洋, 『さようなら、ゴジラたち—戦後から遠く離れて』(岩波書店, 2010), 小野俊太郎, 『ゴジラの精神史』(彩流社, 2014). 참고로 2001년에 만들어진 <고지라 모스라 킹기도라 대괴수총공격>에 이르러 이 해석은, 이런 해석들과 공명하는 텍스트 내부에서 명시적으로 단언되기에 이르렀다. 이 영화에서 주인공은 다음과 같이 말한다. "고지라는 태평양전쟁에서 죽은 자들의 원념의 집합체인지도 몰라"

17) "이러한 공상과학 영화가 촉발시키는 공포는 한반도의 지정학적 상황에서 유래되는 것이기도 하다. 용가리는 판문점 부근에서 출현해 서울의 청와대와 시청 그리고 남대문 쪽으로 이동한다. 이런 측면에서 용가리는 분단상황의 불안이 잉태한 괴수라고도 볼 수 있다. 1960년대를 산 사람이라면 대괴수 용가리와 괴수 김일성이 가지는 유사성에 대한 지적에 크게 놀라지 않을 것이다. 또한 용가리가 서울로 진격함에 따라 사람들이 피난보따리를 들고 옮겨가는 장면의 재현 방식은 한국전쟁이 야기한 상황들과 매우 흡사하다." 김소영, 『근대성의 유령』, 씨앗을 뿌리는 사람, 2000, 27-28쪽.

략) 6.25전쟁 때 북한군 침공의 육로 코스 그대로다. '북쪽에서 내려온 괴물'에게 세종로가 짓밟힌다는 것은 우리 국민들이 생생하게 지닌 공포와 불안감의 핵심을 찌른 것이다."[18]

고지라와 용가리가 미국의 피폭괴수에 비해 역사적 기억을 또렷하게 상기시키는 것은 간단히 말해 도쿄와 서울이라는 장소가 전쟁의 장소였기 때문에 그러하다. 이를테면 <심해에서 온 괴물>의 리도사우르스가 뉴욕을 공격할 때, 그 풍경은 어디까지나 미래시제의 일에 불과하지만(미국 본토에서 전쟁은 없었다는 점을 상기하자), 폐허가 된 도쿄와 서울의 풍경은 과거와 현재, 미래를 동시에 불러온다. 따라서 이 일본과 한국의 괴수들이 역사적 기억 자체가 가지고 있는 훨씬 더 디의적인 복잡성과 연결되는 것은 당연한 일일 게다.

그런데 고지라와 용가리를 비교하자면, 용가리는 우선 그 파괴성의 강도와 성격에 있어서 적어도 1954년의 <고지라>에 비해 훨씬 열화(劣化)된 버전이라는 인상을 지울 수 없다. 아마도 이는 1950, 60년대 한국영화와 일본영화 사이의 강력한 비대칭성에 기인한 시스템과 규모의 차이, 기술적 전통의 부재, 소구하는 대상관객층의 차이 등에서 기인하는 것일 게다. 김기덕의 말처럼 한국영화는 이 장르를 구현하는 데 있어서 기술적 문제를 포함하여 유능할 수 없었다. 무엇보다 <대괴수 용가리>는 '어린이와 어른 모두가 한 자리에서 즐길 수 있는' 가족영화[19]로서 기획되었다. 그렇다면 왜 피폭괴수를 다루고 있는 한

---

18) 이영미, 『광장의 노래는 세상을 어떻게 바꾸는가』, 인물과사상사, 2018, 118-119쪽.

19) 『조선일보』 1967년 8월 9일자 광고. 이 광고에는 다음과 같은 문구가 첨언되어 있다. "부형님들에게 간곡히 부탁드립니다! 귀한 자녀가 원하는 <용가리> 구경을 부디 거절하지 마십시오. 즐겁고 건전한 공상 속에서 얻는 과학 지식은 아름다운 꿈을 창조하기 때문입니다." '아동영화'로서의 <대괴수 용가리>는 또한 이 시기 본격적으로 시장의 주요 소구대상으로 아동이 등장하고 있음을 보여주는 사례이기도 하다. 이 '마이너'한 시장의 발견을 1960년대 중후반의 중산층 담론과 맞물

국영화사의 거의 유일한 형상인 용가리는 아동영화의 포맷 속에서야 비로소 등장 가능했던 것일까? 뒤늦게 도착한, 한국영화사 안의 이 예외적 형상의 의미는 과연 무엇인가?

이 글에서는 1945년의 해방과 1950~1953년의 한국전쟁을 거치면서 성립된 한국에서의 핵에 관한 태도를 추적해나가며, <대괴수 용가리>가 보여주고 있는 피폭괴수라는 한국영화사 안에서의 이 형상의 의미를 해명하고자 한다. 이 형상은 냉전의 최전선 국가의 호전성 속에서 미국의 핵우산 아래 원전국가로 나아가고 있던 1967년 한국의 핵에 관한 '비전'과 어떤 관련이 있는 것은 아닐까? 그러니까 여기에서 내가 제기하고 싶은 질문은 이런 것이다. 1967년의 용가리, 일본 기술진에 의해서 만들어진 이 고지라와 같은 방식의 '수트 괴수'의 저 '유려한' 움직임이란 과연 무엇을 의미하는가? 괴수물의 테크놀로지컬한 계보는 핵에 관한 이 '비전'과 어떤 관련이 있는가? 그러니까 대체, 어떻게 용가리는 「아리랑」에 맞춰 그토록 근사한 '트위스트'를 추게 된 것일까?

2. 핵시대의 남한

1) 해방과 한국전쟁, '자비의 손'과 정의의 무기

"일본 군벌들의 무용한 발악적 저항으로 영미의 백오십만 생령을 희생하느냐 일본의 십만 인구를 희생하느냐 하는 비교에 있어서 누구나

린 대한민국에서의 아동과 부부 중심의 '핵가족' 이데올로기의 등장과 관련지어 논의해보는 것도 매우 흥미로운 논점일 것이다.

원폭 사용의 정당성을 부인못할 것이다. (중략) 일본인 자체의 생명이
잔악한 군벌의 무모적 반항으로 역시 수백만의 손실을 보았을 것이다.
일본에 대해서도 양발(兩發)의 원폭은 자비의 손이 아니었다고 할 수 있
을까."[20]

1945년 8월 6일, 히로시마에 떨어진 우라늄 핵폭탄으로 그해 12월
까지 14만 명이 사망했다. 그로부터 3일 후, 나가사키에 떨어진 플루
토늄 핵폭탄으로 그해 안에 7만 명이 사망했다. 이 숫자에는 당시 히로
시마의 조선인 거주지(1938년 총동원 체제하에서 일본에 징용된 조
선인들)에 있던 조선인 3만 명과 나가사키 군수공장에 강제 징용된 조
선인 만여 명이 포함되어 있다.[21] 이 참혹함 앞에서 '원자력이 세계 파
멸을 방지'했으므로(이 기사의 제목이기도 하다)는 '양발의 원폭'은
일본에 대해서도 '자비의 손'이었다는 저 인식은 너무 잔혹해 보인다
(1945년의 식민자 일본인과 피식민자 조선인이라는 비대칭성을 고려
한다고 하더라도 피폭사망자의 1/3에 달했던 조선인의 존재를 다시
한번 상기해보라). 그러나 원폭 사용의 정당성을 역설하고 있는 이
1955년 한국 신문의 논조는 남한 사회에서 원자폭탄이 받아들여진 주
류적 인식을 보여주는 것이다. 권보드래의 지적처럼 원자폭탄은 '해

---

20) 「원자력은 세계 파멸을 방지했다」, 『동아일보』, 1955.8.10.
21) 일본에서 조선인 원폭피해자의 목소리가 처음 등장한 것은 1965년에 이르러서였
다. 한일협정 즈음 조선인 원폭피해자들이 목소리를 내기 시작했으며, 여기에 한
일협정반대운동, 베트남반전운동, 입관투쟁 등을 전개해나간 일본 사회운동이
호응하였고, 1970년 한국인원폭희생자위령비가 건립되었다. 黑川伊織, 「朝鮮人
被爆者を/が語る」, 川口隆行編, 『＜原爆＞を読む文化事典』, 青弓社, 2017, 164쪽. 한
편 조선인 원폭피해자의 존재가 대한민국에서 인정된 것은 71년이 지난 2016년
에 이르러서이다. 그해 한국인 원폭 피해자 실태 조사, 의료 지원, 피해자 추모 기
념사업 실시 등의 내용을 담고 있는 '한국인 원자폭탄 피해자 지원을 위한 특별법'
이 통과되었으며, 처음으로 피해실태에 대한 한국 정부 차원의 조사가 시작되었
다. 『한겨레』 2016.5.22.

방의 무기'로 처음 한반도에 알려졌다.[22] 해방 직후 간행된 한 소책자에서 강변하고 있듯이 원자폭탄은 "조선동포에게 많은 적덕(積德)을 하였다고 해도 무방할 것"이었다.[23] 요컨대, 이곳에서 원자폭탄이란 "침략국의 머리를 억누르고 약소민족의 머리를 들게 만든 것"[24]이었다.

물론, 이것이 다는 아니었다. 해방기의 원자탄에 관한 언설들을 추적하며 공임순은 흥미로운 유언비어를 소개하는데, 1946년 미군정의 '미곡 수집령'(법령 제45호) 발포로 쌀의 강제 수집이 시작된 그해 공보부장 이철원은 지방에 떠돌고 있는 '허무한 유언'을 접한다. "미국서 가져오는 식료품 중에 원자폭탄 원료를 넣어가지고 와서 조선서 원자탄을 제조 중이라는 등 쌀가루가 영양이 좋은만큼 빵을 만들어서 미군이 먹는다는 등 또 외국으로 쌀을 내보낸다는 등의 유언이다."[25] 극심한 쌀 부족이 낳은 소문들 속에 '원자탄'이 섞여들어 있는 이 유언은 원자탄이라는 가공할 무기를 과시하며 이곳에 진주한 미군에 대한 남한 주민들의 어떤 반응을 또한 적절히 보여주고 있다. '해방군'으로서의 위력을 과시하고 싶어했던 미군정은 원폭 관련 영상을 일본의 항복 영상과 병행해서 상영하곤 했다.[26] 당신들은 원자탄 덕분에 해방되었

---

22) 권보드래, 「과학의 영도(零度), 원자탄과 전쟁 - 『원형의 전설』과 『시대의 탄생』을 중심으로」, 『한국문학연구』 43, 동국대학교 한국문학연구소, 2012, 334쪽.
23) 月秋山人 편, 『조선 동포에게 고함: 자주독립과 우리의 진로』, 조광사, 1945, 45쪽 (권보드래, 위의 논문, 334쪽에서 재인용).
24) 『동아일보』, 1945.12.10.
25) 『서울신문』, 1946.11.22.(공임순, 「원자탄의 매개된 세계상과 재지역화의 균열들」, 『서강인문논총』 31, 서강대학교 인문과학연구소, 2011, 9쪽에서 재인용) 원자탄이 초래한 세계상의 변화가 어떻게 한국전쟁을 거치면서 재지역화되고 있는가를 추적하고 있는 공임순은 이 글에서 쌀과 원자탄이 동시에 언급되고 있는 이 유언비어야말로 해방기의 "자립과 종속의 이중계기"를 보여주는 것이라는 시사적인 해석을 보여준 바 있다. "비공식적인 유언비어의 형태로밖에 이야기되지 않았던 이 원자탄은 쌀로 대변되는 한반도 해방(자유)과 원자탄이 상징하는 종속에의 이중 계기로 한반도 주민들의 삶에 깊숙이 침투하고 있었다." 위 논문, 14쪽.
26) 잘 알려져 있다시피 미군정 기간 동안 일본에서 원폭 관련 이미지는 가장 민감한 검열의 대상이었다. 그러나 남한의 경우, 원폭 관련 영상은 매우 적극적으로 상영되었

다, '우리'는 저 무시무시한 무기를 쓸 만큼 절대적으로 힘이 세다.

그러나 원자탄에 대한 공포가 유언비어의 형태로 등장하는 이 예는 원자탄이라는 이 전혀 새로운 대상이 '해방의 무기'라는 언설 차원만으로는 관리될 수 없는 것임을 보여준다. 미군의 원폭영상과 일본의 항복영상의 병치가 원폭으로 '인한' 해방이라는 인과적 해석의 원천으로 작용했으리라는 것은 분명해 보인다. 그러나 이것은 또한 언설의 작동 이전에 한반도의 주민들이야말로 저 참상을 가장 지속적으로, 가장 가까이에서 목격해야만 했던 자들이었음을 말해주는 것이기도 하다. 비록 그것이 매개된 형태였다고 할지라도. 한국전쟁은 이 매개된 공포가 실제의 공포로 치환되는 순간을 보여준다.

한국전생은 이곳에서의 핵담론의 두 번째 결절점이다. 한국전쟁의 복잡다기한 성격 중 첫 번째는 이 전쟁이 냉전의 첫 번째 열전으로서, 미국의 전세계 냉전 전략을 실행하고 확정시킨 전쟁이었다는 점일 것이다. 1950년 4월에 국가안전보장회의에서 제출된 NSC 68호가 한국전쟁 발발과 함께 곧 트루먼에 의해 승인되었다. NSC 68은 전세계 공산주의 봉쇄를 위해 소련과의 전쟁을 준비하기 위한 대규모 군비증강 프로그램이었다.[27] 미국의 초기 냉전 정책을 총괄하는 핵심 문건

는데 미군정은 점령 초기에 원폭 기록영화를 일본의 항복 조인 기록영화와 함께 상영하곤 하였다. 김려실, 「'원자력의 평화이용' 캠페인과 주한미공보원(USIS)의 영화공보」, 『비교한국학(Comparative Korean Studies)』 26권 2호, 국제비교한국학회, 2018, 333쪽.

27) 정욱식, 위의 책, 113쪽. 1975년 기밀해제된 이 문건은 트루먼 라이브러리에 전문 게재되어 있다. https://www.trumanlibrary.org/whistlestop/study_collections/coldwar/documents/pdf/10-1.pdf. 피터 헤이즈는 폴 니츠가 입안한 이 문건이 폴 니츠 이전 미 국무부의 캐넌이 수립한 봉쇄정책을 '현실정치로부터 반공주의자의 호전적인 이념'으로 변형한 것으로 보고 있다. 그에 따르면 폴 니츠는 "봉쇄를 '소련의 공격'에 대비한, 다양한 해석이 가능한 공약으로 만들었다. (중략) 따라서 미국은 자국의 이익이 도전받는 곳이면 어디든지 그 이익을 보호하기 위해 개입할 준비를 해야만 했다. (중략) 케넌이 어떤 이념적인 가식도 없는 미 외교정책을 선호한 반면 니츠

NSC 68의 승인은 미국의 전 지구적 냉전 전략의 시작을 의미하였다. 정일준의 간명한 요약에 따르면 "한국전쟁은 미국제국이 전 지구적 냉전체제를 구축하는 데 결정적인 전환점이었다. 한국전쟁 이후 철수도 반격(roll back)도 아닌 제3의 선택인 봉쇄정책(containment policy)이 완성된다. 한국전쟁은 미국제국이 소련제국 및 중국제국에 맞선 '제3차 세계대전의 대체전(代替戰)'이었다. 동시에 그것은 국제화된 내전(internationalized civilwar)이었다. 이 전쟁을 통해 한국은 미국제국의 변방초소로 자리잡았다".[28]

만약 '제국'의 특권이 예외를 선언할 수 있는 권리라면 무엇보다 한국전쟁은 미국이 제국으로서 스스로를 규정한 첫 번째 사건이었다. 미국 대통령 트루먼은 북한의 행위를 '초국적 법치'를 위반한 것으로 규정하고 UN의 '질서유지 행위(a police action)'에 참여하는 것으로 이 전쟁의 개입을 정당화했다. 한국전쟁을 "공화주의와 국제법, 유엔체제에 근거한 영구평화기획"이 "'전 지구적 내전'과 대면하고 있는 자유주의적 리바이어던의 힘과 권위에 오히려 흡수"[29]된 대표적 사례로 읽고 있는 김학재에 따르면 "트루먼은 유엔헌장을 전 지구적인 법치 질서의 상징으로, 자신을 법치의 위반 사례를 결정할 수 있는 결정권자로 규정했다."[30] "한국전쟁은 20세기 내내 미국이 수행한 전쟁의 '치안화'의 최초의 대표적인 사례라고 할 수 있다."[31] 그리고 미

의 NSC 68호는 '자유와 정의에 기초한 체계를 지닌 국가들 사이의 평화와 질서로 향한 길을 비추어줄' 정책을 제안했다. (중략) 강경론자들은 군사력이야말로 미국의 이익을 수호하는 주요한 방법이라고 보았다." 피터 헤이즈, 고대승·고경은 옮김, 『핵 딜레마』, 한울, 1993, 53쪽.

28) 정일준, 「미국제국과 한국: 한미관계를 넘어서」, 『사회와 역사』 96, 한국사회사학회, 2012, 131쪽.

29) 김학재, 『판문점 체제의 기원』, 후마니타스, 2015, 272쪽.

30) 김학재, 위의 책, 205쪽.

31) 이영재, 앞의 논문, 13쪽.

국이 수행한 이 전 지구적 전쟁의 치안화, 내전화의 물리적 기초는 핵무기였다. 이 전쟁에 이르러 핵무기는 말 그대로 '제국적 폭탄'[32]으로 작동하였다.

NSC 68 문서의 주요 작성자이자 한국전쟁 당시 정책기획국장이었던 초기 냉전전략가 폴 니츠는 한국전쟁이 끝나고 3년 후 작성한 문서에서 "한국전은 어떠한 핵무기도 사용되지 않았음에도 불구하고 핵전쟁이었다"고 단언하고 있다.

> "핵무기가 전투에서 사용되든지 안 되는지와 상관없이, 사용될 수 있다는 가능성 또는 핵무기의 존재 자체가 모든 미래의 전쟁에 영향을 끼칠 것이다. 그런 의미에서 한국전은 어떠한 핵무기도 사용되지 않았음에도 불구하고 핵전쟁이었다."[33]

폴 니츠의 언급은 미국의 정책결정자들이 어떻게 한국전쟁을 이해하고 있었는지를 명확히 보여준다. 세계 경찰은 핵을 갖고 있었기에 지구적 치안을 주장하고 또 수행할 수 있었다. 실제로 한국전쟁은 개전 초기부터 원자폭탄 사용이 진지하게 고려된 전쟁이었다. 1950년 겨울, 소위 미군의 '콜디스트 윈터'를 맞이한 그때, 트루먼은 11월 30일 기자회견에서 원자폭탄 사용에 대해 '지금까지 항상 적극적으로 고려'해왔다고 밝혔다.[34] 비록 트루먼의 이 발언은 영국을 위시한 서유

---

32) "제국적 폭탄이 지닌 최고의 위협은 모든 전쟁을 행정력과 경찰력이 독점하는 영역으로 만들었다." 안토니오 네그리 · 마이클 하트, 윤수종 옮김, 『제국』, 이학사, 2001, 443쪽.

33) Paul H. Nitze, "Atoms, Strategy and Policy", *Foreign Affairs,* Vol. 34 Issue 2, January 1956, p.195.

34) 워싱턴 발 뉴스를 전하는 당시의 한 신문기사는 다음과 같이 이 소식을 전하고 있다. "트대통령은 30일의 기자단 회견에서 한국동란의 현상에 관한 중대성명 발표를 마치자 즉시 기자단과의 질의응답에 들어갔다. 그러나 대통령은 미 공군이 만주폭격을 감행하느냐 않느냐라는 중요한 질문에 대하여는 명백한 회답을 하지 않

럽 국가들과 인도, 호주, 중동, 중남미의 비공산국가들의 즉각적인 반발로 인해 무효화되었지만, 트루먼의 비망록을 조사한 연구자들에 따르면 그는 중국과 소련의 도시들에 핵공격을 함으로써 전쟁을 끝낼 수 있다는 믿음을 버리지 않았다. 그해 12월 핵무기를 통해 롤백이 가능하다고 믿었던 맥아더는 중국과 북한 지역에 26개의 표적을 선정하고, 군대와 비행장을 파괴할 8개의 폭탄을 포함한 전면적인 핵무기 사용을 요구하였다.[35]

트루먼의 핵무기 사용 언급에 가장 열렬히 반응한 것은 이승만이었다. 핵무기 사용을 열정적이고 끈질기게 요구해온 그는 트루먼이 원폭 투하 가능성을 시사하자 다음과 같이 응답했다.

> "침략을 일삼는 사악한 무리에 대해 사용할 때는 오히려 인류의 평화를 지킨다는 점에서 이기(利器)가 될 수 있다. 그래도 사용해선 안 된다면, 우선 나의 머리 위에 떨구어주기 바란다. (중략) 우리 한국민이 사랑해 마지않는 이 아름답고 평화로운 산하의 어느 한구석이라도 공산당한 놈이라도 남겨둬서는 안 된다."[36]

이승만의 거의 무모해보일 정도의 저 자신감은 전혀 근거 없는 것이라고 할 수 없었다. 한국전쟁 기간 동안 남한의 여론은 원자탄 사용에 대해 압도적으로 우호적이었던 것 같다. 1952년 12월 아이젠하워 방

고 '그것은 국련의 조치 여하에 달린 문제이다'라고 말하였다. 또한 기자단이 '그것은 원자폭격의 사용을 포함하느냐'라고 질문하니 '미국이 움직이게 할 수 있는 모든 병기로 사용할 자유를 의미한다'라고 명확히 대답하고 다시 다음과 같이 말하였다. '원자폭격 사용에 대하여는 지금까지 항상 적극적으로 고려하여 왔다. 그러나 원폭은 일반 시민에도 중대한 영향을 주는 것이므로 이로 사용할 필요가 없을 것을 고려하여 왔다.'" 『부산일보』, 1950.12.3.

35) 피터 헤이즈, 고대승 · 고경은 옮김, 『핵딜레마』, 한울, 1993, 55쪽.

36) 정일권, 『정일권 회고록』, 고려서적, 1996, 322-323쪽

한 직후 실시된 정훈국 조사과의 여론조사에 따르면 원자탄 사용의 찬성 여론은 62퍼센트로, 반대 18퍼센트와 모름 18퍼센트를 훨씬 앞지르는 결과를 보여주었다. 어떤 남한 주민들은 전쟁하는 국가의 '국민'으로 재탄생 중이었으며 "원자탄 사용만이 극동 적화의 꿈을 분쇄시킬 수 있는 방법"[37]이라고 믿어 의심치 않았다. 한국전쟁 당시 원자폭탄 사용을 촉구하는 남한 내 언설의 사례는 허다하다. 공임순의 지적처럼 공산주의 세력에 대항하는 정의의 십자군 전쟁으로서 이 전쟁을 가치화해야 했고, 하고자 했던 자들에게 있어 이 전쟁은 세계평화와 인류의 해방을 위해 공산세력에 맞서는 전면전, '제3차 세계대전'이라는 인류사적 사명으로 인식되어야 했으며, 핵무기는 이를 가능하게 만드는 계기로 존재하였다.[38]

그러나 핵은 (당연한 말이지만) 이곳의 주민들에게도 절대적인 공포의 대상이기도 하였다. 트루먼의 기자회견으로부터 약 2주가 조금 넘은 시점인 1950년 12월 16일 오후, 서울은 일대 패닉에 사로잡혔다. 서울 시민들로 하여금 "불연 달아날 듯 다시 한 번 들뜬 광경"을 만들어내게 한 이 소동은 "트루만 미국 대통령이 만일 중공군이 72시간 이내에 38선 저쪽으로 물러나가지 않는다면 '원자탄'을 던지리라고 했다"는 유언(流言)으로부터 비롯하였다. "이것이 과연 사실인가? 사실이라면 서울에도 원자탄의 위력이 있을 것이 아니겠느냐?" 게다가 이

---

37) 『경향신문』, 1952.09.19.

38) 공임순, 위의 논문, 31-35쪽. 이를테면 백낙준의 다음과 같은 언급. "제3차 세계대전은 벌써 일어나 있고 이 세계대전은 과거에 있던 어떠한 대전보다도 범위가 넓은 세계적 전쟁이요 규모가 큰 하-마곋돈이다. 그러므로 바꾸어서 말을 하면 전쟁을 회피하고 세계평화를 유지하는 방법은 벌서 일어난 이 세계대전을 승리적으로 종결시키는 데 있는 것이다. 이 전쟁을 승리적으로 결말을 맺으면 공산진영은 이 세계에서 청소되고, 공산진영의 질곡 아래 신음하는 인류들은 해방되어 자유와 평화의 생활을 하게 될 것이니 이것이 곧 세계평화를 이룩하는 유일한 방도가 될 것이다." 백낙준, 「한국전쟁과 세계평화」, 『사상계』, 1953년 6월, 6쪽.

원자탄은 "일본을 폭격하던 그때보다도 훨씬 더 무서운 위력을 가진" 것이다.[39] 다음날 정훈국 보도과의 발표에 따르면 이 유언의 출처는 군산하 단체원인 한 학생으로 "자기 단체 명의로 삐라를 선포하여 민심 안정을 꾀하려고 하였다." 정훈국은 "우리의 주관적인 희망적 관측에서 나오는 속단"을 경계할 것을 요청하며 이 사건을 마무리 짓는다.[40] 그런데 이 패닉이 전혀 근거 없는 것이라고 할 수는 없었다. 1950년 겨울, 북으로부터의 피난민 행렬이 서울 거리를 뒤덮고 있었다. 그해 11월 북한 전역에서 자행된 미군의 초토화 작전의 무차별 폭격이 낳은 이 대규모 피난의 계기 중 하나는 "미국이 원자탄을 떨어뜨린다는 소문"이었다.[41] 도시를, 마을을, 집을, 사람들과 사물들을 일시에 불태워버리고 녹여내는 소이탄의 화염은 실감의 차원에서 이 공포를 보충해주는 것이었다.

핵무기 사용이라는 미대통령의 언명을 통해 '민심안정을 꾀하려고 했다는' 진술, 이 '희망적 관측에서 나오는 속단'을 경계해야 한다는 저 공표된 '말'과 소문이 실제로 일으킨 패닉, 저 대규모의 피난민 무리를 낳은 공포 사이의 거리야말로 한국전쟁을 통과해가고 있는 이곳

---

39) 『조선일보』, 1950.12.18.

40) 『조선일보』, 1950.12.19.

41) 김귀옥, 『월남민의 생활 경험과 정체성: 밑으로부터의 월남민 연구』, 서울대학교 출판부, 1999, 247쪽. 1950년 겨울은 한국전쟁 기간 동안 가장 많은 북으로부터의 피난민들이 발생한 때이다. 이는 중국군의 개입으로 수세에 몰린 미군이 북한 전역에 대규모 폭격을 통해 이를 상쇄하고자 했던 전략, 소위 초토화작전이 낳은 결과였다. 김태우에 따르면 11월 한달 동안 북한 전역의 대도시들이 완전소각되었으며, 농촌지역의 소규모 마을, 산간지역의 고립된 마을들까지 모두 소이탄 폭격의 대상이 되었다. "1950년 겨울 미공군의 가혹한 초토화작전에 맞서 북한주민들이 선택 가능한 가장 적극적인 생존방책 중 하나는 피난이었다." 김태우, 『폭격』, 323쪽. 이 시기 발생한 대량의 피난민을 보여주는 상징적인 장면 또한 원자탄과 관련 있다. 미군의 흥남부두 철수에 약 30만 명의 피난민들이 몰려들었고, 이 가운데 약 9만 1000명이 미군 함정에 몸을 실었다. 정욱식에 따르면 북한은 이를 두고 "미군과 국군이 '원자폭탄을 사용한다'는 기만전선으로 인민들을 끌고 갔다고 비난했다." 정욱식, 위의 책, 145쪽.

에서 핵에 관한 태도가 어떤 식으로 정향되고 있었는지를 가늠해볼 수 있게 한다. 요컨대, 이곳에서 핵공포는 너무 가까운 것이었으나, 그럼에도 불구하고 언설의 차원에서는 언명될 수 없거나, 주의깊게 주조된 형식으로서만 드러날 수 있는 것이었다. 한국에서의 핵에 관한 사유를 추적해나간 권보드래의 표현을 빌려오자면 이 공포는 다만 '잉여'[42]로밖에 존재할 수 없었다.

한국전쟁 직후인 1950년대 중반부터 미국은 일본 미군기지에 핵탄두를 비축함으로써 일본을 핵전쟁을 위한 병참기지화했다. 그러나 같은 시기부터 비등하기 시작한 일본 내에서의 반핵여론은 핵무기의 장소를 남한으로 이동시켰다.[43] 1957년 6월 유엔사령부는 남한에서 핵무기 도입이 이루어졌다고 밝혔으며, 58년 1월 첫 번째 핵포와 미사일이 남한에 도착했다. 인정도 부정도 하지 않는다는 미국의 전세계 핵배치 전략의 거의 유일한 예외사례라 할 만한 이 공표야말로 남한의 독특성을 유감없이 보여주는 것이라 할 만하다. "남한의 상황은 반대의견을 제기하는 것을 용납하지 않았으므로 핵전력에 대해서 조야한 반공주의를 내세우는 것 이상으로 어떤 논리적 근거를 제기할 필요가 없었다."[44]

---

42) 권보드래, 위의 논문, 335쪽.
43) 일본 내 반핵 여론 확산의 결정적 계기가 된 사건은 위에서 언급한 1954년 3월 1일, 비키니섬에서 있었던 미국의 수소폭탄 실험이었다. '브라보 실험'으로 명명된 이 실험의 결과는 실험 입안자들의 예상치를 훨씬 뛰어넘는 것이었다. 이 실험으로 제한 거리 바깥인 약 130킬로미터 전방에서 조업중이던 일본 참치잡이 어선 제5후쿠류마루호의 조업원 23인이 전원 피폭당했다. 이 사건은 일본을 포함한 세계적 반핵운동의 출발점이 되었으며, 일본에서는 같은 해 9월 원수폭금지일본협의회가 결성되었다. 브라보 실험에 대해서는 Jonathan Schell, *The Fate of the Earth*, Knopf, 1982, p.75. 제5후쿠류마루 사건과 일본에서의 반핵운동 과정에 대해서는 本田宏, 『脱原子力の運動と政治』, 北海道大学図書刊行会, 2005, 3장을 참조. 1954년 <고지라>의 첫 장면은 바로 이 사건을 강하게 상기시키며 시작된다. 참고로 1956년 미국에서 개봉한 <고지라>의 재편집 버전에서 이 첫 장면은 삭제되어 있다.
44) 피터 헤이즈, 위의 책, 85-91쪽.

아마도 이 지점이야말로 그 자체로 '원수폭'의 거대한 은유로서 존재하는 피폭괴수가 한국영화에서 왜 그토록 뒤늦게 도착할 수밖에 없었는가를 보여주는 것일 게다. 공포는 내러티브와 도상의 차원에서 관리되어야 했다. 한국의 피폭괴수는 이제 등장할 세 번째의 결절점을 통과한 이후에서야, 즉 기술 유토피아에의 믿음을 거친 이후에야 구체적 형상으로 우리 앞에 도달할 수 있었다.

2) '평화를 위한 핵', 핵의 분기

1953년 12월 8일 아이젠하워는 UN 총회에서 "핵의 평화적 사용(atoms for peace)"을 공표했다. 아이젠하워의 이 연설은 국제원자력기구의 창설과 평화이용 추진을 역설한 것이었다. 이 연설은 한국전쟁 이후 미국의 핵병기 세계배치와 함께 도착하였다. 이 점이야말로 이 연설을 지극히 흥미롭게 만드는 순간일 것이다. 그것은 핵의 이분화라고 할 만한 것을 만들어냈다. 즉, 무기로서 파멸과 공포의 상징인 핵은 이제 에너지로서 건설과 희망의 상징으로 보충되었다. 미국과 소련이 각각의 진영에 대해 행했던 어필의 핵심은 '번영'이었으며, 에너지야말로 그 바탕이 될 것이다. 미국은 원자력 에너지를 통해 진영에 대한 번영을 약속할 수 있었다.[45] '핵의 평화이용'은 단기적인 공포의 전략을 대신하여 장기적으로 "냉전 구조 속에서의 미국의 우위를 지속가능한 것으로 만드는 결정타로서 준비되었다."[46]

---

45) 또한 여기에는 미국 내 에너지 기업의 경제적 효과가 작동하고 있었다. 야마모토 요시타카는 "새롭게 형성된 미국 핵산업의 글로벌 시장"의 개척이라는 것이 '핵의 평화이용' 선언의 중요한 동기 중 하나였다고 지적하고 있다. 야마모토 요시타카, 임경택 옮김, 『후쿠시마 일본 핵발전의 진실』, 동아시아, 2011, 15쪽

46) 吉見俊哉, 『夢の原子力』, ちくま書房, 2012, 23쪽. 요시미 순야는 피폭국 일본에서 핵이 '꿈의 원자력'으로 전환되어가는 과정을 섬세하게 추적해가며 다음과 같은 네 가지 언설이 '꿈의 원자력'의 성립에 기여하고 있음을 밝혀내고 있다. 첫 번째,

그러나 이는 생각만큼 쉬운 기획은 아니었다. 핵은 이미 무시무시한 절멸의 무기로 각인되어 있었다. 그렇다면 어떻게 미증유의 파괴의 기억을 미래를 향한 낙관적 비전으로 바꿀 수 있을까? '핵의 평화이용'은 미국해외공보원(United State Information Service, USIS)을 통한 자유진영 세계 각국에 대한 대규모 프로파간다 사업으로 이어질 필요가 있었다. 강연, 전람회, 영화, 라디오 등 전방위적 미디어가 이 캠페인에 동원되었다. 아마도 이 순간부터 전개된 이 캠페인은 역사상 가장 성공적인 프로파간다로 기록될 것이다. 1954년 여름부터 전세계 각지에서 '원자력 평화이용 박람회'가 개최되었으며 이후 수년간 30개국 이상에서 수천만 명을 동원하는 대성공을 거두었다.[47] 그리고 이 지역에서 가장 인상적인 성공을 거둔 두 장소는 다름 아닌 일본과 한국이었다.

일본은 1955년 11월 아시아에서 최초로 미국과 미일원자력연구협정을 체결했다. 석달 후인 1956년 2월 한국과 미국 사이에 한미원자력연구협정이 체결되었다. 곧 일본 전역에서 '원자력평화이용박람회'가 개최되었으며, 약 269만 명의 입장객을 끌어들이는 대성공을 거두었다. 한국에서 이 전시회는('평화를 위한 원자력 전시회') 서울에서만 75만 명의 관람객을 동원하였다.[48] 이 과정을 통해 '핵의 평화이

구제의 언설. 피폭을 경험했기 때문에 군사이용의 길이 아닌 평화이용('구제')의 길로 나아가야 한다. 두번째, 보편의 언설. '섬나라의 곤란한 조건을 극복하여 전후 경제를 새로운 성장으로 이끌기 위해서는 원자력과 같은 꿈의 에너지원이 필요하다.' 세번째, 행복의 언설. 원자력이 가져올 미래의 편리한 생활이라는 장밋빛 전망, 아메리카적 생활양식이라는 환영과 결합한. 네번째, 70년대 중반 이후부터 작동하는 조화의 언설. 즉 '클린'하고 자연과 조화를 이루는 원자력 에너지. 핵의 '평화이용'에 관한 일본 내 프로파간다의 개요는 다음을 참조. 山本昭宏, 「核の「平和利用」PR」, 川口隆行編, 『＜原爆＞を読む文化事典』, 青弓社, 2017, 188-192쪽.

47) 吉見俊哉, 위의 책, 169쪽.

48) '핵의 평화이용' 캠페인은 미국해외공보원(United State Information Service Korea, USIS)을 중심으로 각국의 에이전트들이 결합한 방식으로 이루어졌다. 일본의 경우 특히 두 명의 중요한 에이전트, 요미우리 신문의 사주 쇼리키 마츠타로(正力松太郎)와 당시 개진당 의원이었던 나카소네 야스히로라는 두 이름이 개입

용'이 "열도에서 살아가는 자들의 욕망의 언어"로 변환되었다는 요시미 슌야의 지적[49]은 한국에도 거의 그대로 적용가능해 보인다. '원자력'은 '잘 살아보자'가 지상명제인 한국과 일본의 장삼이사들을 매혹시켰다. 이 캠페인은 그것이 '욕망교육'[50]이었다는 점에서 가장 성공적인 프로파간다일 수 있었다. 더불어 한국에서 원자력은 강렬한 기술 유토피아적 비전 속에서 한국의 오래된 낙후성을 일시에 상쇄시킬 수 있는 것으로 상상되었다.

"눈부신 과학적 발전이 신비한 원자세계까지 극복하여 여기서 추출되는 신묘절대한 위력을 우리가 이용하게까지 되었다는 사실은 인간사회에서 질병과 빈곤을 물리치고 계급적으로나 국제적으로나 대립과 마찰의 소인을 없이 하여 그야말로 생활의 혁명, 도의의 혁명을 일으키게 될 날이 머지 않은 것을 가리킨다. 불신과 공포를 조장하는 투쟁적인 공산주의는 그 자신이 규정한 그대로 과도적인 존재로 사라지고 개성의 존엄과 인격의 자유가 확보될 수 있는 하나의 행복된 세계로 돌아갈 것이다. (중략) 원자력 혁명의 세기적 격려기를 당하여 우리의 낙후와 황폐를 극복하는 길은 오직 과학의 힘을 기르고 다루는 데 있을 뿐이다. 이제 원자과학의 분야에서 선진미국과의 협조관계를 일보전진시킨 것은

되어 있었다. 일본에서 전개된 원전 담론과 이들의 역할에 대해서는 다음을 참조. 絓秀実, 『反原発の思想史』, 筑摩書房, 2012. 한국의 경우 정부 부처 문교부에서 이를 맡고 있었다. 1954년 6월 문교부에 원자력 대책위원회의가 구성되었고, 여기에는 당대의 과학계를 대표하던 인물이 포진되어 있었다. 김성준, 「한국 원자력 기술 체제 형성과 변화, 1953~1980」, 서울대 박사학위논문, 2012, 47쪽. 또, 한국에서 USIS가 펼쳤던 이 캠페인, 특히 영화를 중심으로 펼쳐나갔던 캠페인의 선모에 대해서는 다음 논문을 참조. 김려실, 「'원자력의 평화이용' 캠페인과 주한미공보원(USIS)의 영화공보」, 『비교한국학(Comparative Korean Studies)』 26권 2호, 국제비교한국학회, 2018.

49) 吉見俊哉, 위의 책, 39쪽.

50) 쓰치야 유카, 「평화를 위한 원자력과 아시아의 미국산 원자로 확산」, 오타 오사무 · 허은 편, 『동아시아 냉전의 문화』, 소명출판, 2017, 306쪽.

참으로 불행을 행으로 돌리는 결정적 계기라고 아니할 수 없다."[51]

한미원자력연구협정을 맞이하여 쓰여진 1955년의 한 논설은 '원자세계'에서 '추출되는 신묘절대한 위력'을 '우리가 이용하게까지 된' 순간에 걸고 있는 미래에 대한 기대로 가득 차 있다. 이 유토피아적 비전이 그려내는 미래는 질병과 빈곤을 벗어난 세계이며, 현존하는 대립과 마찰의 핵심 원인인 공산주의가 사라진 '행복된 세계'일 터, 원자력은 무엇보다 '혁명'의 수사가 보여주는 바 단숨에 현재의 모순을 극복하고, 또한 단숨에 낙후성을 극복시킬 수 있을 '힘'이다.

<대괴수 용가리>가 더없이 흥미로워지는 것은 바로 이 지점이다. 이 한국산 '피폭괴수' 영화, 그리하여 말 그대로 핵을 대상화하고 있는 이 최초의 한국 대중문화의 산물은 '원자-기술-유토피아'가 담론의 수준으로부터 원자력 발전에 관한 구체적 논의를 통해 일종의 실체적 수준으로 옮겨간 바로 그 순간에 도착할 수 있었다. 그리고 이 영화는 당연한 말이지만 괴수영화의 오랜 테크놀로지적 계보와 연관되어 있다. 먼저 이 계보에 대해서, 특히 <대괴수 용가리>가 직간접적인 영향 관계를 갖고 있는 <고지라>부터 살펴보자. 미국식 피폭괴수가 아닌 이 '아시아적' 피폭괴수들의 형상의 의미란 과연 무엇인가?

3. 괴수 대백과의 계보
─킹콩, 고지라, 불가사리, 가메라, 용가리

<고지라>의 기획단계에서 이 영화의 창작주체들이 염두에 두었던

---

51) 『경향신문』, 1955.7.4.

것은 <킹콩>(1933)이었다. 일본에서 <킹콩>은 1952년 재개봉했다. 이미 1933년 개봉 당시 수다한 아류작들을 낳았던 이 영화는 다시 한 번 영감의 원천이 되었다. <킹콩> 같은 영화를 만들려고 했던 이 기획은 미국발 '원자' 괴수 리도사우르스의(<심해에서 온 괴물>의 일본 개봉제목은 <원자 괴수 나타나다(原子怪獣現わる)>였다) 등장 소식에 급변경되었다. 거대 괴수의 기획은 보다 '현대적인' 피폭괴수로 옮겨 갔다.[52] 그런데 여기에는 하나의 난제가 있었다. 레이 해리하우젠에 의해 창조된 리도사우르스는 스톱모션 애니메이션으로 만들어졌다. (레이 해리하우젠은 킹콩의 창조자 윌리스 오브라이언의 수제자이다.) <고지라>의 제작자들은 대규모 자본의 노동집약적 산물인 스톱모션 애니메이션을 포기하고 수트형 괴수로 전환했다.

이러한 전환이 가능했던 이유는 일본에, 특히 <고지라>를 만들어 내고 있는 영화사 도호(東宝)에 축소된 공간 및 사물의 구현, 즉 미니어처와 이것들의 정교한 움직임을 만들어내는 조정 기술의 풍부한 집적이 있었기 때문이다. 1941년 진주만 공습 이후 일본 전쟁 프로파간다가 해군의 대규모 공중전 재현으로 넘어갔을 때 이를 가능케 한 것은 바로 미니어처와 조정 기술이었다. 1942년 진주만 공격 1주년을 기념해서 만들어진 <하와이 말레 해전(ハワイ・マレー沖海戦)>은 이 기술의 놀라운 성과를 유감없이 과시하였다. 1,500평방미터의 수영장에 6백분의 1의 미니어처를 통해 재현된 진주만 공습은 전전 일본 최대의 공중 스펙터클을 선사했으며, 대동아공영권 최고의 히트작이 되었다.[53] 이 실제를 방불케 하는 스펙터클을 창조해내는 데 지대한 역

---

52) <심해에서 온 괴물>이 <고지라>의 기획단계에서 끼친 영향, <고지라>의 제작과정 전반에 대해서는 다음을 참조. 切通理作, 『本田猪四郎　無冠の巨匠』, 洋泉社, 2014.

53) <하와이 말레 해전>이 이룩해낸 미니어처에 의한 트릭 촬영의 성과는 극영화 특

할을 한 것은 이후 고지라의 창조자가 될 츠부라야 에이지(円谷英二)를 필두로 한 도호의 특수촬영 기술진들이었다.[54] 전전 일본 해군 프로파간다 영화의 기술적 역량 속에서 만들어진 <고지라>는 미니어처에 기반하여 '리얼'한 공간을 창출[55]하는 데 성공함으로써 괴수의 무시무시한 난동을 실감나게 그릴 수 있었다.

이 순간에 발명된 수트형 괴수와 미니어처 촬영은 일본 피폭괴수와 미국 피폭괴수를 결정적으로 차이지운 핵심 표상이라고 할 만한 것을 만들어냈다. 스톱모션의 움직임은 수트형 괴수, 인간의 동작이 배어 나올 수밖에 없는 고지라의 '자연스러운' 움직임에 비해 간헐적이고 단속적이며 부자연스럽다. 유인원(킹콩)에서 파충류(리도사우르스)로의 이동이 낳은 지평, 그것이 낳은 인간으로부터의 거리(파충류는 유인원에 비해 '인간'으로부터 얼마나 멀리 떨어져 있는 존재인가), 인간과 배타적인 타자성의 영역으로 이동해간 이 형상의 '낯섦'은 ('인간'이 움직이는 수트형 괴수에 비해 당연히 더 멀 수밖에 없는) 스톱모션 애니메이션의 결과이자, 핵의 절대적 이질성이기도 했다. 킹콩의 직접적인 후예로서 리도사우르스는 비록 단독의 거대괴수이지

유의 '진정한' 리얼리티를 담보해낸 예로 상찬되었다. 이를테면 전시기 일본영화 최대의 이론가이자 비평가였던 츠무라 히데오는 이 영화에 대해 다음과 같이 평하고 있다. "기록영화 수단이 막힌 곳에서는 극영화가 그 특이한 힘을 발휘할 수 있으며, 이때 트릭 촬영 등이 특별한 가치를 지닌다." 津村秀夫, 「日本映画は進歩したか」, 『映画旬報』71, 映画出版社, 1942, p.36.

54) <하와이 말레 해전>과 츠부라야 에이지를 중심으로 한 특촬의 계보에 대해서는 다음을 참조. 鈴木聡司, 『映画「ハワイ・マレー沖海戦」をめぐる人々 ~円谷英二と戦時東宝特撮の系譜』, 文芸社, 2020.

55) 전전 일본의 전쟁 프로파간다 영화, 특히 1941년 이후의 태평양 전쟁으로의 확장과 함께 일본 해군에 의해 주도적으로 만들어진 영화들이 애니메이션과 미니어처 촬영을 통해 구현하고자 했던 '리얼'한 재현의 전통은 전후 일본의 애니메이션, 특촬영화의 테크놀로지적 전통으로 자리잡았다. 특히 전후 일본 애니메이션이 계승한 프로파간다 애니메이션적 전통에 대해서는 디즈니와 에이젠슈테인을 연결시킨 오츠카 에이지의 탁월한 분석을 참조. 大塚英志, 『ミッキーの書式戦後まんがの戦時下起源』, 角川学芸出版, 2013.

만 그 타자성의 측면에서 보자면 여타의 군집 괴수들, 이를테면 개미, 거미, 메뚜기 등과 그리 다르지 않다.

반면 일본 특촬 괴수들의 눈동자가 강조된 눈은 이들로부터 어떤 '감정적'인 것을 유추하도록 만든다. 눈은 종종 이들의 공포와 두려움, 슬픔과 당황스러움을 드러낸다. 이 지극히 '인간적'으로 보이는 지점이야말로 일본 특촬 괴수들에게 그토록 다양한 의미가 부여되는 이유일 것이다. 단적으로 말해, 이 괴수들은 미국영화의 괴수들처럼 명백한 타자라고 하기에는 너무나 '인간적'이다.[56] 고지라는 공포의 대상이지만, 또한 연민과 동정, 심지어 희망의 대상이다.(<고지라>에서 야마네 박사는 피폭을 '견뎌낸' 고지라를 연구함으로써 '인류'의 미래에 공헌할 수 있지 않은가라고 짧은 희망을 피력한다).

<고지라>의 형상으로부터 유래된 이 양가성은 대중적 수준에서의 (일본뿐만 전 세계적 규모로 퍼져나갈) 반핵운동과 '평화를 위한 핵'의 프로파간다가 동시 도착한 1954년이라는 기점적 순간을 기묘하게 반영해내고 있는 것으로 보인다. 아마도 이것이야말로 1960년대 이후 원전을 중심으로 한 미국의 군산복합체가 완성되는 것과 맞물려 미국에서 파괴로서의 피폭괴수가 사라진 이후에도 일본 피폭괴수가 계속해서 모습을 드러낼 수 있었던 이유일 것이다. 원전국가 일본으로의 이동 속에서 특촬 괴수들은 점점 더 인간적 형질이 배가되어갔다. 과연 이들은 가족을 건사하고(미니라), 아이를 구하고(가메라), 지구를 지킨다(고지라). 관리되는 핵, 인류의 진보와 가족을 위한 평화적 핵이 인간에 '유사한' 형상으로 출현하고 있었던 것이다.

이 지점에서 <대괴수 용가리>가 <대괴수 가메라(大怪獣ガメラ)>(1965)로부터 포맷과 기술을 빌려왔다는[57] 것은 좀 더 섬세하게 논의

---

56) 이영재, 위의 논문, 69쪽.

될 필요가 있다. <대괴수 가메라>는 당시 도호의 고지라 시리즈에 대항하여 다이에이(大映)가 시도했던 괴수영화였다. 고지라 시리즈의 1960년대적 전회에 발맞춰 보다 아동친화적인 성격을 띄고 있던 이 시리즈는 대성공을 거두었고, 1960년대 중후반 다이에이의 달러박스로 기능하였다. 1964년 도쿄 올림픽을 통해 과시했던 고도경제성장 속에서 일본 내 아동시장은 막대한 규모로 성장 중이었고, 이 해에 등장한 <3대 괴수 지구 최대의 결전>에서 고지라를 위시한 지구의 피폭 괴수들은 우주 괴수에 맞서 지구를 지켜냄으로써 정의의 위용을 과시했으며, TV에서는 수소폭탄의 원리와 동일한 핵융합 에너지의 결정체인『철완 아톰』이 방영되고 있었다(이 일본 최초의 TV 애니메이션은 1963년부터 방영 중이었다. 한국에서『철완 아톰』은『우주소년 아톰』이라는 제목으로 1970년 동양방송에서 방영되기 시작했다). 이 지점들은 <대괴수 가메라>라는 아이와 교감하는 피폭괴수의 설정이 어떻게 가능해졌는가를 보여준다.

---

57) "세계적 붐을 일으키고 있는 괴물영화가 한국에서도 제작중. 세트와 괴물의 특수촬영을 위해 이노우에 칸(井上莞), 야기 마사오(八木正夫) 감독 등 다섯명의 일본인 기술까지 동원한 본격적 괴물영화. 신장 35미터의 괴수를 제쳐놓고라도 판문점, 인왕산, 남산, 태평로 등 20여 동의 정밀한 세트는 실물과 똑같이 만들어 수천만원의 제작비를 들였다는 이야기. 괴물과 제트기의 대전, 용가리의 습격으로 부서진 서울 시가등은 박진감이 충분하다." 『경향신문』, 1967년 6월 24일. 촬영을 맡은 이노우에 칸은 일본에서 활동한 재일한국인 촬영감독 이병우의 일본어 이름이다. <고지라>의 제작에 참여했던 야기 마사오는 다이에이로 이적한 후 <대괴수 가메라>에서 가메라 조형을 담당했다. <대괴수 용가리>에는 그 외에도 이노우에 아키라(井上章), 미카미 미치오(三上陸男), 스즈키 토오루(鈴木祝) 등 <대괴수 가메라>의 특촬에 참여했던 인원들이 대거 참여하고 있다. 일본 기술진들의 참여는 <대괴수 용가리>가 적극 선전했던 대목이기도 하다.('일본 최고기술자(6명) 초빙 특수촬영') 한편 특수촬영과 세트, 고속촬영기 5대, 한국 최초의 500mm 줌렌즈를 썼다고 강조되는 이 영화의 제작비는 당시 한국영화의 평균 제작비의 3배에 이르는 것이었다. 김기덕, 앞의 책, 44쪽. 한편 이 영화에서부터 비롯된 1960~70년대 한국영화에서 일본으로부터의 기술도입의 양상에 대해서는 다음 논문을 참조. 함충범, 「도호의 특수촬영 기술과 한일 영화 교류 관계사의 양상」, 『인문학연구』 30, 인천대학교 인문학연구소, 2018.

정체불명의 비행기에 대한 미군의 핵폭탄 공격 여파로 북극의 빙하 속에서 깨어난 전설의 거대 거북 가메라는 에너지를 섭취해서 발산하는 특징(석유와 석탄을 닥치는대로 먹고 입에서 불을 뿜는다)을 가지고 있고, 거북을 사랑하는 소년과 텔레파시를 나누고, 아이를 구해준다. 물론 가메라 역시 도쿄타워를 부숴뜨리며 도쿄를 엉망으로 부수어버리지만('전도쿄전멸직전!' '인류의 최후 수시간 내 육박!'), 눈동자의 움직임이 특별히 강조된 이 이족보행의 거북 괴수는 자신의 주된 관객층에게 어필할 만큼의 매력을 가지고 있다.

<대괴수 용가리>가 <대괴수 가메라>로부터 참조한 주된 지점은 바로 이 부분이다. 다음의 언급은 이 영화의 창작주체들이 상정했던 피폭괴수가 이미 가메라적인 것에서 시작되었음을 보여준다.

"이 용가리를 의인화한 거지. 사람하고 매우 흡사한 공통점을 좀. 그 인제 코믹한 요소로 춤추고 가려워서 긁는 그게 나오는 거지. 너무 무서운 것만 나오면 안 되거든? 보는 사람한테 애교스런 부분도 있어야 해서. (중략) 그러니까 그게 패턴이야. 괴수물의 패턴이 그래요. 다른 나라에서도 그렇게 사랑스럽고 애교스러운 면이 있어요"[58]

이 언급은 다시 말해 이 장소에서 상상될 수 있었던 피폭괴수의 양상이 '애교스런 부분'이 있어야지 비로소 가능해졌다는 의미이기도 하다. 실제로 한국에서 볼 수 있었던 괴수영화란 1957년 6월에 재개봉하여 해를 넘긴 1958년 봄까지 여기저기서 재상영되며 인기를 누린 <킹콩>(1933) 정도에 불과했다.[59] 잘 알려져 있지 않은 사실이지만

---

58) 김기덕, 위의 책, 45-46쪽.
59) <킹콩>은 미국에서 공개된 지 6개월만인 1933년 10월 조선극장에서 처음 선보인 바 있다. 이 영화는 신문에 영화해설을 따로 싣는 등 매우 의욕적으로 공개되었으나(「신영화 <킹콩>」, 『조선일보』 1933.10.17.), 조선극장이 이 영화 개봉 4일

1950년대 후반 한국 흥행장에서의 <킹콩>의 인기는 한편의 한국산 괴수영화를 낳았다. 킹콩이라는 거대 괴수에 대해 이곳의 오래된 전설로 응전하고자 했던 최초의 한국산 괴수영화 <불가사리>의 시도는 과히 성공적이라고 할 수 없었다. "불가사리라는 한국판 '킹콩'이 고려 말엽 송도에 나타나 간신과 악당을 쳐부순다는" 이 "야담조 이야기"는 "영화감각이나 연출수법이 사극처럼 낡고 진부하다"는 평가를 받았다.[60]

원시의 섬에서 뉴욕으로 온 킹콩의 막강한 파괴력은 이 괴수의 거대한 크기와 이 크기가 담보해내는 신체적 힘에서 비롯된다. 도시의 오밀조밀한 거리, 너무 많은 사람들, 군집한 빌딩들, 복잡하게 가로지르는 차로와 차들. 도시의 조밀함이야말로 이 파괴가 일어나는 근본적 원인이다. 도시는 말 그대로 원시-야만의 거대한 크기에 의해 파괴된다. 도시 대 원시, 문명 대 야만, 제국 대 식민지라는 강렬한 이분법으로 이루어진 <킹콩>의 시각체계는 1920, 30년대 모더니스트들의 무한한 영감의 원천이었던 마천루와 조감(鳥瞰)의 시선이 어떻게 획득되고 있는지를 보여주는 한편, 도시, 문명, 제국의 불안과 공포를 형상화한다. 킹콩은 이제 막 준공된 뉴욕에서 가장 높은 빌딩, 엠파이어 스테이트 빌딩(이 건물은 1931년 완성되었다) 꼭대기에서 실제로 1차대전의 비행기 조종사로 복무했던 감독 메리언 쿠퍼의 비행기 공격으로 추락하며 최후를 맞이한다.[61]

<킹콩>이 도시 모더니즘과 맺고 있는 긴밀한 관계를 생각할 때, 1960년대 초반의 한국영화가 전근대로 시공간을 이동하고 있는 것은

만에 극장문을 닫으면서 당시에는 별다른 반향을 이끌어내지 못했다.

60) 「통속적인 오락극 <불가사리>」, 『조선일보』 1962.12.7.
61) 또한 대공황의 산물로서 <킹콩>은 노동자들의 집단적 신체를 표상하는 것으로도 읽혀왔다. 강력한 신체적 힘과 연약한 지력을 가진 이 거대 유인원이 티라노사우르스와 싸울 때 그들은 노동자들의 스포츠였던 복싱으로 대결한다.

피치 못할 일이었을 것이다. 아직 한국은 도시의 지각체계를 완비하지 못하고 있었다. 그 결과, 한국 최초의 괴수 불가사리는 파괴가 아닌 원한의 응축물에 의한 민중의 해원이라는 전래의 이야기를 반복하고 있었다. 참고로 말하자면 <불가사리>는 1987년 북한에서 신상옥에 의해 다시 한 번 만들어졌다. 일본 특촬 기술을 도입해서 만들어진 이 영화는 불가사리를 압제자에 대항하는 농민반란의 형상으로 극적으로 완성시켜내고 있다. (한 가지 덧붙이자면, 킹콩과 불가사리의 형상 모두에 민중 혹은 노동자의 활력, 집합적 힘이 암시되어 있다는 점에서 한국의 국지적 강조점이 세계 장르로서의 괴수영화의 문법에 완전히 배치되는 것은 아니다.)

<대괴수 용가리>는 1962년의 <불가사리>로서는 가늠할 수 없었던 공간의 감각을 과시하는 한편, 그 어떤 피폭괴수보다도 '친밀한' 괴수의 형상을 선보인다. 검은 화면에 반짝이는 별, 카메라의 긴 패닝, 이윽고 보이는 푸른 별 지구. 한국영화에서 거의 처음으로 우주적 시점이라고 할 만한 것을 보여주며 시작하는[62] 이 영화는 곧 이 우주비행사의 시점을 통해 우리를 사건의 발생 장소(핵실험이 일어난 장소)로 안내한다. 버섯구름과 그것이 불러일으킨 거대한 지면의 균열. 한편 이 균열에서 시작된 움직이는 지진, 괴지진의 발생지점과 이동경로는 서울에 차려진 괴지진대책본부의 대륙 지도에 투명하게 드러난

---

62) <대괴수 용가리>가 등장하던 해에 또 한편의 우주 괴수 영화가 등장하였다. 일종의 경작으로 신문지상에 오르내린 <우주괴인 왕마귀>의 내용은 다음과 같다. 지구를 침략하기 위해 온 외계인늘이 우주괴인 왕마귀를 서울 한복판에 떨어뜨린다. 중력의 작용으로 엄청나게 커진 왕마귀는 서울 도심을 짓밟고 다니고, 와중에 (노골적으로 킹콩을 모방하여) 미녀를 잡아 손에 들고 다닌다. 그런 왕마귀를 용감한 거지 소년의 기지에 의해 퇴치한다. <우주괴인 왕마귀>를 흥미롭게 만드는 것은 이 영화가 1967년의 서울을 수직의 공간으로 제시하고 있다는 점이다. <킹콩>이 그러했던 것처럼 도시에서 가능한 아찔한 고소공포의 감각을 선보이는 <우주괴인 왕마귀>는 우주적 상상력이라는 관점보다는 오히려 도시의 수직공간적 지각이 본격적으로 구현되고 있는 한 사례라고 볼 수 있을 것이다.

다(이 지도는 한쪽 면을 가득 채운 유리에 그려져 있다). 중국 서북부
(영화에 명시되기는 오비리아라는 가상의 대륙)에서 발생한 괴지진
이 황해도를 지나 시시각각 남하해오고 있음이 지도 위의 빨간 화살표
를 통해 전달된다. 괴지진은 휴전선 부근에서 '솟아나' 판문점을 부수
고 직업정신 투철한 사진기자가 이를 필름에 기록한다. 같은 시간, 서
울의 괴지진대책본부에서 장군이 책임자 유박사에게 묻는다. "유박
사님은 이 괴지진을 어떻게 생각하십니까?" "일우군의 말대로 지하
에 제3의 동물인 용가리가 나타난 게 아닐까요." 일우는 마지막에 용
가리를 퇴치하게 될 우리의 젊은 과학자이다. 어떻게 일우는 용가리
를 알고 있는 것일까? 그들 앞에 죽어가는 사진기사가 나타나 필름을
전한다. "저게 뭐지?" 대책본부의 일동이 외친다. "용가리다!" 이 일
련의 장면이 흥미로운 것은 아무도 용가리가 무엇인지 묻지 않는다는
점이다. 왜 묻지 않는가? 용가리라는 명칭은, 짐작하다시피 용과 불가
사리를 합친 이 영화의 고유한 창조물이다. 그런데 영화 속 인물들은
모두 '지하에 제3의 동물인 용가리'에 대해서 공유하는 앎이 있어 보
인다. 이 앎의 단서는 영화 안에 제시되어 있지 않다. 왜냐하면 이들은
모두 공히 알고 있기 때문에 그렇다. 무엇을?

> "제1의 자연은 본래의 자연을 말한다. 사람이 더 행복하게 희망을 가
> 지고 살기 위하여 과학기술을 발전시키고 정치, 경제의 여러 제도를 만
> 들었다. 이것은 초자연적인 환경이며 원자력이 평화목적에만 이용되는
> 한 계속되는 것이다. 이러한 환경을 소위 제2의 자연이라고 한다. 그 다
> 음 원자력이 전쟁에 쓰여서 전세계가 방사능으로 덮인 때 다시 말하면
> 기술이 사람을 지배할 때가 제3의 자연이다"[63]

---

63) 이종진, 「원자력 시대의 인간상」, 『사상계』 1960.7., 277쪽

화학자이자 당시 『사상계』 편집위원이었던 이종진[64]이 쓴 이 글은 매우 간명하게 제3의 자연이 무엇인가를 상기시켜주고 있다. 제3의 자연이란 주어진 것으로서의 제1의 자연('조물주가 준'), 인간이 만들어낸 환경으로서의 제2의 자연을 초과하는 사태로서의 세계, 즉 '원수폭이 퍼져 사람이 살 수 없는 방사능으로 오염된 세계'이다. 이 언급을 상기하자면 '지하에 제3의 동물인 용가리'가 왜 이 세계 안에서 그토록 자명한 것이었는지 알 수 있다. 1967년의 시점에서 용가리가 발현되는 장소, 중국 서북부는 1964년과 1967년에 각각 중국의 원폭실험과 수폭실험이 행해진 곳이다. 한국전쟁 당시의 실재했던 적이자 지리적으로 가까운 냉전의 적이 핵시대의 상존하는 불안을 폭발시킨 것은 당연한 일일 게다. 거리의 라디오는 괴지진의 원인이 용가리라는 제3의 동물이라는 것이 판명되었다는 보도를 내보낸다. 라디오 앞에 모여든 남녀노소들은 망연자실한 표정을 짓고, 아버지의 무릎에 앉아 있던 어린아이와 아내는 불안한 눈빛을 감추지 못한다.

그런데 이 무시무시한 파괴를 자행하는 용가리는 이 영화의 창작주체들이 의도했던 바, '애교'가 있다. 등을 구부정하게 구부리고 팔다리를 벅벅 긁는 용가리는 무섭다기보다는 우스꽝스러워 보인다. 부리부리한 눈에 눈꺼풀이 있는 이 괴수는 종종 눈을 순하게 껌뻑거리기도 한다. 이 눈의 강조는 이 괴수에게 그 어떤 괴수보다도 더 강력한 얼굴성을 부여해주는 것 같다. 이 괴수가 이토록 친근하고 코믹하게 보이

---

64) 권영대(물리학), 강영선(생물학)과 함께 1950년대 중반부터 과학 관련 필자로 자주 등장하던 이종진이 『사상계』 편집위원으로 합류하고 있는 1958년은 원자력법이 제정된 즈음이다. 『사상계』의 과학담론을 분석하고 있는 김상현은 원자력법의 제정 당시부터 과학기술에 대한 발전민족주의적 관점이 강화되고 있음을 지적하고 있다. 김상현, 「『사상계』에 나타난 과학기술의 표상―1950년대~1960년대 초 남한 과학기술 담론의 한 단면」, 『한국학연구』 58, 한국학연구소, 2018, 650-651쪽.

는 것은 그 형상의 특질과 더불어 아이의 시점에서 이 괴수가 보여지기 때문에 그렇다. 어른들은 겁에 질려 있지만 용감한 어린 소년은 용가리를 쫓아다니며 행태를 관찰하기를 그치지 않는다.

제3의 자연을 원수폭, 즉 무기로서의 핵과 연결시키고 있는 이종진이 '제2의 자연만을 완성토록 노력하여야 한다'고 역설할 때, 이를 가능토록 하는 것은 기계의 폭주를 제어할 수 있는 휴머니즘의 존재이다. 1960년의 사상계 필진 중에서 아마도 가장 명료한 핵에 관한 인식을 갖고 있었을 이 명민한 과학자의 인간 주체의 강조는 그저 인간에 대한 무한한 긍정과 같은 것이 아니다. 그는 핵 안에서 이미 인간이 제어가능한 것, 즉 '제2의 자연'으로 남을 수 있는 것의 실체를 제시한다. "원자로라는 것이 원자폭탄, 수소폭탄과 근본적으로 다른 점은 인간이 원하는대로 제어할 수 있다는 점이다."[65] 이 글이 쓰여지기 1년 전인 1959년 미국의 제네럴 아토믹사로부터 한국 최초의 연구용 원자로 트리가 마크Ⅱ가 도입되었다.[66] 같은 해 원자로 도입을 기념하여 『사상계』는 「우리도 잘 살아보자」라는 제목의 좌담회를 개최하였다. 이 좌담회에서 이종진은 "장래 에너지 자원의 고갈"과 맞닥뜨릴 "우리 자손을" 위한 것이라는 원자로의 의의와 더불어 "원자폭탄은 일시적으로 에너지를 내는 것이지만 원자로는 사람의 의도대로 사람이 이용할 수 있게 서서히 에너지를 낼 수 있는 장치"임을 강조하고 있다. 원자로 도입의 주역중 한 명인 윤세원에 따르면 원자로는 한국에 부재했던 '과학적 전통'과 '사회적 토대'를 만들어낼 수 있는 계기가 될 것이다.[67]

---

65) 이종진, 위의 글, 274쪽.
66) 연구용 원자로의 도입과정에 대해서는 김성준, 위의 논문, 60-78쪽을 참조.
67) 「우리도 잘 살아보자」(좌담회 윤세원, 이연환, 이종진, 사회 황산덕), 『사상계』 1959.6, 218-235쪽

이윽고 소년 영이는 빛 기구를 이용하여 용가리를 춤추게 만든다. 빛을 비추자 잠들어 있던 용가리가 천천히 일어나 슬쩍슬쩍 몸을 흔든다. 트위스트풍으로 편곡된 아리랑에 맞춰 용가리의 어깨가 들썩인다. 영이도 신나게 엉덩이를 흔든다. 다음 날, 용가리가 한강철교를 파괴하는 위로 헬리콥터가 떠 있다. 이 헬리콥터에는 젊은 과학자와 우주비행사, 그들의 약혼녀와 아내, 그리고 소년 영이가 타고 있다. 과학자 일우는 영이의 관찰에 힘입어 용가리를 퇴치할 암모니아 가루를 개발했다. 과학자가 흰 가루를 살포하고 쓰러진 용가리가 버둥거리며 붉은 피를 쏟아낸다. "용가리가 죽을 것 같아요. 불쌍해요. 어젯밤에는 나와 같이 남산에서 트위스트도 쳤어요." 영이의 만류에 모두들 차례로 고개를 끄덕인다. 그들은 "이제 완전히 우리 손에 들어온 용가리"를 죽이지 않기로 결정한다.

1966년, 제2차 경제개발계획과 관련하여 에너지는 토대적 문제로 부상하였다. 원자력 에너지에 관한 담론은 보다 실질적이고 실효적인 방식, 즉 원자력 발전소 설립에 대한 기대로 모아졌다. 그해 10월 방한한 미국 대통령 존슨과 박정희의 정상회담에서 중요 의제 중 하나는 "원자력 발전을 위주로 한 전원개발계획의 수정"이었다.[68] 경제기획원은 1974년까지 원자력 발전소를 건설한다는 방침을 발표했다.[69] 이 해는 또한 미국의 정책적 지원하에 '과학 집현전'(박정희) 한국과학기술연구소(KIST)가 출범한 해이기도 하다. 원자력연구소를 이끌었던 윤세원에 따르면 KIST로 인해 한국과학기술의 핵심 자원인 KAIST까지가 가능했다면, 그 가장 근저에 놓여있는 것이야말로 원자력연구소의 존재이다.[70] 원자력 연구는 윤세원의 일관된 주장처럼

---

68) 『매일경제』 1966.10.28.
69) 『동아일보』 1966.9.1.
70) "원자력연구소가 있었기 때문에 KIST가 설립될 수 있었고, KIST가 설립될 수 있

한국 과학의 전통을 만들어가는 것이자, 토대였다. 1967년 박정희는 연두교서에서 "경제성장과 더불어 과학기술 진흥"이 그 어느 때보다도 절실함을 역설하며, "과학하는 국민, 경제하는 국민"이야말로 "근대화를 위한 국민의 자질"임을 단언하였다.[71] 이 해에 등장한 <대괴수 용가리>가 '조절가능한' 핵이라는 형상을 도입해내고 있는 것은 우연이 아닐 것이다.

　<대괴수 용가리>는 정말로 투명하게 냉전의 최전선 국가의 호전성 속에서 미국의 핵우산 아래 원전국가로 나아간 일련의 과정에 대한 1967년의 핵에 관한 '비전'을 보여준다. 그것은 피폭괴수의 계보 속에서 무기로서의 핵의 파괴성을 일별하는 한편, 그럼에도 그것이 능히 조절가능하다는 믿음을 설파한다. 그리고 이 믿음 위에서 알다시피 이제 곧 한국은 원전국가로 이동해갔다. 일본과 마찬가지로 한국은 풍요와 번영의 핵 이미지를 그 어떤 의심도 없이 수용하였다.

었기 때문에, KAIST가 생기는 등 한국 과학기술이 발전하는 계기가 열렸다." 윤세원 인터뷰(김상현, 위의 논문, 144쪽에서 재인용) 김상현은 당시 존슨 대통령과 함께 한국을 방문한 과학보좌관 도날드 호닉의 판단, 원자력연구소가 한국경제에 실질적으로 기여하지 못하고 있다는 인식을 근거로 원자력연구소는 KIST 방향 설정에 부정적인 선례로 작용한 측면이 있었다고 지적한다. 원자력연구소에 비해 KIST는 좀더 실용적이고 직접적인 경제개발과 관련되어야 했다. 한국의 원자력 기술 체제의 형성과정을 내부 에이전트들의 경합 속에서 추적해가고 있는 김상현의 논문에서 이 지점은 원자력 발전이 한전에 의해 주도되고, 연구로서의 원자력(나아가 무기화될 수 있는 가능성)이 원자력원으로 이원화되는 과정과 맞물려 있다. 다만 윤세원의 이 언급은 원자력연구소라는 기구의 위상만을 강조하기 위함은 아닌 것으로 보인다. 그보다는 한국 과학연구가 어떻게 1945년 이후의 첨단과학인 원자력연구와 만남으로써 비로소 세계적 동시성에 근접해갔는가를 의미하는 것으로 이해된다.
71) 국기기록원 대통령기록관 1967년 대통령 연두교서(1967.1.17.)
　　http://pa.go.kr/research/contents/speech/index04_result.jsp

4. 춤추는 괴수들의 현재

이 글에서 소묘하고자 했던 바는 1945년부터 1967년에 이르는 이곳에서의 핵에 관한 사유의 변천이다. 그것은 약 세 가지의 결절점을 거쳐왔던 것으로 보인다. 1945년 8월 15일 해방으로 처음 의미 구문화되었던 핵은 1950~1953년의 한국전쟁을 거치면서 적대를 통해 형성중인 '국민'들로 하여금 적을 섬멸할 수 있는 절대 무기이자 내전으로서의 한국전을 '세계' 전쟁으로 이념화시켜나갈 수 있는 계기로서 기능하였다. 물론 이것이 전부는 아니다. 이 전 지구적 절멸의 무기는 심원한 공간 의식의 변화와 일순간의 멸절이라는 공포를 말 그대로 감각화시켰다. 냉전의 프론티어 국가인 남한의 주민들이라고 해서 지구인들의 근심으로부터 자유로울 수는 없었다. 그럼에도 이곳에서 이 공포가 언설화될 수 없는 것, 형상화될 수 없는 것, 그럼으로 '잉여'라고밖에 말할 수 없는 것이었다면 핵의 평화적 이용이라는 가상적 분할선의 형성, 원자력 유토피아로의 이동은 이곳에서 비로소 핵의 형상을 상상하는 것을 가능케 하였다. 1967년의 <대괴수 용가리>는 정확히 이 지점에 위치해 있다. 동시기 일본의 피폭괴수물로부터 형상과 움직임에 관여된 테크놀로지적 서포트와 내러티브적 영감을 받고 있는 이 영화는 조절가능한 핵이라는 원자-기술-유토피아의 기념비적 순간을 보여준다. 과학입국을 선언한 한국의 어린 남자아이가 빛이 나오는 기구로 용가리를 춤추게 함으로써. <대괴수 용가리>와 일본 피폭괴수물 사이의 친연성은 단지 장르영화들 사이의 영향관계, 혹은 한국영화와 일본영화의 비대칭성이 낳은 결과로서만 설명할 수 없다. 그보다는 이 공통성은 미국의 핵우산 아래 원전국가로 나아가고 있던 두 국가의 핵에 관한 어떤 사유의 공통적 기반으로부터 도출된 것이라고 보는 편이 타당하다. 풍요와 번영의 핵, 욕망에 어필하는 핵, 그럼으로 최종적으로 인간에 의해 조절가능하다는 믿음이야말로 그것이다. 이 믿음은 여전히 이곳에서 유효한 것 같다. 비록 1979년 스리마일섬에서, 1986년 체르노빌에서, 2011년 후쿠시마에서 '완전히 우리 손에 들어온 용가리'에 대한 믿음이 산산조각났음에도 불구하고 말이다. 원전과 북핵 양쪽에 붙들려 있는 대한민국과 일본의 현재야말로 이 산산조각난 핵의 가상적 분할선이 그럼에도 불구하고 여전히 강렬하게 작동하고 있는 최전선의 장소일 것이다.

참고문헌

1. 기본자료

『조선일보』, 『동아일보』, 『매일경제』, 『사상계』, 『서울신문』, 『한겨레』, 『부산일보』, 『映画旬報』

2. 논문과 단행본

공임순, 「원자탄의 매개된 세계상과 재지역화의 균열들」, 『서강인문논총』 31, 서강대학교 인문과학연구소, 2011.

권보드래, 「과학의 영도(零度), 원자탄과 전쟁−『원형의 전설』과 『시대의 탄생』을 중심으로」, 『한국문학연구』 43, 동국대학교 한국문학연구소, 2012.

안토니오 네그리·마이클 하트, 윤수종 옮김, 『제국』, 이학자, 2001.

김기덕, 『영화사 구술채록 연구 시리즈 <주제사> 1960~1970년대 한국영화산업의 변화 김기덕·김수동·김종래』, 채록연구자 공영민, 송영애, 한국영상자료원, 2016.

김귀옥, 『월남민의 생활 경험과 정체성: 밑으로부터의 월남민 연구』, 서울대학교 출판부, 1999.

김려실, 「'원자력의 평화이용' 캠페인과 주한미공보원(USIS)의 영화공보」, 『비교한국학 Comparative Korean Studies』 26권 2호, 국제비교한국학회, 2018.

김상현, 「『사상계』에 나타난 과학기술의 표상−1950년대~1960년대 초 남한 과학기술 담론의 한 단면」, 『한국학연구』 58, 인하대학교 한국학연구소, 2018.

김성준, 『한국 원자력 기술 체제 형성과 변화, 1953~1980』, 서울대 박사학위논문, 2012.

김소영, 『근대성의 유령』, 씨앗을 뿌리는 사람, 2000.

김학재, 『판문점 체제의 기원』, 후마니타스, 2015.

송효정, 「한국 소년SF영화와 냉전 서사의 두 방식 -<대괴수 용가리>와<우주괴인 왕마귀>의 개작 과정 연구」, 『어문논집』 73, 민족어문학회, 2015.

쓰치야 유카, 「평화를 위한 원자력과 아시아의 미국산 원자로 확산」, 오타 오사무·허은 편, 『동아시아 냉전의 문화』, 소명출판, 2017.

야마모토 요시타카, 임경택 옮김, 『후쿠시마 일본 핵발전의 진실』, 동아시아, 2011.

이영미, 『광장의 노래는 세상을 어떻게 바꾸는가』, 인물과사상사, 2018.

이영재, 「1950년대 미국과 일본의 괴수영화와 핵-지구, 블록, 국가의 착종」, 『사이 間SAI』 no.25, 국제한국문학문화학회, 2018.

정욱식, 『핵과 인간』, 서해문집, 2018.

정일권, 『정일권 회고록』, 고려서적, 1996.

정일준, 「미국제국과 한국: 한미관계를 넘어서」, 『사회와 역사』 96, 한국사회사학회, 2012.

피터 헤이즈, 고대승·고경은 옮김, 『핵딜레마』, 한울, 1993.

함충범, 「도호의 특수촬영 기술과 한일 영화 교류 관계사의 양상」, 『인문학연구』 30, 인천대학교 인문학연구소, 2018.

赤坂憲雄, 『ゴジラとナウシカ—海の彼方より訪れしものたち』, イーストプレス, 2001.

大塚英志, 『ミッキーの書式 戦後まんがの戦時下起源』, 角川学芸出版, 2013.

小野俊太郎, 『ゴジラの精神史』, 彩流社, 2014.

佐藤健志, 『ゴジラとヤマトとぼくらの民主主義』, 文藝春秋, 1992.

ジョン・ダワー, 『敗北を抱きしめて』 三浦陽一・高杉忠明・田代泰子訳, 岩波書店, 2001.

絓秀実, 『反原発の思想史』, 筑摩書房, 2012.

鈴木聡司, 『映画「ハワイ・マレー沖海戦」をめぐる人々 ～円谷英二と戦時東宝特撮の系譜』, 文芸社, 2020.

加藤典洋, 『さようなら、ゴジラたち—戦後から遠く離れて』, 岩波書店、2010.

切通理作, 『本田猪四郎 無冠の巨匠』, 洋泉社, 2014.

川本三朗, 『今ひとたびの戦後日本映画』, 岩波書店, 1994.

黒川伊織, 「朝鮮人被爆者を/が語る」, 川口隆行編, 『<原爆>を読む文化事典』, 青弓社, 2017.

山本昭宏, 「核の「平和利用」PR」, 川口隆行編, 『<原爆>を読む文化事典』, 青弓社, 2017.

吉見俊哉, 『夢の原子力』, ちくま書房, 2012.

Federation of American Scientists. "Survival is at Stake", edited by Dexter Masters and Katharine Way, *One World or None,* McGraw Hill Book, 1946.

Paul H. Nitze. "Atoms, Strategy and Policy", *Foreign Affairs,* Vol. 34 Issue 2, January 1956.

Jonathan Schell. *The Fate of the Earth,* Knopf, 1982.

3. 기타자료

국기기록원 대통령기록관 1967년 대통령 연두교서(1967.1.17.)
　　　http://pa.go.kr/research/contents/speech/index04_result.jsp

제13장

북한과 세계 사이의
영화 〈불가사리〉
불가살이와 고지라, 두 원형의 경합

김성래

1. 서론

북한 예술영화 중 전설에 가까운 일들로 둘러싸인 영화가 있다. 사회주의 진영에서 최초로 제작된 괴수영화, 세계적으로 제일 잘 알려진 북한영화, 이례적으로 일본 제작진들이 북한에서 영화 제작에 참여했지만 북한에서 그 사실을 은폐하려 했던 영화, 신상옥 감독이 납북된 당시 연출했다는 영화, 그러나 그가 탈북하면서 '신상옥'의 이름이 지워진 영화, 남한의 영화관에서 최초로 공식 개봉된 북한영화, 신상옥 감독이 남한에서 저작권 소송을 올렸던 영화 등, 이와 연관된 사건들만 정리해도 영화로 만들 수 있는 영화이다. 이 영화는 바로 1985년에 북한에서 제작된 <불가사리>이다.[1]

<불가사리>는 제작 당시 국제영화제와 국제영화시장을 겨냥하고 만든 영화이다. 이 작품에 대해 김정일은 관심을 보이면서 영화 제작에 상당한 인력과 자본을 투입했고 북한 내에서 상영될 때 큰 인기를 끌었지만, 신상옥 부부가 1986년 3월 13일에 북에서 탈출하면서 이 영화는 북한영화사(史)에서 삭제되었다. 1990년대 중반부터 비디오 형태로 일본 일부 지역에 유통되다가 1998년 일본 몇몇 도시에서 공식적으로 상영되었다. 이렇게 <불가사리>가 세간에 널리 알려지면서 크게 주목받게 되었고 2000년 7월에는 남한에서도 개봉하게 된다.

1970년대에서 1980년대까지 북한은 적극적인 국제교류를 추진했다. 그중에서도 영화를 통해 해외시장으로 진출하기 위해 여러 노력을 기울였다. 이 시기에 신상옥과 최은희가 납북된 것은 북한 정부가

---

[1] 1962년 남한에서 제작한 동명의 영화 <(송도말년의) 불가사리>가 있었는데, 이 영화는 한반도 최초의 괴수영화라고 할 수 있다. 하지만 해당 영화의 필름이 남아 있지 않고 포스터만 남아 있어서 북한영화 <불가사리>와의 직접적인 연관성을 비교 연구하기가 불가능한 상태이다.

그들이 북한영화를 쇄신하고 국제영화시장으로 진출하기 위한 노력에 박차를 가해 줄 것을 기대하고 있었음은 분명하다. 특히 김정일이 북한에서 신필름을 설립할 것을 특별히 허락하면서 최고의 대우[2]를 해주었다. 신상옥도 김정일을 실망시키지 않았다. 신상옥은 과감하게 북한영화의 개혁과 해외시장 진출을 추진했고,[3] 그 결과 2년 동안 다양한 국제영화제에서 수상하게 되면서 북한영화는 세계 영화인들의 주목을 받게 되었다. 바로 이러한 분위기에 힘입어 기획단계부터 해외시장을 노리는 <불가사리>가 제작되었던 것이다.

하지만 기획의도와 달리 <불가사리>는 북한에서 오랫동안 공식적으로 볼 수 없는 작품이 되었고, 제작한 지 10여 년 만에 국제관객들과 만났다는 점이 흥미롭다. 아쉽게도 지금까지 북한 예술영화 <불가사리>에 대한 선행연구들은 이 지점에 관한 논의보다는 영화 스토리에 관한 연구가 주를 이루거나 영화미학적인 특성에 치중하고 있다. 박훈하(2004)는 영화를 18개의 서사단위로 나눠서 분석함으로 <불가사리>가 따르고 있는 영웅서사가 변곡되고 좌절되는 지점에서 주인공 아미의 희생이 갖는 필연성을 "사회주의국가들 내부에서 새롭게 생성된 모순까지 제거"해야 했다고 주장했다. 여기서 불가사리와 함께 희생된 여주인공 아미를 '대가정론'과 연결 지어 남성들에 비해 불완전한 존재로 형상화됐고 '대가정론'이 부여한 여성의 모호한 위치

---

2) "신필름은 조선영화촬영소 내 백두산 창작단 사무실을 사용하면서 북한에 존재하고 있었다. 북한에서 최고의 창작단 가운데 하나인 백두산 창작단의 사무실을 이들에게 내준 것만 해도 북한이 이들에게 최고의 대우를 해 준 것으로 여겨진다." 그 외에도 최고의 영화인과 막대한 제작비도 지원했다.(이명자,『북한영화사』, 서울: 커뮤니케이션북스, 2007, 127쪽)

3) 대표적인 사례로는 <탈출기>(1984) 도입부에 붙인 글은 빅토르 위고의 '레미제라블'에 나오는 말이나 <소금>(1985)에 붙인 성경 문구는 외국에 수출된 프린트에만 사용됐다. 북한 내에서 상영한 버전에는 그 자리에 김일성의 교시가 대신 삽입되어 있었다.(신상옥·최은희,『신상옥 최은희 비록: 우리의 탈출은 끝나지 않았다』, 서울: 월간조선사, 2001, 340쪽 참조)

를 반영하고 있다고 보았다.[4] 이지용(2018)은 <불가사리>가 이례적으로 북한영화에서 강조하는 리얼리즘에 배반되는 '환상'을 내세우는 작품으로, 그 환상의 형태와 의미를 설명하려고 했다. 특히 이 영화가 기존 북한 문화예술에서의 장르 구분에 들어맞지 않은 장르의 모호성이 있으며 그 환상의 요소들이 다중적이라는 점, 오히려 그 환상이 리얼리즘을 극대화하고 있다는 점에서 환상에 대한 논의는 북한 내에서도 더 이상 회피하기 어려운 문제라고 지적했다.[5] 엄소연(2019)은 '한국형' 괴수인 '불가사리'의 형상이 고전설화에서 출발해 소설, 영화, 그리고 현대의 웹툰, 웹무비까지 서로 다른 매체 속에서 어떻게 변주해 왔는지 살펴보면서 '불가사리'가 한국 대중문화에서 갖는 특이성을 포착했다.[6]

분명 <불가사리>는 탄생의 순간부터 이미 단순한 '민족괴수'를 넘어서는 '세계괴수'가 되기 위해 치밀한 해외 교섭이 이루어지고 있었다. 그러나 이러한 영화 제작과 해외 수출에 대한 연구가 드물고 선행연구에서는 '북한영화'라는 일국의 영화로 국한했다. 다만, 선행연구에서 반복적으로 지적하고 있는 기존 북한영화와의 차이는 바로 <불가사리>가 처음부터 국제영화시장을 겨냥하고 제작된 작품임을 방증하고 있는 증거이다. 특히 북한 내에서 상영 금지된 후 해외에 수출되면서 '불가사리'라는 괴수는 '일국의 괴수'에서 완전한 '초국가적인 괴수'가 되었다는 것을 본고에서 논증하고자 한다. 영화의 기획단계에서 제작진은 '민족성'과 '세계성'을 겸비한 괴수를 만들기 위해 전

---

4) 박훈하, 「북한의 '대가정론'과 여성의 주체 위치」, 『오늘의 문예비평』 54호, 오늘의 문예비평, 2004, 146-164쪽.
5) 이지용, 「북한 영화에서 나타난 환상의 양상 – 영화 <불가사리>의 내용적 특징을 중심으로」, 『한국문화기술』 24호, 단국대학교 한국문화기술연구소, 2018, 115-135쪽.
6) 엄소연, 「괴수 '불가사리'의 이미지 변주와 미디어 횡단성」, 『기호학연구』 60호, 한국기호학회, 2019, 59-79쪽.

통 설화 속에 있던 괴수 '불가살이(不可殺伊)'[7]와 당시 전 세계 괴수영화의 상징인 '고지라(ゴジラ) 시리즈'[8]를 두 개의 원형으로 삼았다. 민족성과 세계성이라는 두 개의 욕망은 곧바로 불가살이와 고지라 간의 경합, 또는 경쟁과 융합으로 이루어졌다. 여기서 논의의 편의를 위해 설화, 딱지본 소설에서 나오는 괴수를 '불가살이'라고, 북한 예술영화 <불가사리>에서 나온 괴수를 '불가사리'라고 표기한다. 동시에 일본의 원형 피폭괴수를 '고지라'라고 하고, 할리우드에서 리메이크한 영화 속 괴수는 '고질라'로 표기한다.

<불가사리>의 불가살이와 고지라라는 두 개의 원형, 민족성과 세계성이라는 두 욕망 사이의 경합을 설명하기 위해서는 먼저 영화 제작 전후의 북한 내·외부의 상황과 제작 배경을 정리하겠다. 그리고 영화 스토리에서 중요하게 나오는 '농기구/대장장/무기'와 '농민/쌀밥' 등 키워드에서 찾을 수 있는 '쇠'와 '쌀'이라는 요소에 대해서 논의한다. 여기서 '불가사리'의 형상을 요약하자면 '쇠 먹는 쌀 괴수'라고 할 수 있다. 이는 기존 괴수영화에는 없었던 <불가사리>만이 갖고 있는 특수한 형상으로 불가사리의 원형 중 하나인 '불가살이' 설화에서 유래했음을 짐작할 수 있다. 그렇기에 불가살이에서 유래한 '쇠'와 '쌀'이라는 두 요소를 재해석함으로 <불가사리>가 갖는 '민족성'을 재현방식과 북한 내의 상황을 통해서 확인할 것이다. 마지막으로 이 영화가 3개의 시공간에 걸쳐서 해외시장에 재등장하게 될 때 부단히 '고지라'와 동반되어서 등장하고 있다는 지점을 추적해, 태생부터 <불가사

---

7) 죽일 수 없는 괴수라는 뜻으로 경우에 따라 '不可殺爾'이라고도 표기하거나 '불을 통해서 퇴치할 수 있다'고 하여 '불可殺伊'로 이해하기도 한다.

8) 최초의 고지라 원작은 1954년에 일본 도호(東宝)영화사에서 감독 혼다 이시로(本多猪四郎)가 제작한 <고지라(ゴジラ)>이다. 그러나 할리우드에 수출되면서 Godzilla라는 이름으로 번역되어 '고질라'라는 명칭이 남한에서 통용되면서 남한에서는 일본판 고지라도 '고질라'로 번역했다.

리>에 내재된 '세계성'에 대해서도 알아본다. 현재 <불가사리>를 둘러싼 논의는 대부분 신상옥 및 최은희의 일부 증언과 북한영화사 관련 서적을 바탕으로 진행되고 있다. 김보국[9] 등 연구자들의 고증에 의하면 신상옥의 증언은 정치적 입장에서든, 시간의 격차로 생긴 기억의 편차이든 분명한 오류들이 존재한다. 그래서 본고에서는 신상옥과 최은희의 증언에서 영화적인 주장을 일부 수용하여 논의의 바탕을 구성하되 다양한 국내외 자료들을 참조, 인용하여 좀 더 다각도로 고증하도록 하겠다.

2. 〈불가사리〉 제작의 안과 밖

1970년대 초중반은 유일사상체계가 확립되고 "북한체제의 우월성과 독자성을 대내외적으로 확산시킴으로써 혁명전통의 계승을 통해 계속혁명론의 정당성을 확보함으로써 김정일로의 완전한 후계체제 확립"이라는 목표가 영화교류에도 영향을 미치면서 "이른바 적극적 영화 교류의 시기로 접어든 것이다."[10] 이전부터 북한은 소련, 중국, 동유럽 사회주의국가들과 오랫동안 영화를 포함한 다양한 문화교류

---

9) 김보국의 연구는 신상옥과 최은희의 자서전과 인터뷰에 나왔던 '부다페스트의 신필름 지사'는 없는 것으로 판단하였고 영화<칭기즈칸> 촬영을 위해 받은 300만 달러의 비용은 실제 존재했지만 이들 부부가 일부 인출하고 나머지는 빈(Wien) 계좌에 그대로 있다는 사실을 확인했다. 비록 이 연구가 주로 신상옥 부부의 탈출과정을 추적하면서 오류를 확인한 것이지만 현재로서는 다른 증언에 대해서도 비판적으로 받아들일 필요가 있다.(김보국, 「신상옥 감독과 배우 최은희의 미국 망명 관련 의문점들」, 『아세아연구』 63권 1호, 고려대학교 아세아문제연구소, 2020, 191-219쪽 참조)
10) 정태수, 「북한영화의 국제교류 관계연구(1972~1994): 소련, 동유럽을 중심으로」, 『현대영화연구』 44호, 한양대학교 현대연화연구소, 2021, 233쪽.

를 이어 왔다. 특히 북한이 보다 적극적으로 영화교류에 나선 것은 1970~1980년대 들어서이다. 1972년부터 주로 소련과의 친선교류를 추진하면서 영화감상회를 열었고 1970년대 중후반에는 동유럽 사회주의국가들과도 영화교류를 적극적으로 펼쳤으며,[11] 문화대혁명에 빠져 있던 중국에서도 <꽃파는 처녀>(1972)와 같은 작품들이 같은 해나 이듬해에 바로 더빙되어 개봉하면서 크게 이목을 끌었다.[12] 특히 <꽃파는 처녀>가 1972년 제18회 카를로비바리영화제에서 특별상을 수상하게 되면서 북한의 영화교류는 북유럽 국가들을 포함한 사회주의 진영이 아닌 국가들로도 확대되었다.[13]

1980년대 북한의 영화교류는 당시의 대외교류 방침에 따라 "사회주의국가들을 중심으로 친선을 강화하고 평화적인 모습으로 이루어"[14]지면서 대체로 1970년대의 교류형식과 비슷하다. 다만 1984년 4월 11일 '프랑스영화문헌고'에 의해 프랑스에서 '조선영화회고상영주간'이 열린 것을 계기로 『로동신문』[15]은 많은 지면을 할당해서 현지에서 높은 평가를 받았음을 알리고 북한영화의 현황을 소개했다. 그 외에도 다수의 국제영화제에서 북한영화가 수상했고 1987년에는 제1차 평양영화축전까지 개최했다. 사실 북한은 당시 여러 루트를 통

---

11) 위의 글, 233-234쪽.
12) 장동천, 「문혁시기 중국의 북한영화 수용과 신세기 전후 중국영화 속의 잔영」, 『中國現代文學』 97호, 한국중국현대문학학회, 2021, 138쪽.
13) 1973년 수교한 스웨덴, 스위스, 핀란드, 노르웨이 등에서 북한영화 감상회가 열렸다(정태수, 『북한영화의 국제교류 관계연구(1972~1994): 소련, 동유럽을 중심으로』, 237쪽 참조).
14) 위의 글, 240쪽.
15) '조선영화회고상영주간'이 시작되기 한 달 전부터 프랑스영화문헌고에서는<조선민주주의인민공화국주간>을 마련해서 북한영화를 소개했다. 여기서 프랑스영화문헌고는 영상자료원 역할을 하는 프랑스 시네마테크 프랑세즈를 의미하는 것으로 추정된다. "조선인민이 영화예술분야에서 이룩한 성과는 위대한 수령 김일성주석의 현명한 령도의 결과이다", 『로동신문』, 1984년 5월 21일.

해 공식적이든 암암리에서든 서방국가들과 교류를 해 왔었다. 1978
년에 시작된 제2차 7개년 계획에는 서방 세계와의 무역과 경제 협력
을 다짐했다.

> 1984년 9월 8일에 제8기 최고인민회의는 <합작회사경영법>, 약칭
> <합영법>을 제정했다…… 재일 동포들을 비롯한 해외 동포들과의 합작
> 도 가능하도록 명시했다…… 그만큼 북한은 해외에서, 특히 서방 세계
> 와의 경제 협력을 통해, 경제 침체 또는 경제 실패의 탈출구를 찾고자 한
> 것이다.[16]

이러한 대외적인 경제·무역의 확장 외에 신상옥이 북한에 머물고
있을 때 조선예술영화촬영소에서도 그 흔적을 확인할 수 있다. 당시
조선예술영화촬영소는 이미 어마어마한 규모를 자랑하고 있어 대규
모의 야외 세트장은 기본이고 미국의 대형 영화사에서 사용하는 최신
기자재로 영화 촬영과 제작을 진행하고 있었다. 그리고 필름 중 일부
는 수입산을 사용했고, 필름 현상도 비(非)사회주의진영 국가들의 기
술력에 의존하고 있었다.[17] 또한 평양에는 시대와 진영을 막론하고
세계 각국의 방대한 영화 필름을 보관하고 있는 '영화문헌고'까지 있
었다.[18]

---

16) 김학준, 『북한50년사: 우리가 떠안아야 할 반쪽의 우리 역사』, 서울: 동아출판사,
   1995, 366쪽.
17) 조명 시설도 TV방송국 스튜디오처럼 완전 자동화되어 있는 등 신상옥도 감탄을
   금하지 못했다. 또 영화 제작에 있어서도 김일성 관련 극영화에는 미제 코닥필름
   이나 일제 후지필름을 사용하든지 혹은 이를 서독이나 일본에 보내 한꺼번에 수
   백 본씩 현상해 오기도 한다(신상옥·최은희, 『신상옥 최은희 비록: 우리의 탈출
   은 끝나지 않았다』, 279-284쪽 참조).
18) 영화문헌고에는 15,000여 편의 필름을 소장하고 있었고 할리우드의 필름은 기본
   이고 남한 필름도 있었으며, 심지어 신상옥이 남한에서 제작했지만 본인도 갖고
   있지 않은 <빨간 마후라>(1964)의 원본이 여기에 소장되어 있었다. 그러나 이곳
   은 거의 김정일만 자유롭게 사용할 수 있었는데, 신상옥은 불법으로 들여온 필름

이러한 북한 내외의 복잡한 상황 속에서 <불가사리>는 처음에는 북한 주민을 대상으로 한 대내 선전용 영화라는 성격과 세계에 선보일 북한표 블록버스터라는 대외 선전용 영화의 성격이 결합된 것으로 기획·제작하게 된다. 북한에 있는 동안 신상옥 감독이 실제로 영화활동을 한 기간은 2년 정도이고, 이 동안 <돌아오지 않은 밀사>(1984)를 시작으로 <불가사리>까지 총 7편의 영화를 직접 제작했고 그 외에 13편의 영화를 제작 지도했다.[19] 1985년 여름부터 신상옥은 괴수영화 <불가사리>와 무협영화 <홍길동>(1985)[20]을 동시에 촬영하기 시작했고, <불가사리>의 제작에 있어서 특수촬영이 필요했기에 김정일의 허가를 받고 일본 도호(東寶)영화사 특수촬영팀을 북한으로 초청했다. 처음 초청했을 때 순조롭지는 못했지만 신상옥은 일본 현지 영화계 동료들을 동원해서 결국 일본 특수촬영의 제1인자인 나카노(中野) 감독 등 6명을 북한으로 초대해 약 7개월 동안 머물면서 같이 작업을 했다.[21]

<불가사리>가 상대적으로 순조롭게 제작될 수 있었던 것은 이 시기에 북한에서 고전문학을 영화화하는 '민족고전물'이라는 영화 장르가 크게 주목받고 있었다는 사실을 상기해야 한다. '민족고전물'의

이 대부분일 것으로 추측했다(위의 책, 291쪽 참조).

19) 신상옥·최은희, 『신상옥 최은희 비록: 우리의 탈출은 끝나지 않았다』, 340쪽.

20) 신상옥이 탈북 이후 북한에서는 <불가사리>을 포함한 대부분 신상옥의 작품에 관련된 내용을 대거 삭제했다. 1987년 『영화연감』에서 외국인들이 북한영화에 대한 반응을 정리한 글에서 소련영화대표단 단장이 영화 <홍길동>(신상옥이 제작 지도)에 대해 높게 평가했다고 짧게 언급했다.("조선영화는 사상예술성에 있어서 조금도 흠잡을데가 없는 완전히 성공한 예술작품이다", 『조선영화년감(1987년)』, 평양: 문예출판사, 1987, 53쪽.) 이렇게 비슷한 시기 신상옥이 참여한 작품의 흔적을 북한에서 찾아보기 어려운 만큼 관련 북한 자료를 수집하는 것을 추후 과제로 남기겠다.

21) 신상옥·최은희, 『수기: 조국은 저 하늘 저 멀리(하)』, 서울: 행림출판사, 1988, 327쪽.

핵심은 "'역사주의 원칙과 현대성의 결합'이라는 것이다. 즉 고전을 영화화할 때 우리가 흔히 전통적인 특징이라고 하는 면을 살리면서도 그것을 현대적 의미로 해석하여 보여 주는 것이 중요하다는 의미일 것이다."[22] 이러한 민족고전물들은 크게 두 가지 경향으로 구분할 수 있는데 하나는 액션영화의 재부흥과 함께 등장한 '전통액션활극'이고, 다른 하나는 전통 민담, 설화를 영화화한 경우이다.[23] 후자에 속하는 작품이 바로 <사랑 사랑 내사랑>(1984), <불가사리>와 같은 작품이다.

당시 『춘향전』을 원작으로 한 <사랑 사랑 내사랑>을 보고 김일성은 대단히 만족해하면서 "우리나라 고전문학들을 이런 식으로 하게 되면 외국에도 자연스럽게 우리 것을 많이 멕이고 소개도 할 수 있다"[24]고 신상옥을 격려했다. 이 부분이 흥미로운 것은 과거에 김일성은 「춘향전에 대한 교시」에 "춘향전은 이 계급간의 남녀 사랑을 취급한 것이기 때문에 지금 젊은 세대에게는 도움이 안되는 작품입니다"라고 지적해 오랫동안 북한에서 다룰 수 없었던 고전작품이었다는 '기정사실'을 엎은 격이기 때문이다.[25] 이 시기에 신상옥이 연출하거나 지도한 고전문학 원작 영화들이 대거 제작되었고, "베를린영화제 기간 동안 비경쟁부문인 필름마케팅에 북한 매대를 설치하고…… <사랑 사랑 내사랑>, <심청전>(1985), <홍길동>(1985), <불가사리> 필림을 팔아보려고"[26] 하는 등 세계에 북한영화와 고유의 고전문학을 알리는 데에 심혈을 기울였다. <사랑 사랑 내사랑>은 이미 김일성뿐만 아니라 김정일도 상당히 흡족해하면서 해외에 전파할 것을 지시하면서

---

22) 이명자, 『북한영화사』, 147쪽.
23) 위의 책, 145쪽.
24) 신상옥・최은희, 『수기: 조국은 저 하늘 저 멀리(하)』, 262쪽.
25) 최은희・이장호 엮음, 『영화감독 신상옥: 그의 사진풍경 그리고 발언 1926~2006』, 파주: 열화당, 2009, 117쪽.
26) 위의 책, 340쪽. 영화 연도는 인용자.

신상옥에게 앞으로 외국에 수출하는 작품은 국내 상영을 고려하지 말고 대담하게 찍어도 좋다고 주문했다.[27] 사실 김정일은 예술에 대해 상당한 자질이 있었기에 영화를 직접 검열하고 북한 내에서의 비평도 그의 비평에 따를 수밖에 없는 구조를 조성했는데,[28] 이러한 북한의 실정 속에서 김정일이 신상옥에게 상대적으로 자유로운 창작권한을 준 것이 상당히 파격적인 제안임을 알 수 있다.

<사랑 사랑 내사랑>에 대한 김정일의 애착은 필름 수출에서도 확인할 수 있다. 당시 남북회담을 앞두고 김정일은 첫 문화예술 교류를 영화로 하고 싶어 남한에 <사랑 사랑 내사랑>을 선물로 보내겠다고 신상옥과의 면담에서 말했다. 또 필름 복사를 6부 하기로 한 것을 200부로 대폭 늘리면서 다음과 같이 지시했다. "소련 원동에 있는 조선사람들, 그 다음에 중앙아시아에 있는 조선사람들, 중국 동북에 있는 조선민족들, 이거 많이 선전해야 합니다. 우리는 그런 문학이 없는 민족이고 이렇게 생각하기 때문에 이젠 다들 보게 하고 자꾸 내보내는게 좋습니다."[29] 이 대목에 확인할 수 있는 것은 민족고전물을 해외로 수출할 때 제일 먼저 고려되는 대상 관객은 재외동포들이라는 점이다. 즉 <불가사리>는 비록 일본 '고지라'의 기술진의 도움으로 제작되었지만, 그 출발은 '민족고전'을 세계에 알리는 것에서 시작해 해외동포들을 제일 먼저 겨냥했다. 해외동포들이야말로 '민족성'과 '세계성'을 겸비한 관객층이라는 점을 상기하면 충분히 이해할 수 있는 지점이다.

이러한 맥락에서 탄생한 <불가사리>는 "국내 상영을 고려하지 않아도 된다"는 김정일의 지시 이후에 만들어졌고 <고지라> 시리즈처

27) 최은희·이장호 엮음, 『영화감독 신상옥: 그의 사진풍경 그리고 발언 1926~2006』, 267-269쪽.
28) 신상옥·최은희, 『수기: 조국은 저 하늘 저 멀리(하)』, 72쪽.
29) 위의 책, 264쪽.

럼 해외에서 주목받는 괴수 캐릭터를 선보이는 실험작이다. 그럼에도 불구하고 이 작품도 결국 대내 선전적인 성격도 겸비한 작품이라는 것을 간과할 수 없다. 특히 많은 선행연구나 관련 자료에서 <불가사리>가 신상옥의 탈출로 북한에서 상영되지 못하고 일본에서 최초 공개되었다고 언급하면서 북한 내에서 <불가사리>의 상영 여부에 대한 주장이 엇갈린다. 비록 현재로서는 북한 내의 영화사 기술에서 삭제된 작품인 것은 맞지만 평양연극영화대학 출신의 드라마 작가 정성산의 증언 등을 확인한 결과, 실제 상황은 북한에서 상영된 바가 있다는 것이다. 정성산(2000)의 말에 의하면, <불가사리>는 북한의 첫 괴수영화라는 점에서 북한의 영화예술론에 어긋나는 작품으로 여러 차례 심사와 검토를 거치면서 처음에는 당 간부들만 볼 수 있었던 영화여서 대중의 호기심만 자극했다. 그러나 신상옥이라는 특례가 있었기에 일반 극장에서도 상영하게 되었는데 당이 조직했던 영화 관람보다도 더 많은 사람이 자발적으로 극장에 몰려서 <불가사리>를 관람했고 여러 차례 다시 관람하는 관객도 있었다. 여기에 북한의 최고의 역사 고전물 작가 김세륜이 영화문학(시나리오)을, 최연소 조선영화촬영소 연출가(감독)인 장건조가 연출을 맡는 등 북한 최고의 창작가들이 모였고, 이미 일전에 신상옥 감독의 작품에서 '춘향'과 '심청'을 맡았던 배우 장선희가 여주인공 아미 역으로 발탁된 것도 인기에 한몫을 했다.[30] 그만큼 북한 내에서도 <불가사리>는 상징성과 파급력을 갖는 작품으로서 북한적, 조선(한)민족적인 요소, '반봉건사상'을 선전할 수 있는 중요한 '민족성'을 갖는 작품이기도 하다.

---

30) 정성산, 「불가사리: 평양 1985년, 서울 2000년」, 「KINO」 2000년 8월호, 186쪽.

3. 쇠 먹는 쌀 괴수

현재 우리가 접할 수 있는 <불가사리>는 신상옥의 탈출과 대외 수출 등의 이유로 수정되었을 가능성이 있어서 완전한 '신상옥 버전'이라고 장담하기는 어렵다. 그리고 북한의 저작활동은 단체단위로 이루어진 것을 감안해서 남한에서도 그 창작 주체를 신상옥이 아닌 북한의 '신필름영화촬영소'로 판결했기에[31] 현재의 <불가사리> 버전과 신상옥의 증언으로 당시의 상황을 완전히 파악할 수는 없는 것이 현실이다. 그렇지만 이 영화가 선천적으로 갖고 있는 '민족성'은 이 작품에 녹아 있는 '불가살이'라는 원형을 통해서 어느 정도 추적할 수 있다.

불가사리와 불가살이는 모두 '쇠 먹는 쌀 괴수'이다. '쇠'라는 요소는 불가사리 이야기와 원형으로서의 '불가살이'에 내포되어 있는 핵심적인 요소이다. 구비문학 특성상 전해지는 이야기마다 조금씩 다르지만 대체로 설화 속의 불가살이는 코끼리, 곰, 호랑이 등 맹수들의 혼합체로 묘사되고 쇠를 먹어 성장한다는 서사도 동일하다. 그리고 영화 <불가사리>와 비슷하게 불가살이가 처음으로 먹은 것이 바늘이었다는 점과 사람들이 불로 이 괴수를 퇴치하려고 시도했다는 점도 유사하다. 1921년 현병주의 딱지본 소설 『숑도말년 불가살이젼』에서도 '쇠'는 굉장히 중요한 요소로 묘사되었다. 이 소설 속 불가살이는 동방

---

31) 남북 간의 저작권 분쟁사례로 '신필름사건'을 들 수 있다. 이 사건은 영화감독 신상옥이 홍콩에서 납북(1978년)된 후 북한에서 촬영한 영화 "사랑 사랑 내사랑"(1984년 작)과 "불가사리"(1985년 작)에 대해 영화 제작자로서의 권리를 주장하면서 일본을 통해 수입된 위 영화의 방영금지 가처분신청을 남한 법원에 제기한 것이다. 법원은 '신필름사건'에서 신상옥 감독 개인에게 우리나라의 저작권 법상의 영상제작자 또는 영상 저작자로서의 권리를 인정하지 않고 신상옥의 소속 기관이었던 북한 '신필름영화촬영소'를 영화 제작자로 인정하였다.(최은석, 「'신필름사건': 북한 영화 '불가사리'와 신상옥 감독」, 『통일한국』 313호, 평화문제연구소, 2010, 85쪽)

청제의 신자(臣子)로 설정되었는데 소설 후반부의 내용은 다음과 같다. 불가살이는 이성계의 조선 건국을 도운 후 쇳덩이가 되었고 이를 세종이 발견하여 위에 새겨진 문자를 보고 언문(諺文)을 창제한 뒤 쇳덩이를 녹여 종을 만들었다.[32] 특히 흥미로운 점은 이 소설에서 불가살이는 한반도를 떠나 세계 각국의 전쟁터에 있는 무기를 모조리 먹고서야 다시 돌아오는 여행을 했다는 점이다. 이러한 '세계평화'와 괴수를 연결 짓는 모티프는 영화 <불가사리>에서도 나온다. 신상옥은 <불가사리>를 다음과 같이 평가했다.

> "다양한 해석이 가능한 이야기다. 이 작품을 보고 계급투쟁을 그린 작품이라고 해석하는 사람도 있는 모양이지만, 내가 의도한 것은 강대국들의 핵무기 경쟁에 대한 경고였다. 전쟁을 승리로 이끄는 데는 크게 기여를 했지만, 전쟁이 끝난 후에는 오히려 평화로운 삶을 위협하는 존재로 변해 버린 괴물 '불가사리'의 한없는 식욕은 곧 '군비경쟁'을 상징한다."[33]

이러한 신상옥의 언급은 비록 불가사리가 '고대'와 '농촌'을 배경으로 하고 있지만 동시에 전쟁과 '핵', '냉전'의 메타포를 품고 있음을 알 수 있어 '세계평화'라는 보편적인 세계성과 연결 지을 수 있다. 이는 또 1985년 북한이 소련의 요구에 따라 핵확산금지조약에 가입한

---

32) 여기서 불가살이는 파괴적인 괴수가 아닌 상서로운 신수의 형상으로 등장한다. 이는 당시 일제강점기에 검열을 피하기 위해 소설의 내용이 꾸며낸 이야기임을 여러 차례 강조하고는 있지만, 신수를 통해 한반도라는 땅에 대해 조선이 갖고 있는 정당성을 표현하려고 우회적으로 설화를 차용해 온 것이라고 볼 수 있다. 여기서 '쇠'라는 요소는 조선 건국을 신화화하고 그 정통성을 부여할 뿐만 아니라, 백성들로 하여금 자기 민족의 문자를 갖게 함으로 문명과 교화의 역할까지 하고 있다. (현병주, 조재현 옮김, 『불가살이전』, 서울: 지식을만드는지식, 2017, 167-171쪽 참조)
33) 최은희·이장호 엮음, 『영화감독 신상옥: 그의 사진풍경 그리고 발언 1926~2006』, 120쪽.

것과 어느 정도 관련된다고 볼 수 있다. 북한 탈출 이후 신상옥이 핵실험을 강행하는 북한의 모습이나 북한의 핵 위협을 통한 정치외교 행위에 대한 상당한 회의감을 드러내고, 여러 핵보유국에 대해 비판을 가했던 사실은 이러한 해석에 설득력을 더해 준다. 즉 이 영화에서 쇠라는 요소가 적극적으로 반핵, 반전이라는 테마와 직접적으로 이어질 수 있었던 것은 북한 내의 체제적인 선택과 감독인 신상옥의 가치판단이 어우러진 결과라고 볼 수 있다.

'쌀'은 '쇠'의 연장선에 놓여 있는데, 기타 괴수영화와 분명하게 구분되는 점으로서 <불가사리>가 '불가살이'라는 원형과 긴밀하게 연결되어 있음을 보여 주는 요소이다. '쌀'은 한반도에서 중요한 식량으로 현병주의 소설에서도 등장한다. 소설에서 이성계를 숭앙하는 백성들이 다시 태조를 못 볼까 봐 자발적으로 밥을 '이(李)밥'이라고, 팥을 '이(李)팥'이라고 부르기 시작했다며[34] '이밥'의 어원을 신화화했다. 그리고 북한에서 1978년에 '제2차 7개년 계획'을 시작해 1984년에 끝내면서 이 동안 대외무역 외에도 생산과 건설에서는 속도전을 요구했고 농업에서는 김정일 농법을 사용했다. 그러나 추진 과정에서 차질이 생기게 되면서 식량난은 완전히 해결되지 못했고 김일성은 "쌀이 곧 공산주의"라고 외치며 식량 증산을 독려했다.[35] 더불어 1984년에 남한의 수해피해에 대한 구조물품 중에 큰 비중을 차지한 것이 쌀이었다. 그만큼 '쌀'은 북한, 나아가 한반도에서 생존과 평화를 의미하는 중요한 작물이다.

쇠와 쌀의 관계는 기본적으로 농기구와 생활기구로서의 '쇠'를 통해 '쌀'과 같은 농산물을 생산할 수 있고 그 농산물을 다시 조리하여

---

34) 현병주, 『불가살이전』, 60쪽.
35) 김학준, 『북한50년사: 우리가 떠안아야 할 반쪽의 우리 역사』, 337-338쪽.

농민들의 음식물로 만들 수 있다는 데에 있다. 영화 <불가사리>에서는 '쌀'은 불가사리의 제작원료이고 '쇠'는 불가사리의 빠른 성장을 돕는 '괴수만의 음식'이다. 그러나 여기서 주목해야 할 지점은 '쌀'로 불가사리의 원형이 만들어졌으나 그에게 생명을 불어넣은 것은 아버지인 대장장 탁쇠[36]의 '원혼(冤魂)'과 딸 아미의 '피'가 있기에 가능했다는 것이다. 신상옥은 "사람이 인형 속에 들어가 연기하는 것이 어설프게 보이기도 하겠지만, 그런 점이 오히려 '불가사리의 따뜻한 인간미'로 느껴지기도 한 모양이다"[37]라고 자평했다. 이런 '인간미'가 가능했던 것은 일본에서 시작된 괴수 슈트를 쓴 인간이 연기하는 이족보행의 괴수[38]라는 것과 더불어 한반도 사람들에게 중요한 음식인 쌀로부터 오는 친근감으로도 이해할 수 있다. 무엇보다도 중요한 것은 기존 설화에서 불교 탄압에 대한 반항을 표현하기 위해 괴수를 만든 제작자가 승려로 되어 있는 것과 달리 이 영화에서는 제작자를 노동자이자 혁명가 부녀(父女)로 교체했다. 그리고 제의적으로 그들의 혼과 피가 들어간 불가사리는 아미 남매와 직접적으로 교감과 소통을 하면서 기존의 설화와 기타 괴수영화의 파괴적인 형상을 벗어나 더욱 관객

---

36) 신상옥은 '닥세'라고 기록하고 있지만 한국영상자료원의 한국영화데이터베이스에는 '탁쇠'로 표기하고 있고 대장장이라는 신분으로 미뤄보아 '탁쇠'가 더욱 정확한 것으로 보여 본고에서는 '탁쇠'로 표기한다(한국영화데이터베이스, <불가사리>, https://www.kmdb.or.kr/db/kor/detail/movie/F/07180 (검색일: 2022년 2월 1일) 참조).

37) 신상옥, 『난, 영화였다: 영화감독 신상옥이 남긴 마지막 글들』, 서울: 랜덤하우스, 2007, 137쪽.

38) 일본의 '고지라'만 보아도 일반 파충류처럼 사족보행 하는 '서양 괴수들'과 달리 이족보행은 기본이고 <괴수섬의 결전: 고지라의 아들>(1967)과 같은 작품에서는 귀여운 고지라의 아들이 등장하고 그 아들을 교육하고 보호하는 부모로서의 고지라가 등장한다. 남한의 괴수들도 유사한 점이 있는데, <대괴수 용가리>(1967)는 처음부터 아동영화로 제작된 만큼 큰 몸집으로 서울을 파괴하고 있는 용가리가 간지럼을 타면서 변주된 아리랑에 맞춰서 트위스트를 추는 모습은 할리우드식 괴수영화에서 쉽게 볼 수 있는 장면은 아니다.

들에게 친근하게 와닿게 된다. 그렇기에 불가사리와 아미의 관계는 물장난하는 악동 같은 불가사리와 그를 보살피는 어머니 같은 아미라는 모자(母子) 관계의 모습과 불가사리가 자신을 희생해 아미를 보호하려는 부녀(父女) 관계의 모습을 동시에 볼 수 있다. 특히 아미를 구하기 위해 불가사리가 무릎을 꿇기도 하고 공격당했을 때 붉은 피[39]를 흘리며 함정인 것을 알면서도 아미를 위해 헌신하는 모습에서 불가사리와 아미의 연대감을 엿볼 수 있다.

더 나아가 이 영화에서의 불가사리에게는 신상옥 감독이 주장한 '인간미'를 넘어서 좀 더 반려동물에 대한 감정, 나아가 '소'라는 가축에 대한 감정으로도 연결된다. 영화에서 불가사리가 손바닥만 한 작은 사이즈로 시작해, 쇠붙이를 먹으면 먹을수록 커져 산처럼 '성장'하는 과정을 볼 수가 있다. 강아지의 '낑낑'거리는 소리에 가깝던 불가사리의 울음소리가 영화 시작과 결말에서 나오는데 기존 '거대 괴수'의 이미지와 완전히 동떨어진 울음소리이다. 이러한 비(非)괴수적인 형상은 원본에 대한 하나의 새로운 돌파구로서 '쌀', 나아가 이 곡물을 생산하는 북한(한국)적인 가축 '소'라는 형상에서 그 단서를 찾아볼 수 있다. 기존 설화나 소설에서 대체로 '불가살이'는 소의 꼬리나 발톱을 갖고 있고 머리는 맹수의 머리를 하고 있는 것으로 묘사되지만, '소의 머리'를 하고 있는 경우는 드물다. 여기에 일본의 <고지라>나 남한의 <(송도말년의) 불가사리>(1962), <대괴수 용가리>(1967) 등 작품 속 괴수들이 모두 파충류에 가까운 형상을 하고 있다는 점을 상기해보면 1985년 북한의 <불가사리>가 얼마나 특별한지 알 수 있다.

"불가사리는 농민의 편이므로 소 같은 모양을 해야 이치에 맞는다

39) 괴수영화에서 나오는 대부분 괴수는 파충류의 형상을 하고 있고 또 그 위험성을 나타내기 위해 푸른색 계열의 피로 묘사되면서 그 피에서 방사선, 바이러스를 내뿜거나 건물과 인체를 부식시키는 경우가 많다.

고 지적한 것도 김정일이었다"[40]는 신상옥의 언급에서 '소'의 머리를 하고 있다는 것은 처음부터 의도적인 선택임을 알 수 있다. 한편으로 '소'라는 동물은 영화의 배경인 농경사회에서는 둘도 없이 중요한 가축이다. 그렇기에 소가 갖는 특성은 일반적인 반려동물인 강아지나 고양이가 갖고 있는 '반려'의 성격을 넘어 '생산', 나아가 '생존'까지 직접적으로 연관된다. 다른 한편으로는 북한의 사회적 상황을 파악할 필요가 있는데, 다른 가축들에 비해 소는 북한에서 상대적으로 좀 더 중요한 지위를 갖고 있다. 1960년대부터 북한에서는 축산의 중요성이 부각되었고 1980년대에 이르러 상당히 고조되었는데 그중에서도 '소'만은 완전히 국영, 도영의 협동농장에서 일괄적으로 관리했고,[41] 경우에 따라 군수물자로도 등록된다. 즉 북한에서 소는 농업의 '쌀'의 생산량에 직접적으로 연결될 뿐만 아니라 군수물자로서 농민과 사회의 안위나 존망까지 영향을 미칠 수 있다.

또한 이 영화에서 불가사리는 주인공 아미와 갖는 유대관계가 지배적이고 그 주변에 있는 인물과 사물에 대해서는 적아(敵我)를 명확히 구분하지 못하고 무기와 농기구를 가리지 않고 식탐만 부리는 '동물'적이고 본능적인 모습을 강조한다. 보는 시각에 따라 상서로운 동물이나 영웅으로 보이면서도 골칫거리나 공포의 대상으로도 보이기에 '구세주'와 '원수'라는 상충되는 이미지가 아이러니하게 공존한다. 이는 원형인 불가살이도 갖고 있었던 특징이다. 불가살이는 "지배 · 피지배, 권력 · 무권력, 상층 · 하층과 같은 계층 간의 대립의식과는 거리가 멀다. 양자 모두 피해를 입는 상황을 연출하고 있어서 특별한 계

---

40) 최은희 · 이장호 엮음, 『영화감독 신상옥: 그의 사진풍경 그리고 발언 1926~2006』, 111쪽.
41) 변홍상, 「북한의 축산정책과 그 실태」, 『北韓』 238호, 북한연구소, 1991, 160-162 쪽.

층 간의 대립의식은 '불가살이'와 관련이 없"고 "개인의 힘으로 해결할 수 없는 전체적인 사회행태"[42]를 전제로 하고 있다. 영화에서도 결말로 이르기 전까지는 불가사리의 '인간적'인 요소와 아미와의 유대관계를 강조해 백성들에게 무기로서의 공포보다는 친근감을 부각하여 관객들로 하여금 애착을 느끼게 함으로써 민족성에 대한 공명을 이뤄내려고 한다. 당연히 여기서의 민족성은 조선(한)민족적인 것에 더불어 민중적이고 북한적이며 사회주의적, 주체사상적인 것이다.

그렇다면 이 연장선에서 두 개의 질문을 던질 수 있다. 하나는 "부드러운 쌀로 만든 괴수가 왜 쇠로 만든 갑옷을 입은 것처럼 검고 두꺼운 피부를 가졌을까?"이고, 다른 하나는 "왜 불가사리는 결말에서 소멸되어야만 하는가?"이다. 원형적으로 불가살이는 "쇠톱 모양의 이빨과 쇠침 같은 털"[43]을 갖는다고 했지만 영화 <불가사리>에서는 이 대목을 더욱 급진적으로 풀이할 수도 있다. 이는 '쌀'이 상징하는 '농민'이 '쇠'로 무장된 군인, 정확히는 봉건왕조의 탄압에 저항하려는 '반봉건 농민저항군'으로의 전환을 의미한다. 그래서 불가사리의 성장과정은 농민저항군이 주인공들과 무고한 백성들이 부단히 위험에 빠지는 상황을 목격함으로 혁명적으로 각성해 나아가는 모습으로 풀이할 수 있다. 그러나 <불가사리>가 북한 내에서 논란이 되었던 부분 중 하나가 "영화미학이 반사회주의적"[44]이라는 점인데 주인공이 근로

---

42) 김보영, 「불가살이설화」, 화경고전문학연구회 편집부 엮음, 『설화문학연구(하)』, 서울: 단국대학교출판부, 1998, 651쪽.

43) 김보영, 「不可殺伊 傳說研究」, 『도솔어문』, 6호, 단국대학교 인문대학 국어국문학과, 1990, 57쪽.

44) 정성산은 이론적 근거로서 『영화예술론』(김정일, 1973년 4월 11일)의 "……조선영화는 근로인민 대중의 혁명의식을 흐리게 하는 종교, 미신, 공상과학 분야에 대해 늘 경계심을 가지고 대하여야 하며, 특히 민족 고전물에서의 역사의식을 사회주의적 내용과 형식에 맞게 형상화하여야 한다."라는 부분과 1980년대 초반 북한의 최대 전쟁영화인 <월미도>가 김정일의 교시에 의해 대사를 수정한 사건을 예

인민 대중이 아니라 가상의 괴수라는 점에서 위험하고 불온한 설정이었다는 것이다. 그렇기에 영화 결말 부분에서 특이하게 승리를 거두고 평화의 시대가 도래했지만, 불가사리의 멈출 수 없는 식탐으로 곡소리하는 백성들의 모습을 보여 준다. 그러자 주인공 아미는 "고맙던 구세주가 무서운 원수"가 되었다면서 이러다가 본국의 쇠붙이를 다 먹고 나면 다른 나라의 '쇠'도 탐낼 것이고, 그러면 전 세계가 전쟁에 빠질 수밖에 없으니 "제발 사라져다오"라고 외우면서 자기 몸을 희생해 불가사리를 소멸한다. 혁명이 끝나는 순간까지만 해도 불가사리는 분명 영웅이었고 실제로 여기까지는 영웅서사를 따르고 있지만,[45] 불가사리가 식탐을 억제하지 못하면서 '영웅' 형상이 좌절된다. 이러한 <불가사리>의 반사회주의적 영화미학을 제거하기 위해 불가사리의 죽음은 필연적일 수밖에 없다. 특히 영화는 신체가 폭파된 뒤 다시 새끼가 된 불가사리가 아미를 향해 아장아장 걷다가 빛이 되어 아미를 부활시키면서 끝난다. 여기서 아미는 자신을 희생해 불가사리를 소멸했지만 새끼 불가사리는 또다시 자신을 희생해 아미를 부활시키는 순환구조를 보여 준다. 이는 '불가사리=아미'의 형태로 환상의 영웅인 불가사리의 문제점을 상쇄하면서 다시 혁명의 주체를 근로인민 백성으로 돌려놓은 것이다. 이렇게 <불가사리>는 민족고전에서 출발하여 치밀한 기획과 제작을 통해 민족성을 전면에 내세우면서 선전적인 목적을 달성하려고 했다.

시로 들어서 이 부분을 논증했다(정성산, 「불가사리: 평양 1985년, 서울 2000년」, 188쪽 참조).

45) 대장장 탁쇠와 농민저항군의 수령이던 인대는 긍정적인 인물로 그들이 다 못한 혁명을 불가사리가 이어나가고 있고 결국 혁명을 완수하고 있는 점에서 충실히 영웅서사를 따르고 있다고 볼 수 있다.(박훈하, 「북한의 '대가정론'과 여성의 주체 위치」, 157-158쪽 참조)

4. 세계로 나아간 〈불가사리〉

〈불가사리〉의 스토리는 설화 '불가살이'와의 긴밀한 관계성을 보여 주고는 있지만 영화 제작에 있어서는 '고지라' 시리즈에 뿌리를 두고 있다. 김정일과 신상옥은 세계시장을 겨냥하기 위해 이미 완성된 고지라의 영화미학을 적극 답습하면서 〈불가사리〉에 '세계성'을 부여하고자 했다. 주목해야 할 지점은 고지라 시리즈가 1990년대부터 〈불가사리〉의 해외 수출에 있어서 일본－미국－남한을 이어주는 중요한 단서로 동반해서 등장한다는 사실이다. 〈고지라〉와 할리우드의 다양한 피폭괴수(被爆怪獸)들은 대부분 '핵'에 대한 상상과 공포의 메타포의 산물이다.[46] 이는 냉전의 편집증에서 오는 내러티브로 "완전한 타자로서의 적, 그러므로 절멸만이 가능한 외계인, 뮤턴트, 괴수들은 저쪽 진영의 적, 타협의 여지가 없는 냉전의 적의 형상화로서 가능하였다".[47] 이러한 절대적 타자, 상대방 진영에 대한 전멸과는 조금 다르지만 앞서 논의한 것과 같이 냉전의 편집증과 전쟁에 대한 공포, 평화에 대한 기원이라는 지점에서는 〈불가사리〉도 괴수영화들의 문법을 답습하고 있음을 알 수 있다. 그리고 이것을 영화에서는 또다시 불가사리의 '불가살이'적인 원형에 있었던 '쇠'라는 요소와 적극적으로 결합하여 활용된다.

영화에서는 의도적으로 불가사리 자체를 '무기'나 적의 무기에 저

---

46) 이영재는 1950년대의 〈심해에서 온 괴물〉(유진 로리 연출)와 〈고지라〉에서 2010년대의 괴수영화까지를 언급하면서 1953년 '핵의 평화이용' 선언 등 일련의 움직임이 핵에 대한 상상 자체가 '파괴와 죽음의 무기/풍요와 번영의 에너지'라는 이중성을 갖고 있고, 현재로서는 그 분할선 마저도 붕괴해 가고 있는 것이라고 논증했다.(이영재, 「1950년대 미국과 일본의 괴수영화와 핵－지구, 블록, 국가의 착종」, 『사이間SAI』 25호, 국제한국문학문화학회, 2018, 75쪽 참조).

47) 위의 글, 48쪽.

항할 수 있는 '최종병기'로 형상화하려고 했던 것을 확인할 수 있다. 나라에서 불가사리를 퇴치하기 위해 만든 '최종병기'인 사자포와 장수포는 "큰 철통에 화약을 가득 채워 산 하나쯤은 날릴 수 있다"고 묘사했는데, 이러한 묘사는 핵폭탄을 연상케 한다. 그만큼 불가사리를 처치하려면 기존에 요괴나 괴수들을 퇴치할 때 쓰이는 불이나 무당의 힘으로는 부족하고 실제로 무기, 나아가 '최종병기'로 퇴치해야만 가능하다는 발상이다. 그러나 불가사리는 이 '최종병기'들이 발사한 탄약을 삼키거나 삼킨 탄약을 역으로 내뱉어 공격하고 주먹으로 성벽을 마구 무너뜨린다. 심지어 전쟁이 끝나는데도 배고픈 불가사리가 대포들을 먹어 버림으로써 '최종병기'를 넘어서는 절대적인 무기에 가까운 존재가 되어 버린다. 이 사례에서 보다시피 '민족성'을 의미하는 '불가살이'와 '세계성'을 의미하는 '고지라'는 동전의 양면처럼 대립하고 경쟁하고 있지만 동시에 하나로 융합되어 있어서 불가분의 관계임을 알 수 있다. 사실 한 영화나 영화 캐릭터의 민족성을 포착하기는 쉬우나 그것들의 세계성을 가시적으로 확인하는 것은 어려운 일이다. 그렇기에 <불가사리>의 세계성과 두 욕망의 경합 관계를 좀 더 확인하기 위해서 이 작품과 관련된 3개의 중요한 '시공간'을 추적할 필요가 있다.

첫 번째로 추적할 것은 북한이 서방국가와 적극적으로 영화교류를 추진했던 시기이자 <불가사리>가 만들어진 1985년 전후이다. 1975년에 <메카고질라의 역습(メカゴジラの逆襲)>을 마지막으로 쇼와(昭和) 시대의 고지라가 끝났다가 1984년 초기작과 동명인 <고지라>가 "The Return of Godzilla"라는 영문명으로 해외에 소개되면서 고지라 시리즈의 새로운 시작을 알렸다. 이 작품은 고지라 시리즈의 30주년 기념작이면서도 오랫동안 난발되던 후속작들의 혼잡한 설정을 뒤엎고 다

시 1954년 초기작의 세계관으로 귀환하는 작품이기도 하다. 무엇보다도 중요한 것은 1984년 작의 고지라 분장을 맡은 배우 사쓰마 겐파치로(薩摩劍八郎)[48]가 불가사리를 연기했다는 사실이다. 다시 말해 민족의 영웅 괴수인 '불가사리'를 연기한 사람이 일본인 배우였다는 점을 상기하면 참으로 아이러니한 사실이다. <불가사리>도 당시의 고지라 시리즈처럼 미니어처와 괴수 슈트를 사용하는 특수촬영 기법을 사용했다. 특촬에 있어서 괴수 연기 자체는 강한 정신력과 체력, 숙련된 스킬이 필요하고 유난히 육중한 '불가사리'를 표현해 내야 했기에 이미 다수의 괴수 슈트를 입고 연기한 경험이 있는 사쓰마 겐파치로가 발탁되었던 것이다.[49] 여기서 일본 제작진을 북한으로 초청하고 향후 해외 수출에 있어서 중요한 역할을 한 조력자는 조총련(재일본조선인총연합회)을 중심으로 하는 일본 동포들이다. 조총련은 여러 분야에서 북한이 해외와 접촉할 수 있는 기회를 마련해 주었는데 신상옥의 추론에 따르면 이미 이전부터 조총련은 김일성, 김정일 부자를 위해 일부 해외 영화 필름을 구해주는 역할도 하고 있었다. 그리고 신상옥도 북한에 있을 때 평양영화축전을 개최하기 위해 조총련을 통해 재일한국민주회복통일촉진국민회의(한민통)와 연락하는 등 조총련과 자주 왕래했었다.[50] 그렇기에 조총련과 조총련을 통한 일본이라

---

48) 사쓰마 겐파치로는 1971년 <고지라 대 헤드라>에서 괴수 '헤드라' 역으로 시작해 1984년 버전의 <고지라>에서 '고지라'를 연기하는 등 10편 넘는 고지라 시리즈 특촬영화에 참여한 배우이다.

49) 불가사리의 슈트는 무게도 상당했지만 내부 통기성도 좋지 못해 사쓰마 겐파치로가 불가사리를 연기할 때마다 머리부터 발끝까지 찜질한 깃처럼 땀으로 흠뻑 젖었으며, 기후까지 좋지 못해 촬영과정이 순탄치는 못했다. 그리고 사전 테스트할 때부터 불가사리가 날렵한 괴수가 아닌 무게감이 강한 괴수임을 나타내기 위해 수많은 시도와 조정이 필요했다.(薩摩劍八郎, 『ゴジラが見た北朝鮮: 金正日映画に出演した怪獣役者の世にも不思議な体験記』, 도쿄: ネスコ日本影像出版株式会社, 1994, pp.108-111 참조)

50) 신상옥·최은희, 『신상옥 최은희 비록: 우리의 탈출은 끝나지 않았다』, 318쪽.

는 루트가 없었다면 <불가사리>는 제작하지도 못했을 것이고 제작하더라도 세계시장에 유통되지 못했을 것이다.

그러나 일본과의 협력이 우연으로 갑자기 결정된 것은 아니다. 사실 김정일은 일본과의 합작을 원했고 일본의 영화잡지인 「기네마 준포(キネマ旬報)」도 구해 보면서[51] 일본영화를 알아 갔다. 이에 신상옥이 모색한 방법은 사회주의국가인 소련-동유럽권 국가와 중국에서 현지 촬영을 도모하고 홍콩과 일본에서 기술진을 초청해서 작품을 만드는 방법인데, 그중 한 결과물이 바로 <불가사리>였던 것이다. 그리고 해외에 <불가사리>를 내놓았을 때 신상옥은 다음와 같이 자기의 시도가 성공적이었음을 자부하는 것을 볼 수 있다.

이 작품을 본 서방측의 영화 관계자들은 "이제까지 노골적인 정치선전 영화밖에 없다고 생각해 온 북한 영화계에도 이런 작품이 존재하는가"라며 충격을 받았다고 말하기도 했다. 결국 문제는 어떤 내용을 주체적으로 담느냐에 있는 것이지, 해외에서 기술을 도입하고 자본을 받아들이는 것을 겁내서는 안 된다는 사실, 발전을 위해서는 폐쇄성에서 과감하게 벗어나야 한다는 사실을 이 영화를 통해서 북한사회에 알리고 싶었다.[52]

이러한 일본영화와의 연결이 세계시장 진출의 중요한 조건을 제공한 측면도 있지만 1985년의 <불가사리>는 1954년 <고지라>가 처음

---

51) 김정일이 소련도 자본주의국가들과 협작해서 기술도 도입하고 교류를 활발히 진행하고 있지만, 북한의 체제적 특성으로 그것이 불가능해 안타까워했다. 그러면서 김정일은 "특히 일본하고 많이 해야겠는데 일본영화는 보지도 못하고 그저 『기네마 준포(キネマ旬報)』나 하나 얻어보는 게 전부이다"라고 신상옥에게 자신의 심경을 토로했다(최은희·이장호 엮음, 『영화감독 신상옥: 그의 사진풍경 그리고 발언 1926~2006』, 119쪽 참조).
52) 최은희·이장호 엮음, 『영화감독 신상옥: 그의 사진풍경 그리고 발언 1926~2006』, 120쪽.

으로 등장한 일본의 시공간과도 간접적으로 연결된다. 1950년대는 일본영화사에서 자립기, 혹은 황금시대라고 할 수 있다. 미군정의 점령에서 벗어난 일본은 상대적으로 자율적이고 자립적인 시대를 맞이하면서 사회문화적으로 크게 변화하게 된다. 특히 이 시기의 일본영화가 본격적으로 해외 진출을 시도했는데,[53] 1951년 구로사와 아키라(黑澤明)의 <라쇼몽(羅生門)>이 베니스 영화제에서 그랑프리를 수상한 것이 그 포문을 여는 사건이다. 이 시기 일본영화의 풍부한 장르들 중에서도 고전물, 액션물이 많았던 것도 북한과 비슷하다. 그리고 1953년 미국 <심해에서 온 괴물(The Beast From 20,000 Fathoms)>이 이듬해 일본에서 만들어진 <고지라>에 강력한 영향을 준다[54]는 점과 1984년 새롭게 시작된 <고지라>의 제작진과 배우가 1985년의 <불가사리>에 참여한다는 점도 중첩해서 볼 수 있다. <고지라>가 상영한 1954년의 일본과 <불가사리>가 제작된 1985년의 북한 사이에는 30년의 시간적 격차와 체제의 차이로 두 시공간이 다르다는 것을 분명히 감지할 수 있다. 그럼에도 비슷한 요건들이 확인된다는 사실은 시공간을 초월하는 <고지라>의 '세계성'을 당시 진영을 불문하고 대외교류를 원하던 북한의 <불가사리>에 부여하려는 치밀한 계획과 욕망이 있었다는 사실을 방증한다.

두 번째 시공간은 <불가사리>가 일본에 '상륙'한 1990년대이다. 이 시기는 최초의 '기획의도'가 신상옥 부부의 탈출로 무산된 이후 <불가사리>가 국제무대에서 '부활'을 맞이하게 되는 시기이다. 하지만 여기서 흥미로운 지점은 1995년에 <불가사리>의 비디오가 일본에서 유통되었는데 1995년은 1984년에 재개된 2기 고지라의 마지막

---

53) 요모타 이누히코(四方田犬彦), 박전열 · 최중락 옮김, 『일본영화, 전통과 전위의 역사』, 서울: 민속원, 2017, 119쪽 참조.
54) 이영재, 「1950년대 미국과 일본의 괴수영화와 핵: 지구, 블록, 국가의 착종」, 68쪽.

작품인 <고지라 vs 데스토로이아(ゴジラ vs デストロイア)>가 상영되던 해라는 사실이다. 이 시기 고지라는 대체로 파괴적인 이미지로 일관해 왔고 쇼와 시대 버전에서 일본과 지구를 지키는 고지라와는 어느 정도 거리를 두고 만들어졌다. 그러나 미국 할리우드 리메이크 작인 <고질라>를 제작하게 되면서 1993년 전후로 고지라 시리즈 종결을 준비했고 1995년 "고지라 죽다(ゴジラ死す)"라는 슬로건을 걸고 <고지라 vs 데스토로이아>를 통해 고지라의 사망과 시리즈의 종결을 알렸다. 즉 일본에서 고지라가 '사망'해 가는 시간대에 불가사리가 '부활'해서 등장한 것이다. 그리고 이 두 괴수영화는 처음에는 모두 선전영화였지만 이 시기의 고지라 시리즈와 <불가사리>는 선전적 의미가 퇴색되어 사람들에게 익숙한 세계적인 오락물인 '괴수물'의 한 부류, 또는 아류로 인지된다.

그러다가 고지라의 죽음이 선고된 이후인 1998년 <불가사리>가 공식적으로 일본에 상영된다. 그러나 할리우드판 <고질라>가 같은 해에 상영되면서 또다시 불가사리 – 고지라(고질라)가 동반되어 소환되는 구도를 형성한다. 고지라와 고질라의 차이점은 고지라가 가해자 괴수이면서도 수소폭탄의 피해자임을 강조한다는 점이다. "고지라가 증오하는 것은 인간의 문명이나 인간 전체가 아니라, 핵을 만들어낸 현대문명, 핵을 만들어낸 서구인이다."[55] 그렇기에 고질라가 무작위로 난폭하게 도시를 파괴하는 것과 달리 고지라는 파괴에도 선택적이고 목표가 명확한 모습을 보인다. 이런 지점에서 <불가사리>가 <고질라>보다 일본에서 더 많은 관객을 동원했다[56]는 것은 아마도 '인간미'가 넘치는 <불가사리>가 좀 더 일본 원본 고지라 시리즈의 계보에

---

55) 정수완, 「원조 고지라, 전후 일본의 알레고리」, 「KINO」 2000년 8월호, 209쪽.
56) 신상옥, 「난, 영화였다: 영화감독 신상옥이 남긴 마지막 글들」, 136쪽.

가까웠을 것으로 추론할 수 있다. 당시 일본에서는 전문 영화잡지인 「기네마 준포」에서 7월~9월 사이에 <불가사리>를 3번 언급했는데, 그중 7월의 2074호에는 사쓰마 겐파치로의 인터뷰도 실렸다. 그 외에 「스크린(スクリーン)」, 「선데이 마이니치(サンデー每日)」 등 잡지에서 도 <불가사리>를 소개한 바가 있다. 그리고 일본 상영 당시 포스터나 관련 홍보 팸플릿에서는 "긴급발매, 해금, 결정판"과 같은 문구는 대 체로 '북한영화'라는 점을 강조하는 홍보문구를 사용했음을 알 수 있 다. 하지만 이와 동시에 "전 세계가 기대하던 괴수영화 피라미드(정 상), 괴수영화 역사에 남을 걸작"과 같은 표현들과 함께 일본의 <고지 라> 제작진과 사쓰마 겐파치로의 참여를 상세히 설명해 전면에 내세 우고 있었다. 이렇게 <불가사리>가 단순한 북한 예술영화가 아닌 북 - 일 합작영화, 혹은 신상옥의 참여로 북-(남)-일 합작영화로 정의하 여 그가 오마주했던 고지라 시리즈와 미국의 <고질라>와도 겨룰 수 있는 괴수물로 부상했다.

<불가사리>는 고지라 시리즈의 한 아류로 인식되면서 1990년대에 일 본을 통해서 북한영화 중에서 전무후무한 세계성과 국제적인 인지도 를 얻게 된다. 이뿐만 아니라 재일교포들에게도 <불가사리>는 하나 의 추억의 상징이다. 재일교포들은 학생 시절부터 북한영화를 많이 봤다고 한다. 당시 조총련 기관지에서는 비슷한 시기 일본에서 상영 된 할리우드판 <고질라>와 비교하면서 "불가사리 대 고질라의 대 결"[57]이라고 공식적으로 언급하기도 했다. 현재 일본의 일부 DVD숍 에서 <불가사리>와 같은 '조선영화'들이 아직 존재한다는[58] 점은 이

---

57) 장용훈, 「북한영화 이야기 : <불가사리> 악정에서 백성 구한 전설적 괴물 영화화」, 『통일한국』 200호, 평화문제연구소, 2000, 92-93쪽.
58) 씨네21, 「박영이 감독 - 평양국제영화축전에 한국영화가 상영되는 그날까지」, http://www.cine21.com/news/view/?mag_id=90822 (검색일: 2022년 2월 20일).

작품이 민족성에 기대고 있기에 세계성을 얻을 수 있었다고 풀이할 수 있다.

마지막 시공간은 바로 2000년의 남한이다. 당시 21세기를 맞이하면서 고지라 시리즈가 <고지라 2000(ゴジラ 2000 ミレニアム)>(1999)로 재개하게 되는데, 이 작품과 <불가사리>는 거의 동시에 남한에서 개봉하게 된다. 남한 영화잡지인 「KINO」에서는 두 작품을 하나의 세션에 넣어서 각각 소개했다. 먼저, 북한 출신 정성산(2000)[59]은 본인이 북한에서 <불가사리>를 본 기억을 통해 북한 내에서 이 영화가 보여 준 파급력과 문제점을 지적하고 있다. 다음으로 <고지라 2000>을 소개한 글[60]에서는 초기작부터 시작해 시리즈의 계보를 소개하면서 고지라와 일본사회, 일본인과의 관계성을 논증했다. 비록 이 글에서 <불가사리>를 언급하지 않았지만, <고지라 2000>에 대한 분석에서 우리는 <불가사리>가 갖는 세계성이 항상 '고지라'와 동반되어 소환되는 이유를 추론해 볼 수 있다. 이 괴수물들은 유사한 특징을 갖고 있어 서로가 서로를 증명해 주고 있는 구조를 갖고 있고 '불가사리 대 고지라'라는 오마주작과 원작의 후속작 간의 경쟁도 화젯거리가 되기 때문이다. 이미 괴수는 적이나 공포의 대상이 아니라 주인공들만이 활용할 수 있는 위대한 무기가 되었고, 사람들에게 익숙해진 괴수물의 문법은 관객들이 그 속에서 공포보다는 스펙터클한 볼거리를 얻어 가면서 의외로 안전감과 친근감을 느낄 수 있게 한다. 또한 원작 <고지라> 이후에는 사실 고지라의 완전한 죽음보다는 부활이나 자신의 고향으로 돌아간다는 설정이 주를 이뤘는데 <불가사리>에서 불가사리가 죽었다기보다 빛의 형태로 자신을 만들어 낸 아미의 몸속으로 돌

---

59) 정성산, 「불가사리: 평양 1985년, 서울 2000년」, 「KINO」 2000년 8월호, 184-189쪽.
60) 정수완, 「원조 고지라, 전후 일본의 알레고리」, 「KINO」 2000년 8월호, 208-211쪽.

아간다는 결말도 고지라와 일맥상통한다고 볼 수 있다.

남한에서 상영될 때의 상황을 좀 더 확인해 볼 필요가 있다. <불가사리>는 최초로 남한에 소개된 북한영화는 아니었다. 이미 1990년대부터 TV에서 다양한 북한 영화들이 공개적으로 방영되었다. 극장 개봉 전인 1998년에 문화관광부 허가로 일본을 경유해서 <불가사리>를 남한으로 들여와서 MBC가 TV방영을 시도하려고 했으나 당시 미국에 있던 신상옥이 저작권 문제를 제기해서 부단히 연기되었던 것이다.[61] 그리고 남한에서 개봉될 때 심의에 있어서 이 영화가 '외국영화', '국내영화' 중에서 어느 쪽으로 정해야 할지에 대한 논란도 불러일으켰다. 그러나 당시에 세기적인 남북정상회담이 성사되고 남북문화교류의 한 부분으로 남한영화가 북한에 전달되고 남한에서는 <불가사리>가 극장에서 개봉되면서 향후 남북이 영화를 공동 제작할 것을 약속하기도 했다. 하지만 <불가사리>가 이렇게 여러 역경을 견디고서야 남한에서 상영할 수 있었지만 흥행에 실패하면서[62] 화제성과 상징성만 남은 작품이 되었다.

그리고 남한에서 개봉 당시의 포스터를 보면 "50년만에 북에서왔습네다!"라는 문구는 <불가사리> 영화가 제작된 시간부터 계산한 것이 아니라 분단된 역사인 '50년'을 강조하고 있다는 점도 주목할 필요가 있다. 예고편에서도 "남한 동포 여러분 반갑습네다!"라는 홍보문구에서는 단순히 북한영화로 소환되기보다는 한반도의 지정학적 상

---

61) 당시 MBC는 남한 업체인 SN21엔터프라이즈를 통해서 북한 조선영화수출입사로부터 판권을 위임받은 일본 서해무역에서 한국 내 배급권과 상영권을 사서 들여왔다.(진성호, 「북한영화 '불가사리' TV방영 진통」, 『조선일보』, 1999년 1월 21일.)

62) <불가사리>는 "서울 변두리 극장 세 곳에서 문을 열었다가 하루 관객 70명을 넘지 못하고 너무 초라하게 막을 내려 버리고 말았다."(전평국, 「북한영화수용성과 교류방안에 대한 연구」, 『영화교육연구』, 한국영화교육학회, 2000, 92-93쪽.)

황에 빗대고 있음은 분명하다. 적어도 이미 세계 괴수영화사의 흐름에 편입된 <불가사리>를 단순히 민족성으로만 국한하려는 홍보전략을 택한 것은 잘못된 판단인 것은 분명하다. 앞서 언급한 것처럼 괴수물의 문법이 고착화되었고 민족성은 이미 굴절되어 세계성과 하나로 융합되면서 <불가사리>는 결국 제일 널리 알려진 북한영화이면서도 하나의 초국가적이고 초진영적인 괴수물이 된 것이다.

<불가사리>와 비교해서 볼 수 있는 작품이 있는데 바로 1996년에 신상옥 감독이 미국에서 각본을 맡은 <천하무적 갈가메스>(손 맥나마라 감독)라는 영화이다. 이 작품은 신상옥이 <불가사리>에서 북한적이고 민족적인 부분을 삭제하려는 기획이라고 볼 수 있다. 중세 유럽을 배경으로 한 이 영화는 갈가메스가 쇠붙이를 먹고 성장해 주인공을 돕는다는 기본 설정에서 <불가사리>와 동일하다. 하지만 '쌀'에 대한 언급이 전혀 없고 갈가메스의 외형도 일반적인 파충류의 형태를 하고 있으며, 갈가메스는 누군가에 의해 만들어진 것이 아니라 처음부터 괴수의 형상으로 된 오브제로 등장한다. 즉 불가살이에서 유래한 '쌀'이라는 민족성이 강한 요소와 '소'의 형상이 삭제된 것이다. 의외로 민족성의 삭제는 이 영화가 평이하고 특별한 구석이 없는 작품으로 치부되면서 신상옥 관련 연구에서 거의 거론되지 않는 작품이 되었다. 앞서 논의들을 종합해 보자면 <불가사리>는 민족성과 세계성이라는 두 욕망이 갖는 긴밀한 경합관계가 어느 한쪽을 떼어 내려는 시도가 다른 한쪽의 승리를 의미하는 것이 아니라 양자 모두 실패할 수밖에 없는 관계임을 보여 준다.

5. 결론

앞서 <불가사리> 스토리의 제 요소와 북한 내외의 상황, 그리고 제작에서 해외 수출까지의 일련의 정황에 대해서 살펴봤다. 이 과정에서 불가사리가 얼마나 '조선(한)민족적'이고 '북한적'인 괴수물이고 동시에 태생부터 이미 '세계적'인 작품이었는지 확인했다. 특히 본고에서는 고전설화 속의 '불가살이'와 괴수영화의 효시인 '고지라'라는 불가사리의 두 원형을 각각 '민족성'과 '세계성'이라는 두 개의 욕망으로 해석하여 두 가지 원형 간의 경합을 추적해 보았다.

불가살이가 만들어 내는 불가사리의 민족성은 '쇠 먹는 쌀 괴수'라고 요약할 수 있다. 이 시기에 신상옥이 북한영화의 민족고전물 열풍과 김정일의 지시에 따라 상대적으로 과감하게 영화를 제작할 수 있게 되면서 <불가사리>라는 작품이 탄생할 수 있었다. 특히 당시 북한영화를 해외에 수출할 때 제일 먼저 재외동포들에게 수출하는 등 수출전략에서도 민족성을 강조했다. 그리고 이 작품에서 고전설화와 딱지본 소설 속 불가살이의 다양한 요소가 확인된다. 대체로 '쇠'라는 불가살이의 핵심적인 요소에서 출발해서 민족성과 계급성을 나타내는 '쌀'과 '소'의 형상으로 재현된다. 여기에 반봉건을 이루기 위한 불가살이의 '쌀'에서 '쇠'로의 변화 과정을 적극 활용해 '농민에서 농민저항군'으로의 전환과 불가사리의 죽음을 통해 근로인민 백성에게 혁명과제를 부여하는 북한적, 사회주의 선전적인 메시지도 전달한다.

<불가사리>는 기존 괴수물의 문법을 답습하면서 반핵과 반전, 나아가 세계평화를 강조하는 작품이기도 하다. 본고는 <불가사리>가 등장한 3개의 시공간을 추적해 그 '세계성'을 확인했다. 1985년 북한에서 1984년의 <고지라>의 제작진과 배우를 초청하여 불가사리를

제작했고, 그 불가사리를 연기한 배우가 일본인이었다는 점은 불가사리의 '세계성'이 태생적이고 치밀하게 계획된 것이었음을 보여 준다. 북한 내에서 상영 금지된 이후, 1990년대 일본에 수출되면서 <불가사리>는 '고지라 죽다'의 시대에 등장해 할리우드판 <고질라>와 '대결구도'를 이뤘고 점차 세계적인 괴수물의 맥락에 편입된다. 그러나 2000년의 남한에 이르러 <고지라 2000>과 동시에 상영될 때에는 크게 주목을 받지 못했다.

이렇게 북한이 사회주의국가 외에도 다양한 서방국가들과의 영화교류에 적극적으로 나서던 시대에 제작된 <불가사리>는 두 원형, 두 욕망의 경합을 태생적으로 안고 있었다. '민족적(북한적)'인 괴수물이지만 일본 특촬팀의 참여와 국제영화시장과의 교류 속에서 영화가 만들어지면서 이미 '초국가적'인 괴수물의 가능성이 싹텄다. 1990년대부터 현재까지 여러 차례 다양한 국가에서 고지라 시리즈와 동반 등장하면서 <불가사리>는 단순하게 '고지라의 탈을 쓴 불가살이'라는 한계를 넘어서게 된다. 그렇기에 민족성만 부각한 기존 연구에서 포착하지 못한 해외 수출 부분을 추적한 결과 세계성은 민족성에 뿌리를 두고 있고 민족성은 세계성을 통해서 다시 주목을 받게 된다. 두 욕망의 경합은 부단히 경쟁과 대립의 형태로 보이지만 실제로는 처음부터 하나로 결합되어 있었기에 경합관계 속에서 상생하는 구조도 갖고 있다. 그렇기에 초국가적인 시각도 병행해서 이 영화를 보아야만 <불가사리>를 북한영화사와 괴수영화사라는 두 맥락에서 모두 해독이 가능해진다.

신상옥과 <불가사리>는 사실 우리에게 많은 유산을 남겨 주고 있다. 신상옥의 탈출로 그의 영화들이 북한에서 금기시되고 있지만 그의 조감독이나 촬영감독이었던 전종팔, 황룡철 등[63]이 그 후로 북한

영화의 변화를 이끌면서 신상옥의 흔적을 곳곳에서 찾아볼 수 있게 된다. 그리고 <불가사리>가 남한에서 상영될 쯤에 제기되었던 남북 합작영화는 현재 중지되었지만 그래도 <황진이> 등 작품이 만들어졌었다. 또한 제22회 부천국제판타스틱영화제에서 <불가사리> 등 6편의 북한영화가 '북한영화 특별상영' 프로그램으로 상영되었고 일부 작품은 남한에서 처음으로 공식 상영된 작품들이었다.[64] <불가사리>의 복잡한 상황을 제치하더라도 이 작품이 갖는 상징성과 전달하고자 했던 평화와 화합의 메시지는 계속적으로 유효하다는 것이다.

참고문헌

1. 북한 자료

1) 단행본
"조선영화는 사상예술성에 있어서 조금도 흠잡을데가 없는 완전히 성공한 예술작품이다", 『조선영화년감(1987년)』(평양: 문예출판사, 1987)

2) 신문
"조선인민이 영화예술분야에서 이룩한 성과는 위대한 수령 김일성주석의 현명한 령도의 결과이다", 『로동신문』, 1984년 5월 21일.

2. 국내 자료

1) 단행본
김보영, 「불가살이설화」, 화경고전문학연구회 편집부 엮음, 『설화문학연구(하)』, 서울: 단국대학교출판부, 1998.
김학준, 『북한50년사: 우리가 떠안아야 할 반쪽의 우리 역사』, 서울: 동아출판사, 1995.
신상옥, 『난, 영화였다: 영화감독 신상옥이 남긴 마지막 글들』, 서울: 랜덤하우스, 2007.

---

63) 이명자, 「신상옥 영화를 통해서 본 북한의 작가주의」, 『현대북한연구』 8권 2호, 북한대학원대학교 심연북한연구소, 2005, 153쪽.
64) 씨네21, 「강원도와 강원영상위원회, 2019년 평창남북평화영화제 개최 外」, http://www.cine21.com/news/view/?mag_id=90590(검색일: 2022년 2월 20일).

신상옥・최은희,『수기: 조국은 저 하늘 저 멀리(하)』, 서울: 행림출판사, 1988.

신상옥・최은희,『신상옥 최은희 비록: 우리의 탈출은 끝나지 않았다』, 서울: 월간 조선사, 2001.

요모타 이누히코(四方田犬彦), 박전열・최중락 옮김『일본영화, 전통과 전위의 역사』, 서울: 민속원, 2017.

이명자,『북한영화사』, 서울: 커뮤니케이션북스, 2007.

최은희・이장호 엮음,『영화감독 신상옥: 그의 사진풍경 그리고 발언 1926~2006』, 파주: 열화당, 2009.

현병주, 조재현 옮김,『불가살이전』, 서울: 지식을만드는지식, 2017.

2) 논문

김보국,「신상옥 감독과 배우 최은희의 미국 망명 관련 의문점들」,『아세아연구』63권 1호, 고려대학교 아세아문제연구소, 2020.

김보영,「不可殺伊 傳說研究」,『도솔어문』6호, 단국대학교 인문대학 국어국문학과, 1990.

박훈하,「북한의 '대가정론'과 여성의 주체 위치」,『오늘의 문예비평』54호, 오늘의 문예비평, 2004.

변홍상,「북한의 축산정책과 그 실태」,『北韓』238호, 북한연구소, 1991.

엄소연,「괴수 '불가사리'의 이미지 변주와 미디어 횡단성」,『기호학연구』60호, 한국기호학회, 2019.

이명자,「신상옥 영화를 통해서 본 북한의 작가주의」,『현대북한연구』8권2호, 북한대학원대학교 심연북한연구소, 2005.

이영재,「1950년대 미국과 일본의 괴수영화와 핵: 지구, 블록, 국가의 착종」,『사이間SAI』25호, 국제한국문학문화학회, 2018.

이지용,「북한 영화에서 나타난 환상의 양상－ 영화 <불가사리>의 내용적 특징을 중심으로」,『한국문화기술』24호, 단국대학교 한국문화기술연구소, 2018.

장동천,「문혁시기 중국의 북한영화 수용과 신세기 전후 중국영화 속의 잔영」,『中國現代文學』97호, 한국중국현대문학학회, 2021.

장용훈,「북한영화 이야기: <불가사리> 악정에서 백성 구한 전설적 괴물 영화화」,『통일한국』, 200호, 평화문제연구소, 2000.

정태수,「북한영화의 국제교류 관계연구(1972~1994): 소련, 동유럽을 중심으로」,『현대영화연구』44호, 한양대학교 현대연화연구소, 2021.

전평국,「북한영화수용성과 교류방안에 대한 연구」,『영화교육연구』, 한국영화교육학회, 2000.

최은석,「'신필름사건': 북한 영화 '불가사리'와 신상옥 감독」,『통일한국』313호, 평화문제연구소, 2010.

3) 신문

진성호, "북한영화 '불가사리' TV방영 진통",『조선일보』, 1999년 1월 21일.

4) 기타 자료

씨네21, 「강원도와 강원영상위원회, 2019년 평창남북평화영화제 개최 外」,
　　　　http://www.cine21.com/news/view/?mag_id=90590(검색일: 2022년 2월
　　　　20일).
씨네21, 「박영이 감독 – 평양국제영화축전에 한국영화가 상영되는 그날까지」,
　　　　http://www.cine21.com/news/view/?mag_id=90822(검색일: 2022년 2월
　　　　20일).
정성산, 「불가사리 평양 1985년, 서울 2000년」, 「KINO」 2000년 8월호.
정수완, 「원조 고지라, 전후 일본의 알레고리」, 「KINO」 2000년 8월호.
한국영화데이터베이스, <불가사리>,
　　　　https://www.kmdb.or.kr/db/kor/detail/movie/F/07180(검색일: 2022년 2월
　　　　1일)

3. 국외 자료

1) 단행본

薩摩劍八郞, 『ゴジラが見た北朝鮮: 金正日映画に出演した怪獣役者の世にも不思議な
　　　　体験記』, 도쿄: ネスコ日本影像出版株式会社, 1994.

2) 논문

Schönherr, Johannes, 「The North Korean Films of Shin Sang-ok」, 『社会システム研
　　　　究』第22号, 立命館大学 紀要 社会システム研究所, 2011.

제14장

SF로 보는 분단 극복의 욕망
복거일의 『파란 달 아래』(1992)를 중심으로

이예찬

1. 복거일 SF소설 약사(略史)

복거일의 첫 장편소설『碑銘을 찾아서: 京城, 쇼우와 62년』(1987)의 충격에 대해서 새삼 말할 필요는 없을 것 같다. 작가의 말처럼『碑銘을 찾아서』는 "<자격증주의>라고 부를 만한 풍조가 유난히도 드센 세상에서 이름없는 작가의 작품"이었다.[1] 그럼에도 복거일의 등단작은 같은 해 10월『京城・昭和六十二年―碑銘を求めて』라는 제목으로 번역되어 일본에서 출판될 정도로 이목을 모았다.[2] 게다가 이 '무명작가'의『碑銘을 찾아서』는 당시의 시선으로 보나 지금의 시선으로 보나 한국문학(사)을 통틀어 가장 완성도 높은 대체역사소설임에 분명하다. 복거일의 등장 전까지 대체역사소설이라 할 만한 작품이 부재한 상황이기도 하거니와 이후 대체역사소설 가운데『碑銘을 찾아서』만큼의 고증이나 상상을 보여준 작품이 드문 까닭이다.[3] 뿐만 아니라 해당 소설은 1987년을 '昭和 62년'에 빗대면서 당대의 현실을 가상의 역사 속에서 다양하게 변주하며 민족에 대한 새로운 시대 감각을 일종의 풍자로써 재현한다.

이어 연재된 두 번째 장편소설『역사 속의 나그네』(1988~2015) 역시 작가의 문학적 궤적에서 중요한 위치를 차지하는 작품이다.[4] 시간

---

1) 복거일,「고마움의 말」,『碑銘을 찾아서: 京城, 쇼우와 62년』, 문학과지성사, 1987, vii쪽.
2) 卜鉅一, 川島伸子 譯,『京城・昭和六十二年―碑銘を求めて』(上・下), 成甲書房, 1987.
3) 윤민혁의 장편소설『한제국건국사』(시공사, 2003)와 박대성의 장편소설『1904 대한민국』(자음과모음, 2003)과 같은 '밀리터리' 장르에서 타임슬립과 혼재된 가상대체역사소설이 2000년대 초에 유행한 바 있다. 대부분 현재의 과학기술과 군사력을 갖춘 집단(또는 국가 그 자체)이 과거의 어느 시점(대부분 일제강점기)에 도달하면서 벌어지는 역사적 복수극에 가깝다.
4)『역사 속의 나그네』는 1988년《중앙경제신문》에서 3년 동안 연재되어 1991년에 1~3권이 출판되었다. 그리고 2015년 4~6권이 마저 출판되면서 완결되었다. 1991년과 2015년 사이 해당 소설은《사이언스타임즈》에서 인터넷으로 2005년

여행을 소재로 22세기를 앞둔 2070년대의 인물이 16세기 조선에 불시착하면서 벌어지는 일을 다루고 있는 이 소설은 과학소설인 동시에 대하소설로 작가가 염두에 두었던 것으로 알려져 있다. 흥미로운 것은 『역사 속의 나그네』가 단행본으로 출판되던 상황에서 작가는 "이 작품은 과학소설이라고 볼 수 있다. 미래소설의 모습을 많이 지닌 역사소설이라고 볼 수도 있다. 그러나 더 적절한 이름은 아마도 무협소설일 것"이라고 밝히고 있다는 사실이다.[5] 1980년대 후반에서 1990년대 초반의 상황에서 무협소설에 대한 인식이 그리 긍정적이지는 못했던 점을 고려할 때 작가 스스로 '무협소설'을 자처하고 있음을 통해 해당 소설이 대중 독자들의 '읽을거리'를 위하여 창작되었다고 짐작할 수 있다.

작가의 네 번째 장편소설이자 세 번째 SF소설은 『파란 달 아래』(1992)이다. 해당 소설은 여러 의미에서 '최초의 성격'을 갖는다. 한국 SF소설사에서 처음으로 분단 문제를 전면에 내세운 작품인 동시에 한국에서는 최초로 직업 작가가 전산통신망을 통해 연재한 소설인 까닭이다. 특히 분단과 통일을 둘러싼 작가의 문제의식은 이후 네 번째 SF소설인 『목성잠언집』(2002)과 첫 번째 SF희곡 『그라운드 제로』(2007)로 이어진다. 하지만 『파란 달 아래』와 달리 『목성잠언집』과 『그라운드 제로』는 동시대 대북정책에 대한 풍자적 비판에 초점을 맞추고 있다는 점에서 구분하여 독해할 필요가 있다. 달리 말해 SF소설을 통한 민족 문제를 어떻게 성찰하는가에 대한 작가의 태도가 1990년대와 2000년대에 상이하게 반영되어 나타나는 것이다.

복거일의 SF는 첫 단편집이라 할 수 있는 『애틋함의 로마』(2008)를

6월부터 1년 동안, 월간 《판타스틱》 2007년 5월(창간호)부터 2008년 1월(9호)까지 연재되었다.
5) 복거일, 「책머리에」, 『역사 속의 나그네』(1), 문학과지성사, 2015, 9쪽.

통해 그 궤적이 일단락된다. 시기적으로는 앞서 언급한『역사 속의 나그네』의 후속 작업이 작가의 마지막을 장식하는 SF소설이라 할 수 있다. 그러나 한 작가의 창작 태도와 문제의식의 변천으로써 최후의 SF 소설을 꼽자면『애틋함의 로마』에 수록된 단편들이 더 적확할 것이다. 장편 위주의 창작을 이어온 작가의 창작 후기에 출판된 단편집은 소설가이자 시인이었던 복거일의 문학관을 집약적으로 보여주고 있을 뿐만 아니라 초기부터 작품을 통해 보여주었던 문제의식과 SF 상상력을 연장하여 펼쳐 보이는 까닭이다.

작가의 실제 인생과 겹쳐 볼 수 있는 '현이립 3부작'『높은 땅 낮은 이야기』(1988),『캠프 세네카의 기지촌』(1994),『한가로운 걱정들을 직업적으로 하는 사내의 하루』(2014)를 비롯한 장편소설『보이지 않는 손』(2006),『내 몸 앞의 삶』(2012)과 동화/판타지 소설의 경계에 위치하는 것으로 볼 수 있는『마법성의 수호자, 나의 끼끗한 들깨』(2001)와『숨은 나라의 병아리 마법사』(2005) 등을 포함하더라도 복거일의 작가 인생에서 SF소설의 비중은 결코 무시할 수 없다. 실제 한국의 SF 소설을 논하거나 연구함에 있어서 복거일은 빼놓을 수 없는 작가이다. 그러나 대부분의 경우『碑銘을 찾아서』에 주목하는 한계를 갖고 있다.『역사 속의 나그네』의 경우 비교적 최근 완결되었다는 사실을 차치하더라도 그 외의 작품들이 문학(사)적으로 조명되거나 논의된 경우는 손에 꼽는다.

특히『파란 달 아래』는 SF소설 최초로 분단과 통일 문제를 전면에 내세운 동시에 직업 작가 최초로 <HITEL>에 연재된 작품이라는 의미를 지녔음에도 불구하고 관련 연구는 상당히 희소하다.[6] 우선 '전

---

6) 김명석,「과학적 상상력과 측량된 미래: 복거일의『파란 달 아래』연구」, 대중문학연구회 편,『과학소설이란 무엇인가』, 국학자료원, 2000, 165-186쪽; 모희준,「냉전 시기 한국의 과학소설에 구현된 국가관 연구」, 선문대학교 대학원 국어국문학

산통신망'연재와 관련하여 복거일은 스스로 "전산통신망에 소설을 맨 처음 발표한 것은 전산통신망을 운영하는 회사의 격려나 도움이 없이 스스로 소설을 연재하기 시작한 비직업 작가들이다. 내 생각엔 그런 자발적 연재가 여러모로 상징적이고 주목할 만하다"고 밝힌 바 있다.[7] 달리 보면 직업 작가라는 신분으로 복거일이 최초라는 이슈를 모으긴 했으나 전산통신망을 통한 소설 연재가 그렇게까지 새로운 행위는 아니었던 것이다.[8] 그럼에도 불구하고 분단문학의 성격을 내포하고 있는 해당 작품에 대한 논의가 활발하지 못했던 것은 아쉬운 지점이다. 이에 본 연구에서는 선행연구들이 주목한 SF소설의 특성과 본질의 문제보다 작품을 통해 묘사되는 분단 극복의 욕망에 주목하고자 한다.

2. 왜곡된 분단 현실

1992년의 한(조선)반도는 무력을 앞세운 대결보다 활발한 대화가 이어지는 상황이었다. 1983년 10월 9일 아웅산 묘소 폭파암살사건이 세계적인 충격을 불러일으키긴 했지만, 이듬해에는 LA올림픽 등 국제경기에서 남북 단일팀을 구성하고 체육 부문의 교류를 진행하기 위

박사학위논문, 2015; 이지용, 「한국 SF의 스토리텔링 연구」, 단국대학교 대학원 문예창작학 박사학위논문, 2015; 주민재, 「'가까운 미래'에 관한 탐구와 사산된 문학적 가능성: 복거일의 『파란 달 아래』를 중심으로」, 『한국민족문화연구』 56호, 한민족문학회, 2016, 239-266쪽; 이아람, 「복거일의 『파란 달 아래』에 나타난 포스트휴먼적 양상연구: 공간과 인물을 중심으로」, 서강대학교 대학원 국어국문학과 석사학위논문, 2022.

7) 복거일, 「작가 후기」, 『파란 달 아래』, 문학과지성사, 1992, 324쪽.

8) 이른바 장르문학으로 불리는 무협, 판타지, 추리, 로맨스 등이 PC통신을 통해 작가와 독자를 형성하는 와중이기도 했다.

한 남북체육회담이 진행되기도 하였다. 같은 해인 1984년 9월에는 대한민국의 수재 지역에 조선민주주의인민공화국에서 수재물자를 지원하였고, 경제 부문 교역을 위한 남북경제회담이 처음으로 개최되기도 하였다. 광복 40주년을 맞이한 1985년 9월에는 처음으로 남북 이산가족들의 고향 방문이 이루어졌다.[9] 1988년 서울올림픽을 둘러싼 남북의 치열한 외교전이 벌어지기도 하였으며, 1989년에는 문익환 목사(3월), 임수경(6월) 등이 평양을 방문했다가 귀환 후 체포되는 일이 있기도 했다. 그리고 1990년 9월 제1차 남북고위급회담을 시작으로 1991년 12월 제5차 고위급회담을 통해 「남북 사이의 화해와 불가침 및 교류·협력에 관한 합의서」(이하 「남북기본합의서」)가 채택되었고, 「남북기본합의서」 채택 직전인 9월에는 남과 북이 동시에 유엔에 가입하였다.[10]

이러한 시대적 흐름 속에서 연재되었던 복거일의 장편소설 『파란 달 아래』는 그렇게 낯선 이야기는 아니었다고 생각된다. "우주를 배경으로, 특히 달에서의 생활과 달에서 바라본 지구를 중심으로 한 미래소설"이라는 점에서 SF의 낯선 상상력을 이해하기 위한 노력은 필요해 보인다.[11] 하지만 "분단문학을 과학소설의 플롯 안에 녹여내 이목을 끌었다"는 평가처럼 『파란 달 아래』가 펼치는 서사의 큰 줄기 자체가 독자들에게 생소하진 않았을 것이다.[12] 그것은 작가가 연재 당

---

9) 이후 1989년에 제2차 이산가족고향방문단 교환이 논의되었으나 공연단의 공연 레퍼토리 문제로 남과 북이 대립하다 성사되지 못했다.

10) 1991년의 「남북기본합의서」는 '남북화해', '남북불가침', '남북교류·협력' 등을 주된 골자로 하고 있다. 1972년 7월 4일 「7·4남북공동성명」이 '자주, 평화, 민족대단결의 3대 원칙'을 통한 통일 지향의 내용을 담고 있던 것에 비해 후퇴된 것으로 보이지만, 1970~90년대 남북관계의 질곡을 생각하면 오히려 건설적인 합의서라 할 수 있다.

11) 김명석, 「과학적 상상력과 측량된 미래: 복거일의 『파란 달 아래』 연구」, 『과학소설이란 무엇인가』, 172쪽.

시 전산통신망을 통해 독자들과 주고받은 문답에서도 드러난다.

> 뜻밖이었던 것은 과학적 측면에 대한 얘기가 없었다는 점입니다. 과학소설 작품이고 달이라는 낯선 환경을 무대로 했으므로, 저는 작품에 그려진 모습들의 구체적 부분들에 대해 관심과 논의가 모아질 것으로 예상했고 지금까지 알려진 달에 관한 자료를 제가 한 것과 다른 방식으로 해석한 주장도 나올 것으로 생각했었습니다. 이 점은 설명하기가 어려운데, 혹시 이 난을 통한 논의에 참여한 분들이 주로 인문학 쪽에 관심을 가진 분들이라 그런지?[13]

위의 인용을 통해 『파란 달 아래』가 <HITEL>에서 연재되었을 당시 독자들의 반응을 짐작해볼 수 있다. 독자들은 『파란 달 아래』를 월면 기지가 배경인 '우주 활극(Space opera)'으로써 SF소설이 아니라 "남북 통일이 주제니 빨리 남북 통일의 과정"을 포착할 수 있는 소설로 기대하고 있던 것이다.[14] 그러나 김명석의 지적처럼 "작가의 주제는 여기 남북문제의 해결에 머물지 않고, 우주 시대 인류의 미래로 발전한다."[15] 즉 작가가 그리고 있는 월면 기지의 현실이란 단순히 과학적 상상력에 그치는 것이 아니라 분단 현실을 통한 사회학적 상상력의 영역까지 확장되는 것이다.[16]

---

12) 고장원, 「복거일: 한국창작과학소설의 문학적 완성-SF, 이제부터 문학을 논하다!」, 『한국에서 과학소설은 어떻게 살아남았는가?: 한국과학소설100년사』, BOOKK, 2017, 393쪽.
13) 복거일, 「작가로부터의 편지」, 『파란 달 아래』, 315쪽.
14) 위의 책, 315쪽.
15) 김명석, 앞의 글, 173쪽.
16) "사회학적 상상력을 소유하고 있는 사람은 거대한 역사적 국면이 다양한 개인들의 내면 생활과 외적 생애에 어떤 의미를 갖는지 이해할 수 있다. 또 사회학적 상상력이 있는 사람은 개인이 일상적인 경험의 혼란 속에서 어떻게 자신의 사회적 위치를 잘못 인식하는가를 고려할 줄 안다." "사회학적 상상력을 통해 얻을 수 있는 최초의 수확은-그리고 그것을 구현하는 사회과학의 최초의 교훈은-개인이 자

한편 주민재의 지적처럼 "남북한의 미래를 다루는 작업은 본질적으로 현재의 남북한 관계, 이를 둘러싼 남북한 사람들의 인식 등에 근거할 수밖에 없다."[17] 그렇기 때문에 복거일의 『파란 달 아래』를 독해하는 과정에 더욱 주의를 기울여야 한다. 해당 장편소설은 대한민국의 남성 작가가 조선민주주의인민공화국 여성을 화자로 내세운 1인칭 소설이기 때문이다. 이에 대하여 고장원은 "북한 사람들을 개관적으로 조망하는 동시에 남측의 우리 자신을 제3자 입장에서 바라보게 하는 소격(疏隔) 장치 역할을 한다"고 평한 바 있다.[18] 그러나 여기에는 두 가지 문제가 교차한다. 첫 번째는 남성 작가와 여성 화자의 문제이고, 두 번째는 남한 작가와 북조선 화자의 문제이다. 작가는 이에 대하여 "굳이 남한에 대해 부정적 견해를 가진 여주인공을 통해서 세상을 관찰하는 것은 물론 여러 가지 '기술적' 고려 사항들 때문입니다만, 그녀의 견해는 적잖은 북한사람들의 견해일 것"이라고 밝힌 바 있다.[19] 모순된 것은 뒤이어 서울을 방문한 북쪽 기자단의 방문기를 예로 들면서 "지금 우리는 통일에 대한 북한 사람들의 생각을, 그들의 희망과 걱정을, 알지 못"하기 때문에 "자칫하면 우리 자신의 견해를 당연하고 보편적인 것으로 여길 위험을 안고 있"다고 기술한다는 사실이다.[20]

신의 경험을 이해하고 자신의 운명을 측정하기 위해서는 자신이 살고 있는 시대 속에 위치해야 하며, 자신의 생활 기회(chances in life)를 알려면 자기와 같은 환경에 사는 모든 개인들의 생활 기회를 인식해야 한다는 생각이다." "사회학적 상상력은 우리로 하여금 역사와 개인의 일생(biography), 그리고 사회라는 테두리 안에서 이루어지는 이 양자 간의 관계를 파악할 수 있게 해준다. 바로 이것이 사회학적 상상력의 과제이며 약속이다." C. 라이트 밀즈, 강희경·이해찬 역, 『사회학적 상상력』(개정판), 돌베개, 2004, 18-19쪽.

17) 주민재, 「'가까운 미래'에 관한 탐구와 사산된 문학적 가능성」, 『한국민족문화연구』 56호, 한민족문학회, 2016, 246쪽.
18) 고장원, 앞의 책, 395쪽.
19) 복거일, 「작가로부터의 편지」, 『파란 달 아래』, 316쪽.

소설의 주인공 '리명순'은 조선민주주의인민공화국이 세운 '김일성 혁명 월면 기지'의 '료리사'이다. 작품을 통해 드러나는 리명순의 이력은 다른 인물들에 비해 평범하게 느껴진다. 군인의 아내였으며, 남편의 상사였던 기지 사령관의 직접 발탁을 통해 지구에서 달로 올라왔을 따름이다.[21] 작가는 어쩌면 가장 평범한 인물을 통해 서사를 제시하고 싶었는지도 모른다. 그러나 그러한 선택이 얼마나 적절하였는가에 대해 질문을 던지게 된다. 사회주의 체제에서 태어나 성장한 평범한 여성이 '달나라'에서 펼쳐지는 풍경 속에서 경험하게 되는 충격과 그로 인한 각성은 과연 무엇일까. 이 지점에서 낸시 암스트롱의 주장을 참고할 필요가 있다. "첫째, 성은 문화적 구성물이며 그 자체 역사를 가지고 있다. 둘째, 글쓰기를 통한 자아의 재현은 근대적 개인을 경제적·심리적 리얼리티로 만들었다. 셋째, 근대 개인은 무엇보다 여성이다."[22] 즉 여성 화자를 내세우는 과정에서 정작 문화적 구성물이자 근대적 개인으로서여성에 대한 이해가 충분치 않았음을 지적하게 되는 것이다.

또한 작품 속 리명순의 형상은 '사회주의 녀성'과도 거리가 있다. 리명순이 남반부 자본주의에 대하여 적대감을 느끼는 이유는 결코 사회주의 체제의 인물이어서만은 아니다. 오히려 "남편과 아들을 어처구니없이 잃었다는 것을, 남반부 건설업자가 철근을 제대로 넣지 않고 지은 영화관에 남반부 영화관 주인이 정원의 배도 넘는 사람들을 들여보내서 이층이 무너져내렸다는 것을" 잊지 못하는 아들 잃은 어

---

20) 위의 책, 316쪽.
21) "사령관님께서 도와주신 덕분에 이곳 달나라 기지의 료리사란 자리를 차지했지만, 나는 시골에서 자라나서 집에서 살림하던 녀자였다. 료리 같은 것은 배워본 적이 없었다." 위의 책, 18쪽.
22) 낸시 암스트롱, 오봉희·이명호 역, 『소설의 정치사: 섹슈얼리티, 젠더, 소설』, 그린비, 2020, 22쪽.

머니이자 남편 잃은 아내이기도 하다.[23] 이러한 설정은 보통 국가나 체제에 귀속되는 남성을 제거하고 여성만을 남기기 위한 시도로 보인다. 그럼에도 소설 곳곳에서 나타나는 리명순의 태도는 조선민주주의인민공화국 인민/공민의 형상과 거리가 있다. 리명순은 조선민주주의인민공화국의 주석이 아닌 월면 기지의 사령관을 더 신뢰하는 것처럼 그려진다. 실상 '주석'이 소설의 전면에 드러날 일은 별로 없다. 그러나 수령－영도자에 대한 태도를 일개 사령관에게 보인다는 것은 어딘가 어색하게만 느껴진다.

결국 리명순이 보여주는 자본주의에 대한 적대라는 감정이 개인적 원한의 차원에서 소모되는 아쉬움이 포착된다. 이는 여성을 화자로 배치함으로써 비정치적 일상에서 포착되는 감정을 보다 구체적으로 드러내는 시도로도 생각해볼 여지가 있다. 그러나 이러한 제한적 감정은 리명순의 자본에 대한 각성으로 이어진다는 점에 유념하여야 한다. 그것은 달의 유일한 술집으로 등장하는 '드래코 태번'에 리명순이 해장국 레시피를 전달한 뒤 대가를 받는 과정에서 노골적으로 드러난다.

> 봉투는 꽤나 두툼했다. 그 두툼함이 일천 셀몬은 나에겐 석달 동급보다도 많다는 사실을 일깨워주었다. 내 눈앞으로 그 돈으로 살 수 있는 물건들이 스쳤다. 한 순간 순수한 기쁨이 내 머리 안쪽을 환하게 비췄다.[24]

리명순은 석달 봉급보다 많은 일천 셀몬을 통해 "남반부 사람들이 그리도 돈에 미친 까닭을 알 것도 같다"고 느끼게 된다.[25] 이러한 자본(주의)에 대한 각성은 사회주의 현실에 대한 자각과 연결된다. "국

---

23) 위의 책, 122쪽.
24) 위의 책, 178쪽.
25) 위의 책, 178쪽.

경을 넘은 뒤로 나는 줄곧 내가 가난하고 존경받지 못하는 사회의 시민임을 떠올려야만 했었다"는 리명순의 고백은 개인과 사회의 관계 속에서 사회가 책임져야 하는 부의 문제를 고민하게 만든다.[26] 김일성 혁명 월면 기지의 사령관인 박봉근도 처음 달에 도착한 요원들에게 "북반부는 정의롭고 평등한 사회주의 사회"이기 때문에 "우리는 모두 그 사실을 자랑스럽게 생각"해야 하지만 "그러나 우리는 가난"하다고 이야기한다.[27] 작가인 복거일은 소설 속 조선민주주의인민공화국 인민들의 목소리를 통하여 사회주의 체제의 빈곤을 선언하는 것이다.

하지만 1980년대 후반을 관통하는 시점에서 1990년대 초반에 포착되는 공산주의 경제체제의 조선민주주의인민공화국이 정말 가난한 곳이었을까 고민해볼 필요가 있다. 복거일의 『파란 달 아래』를 연재하던 시점에서 북쪽의 빈곤은 예견된 것이었음은 분명하다. 1980년대 후반부터 시작된 공산권의 붕괴는 공산주의 시장의 상실로 이어졌고, 이 과정에서 조선민주주의인민공화국 경제 역시 위기를 겪을 수밖에 없었기 때문이다. 그러나 북쪽의 빈곤이 직접적이고 가시적으로 드러나기 시작한 것은 1994년 이후부터였음에 주의할 필요가 있다.[28] 그렇다면 오히려 작가가 소설을 통해 재현하고 있는 북반부의

---

26) 위의 책, 89쪽.
27) 위의 책, 86쪽.
28) "사회주의권 붕괴의 여파로 북한의 제3차 7개년 계획(1987~1993)은 실패로 끝났다. 북한정부는 이후 2~3년을 완충기로 설정하고 농업, 경공업, 무역 등 3대 제일주의를 중심으로 한 혁명적 경제전략을 내세웠으나 이 전략 또한 가시적인 성과를 거두지 못했다. 1994~1997년은 대규모 아사(餓死)와 '고난의 행군'으로 대변되듯 북한경제가 나락으로 떨어졌던 시기로 기록되었다." 양문수, 『북한경제의 시장화: 양태·성격·메커니즘·함의』, 한울아카데미, 2010, 16면; "주지하다시피 제3차7개년계획기간 동안 소련이 몰락하고 동구 사회주의경제권이 붕괴되면서 조선의 계획은 수포(水泡)가 되고 만다. 그러나 한 가지 간과할 수 없는 것은 조선이 약 10년이란 기간 동안 공업 전반을 '련합기업소'체계로 꾸리고 경공업과 무역을 다각적으로 다면적으로 활성화시키는 정책을 실시하면서 조선의 경제의 구조와 체계는 중앙집권적 계획명령체계(Centrally Planned Command System)

모습은 상당 부분 소비에트와 동유럽의 상황에 기대고 있는 것인지도 모른다.

1980년대 후반부터 1990년대 초반까지 소비에트에서는 "산업 쇠퇴와 인플레이션이 통제 범위를 벗어나기 시작"했으며 "소비품 부족 사태는 근래의 어떤 기억보다도 더욱 심각하여 상점에는 긴 줄이 생겼고, 심지어 기근에 대한 우려마저 있었다."[29] 이러한 경제 위기는 소비에트 연방과 동유럽 공산권 국가가 공유하고 있는 것이었으며, 중국과 조선민주주의인민공화국의 경우 나름의 방식으로 위기를 타개하기 위한 노력을 펼치고 있었다. 문제는 당시 대한민국의 상황에서 포착 가능한 현실 공산주의는 결국 소비에트와 동유럽이었다는 사실이다. 달리 말해 복거일이 리명순을 중심으로 김일성 혁명 월면 기지 사람들의 모습을 형상화할 때 사회주의 체제에 대한 심정적 묘사는 어쩔 수 없이 왜곡될 수밖에 없는 운명이었던 것이다.

그렇기 때문에 『파란 달 아래』를 통해 묘사되는 김일성 혁명 월면 기지의 모습은 어딘가 작위적이다. 월면 기지의 요원들은 "북반부 사회를 대표하는 정예들로서 온 세계 사람들에게, 특히 남반부 사람들에게, 사회주의의 우수성을 보인다는 위대한 임무를 띠고" 있다.[30] 하지만 현실에서 조선민주주의인민공화국이 내세우고자 하는 체제 우월성이 과연 사회주의의 우수성인가에 대해서는 의문이 생긴다. 1960년대 이후로 북쪽에선 이른바 '유일적령도체계'를 통한 김일성 중심의 주체사상이 확립되어 있었기 때문이다.[31]

에서 탈피하고 있었다는 사실이다." 박후건, 『DPRK의 경제건설과 경제관리체제의 진화(1949~2019)』, 선인, 2019, 75쪽.

29) 니콜라스 V. 랴자놉스키·마크 D. 스타인버그, 조호연 역, 『러시아의 역사』(하), 까치, 2011, 912쪽.

30) 복거일, 『파란 달 아래』, 86쪽.

31) 물론 이러한 사실을 소설에 '적시할 수는 없었을 것'이다.

한편으로 리명순의 시선을 통해 포착되는 남반부에 대한 묘사 역시 문제적이다. 리명순은 남반부에서 세운 '장영실 월면 기지'를 방문하고 돌아가는 길에 "자본주의보다 사회주의가 낫다는 믿음을 뿌리째 흔들"리는 경험을 곱씹는다.[32]

> 장영실 기지의 남반부 사람들도 탐욕스러웠다. 돈이나 리익이나 경제성과 같은 말들이 들어가지 않으면, 얘기가 되지 않았다. 그러나 막상 그들과 만나 얘기해보니, 그들에겐 그런 탐욕 밖에 무엇이 더 있다는 것을 인정할 수밖에 없었다. 그들에겐 자신들이 맡은 일과 관련하여 나름의 꿈같은 것이 있었고 그런 꿈이 그들로 하여금 일에 온 힘을 쏟게 만드는 것 같았다. 아마도 그래서 그들은 언제나 활발했고 모든 일에서 자발적인 듯했다.[33]

리명순을 통해 작가가 제시하는 자본주의 사회란 '꿈'이 있고, 그 사회에서 노동하는 이들은 '언제나 활발했고 모든 일에서 자발적인' 존재들이다. 1997년 금융위기 전까지 대한민국의 경제성장과 완전고용의 시대적 상황을 떠올린다면 어느 정도 이해 가능한 진술이다. 하지만 분단이라는 현실을 고려한다면 과연 적확한 비교인가에 대해서 고민하게 된다. 어쩌면 작가가 소설을 통해 묘사하고 있는 분단의 형상이 작위적이고 피상적으로 느껴지는 이유는 분단의 다른 한쪽을 상상으로만 접근해야 하는 분명한 한계가 존재하기 때문인지도 모른다. 아쉬운 것은 복거일이 『파란 달 아래』를 통해 보여주는 태도는 그러한 한계에 대한 극복보다 한계 그 자체를 진실로 수용하고 있다는 점이다.

---

32) 복거일, 앞의 책, 131쪽.
33) 위의 책, 131쪽.

3. 달에서만 가능한 통일

1988년 독일의 통일과 1991년 소비에트의 해체는 한(조선)반도에 큰 영향을 미치는 일대 사건이었다는 것은 분명하다. "분단 자체가 제2차 세계대전 이후 냉전체제의 구축과 무관하지 않기 때문에 당연한 이야기지만 냉전구조의 심화와 이완도 남북관계 변화와 관계가" 있다는 사실을 새삼 기억할 필요가 있다.[34] 더구나 복거일이 『파란 달 아래』를 연재하던 당시는 분단 이후 가장 활발한 대화와 교류가 이어지던 상황이었다. 남북의 "정치관계 발전의 상징적 이벤트로 1990년 9월 남북 통일축구대회가 열렸고, 1991년 4월에는 제41회 세계탁구선수권대회, 6월에는 제6회 세계청소년축구대회에 남북 단일팀으로 출전하였다. 마침내 1991년 6월 17일에는 남북한의 유엔동시가입도 성사되었다."[35] 하지만 대한민국 정부의 태도는 모순적이었다. "대통령은 민간교류의 시대를 열자고 선언했지만, 관련법은 민간교류 자체를 법적으로 처벌했다. 남북 교류에 관한 법적·제도적 기준은 모호했고 집행의 일관성이 지켜지지 않았다."[36]

그래서 작가는 『파란 달 아래』를 통해 묘사되는 2039년의 남북관계를 상당히 복잡하게 설정한 것인지도 모른다. 『파란 달 아래』의 배경은 앞서 언급한 것처럼 2039년의 달이다. 소설에서는 이미 "2011년

---

34) 이우영, 「임수경 방북사건과 남북관계의 전환」, 박인휘·강원택·김호기·장훈 엮음, 『탈脫냉전사의 인식: 세계화시대 한국사회의 문제의식』, 한길사, 2012, 259쪽.
35) 조동호, 「7·7선언과 남북한 공존의 가능성」, 위의 책, 224-225쪽.
36) 김연철, 『70년의 대화: 새로 읽는 남북관계사』, 창비, 2018, 170쪽; "1988년 7·7 선언을 했음에도 불구하고, 정부는 당시 학생들의 남북 학생회담 요구를 수용하지 않았고, 정주영鄭周永 회장의 방북을 허용하면서 문익환·황석영·서경원·임수경을 밀입북 혐의로 구속했다."

북반부와 남반부가 '조선련방공화국'으로 통일"된 상황이기도 하다.[37] 하지만 이 연방제 통일은 명목상의 통일일 뿐이다. 여전히 남반부와 북반부의 체제는 유효한 상태로 작동하고 있으며 영향력은 과거의 어느 시기에 비교해서도 뒤지지 않는다. 오히려 소설 속 "북반부의 지도자들은 사회주의 체제를 지키고 사회주의 혁명을 이룰 수 있는 방책들을 여럿 마련했"을 정도이다.[38] 이때 안전장치의 하나로 작품에 등장하는 "일종의 프락찌야 집단"이 바로 '사회주의 혁명 수비대'이다.[39]

김일성 기지의 요원들이 사회주의 혁명 수비대(이하 사수대)의 존재를 인식하는 과정에 주목할 필요가 있다. 우선 일반 요원들이 '프락찌야'인 사수대에 대한 정보를 얻게 되는 경로는 남반부를 통해서이다. 소설의 또 다른 주인공인 '리명규'는 사수대에 대한 "정보는 남반부에서 나온 것이니끼니, 정확할" 것이라고 리명순에게 말한다.[40] 월면 기지 사령관 박봉근이 사수대의 실체를 확인하는 과정 역시 크게 다르지 않다. 월면 기지에서 활동 중이던 사회주의 혁명 수비대가 본격적으로 정체를 드러냈을 때 박봉근은 사수대를 설득하며 다음과 같이 말한다.

> '사회주의 혁명 수비대'란 비밀 단체가 있다는 것이야 비밀도 아니오. 북반부에서 어지간한 자리에 있는 사람이라문, 그 단체의 성격과 대략적 규모꺼지도 알고 있소. 그리고 장영실 기지 김용휴 사령관이 내게 미리 귀띔을 해줬소.[41]

---

37) 복거일, 『파란 달 아래』, 218쪽.
38) 위의 책, 218쪽.
39) 위의 책, 210쪽.
40) 위의 책, 210쪽.
41) 위의 책, 245쪽.

일반 요원뿐만 아니라 사령관까지도 정보의 최종적인 출처로 '남반부'를 언급하는 것은 무슨 의미일까. 그럼에도 불구하고 "아무런 대비책을 세우디 않았"다는 박봉근의 의도는 무엇일까.[42] 복거일이 묘사하는『파란 달 아래』속 사수대의 형태는 이른바 보위부로 지칭되는 국가보위성의 활동을 떠올리게 한다. 사수대 대원은 자신들의 임무를 "사회주의 리념과 체제를 자본가들과 그들의 고용분자들로부터 지키"는 것으로 "북반부 인민들의 위대하신 지도자 주석 동지로부터 직접 부여받"았다고 말한다.[43] 즉 월면 기지 사령관인 박봉근이 사수대의 공작에 별도의 대비책을 마련하지 않은 이유는 '주석'에 대한 충성과 신뢰가 밑바탕 되었기 때문으로 생각해볼 수 있는 지점이다.

그러나 결과석으로 박봉근은 사수대를 제압하고 지구의 조선민주주의인민공화국 지시를 반대하며 남북 월면 기지 통합을 실행에 옮긴다. 이 과정에서 박봉근은 '주석'보다 더 앞에 있어야 할 '인민'의 뜻을 따르는 것으로 생각해볼 수 있다. 리명규와 사수대 사이의 대화를 통해 박봉근의 대처를 이해할 수 있다.

> "혁명 사업을 방해한 죄를 들어 인민의 이름으로 처형하갔소."
> "인민을 팔디 마시오. 내가 바로 그 인민이오. 여기 모인 사람들이 바로 그 인민들이오. 그 인민들이 통일을, 진정한 통일을 바라는 겁네다. 당신들과 같은 반동 세력은 인민들의 그런 념원을 막을 수 없습네다. 자격도 없고 힘도 없습네다."[44]

인민이 원하는 통일이란 결국 "조선 민족이 진정한 통일의 첫걸음

---

42) 위의 책, 245쪽.
43) 위의 책, 230쪽.
44) 위의 책, 234쪽.

을 내딛는” 것이다.[45] 이러한 정황 속에서 박봉근의 선택은 체제와 주석에 대한 반란일지언정 인민과 민족의 단결을 지향하는 것임을 짐작할 수 있다. 이때 리명규를 통해 제시되는 통일의 지향점은 “영구적 토대 위에 세우는” 공동체임을 잊어선 안 된다.[46] 리명규는 “아무리 커도, 월면 기진 성격상 임시적이디요. 반면에 공동체는 영구적”이라고 말한다.[47] 이를 다소 확장하여 해석하자면 월면 기지를 세운 남북 연방 정부는 임시적일 뿐 결코 영구적일 수 없는 체제로 볼 수 있다.

연방제 통일 이후 경제 상황에 대한 소설의 묘사 방식도 문제이다. 남북 월면 기지 통합을 위한 사전 모임에서 남반부 월면 기지의 통신 요원 ‘김승훈’은 “통일이 부진했던 이유”가 “통일 비용” 때문이라고 발언한다.[48] 『파란 달 아래』를 통해 복거일이 예상하고 있는 통일 비용의 문제는 노동자들의 임금과 긴밀하게 연결되어 있다.[49] 결과적으로 연방제 통일이라는 성과를 이루었음에도 연방 정부의 경제 상황은 통일 전보다 더 위태로운 상황으로 전락한 것이다. 이로 인해 “필연적으로 남한 주민들과 북한 주민들을 갈라놓은 지역 감정의 골은 더욱 깊어졌고 연방제는 초기의 기대와는 달리 조선 사회가 진정한 통일 사회로 진화하는 것을 막았”을 뿐이다.[50] 소비에트 연방의 해체와 동유

---

45) 위의 책, 233쪽.
46) 위의 책, 207쪽.
47) 위의 책, 207쪽.
48) 위의 책, 189-190쪽.
49) “남한의 근로자들은 그런 부담에 대해 보상을 요구했습니다. 즉 통일 부담금을 낸 만큼 임금을 올려달라는 것이었습니다. 일을 어렵게 만든 것은 북한 노동자들의 참여에서 나온 임금 하락을 남한의 노동조합이 결사적으로 막았다는 사실이었습니다. 그래서 남한의 임금이 내려간 것이 아니라 북한의 임금이 남한의 임금에 가까운 수준으로 단시일에 상승했습니다. 그리고 기업가들은 그렇게 빠른 임금 인상에 저항하거나 이윤의 폭을 줄이는 대신 손쉬운 길을 택해서 소비자들에게 부담을 전가했습니다. 그런 상태에서 어떻게 경제가 제대로 움직일 수 있겠습니까?” 위의 책, 190쪽.
50) 위의 책, 191쪽.

럽 공산권의 붕괴 과정에 대하여 "1989년 격변의 진정한 승자는 민주주의가 아니라 자본주의"라는 역사학자의 진단을 다시 생각하게 된다.[51]

이러한 태도는 북반부 출신 요원들을 통해서도 드러난다.

> "우리는 한민족이고 한나라입네다. 이제 련방제 국가로 통일된 지도 발쎄 삼십 년이 되잖습네까? 그러나 실상을 살펴보문, 아직꺼지도 두 나라입네다. 한국기를 쓰고 한국가를 쓰디만, 서로 다른 사회 체제를 유지하고 있잖습네까? 지역 감정의 골이 워낙 깊어서, 기대했던대로 경제적 통합이 이루어디디도 않구요."[52]

리명규는 연방제 통일 이후 30여 년이 지났음에도 진정한 통일로 나아가지 못하는 상황에 대해 푸념한다. 조선연방공화국으로 통일을 이루었지만 여전히 조선민주주의인민공화국과 대한민국의 체제는 유지되고 있다. "이대로 시간이 좀더 흐르면, 우리는 영영 갈라지고 말" 것이라는 리명규의 말은 꽤나 현실적이다.[53] 게다가 리명규는 월면 기지의 통합 계획하는 단계에서 "우리가 합치겠다고 해도 아래쪽에서 허락하지 않으리라고" 짐작하면서 "선뜻 허락할 사람들이라문, 아직도 련방제를 고집하갔"는가 질문을 던진다.[54]

리명규가 찾은 해답은 "우주 공간의 영향력이 절대적이니끼니, 그걸 잘만 리용하문, 우리는 관료주의의 속박에서 의외로 쉽게 벗어날 수 있"을 것이라는 기대이다.[55] 그러한 기대는 남반부 요원 김승훈을

---

51) 마크 마조워, 김준형 역, 『암흑의 대륙: 20세기 유럽 현대사』, 후마니타스, 2009, 533쪽.
52) 복거일, 『파란 달 아래』, 73-74쪽.
53) 위의 책, 75쪽.
54) 위의 책, 76쪽.

통해서도 반복적으로 나타난다. "여기선 평양이나 서울의 영향력이 그리 크지 않"은 것이다.[56] 고장원의 지적처럼『파란 달 아래』의 "최대 쟁점은 달의 남북한 기지 두 곳이 의기투합하여 제3의 국가로 독립하겠다는 선언을 어떻게 의미부여 하느냐의 문제다."[57] 그리고 그러한 선언을 "애국심(또는 민족의식)의 발로"로 해석하거나 "탈민족주의 내지 세계주의"의 견지로 보는 경우가 대표적이다.[58]

어쩌면 복거일이『파란 달 아래』를 쓰면서 제시하고자 했던 통일은 그저 상상 속 유토피아에 가까운지도 모른다. 달리 말해 작가에게 중요한 것은 통일의 의미가 아니라 통일이라는 실천 그 자체였을 수도 있다. "우리 기지들의 통합과 우리 민족의 통일은 인류가 그렇게 하나의 문명, 하나의 종족을 이루는 데 기여하는 방식으로 실현되어야 할 것"이라는 박봉근의 연설은 그러한 사실을 짐작케 한다.[59] 그래서 복거일은『파란 달 아래』를 통해 과거의 갈등을 봉합하는 것보다 미래 지향을 더 강조하고 있는 것인지도 모른다. 즉 "달나라에도 원주민이 생긴" 미래의 어느 시점을 통해서만 통일이 가능한 것이다.[60] 이러한 징후적 통일 지향의 태도에 대하여 복도훈은 "복거일이 염두에 두는 SF가 자유민주주의적 유토피아의 정체(政體)를 상상적으로 구현하는 한편, 그런 프로젝트의 걸림돌이 되는 전체주의와 권위주의에 대한 비판을 실천"하는 것으로 평가한다.[61]

복거일이『파란 달 아래』를 통해 제시하는 통일-유토피아는 지구

---

55) 위의 책, 139쪽.
56) 위의 책, 191쪽.
57) 고장원,『한국에서 과학소설은 어떻게 살아남았는가?』, 397쪽.
58) 위의 책, 397-398쪽 참조.
59) 복거일,『파란 달 아래』, 267쪽.
60) 위의 책, 133쪽.
61) 복도훈,「한국의 SF, 장르의 발생과 정치적 무의식: 복거일과 듀나의 SF에 대하여」,『SF는 공상하지 않는다』, 은행나무, 2019, 180쪽.

를 벗어나서야 가능하다. "태양계에서 사람들이 제대로 공동체를 이루어 살 수 있는 곳은 달과 화성밖에 없"는 까닭이다.[62] 비록 지구에 뿌리를 두고 있기는 하지만 "우주선 안에서 씨에서 씨까지 한 생활 주기를 보낸 첫 식물"과 마찬가지로 인류가 우주에서 한 생애를 보내고 나야지만 이해관계가 개입되지 않은 갈등의 봉합이 가능해지는 것이다.[63] 이미 수립된 "련방정부조차도 과거의 유물"일 뿐이며 "새로운 시대는 새로운 사회를 요구하고 새로운 사회는 새로운 정치 체제를 요구"할 따름이다.[64]

『파란 달 아래』와 『역사 속의 나그네』가 세계관을 공유한다는 지적에 대해 신중할 필요가 있다. 실제 복거일은 연재 당시부터 그러한 지석에 "자신이 쓴 작품들을 하나의 매끄러운 유기체로 만들고 싶은 충동은 모든 작가들이 경계해야 할 것"이며 "그런 일에 들어가는 비용은 작지 않지만, 결과는 신통치 못"하다고 분명히 선을 그었다.[65] 하지만 『역사 속의 나그네』에서는 이미 『파란 달 아래』의 서사가 예견되어 있던 것은 사실이다.[66] 『역사 속의 나그네』에서는 통일의 과정을 다음과 같이 묘사한다.

> 박(박봉근 주석: 필자 첨)은 2039년 북조의 월면군(月面軍) 사령관으로 자신이 지휘한 '김일성 월면 기지'와 남조의 '장영실 월면 기지'의 통합을 이루고 조선공화국 월면 임시 정부를 세웠다. 그리고 2043년 한반도에 조선공화국 정부가 세워질 때까지, 네 해 동안 주석으로 임시 정부를 이끌었다.[67]

---

62) 복거일, 『파란 달 아래』, 135-136쪽.
63) 위의 책, 149쪽.
64) 위의 책, 270쪽.
65) 복거일, 「작가로부터의 편지」, 『파란 달 아래』, 300~301쪽.
66) 복거일, 『역사 속의 나그네』(2), 문학과지성사, 2015, 168-169쪽 참조.

『역사 속의 나그네』에서『파란 달 아래』는 영화에 해당한다.[68] 그러나 정작『파란 달 아래』에서 낙관적으로 전망된 통일 이후의 모습을 『역사 속의 나그네』에선 찾아보기 어렵다. "통일을 위해서 무엇을 준비해야 하는지 알기 어려웠고 아는 대로 실천하기는 더욱 어려웠으므로, 실제로는 통일에 대한 준비가 제대로 이루어지지 못했다."[69] 오히려 "남조와 북조가 조선공화국을 이루는 과정에서 남조는 북조를 실질적으로 흡수"한 것으로 묘사된다.[70] 여기서 의아한 것은『역사 속의 나그네』에선 과도기에 해당하는 연방제 통일에 대한 흔적 역시 찾아볼 수 없다는 사실이다.

다만 복거일이 독자의 질문에 대답한 내용을 보면 이러한 혼란은 복수의 작품을 동시에 창작 과정에서 나타난 시차의 오류로 판단할 수 있다. 복거일에 따르면 "『파란 달 아래』는『역사 속의 나그네』에 나온 일화 하나를 펼치는 것"에 해당하는 까닭이다.[71] 또한 복거일이 후기에 발표한 단편소설을 통해서도 통일에 대한 흔적을 찾아볼 수 있다. 다만 "남북한이 연방을 이룬 지 세 해가" 지난 시점을 그리고 있는 단편소설「서울, 2029년 겨울」에선 연방제는 통일로 여겨지지 않는다.[72] 오히려 "남한 지도자들이나 북한 지도자들이나 통일이 되어 자신들의 권력을 내놓는 것을 바라지 않는지도 몰랐다"는 진술을 통해 "통일은 여전이 요원"함을 보여주고 있다.[73] 어떤 형태로든 복거일이 1980년대 후반부터 1990년대 초반까지 통일에 대한 지향성을 견지하

---

67) 복거일, 위의 책, 168쪽.
68) "『파란 달 아래』는 2039년 조선공화국 임시 정부가 월면 기지에 세워졌을 때, 그 일에 참여했던 북조 여인의 수기를 대본으로 삼았다." 위의 책, 387쪽.
69) 위의 책, 386쪽.
70) 위의 책, 386쪽.
71) 복거일,「작가로부터의 편지」,『파란 달 아래』, 301쪽.
72) 복거일,「서울, 2029년 겨울」,『애틋함의 로마』, 문학과지성사, 2008, 280쪽.
73) 위의 책, 280쪽.

던 것과 달라진 지점으로 보인다.

4. 2039년까지 남은 시간

세계의 SF 문학은 냉전의 상황 속에서 끊임없이 핵무기의 위협을 상상했고, 자신들의 체제를 마냥 낭만적으로 볼 수만은 없었다. 그래서 과거의 역사를 다시 쓰거나 가까운 미래에 대한 상상을 반복했는지도 모른다. 동시에 "냉전 이데올로기와 초강대국의 개입은 다수의 제3세계 국가를 반영구적인 내전상태로 몰아넣는 데 일조했다"는 사실을 기억할 필요가 있다.[74] 초강대국이 아닌 입장에서 냉전 논리와 자본주의의 어두운 면을 포착하여 SF적인 상상력으로 녹여낸다는 것은 현실적으로 쉽지 않은 일이었기 때문이다.

> 냉전 시기 서구에서는 소비에트 공산주의를 직접 체험할 기회가 차단되었기 때문에, 공산주의를 인간이 기계로 바뀌는 차가운 합리성의 제국으로 보는 이런 인식은 주로 위대한 문학 전통, 특히 유토피아 사회의 청사진 및 반유토피아 논쟁들과 관련된 전통에 의거해 형성되었다.[75]

위에 인용한 보리스 그로이스의 진단은 대한민국의 상황에도 소급하여 적용할 수 있다. 서구가 소비에트 공산주의를 직접 체험할 기회가 없었던 것처럼 대한민국 역시 조선민주주의인민공화국을 직접 체험할 기회란 없다. 다만 서구가 소비에트를 '합리성의 제국'으로 본 것

---

74) 오드 아르네 베스타, 옥창준 역, 『냉전의 지구사: 미국과 소련 그리고 제3세계』, 에코리브르, 2020, 638쪽.
75) 보리스 그로이스, 김수환 역, 『코뮤니스트 후기』, 문학과지성사, 2017, 100쪽.

과 달리 대한민국은 감정적인 시선으로 조선민주주의인민공화국을 바라보고 있다. 그것은 분단과 전쟁 경험을 통한 합리적 선택이었는 지도 모른다. 그럼에도 세계의 SF 문학이 냉전을 통해 새로운 상상력과 창의적인 서사를 반복한 것과 달리 우리의 문학은 분단을 있는 그대로의 소재로 활용할 수 없었다. 특히나 반공이 지배적인 담론으로 존재하는 한국에서 문학과 분단의 연결은 장르를 떠나서도 쉽지 않은 시도였다.

'분단폭력'의 문제 역시 복거일 이후 한국 SF소설이 분단을 다룸에 있어서 더 이상 통일이 아닌 디스토피아를 상상케 하는 매개가 되었다.[76] 분단폭력의 작동을 전제하지 않더라도 분단 극복의 서사가 디스토피아를 향하는 이유는 무엇일까. "민족의 문화자원 가운데 아마 가장 강력한 것은 공동체를 위한 끊임없는 (운명과의) 싸움과 희생이 요구되는 민족의 운명이라는 이상이었다"는 사실을 떠올릴 필요가 있다.[77] 1997년 금융위기 이후 신자유주의가 자리 잡은 대한민국은 더 이상 체제를 위한 개인의 희생을 설득할 수 없는 사회가 되었다. 달리 말해 민족의 당위로써 주장되었던 통일(내지 분단 극복)은 더 이상 어떤 실효성도 갖지 못한 상황이 된 것이다.

---

76) "분단으로 야기된 폭력적 활동과 구조, 그리고 이를 뒷받침하는 문화와 담론을 총칭하는 분단폭력은 분단의 이름으로 자행되는 수많은 폭력적 살상과 인권유린, 억압을 한반도 비평화의 중심 개념으로 사용한다. 한반도에서 분단폭력은 자본주의, 공산주의라는 이념과 정전체제를 비롯한 각종 법체계, 대립적 남북관계에 의해 매우 공고하게 구축되어 있다." 김병로, 「문제제기와 구성」, 김병로·서보혁 엮음, 『분단폭력: 한반도 군사화에 관한 평화학적 성찰』, 아카넷, 2016, 15쪽; 또한 김병로에 따르면 "첫째로, 분단폭력은 자본주의와 공산주의라는 '이데올로기'를 폭력사용의 정당성으로 삼는다는 점", "둘째로, 분단폭력은 '정전체제'를 명분으로 가해지는 폭력"이라는 점, "셋째로, 분단폭력은 더 분명하게 상대체제를 적으로 규정하는 법질서에 의해 정당화 된다는 점", "마지막으로, 분단폭력은 구조적이며 집단성을 띠고 있다는 점에서" 일반적인 폭력과 구별된다(「한반도 비평화와 분단폭력」, 위의 책, 35~37쪽 참조).
77) 앤서니 D. 스미스, 김인중 역, 『족류: 상징주의와 민족주의』, 아카넷, 2016, 226쪽.

물론 분단문학 혹은 통일문학이라는 표제를 달고 등장한 작품들은 우리 문학사 안에 다수 존재한다. 하지만 대부분 과거사 문제에 천착하거나 과장된 낭만으로 상상된 통일 현상을 제시하는 데 그친다.[78] SF문학의 하위 장르 가운데 하나인 디스토피아 미래 소설의 형식에 해당하는 이응준의『국가의 사생활』과 장강명의『우리의 소원은 전쟁』은 그래서 눈길을 끈다. 두 작품은 보리스 그로이스의 언술을 가장 극명하게 방증하는 소설이기 때문이다.『국가의 사생활』과『우리의 소원은 전쟁』은 한국에서 발표된 장편소설들 가운데 냉철한 시선으로 분단 이후를 바라보는 작품들이기도 하다. 한편으로 이응준과 장강명의 소설이 나오기까지 1990년대의 "대체역사소설이나 가상역사소설들이 복거일의 작품과 마찬가지로 민족과 통일의 문제들을 내포하고 결과적으로 남한 체제의 우수성을 의식하고 있는 것은 창작자들에게 무의식적으로 '적절한 주제'에 대한 강박이 존재했음을 드러내"준다는 지적은 타당해 보인다.[79] 당위로써 존재하던 민족의 통일과

---

78) 한편 탈냉전 시기 분단문학과 (역사) 기억의 관계에 대하여 유임하는 다음과 같이 정리한 바 있다. "세계 냉전 체제의 해체를 전후로 해서 이후 한국 문학의 장에서는 기억의 문제가 대두한다. 이 현상은 침묵된 기억, 봉인된 기억의 개방이었다. 냉전 체제의 엄혹한 감시와 통제가 풀리면서 망각되었거나 금기로 남았던 전쟁과 학살의 기억이 비로소 분출하기 시작한 것이다. 이러한 새로운 징후들은 1970년대 이후 등장한 분단 이야기와 얼마간 변별된다. 분단 이야기는 전쟁과 죽음, 실향과 이산의 문제를 가족의 환란과 이야기 주체 자신의 자전적 요소 안에 담아왔다. 그러나 이 자전적 분단 이야기가 민족 차원으로 승화되어 자신을 민족의 주체로 정립하려는 일련의 경로를 거친다면 봉인된 기억, 침묵된 기억의 발화는 분단 이야기가 회귀하는 민족의 지평과는 다른 지점을 열게 된다." 유임하,『한국 소설의 분단 이야기』, 책세상, 2006, 83쪽.

79) 이지용,「한국 SF 서사와 문화사회학: 근대를 위한 서사에서 탈근대의 서사로」,『비교문화연구』제55집, 경희대학교 비교문화연구소, 2019, 14쪽; 이어 이지용은 "결국 한국의 SF는 과학을 도구로 여기던 인식을 극복하지 못하고 세계시민이나 확장된 세계에 대한 관념들을 견지하지 못하는 한계를 드러내며, 이후로 20세기 말엽까지도 거대담론의 헤게모니와 분단이라는 특수성에 함몰되어서 사회가 요구하는 적절한 주제들을 구현하는 데 그치게" 되었다고 평가한다(15쪽).

분단 극복의 문제는 결국 한계와 제약이 없어야 할 SF적 상상력에까지 한계로 작용하였기 때문이다.

복거일이 1992년에 발표한 장편소설『파란 달 아래』는 두 차례의 통일된 미래를 제시하고 있다. "2011년 북반부와 남반부가 '조선련방공화국'으로 통일"되었고, 연방제 통일의 극복을 위하여 "이천삼십구년 칠월 이십오일 조선공화국 월면 림시정부"가 수립되었다.[80] 지구의 분단은 연방제라는 과도기적 형태를 통하여 극복이 시도되었으나 실상은 남과 북의 체제가 더욱 공고해지는 동시에 남반부 자본주의의 병폐가 북반부로까지 확장되는 결과를 낳았을 뿐이다. 해방과 분단 그리고 전쟁 이후에 민족의 과제로 남았던 통일이지만 연방 정부는 남북 위정자들의 눈치만을 볼 뿐이었다. 작가의 말처럼 "연방제는 남북한이 체제의 급격한 변화를 피하면서도 통일을 지향하는 역사적 힘을 수용하는 길이기 때문"이다.[81] 진정한 통일은 임시정부라는 형태를 통하여 '달나라'에서 성취되었다. 200명이 조금 안 되는 소수의 월면 기지 요원들이 마음을 하나로 모았을 때야 비로소 통일이 가능했던 것이다.

『파란 달 아래』를 통해 작가가 마지막에 제시하는 것은 "이제 외계를 향하"여 나아가야 한다는 새로운 탈민족적 과업이다.[82] 그렇기 때문에 "인류의 마지막 프론티어이자 진정한 프론티어라고 일컬어지는 외계로 향하는 관문인 달나라"에서만 통일이 가능한 것인지도 모른다.[83] 복거일의 소설이 1992년에 던졌을 감흥을 지금 시점에서 짐작하기란 쉽지 않다. 하지만 분명한 것은 복거일이 지구의 통일을 상상

---

80) 복거일,『파란 달 아래』, 218면; 272쪽.
81) 복거일,「작가로부터의 편지」, 위의 책, 319쪽.
82) 위의 책, 282쪽.
83) 위의 책, 267쪽.

한 2011년은 이미 지났으며, 달에서 통일이 이루어질 2039년까지 얼마 남지 않은 시점이라는 사실이다. 『파란 달 아래』를 통해 복거일이 제시하였던 탈분단의 형태에 얼마나 근접했는지 굳이 진단할 필요는 없어 보인다. 그러나 '가까운 미래'에 이루어질 것이라 상상되었던 통일은 여전히 먼 미래의 일로 생각되는 것이 현실이다. 1990년대의 분단 극복에 대한 욕망이 2020년대에도 유효할 것이라는 주장을 하려는 것은 아니다. 다만 분단 현실의 제약과 한계 속에서도 시도될 수 있었던 탈분단의 서사를 최근 들어 찾아보기 어려워진 것은 분명 아쉬운 지점이다.

> 혹여 우리 모두가 평화를 상상하지 못하는 이유가 현실의 조건을 따지는 것에 너무 깊이 매몰되어 있기 때문은 아닐까. 탈분단과 통일을 준비한다는 명목 아래 분단을 성역으로 만들어버린 것일까. 곰곰이 돌이켜보면 남북한이 맞닥뜨린 현실적 문제를 둘러싼 논의는 한반도에서 평화와 통일의 불가능성을 증명하는 알리바이가 되어왔다.[84]

분단 극복에 대한 욕망 이면에는 탈분단을 회피하려는 관성도 존재한다. 오히려 민족 동질성을 이야기하면서도 체제의 다름을 강조하는 상황이 반복되어 오기도 하였다. 분단 극복, 즉 탈분단이 통일의 동의어라는 주장을 하려는 것은 아니다. 다만 분단 그 자체를 직시하여 현재를 성찰하고 미래를 제시할 수 있는 태도는 분명 중요하다. 그리고 SF소설가 복거일이 창작했던 소설들은 그러한 태도를 충분히 증명하고 있다. 복거일은 『애틋함의 로마』에서 라이언 올디스를 인용하며 과학소설을 "우리의 발전된 그러나 혼란스러운 지식수준에, 즉 과학

---

84) 김성경, 『갈라진 마음들』, 창비, 2020, 295쪽.

에, 비추어 나올 수 있는 사람의 정의와 우주에서의 그의 위치를 찾는 일"이라고 한 것에 대하여 강조한 바 있다.[85] SF라는 소설 형식을 통해 끊임없이 민족의 문제를 성찰하고, 현실을 재현하며, 미래를 그리고자 했던 작가의 창작 태도를 다시 생각하게 된다. 어쩌면 복거일의 『파란 달 아래』야말로 분단 현실 그 자체에 천착한 소설이었는지도 모른다.

참고문헌

1. 기본자료

복거일, 『碑銘을 찾아서: 京城, 쇼우와 62년』, 문학과지성사, 1987.
복거일, 『파란 달 아래』, 문학과지성사, 1992.
복거일, 『애틋함의 로마』, 문학과지성사, 2008.
복거일, 『역사 속의 나그네』(전 6권), 문학과지성사, 2015.

2. 국내문헌

고장원, 『한국에서 과학소설은 어떻게 살아남았는가?: 한국과학소설100년사』, BOOKK, 2017.
김명석, 「과학적 상상력과 측량된 미래: 복거일의 『파란 달 아래』 연구」, 대중문학연구회 편, 『과학소설이란 무엇인가』, 국학자료원, 2000.
김병로 · 서보혁 엮음, 『분단폭력: 한반도 군사화에 관한 평화학적 성찰』, 아카넷, 2016.
김성경, 『갈라진 마음들: 분단의 사회심리학』, 창비, 2020.
김연철, 『70년의 대화: 새로 읽는 남북관계사』, 창비, 2018.
모희준, 「냉전 시기 한국의 과학소설에 구현된 국가관 연구」, 선문대학교 대학원 국어국문학 박사학위논문, 2015.
박인휘 · 강원택 · 김호기 · 장훈 엮음, 『탈脫냉전사의 인식: 세계화시대 한국사회의 문제의식』, 한길사, 2012.
박후건, 『DPRK의 경제건설과 경제관리체제의 진화(1949~2019)』, 선인, 2019.
복도훈, 『SF는 공상하지 않는다』, 은행나무, 2019.
양문수, 『북한경제의 시장화: 양태 · 성격 · 메커니즘 · 함의』, 한울아카데미, 2010.
이지용, 「한국 SF의 스토리텔링 연구」, 단국대학교 대학원 문예창작학 박사학위논문, 2015.

---

85) 복거일, 「작가의 말」, 『애틋함의 로마』, 301쪽.

이지용, 「한국 SF 서사와 문화사회학: 근대를 위한 서사에서 탈근대의 서사로」, 『비교문화연구』 제55집, 경희대학교 비교문화연구소, 2019.

주민재, 「'가까운 미래'에 관한 탐구와 사산된 문학적 가능성: 복거일의 『파란 달 아래』를 중심으로」, 『한국민족문화연구』 56호, 한민족문학학회, 2016.

3. 해외문헌

C. 라이트 밀즈, 강희경·이해찬 역, 『사회학적 상상력』, 돌베개, 개정판; 2004.

낸시 암스트롱, 오봉희·이명호 역, 『소설의 정치사: 섹슈얼리티, 젠더, 소설』, 그린비, 2020.

니콜라스 V. 랴자놉스키·마크 D. 스타인버그, 조호연 역, 『러시아의 역사』(하), 까치, 2011.

마크 마조워, 김준형 역, 『암흑의 대륙: 20세기 유럽 현대사』, 후마니타스, 2009.

보리스 그로이스, 김수환 역, 『코뮤니스트 후기』, 문학과지성사, 2017.

셰릴 빈트·마크 볼드, 송경아 역, 『SF 연대기: 시간 여행자를 위한 SF 랜드마크』, 허블, 2021.

앤서니 D. 스미스, 김인중 역, 『족류: 상징주의와 민족주의』, 아카넷, 2016.

오드 아르네 베스타, 옥창준 역, 『냉전의 지구사: 미국과 소련 그리고 제3세계』, 에코리브르, 2020.

제15장

한국 재난 서사의 계보학
비인지적 낯익음에서 인지적 낯설게 하기까지

황호덕

1. 서론: 논의의 지평과 제한성

본고는 재난에서 인간의 작위에 귀속되는 심급을 고찰하는 일련의 한국소설들의 흐름을 현대 한국의 참사 관련 서사와 SF소설들의 사회적 상상력을 검토함으로써 계보화해보는 데 그 목적이 있다. 인간의 인지로 어찌할 수 없는 재앙에 관한 이야기로부터 시작해, 2000년을 전후해 재난의 사회적 성격을 뚜렷이 해온 일련의 소설들의 사례를 검토하고 인간의 작위로 수정 가능한 현실에 대한 SF적 상상력들을 소설사적 의제로 발굴해 보려 한다.

재난에는 두 심급이 늘 함께 관계해왔다. '별 혹은 행성의 불길한 국면'이라는 첫 번째 정의와 '갑작스럽거나 커다란 불행'이라는 두 번째 정의가 그것이다. 두 번째 정의에는 '신체적 고통이나 장애[질환]'라는 재난의 개인적 경험이 포함된다(OED, 1989). 제1의 의미와 제2의 의미(calamity) 사이에 무엇이 있을까? 재난 혹은 재난의 가능성이 보편적인 것인지 국지적·계급적·개인적인 것인지에 대해서는 내내 쟁론이 있어 왔다. 홍수나 가뭄, 태풍과 지진과 같은 천재지변과 그에 이은 문명사회의 파괴와 같은 역사적 재난들이 불가항력적인 경우에 있어서조차, 그 피해들은 종종 계급, 젠더, 인종 등과 같은 사회적 서열(hierarchy)에 의해 불균등하게 나타났기 때문이다. 위험 지위와 계급 지위는 같지 않지만, 서로 중첩되거나 서로를 증폭한다.

우선 첫 번째 재난의 행성적 국면, 인류의 행성 공유라는 사태가 그 모습을 드러낸 지구화 시대에서 재난은 보편적인 현상으로 나타났는데, "빈곤은 위계적이지만 스모그는 민주적이다"[1]라는 언명은 이를

---

1) 울리히 벡, 홍성태 옮김, 『위험사회: 새로운 근대(성)을 향하여』, 새물결, 1997, p.77.

집약적으로 요약한 진술이라 할 수 있다. 근대산업사회는 "경제 회복과 성장을 보호하는 것이 여전히 도전받지 않는 제일의 순위를 부여" 받는 사회인데, 따라서 역사적으로 보면 "인식 가능한 부와 인식 가능한 위험 사이의 경주에서 위험은 결코 승리할 수 없"었다. 부의 가시성과 위험의 비가시성은 계급 지위와 위험 지위의 중첩과 증폭에도 불구하고, 부유한 산업국들에도 보편적 위험으로 닥쳐 와 있다.[2] 글로벌 경제와 글로벌 기후 위기가 결합되어 있는 지금, 이주, 불평등의 폭발적 증가, 안보, 신기후체제 등은 서로 다르지 않은 하나의 위험[3]이 되어 있다. 장-뤽 낭시는 후쿠시마 원전 누출 사고 직후, 인류 붕괴의 가능성까지를 포함하는 상호연결성이 초래하게 될 현대 재난의 성격으로 파국의 등가성(l'Équivalence des catastrophes)을 제시한 바 있다. 자본주의하 화폐와 과학기술이 기초하는 일반적 등가성(l'équivalence générale)의 원리가 기술과 이익의 계산으로만 이루어진 근대 사회를 만들었다고 할 때, 개별 수단들의 목적화 및 목적 그 자체의 산란은 인류를 이제 문명적 파국의 지경에 이르게 하였다는 것이다. (예컨대 생의 최적화라는 목적의 수단인 전력 생산의 수단인 원자력 장치 자체의 목적화와 후쿠시마 원전 누출이라는 문명적 파국) 파국의 등가성에 도달해버린 일반적 등가성의 원리에 맞세운 '공약불가능한 평등성' 혹은 '비등가적 코뮤니즘'의 이념[4]은 '일반적 등가성'으로부터 가치

---

2) 울리히 벡, 위의 책, pp.90-91.

3) 브뤼노 라투르, 박범순 옮김, 『지구와 충돌하지 않고 착륙하는 방법: 신기후체제의 정치』, 이음, 2021, p.26.

4) ジャン=リュック・ナンシー, 渡名喜庸哲 訳, 『フクシマの後で: 破局・技術・民主主義』, 以文社, 2012, pp.70-71. 낭시가 보기에 파국의 등가성이라는 현상 혹은 잠재적 상황은 국가적, 국제적, 시간적[문명적] 차원을 갖는데(「序文にかえて―ジャン=リュック・ナンシーとの対話」, 위의 책, 5-8쪽), 이는 일반적 등가성의 원리하에 진행된 불평등의 문제를 해결하는 방향=비등가적 코뮤니즘과 공약불가능한 평등의 지향 속에서만 근본적인 변화가 가능하다.

평가가 불가능한 공통의 척도가 없는 절대적 특이성으로의 이행을 인류의 과제로서 제시한다.

재난에서 자연과 작위를 가르는 일은 늘 어려운 일이었지만, 지구적 규모의 재난은 이를 더욱 어렵게 하고 있다. 하지만 자연에서 작위를 분할해내는 과정 없이 재난을 극복하거나 방어할 수 있는 인간의 수단을 생각할 수는 없다. 그렇다고 할 때, 일반적 등가성을 관철하는 '근대화 프로젝트'[5]는 그 작위를 추동하는 가장 강력한 힘 중 하나일 것이다.

본고에서는 이 근대화 이데올로기 비판이 가속화된 계기로서의 붕괴와 참사, 또 이에 대한 서사적 대응을 살펴본다. 근대화 프로젝트의 위기를 보여준 붕괴와 참사에 대한 서사적 대응, 재난의 개인화라는 IMF 경제 위기 이후의 사회에 대응한 소설들이 이 글 전반부의 해명 대상이다. 아울러, 인재와 참사의 상상력이 사회적 과학과 만나 표출된 페미니스트 SF의 몇몇 사례들을 글 후반부에서 살펴보겠다. 끝으로 만연한 일상의 재난을 인간의 작위로서 사건화하는 한편 새로운 유토피아의 상상력으로 현재를 인지적으로 낯설게 하는 새로운 서사적 흐름들에 대해 약간의 주석을 시도해보고자 한다.

재난 서사가 기후 위기를 포함한 지구적 보편성을 논의의 큰 지평으로 삼는다고 할 때, 본고의 논의는 일견 제한적으로 보일 수 있다. 하지만 신기후체제의 근간에 근대화의 프로젝트가 있다고 할 때, 한국의 개발 근대화 이데올로기를 비판적으로 서사화되는 장면들에 포착된 재난의 보편성(우연성, 나도 거기 있을 수 있다)과 국지성(필연성, 그/그녀는 가지지 못했기 때문에 거기에 있었다)은 재난의 회피 가능

---

5) 근대화 프로젝트가 글로벌화의 행진을 통해 모든 저항을 비합리성의 영역으로 추방하는 과정에 대해서는 다음 저작을 참고. 브뤼노 라투르, 박범순 옮김, 『지구와 충돌하지 않고 착륙하는 방법: 신기후체제의 정치』, 이음, 2021, 34-36쪽.

성을 고찰하는 데에도 일정한 암시점을 줄 수 있다. 무엇보다 왜 일련의 참사들 이후에 페미니스트 SF 서사가 한국소설의 한 주류로 나타났는지를 설명하기 위해서라도 한국 재난 서사에 관한 계보학적 고찰이 필요하다.

2. 재앙 이야기, 비인지적 낯익음: 재−재앙화

재난 이전에 그 모든 붕괴와 몰락에 이어진 주검들은 재앙으로 간주되었다. 영어에서는 잘 구별되지 않는 재난과 재앙[6]은 역사적으로나 정치적으로 전혀 다른 함의와 뉘앙스를 가진 표현으로 쓰여 왔다. 재난과 재앙 사이에는 규모의 차이 외에도 유의미한 화용론적 차이가 있다. "뜻하지 아니하게 생긴 불행한 변고 또는 천재지변으로 인한 불행한 사고"를 뜻하는 재앙과 "뜻밖에 일어난 재앙과 고난"을 뜻하는 재난이 사실상 각각 "재앙 ≒ 구앙(咎殃), 변재(變災), 앙(殃), 앙재(殃災), 적구(謫咎), 화구(禍咎), 화앙(禍殃)" 또는 "재난≒액난(厄難), 화해(禍害)"와 같이 의미론적 순환 관계를 이루는 한자 어휘[7]들이라 할지라도, 재앙은 화(禍), 즉 신이 복을 내리지 않아 생기는 해로움(害也, 神不福也. 从示, 咼聲.『說文解字』)이라는 함의를 강하게 지닌 채 쓰여

---

6) 두 용례가 다 나타나는 Jones의 영한사전은 Disaster를 "n.재앙(災殃), 재란(災難): (financial) 랑패(狼狽)"로 해제하고 있으며, 이후 이러한 풀이는 거의 모든 사전에서 발견된다. 의미론적 중첩은 이때도 있어서 "catastrophe, n.사변(事變); 재앙(災殃)"라고 제시되어 있다. George Heber Jones, *An English-Korean dictionary*, Tokyo, Japan: Kyo Bun Kwan, 1914.

7) 재난과 재앙과 관련된 어휘들은 다음 글자들 사이의 순환론적 구조로 되어 있으며 의미론적으로도 상호 지시적이다. 咎(허물 구), 殃(재앙 앙), 變(변할 변), 災(재앙 재), 謫(꾸짖을 적), 禍(재앙 화), 厄(재앙 액), 難(어려울 난), 害(해로울 해)

온 것이 아닌가 한다. 요컨대 재난은 인간이 만든 것으로 인간이 막거나 대비할 수 있으나 재앙은 하늘의 일이니 인간이 막을 수 없거나 하늘의 뜻을 살펴야 줄일 수 있다는 이야기가 된다.

여기서 재앙은 일종의 천관(天譴: 하늘의 꾸짖음) 혹은 '천벌'이라고도 할 수 있는데, "하늘을 대신해 성패를 가린다"라는 천인상관(天人相關)의 사고방식 속에서 보자면 세상의 재앙과 이변과 같은 악(惡)은 인간의 부덕에 대한 하늘의 꾸짖음이기에 치자(治者)는 스스로의 행동거지를 바르게 하고 부덕을 고치는 것[8] 외에 여기에 관여할 다른 방도는 없다 (천인상관의 논리하에서 천하를 다스리는 중국 제국의 형이상학과 통치 원리가 여기에 있다.) 천인상관에 따르는 '전체'로서의 부덕과 그 소치(所致)로서의 재앙은 도덕적 책임의 대상으로, '사안'에 따른 책임과 교정(矯正)을 묻는 일을 통해 치자의 행위와 책임으로 소급해가는 재난과는 그 성격이 다르다. 커다란 재난과 재앙은 모두 일종의 대참사(catastrophe)이지만, 재난에는 인간의 부주의한 앎과 얼크러진 일에 기인하는 인재(人災)로서의 측면과 그 책임과 방지에 대한 인지적 역작용(cognitive reaction)이 화용론적 뉘앙스로 기입되어 있는 듯 보인다. 반면 재앙은 명명 불가능한 것으로 명명을 강제하는 일[9]을 통해서만 인간의 일로 등기된다. 말하자면 재앙은 무언가

---

8) 中島隆博,『悪の哲学: 中国哲学の想像力』, 筑摩書房, 2012. 나카지마 다카히로에 따르면, 사람의 '내면'에 악의 장소를 요구하는 주자학보다는 고대의 천견(天譴)설에 이런 사상의 근원이 있다. '천견'을 받는 군주의 방탕(사회적 악), 혹은 반대로 천인(天人)을 절단하는 세계상하에서 포착한 인간의 세계 속에서만 '악'이 사고 대상으로 부각된다.

9) 바디우는 사회주의권의 몰락("어떤 전투도 없이 발생한 그 이상한 붕괴")을 설명하는 어떤 글에서, 미스터리함=모호함을 가진 명명 불가능한 것에 대해 명명을 강제하는 것으로서 '재앙'을 해석한 바 있다. 알랭 바디우, 박영기 옮김,『모호한 재앙에 대하여』, 논밭, 2013, 8쪽. 여기서 모호성(de obscur)은 은폐된 다른 죽음을 숨기는 가시적인 죽음(예컨대 소비에트 국가 형식의 죽음)이 갖는 모호성이며, 따라서 재앙은 그 자체로 어떤 사유의 경로를 개시해야 함을 요구한다.(위의 책,

를 은폐하는데, 은폐된 다른 죽음을 숨기는 가시적인 죽음이 재앙이라고 할 수 있다. 그렇다고 할 때, 이처럼 모호성을 갖는 근대의 재앙은 그 자체로 어떤 사유의 경로를 개시할 것을 요구하는 듯하다. 천인상관이 단절된 근대 세계에서 재앙은 필연적으로 인간에 귀책이 있는 재난으로의 분절되기 때문이다. 현대에 있어 재앙은 일종의 잉여 개념이자 한계 개념으로만 존재하는 게 아닐까. 재앙에서 재난의 몫을 구별해내는 일이야말로 근대 정치의 과제, 사회의 책무인 셈이다.

한편 근대 한국에서 재난 서사의 기원은 실은 재앙 이야기로서의 성격을 강하게 갖고 있었던 것으로 생각된다. (만약 서사가 질서와 인지를 요구하는 것이라면, 이를 거부하거나 결여하는 재앙의 그것은 아마 '이야기'일 것이다.) 그도 그럴 것이 근대 한국의 대참사들과 전쟁은 외부적 힘들에 의해 시작되었거나 내전적 대치에 점화되어 그로부터 더욱 커다란 위해로 번져갔던 까닭이다. 예컨대 식민지기의 고난과 한국전쟁의 참상들은 한반도의 인민 혹은 한반도의 정체들에 관여되어 있는 대로, 외부의 강한 힘들에 의한 '천하' 격동의 결과들이었을 수 있었던 까닭이다. 이 땅의 인간의 힘으로는 도저히 이를 피할 수도 이해(articulation) 할 수도 없을 때, 따라서 인지적 '서사'의 시퀀스들을 조직할 수 없을 때, 참화는 천견(天譴)이 되고, 기복과 방재(防災)의 제사[10]가 된다. "6.25를 겪고 70년대의 근대화의 과정을 거치면서 우리 소설에서 제일 낯익은 작품을 들라면 윤흥길의 「장마」(1973) 오른

12-13쪽)

10) 재앙을 막는 제사를 뜻하는 禜(영)에서 보위하다라는 의미가 파생되었다. 설문해자는 이 제사를 이렇게 풀이한다. "'명주실을 설치해 묶어 둘레를 만들어서 해, 달, 별, 산천에 비바람, 눈서리, 장마와 가뭄, 역병을 막는 제사를 지내는 것'이다. 示를 따르며 榮<營>의 생략형이 발음이다. 일설에 禜은 '보위하는 것'이니 재해가 생기지 않게끔 하는 것이라 한다. 예기에 "雩는 禜이니 장마와 가뭄 때문에 제사 지내는 것이다."라고 하였다." 設縣絙爲營, 以禳風雨・雪霜・水旱・癘疫於日月星辰山川也. 从示, 榮<營>省聲. 一日禜・衞, 使災不生.《禮記》曰: "雩, 禜. 祭水旱."

편에 나설 작품은 많지 않으리라"[11]고 할 때, 거기에 나오는 다음과 같은 표현은 한국의 재난 서사에서 몹시 낯익은 것이라고 해야 할 것이다.

이윽고 할머니는 어린애처럼 엉엉 소리 내어 울면서, 합장한 두 손바닥을 불이 나게 비벼대면서 샘솟듯 흘러내리는 눈물로 뒤범벅이 된 늙고 추한 얼굴을 들어 꾸벅꾸벅 수없이 큰절을 해가면서, 하늘에 감사하고 땅에 감사하고 부처님께 감사하고 신령님께 감사하고 조상님네들께 감사하고 터줏귀신에게 감사하면서, 번갈아 땅바닥과 천장과 사면 벽을 향하여 이리 돌고 저리 돌고 뺑뺑이질을 치면서 미쳐 돌아가는 것이었다. 할머니가 가진 소박한 신앙과 모성애가 우리 모두의 가슴 구석구석을 뜨겁게 적시는 감동의 순간이었다. 우리는 모두 믿기로 했다.[12]

'빨갱이' 친삼촌과 육군장교 외삼촌의 죽음으로 대표되는 한민족의 총체적 재난을 하늘과 땅의 민담으로 전화시켜 화해시키는 이 소설을 평하며 김윤식은 "이곳에서는 현상과 본질의 미분화 상태를 막바로 보여 주고" 있고 "원근법이 거부된 민화의 세계를 전형적으로 보여"준다고 쓰고 있다. 하지만 이 "민화적 시각"이란 근대주의자의 원근법 속에서라면 어느 쪽에서든 악과 죄를 생산해야 하는 인지적 과정

---

11) 김윤식, 「우리 문학의 샤머니즘적 체질 비판」, 『운명과 형식』, 솔, 1992, 204-205쪽. 김윤식은 이 글에서 동 시기 작품인 「장마」의 샤머니즘적 체질이 주는 '낯익음'과 「객지」(1971)의 분명한 목소리, 합리적 논리, 리얼리즘적 체질의 '낯섦'을 대치시키는데, 김윤식은 이창동(「소지」)과 임철우(「아버지의 땅」)로 이어지는 전쟁과 분단, 내전, 정치에 의한 개인의 재화(災禍)에 대한 구성과 표현은 바로 이 낯익음의 계보에 속한다고 보고 있다. 이러한 구성과 표현의 계보는 뒤에서 보겠지만, "자연 질서와 인위적 질서의 마주치는 지점에 몸을 두고 있는 것"을 뜻하며 "부적을 주렁주렁 달아 이데올로기라는 이름의 귀신 쫓기에 틈이 없는 문학이 우리 문학의 주류라면 그 문학은 '우리 문학'임엔 틀림없지만 우리의 '근대문학'이라고는 말하기 어려울 터"라고 쓰고 있다.
12) 윤흥길, 「장마」, 윤흥길·조세희, 『난장이가 쏘아올린 작은 공 뫼비우스의 띠 장마 아홉 켤레의 구두로 남은 사내 : 창비 20세기 한국소설 28』, 창작과비평사, 2005, 184-185쪽.

을 회피하면서도, 재난의 경험을 호혜적으로 그릴 수 있는 방법(김윤식은 이를 "한민족의 생명 평등 원칙"하에서라고 썼다.)으로서 이른바 "자연 질서와 인위적 질서의 마주치는 지점에 몸을 두고 있는 것"이다.[13] 인위의 질서를 알지 못하는 어린아이의 시각에서 어른과 그 어른의 어른들을 그려내는 허다한 한국의 재난 서사들을 떠올려 볼 수도 있을 것이다. 아이가 듣는 이야기, 세계를 보는 한계들을 두는 방식은 어떤 이데올로기적 난경이나 일천함과도 관계되지만, 한 비평가의 언급처럼 재앙에 대한 분절된 이해의 실패와 대참사 이후의 새로운 시작을 암시하기 위한 장치일 터[14]이다. 즉 재앙과 재난 사이에서만 적혀질 수 있는 재앙 이야기가 한국의 재난 서사의 한 유형이었다는 말이 되겠고, 이를 여기서는 "비인지적 낯익음"이라 명명해 보려 한다. (여기서의 비인지는 인지를 넘어서는 한편 인지로는 표상하기 어렵다는 점에서 '초(超)'인지일 수도 있겠다.)

비평가 김윤식의 진술처럼 이 "낯익음"의 계보들이 대체로 1980년대까지 존속했다고 한다면, 또 한국문학 역시 "현실이 합리적으로 파악되지 않는 풍토(근대적이 못 된 사회)라면 당연히 과학 미달 쪽으로 기울 수밖에 없을 것"[15]이라고 한다면, 필자로서는 그건 오히려 한국에서는 미달이라기보다는 불가피하거나 의도적인 누락-거부라고 보고 싶다. 재난의 경험을 재앙의 이야기로 번안하는 과정은 불가피하거나 의도적인 제(諸) 과학의 거부에서 출발한 것이라고 할 수 있는 게 아닐까. 재난의 재앙화는 책임 있는 자의 면책에의 의도 속에서만

---

13) 김윤식, 「6.25 전쟁문학」, 『운명과 형식』, 솔, 1992, 155-158쪽.
14) 복도훈은 "재난 소설에서 주인공은 그 파국의 세계에 대해, 그 원인에 대해 무지한 어린아이이거나 어린아이와 같은 처지에 있는 사람인 경우가 많으며, 그/그녀는 동시에 파국과 절멸 이후의 신생(新生)의 주인공으로 약속받는 존재가 된다"고 말한다. 복도훈, 『묵시록의 네 기사』, 자음과모음, 2012, 175쪽.
15) 김윤식, 「우리 문학의 샤머니즘적 체질 비판」, 위의 책, 219쪽.

일어나는 것이 아니라, 서사의 장치로서 볼 때 외부의 과학에 의한 가공할 쇼크로부터 재난의 경험을 전승하기 위해서도 일어난다. 과학의 이름을 한 폭력으로부터 문(文)으로의 후퇴가 만약 모종의 제3세계적 근대 경험이라면 이 문은 처음부터 재앙에 가까운 재난에서 시작되며 그 서사화는 재난의 시간에 합당한 자기만의 장치를 갖는다. 만약 이를 '비인지적 낯익음'으로 규정해 보자면, 근대 한국의 재난 서사의 전기적 형태는 근대문학이라는 소설 형식과 패관(稗官)들이 시정에서 주워 담는 민화들의 서기체계인 잡설 사이에 존재했다고 할 수 있다.

3. 재난 서사: 난사와 참사, 재난의 상례화

직접적 국가폭력의 경우를 별도의 숙고 대상으로 한다면[16], 한국에서 재난을 인지적 분석의 서사로 본격적으로 형태화한 시점은 성수대교와 삼풍백화점의 붕괴를 하나의 계기로 하는 것이 아니었나 생각된다. 일련의 죽음들은 개발근대화 패러다임의 붕괴의 시작으로 보였고, 그 패러다임하에서의 국가적·공적 '희생'과 '번영'에의 약속, 전체의 이익을 근본적으로 되묻도록 했다. 피할 수 있었을 재난과 회수할 수 없는 죽음의 문제가 사회적 의제로 제기되었던 것이다. 의미화할 수 없는 죽음들은 사적인 불운이나 팔자로 봉쇄되었다. 민주화와 탈식민 국가의 결합이 가시화되기 전의 죽음들은 민족수난사의 일부였거나 가련한 불행의 범주를 벗어나기 어려웠던 것이다.

한국 현대사의 죽음들은 대개 사적 상황에서 천재를 만나는 일과

---

16) 이 문제는 이행기 정의의 과정들과 함께하는 한국 리얼리즘 서사의 중요한 축이지만, 별도의 논고를 필요로 하는 주제이다.

같은 것으로 간주되거나, 없는 자가 처한 불가피한 위험과 부주의의 결과, 번영을 위한 죽음들, 해방투쟁의 촉매 혹은 희생 등으로 간주된 듯 보인다. 국가와 미래에 회수되지 않는 일련의 집단적/사적 죽음들에 대해 그 무의미를 어떻게 수렴할 것인지 혹은 무의미로 둠으로써 무엇을 물을 수 있는지에 대한 논의들이 지난 반세기에 걸쳐 있어 왔지만 한국 서사에서 국가적 공공성의 심급을 넘어 이 문제를 숙고하게 된 것은 비교적 최근에 이르러서다.

한편 비근한 예로 일본의 서사와 운동들에서 이를테면 "난사(難死)"[17]와 같은 말로 상징되는 '무의미한' 죽음들에 대한 사고, 국가와 미래에 의해 회수되는 일을 거부하는 운동들은 패전과 공습, 원폭의 경험 속에서 지속적으로 의제화된 문제였다. 제2차세계대전 도발과 그에 이은 패전이라는 무의미한 전쟁 속에서 유의미한 죽음을 창출해야 하는 과제가 전후 일본 국가의 딜레마였다.[18] 따라서 무리한 이 의미화 작업에 맞서 '난사'를 난사로서 묻는 일의 함의는 적지 않다.

"20세기 후반 동아시아의 가장 중요한 평화 및 민주주의 사상가-활동가 중 한 사람"(김종철)으로 이야기되는 오다 마코토는 대공습 속에 살해된 사람들의 난사에 대해 "그것이야말로 무의미한 죽음이 아니었을까. ……(중략)……그러한 죽음을 어떻게 생각해야 할 것인가.

---

17) 오다 마코토의 박정희 정부 및 베트남전쟁 참전에 대한 비판적 글쓰기와 활동들에 대해서는 다음 논문을 참조. 김예림, 「정체(政體), 인민 그리고 베트남(전쟁)이라는 사건」, 『역사문제연구』 제32권, 역사문제연구소, 2014.

18) 이영재, 「국민의 경계, 신체의 경계」, 『아시아적 신체』, 소명출판, 2019, 147쪽. ジョン・ダワー, 三浦陽一・高杉忠明・田代泰子訳, 『敗北を抱きしめて』, 岩波書店, 2001, p.315. 존 다워는 "국민적인 참회와 속죄의 행위 모두에 있어서 죽은 자를 어떻게든 긍정적인 형태로 위로하고자 하는 욕구가 꺾인 적은 없었다"고 말한다. 예컨대 1952년 5월 2일 열린 최초의 전국전몰자추도식에서 쇼와 천황 히로히토(裕仁)는 "전 국민과 함께 세계 평화와 우리나라의 진전을 비"는 일을 통해 죽음들을 평화와 진전이라는 미래태의 언설로 내놓는데, 이후 이런 식의 '의미화'는 하나의 규범이 된다. 이영재, 위의 책, 147-148쪽.

확실한 것은 그들의 죽음이 어떠한 의미에서도 '산화'(散華)가 아니고 천재(天災)에 의한 죽음이라고밖에 생각할 수 없는, 말하자면 '난사(難死)'라는 사실 단지 그것뿐이다"[19]라고 말한다. 오다 마코토가 "천재에 의한 죽음이라고밖에"라고 쓰고 있다고 해서 이를 하늘의 일로 인식했다고 오해해서는 안 된다. 왜냐하면 이 설명되지 않는 무의미한 난사를 묻는 일이야말로, 전후 일본에서 또 베트남전쟁 반대와 한국의 민주화에 걸쳐 "'공(公)=국가'의 원리에 대치해, 공(公)에 해소되는 것을 방지하면서 공(公)과 철저하게 관련되는 자신의 행동과 언어를 만들어"[20](鹿野政直)낼 수 있는 근거였기 때문이다.

이를테면 9.11과 3.11이라는 두 사건에 대치하고 있는 오다 마코토의 난사에의 물음[21]은 엄습하는 재난과 일상화된 신자유주의의 실질적 위협들을 심문하는 틀로서도 일정한 유효성을 획득해 갔던 것이다. 공습, 원폭, 전쟁, 산업 재해에 의한 죽음을 난사로 직시하는 것은 이를 구출하는 산화(散華)의 전략-지배 권력의 의지에 맞서서 난사를 난사의 형태로 두는 저항으로, 이를테면 무의미의 심연을 통해 역사와 현재의 책임을 추급해가는 행위일 수 있다. 무의미한 죽음을 의미로 만드는 것이 아니라, 책임을 추궁하는 실천의 장 안에서 무의미인 채로 남겨 두는 일은 착취, 동원, 전화(戰禍), 산재(産災), 테러, 위험의 외주화 등으로 점철된 근현대 경험을 미래의 평화와 번영을 위한 기념(commemoration)에 탈취당하지 않으면서 "국가와 동시대의 세

---

19) 오다 마코토, 이규태·양현혜 옮김, 『전쟁인가 평화인가: '9월 11일' 이후의 세계를 생각한다』, 녹색평론사, 2004, 124-125쪽. 오다 마코토는 "'난사'에 시점을 고정했을 때 나는 비로소 여러 가지 것이 보이고, 역으로 '산화'라는 것도 이해할 수 있는 길을 찾을 수 있었다고 생각한다"고 말한다.
20) 오다 마코토, 위의 책, 122쪽에서 재인용.
21) 심정명, 「3.11과 전후의 끝: 무의미한 죽음과 애도의 문제」, 『일본학보』 제106호, 한국일본학회, 2016.

계에 대한 언어를 발견"²²⁾(子安宣邦)해내는 일일 수도 있었다. 요컨대 죽음의 의미 따위는 없다. 죽음의 책임이 있을 뿐이다.

1) 붕괴 서사: 수(數)에서 낯으로, 삼풍백화점·용산·세월호 참사

난사에의 물음은 참사의 책임과 애도와 우울의 문제로 이행할 수 있다. 난사는 애도 불가능한 죽음이지만, 그것 자체로 국가이유(Raison d'État)에 관한 실행적 질문이기에 재난과 죽음에 대한 맹목적 질의의 장소가 된다. 다시 말해 그 물음이 국가이유와 사회이유의 문제로 이행해갈 때 참사에의 책임과 사회적 애도라는 의제가 성립될 수 있다는 말이다. 난사가 무의미한 죽음에 대한 질문의 제기이자 책임의 소재에 대한 물음의 개시라면, '참사'(慘事)는 부작위를 작위의 영역으로 이행시키고 책임의 소재와 개선의 경로를 추궁하는 일에 가깝다. (물론, 그 과정이 수월할 수 없고 온갖 협잡과 난관이 개입하는 전장임을 우리가 지난 10여 년간 보아왔다 할지라도) 바로 거기서 수(數)가 아니라 고유한 얼굴이 재난 서사의 핵심적 문제가 된다. 삼풍백화점 붕괴에 관한 소설의 한 대목을 인용해 본다.

> 장마가 시작되었다. 며칠 뒤 조간신문에는 사망자와 실종자 명단이 실렸다. 나는 그것을 읽지 않았다. 옆면에는 한 여성명사가 기고한 특별 칼럼이 있었다. 호화롭기로 소문났던 강남 삼풍백화점 붕괴사고는 대한민국이 사치와 향락에 물드는 것을 경계하는 하늘의 뜻일지도 모른다는 내용의 글이었다. 나는 신문사 독자부에 항의 전화를 걸었다. 신문사에서는 필자의 연락처를 알려줄 수 없다고 했다. 할 수 없이 나는 독자부의 담당자에게 소리를 질렀다. 그 여자가 거기 한 번 와본 적이 있대요? 거

---

22) 오다 마코토, 위의 책, 122쪽에서 재인용.

기 누가 있는지 안대요? 나는 하아하아 숨을 내쉬었을 것이다. 미안했지만 어쩔 수가 없었다. 내 울음이 그칠 때까지 전화를 들고 있어 주었던 그 신문사 직원에 대해서는 아직도 고맙게 생각한다.[23]

사망자의 명단과 수가 아니라 낱낱의 낯─얼굴의 문제로 이행하는 이 에피소드 속에서, 우리는 그 죽음을 헛되이 하지 말아야 한다는 명제가 아니라 그 죽음을 헛되이 의미화하지 말아야 한다는 언명이 부상되고 있음을 발견한다. "하늘의 뜻"이라는 면책의 언설을 추궁하는 어조가 울음 섞인 물음의 연속이 되는 이유는 거기에 고유한 얼굴이 떠올라 있기 때문이다. 여기서 "얼굴에 대한 접근은 가장 기본적인 양태의 책임감"으로, "혼자 죽지 않게 해달라고 요구하는 타자" 혹은 "혼자 죽게 하면 그의 죽음에 공범이 되기라도 하듯" "타자의 존재권에 대한 강한 윤리적인 명령"[24]으로 경험된다고도 할 수 있을 것이다. 얼굴들을 떠올리는 일이란, 타자의 얼굴에 대한 주디스 버틀러의 설명을 인용하자면 "일종의 소리 혹은 의미를 비워내는 언어의 소리, 어떤 의미론적인 뜻의 전달에 선행하며 한계를 짓는 목소리내기 (vocalization)"[25]에 귀 기울이는 일이라고도 할 수 있다.

이 소설의 화자는 그들의 희생 위에 서 있는 우리들의 번영과 같은 언설을 거부한다. 그 죽음들을 짓밟고 서 있는 우리들의 참상을 직시하는 일은 섣부른 의미론적 봉쇄=재앙론을 거부할 뿐 아니라 의미가 명제화되는 희생론 역시도 거부하는 듯 보인다. 정이현의 「삼풍백화점」에는 살아남은 자에 대한 참사 당시의 집중과 열기가 배제되어 있

---

23) 정이현, 「삼풍백화점」, 『오늘의 거짓말』, 문학과지성사, 2007(2020), 65쪽.
24) Emmanuel Levinas and Richard Kearney "Dialogue with Emmanuel Levinas", *Face to Face with Levinas*, SUNY Press, 1986, pp.23-24. 주디스 버틀러, 윤조원 옮김, 『위태로운 삶: 애도의 힘과 폭력』, 필로소픽, 2018, 190-191쪽에서 재인용.
25) 주디스 버틀러, 위의 책, 193쪽.

으며, 죽음과의 대면도 사실상 회피되어 있다. (그녀는 명단에서 삼풍백화점의 점원이었고 가난했고 기형도의 시를 읽었고 또 불안했던 자신의 한때를 같이해 준 가난했던 친구의 이름을 찾지 않으며, 오랜 후에야 그녀의 이름을 미니 블로그들 사이에서 찾아 헤맬 뿐이다.) 바로 그렇게 무의미, 공백의 공포를 그대로 안을 수밖에 없는 서사의 동선들은, IMF와 용산이라는 재난의 계급화 모멘텀들 속에서 다시 한 번 전화하는 듯 보인다. 이 소설 자체가 가팔라지는 계급의 격차가 재난의 가깝고 멂에 관계됨을 암시하는 것처럼 보인다.

용산참사와 4.16. 세월호참사 이후 작성된 황정은의 『디디의 우산』, 즉 「웃는 남자」와 「아무것도 말할 필요가 없다」 연작은 애도의 실패 후에 온 우울의 시간을 거쳐 무의미의 피안에서 애써 찾아낸 삶의 지속이라는 문제를 다룬다. 그리고 소설은 촛불'혁명'의 현장/한계를 대면하는 순간에서 끝난다. 두 소설은 혁명의 광장에서 잠깐 조우하는데, 그럼에도 불구하고 '우울'이라는 하나의 정동을 공유하는 듯 보인다.

2009년 1월 20일, 서울 용산구 한강로 2가 남일당 건물에서 철거민들이 고립되고 사망한 과정은 여러모로 1996년에 서수경과 내가 연세대학교에서 겪은 일을 연상시켰다. 안에서 쌓은 바리케이드와 고립과 화재. 남일당 옥상에선 철거민들의 망루가 불타는 광경을 뉴스로 보면서 서수경과 나는 서로 말하지 않았지만 우리가 각자 무엇을 생각하는지, 어떤 가능성을 생각하고 있는지 알았다. "우리에게도 저 일이 일어날 수 있었다." 그렇지만 우리는 사건 이후로 남일당에 간 적이 없었다. 가봤자. 무력감만 확인할 테니까.[26]

계집女인 나. 惡女 OUT이 지금 그의 언어라면 그것이 그의 도구인데

---

26) 황정은, 『디디의 우산』, 창비, 2019, 294쪽.

그의 도구가 방금 여기서 내게 한 일을 그는 알까. 그는 자기처럼 이 자리에 나온 많은 여성들은 왜 보지 않을까. 惡女라고 빨갛게 지칭할 때 '그 사람'의 여성은 그렇게 선명하게 보면서도. 그 팻말 앞에서 나는 이렇게 하지 말라고, 이렇게 말하지 말라고……

말했어?

말할까 말하지 말까 계속 망설였는데 왜냐하면 지금 우리가 우리니까……[27)]

「디」에서 디가 목격한 세월호 1주기 집회에는 「아무것도 말할 필요가 없다」의 주인공 '나'와 그의 동성 연인 서수경도 참가하지만 여기에서 혁명의 희열은 제한적이다. "그래서 오늘은 그날일까. 혁명이 이루어진 날. 사람들이 말하는 것처럼 피 한방울 흘리지 않고 혁명은 마침내 도래한 것일까." 아마 아닌 것 같다. 그도 그럴 것이 이 '우리'들은 그 광장에서 하나처럼 보이지만 거기에는 이미 결렬의 그림자가 자리하고 있기 때문이다. 호모섹슈얼리티를 비롯한 소수성의 설정이 광장을 통과하며 여성 혐오의 그림자와 대면하고 있는 위의 장면은 탈환하지 못한 과거에 대한 회상뿐 아니라 쉽지 않을 미래에의 예감까지를 포함한다.

소설은 혐오의 정동과 관련된 일상의 재난, 다시 말해 "우리는 겨우 살아남았다"의 감각에까지 도착한 듯 보인다. 「아무것도 말할 필요가 없다」에서 1987년과 1994년과 2009년 2013년은 서로가 서로를 상기하게 하는데, 이를 지배하는 감정이 부끄러움이다. 이 소설 전체가 부끄러운 과거를 떠올리고 말하는 언어라고도 할 수 있다. 재난들의 서사화의 시차는 재난−상기−글쓰기라는 동선과 현재의 독서−과거의 상기−글쓰기라는 재난의 역사'들'에 대한 현재화를 동시에 서사적

---

27) 황정은, 위의 책, 306쪽.

으로 조직하는데, 이 과정에서 역사가 전체로서 지금 현재의 특별한 시간 속에서 떠오르고 있다. 재난은 일회적 사건이 아니라, 축적된 역사의 결과인 것이다.

2) 추락 서사: 재난의 개인화, IMF 이야기, 경제 위기 이야기

재난은 대규모의 공공성으로 들이닥치지만, 재난에 따른 죽음들은 철저히 사인화되어 간 것이 바로 1997년의 IMF 외환위기 이후의 한국이었다. IMF 이후의 한국 소설이 흔히 법의 도착과 추락의 결말로 유도되는 과정은 그 자체로 재난의 성격 변화를 암시하는 듯 보인다.

> 발신처인 지방법원이며 '타경2169' 같은 생전 처음 보는 기호가 그의 신경을 자극한다. 그건 그가 지상에서 거주해오면서 무엇인가 빼앗길 때 언제나 먼저 오던 신호다. 사냥꾼을 인도하는 사냥개 같은 게 바로 그런 기관의 이름과 숫자, 기호다. 부동산 임의경매, 최선순위 담보물건, 배당요구 같은 생소한 단어와 임차보증금, 확정일자부임차인, 주택임대차 보호법 등등이 나열된 문안……(중략)……"야. 지금 우리 국민 절반이 우리처럼 전세 들어서 사는 사람일 텐데 이렇게 간단하게 전세금 뺏기고 쫓겨나면 이게 무슨 국가고 법이냐 말이야. 우리 같은 중산층이 살아야 나라도 잘 되고 법도 의미가 있지."[28]

중산층의 붕괴로 상징되는 환란과 뒤이는 재난들은 가장 사적인 장(場)인 가족의 붕괴로 나타나곤 하는데, 성석제의 소설집 『참말로 좋은 날』(2006)은 파편화되어 있는 대로 이 시간의 경험을 가장 직접적으로 서사화하고 있는 소설들 중 하나이다. 딸은 아버지에게 "너도 밤낮 놀지 않느냐. 너는 사이버머니 갖고 고스톱 치고 야동 보고 놀면서

---

28) 성석제, 「저만치 떨어져 피어 있네」, 『참말로 좋은 날』, 문학동네, 2006.

왜 나는 못 놀게 하느냐"라고 말한다. (아비는 그렇게 듣는다.) "아들은 그의 팔을 뒤로 꺾었다. 소파에 얼굴을 닿게 한 뒤 무릎으로 등을 짓눌렀다"는 표현 뒤에는 "맨날 먹고 놀고 자빠져 자고, 그러면서 뭐 보태준 것 있다고 컴퓨터를 부순다 만다 지랄발광이야? 아빠면 다야?"(「아무것도 아니었다」)라는 외침이 이어진다. 남편은 아내에게 "왜 아니꼽송? 꼬우면 찢어지자고. 애 데리고 장모한테 가"라고 말하고, 이웃에게 "뭐 형씨? 야 인마, 대추씨만한 놈이, 좆만한 놈이 뭐 안다고 각자 알아서 겨? 야 이 좆만아, 너 오늘 뒤져볼래?"라고 말한다. 서로가 이해관계로만 등장하는 한편, 서사는 "그렇게 잘났으면 됐시다. 나 같은 개털 더 볼 일 없겠네"라는 타산의 진술 속에 이어지거나 끊어진다.[29]

폐허의 알레고리들 속에서 말이 아니라 냄새가 소설 전체를 채워 간다. 딸은 점점 성적이 떨어지고, 아내는 점점 귀가 멀어가고, 가장(家長)의 사이버머니만이 점점 커져 갈 때, 무슨 일이 일어나는가. 경제위기가 인위적으로 만들어 낸 예외적 상태들 속에서, 법과 질서와 예의와 도덕 등등의 경계가 허물어지고 법의 문턱에 놓인 생명들의 살벌하기 짝이 없는 음성기호들은 말(logos)이 아니라 짐승의 소리(phone)에 가까워진다. 집 안의 모든 사물들이 각자의 냄새를 피울 때 이 가족은 한 무리의 헐벗은 생명을 거쳐 추락과 죽음에 이른다. 이들이 보여주는 추락의 가파른 속력은 이 추락이 이미 잠재해 있던 것, 상례 안에 있었던 예외의 출현임을 알게 한다. 일상이 재난 서사의 거점이 된 것이다.

그러니까 1990년대에서 2000년대를 지배한 시간은 재난의 연속이

---

29) 이 인용문들은 동 작품의 해설에서도 인용한 바 있다. 황호덕, 「절단(을 절단)하는 이 사람―말이 말이 아니고, 법이 법이 아니며, 인간이 인간이 아닌」, 성석제, 『참말로 좋은 날』, 문학동네, 2006.

었고, 그 이야기들은 지금껏 한국 서사가 그려낸 적 없는 세계였다. 국가는 재난을 생산한다, 자본은 재난을 생산한다라는 언명이 일반적 앎으로 각인된 시대, 재난은 예외가 아니라 하나의 상례로 '인지'된다. 일상의 재난이 발견되는 과정은 그 자체로 재-발견이자, 신자유주의로의 이행 과정에서의 위기들과 참사들에 대응하는 재난의 서사화 과정이었을 터이다. 그러나 그 서사화는 어렵다. 여기엔 재난에 처한 개인만 있고, 그 외의 사람들은 보이지 않기 때문이다.

이를테면 자본은 얼굴을 갖지 않는다. "시키는 대로 무엇이든 할 테니 제발 채무자 명단에서, 가압류 조치에서 빼달라고 빌고 또 빌고 싶었지만 우리를 상대해줄 사람이 보이지 않았다. 사람이 아니라 법이고 회사고 은행이었다"라고 할 때, 이 얼굴 없음은 종래에는 재난에 처한 인간의 말소에 도달한다.

성석제의 『투명인간』(2014)에서 조금은 모자란 만수는 월남전에서 죽은 똑똑한 형과 공활 참여로 체포되어 고문당한 후 사라진 셋째 석수를 대신해 가족을 건사하는 인물이다. 만수는 가스 중독으로 바보가 된 둘째 누나를 돌보며 자동차 부품회사에서 일하고 막냇동생의 결혼자금과 살림집과 식당 마련을 돕고 종적을 감춘 석수의 아들을 맡아 키운다. 하지만 만수는 부도난 회사를 살리기 위한 불법 점거로 손해배상 소송을 당해 새벽부터 밤까지 쉬지 않고 일해 빚을 갚다가 마침내 '투명인간'이 된다. 식민지 수탈, 월남전에서의 죽음, 민주화운동과 탄압과 실종, 가스 중독, 파업과 손해배상 소송으로 이어지는 삶의 결절들 모두가 일종의 재난으로 재-서사화되는 이 소설은 신자유주의 후의 자본의 재난을 기화로 하여 그 모든 한국현대사의 재난을 상기하는 글쓰기에 가깝다. 개인이 상례적으로 처하는 재난의 관점에서 역사를 재서사화하고 있는 셈이다. 그런 의미에서 『투명인간』

(2014)의 후기에 적은 진술은 재난을 보는 근본적인 관점의 변화를 암시하고 있는 듯 보인다.

현실의 쓰나미는 소설이 세상을 향해 세워둔 둑을 너무도 쉽게 넘어 들어왔다. 아니, 그 둑이 원래 그렇게 낮고 허술하다는 것을 절감하게 만들었다. 소설은 위안을 줄 수 없다. 함께 있다고 말할 수 있을 뿐. 함께 느끼고 있다고, 우리는 함께 존재하고 있다고 써서 보여줄 뿐.
이 소설의 첫 문장을 쓰기 시작한 이후 깨달은 것은 이것이다.[30]

'현실의 쓰나미', 다시 말해 일상이 재난이다. 서영채는 이 대목을 떠올리며, 한강의『소년이 온다』(2014)와 함께 이 소설을 세월호 이후의 서사, 즉 미학으로 하여금 정치에 이르게 하는 윤리의 힘으로 재독해한다. "장인의 기율에 대해 말하고 있는 그들의 말은 어느덧 공동체의 어떤 사건을 책임지고자 하는 시민의 언어로 번역되어 있다"는 것이다. 그의 "윤리는 한 개인의 영역에 속하지만 윤리적 의식을 가진 그 개인이 특정한 상황에 한정된 존재가 아니라 다른 사람과 소통할 수 있는 보편성을 지닌 개인이 되면 윤리가 정치가 된다"[31]는 말은, 그런 의미에서 재난 앞에 잠재적으로 함께 놓였을 개인 '시민' 작가의 위상과 미학 - 윤리 - 정치의 성격을 이해하는 단서처럼 보인다. 역사의 전위라기보다는, 후위에 함께 있음[32] 혹은 우리는 함께 존재한다는 의식 속에서 전체로서의 역사를 하나의 순간 속에서 상기하는 사람, 우리 시대의 작가란 아마 그런 형상일까.

---

30) 성석제, 「작가의 말」, 『투명인간』, 문학동네, 2014, 370쪽.
31) 서영채, 『부끄러움과 죄의식』, 나무나무출판사, 2017, 450-451쪽.
32) 황호덕, 「지금 문학이 어디 있는가, 스무고개 - 문학의 위치, '전위' 문학과 '후위' 문학/비평 사이에『하이픈』」, 『문학과 사회 하이픈』, 2021년 여름호, 문학과지성사, 2021.

저개발의 재난이 재앙이나 개인의 불운으로 인지되었다면, 이제 재난이 삶에 잠재하는 상례적 위기의 돌출이자 전체의 예로서 서사화될 수 있게 된 것인지도 모른다. 자유주의-자기책임으로부터 개인의 재난을 구출하는 일. 개발주의의 몰락과 신자유주의의 심화 속에서 국가와 자본의 성격이 인지적 변화를 겪었다고 할 때, 문제는 이를 어떻게 사적인 서사로 만들어내면서도 사상황(私狀況)의 공상황(公狀況: 오다 마코토) 과정을 통해 함께 있음의 감각을 창출할 수 있을 것인가가 된다. 오히려 상례의 예인 개인의 재난이라는 관점에서 역사 전체를 재독하는 것이 요구되는 것이다.

4. 사회적 과학과 유토피아 소설로서의 한국 SF: 인지적 낯섦의 한국적 형태

1) 자본과 재난 서사의 표현적 인과성과 그 너머-SF의 원천

자본은 재난을 생산한다. 그것이 근본적으로 폭력 없이는 팽창할 수 없는 속성을 갖기 때문이다. 욕망은 그 팽창 이후에 그 폭력의 근원을 두려워하거나 선망하는 과정을 통해 형성되는 사후적인 감정에 가깝다. 자본은 폭력과 재난을 통해 팽창한다. 자유는 이때 팽창할 수 있는 자유에 가깝다. 자본은 더 이상 팽창할 수 있는 땅=시장이 없다면, 어떤 지역에 재난을 불러일으키거나 재난을 적극적으로 활용하는 방법을 통해 성장해왔다. 해당 장소를 백지상태로 초토화하고 초토 위의 재건을 통해 팽창해 온 것이 '재난 자본주의'라고 할 때, 우리는 이렇게 말할 수 있다. 자본은 재난을 생산한다. 대홍수와 대화재 같은 성경적 환상에 기반을 둔, 백지상태를 갈망하는 '순수한 자유'의 이념은 자유시장의 역사가 쇼크 속에서 쓰인 것임을 알게 한다.[33]

소설은 자본주의 시대의 서사시이다. 그것은 돈을 다루고, 돈이 벌리는 과정은 재난의 자리를 필요로 한다. 따라서 소설이 재난을 다루는 것은 필연적이다. 자본주의 이전에 그것은 재앙으로 불렸다. 재앙은 천벌을 뜻하는데, 천벌은 인간의 부덕의 소치로 간주되는 한편 통치자의 부덕에 더 깊이 연관되어 있는 것으로 이해되었다. 하지만 이제 현대의 서사시는 재난 그 자체의 인과적 표현이 된다.

자본주의가 자유로운 교역이 아니라 폭력과 정복을 바탕으로 한다는 생각은 이미 마르크스가 유럽 밖으로의 자본주의의 팽창을 살펴보며 이야기한 바 있다.[34] 더 이상 자본주의가 팽창할 장소가 없다면, 자본은 존재하는 것의 파괴를 통해 존재하던 삶의 장소들을 백지상태로 만들고 새로운 시장으로 편입하려 한다. 고도화되고 대안이 삭제된 자본주의가 계속 팽창해가고 있다면, 재난의 상상력의 증대는 필연적이다. 그렇다고 할 때 재난 자본주의, 자유주의 이데올로기, 자율적 조정의 메커니즘이 전제하는 불시적 사고들과 그 처리 과정에서 생성되는 시장의 자기 조절적 기능에 의한 자본주의의 진화를 한국의 소설이 적절히 다루고 있는가에 대해서는 의문이 따를 수 있다. 오히려 자본주의 그 자체가 대서사의 능력을 가지는 것이 이 시대일지 모른다. 사람들이 방향을 잃고 충격에 빠져 있을 때, 자본은 어떤 이야기를 만드는가. 나오미 클라인은 이렇게 쓰고 있다.

---

33) 나오미 클라인, 김소희 옮김, 『자본주의는 어떻게 재난을 먹고 괴물이 되는가』, 모비딕북스, 2021, 31-32쪽.
34) 가라타니 고진, 김경원 옮김, 「교통에 대하여」, 『마르크스 그 가능성의 중심』, 이산, 1999, 189-190쪽.

"쇼크 독트린의 신봉자들이 보기에, 마음껏 그릴 수 있는 백지를 만들어내는 위대한 구원의 순간은 홍수, 전쟁, 테러 공격이 일어날 때다. 우리가 심리적으로 약해지고 육체적으로 갈피를 못 잡는 순간이 오면, 이 화가들은 붓을 잡고 자신이 원하는 세상을 그려나가기 시작한다."[35]

어떻게 보면 묵시록적 재난과 구원의 이야기야말로 각각 자본과 SF가 나눠 가진 현대의 대서사인 셈이다. 이런 상황을 최초로 예언한 인물은 장 보드리야르였다. 일찍이 보드리야르는 후기자본주의 속에서라면 미래가 현재에 미리 존재하는 시뮬라크르들로 구성될 수도 있다고 설파한 바 있다. 포스트모던 사회, 하이퍼-리얼리티의 시대가 시작되면서 상상이 더 이상 관여할 영역도 없고 현실성의 원칙도 사라졌기에, 이런 시뮬라크르의 지배하라면 SF 역시 일종의 시뮬레이션의 일부일 뿐이라는 것이다.[36] "우리는 다른 세계를 상상할 수 없다" 왜냐하면 그게 여기 이미 있으니까. '실재-유토피아적 상상력-상상'의 동선은 '실재=SF=상상'의 평면으로 뒤바뀌었다. 이렇게 '실재의 위성화=형이상학의 종말=환상의 종말=SF의 종말'이라는 보드리야르의 등식이 성립한다면, 우리는 이미 미래를 당겨쓰고 있고 당겨쓴 미래가 구성하는 과학이 보여 줄 미래란 현재와 별로 다를 게 없는 셈이다.

SF에의 모종의 이의는 소급해보자면 에른스트 블로흐의 진술에서도 발견되는데, 블로흐에게 SF란 일종의 시민주의적 유토피아로서 정치경제학의 후퇴 혹은 부르주아적 개량주의의 소산이자 경험과 유토피아 사이의 물화된 이원론에 불과했다. 왜냐하면 그가 보기에 SF

---

35) 나오미 클라인, 위의 책, 34쪽.
36) 장 보드리야르, 하태환 옮김, 「시뮬라크르들과 공상과학」, 『시뮬라시옹』, 민음사, 1992, 198-204쪽.

란 경제관계를 경제정책으로 번안하는 마르크스적 미래의 설득력 없는 모방이었기 때문이다.[37] 블로흐에게 이 장르는 대항이 아닌 통합의 장르인데, 구체적 현실상 비판이라는 '수단'이 없이 목표에 접근하려는 경향이 있다. 블로흐의 SF 비판의 핵심은 오늘날까지도 반복되는 명제, 즉 "경제적 사항을 유치하게 누더기 깁듯이 부분적으로 치유한다는 것"에 있었다.[38]

이런 비판 속에서라면 SF가 정직하게 그릴 수 있는 것은 재난의 미래뿐이다. 왜냐하면 알튀세르의 헤겔 비판의 한 대목인 '표현적 인과성' 논리(부분은 언제나 전체를 표현한다.) 속에서 보자면, 토대와 상부구조의 상응처럼 현재에서 미래를 유추해내는 방법으로는 근미래 서사의 종착지는 결국 재난 서사, 디스토피아 서사, 묵시록 외에는 없기 때문이다. 보드리야르가 SF를 다름이 아니라 과도함, 즉 실재의 증폭[증강] 프로그램($n \times 1$)으로 본 것도 이 때문이다. 만약 그걸 상상으로 뛰어넘으려 하면 공허 혹은 비판의 부재 현상이 찾아온다. 결국 표현적 인과성과 그 결과인 유기적 세계관이라는 근대의 원리와는 '다른' 어떤 메커니즘이 필요한 것이다. 그런 의미에서 알튀세르가 말한 전체로 환원되지 않는 부분들의 복합성과 자율성에 관한 '구조적 인과성'이라는 대안은 '절합(articulation)'과 절합된 요소에 의한 '중층결정(over-detemination)'을 허용한다[39]는 점에서 특정 요소의 외삽

---

37) 에른스트 블로흐, 박설호 옮김, 「미래소설과 맑스이후의 전체적 유토피아: 벨라미, 윌리아 모리스, 카알라일, 헨리조지」, 『희망의 원리』, 솔, 1993, 293-295쪽. 이러한 블로흐의 진술은 무엇보다 "역사적 진보란 오로지 빈곤에 대항함으로써 이룩된다"는 명제로부터 파생한다.

38) 복도훈이 비판한 바 "한국문학에서 미래의 가상공간은 비현실적이며 물질적 하부구조에 대한 성찰 없는 중력 이탈의 세계라는 식의 담론"(복도훈, 『SF는 공상하지 않는다』, 은행나무, 2019, 48쪽.)은 실상 그 연원이 세계적일 뿐 아니라 역사가 깊은 담론이다.

39) 프레드릭 제임슨, 김유동 옮김, 『후기마르크스주의』, 한길사, 2000, 150-153쪽 참조.

(extrapolation)과 그에 의한 세계의 변용 가능성이라는 SF의 정당성에 중대한 원천을 제공하는 듯 보인다. (문화와 이데올로기의 상대적 자율성과 인지적 낯설게 하기에 따른 세계의 변용 사이에 모종의 진동이 있다고 생각해 볼 수도 있을 것이다.)

보드리야르와 거의 같은 시간에 다르코 수빈은 인지적 낯설게 하기를 SF의 특징으로 삼으며, SF의 변용(Metamorphoses)이라는 문제를 강하게 제기했다. 유토피아의 실정성이 현재의 특정 요소를 변화시킴으로써 바로 이 현재로부터 파생할 수 있다고 본 것이다. SF라는 장르가 "줄곧 미지의 이상적 환경, 집단(새로운 종족), 국가 상태, 지능 혹은 지상선(Supreme Good)의 다른 국면을 찾아내려는 희망들에 의해 (혹은 그 반대 상태에 대한 두려움이나 증오에 의해) 그 짜임을 만들어 왔다"[40]고 할 때, 그것이 빛을 그리든 암흑을 그리든 SF라는 명칭은 유토피아적 사상의 문학이라는 것[41]이다. 보드리야르의 경우처럼 다르코 수빈 역시 '리얼리티'의 선재성을 부정하지만, 유토피아의 실정성을 인정하는 다르코 수빈으로서는 SF란 미래로 열린 픽션이자 현재를 인지적으로 낯설게 하는 핵심적 장치였다. 그렇다고 할 때 왜 SF가 포스트 역사(Post-History) 또는 포스트 이데올로기(Post-Ideology)로서의 역사의 종말 이후의 역사를 서사화하며 역사에 참여하는 방식이 되었는지가 비로소 짐작 가능해진다. 사회주의 국가의 종말과 역사의 종언론이 구가되는 상황, 즉 "모호한 재앙"은 묵시록과 메시아주의, 절망과 희망 사이에서 SF라는 장르의 세계적 제패를 낳은 게 아닐까.

---

40) Darko Suvin, *Metamorphoses of Science Fiction: On the Poetics and History of a Literary Genre,* Peter Lang AG, 2016(1979), p.18. 이 책의 서문 번역은 다음 서지를 참조. 다르코 수빈, 문지혁·복도훈 옮김, 「낯설게하기와 인지」, 『자음과모음』, 2015년 겨울호.

41) Darko Suvin, ibid., p.25.

재난의 시공간, 이른바 종말의 시간 사이에 '남아 있는 시간'을 사유 (G. Agamben)하는 일이 어떤 외삽의 장치에 의한 재난의 회피 가능성 혹은 희망의 원리를 재점화했던 게 아닐까.

한편 당대 한국의 어떤 SF들, 특히 재난의 서사는 자본주의적 재난을 우회하여 유토피아 SF로 전환되어 간 것처럼 보인다. 즉 다름, 소수자 문제가 가장 중요한 한국문학의 이슈가 된 직후에 일어난 이 커다란 장르 전환은 그 직전의 신자유주의 비판의 문제를 일부 포함하는 대로 페미니스트 유토피아 속에서 한국에 가장 적합한 형식을 찾아낸 듯 보인다. 재난의 일상화라는 감각은, 일상의 폭력과 그를 단박에 넘어서는 구조적 절합의 시도를 통해 미래의 구조를 새롭게 변형해 나간다. 현실계, 현실주의의 인력이 아니라, 그로부터 벗어난 시공간의 사유가 처음으로 한국문학의 중심으로 진입해 왔던 것이다.

현실이 재난이고, 이 현실의 지속 가능성이 재앙이다. 한국의 당대 SF가 자본주의의 미래보다는 소수자의 미래 쪽으로 조금은 기울어져 있다는 것을 어떻게 이해하면 좋을까. 파국의 등가성과 편재성(偏在性)－현실이 재난이다, 그러나 그 재난은 모두에게 등가적으로 도래하는 것은 아니다, 라는 사유가 있어야 유토피아 소설로서의 SF가 가능하다. 그 결과 지금 한국의 SF는 자연과학보다는 사회적 과학이 중심이 되며, 과학기술적 장치를 핵심으로 하는 하드 SF보다는 서사 장치로서의 과학 모티브들을 활용하는 소프트 SF를 주류로 하고 있는 듯 보인다. (나의 판단은 어쩌면 문단 SF와 그 문턱들에 한정된 것일지 모른다.) 아이작 아시모프를 떠올리게 하는 하드 SF와 거리를 두되 브래드버리적인 사변을 포함하는 소프트 SF, 소비에트적 유토피아 서사를 포함하지만, 무엇보다 소수성의 미래에 대한 시적 전망과 다른 사회의 가능성을 포함하는 이야기들. 그 이야기 중 하나로 들어가 보자.

2) 한국의 페미니스트 유토피아와 과학 (밖) 소설들

한국소설의 새로운 붐을 이끈 장르로 SF를 지적하기란 어렵지 않다.[42] 그렇다고 할 때, SF와 함께 이 붐을 이끈 청소년 소설의 형태를 아울러 취하고 있기도 한 한 편의 SF 장편소설을 분석해보는 일도 이 변화의 성격을 이해하는 데 일정한 도움이 될 수 있을지도 모르겠다. 황모과의 『우리가 다시 만날 세계』는 페미니즘을 비롯한 소수자 이야기, SF, 청소년 소설이라는 최근 한국문학의 변동에 관한 키워드들의 교차점에 있는 소설이다. 페미니스트 SF 청소년 문학이라 할 이 작품의 외삽은 간단하다. 1990년 그 많은 여아들이 임신 중지가 일어나지 않고, 태어났다면? 이 외삽은 이 아이들이 다 태어나 자란 소설적 현재의 시점에서 반대의 설정으로 외삽된다. 1990년, 획기적이고 '간편한' 임신중단약이 개발되었다면.

> 학기 초 교실 풍경이 떠올랐다. 너희들이 설칠 세계가 아니라고 말하던 애들이 생각났다. 우리를 이 세상에서 당당하게 배제한 애들은 모두 우리가 태어나지 않은 세계에서 살다 온 걸까? ……(중략)……원래 그랬어야 할 세계가, 응당 맞춰야 할 조건이, 자기들만의 세상이었던 거다. 그러니 우릴 보고 4차원이라고, 소수라고, 이질적인 존재라고 불렀던 거겠지. 그러니 우리가 사라진 뒤에도 마음 편히 잊고 살 수 있는 거겠지. 원래 없었으니까. 태어나지도 않았으니까.

---

42) 배문규 기자, 「올해 한국소설 판매량 역대 최다…여성독자들이 이끌고, SF·청소년 장르 다양해졌다」, 『경향신문』, 2020.9.22. 기사에 따르면 전년 대비로 볼 때 2020년의 SF는 457.8% 성장했다. 교보문고 기준 한국소설 판매량은 전년 대비 30.1%의 늘었는데, 이는 한국소설 판매가 정점을 찍었던 2012년보다도 4.3%가 증가한 수치라고 했다. 이를 주도한 것이 SF(5.5배)와 청소년 문학(2배)이었고, 전체 한국소설 독자 중 약 70%가 여성이며 그중 20~40대가 비중이 가장 높다는 것이다. 여성, 한국소설, SF라는 인접어, 성좌가 형성되는 셈인데, 김초엽, 정세랑이 베스트셀러 목록 2위와 5위에 올라 있다.

아빠 말대로라면 우리는 이스트엑스라는 성별 감별 중절약 따위가 등장하지 않았던 세계에서 태어나 살아왔다. 그런데 어떤 계기로 갑자기 과거가 바뀌었고 중절약이 생겼다. 그러면서 여자아이들이 사라지기 시작했다. 과거의 산모들이 동시에 약을 먹은 건 아닐 테니 현재에서 사라진 아이들도 시차를 두고 사라진 모양이었다.

아이들과 추려했던 7만 명이라는 숫자를 떠올려 봤다. 사라진 숫자 중 한 명이 해라라면? 7만이라는 숫자 하나하나가 품었을 삶의 무게를 떠올리다 아득해졌다.[43]

두 개의 세계가 있다. 평행 세계의 저쪽 세계에서 넘어온 아이들은 이 세계의 다른 자기를 죽이고 이 세계의 자기가 된다. 남, 여, 그로 분할되지 않는 성소수 모두에게 보다 평화롭고 보다 평등하던 세계는 일시에 재난의 장소가 된다. 이들의 살인은 일종의 전향인데, 그렇게 소설은 백래시 이후의 한국을 살인의 한 결절점임 1990년의 사건으로부터 파악해 간다. 친구들이, 소중한 남자친구가 사라져간다. 태어나지 않았거나 살해되었거나. 사랑하는 사람들을 지키기 위해 뛰어다니는 주인공 채진리는 죽은 자와 사라진 자를 기억하는 아이 은별과 만나고 또 자신의 삶을 살기 위해 아이를 낳지 않기로 한 진리의 엄마 이영과 만나 다시금 7만의 여자아이들이 있는 이 세계를 지키려 한다. "함께 대책을 마련할 가능성, 무언가 바뀔 가능성, 이야기를 새로 시작할 가능성, 고립된 시절이 끝날 가능성"(155면)을 찾아 나서는 이 숨 가쁜 여정은, 젊은 20~30대 여성과의 연대를 희구하는 작가의 소망과 공명하며 "겨우 살아남았다"("진리도 생존자야. 우리가 기록했던 애들처럼": 156면)는 이 시대의 강렬한 명제에 육박해간다.

태어나지 못한 사람들이 함께하는 현재, 즉 보다 나았을 2022년의

---

43) 황모과, 『우리가 다시 만날 세계』, 문학과지성사, 2022, 180-181쪽.

이야기인 이 소설은 '사라진 아이들의 이야기를 전승한다'는 불가능한 일을 통해 무언가 바뀔 가능성을 찾아내려 한다. 이야기를 새로 시작할 가능성을 열려 한다. 이 소설은 현재와 미래의 관계를 잘못된 과거와 비교적 이상적인 현재로 이행시켜 바로 지금을 '재난'의 장소로 인지토록 유도하는데, 그것은 2016년 강남역 묻지마 살인 이후의 한국에서라면 매우 적실한 외삽으로 보인다. 소설의 메시지는 간명하다. 더 나은 현재, 가능적 미래는 가능했던 과거였다. 따라서 재난의 현재를 변화시킬 수 없다면, 우리의 미래 역시 부정의한 과거와 재난뿐인 현재 사이의 관계와 다를 바 없을 것이다.

만약 "SF는 실재하지 않지만 가능한 것(the possible-but-not real)이며 형식(form)이 아닌 방식(mode)이다"(조애나 러스)라는 말이 참이라면, 이것은 가능한 것의 모드들을 과거에의 외삽으로 탐색하는 소설이다. 리치 캘빈의 말처럼 SF는 여성이 백 퍼센트 적극적으로 참여하는 사회에 대한 가능성, 인종적·윤리적·종교적 착취가 없는 세상의 가능성을 향해 열릴 수 있는 장르인 것[44]이다. 이 소설에서처럼 시간여행, 대체 역사, 엔트로피, 상대주의, 통일장 이론 등이 적절한 비유를 동반할 때 SF는 "여성"이 만들어지는 과정을 보여줄 수 있을 뿐 아니라 "여성"을 해체하는 효과적이고 강력한 도구가 될 수도 있다."(레퍼뉴)[45] 핵심적인 젠더 이슈, 즉 가부장제 해체, 모계 중심 사회, 평등 사회에의 탐험뿐 아니라, 이를 위한 대안 정부와 대안 조직의 시스템들 상상하는 데에, 이 장르는 기여해왔다. 비록 서구에서조차 여성 SF 작가의 본격적 등장 전까지, 즉 1960년대 말 1970년대 초까

---

44) 김효진, 『#SF #페미니즘 #그녀들의 이야기』, 요다, 2021, 15-16쪽. 이 책에 따르면, "페미니스트 SF는 페미니스트 작가들이 쓴, 페미니즘 이론과 연결되는, 페미니스트를 위한 SF"(헬렌 메릭)이다.
45) 김효진, 『#SF #페미니즘 #그녀들의 이야기』, 요다, 2021, 30쪽.

지 전통적 우주 탐험과 기술 발전과 같은 '남성적 걱정들'이 SF의 주류를 이루었다 하더라도 페미니스트 SF 혹은 페미니스트 유토피아의 성장은 장르 내재적인 것이기도 했다. SF는 성이 아니라 종의 관점에 중심이 놓이기에 남녀 양성, 하이브리드, 사이보그, 부분 정체성, 수행적 젠더 등과 같은 문제에 그 서사가 열려 있다. 김초엽은 여성 SF 작가들의 좌담회에서 이렇게 말한다.

> 작가의 글에는 여성 서사와 유대가 또렷하다. '관내분실'에서는 모녀의 이야기가, '나의 우주 영웅'에서는 한 여성과 그를 롤모델로 삼는 여성의 이야기가 마음을 울린다.
>
> 김초엽: 한국 문학의 전반적 흐름이지. 나는 논픽션과 달리 소설을 쓸 때는 오히려 자전적인 서사에서 거리를 두려고 하는 편이다. 여성 인물들을 많이 쓰는 이유는 내가 독자로서 모험하는 여성들, 이성애 규범에서 자유로운 여성들을 많이 보고 싶은 바람이 반영된 결과다.
>
> 천선란: 김초엽 작가의 작품은 아름답다는 생각을 자주 한다. 기술이 꿈꾸는 미래는 반드시 김초엽 작가가 꿈꾸는 소설의 방향처럼 나아가면 좋겠다.[46]

과학과 미학과 윤리가 모험하는 여성들의 서사를 회전하고 있는 양상을 짐작하게 하는 대화라 생각된다. 황모과는 위의 대담에서 재난의 이야기에 끌리는 자신을 설명하며 "정보나 기술 향유의 양극화를 생각하면, 내가 생각하는 미래는 디스토피아 쪽인데. 그렇게 되지 않기 위해서 디스토피아 서사를 통해 저지선을 만드는 것 같다"(황모과, 위 대담)고 말한다. 그러니까 SF는 재난의 저지선으로서 거기 최전선

---

46) 김초엽·심너울·천선란·황모과, 「SF 문학의 새물결」, 『ARENA』, 2020.10.8.

에 있는 셈이다. 그런 이유에서 장르의 다양화와 사회 이슈 변화에 따른 SF 리부트는 적어도 젠더적 차원에서는 말살된 유토피아의 상상과 관련되어 있는 것으로 생각된다. 특히 여성 SF 장르에의 괄목할 만한 관심[47]은 한국 여성 독자들의 SF로의 진입이라는 사건[48]과 함께 팬덤화를 포함하는 "SF 페미니즘"으로 나아가는 듯 보인다. 여기서 SF 페미니즘이란 SF 안에서 일어나는 '페미니스트 SF' 비평과 팬 활동, 집합적 실천을 의미하며 페미니스트 SF보다 포괄적인 개념(헨리 메릭)이라 할 수 있다.

이를테면 "상대적으로 평화로운 도시 외부의 계급 없는 공동체 사회를 그리면서도 한편으로는 여성들의 분노를 표출하고 정당방위에 의해 행동할 수 있는 여지를 남겨"[49]두는 서사의 패턴들, 즉 유토피아에의 희망과 여성 유대, 어린이 문제를 포함하는 대안적 미래라는 서사의 동선들이 종종 블로흐가 말한 대항과 치유 사이의 모호한 지대에 있는 것처럼 보인다 할지라도 그것이 집합적 실천인 한에서 그 잠재력을 여전히 가늠하기 어렵다. 일찍이 SF 여주인공들의 체제적 경향에 대해 논평하며 조애나 러스는 두 가지 작법을 제시한 바 있다.[50] 1) 버지니아 울프와 같이 서사적 양식이 아닌 서정적 구조를 이용할 것. 2) 다른 하나는 한쪽 성에 국한되지 않는 플롯을 이용하는 장르를 활용할

---

47) 배문규 기자, 「올해 한국소설 판매량 역대 최다…여성독자들이 이끌고, SF·청소년 장르 다양해졌다」, 『경향신문』, 2020.9.22.

48) 임지영 기자, 「'과학소설' 전성시대, 왜 지금 SF일까?」, 『시사In』, 2020.11.25. 알라딘에 따르면, 과학소설 독자 중 20대 여성이 1.4%(1999~2009년)에서 12.6% (2010~2019년)로 늘었고, 30대 여성은 11.1%에서 18.2%로 늘었다. 성차별 철폐의 역사와 SF 문학사 사이의 긴밀한 연관을 염두에 두더라도 주목할 만한 급진적 독자 팬덤의 변화이다.

49) 김효진, 위의 책, 21쪽.

50) 조애나 러스, 나현영 옮김, 『SF는 어떻게 여자들의 놀이터가 되었나』, 포도밭출판사, 2020, 제7장 참조.

것. "여주인공은 무엇을 할 수 있는가? 또는 여자는 왜 글을 쓸 수 없는가?"라는 물음에 대하여 페미니스트 SF의 정당성과 가능성을 옹호하며 내놓은 답변인데, 바로 지금 한국의 SF에도 해당하는 전략처럼도 들린다.

흥미로운 것은 황모과의 소설 『우리가 다시 만날 세계』가 과학이라기보다는 인간의 의지와 윤리를 기초로 평행 세계와 다중 우주와 같은 과학의 모티브들을 활용하는 이야기라는 사실이다. 소설의 어떤 대목들은 과학소설(SF)이라기보다는 거의 과학 밖 소설(ESF, Extro-Science Fiction)에 가까운 것처럼도 느껴진다. 채진리는 "내가 태어나지 않은 세상"이지만 "다른 아이들이 평범하게 웃고 울며 살아가는 모습"(190면)이 있는 세상을 선택하기로 하는데, 그 과정에서 세계는 뒤죽박죽이 되고 삐삐를 통한 초시간적 대화와 같은 과학 외적 장치들이 서사를 크게 뒤흔들어 버린다. 모든 과학소설은 다음과 같은 공리를 암묵적으로 공유한다. 즉 세계를 과학적 인식에 종속시킬 가능성이 미래에도 여전히 존재할 것이다. 이 소설도 그러한 걸까.

과학소설(SF)은 어쨌든 현존하는 과학의 틀 내에서 이루어진다. 또한 미래과학의 가능성과 이를 양립시키면서 스릴러, 수수께끼, 서스펜스를 만들어 낸다. 과학을 미래로 투사해 복수의 가능성을 이성의 이름으로 긍정하는 서사가 SF인 것이다. 퀑탱 메이야수는 과학소설에서 과학 밖 소설을 따로 떼어 범주화하려 시도한 바 있다. 여기서 핵심은 "과학 밖 소설이 규정하는 이 특정한 상상 체계에서 문제가 되는 것은 실험과학이 이론을 전개할 수 없고 대상을 구성할 수 없도록 구조화된 혹은 더 정확히 말하면 탈구조화된 세계를 개념화해내는 것"이다. 메이야수는 이렇게 묻는다. "현재 세계가 어느 날 우리 발밑에서 사라질 수 있을 법한 유동적 지반 위에 세워져 있다는 것을 받아들이지 못할 이유가 무엇인가"[51] 과학 밖 소설에는 세 유형의 해결책이 있는데 1) 재난, 2) 우스꽝스러운 넌센스, 3) 일상 소설 속에서 지끈거리는 불확실성과 같은 것들이다. 이 과학의 경계에서 과학 밖을 드러내는 일련의 과학 밖 소설(ESF)들은 현재의 인식=과학과 그것의 연장된 형태인 미래의 과학=인식을 넘어서거나, 그 궤도에서 풀려날 수 있는 가능성을 염두에 둔다.

황모과의 소설은 메이야수가 말한 '과학 밖 소설'의 첫 번째 해결책 즉 불가해한 재난을 도입하는 작품처럼 보인다. 즉, 단일한 물리적 재난을 도입해 하루아침에 주인공들을 설명 불가능한 현상들이 대거 일어나고 있는 세계에 빠뜨리는 것이다. 비록 미미한 불규칙성이 있고 재현 가능성을 보장하는 절차를 구성할 수 없는 사건들이 있기는 하지만 과학적 인지와 재현이 어느 정도 지켜지는 세계이다. 예컨대 로버트 찰스 윌슨의 『다위니아』(1999)의 경우, 1912년 하나의 재난에 의해 역사가 뒤바뀌고 유럽의 구시대가 악몽의 정글과 그 옛날 괴물이 창궐하는 이상한 대륙인 다위니아로 대체된다. 미국인들은 이제 종교 근본주의에 의해 통치되고, 청년 길 포드 로는 이 우주에서의 인류의 운명에 관한 계시를 따라가며 발견의 사명을 지닌 채 다위니아를 여행하게 된다. 황모과의 소설 역시 이런 방식의 물리적 재난과 설명 불가능한 현상들이 펼쳐지며, 이를 인지로서 봉합하려는 노력에도 불구하고 그 누빔들은 후반부로 갈수록 느슨하다.

주목해야 할 점은 이러한 과학적 모티브 혹은 장치의 설치와 과학 밖으로의 간헐적 이동이 페미니스트 SF에서 비교적 폭넓게 발견된다는 점이다. 왜일까. 과학소설, SF의 목적이 과학으로부터는 연역되지 않는다는 사실의 반증이 아닐까. 페미니스트 유토피아로의 이끌림이

---

51) 퀑탱 메이야수, 엄태연 옮김, 『형이상학과 과학 밖 소설』, 이학사, 2017, 68-69쪽.

과학 그 자체보다는 사회적 과학이라는 목표에 집중토록 하는 것은 아닐까. 프레드릭 제임슨의 다음의 진술은 SF의 사명, 특히 한국 페미니스트 SF와 재난의 서사와 관련해서도 중요한 암시점을 준다.

> SF의 가장 심원한 사명이란 미래를 상상하는 능력을 우리들이 잃어버리고 있음을 몇 번씩이고 실증하고 극화하는 것에 있으며, 일견 충일해 보이지만 보다 정밀하게 조사하면 구조적, 본질적으로 바짝 말라있는 표상을 통해서, 마르쿠제가 "유토피아적 상상력"이라고 불렀던 것, 즉 타자성과 근본적인 차이를 상상하는 힘이 우리 시대에는 고갈하고 있음을 다양하고 보여주는 것이다. 즉 그것은 실패에 의해 성공하는 것, 그리고 다음과 같은 방향으로 사고를 이끌어주는 탐승기로서 기능하는 것이다. 다시 말해 미지의 것을 향해 출발했으나 정신을 차려보면 어쩔 수 없이 익숙한 것들 속에 푹 빠져서 되돌아가는 것도 불가능한, 그럼으로써 놀랍게도 우리 자신의 절대적 한계에 관한 반성으로 변용하는 것과 같은 방향으로 부지불식간에, 마지못해 우리를 인도하는 것이다.[52]

말하자면 역사가 끝나고, 그래서 역사소설이 불가능해지고, 유토피아가 종언을 맞이했다고 생각되던 바로 그 순간, 그렇게 유토피아적 충동의 질식이 모든 장소에서 점점 눈에 띄게 드러나는 순간, 그럼에도 불구하고 SF는 독자의 유토피아적 사명을 재발견하는 장르로 재인식되었다. 유토피아적임과 동시에 SF이기도 한 일련의 강력한 작품들의 산출[53]은 이 과학이 일종의 사회적 과학임을 함의하는데, 그런 의미에서 다르코 수빈의 인지(cognition)와 낯설게 하기(estrangement)라는 SF의 지표는 유토피아에 관한 사회적 상상력과 과학을 포유하기 위

---

52) Fredric Jameson, *Archaeologies of the Future: The Desire Called Utopia and Other Science Fictions,* Verso, 2007, pp.288-289.
53) Fredric Jameson, ibid., p.289.

한 정의였다 하겠다. 사회적 과학과 자연과학의 동시적 고려가 인지라는 개념 만들기의 원천이 아니었을까. 한국 재난 서사는 바로 이 SF와 함께 어둠의 심연과 희망의 원리를 함께 사고하는 장르가 되어 가고 있는지도 모른다.

5. 미래의 기억 – 재난, 희망 그리고 평범한 미래

자본주의의 파국보다는 인류의 파국, 세계의 파국을 상상하는 게 더 쉬운 현실에서 재난 서사의 몫은 상당 부분 SF 쪽으로도 이월된 것으로 보인다. 이 이월은 사회적 이슈의 전개로서 이어져 있으며 구조적 인과성의 결과이다. 물론 한국 SF의 부흥에는 식민주의의 무기로서 각인된 과학이 우리 손에 들어와 있다는 실감이나 한국 우주과학의 진전을 포함하는 물리적 현실 역시 작용하고 있을 터이다. 무엇보다 재난을 나날이 경험하며 파국의 미래를 디스토피아적 감각으로 경험하고 있는 신자유주의 세계야말로 SF의 토양일 것이다. 신자유주의의 전위적 형태로서의 한국과 그 일상화된 재난의 상황이 한국 SF 비약의 한 '동력'인지 모른다. 다른 현실을 상상하기 위해서는 비약할 수밖에 없는 것. 문학장 내적으로는 경험적 공간의 상상력에 걸린 리얼한 소설들의 상대적 약화도 작용했을 것이다.

세계의 '끝'에서 '다른' 세계로의 서사적 이행, 재난과 희망의 절편이라 할 페미니스트 SF는 여성적 현실의 리얼한 변화들이 열망하는 새로운 세계에의 상상을 보여주는 한편 바로 이 시간을 재난으로 재발견하는 서사들을 만들어 가고 있다. 한편 페미니즘 리부트에 대한 최근의 백래시는 이 재난을 더욱 강화하고 있는 듯 보인다. 예컨대 황모과는 이에 대해 지우려는 것의 존재감을 드러내는 일로 자신의 작업을 설명한다. "이 책을 출간하는 2022년, 한국의 대선 의제에서도 여성들은 사라졌다. 마치 사회에 처음부터 존재하지 않는 것처럼 여성 이슈는 깔끔하게 지워졌다. 초유의 일이다……(중략)……그러니 귀찮고 버겁지만 스스로 존재감을 드러내지 않으면 안 된다. 나 여기 있다고. 당신들의 의도대로 조용히 죽어가진 않겠다고. 지금 삶이 너무 벅찬 사람들의 몫까지 대신하겠다고."[54] 미래, 과거의 미래인 현재를 왜 디스토피아로 상상하는가. 유토피아에 대한 믿음 혹은 대안 없음에 대한 대안이 있기 때문이다. 이 점에서 한국 재난 서사의 SF화는 프레드릭 제임슨의 미래의 고고학이 설명하는 영역들과 현상적으로 중첩된다.

그렇다고 할 때, 그 유토피아의 길은 과거와 현재와 미래가 엮이는 이야기를 기억하고 서사들을 만들어 내는 힘이 아닐까. "미래를 기억하다". 김연수가 최근의 SF들을 관찰하며 그 나름으로 내린 방법이 아마 이런 것일까. 미래를 기억하려는 의지가 미래를 구한다는 것. 미래의 재앙과 기술보다는 미래의 일상이 미래를 기억해야 하는 이유라는 것.

> "어릴 때 내가 상상한 미래는 지구 멸망이나 대지진, 변이 바이러스의 유행이나 제3차세계대전 같은 끔찍한 것 아니면 우주여행과 자기부상열차, 인공 지능 등의 낙관적인 것이었다. 하지만 이제는 안다. 우리가 계속 지는 한이 있더라도 선택해야만 하는 건 이토록 평범한 미래라는 것을. 그리고 포기하지 않는 한 그 미래가 다가올 확률은 100퍼센트에 수렴된다는 것을. 1999년에 내게는 일어난 일과 일어나지 않은 일이 있었다. 미래를 기억하지 않았다면 일어나지 않았을 일과 일어날 일이었

---

54) 황모과, 「작가의 말」, 『우리가 다시 만날 세계』, 문학과지성사, 2022, 254쪽.

을지도 모르겠다."[55]

미래의 일상을 재난으로부터 구하는 일. 재앙은 일견 보편적인 한편, 자연과 인간이 만들어낸 작위들('일반적 등가성'에 의한 목적 상실)의 결합에 의해 국지적·계급적·개인적 재난으로 편재(偏在)해 왔다. 그리고 이제 지구라는 행성 규모로도 감당할 수 없는 파국의 등가성으로 다가와 있다.

이 글에서는 전반부의 재난의 편재성과 잠재적 보편성에 열린 한국 소설의 흐름들을 살펴보았다. 포기하지 않고 선택해야 할 평범한 미래, 결절의 후반부가 남긴 질문, 그러니까 개인의 운명과 종의 미래를 삶의 차원에서 기억하는 서사의 문제성에 대해서는 별도의 숙고가 필요할 것이다. 다만 한 가지, 임박한 재난과 가능한 선택을 견주는 사회적 상상력들의 도래가 한국 재난 서사의 매우 새로운 국면이자 한국문학의 정치성의 또 다른 한 장으로 열리고 있는 점은 분명해 보인다.

참고문헌

김연수, 「이토록 평범한 미래」, 『이토록 평범한 미래』, 문학동네, 2022.
김초엽·심너울·천선란·황모과, 「SF 문학의 새물결」, 『ARENA』, 2020.10.8.
성석제, 『참말로 좋은 날』, 문학동네, 2006.
정이현, 「삼풍백화점」, 『오늘의 거짓말』, 문학과지성사, 2007(2020).
황모과, 『우리가 다시 만날 세계』, 문학과지성사, 2022.
황정은, 『디디의 우산』, 창비, 2019.

김예림, 「정체(政體), 인민 그리고 베트남(전쟁)이라는 사건」, 『역사문제연구』 제32권, 역사문제연구소, 2014.
김윤식, 「6.25 전쟁문학」, 『운명과 형식』, 솔, 1992.
김윤식, 「우리 문학의 샤머니즘적 체질 비판」, 『운명과 형식』, 솔, 1992.
김효진, 『#SF #페미니즘 #그녀들의 이야기』, 요다, 2021.

55) 김연수, 「이토록 평범한 미래」, 『이토록 평범한 미래』, 문학동네, 2022, 34-35쪽.

복도훈, 『SF는 공상하지 않는다』, 은행나무, 2019.

복도훈, 『묵시록의 네 기사』, 자음과모음, 2012.

서영채, 『부끄러움과 죄의식』, 나무나무출판사, 2017.

심정명, 「3.11과 전후의 끝: 무의미한 죽음과 애도의 문제」, 『일본학보』 제106호, 한국일본학회, 2016.

이영재, 「국민의 경계, 신체의 경계」, 『아시아적 신체』, 소명출판, 2019.

황호덕, 「지금 문학이 어디 있는가, 스무고개 – 문학의 위치, '전위' 문학과 '후위' 문학/비평 사이에 『하이픈』」, 『문학과 사회 하이픈』, 2021년 여름호, 문학과지성사, 2021.

가라타니 고진, 김경원 옮김, 「교통에 대하여」, 『마르크스 그 가능성의 중심』, 이산, 1999.

나오미 클라인, 김소희 옮김, 『자본주의는 어떻게 재난을 먹고 괴물이 되는가』, 모비딕북스, 2021.

다르코 수빈, 문지혁·복도훈 옮김, 「낯설게하기와 인지」, 『자음과모음』, 2015년 겨울호.

에른스트 블로흐, 박설호 옮김, 『희망의 원리』, 솔, 1993.

오다 마코토, 이규태·양현혜 옮김, 『전쟁인가 평화인가: '9월 11일' 이후의 세계를 생각한다』, 녹색평론사, 2004.

울리히 벡, 홍성태 옮김, 『위험사회: 새로운 근대(성)을 향하여』, 새물결, 1997.

장 보드리야르, 하태환 옮김, 「시뮬라크르들과 공상과학」, 『시뮬라시옹』, 민음사, 1992, 198-204쪽.

조애나 러스, 나현영 옮김, 『SF는 어떻게 여자들의 놀이터가 되었나』, 포도밭출판사, 2020.

주디스 버틀러, 윤조원 옮김, 『위태로운 삶: 애도의 힘과 폭력』, 필로소픽, 2018.

퀑탱 메이야수, 엄태연 옮김, 『형이상학과 과학 밖 소설』, 이학사, 2017.

프레드릭 제임슨, 김유동 옮김, 『후기마르크스주의』, 한길사, 2000.

ジャン=リュック・ナンシー, 渡名喜庸哲 訳, 『フクシマの後で: 破局・技術・民主主義』, 以文社.

ジョン・ダワー, 三浦陽一・高杉忠明・田代泰子訳, 『敗北を抱きしめて』, 岩波書店, 2001.

中島隆博, 『悪の哲学: 中国哲学の想像力』, 筑摩書房, 2012.

George Heber Jones, *An English-Korean dictionary,* Tokyo, Japan : Kyo Bun Kwan, 1914.

Darko Suvin, *Metamorphoses of Science Fiction: On the Poetics and History of a Literary Genre,* Peter Lang AG, 2016(1979

Fredric Jameson, *Archaeologies of the Future: The Desire Called Utopia and Other Science Fictions,* Verso, 2007, pp.288-289.

안녕하세요? 성균관대 BK21 '혁신·공유·정의 지향의 한국어문학 교육연구단'의 단장을 맡고 있는 천정환입니다.

성균관대 교육연구단은 한국어문학 연구와 교육에 대한 나름의 오랜 고민과 모색을 안고 2020년에 출범했습니다. 저희가 내세운 혁신, 공유, 정의라는 단어는, 한국어문학 연구자의 인재상과 대학원 교육 과정을 시대에 맞게 바꾸고, 여전히 한국어문학 교육과 연구 현장을 꿋꿋이 지키고 있는 해내외의 연구자들과 함께 학문 생태계를 되살려 사회에 기여하는 젊은 연구자들을 길러내자는 제안을 담았습니다.

그동안 장기화된 코로나 팬데믹이 예견하지 못한 많은 어려움을 가져다주었습니다만, 학술대회의 개최, 지식공유 미디어 운영 등을 통한 교류와 교육과정의 개편 등을 통해 나름 노력해왔다고 자부합니다. 그 노력의 결과의 하나로 이번에 '성균 한국어문학 총서'의 첫 세 권을 발간하게 되었습니다. 각각 국어학, 문학문화 연구, 디지털한국어문학에 학문적 기반을 둔 것으로, 저희 교육연구단의 새로운 교육 내용과 '혁신·공유·정의'에의 지향에 어울리는 책들이라 생각합니다. 특히 교육연구단의 신진 연구자들이 주도적으로 기획하고 집필한 책들이라 더 보람을 느낍니다. 책을 기획하고 참여하신 모든 분들께 진심으로 감사드립니다.

이러한 작업을 통해 교육연구단이 생산하는 성과를 국내외의 연구자들은 물론 시민들과 널리 함께하고자 합니다. 앞으로도 이 시리즈의 저서 발간 작업을 이어가며 여러 선생님들께 참여를 여쭙겠습니다. 관심 가져주시고 언제든 질정을 보내주십시오. 감사합니다.

2023년 2월 28일
성균관대 BK21 혁신 · 공유 · 정의 지향의
한국어문학 교육연구단 올림

제2장 Sherryl Vint, 「The Mainstream Finds its Own Uses for Things: Cyberpunk and Commodification」, 『Beyond Cyberpunk』, Routledge. 2010.

제3장 유상근, 「사이버펑크 서울을 넘어 실크펑크 제주로 : 사이버펑크 속 동양의 도시 재현」, 『문화/과학』 111호, 문화과학사, 2022.

제4장 임태훈, 「테크노킹 일론의 SF 읽기는 왜 비판받아야 하는가」, 『문화/과학』 111호, 문화과학사, 2022.

제6장 이지용, 「한반도 SF의 유입과 장르 발전 양상: 구한말부터 1990년대까지의 남북한 SF에 대한 소사(小史)」, 『동아인문학』 40호, 동아인문학회, 2017.

제8장 금보현, 「1920년대 조선의 <R.U.R.> 수용과 '로봇'의 신체―김우진, 박영희를 중심으로」, 『한국극예술연구』 75호, 한국극예술학회, 2022.

제11장 김민선, 「냉전의 우주와 1960년대 남/북한 SF의 표정: 김동섭, 「소년우주탐험대」(1960)와 한낙원, 『금성탐험대』(1963) 읽기」, 『민족문학사연구』 70권, 민족문학사연구소, 2019.

제12장 이영재, 「춤추는 괴수, 조절가능한 핵: <대괴수 용가리>와 한국에서의 핵의 사유」, 『비교문학』 87호, 한국비교문학회, 2022.

제13장 김성래, 「북한과 세계 사이의 영화 <불가사리>: 불가살이와 고지라, 두 원형의 경합」, 『현대북한연구』 25호, 북한대학원대학교 심연북한연구소, 2022.

제14장 이예찬, 「SF로 보는 분단 극복의 욕망: 복거일의 『파란 달 아래』(1992)를 중심으로」, 『민족문학사연구』 80권, 민족문학사연구소, 2022.

제15장 황호덕, 「한국 재난 서사의 계보학―비인지적 낯익음에서 인지적 낯설게 하기까지」, 『현대소설연구』 88호, 한국현대소설학회, 2022.

* 그 외 별도 표기가 없는 경우는 본 저작에 처음 발표되는 초출 원고임.

금보현 (성균관대학교 국어국문학과 박사수료)

시각예술이 텍스트를 매개로 재탄생하는 사례를 연구하고 있다. 1920년대 조선의 <살로메> 번역 연구로 성균관대학교 국어국문학과에서 석사 학위를 받았다. 주요 논문으로는 「1920~1930년대 아동문학 속 일상의 위기−방정환·이동규·김내성 작품 속 곡마단을 중심으로」, 「'진실 말하기'의 과정: 연극 <왕서개 이야기>를 중심으로」 등이 있다.

김민선 (성신여자대학교 강사)

동국대학교 국어국문학과에서 박사학위를 받았다. 남북한의 SF와 북한문학을 공부하며 정치적, 물리적 단절이 만들어내는 문학적 순간들에 대해 관심을 갖고 연구하는 중이다.

김성래 (金聖來, 성균관대학교 국어국문학과 박사과정)

중국 중앙민족대학을 졸업하고 성균관대학교 비교문화협동과정에서 「한국 당대 분단영화의 지정학과 동포 표상」으로 석사학위를 받았다. 동대학원 국어국문학과 박사과정을 수료했다. 주로 한국 영화, 미디어, 문화연구와 관련된 분야를 공부해왔다. 주된 관심사는 한반도의 분단 문제와 한민족 디아스포라의 이산문제이다.

셰릴 빈트 (Sherryl Vint, UC 리버사이드 영문학 · 미디어 문화학과 교수)

UC 리버사이드 영문학·미디어문화학과 교수이자 UC 리버사이드 사변문학 및 과학문화 프로그램(SFCS) 학장이다. SF 분야에서 가장 권위 있는 학술지인 『과학소설연구(Science Fiction Studies)』의 현 편집장이자 『SF영화와 텔레비전(Science Fiction Film and Television)』의 창립 편집장을 지냈다.

시로시 빅토리아 (Viktoriia Sirosh, 성균관대학교 국어국문학과 박사과정)

우크라이나 키예프국립외국어대학교에서 한국어 및 영어 통역학을 전공하여 학사와 석사학위를 받은 후, 성균관대학교 IUC(국제한국학센터)에서 공부했다. 성균관대학교 국어국문학과에서 박사과정을 수료했으며, 주로 한국을 중심으로 한 문화 연구 및 번역 연구를 공부해왔다. 현재 주된 관심사는 문학/문화 번역 양상과 과학소설과 관련된 문제들이다.

유상근 (뉴욕 메리스트대학교 영문과 조교수)

유상근은 뉴욕 메리스트대학교(Marist College) 영문과 조교수로 재직하고 있으며 영미권 사이언스 픽션과 탈식민주의, 포스트휴머니즘에 관한 연구 및 집필 활동을 하고 있다. 저자는 미 국무성 풀브라이트 장학생으로 선정되어 캘리포니아대학교 리버사이드 캠퍼스 영문과에서 사변문학 및 과학문화 심화전공으로 박사학위를 받았다. 『Science Fiction Film and Television』과 『International Journal of Korean History』을 비롯하여 『Journal of Fantastic in the Arts』와 『문화/과학』, 『다시개벽』 등에 논문을 출판하였다. 현재 Science Fiction Research Association에서 한국 대표를, 『Journal of the Fantastic in the Arts』에서 아시아 지역 투고 및 리뷰에디터를 맡고 있다. IAFA에서 수여하는 Walter James Miller Award, 캘리포니아 대학으로부터 최우수TA상, 서울대학교에서 우수 논문상을 수상하였다.

이영재 (성균관대학교 비교문화연구소 선임연구원)

성균관대학교에서 국문학을, 도쿄대학 총합문화연구과에서 표상문화론을 전공했다. 월간 영화잡지 『KINO』에서 기자로 근무했으며, 부천국제판타스틱영화제에서 프로그래머로 일했다. 현재 성균관대학교 비교문화연구소 선임연구원으로 재직중. 지은 책으로는 『아시아적 신체』(소명출판, 2019), 『제국일본의 조선영화』(현실문화연구, 2008), 『帝国日本の朝鮮映画』(三元社, 2013) 『トランスナショナルアクション映画』(東京大学出版会, 2016), East Asian Cinemas 1939~2018(Kyoto University Press and Trans Pacific Press, 2019, 공저), 『動態影像的足跡: 早期臺灣與東亞電影史』(國立臺北藝術大學, 2019, 공저), 『근대 한국, 제국과 민족의 교차로』(책과함께, 2011, 공저), 『전쟁하는 신민, 식민지의 국민문화』(소명출판, 2010, 공저) 등이 있다.

이예찬 (성균관대학교 국어국문학과 박사수료)

현재 성균관대학교 국어국문학과에서 1980년대 북쪽에서 창작·발표되었던 '사회주의 현실주제' 장편소설과 주체문학에 대한 박사학위논문을 준비하고 있다. 무협, 판타지, SF 등 이른바 장르(대중)문학 애호가를 자청하며 스스로를 '남북 비주류 문학 연구자'로 소개한다. 북한대학원대학교에서 북한학(사회문화언론전공) 석사학위를 받았으며(「북한에서 춘원의 위상은 왜 변화하였나?: 1956년부터 2013년까지 조선문학사를 중심으로」, 2018), 이후 꾸준히 남북의 문학사 인식에 관심을 가지고 있다. 주된 관심사는 (北)주체문학예술과 소설문학의 관계, 분단 이후 식민지 작가 및 작품론의 변천, (南)한국무협소설의 형성과 전개, SF 장르의 확장, 대중문학에서 환상성의 의미 등이다.

이지용 (건국대학교 몸문화연구소 연구교수)

SF연구와 비평활동을 하고 있다. 장르 비평팀 텍스트릿에서 활동하고 있고, 저서로 『한국 SF 장르의 형성』, 공저로 『비주류선언』, 『인공지능이 사회를 만나면』, 『블레이드러너 깊이 읽기』, 『한국 창작 SF의 거의 모든 것』 등이 있다.

임태훈 (성균관대학교 국어국문학과 조교수)

미디어 테크놀로지와 문학사의 접점을 연구하고 있다. 인문학협동조합 미디어기획위원장으로 활동했다. 공저로 『기계비평들』, 『한국 테크노컬처 연대기』,

『시민을 위한 테크놀로지 가이드』가 있고, 대표 저서로 『검색되지 않을 자유』, 『우애의 미디올로지』 등이 있다.

장효예 (臧曉蕊, 성균관대대학교 국어국문학과 박사과정)

중국 남경대학교에서 경영학을 전공한 후, 성균관대학교 국어국문학과 대학원에서 「곽말약 한인(韓人) 소재 작품 연구(1919~1958)」로 석사학위를 받았다. 현재 성균관대학교 국어국문학과 박사과정 재학 중이며 연구 방향은 주로 동아시아 문학, 한중 사회주의 문학, 한중 연대의 사상사 및 문학사 등이다.

최연진 (성균관대학교 국어국문학과 박사과정)

서울대학교 석사학위를 취득한 뒤, 성균관대학교 국어국문학과 박사과정에 재학 중이다. 뉴 미디어와 디지털 플랫폼이 주된 관심사로, 전자책 구독 플랫폼에 대한 논문으로 석사 학위를 받았다. 7년 여간 IT 리서처로 일하며 미국 실리콘밸리 기업들의 동향과 기술 산업 트렌드를 추적하는 일을 해왔으며, KT경제경영연구소 『2020 빅 체인지: 새로운 10년을 지배하는 20가지 ICT 트렌드』 등 다수의 IT 트렌드 관련 프로젝트에 참여한 바 있다.

최장락 (성균관대학교 비교문화 박사과정)

한국 사회의 남성성을 몸, 섹슈얼리티, 과학이라는 축을 통해 역사화 하는 것에 관심을 두고 있다. 1920~30년대 대중매체의 성과학 담론과 남성성의 관계에 대한 연구로 성균관대학교 비교문화협동과정에서 석사학위를 받았다. 현재 성균관대학교 비교문화협동과정에서 퀴어 연구-장애학의 교차라는 관점에서 한국 근현대 남성의 섹슈얼리티 문제를 연구하고 있다.

헨리 젠킨스 (Henry Jenkins, USC School for Communication and Journalism 교수)

USC School for Communication and Journalism 교수. 미디어 비교연구 프로그램의 창립자. 미디어와 대중문화에 대한 다양한 관점을 보여주는 10여 권의 책을 저술·편집했다.

황호덕 (성균관대학교 국어국문학과 교수)

성균관대학교 국어국문학과 및 동 대학원 박사과정을 졸업하고, 일본 도쿄 대학 총합문화연구과 박사과정을 수료했다. 캘리포니아 주립대학교(어바인), 프린스턴 대학교, 일본 조사이 국제대학에서 연구와 강의를 했다. 고석규비평문학상과 한국비교문학상을 수상했으며, 지은 책으로 『벌레와 제국』, 『프랑켄 마르크스』, 『근대 네이션과 그 표상들』, 『개념과 역사, 근대 한국의 이중어사전』(전 2권, 공저), 『전쟁하는 신민, 식민지의 국민문화』(공편)가 있고, 옮긴 책으로 『근대어의 탄생과 한문: 한문맥과 근대일본』(공역)이 있다.